Hasan Cobanli
Stephan Reichenberger
Der halbe Mond

Hasan Cobanli
Stephan Reichenberger

Der halbe Mond

Roman

Langen*Müller*

© 2015 Langen*Müller* in der
F.A. Herbig Verlagsbuchhandlung GmbH, München
Alle Rechte vorbehalten
Umschlagsgestaltung: Wolfgang Heinzel
Umschlagfoto: Mia Takahara, plainpicture
Satz: Buch-Werkstatt GmbH, Bad Aibling
Gesetzt aus: 10,9/14 pt Adobe Garamond Pro
Druck und Binden: GGP Media GmbH, Pößneck
Printed in Germany
ISBN 978-3-7844-3377-6
Auch als ebook

www.langen-mueller-verlag.de

»Alles, was wir auf der Welt sehen, ist das Werk von Frauen.«
ATATÜRK

INHALT

PERSONEN 9

EINS
1915 FERIDUN 12
1997 HASAN 17
1915 CEVAT PAŞA 24
1915 DAS HERRENHAUS 35
1915 »SIE WERDEN NICHT DURCHKOMMEN!« 44
1915 MAGDOLNA 51
1915 IM KADETTENKORPS 59
1997 NESRIN 69
1919 HEIMKEHR 72

ZWEI
1920 HADIJE SORAYA 78
1921 DER GAZI 100
1922 DER TEPPICH MIT DER DUNKLEN STELLE 116
1925 FRANZ VON PAPEN 122
1926 ROONS DRITTE TOCHTER 141
1930 DER VULKANTÄNZER 146

DREI
1997 SELMA UND ŞADI 170
1934 ZSA ZSA 176
1937 KÖNIG ZOGU 194
1938 LETZTE EHRE 215
1938 VATER DER TÜRKEN 221
1944 RONCALLI 246

VIER

1949 ALLEIN 260

1949 BENITA 269

1950 MEIN LIEBSTER FERIDUN!

MEINE LIEBE BENITA! 290

1951 DER STEINERNE GAST 320

1951 FÜNF MONATE SPÄTER 346

FÜNF

1960 DER FREUNDLICHE MR. SZIFFER 352

1961 DAS HERRENHÄUSCHEN 379

1961 BERN 391

1961 MEIN LIEBER SOHN 397

1997 DER LETZTE BRIEF 399

1963 BOSPORUS BOY 403

1966 ZURÜCK ZU DEN DARDANELLEN 413

SECHS

2013 GEZI 424

Danksagung 443

PERSONEN

CEVAT PAŞA (1870–1938)
Osmanischer General, Feriduns Vater

FERIDUN COBANLI (1899–1961)
Cevats Sohn, Kadett, Gardejäger-Hauptmann a. D., Diplomat

HASAN COBANLI (1952–)
Feriduns Sohn, Journalist in Deutschland

HADIJE SORAYA (1875–1935)
Cevats Frau, Feriduns Mutter

SELMA COBANLI (1913–2008)
Feriduns 1. Frau, Basris Mutter

BENITA COBANLI (1922–2010)
Feriduns 2. Frau, geb. Baronin von Roon, Hasans Mutter

WOLFRAM VON ROON (1882–1972)
Rittmeister a. D., Benitas Vater

MARIE-LUISE V. ROON (1889–1968)
Wolframs Frau, geb. Gräfin Bassewitz, Benitas Mutter

BASRI COBANLI (1932–1996)
Sohn von Feridun und Selma

JALE (1998–)
Feriduns Enkelin

Şadi Cenani (1904–2011)
Feriduns Freund und Trauzeuge, Selmas 2. Mann

Nesrin (1965–)
Şadis Enkelin aus 1. Ehe

Mustafa Kemal Atatürk (1881–1938)
Gründer der Türkischen Republik

Franz von Papen (1879–1969)
deutscher Politiker, Botschafter in der Türkei

Zsa Zsa Gabor (1917–)
ungarische Soubrette, Schönheitskönigin

Burhan Asaf Belge (1899–1967)
türkischer Journalist und Politiker, erster Ehemann von
Zsa Zsa Gabor

Ahmet Zogu (1895–1961)
König von Albanien

Geraldine Apponyi (1915–2002)
ungarische Gräfin, Königin von Albanien

Guiseppe Roncalli (1881–1963)
katholischer Bischof für die Türkei und Griechenland,
später Papst Johannes XXIII.

EINS

1915 FERIDUN

Im März 1915 bestieg der fünfzehnjährige Feridun, Sohn des osmanischen Generals Cevat Paşa, in Berlin-Lichterfelde ein Kraftrad und verließ die kaiserliche Kadettenanstalt knatternd in nordwestlicher Richtung. Während die von seinem Vater Cevat befehligte Küstenbrigade bei den Dardanellen unter schwerem Feuer aus Winston Churchills Kanonenbooten stand, kam der Kadett einer Einladung in das mecklenburgische Schlossgut Schwiessel nach. Dort erwartete ihn die Familie des Rittmeisters a. D. Wolfram von Roon.

In Feriduns Gepäck befanden sich: ein dunkler Anzug, weißes Seidenhemd, rote Krawatte, außerdem Pomade, Rasierzeug und Duftwasser. Heute wollte er einmal nicht in Ausgehuniform bei Tisch erscheinen, sondern in elegantem Zivil. Nicht als irgendein Kadett, schon gar nicht als türkischer, sondern als junger Mann von Welt, jener alten Welt, die Europa hieß.

Von dieser Welt kannte Feridun fast nur die Kaserne in Lichterfelde. Den zehnjährigen Knaben hatten die Eltern 1910 mit dem Zug von Konstantinopel nach Berlin verschickt. Dort wurde er gegen hohe Alimentation als türkischer Exot in der berühmtesten Kriegsschule der Welt zum Offizier geschliffen, um anschließend seine Heimat gegen ihre vielen Feinde zu verteidigen. Zuvor war er mit Europa nur in Gestalt von Hauslehrerinnen in Kontakt gekommen – französischen für Geschmack, Manieren und Klavierspiel, deutschen für den Ernst des Lebens. Letzteren lernte er als Kadett am eigenen Leib kennen. Die seltenen Wochenenden in Schwiessel dagegen boten ihm seit einem Jahr Erlösung vom grauen Alltag der Zuchtanstalt.

Der Motor stotterte seit Stunden, als würde er Schrauben spucken. Die klapprige Maschine gehörte dem schon früh kriegsverwundeten Rittmeister Roon, der sie dem Kadetten für Fahrten zwischen

Lichterfelde und Schwiessel zur Verfügung stellte. Feridun trug seinen Manöverdrillich, hatte sich die Benzinstationen zwischen Berlin-Lichterfelde und Schwiessel gut eingeprägt, auch Urlaubschein, Fahrerlaubnis und Tankberechtigung nicht vergessen. Als junger Türke auf einem Motorradausflug Richtung Ostsee wollte er unterwegs möglichst wenig auffallen. Hatten doch Brandenburger und Mecklenburger vor einem guten halben Jahr ihre Söhne an die Front verabschiedet wie zu einer Spazierfahrt in die Sommerfrische und sich inzwischen an die bittere Wahrheit gewöhnen müssen, dass der deutsche Soldat nicht unsterblich war.

»Ihr seid hier, um sterben zu lernen«, hatte der Erzieher 1910 dem neuen Kadettenjahrgang zugerufen. Feridun konnte sich damals nichts Schöneres vorstellen. Dulc' et decorum'st pro patria mori! Schade nur, dass der große Krieg dann etwas zu früh ausbrach. Hoffentlich dauerte er noch ein paar Jahre. Die ganze Schinderei in der Kadettenschule war ja nur auszuhalten, wenn man seine Kenntnisse in der Praxis unter Beweis stellen durfte.

Hinter Roggow hatte Feridun querfeldein die Landstraße verlassen, eine Abkürzung vermutend. Keine fünfzehn Minuten von hier musste sein Ziel liegen, das Herrenhaus am Ende einer von alten Linden gesäumten Auffahrt. Die Zeit drängte. Die Sonne stand schon tief über den mecklenburgischen Seen, ihre Strahlen durchbrachen nur noch sporadisch die aufziehenden Wolken. Ein Regenbogen warf am Horizont sein Pfauenrad, Seitenwind brachte die ersten Tropfen. Feriduns Schutzbrille beschlug von innen und behinderte die Sicht.

Am Krassower See passierte es. Der Kadett hatte sich etwas zu tief in die Kurve gelegt, als er plötzlich ein Pferdefuhrwerk auf sich zukommen sah. Er riss den Lenker herum. Das Motorrad röhrte auf, die Reifen drehten durch, Mann und Maschine schlitterten über den aufgeweichten Forstweg, dann die Böschung hinunter – wasserwärts. Feridun spürte einen harten Schlag gegen den Schädel, versuchte noch, sich gegen das Unvermeidliche zu stemmen, doch die Beine versagten ihm den Dienst. Das Motorrad war schneller, gurgelnd versank es im See, sein Gepäck mit sich nehmend. Krähen flogen kreischend auf und kreisten neugierig über der Unfallstelle.

Nässe und Kälte schlugen über Feridun zusammen.

Dann wurde es dunkel um ihn und wohlig warm.

Der Kadett kniff die Augen zu und öffnete sie wieder, sah sich unter der Wasseroberfläche schweben, zu keiner Bewegung fähig. Er wusste nicht, wie viel Zeit verstrichen war, als sich ein schnauzbärtiges Gesicht über ihn beugte, kreisförmige Wellen ließen es verschwimmen, doch der Mann kam ihm bekannt vor.

Sein Vater?

Unmöglich, der Pascha befand sich weit weg von hier auf seinem Posten. Feridun aber war doch unterwegs gewesen in Norddeutschland.

Oder lag er schon irgendwo an der Westfront? Der Krieg, auf den er sich all die Jahre vorbereitet hatte – war er für ihn etwa schon vorbei, ganz ohne Ehre und Heldenruhm? Nein, das durfte einfach nicht sein. Das konnte er dem Vater nicht antun.

Der Kadett starrte nach oben, der Bärtige blickte noch immer auf ihn herab.

Rief der Vater ihm ein Lebewohl in die Tiefe nach, ein paar Abschiedsworte, in denen die Enttäuschung des verdienten Generals mitschwang, weil sein einziger Sohn – die Tochter zählte nicht – sich fern der Front aus dem Staub gemacht hatte? Welche Schmach für Familie und Vaterland! Wie sollte der Pascha dies dem deutschen Kaiser erklären und wie dem Sultan?

Nebelschwaden krochen über Feridun hinweg an Land, die letzten Sonnenstrahlen hatten keine Kraft mehr, sie aufzulösen. Der Kadett glaubte auf einmal aromatische Düfte zu riechen, die sein feuchtes Grab in ein türkisches Bad verwandelten. Jemand zog ihn aus und begann seinen Körper zu reinigen und zu balsamieren. Wuschen und salbten die Deutschen ihre Toten?

Er war doch keiner von ihnen, er, der Prinz aus dem Morgenland.

»Prinz aus dem Morgenland«. So hatten ihn die Bassewitz-Zwillinge in Schwiessel kichernd getauft, Comtessen vom Nachbargut, Backfische in Feriduns Alter, deren schlichte Romanphantasie nicht anders konnte, als den exotisch duftenden Paschasohn ins Märchenhafte zu adeln.

Gewiss, Feridun konnte mit parodistischem Talent den kneiferzwinkernden, hackenschlagenden Adelsproleten aus ostelbischen Provinzen geben. Mit diesen armseligen Karikaturen preußischen Junkertums wollte er noch weniger in einen Topf geworfen werden als mit den Fes-tragenden Operettenprinzen der Berliner Bühnen und den Orientalen auf bunten Blechetuis mit türkischen Zigaretten, wie sie unter seinen Kameraden kursierten.

Er war kein Prinz, sondern Spross einer osmanischen Generalsfamilie, die nichts so verehrte und nachahmte wie die westliche Kultur. Die Deutschen unterhielten schon lange enge Beziehungen zu den Türken, deren einst stolzes Weltreich in vielen unglücklich verlaufenen Kriegen arg ramponiert und zusammengeschmolzen war. Seit 1914 tobte nun ein neues Gemetzel, größer und blutiger als alle bisherigen, und die Osmanen hatten sich nach anfänglichem Zögern an die Seite der Deutschen gestellt. Wer wenn nicht Kaiser Wilhelm würde den »kranken Mann am Bosporus« davor schützen können, von Russen und Briten, von Griechen und Italienern zerfetzt zu werden wie ein blutiges Stück Fleisch von einer heißhungrigen Meute?

Von fern hörte Feridun ein Klavier, die Comtessen übten vierhändig. Sie winkten ihn zu sich, machten ihm Platz. Er schob galant ihre Czerny-Etüden zur Seite und drosch einen Operettenmarsch in die Tasten, bis sie unter seinen Fingern schmolzen. Juchzender Beifall begleitete ihn in die Kulisse. Als Publikum mochte er die Zwillinge, als Frauen ließen sie ihn kalt. Obwohl hübsch anzusehen, waren sie ihm in allem zu viel: zu zweit, zu blaustrümpfig, zu jung und unbedarft, um von ihnen etwas lernen zu können über die Liebe.

Die Lehrmeisterin, die dem Kadetten vorschwebte, musste um die zwanzig sein und ohne Dünkel. Es gab ein Hausmädchen auf Schwiessel, das ihm bei früheren Besuchen aufgefallen war. Magdolna, eine Ungarin. Ungarinnen galten als selbstbewusste Frauen, die einem Kerl, der ihnen gefiel, keine großen Hindernisse in den Weg legten. Operetten und Schlager, in denen der türkische Mann meist eine lächerliche Figur abgab, sangen das Hohelied von den rassigen Paprikaweibern der Pußta.

Aber jetzt war er ja tot. In Operetten wurde selten gestorben. Für Feridun hatte ein früher Tod nichts Abschreckendes, nur wollte er keinesfalls abtreten ohne Heldentat. Und ohne vorher herausgefunden zu haben, was Männer mit Frauen machten, wenn sie nicht gerade damit beschäftigt waren, einander lustvoll mit Kanonen und Bajonetten umzubringen.

An eine Latrinenwand der Kaserne hatte jemand die Parole geritzt: »Summa Cum Heldentum!« Darunter die ungelenke Zeichnung eines vorwärts stürmenden Soldaten, der anstelle eines Gewehres beidhändig sein überdimensional erigiertes Glied umfasst hielt.

Welche Großtaten ließen sich auf solche Weise vollbringen? Feridun hatte keine praktischen Erfahrungen auf dem Schlachtfeld der Geschlechter. In der Kasernenstube wurden diesbezüglich nur derbe Sprüche geklopft und Aktfotografien herumgereicht. Einen gemeinsamen Bordellbesuch in der Berliner Friedrichstadt vor ein paar Monaten versuchte Feridun zu vergessen. Als seine Kameraden unter lauter unansehnlichen Nutten ihre Auswahl getroffen hatten, war für ihn, den Türken, nur diese dürre Elsässerin übrig geblieben, Mademoiselle Kiki, sie roch nach billigem Fusel und machte sich lustig über den »jungen Muselmann« in deutscher Uniform. Als sie ihren Unterrock hob und näher kam, legte Feridun mit zitternder Hand etwas Geld aufs Bett und stürzte davon. Ihr kehliges Lachen blieb ihm unauslöschlich im Ohr, denn es erinnerte ihn an die heisere Stimme seiner elsässischen Hauslehrerin in Konstantinopel. Madame Strüth hatte den Achtjährigen zweimal durch Napoleons Memoiren getriezt – auf Französisch und auf Deutsch. Feridun verband Madame Strüth mit Waterloo und Marseillaise, sie war so ziemlich das letzte weibliche Wesen, an das er bei der Einführung in die geschlechtliche Kür denken wollte.

»Ich glaube, er kommt zu sich«, flüsterte jemand.

Feridun schlug die Augen auf.

Er lag in einem Bett und wurde von den Comtessen angestarrt, die am Fußende standen, während eine sanfte Hand ihm von hinten den Schweiß von der Stirn tupfte. Feridun hob das Kinn und drehte die Augen nach oben.

Das ungarische Hausmädchen lächelte ihn an.

»Willkommen auf Schloss Schwiessel, Efendi!«

1997 HASAN

Wenige Tage vor seinem 45. Geburtstag flog Hasan Cobanli, Feriduns Sohn und Enkel des Cevat Paşa, nach Istanbul, was er gerne tat, tun musste, wenn ihm Deutschland, seine andere Heimat, wieder einmal zu eng wurde. Eine unwiderstehliche Sehnsucht zog ihn zum Haus seiner Kindheit, das längst nicht mehr der Familie gehörte, sondern der katholischen Kirche. Unerkannt streifte er durch den Park über dem Bosporus, mischte sich unter Besucher, schlüpfte ins Foyer des Hauptgebäudes, in dem er sich souverän wie ein Bewohner bewegen, notfalls sogar als Alteigentümer ausweisen konnte, obwohl er ein Fremder war im Land seiner Väter. Verstohlen strich er mit der Hand über Wände und Geländer, flüsterte mit Türen und Fenstern und lauschte ihrem beredten Schweigen. Auch suchte er die kleinen Unebenheiten des Marmorbodens, die schon die nackten Zehen des Kindes ertastet hatten. Kerben und Kanten gaben sich ihm noch zu erkennen, als wäre alles erst gestern gewesen und nicht fast ein halbes Jahrhundert her.

In solchen Momenten fielen die schützenden Rollen und Masken von Hasan ab, er war nur noch der kleine deutsch-türkische Junge in einem großen Haus, das erfüllt war von Träumen und unbegrenzten Möglichkeiten des Morgenlandes, die ihm auf seinem späteren Lebensweg verloren gegangen waren.

Diesmal jedoch gab es für Hasans Anwesenheit noch einen weiteren Grund. Ein Mieterwechsel stand an, der ihn beunruhigte. Wer auch immer hier einzog, würde ihm vielleicht künftig den Zugang erschweren, wenn nicht verwehren. Darum hatte Hasan den nächsten beruflichen Termin zum Anlass genommen, München in Richtung

Istanbul zu verlassen, um sich von dem Haus zu verabschieden, das den Namen seines Großvaters trug und in dem er selbst aufgewachsen war.

Die graue Fassade der von Zedern umstandenen Villa im noblen Stadtteil Nişantaşi erglühte im Abendrot. Die Mauer rund um Cevat Paşa Konak war von Efeu und blauen Glyzinienkaskaden überwuchert und hier und da schon etwas brüchig. Palmenkronen raschelten vor ausgeklappten, verwitterten Fensterläden der oberen Stockwerke. Hasan stand im Smoking mit weißem Seidenschal und Lackschuhen unter einem Magnolienbaum und blickte hinunter zum leeren Bassin, das von einer alten Zeder bewacht wurde.

Von dort glaubte er Kinderlachen zu hören.

Er kniff die Augen zu, sah sich selbst als Achtjährigen am Rand des Bassins liegen und in die Sonne blinzeln. Ein Schatten schiebt sich vor das gleißende Licht. Ingrid, etwas älter als er, setzt sich auf den kleinen Hasan.

»Wollen wir Küssen üben?«, schlägt sie vor.

Neugierig lässt er sie gewähren.

Hasan steckte sich eine Zigarette an, versunken in Erinnerungen, die allmählich verblasst waren, verhallt wie der Klang des ersten Kinderliedes, das ihm sein Vater hier beigebracht hatte, als er mit dem Söhnchen auf der Schulter durch die Rosenbeete marschierte – »Ak koyun meler gelir…«

Weißes Lämmlein kommst du klagend
Aus den Bergen hoch aufragend, mäh.
Wärst in Treue mir ergeben
Wagtest du für mich dein Leben, mäh …

»Cobanli Bey…?«

Ein junger Türke eilte auf Hasan zu und riss ihn aus seinen Gedanken. Gel im Haar, Sonnenbrille, Businessanzug, Aktenköfferchen, streckte er ihm seine Visitenkarte entgegen, Maklerbüro Bosporus Dreams, die türkische Filiale der deutschen Firma Hinkel & Voeller Luxusimmobilien.

»Sorry für die Verspätung«, japste er, »ich springe kurzfristig für meinen Chef ein, der unten im Çiragan Palas einen Termin hat.«

»Im Çiragan?«

»Ja, da ist heute eine Gala mit Party, und er hofft, dort Kunden zu akquirieren, vielleicht die Chance seines Lebens: einmal Rahmi Koç treffen.«

»Rahmi Koç?«, stellte Hasan sich dumm.

»Wenn der reichste Türke feiert, versucht mein Chef immer eine Einladung zu ergattern. Dann schickt er schon mal einen Vertreter zum Kunden.«

»Na prima«, murmelte Hasan. Aus München ankommend, war er auf dem Weg zu seinem Abendtermin schnell noch zum Haus gefahren. Ohne seine wahre Identität preiszugeben, ließ er sich nun von dem schnöseligen Makler das »Objekt Cevat Paşa Konak« anpreisen. Eine halbe Million Dollar Miete im Jahr.

Hasan könnte sich nicht einmal einen Bruchteil davon leisten. Er wollte sein Elternhaus nicht mieten. Er wollte vielleicht ein letztes Mal das Paradies seiner Kindheit besuchen.

Was hatte dieser Typ hier oben zu suchen? Papi hätte ihn rausschmeißen lassen, dachte er. Doch dann war die Neugier größer.

»Die Miete scheint mir etwas überzogen für diese Bruchbude.«

»Das waren diese Katholiken, die haben das schöne Köşk nicht gepflegt. Ein Altersheim haben sie daraus gemacht – und aus dem Nebengebäude, dem Holzmeisterhaus, ein Pfarrhaus mit Kirche. Was für eine Sünde! Aus dem Palais eines osmanischen Generals!«

»Das Haupthaus ist ein Konak«, korrigierte ihn Hasan, »also eher eine Villa, aber kein Köşk, kein Palais …«

Der Makler blätterte in seinen Unterlagen. »Stimmt, aber vorher stand hier ein Palais, ein Holz-Köşk, doppelt so groß. Ist leider abgebrannt. Und der Garten ist zehntausend Quadratmeter groß! So ein Objekt mitten im besten Istanbuler Viertel! Finden Sie mal so was!«

Hasan nickte und sagte nichts.

»Sie scheinen sich ja super auszukennen«, schmeichelte der Makler, »wie kommt das? Sind Sie interessiert oder sind Sie ein Mitbewerber?«

Ohne zu antworten, horchte ihn Hasan weiter aus. »Und der Besitzer vor den Katholiken, was wurde aus dem?«

»Oh! Das war ein – ein Prinz! Der soll hier einen Harem mit vielen Frauen gehalten und große Orgien gefeiert haben. Deshalb bekam er Ärger mit dem Pascha und musste nach Deutschland auswandern. Dann hat er seine junge Frau, eine deutsche Gräfin, hierher geschickt, und die hat in einer Nacht- und Nebelaktion den ganzen Besitz an einen Monsignore der katholischen Kirche verkauft und ist mit zehn Millionen Dollar verschwunden …«

Hasan sah ihn erstaunt an. »Zehn Millionen!« Der Makler nickte beflissen. Dann merkte er, dass Hasan von seiner Geschichte allenfalls belustigt war.

»Also, so hat man es mir jedenfalls gesagt«, wand er sich, um dann mit wichtiger Miene fortzufahren: »Das Geld kam direkt vom Vatikan! Und mit zum Grundstück gehört ja auch noch das Haus da drüben am anderen Ende des Parks. Das hat der berühmte österreichische Architekt Holzmeister für den Prinzen gebaut. Da sollen ausländische Spione einen Umsturz gegen Atatürk geplant haben, die wurden dann hier im Garten standrechtlich erschossen!«

Hasan ließ den Blick über die Bäume schweifen und lächelte.

»Und die sind auch hier begraben, die exekutierten Spione? Und das treibt natürlich den Preis in die Höhe?«

»Wir haben den Preis durch unsere deutschen Experten genau ermitteln lassen, da können Sie Gift drauf nehmen, ich komme gerade aus Berlin.«

»Verstehe. Sie sind nur meinetwegen angereist?«

»In den nächsten Tagen kommen noch jede Menge Russen und Araber.«

»Und die lieben solche Geschichten, oder?«

Der Makler grinste verlegen.

Hasan verspürte Lust, dem Schnösel eine väterliche Ohrfeige zu verpassen. »War nett, Sie kennenzulernen. Güle güle!«

»Sie waren doch noch gar nicht drin. Wollen Sie die Räume nicht sehen?« »Danke, aber ich kenne die Räume.«

Er machte auf dem Absatz kehrt und ging zurück zu der schwarzen

Limousine, die hinter dem Konak auf ihn wartete. Der Makler kratzte sich am Schädel, dann lief er Hasan hinterher.

»Efendim, hier die Unterlagen für Sie! Falls Sie interessiert sind …«
Die Wagentür klappte zu, der Mercedes fuhr vom Gelände. Der Makler erhaschte gerade noch einen Blick auf das diskrete Firmenlogo unterm Seitenfenster: Koç Industries. Er zischte Hasan einen Fluch hinterher.

Auf dem Rücksitz lächelte Hasan in sich hinein, schaute noch einmal zurück auf die im Dämmerlicht ergraute Mauer des Cevat Paşa Konak, seufzte lautlos und summte das Lied seiner Kindheit.

»*Ak Koyun Meler gelir*…«

☾

Roter Teppich, Damen in Haute Couture, Security, Fernsehkameras, wohin man sah. Eine Menschenschlange bis hinaus auf die Straße. Hasan ließ den Chauffeur anhalten und ging das letzte Stück zu Fuß zum Çiragan Palas Hotel. Ein ehemaliger Sultanspalast, in Jahrhunderten oft abgerissen und neu aufgebaut, zwischendurch kurz als Parlamentsgebäude genutzt und 1910 bis auf die Außenmauern abgebrannt. Das Grundstück am Bosporus jahrzehntelang missbraucht als Baustoffdepot und Sportplatz. Doch nun hatte der Kempinski-Konzern den Çiragan Palas prunkvoll restauriert und ein Grandhotel daneben gesetzt. Bestlage. Fünf Sterne plus.

Ein Magnet für Luxustouristen, Staatsgäste und Spesenritter.

Alljährlich vergab Rahmi Koç, der Eigentümer des riesigen Mischkonzerns Koç Industries, drei mit jeweils 300 000 Dollar dotierte Umwelt-Preise. Geehrt wurden sowohl Naturschützer als auch Menschen und Organisationen, die irgendwo auf der Welt ein Schloss, einen Tempel oder ein anderes historisches Bauwerk restauriert oder eine seltene Tierart vor dem Aussterben bewahrt hatten.

Einige Wochen zuvor hatte Hasan für das deutsche Wirtschaftsmagazin Capital über »Die neuen Paschas« geschrieben, darunter ein freundliches Porträt des pressescheuen Magnaten Koç.

Das hatte ihm die Einladung nach Istanbul eingebracht. All inclusive.

Im kunstvoll ausgeleuchteten Innenhof stand der Gastgeber, einer der mächtigsten Unternehmer des Landes, Nummer eins auf der Forbes-Liste der reichsten Türken. Rahmi Koç begrüßte mit Handschlag jeden einzelnen Gast, unter ihnen Karl und Francesca Habsburg, sein Freund Bill Gates, ein britischer Herzog als Vertreter von Prinz Philipp, dem Vorsitzenden des World Wildlife Fund, hundert Ehrengäste, Umweltpolitiker aus aller Welt sowie ein Dutzend aus Ankara angereister ausländischer Botschafter.

Als nun Hasan an der Reihe war für den Handshake, fiel die Begrüßung besonders laut und herzlich aus.

»Aaah, der Pascha-Enkel aus Almanya! Kompliment! Schöner Artikel über mich, danke noch mal! Gut erkannt, dass wir türkischen Unternehmer nicht alle stockkonservativ sind. Wir wollen nicht um jeden Preis nach Europa – auch wenn Europa uns will! Ihr Großvater wäre stolz auf Sie!«

Kaum hatte Koç sich dem nächsten Gast zugewendet, rauschte eine auffallend schöne Türkin vorüber. Sie war vielleicht Anfang dreißig, hatte schwarze Haare, grüne Augen – ganz und gar nach Hasans Geschmack.

Rahmi Koç sah sie und schnippte mit dem Finger.

»Ah, Nesrin, komm mal her! Ich muss dir jemanden vorstellen! Das ist Hasan Cobanli aus Deutschland, Enkelsohn von Cevat Paşa, ein deutscher Türke. Er ist Journalist und hat über uns geschrieben. Ich denke mal, ihr werdet euch gut verstehen!«

Und zu Hasan: »Das ist Nesrin Orman, frischgebackener Vorstand bei einer unserer Tochterfirmen und Gründungsmitglied des türkischen World Wildlife Fund – amüsiert euch!«

Und schon war er verschwunden im Gewühl, umgeben von Kameras und Männern mit Knopf im Ohr.

Die Schönheit im hautengen grünen Abendkleid musterte erstaunt den Gast aus Deutschland.

»Wie war Ihr Name? Hasan Cobanli?«

»Ja, Hasan Cevat Cobanli!«

»O my God! Meine Stiefgroßmutter war mal mit einem Feridun Cobanli verheiratet!«

»Selma?«

»Oh my God!«

»Die erste Frau meines Vaters hieß so, ich habe sie leider nie kennengelernt …«

»Dann bist du der Sohn, den Feridun Bey später mit der jungen deutschen Baronin hatte?«

»Das bin ich – aber wer bist du?«

Die junge Dame packte Hasan am Arm, zog ihn hinaus auf die fackelbeleuchtete Terrasse am Bosporus, drückte ihn auf einen Stuhl und setzte sich neben ihn.

»Du bist also … Ich fasse es nicht!«

Hasan schwieg belustigt, noch hatte er keine Ahnung, wen er da vor sich hatte.

Dann sprudelte sie los: »Also … Wo soll ich anfangen? Dein Vater und Selma haben sich scheiden lassen. Dann hat Selma den Witwer Şadi Cenani geheiratet, der war zuvor mit Hanna verheiratet und hatte eine Tochter, meine Mutter! Hanna, eine Deutsche wie deine Mutter, war gestorben, als meine Mami noch ein Kind war! Verstehst du? Hasan! Selmas erster Mann Feridun war dein Vater, ihr zweiter Mann Şadi ist mein Dede, mein Großvater! Und hier treffe ich dich heute? Bei Rahmi Koç auf einer Party …?«

Hasan verstand alles und nichts.

Nesrin brach in schallendes Gelächter aus, sprang auf und fiel Hasan um den Hals.

»Mein Stiefonkel! Mein Halbonkel? Mein Cousin? Was bist du? Lass mich überlegen … Nein, blutsverwandt sind wir nicht, oder? Aber wunderbar, dass wir uns endlich kennenlernen! O my God! Komm, auf diesen Schock brauche ich einen Drink …«

Hasan auch.

Die Lichter des Çiragan Palas tanzten vor seinen Augen. Die Stimme der Schönen verschmolz mit den Hintergrundgeräuschen, dem Applaus aus dem Festsaal, dem fernen Tuten eines Dampfers auf dem Bosporus.

1915 CEVAT PAŞA

Kräftiger Wind aus Nordost, die ersten Frühjahrsstürme ankündigend, fegte von der Halbinsel Gallipoli her über die Dardanellen und rüttelte an Cevat Paşas graugrünem Generalszelt. Der Kommandant der Küstenfestungen und der Meerengen hatte es von seinen Soldaten etwa dreißig Kilometer vom Garnisonsort Çanakkale entfernt aufbauen lassen, am Fuße eines Hügels auf der kleinasiatischen Seite.

Hisarlik hieß der Hügel.

Cevats deutsche Besucher aber kannten ihn nur unter seinem antiken Namen.

Troja.

Marschall Otto Liman von Sanders, Leiter der deutschen Militärmission in Konstantinopel und Oberbefehlshaber des 1. Osmanischen Armeekorps, sah in der Einladung dorthin eine willkommene Abwechslung auf seiner Inspektionsreise von Konstantinopel zu den Festungen südlich der Dardanellen. Das magische Wort Troja hatte genügt, um Liman und seinen Landsmann Admiral Guido von Usedom, den Kommandanten der Küstenfront und Vorgesetzten von Cevat Paşa, zu einer Lagebesprechung in historischer Umgebung zu locken.

Cevats Rechnung war aufgegangen. Er hatte einen Plan und wollte ihn unbedingt durchsetzen.

Die Bedrohung der Meerengen spitzte sich seit Jahresbeginn immer weiter zu, es war schon zu ersten Testangriffen einer britisch-französischen Flotte gekommen, man konnte sie mit mehr Glück als Geschick abwehren. Es passierte immer wieder, dass wichtige Entscheidungen auf den chaotischen Befehlswegen zwischen Çanakkale, Gallipoli und Konstantinopel entweder zu lange pendelten, die falsche Richtung nahmen oder einfach irgendwo im türkisch-deutschen Kompetenzgerangel untergingen. Das konnte der Standortkommandant von Çanakkale auf keinen Fall weiter riskieren.

Der Konvoi der Deutschen – die ersten Kraftwagen auf den von kaiserlichen Pionieren angelegten Pisten in diesem Teil des Landes –

hatte vor den Ruinen der Pergamos-Burg neben Cevats Zelt Halt gemacht, der Marschall und der Admiral waren ausgestiegen und ließen sich von dem türkischen General den Hisarlik hinaufführen. Beeindruckt lauschten sie Cevats Bericht zum Stand der Ausgrabungen seit Schliemanns erstem Spatenstich, die durch den Krieg wieder einmal zum Erliegen gekommen waren. Liman von Sanders griff Guido von Usedom am Arm und zog ihn zu einer Stelle, wo die Archäologen ein paar Steinblöcke zum Fragment der Burgmauer gestapelt hatten. Wie zwei humanistische Gymnasiasten kletterten die Herren, beide immerhin um die sechzig Jahre alt und vom Kaiser von deutschen Abstellgleisen in die Türkei versetzt, auf die steinerne Kanzel und richteten den Blick visionär gen Westen. Hier, wo einst die Mutter aller Kriege stattgefunden hatte, musste man als hoch dekorierter Offizier seiner Majestät einmal im Leben gestanden haben. Marschall und Admiral holten tief Luft und deklamierten frohgemut hinunter zu den Türken die ersten Zeilen von Homers »Odyssee«.

»Andra moi ennepe, Mousa, polytropon, hos mala polla!«

Viel mehr hatten sie nicht an Wissen über die Gegend mitgebracht, bevor sie sich mit den Akten ihrer militärischen Vorgänger beschäftigten. Zu ihrer Überraschung hörten sie Cevat ebenfalls auf Altgriechisch antworten.

»Planchthe, epei Troies hieron ptoliethron eperse!«

Neben Cevat stand stumm ein osmanischer Oberst, der erst vor Kurzem das Kommando der 19. Infanteriedivision übernommen hatte. Er war in Maidos stationiert, dem griechischen Küstenstädtchen auf der Halbinsel Gallipoli, Cevats Garnisonsort Çanakkale genau gegenüber auf der europäischen Seite der Meerenge. Darum war er von ihm zu dem Treffen in Troja hinzugebeten worden. Der Oberst schüttelte den Kopf über Cevat, denn er sah keinen Grund, den deutschen Militärberatern mit Fremdenführerfreundlichkeiten in den Hintern zu kriechen.

»Was soll das hier werden, eine Schulstunde?«

»Ein taktisches Manöver«, gab Cevat halblaut auf Türkisch zurück und zwinkerte dem jungen Mann aus Maidos zu, mit dem er künftig viel zu tun haben würde. Dann setzten sie ihre Besichtigungstour durch die Trümmer der Antike fort.

Mit seinen vierundvierzig Jahren hatte Cevat Paşa sich gut gehalten. Er war ein untersetzter Mann mit feinen Gesichtszügen und hoher Stirn. Der über den Mundwinkeln spitz nach oben gezwirbelte Schnurrbart ließ ihn aristokratisch streng, jedoch nicht martialisch erscheinen. Seit Generationen dienten die Besten aus seiner Familie als Offiziere in den Streitkräften des Sultans. Großvater Hasan Paşa, Vater Arapkirli Şakir Paşa – der militärische Ehrentitel Pascha, obwohl nicht erblich, gehörte fast schon zum Inventar ihres Palais´ in Konstantinopel. Die Entmachtung des Sultans durch den Putsch der Jungtürken im Jahre 1908 und die Einsetzung seines Bruders Mehmed, eines vornehmlich auf Mehrung und Wahrung des eigenen Besitzstands erpichten, kränkelnden Mitgliedes des Hauses Osman, hatten Cevats Militärkarriere nur zeitweise beeinträchtigt. Auch die Balkankriege hatte er überstanden.

Während nun Briten, Franzosen, Russen und Deutsche darauf lauerten, dass ihnen möglichst große Trümmer des immer weiter zerfallenden Osmanischen Weltreiches in den Schoß fielen, war Cevat unter Limans Oberbefehl für den Schutz der Dardanellen verantwortlich.

Anders als der von Ehrgeiz und Pulverdampf benebelte türkische Kriegsminister Enver Paşa – Napoleönchen nannten ihn seine Landsleute –, der gerade vernichtend geschlagen von seinem wahnwitzigen Winterfeldzug gegen die Russen aus dem Kaukasus nach Konstantinopel heimgekehrt war, schätzte Cevat den Frieden mehr als den Krieg. Zur steten Mahnung dienten ihm dabei die nahen Ruinen von Troja, die an neun Jahre Belagerung durch die Hellenen erinnerten. Das mochte über drei Jahrtausende her gewesen sein. Die verhassten Griechen der Gegenwart hatten sich jedoch erneut mit mächtigen Feinden des Sultansreiches verbündet und ihnen ihre Inseln in der östlichen Ägäis als Flottenstützpunkte zur Verfügung gestellt. Dort sammelten sich britische und französische Kanonenboote, den ganzen Winter über waren Hafenanlagen und Flugplätze gebaut worden, in Piräus hatten die Emissäre des Ersten Lord-

26

admirals Winston Churchill kleinere Schiffe aufgekauft, die sich als Minenräumer eigneten.

Die Hellenen hofften zweifellos auf die Rückgewinnung Anatoliens und ihrer ehemaligen Hauptstadt Konstantinopel. Ein vom Bosporus aus regiertes Großgriechenland sollte das alte hellenische Reich wiederherstellen und endlich die Schmach der Eroberung von Byzanz und der Vertreibung des orthodoxen Patriarchen durch Allahs Glaubenskämpfer sühnen.

Bei Kriegsausbruch 1914 hatten die Türken sofort Bosporus und Dardanellen gesperrt, die beiden Engpässe zwischen nordöstlichem Mittelmeer und Schwarzem Meer. Seitdem war die russische Schwarzmeerflotte abgeschnitten von Waffen und Munition aus den Fabriken der Alliierten. Und russischer Weizen, Moskaus wichtigste Geldquelle, konnte nicht mehr übers Mittelmeer westwärts verschifft und verkauft werden, dorthin, wo hungernde Verbündete ihn so dringend erwarteten. Dem deutschen Reich wiederum war der Landweg für Transporte von Truppen und Kriegsmaterial nach Istanbul versperrt, weil einige Balkanländer sich einer Allianz mit dem Kaiser widersetzten.

In Konstantinopel selbst, von patriotischen Türken Istanbul genannt, herrschte Panik, seit die Schlachtschiffe der Invasoren zwei vorgelagerte Festungen bei den Dardanellen zerstört hatten. Eroberung und Besetzung der schutzlosen Hauptstadt schienen unmittelbar bevorzustehen. Dem »kranken Mann am Bosporus«, wie der Westen den Sultan und sein marodes Reich verhöhnte, drohte der vollständige Untergang, bevor der Krieg für die Türken überhaupt erst richtig angefangen hatte. Viele, die es sich leisten konnten und etwas zu verlieren hatten, saßen auf gepackten Schrankkoffern, bereit zur Flucht. Auch der Sultan und Kalif hielt schon die Klinke des Dolmabahçe-Palastes in der Hand, bereit, sich ins Landesinnere zu verdrücken. Cevats Familie gehörte nicht zu ihnen. Der Pascha hatte seinen Angehörigen strikte Weisung erteilt, in der Hauptstadt auszuharren und größtmögliche Normalität an den Tag zu legen. Nur ein helles Rechteck auf dem dunklen Holzfußboden in Cevats Bibliothek zeigte Besuchern an, dass wieder Krieg war und der Pascha wohl so bald nicht zurückerwartet wurde. Den Nomadenteppich, der hier in Friedenszeiten auslag, hatte er mitgenommen an die Front. Der General wollte immer ein Stück Privatheimat unter den Füßen haben, die es genauso zu verteidigen galt wie sein Vaterland.

Auf rauem Holzboden lag sein Teppich nun im Generalszelt vor den Mauern der Pergamos-Burg und trotzte mit persischen Ornamenten der kriegerischen Tristesse. Blakende Petroleumfunzeln beleuchteten mehr schlecht als recht den Tisch mit dem Lageplan. Der eiserne Kanonenofen in der Ecke hatte im Laufe der vielen Ortswechsel seinen Kampf gegen den rostdurchlöcherten Rauchabzug aufgegeben. Dass er je funktioniert und für Wärme gesorgt hatte, davon zeugte eine dunkle Stelle auf Cevats Teppich. Unachtsame Rekruten, kaum fünfzehnjährig aus Bauerndörfern der Umgebung eingezogen, hatten ihn beim regelmäßigen Entfernen der Asche immer weiter ins fein geknüpfte Muster gesengt. Einst würde Cevats Sohn diesen Teppich erben, Feridun, der ebenfalls fünfzehn war, aber weit weg von hier das Kriegshandwerk lernte, dem Tod noch nicht so nah wie sein Vater und diese einfältigen Rekruten.

Von ihrem Kurzbesuch in der Antike zurück, ließen sich Liman von Sanders und Usedom in Cevats Zelt führen. Dort beugten sich die Krieger des Kaisers und die des Sultans mit ihren Fellmützen und Schnurrbärten über eine große Karte, während von ihren Stiefeln der Staub Trojas auf die Privatheimat des Paschas bröselte. Vor den Dardanellen schoben sie britische und französische Schlachtschiffe, Torpedozerstörer, U-Boote und Minenräumer hin und her, während an der Küstenlinie die Krupp-Haubitzen der Osmanischen Armee in Deckung lagen, darunter viel altes Gerät aus früheren Kriegen.

Am Tisch fiel kaum ein türkisches Wort. Die *lingua franca* war Deutsch, das Cevat perfekt beherrschte.

Nur gelegentlich wechselte man ins Französische, die Sprache des Kriegsgegners, um den Oberst aus Maidos nicht völlig auszuschließen. Der hielt sich zurück, richtete zwischendurch ein paar Worte auf Türkisch an Cevat, die durch einen markanten makedonischen Akzent gefärbt waren. Außerdem fiel er durch seine ungesunde Gesichtsfarbe auf. Der Oberst litt unter heftigen Malariaschüben, die er einem länger zurückliegenden Einsatz in Nordafrika verdankte. Die beiden Deutschen nahmen ihn kaum wahr.

Der vierunddreißigjährige, im osmanisch-makedonischen Saloniki geborene Sonderling mit den wasserblauen Augen und dem rotblonden Oberlippenbart war nach einer steilen Karriere bis in den Rang eines Divisionskommandeurs wegen seiner ablehnenden Haltung gegen die deutschen Militärberater beim Kriegsminister Enver in Ungnade gefallen und als Militärattaché ins bulgarische Sofia verbannt worden. Er galt als Quertreiber, machthungriger Verschwörer, Hitzkopf, wilder Reiter, Freund der Frauen und des Alkohols. Doch auch als Mann von Löwenmut und kriegerischem Genie.

Er hieß Mustafa Kemal.

Jahre später würde er den Familiennamen »Vater der Türken« annehmen.

Kemal verachtete Enver Paşa wegen seiner Hörigkeit gegenüber dem Kaiser und seinen arroganten Militärs. Die maßlosen Deutschen, so seine Überzeugung, würden das Osmanische Reich entweder mit sich ins Verderben reißen oder aber zu einem tributpflichtigen Vasallenstaat herabwürdigen. Er hatte ganz andere Vorstellungen von der Zukunft seines Landes. Statt weiter in Bulgarien zu versauern, war er deswegen bereit gewesen, sich im alten Rang an die Dardanellen abkommandieren zu lassen, Hauptsache, möglichst weit weg von Envers desaströs gescheitertem Russlandfeldzug, der gerade erst 90 000 Türken das Leben gekostet hatte.

Cevat Paşa, seit seiner Studienzeit auf der Kriegsakademie in Berlin von deutscher Effizienz und Disziplin überzeugt, empfand zugleich Sympathien für den zehn Jahre jüngeren Oberst aus Maidos, obwohl er ihn zu den Revoluzzern rechnen musste, die das osmanische Establishment, zu dem auch Cevat gehörte, ins Abseits zu drängen versuchten. In der Hoffnung, dass endlich nicht nur alles anders, sondern auch manches besser würde, hatte der verdiente General im Zuge der von deutscher Seite ausgearbeiteten, von den Jungtürken aber mangelhaft umgesetzten Militärreformen sogar seine Degradierung zum Küstenbrigadier ohne Murren in Kauf genommen.

Das Schicksal – mit dem Namen Gottes ging Cevat sparsam um, noch sparsamer als mit dem des Kriegsministers – hatte ihn dazu ausersehen, in diesem Krieg die verwundbarste Stelle des Osmanischen Reiches zu verteidigen: die Meerenge der Dardanellen.

In Ostanatolien liefen parallel die Vorbereitungen zur vollständigen Deportation der Armenier, mit der Enver sein Desaster an der russischen Front kaschieren und im Schlagschatten des Weltkrieges zugleich ein Lieblingsprojekt der jungtürkischen Putschisten ein für alle Mal erledigen wollte. Hinter dem Rücken des deutschen Marschalls, der an der Westküste seine schützende Hand über die Armenier hielt und mit Enver heillos zerstritten war über dessen chaotische Kriegsführung im Osten, unterstützten kaiserliche Offiziere die türkische Regierung bei Planung und Umsetzung der bis dato größten und brutalsten Vertreibung von Menschen aus ihrer Heimat.

Bei den Dardanellen lauerten unterdessen sechzehn britische und französische Kriegsschiffe auf ihre Chance, ins Marmarameer durchzustoßen, Kurs auf Konstantinopel zu nehmen und quasi im Vorbeifahren das Osmanische Reich zu erobern. Dreihundert schwimmenden Kanonenrohren der Angreifer standen an Land gerade einmal halb so viele türkische Geschütze gegenüber, gebaut im Deutschen Reich und beliefert von der einzigen, längst schon überforderten türkischen Munitionsfabrik.

Seit der ersten Attacke am 19. Februar hielten täglich meist vier oder fünf Schiffe auf die Meerengen zu, feuerten auf Festungen und Küstenbatterien, drehten knapp vor den bekannten Minensperren nach steuerbord ab, um außer Reichweite der türkischen Haubitzen ihre Geschütze abzukühlen und sich für die nächste Attacke zu sammeln. »Sie werden die Entscheidung an Land suchen, man muss also vor allem Gallipoli gegen die Invasion wappnen«, lautete das Credo der Deutschen. Marschall Sanders, wegen seiner unbeherrschten, eitelaufbrausenden Art vom Kaiser erst nach Kassel, dann nach Konstantinopel abgeschoben, agierte dort auf türkischer und auf deutscher Seite ohne echten Rückhalt. Es herrschte Mangel an gut ausgebildeten Soldaten, die Kommandostrukturen waren unübersichtlich, deutsche und türkische Offiziere gerieten ständig aneinander, aber auch unter den Militärberatern des Kaisers herrschte Zwist, so zwischen den Dardanellen-Admirälen Usedom und Souchon, mit denen General Cevat auskommen musste.

»Die Engländer überschätzen ihre Navy«, meldete sich Mustafa Kemal auf Französisch und in überraschend energischem Ton. Die Köpfe fuhren herum.

»Wie meinen?«, fragte Admiral Usedom den Infanterieoberst.

»Die glauben, wenn sie erst einmal unsere Festungen vom Wasser aus zerstört haben, können sie in aller Ruhe die Minen aus dem Meer fischen und weiter nach Konstantinopel fahren«.

Das war das Stichwort, auf das der Küstengeneral Cevat gehofft hatte. Nun ergriff er das Wort.

»Den Schlachtschiffen fahren griechische Fischkutter mit geringem Tiefgang voraus. Die sollen unsere Treibminen aufspüren. Um die Moral der Truppe zu schonen, bestehen diese Himmelfahrtskommandos nicht aus Soldaten, sondern aus zwangsrekrutierten Zivilisten, Männern, denen man Geld versprochen hat, Männern in Todesangst, Männern ohne Dienstränge und ohne Bindung an Befehl und Gehorsam. Kaum tauglich für das Räumen von Minen, erst recht nicht für Kampfeinsätze.«

Marschall Sanders, Nachfahre jüdischer Kaufleute und erst 1913, kurz vor Antritt seiner Türken-Mission, anlässlich des 25. Thronjubiläums vom Kaiser in den Adelsstand erhoben, war ein Mann der Kavallerie, er hielt nicht viel vom Versteckspiel mit Sprengstoff im Wasser. Dies wiederum war das Steckenpferd des Admirals Usedom, dem allmählich schwante, dass sein türkisches Gegenüber sich offenbar mit einem taktischen Alleingang zu profilieren versuchte.

»Nicht ihre Minenräumer sind unser Problem, sondern ihre Kanonenboote«, unterbrach der Ostpreuße barsch den Vortrag des türkischen Generals.

Cevat ließ sich nicht beirren. Er fuhr mit seinem Zeigestock die Küstenlinie entlang. »Unsere Geschütze dort sind nicht stark genug, um große Schlachtschiffe ernsthaft zu beschädigen. Aber gegen Minenräumer reichen sie allemal aus. Auf die sollten wir uns zunächst konzentrieren.«

»Unsinn!«, rief Usedom. »Die Kanonen der großen Schiffe reichen
fünfzehn Kilometer weit. Nur um ein paar Minenräumer zu vertreiben, sehe ich doch nicht zu, wie vorher eine Festung nach der anderen in Klump geschossen wird. Seddülbahir ist nur noch eine Ruine
wie Troja da draußen.«

Cevat Paşa deutete auf eine Bucht an der kleinasiatischen Seite.
»Die Panzerkreuzer nutzen die Erenköy-Bucht für ihre Wendemanöver. Man könnte ihnen neue Minen genau da in den Weg legen, wo
sie noch keine vermuten.«

Der Marschall warf einen fragenden Blick zum Oberbefehlshaber der
Meerengen. Admiral von Usedom räusperte sich zornig.

»Nachts sind Minenräumer und Wachboote unterwegs. Wer ist so
verrückt zu glauben, er könne direkt unter den Augen des Feindes
neue Minen werfen?«

»Die Nusret, ein kleiner Minenleger, den Sie in Kiel für uns gebaut
haben, liegt abfahrbereit bei mir in Çanakkale vor Anker. Ihr Minen-
spezialist Oberstleutnant Geehl findet, wir hätten eine reelle Chance.«

»Was Oberstleutnant Geehl findet, interessiert mich nicht«, explodierte der Admiral. Einen Augenblick herrschte erschrockenes Schweigen
im Zelt. Es wurde gebrochen von Oberst Kemal.

»Es braucht Tapferkeit und Ortskenntnis«, sagte er auf Französisch.
»Wir Türken haben beides.«

Das war eine kaum verhüllte Beleidigung der deutschen Waffenbrüder.

Mit einer jähzornigen Bewegung wischte Usedom alle Papierschiff-
chen auf dem Schlachtplan zur Seite.

»Warum sollten wir dem Feind auch noch unseren einzigen Minenleger opfern?«, fuhr der Admiral den Infanteriekommandeur an.

»David hatte gegen Goliath auch nur eine Steinschleuder in der Hand
und machte erfolgreich davon Gebrauch«, gab Oberst Kemal patzig
zurück. »Fragen Sie Ihren Marschall, der kennt die Einzelheiten.«

Liman von Sanders hob die Augenbrauen und atmete hörbar ein.
War das ein Schuss ins Blaue oder eine unverschämte Anspielung
auf seinen für kaiserliche Offiziere nicht ganz lupenreinen Stammbaum? Sanders war weder mit der osmanischen Kultur noch mit

den diplomatischen Zirkeln Konstantinopels warm geworden. Hinter Kemals Bemerkung witterte er, wie schon häufiger, antideutsche und in seinem Fall nun auch noch antisemitische Affekte. Die politischen und militärischen Eliten am Bosporus wollten ihn offenbar als Sympathisanten griechischer, armenischer und jüdischer Minderheiten stigmatisieren, der gegen die moslemischen Türken eingestellt war.

Cevat beobachtete den Marschall aus den Augenwinkeln und sah seine Felle davonschwimmen. Er hatte auf Limans Unterstützung gegen Usedom gehofft, doch der Nachfahre deutscher Juden und der Sohn makedonischer Osmanen drohten ihm durch ihren undiplomatischen Starrsinn gerade einen Strich durchs Kalkül zu machen.

Usedom stand mit hochrotem Kopf neben Sanders. Doch bevor der Admiral erneut explodieren konnte, wendete sich Liman von Sanders mit überraschend ruhiger Stimme an den Neuling aus Maidos.

»Was haben Sie bloß gegen uns Deutsche? Wir kämpfen doch mit euch Seite an Seite!«

Mustafa Kemals Stimme bekam einen schneidenen Klang.

»Sie kämpfen für Ihren Kaiser in Berlin, unsere Soldaten kämpfen für Gott und ihre Heimat! Meine Leute sind schlecht ausgerüstet und schlecht ernährt, doch sie würden notfalls mit Feldsteinen oder bloßen Händen auf einen übermächtigen Feind losgehen. Darum vertraue ich auf unserem Boden einem Türken mehr als einem Deutschen.«

Der Marschall stieß einen Seufzer aus.

»Der amerikanische Botschafter Henry Morgenthau hat mich mehrfach gebeten, ihm und dem übrigen diplomatischen Korps die Befestigungsanlagen an den Dardanellen zu zeigen. Er möchte sich selbst vergewissern, ob Konstantinopel demnächst fällt oder nicht. Soll ich ihm erzählen, dass tapfere Türken bereitstehen, um mit Steinschleudern auf britische Kanonenboote zu schießen?«

»Verraten Sie ihm alles, was er hinterher den Briten weitererzählen soll«, antwortete Kemal.

»Sie finden also, ich müsste den Botschafter einer neutralen Macht von den Dardanellen fernhalten?«

»Im Gegenteil.«

Cevat schnappte sich erleichtert den Gesprächsfaden.

»Admiral Usedom könnte mit dem amerikanischen Botschafter unsere Stellungen besuchen und ihm die schlagkräftige und reibungslose Zusammenarbeit der türkisch-deutschen Allianz demonstrieren.«

Vergeblich suchten Sanders und Usedom in Cevats Miene einen Hauch von Ironie. Nur aus Kemals blauen Augen blitzte ein bübisches Zwinkern zu Cevat herüber. Dem Marschall dämmerte, dass die beiden Türken ihm gerade eine Kriegslist offerierten, die der alten Griechen vor Troja würdig gewesen wäre.

Und Liman von Sanders griff zu.

»Ich habe mir die merkwürdige Befehlsgliederung in der Osmanischen Armee nicht ausgedacht. Aber ich bin sicher, der deutsche Oberbefehlshaber der Meerengen und Festungen Admiral Usedom wird dem türkischen Kommandanten der Meerengen und Festungen Cevat Paşa ab sofort freie Hand lassen. Bereiten Sie alles vor, was den amerikanischen Botschafter ordentlich beeindrucken könnte.«

Cevat dankte für das Vertrauen und senkte unter Usedoms giftigem Blick bescheiden die Augen zum Teppich. Stiefel an Stiefel sah er sich neben dem Oberst aus Makedonien stehen. Zum ersten Mal seit langer Zeit hatte er das Gefühl, seine Privatheimat mit einem Patrioten zu teilen, der es wert war, für ihn zu leben und zu sterben.

An diesem Tag in Troja, nicht erst am 18. März, der beide Männer in den Geschichtsbüchern verewigen sollte, schlossen Mustafa Kemal und Cevat Paşa, ohne je ein Wort darüber zu verlieren, Freundschaft bis zum Tod.

1915 Das Herrenhaus

Eine der wenigen Attraktionen moderner Technik auf Schloss Schwiessel war der einzige private Telefonapparat weit und breit. Da in der Nähe des Herrenhauses die Fernmeldeleitung zwischen

Berlin und Rostock verlief, nutzte man den schnellen Draht in die Hauptstadt. Der unschöne Kasten mit dem knochigen Hörer auf der Gabel hing auf Wunsch des Hausherrn an der Wand zwischen Küche und Speisezimmer, damit das Personal nicht zu weit laufen musste, um Anrufe entgegenzunehmen oder Verbindungen beim Fräulein vom Amt in Auftrag zu geben. Nur selten machte jemand aus der Herrschaft höchstpersönlich Gebrauch von der neuartigen Möglichkeit, Botschaften stehend in eine Muschel zu schreien, die man sitzend in wohlformulierten Sätzen schreiben, diktieren oder gottbehüte, wenn besondere Eile geboten war, telegrafisch austauschen konnte.

Der Kadett aus Konstantinopel erhielt vom Korps auf fernmündliche Bitten des Rittmeisters a. D. zwei Wochen Sonderurlaub wegen Gehirnerschütterung.

Ein unfallbeteiligter Forstarbeiter hatte den Bewusstlosen aus dem Wasser gezogen, ihn in eine Pferdedecke gehüllt und mit dem Fuhrwerk nach Gut Schwiessel gebracht. Dort erst war Feridun zu sich gekommen, jedoch ohne Erinnerung an das abrupte Ende seiner Fahrt. Auch das Motorrad holte man später heraus und übergab es dem Stellmacher, der auf Schwiessel die meiste Ahnung von Fahrzeugen mit Verbrennungsmotor besaß.

Fünf Frauen umsorgten den »Prinzen aus dem Morgenland«, dem der Landarzt strenge Bettruhe verordnet hatte: die Gräfin Marie-Luise von Roon, die beiden Bassewitz-Comtessen, die Köchin und das ungarische Hausmädchen.

Der Gastgeber, ein frommer Lutheraner und studierter Theologe, schloss Feridun mehrmals täglich ins Familiengebet ein. Wolfram von Roon war ein schlanker, hoch gewachsener Mann Anfang dreißig mit fein gestutztem Schnurrbart, hoher Stirn und akkuratem Mittelscheitel. Ehemaliger Zögling der Ritterakademie. Lässigkeit und Haltung zugleich ausstrahlend. Nur seine verschatteten Augen kündeten von den Schrecknissen des Krieges. Vier von sieben Brüdern hatte er im Feld verloren und war selbst mit knapper Not davongekommen, weil ein Granatsplitter ihn auf Dauer kriegsuntauglich machte.

Wolfram Albrecht Sixtus von Roon war ein Enkel des legendären Albrecht Graf von Roon, der mit Otto von Bismarck zu den Gründervätern des Deutschen Reiches gehörte, Kriegsminister und eine Zeit lang sogar Preußens Ministerpräsident war. Wolframs eigener Besitz Gorschendorf nahm sich bescheiden aus gegen das angeheiratete Herrenhaus Schwiessel nebst Gutsbetrieb mit etwa 3500 Hektar Forsten und 1500 Hektar unterm Pflug. Der Gutsherr Graf Ernst Henning von Bassewitz, Wolframs Schwiegervater, lebte mit seiner Frau in einem separaten Teil des Hauses. Da er keine männlichen Nachkommen hatte, war Marie-Luise zum Zuge gekommen, die einzige Tochter. Mit ihr hatte der Rittmeister zwei Mädchen gezeugt, inzwischen vier und drei Jahre alt. Die ältere Tochter, Wolfried, trug den eigentlichen Kinderwunsch der Eltern im Vornamen. Die jüngere kam mit Magdalena glimpflich davon.

Wolfram wirkte auf Schwiessel als jovialer Patron einer Schar und getreuer Landarbeiter, Stellmacher, Zimmerleute, Waldarbeiter, eines eigenen Försters und eines Hausschmieds, während seine Gattin über Köchinnen, Küchenmamsells, Kindermädchen und Kammerdiener gebot. Auf dem großen Gut – Graf Bassewitz hielt sich aus den täglichen Kommissionen weitgehend heraus – konnte der Kriegsheimkehrer nun ganz seiner Leidenschaft als Landwirt frönen und sich zugleich dem Kaiser nützlich machen als Mentor von Kadetten aus dem verbündeten Ausland, die ihm das Korps aus Lichterfelde vorbeischickte. Es war besser, die jungen Burschen lernten übers Wochenende bei Grafen und Baronen Jagen und Fischen, Manieren und Etikette, als in der Kaserne Kohldampf zu schieben und aus Langeweile über die Stränge zu schlagen. Dass der Rittmeister erst nach dem Abendessen sein Sakko auszog und die Hausjacke überstreifte und niemals die Contenance oder gar die Krawatte ablegte, schien Feridun seltsam vertraut. Sein Vater war aus gleichem Holze geschnitzt, wenngleich in Glaubensdingen eher konziliant.

Auch die Architektur des Herrenhauses hatte bei dem jungen Gast aus Konstantinopel für ein Déjà-vu gesorgt, sie erinnerte ihn an die Sommerresidenzen am Bosporus. Erbaut 1862, kokettierte Schloss

Schwiessel mit seinen Erkern und Spitzgiebeln als Hommage an den Tudorstil, der im England des 19. Jahrhunderts noch einmal groß in Mode gekommen war und von dort aus seinen Siegeszug in die westliche Welt und vereinzelt auch bis auf die mecklenburgische Seenplatte angetreten hatte, überallhin, wo gut betuchte Bauherren kein Vertrauen in die Gegenwartsarchitektur besaßen, sondern sich lieber – my castle is my home! – aus allerlei Altem ihr kleines Neuschwanstein errichten ließen. Reiche Osmanen, die ihren Yalis an den Ufern des Bosporus gerne die Anmutung westeuropäischer Eleganz gaben, erlaubten sich ebenfalls manche Anleihe bei den Tudor-Fassaden. In Mecklenburg wirkte diese Schrulle mindestens so befremdlich wie im Reich des Sultans.

Der von der Kadettenschule anfangs recht eingeschüchterte türkische Knabe blühte schnell auf im norddeutschen Paradies. Was ihm die Kaserne an Komfort und Nestwärme verwehrte, gab Schwiessel ihm doppelt zurück. Die Roons wuchsen ihm als Ersatzeltern ans Herz, denn sie gaben ihm ein Stück seiner geraubten Kindheit wieder. Die preußische Strenge des Gastgebers in Sachen Religion und Etikette war leicht hinzunehmen für ein paar Tage unbeschwerten Lebens auf dem Lande, fern vom Drill und den Entsagungen in der kalten Kaserne.

Die Roons kümmerten sich um den Spross des Paschas wie um einen eigenen Sohn, den sie sich immer noch erhofften. Die Comtessen vom Nachbargut schneiten wie zufällig herein, sobald das Kadettenzimmer unterm Dach des Herrenhauses wieder belegt war. An Feriduns Ankunftstag hatten sie eigens Klaviernoten aus dem Repertoire für höhere Töchter mitgebracht, um sich mit ihm an den großen Blüthner-Flügel in der gräflichen Bibliothek zu setzen und die Aura des Prinzen aus dem Morgenland auf sich wirken zu lassen.

Unter den zahlreichen Hausgästen der Roons nahm der türkische Kadett einen besonderen Platz ein, den des Exoten. Meist kamen ja Verwandte und standesgemäße Nachbarn – also alles, was im Umkreis einer halben Tagesreise per Kutsche oder Automobil auf Schlössern und Gütern saß – zum Tee, zum Diner oder zur Jagd. Cousinen,

Onkeln, Jagdgäste, für die das Silber geputzt und die Kamine in den Gästezimmern befeuert wurden.

»Feri aus dem Morgenland« war zwar durchaus »passend«, aber er sah eben orientalisch aus – und es umwehte ihn der Mythos Kadettenkorps. Man ahnte, was der arme Junge, der auf Schwiessel elegante, maßgearbeitete Stiefel trug, während der Woche an Drill und Quälerei durchstehen musste, auch oder gerade weil er sich nichts anmerken ließ. Wenn Feridun das Foyer des Gutshauses Gorschendorf betrat oder die Eingangshalle von Schloss Schwiessel, waren alle hellauf entzückt. Noch ein halbes Kind, in Aussehen und Habitus doch schon wie ein fertiger Mann, »das hübscheste Kerlchen, das wir je gesehen hatten«, wird Marie-Luise Roon später sagen, die ganz vernarrt war in »unseren Jungen«.

Sogar der Deutsch-Kurzhaar-Jagdhund Rexi, Fremden gegenüber eher mürrisch, weil ganz und gar auf seinen Herrn fixiert, wedelte hektisch mit dem Stummelschwanz, wenn der türkische Gast auf ihn zukam, um ihn zu streicheln. Und sobald der Kadett den Stall des Gestütes betrat, schnaubte der prächtige Deckhengst Oskar voller Vorfreude auf den wilden Ritt, für den der junge Türke ihn gleich satteln würde.

Feridun verstand sich auf die Kunst der unverbindlichen Konversation, war aber maulfaul, wenn es um seine Person, seine Herkunft und vor allem um sein Leben als Zögling der härtesten Erziehungsanstalt der Welt ging. Umso artigere Worte des Dankes für die erlebte Gastfreundschaft fand er jedes Mal aufs Neue, wenn er sich ins Gästebuch eintrug. Den Rittmeister nannte er »Papi Roon«, seine Frau, obwohl gerade mal zehn Jahre älter als er selbst, war »mein liebes Mütterchen«. Er küsste vollendet – das heißt: nicht theatralisch, sondern angedeutet, wenn auch etwas kadettenhaft zackig – die Hände der Damen.

»Man merkt doch gleich, Feri kommt aus einem guten Stall«, stellte Gutsherrin Luise Bassewitz, Marie-Luises Mutter, beizeiten fest. Er benutzte die Gabel nicht wie eine Forke, nahm sich den Zuckerwürfel beim schwarzen Kaffee nach dem Essen mit der Hand und nicht mit der Zuckerzange, sprang, wenn er nach Tisch noch zum Kaffee am Kamin gebeten werde, immer aufmerksam auf, sobald eine Dame den Raum betrat, er sagte »Clo« und nicht »Toilette«. Bei deutschen Aristokraten als Scheußlichkeiten oder ordinär empfundene Redewendungen wie »gesegnete Mahlzeit« oder »lecker« kamen ihm nie über die Lippen. Und wenn die Comtessen ihn ans Klavier nötigten, konnte er mit den neuesten Gassenhauern aus Berlin aufwarten, wo immer er sie aufgeschnappt haben mochte.

Ja, Feridun verstand es, mit einer Mischung aus Exotik, Musikalität, unaufdringlichem Soldatenstil und ungezwungen wirkenden, gleichwohl tadellosen Manieren alle im Haus für sich einzunehmen. »Ein frühreifes Paschachen«, spöttelte der Rittmeister gelegentlich über den Kadetten, der noch dem schwierigsten Pferd beim Ausritt eine temperamentvolle Gangart entlockte. Mit anderen Gästen, die ihm gern auf den Zahn fühlten, wusste er ebenso kompetent über Hunde wie über moderne Automobiltechnik zu parlieren, und beim Flintenschießen traf er eine Ente auch ohne anzulegen.

Die Bemerkung des Rittmeisters indes bezog sich hauptsächlich auf die Faszination, die den Kadetten angesichts weiblicher Wesen zu überkommen schien. Für jede hatte er ein kleines Kompliment übrig, und jede Frau, egal welchen Alters, kam irgendwann in den Genuss eines langen, verträumten Blickes aus seinen samtig braunen Augen.

Doch nun lag der Prinz aus dem Morgenland seit Tagen mit bandagierter Platzwunde am Kopf auf seinem Mahagonibett, starrte zur Decke und langweilte sich zu Tode, auch wenn der Komfort des Gästezimmers mit der Kasernenstube in Lichterfelde nicht zu vergleichen war. Ihn wärmte ein Plumeau, das jeden Morgen für ihn frisch bezogen und aufgeschlagen wurde. Es gab einen Waschtisch mit eingelassener Emailleschüssel, blank poliert, eine gefüllte Wasserkanne, drei Leinenhandtücher mit Wappen und neunzackigem Grafenkrönchen. Der Kanonenofen bollerte, aus den Ritzen der gusseisernen Klappe schimmerte Feuerschein auf das in Eiche eingelegte Bassewitz'sche Signet im Parkett.

Vor allem aber kam mehrmals täglich Magdolna herein, um ihm die

Mahlzeiten aufzutun, Hand- und Mundtücher zu wechseln, frische Nachtwäsche aufzulegen und die Asche aus dem Ofen zu entfernen. Feridun nutzte diese Gelegenheiten, die Ungarin von allen Seiten zu begutachten, und fand seine Vermutung bestätigt, dass das Hausmädchen hervorragend in seinen Plan passen würde. Drei Jahre älter als der Kadett, war Magdolna, wie sie ihm erzählte, vor dem Krieg mit der osmanischen Welt kurz in Berührung gekommen, nämlich als Handtuchausgeberin im Budapester Rudasbad, einem berühmten Hamam. Von der Gräfin Bassewitz bei einer Bäderreise entdeckt und auf der Stelle engagiert, brachte sie internationalen Flair in die Mecklenburger Walachei, was ihr allerdings nicht ersparte, wegen ihres drolligen Akzentes gehänselt zu werden, der Erbsenpürree zu »Ärbsänbirääh« machte und Messer und Gabel zu »Äsbäschtek«.

Inzwischen war sie zu einer drallen Schönheit von bäurischem Liebreiz herangereift, die ihre Kurven kaum noch durch Bluse und Schürze zu bändigen vermochte, was manch einen Kerl auf dem Gutshof in Wallung brachte. Feridun fühlte sich beim ersten Anblick erinnert an jene Ölgemälde von Csárdástänzerinnen, die im Kaufhaus des Westens feilgeboten wurden, um einen Hauch verruchter Sinnlichkeit in die gutbürgerlichen Viertel der prosperierenden Reichshauptstadt zu bringen.

Wenn sich ihre Blicke trafen, glaubte der Kadett bei Magdolna ein gewisses Interesse an seiner Person zu erkennen, das über ihren Aufgabenbereich hinausging. Feridun war keiner, der seine Neugier am anderen Geschlecht durch blasierte Gesten verschleierte. Eine gewisse Galanterie schien ihm in die Wiege gelegt, zum Beispiel die Gabe, mit den Augen Komplimente zu machen, die nicht als unverschämt empfunden wurden. Teilte man im Kreis der Kadetten die »Welt der Venus« grobschlächtig ein in Hure oder Hausfrau, Gattin oder Geliebte, Mutter oder Mätresse, erspürte Feridun in allen Frauen eine wunderbare Mischung des Ewigweiblichen, das es zu erkunden lohnte.

In Konstantinopel hatte es nur Eine gegeben, an der sein Herz hing: die Mutter. Die Tscherkessen-Prinzessin Hadije Soraya mit ihrem ebenmäßigen, beinahe runden Gesicht hob sich nicht nur optisch, sondern auch durch stolzes Selbstbewusstsein von duldsameren Frauen der anatolischen Mehrheit ab. Tscherkessinnen gehörten ihrer Schönheit und ihrer Klugheit wegen zu den bevorzugten Trophäen der Sultane. Auch Cevat war unter ihnen fündig geworden. Der Legende nach mussten sie ihr Antlitz unter Schleiern verbergen, um nicht alle Männer zu verwirren. Andere, weniger hübsche Frauen seien dann ihrem Beispiel aus purer Berechnung gefolgt, um Hoffnungen zu wecken, die erst enttäuscht wurden, wenn es für den Bräutigam zu spät war. Noch Anfang des zwanzigsten Jahrhunderts rangierte die Tscherkessin in den Harems weit vor den französischen oder deutschen Damen, die gelegentlich in Offiziers- und Ministerkreise aufheirateten. Natürlich galt sie auch in den Gassen von Galata, dem Hurenviertel Konstantinopels, als Kostbarkeit, für die der Zuhälter einen Aufpreis verlangen konnte.

Feriduns Vater war ein monogamer Pflichtmensch, wenngleich – wie viele Türken aus der Oberschicht – kein praktizierender Gläubiger. Beim Sultan und seinen Wesiren dagegen war Vielweiberei noch Usus, im Alter von sechzehn Jahren pflegte mancher Vater seinen Stammhalter in gewisse Badehäuser mitzunehmen, wo kundige Damen ihn zum Manne machten. Feridun, den nur noch ein paar Monate von seinem sechzehnten Geburtstag trennten, musste sein Schicksal wohl oder übel selbst in die Hand nehmen.

Bei den morgendlichen Waschungen warf er prüfende Blicke in den Spiegel. Er sah einen gut gebauten, wenn auch untersetzten Burschen mit pechschwarzen Haaren, braunen Augen und weichen Gesichtszügen, leicht gebogener Nase, doch ohne jene düstere Mimik, die den Osmanen im deutschen Vorurteil schnell zum Halbwilden machte, wiewohl sie eher Ausdruck eines angeborenen Hangs zur Melancholie war.

Am sechsten Tag nach seinem Unfall fühlte Feridun sich von einer Unruhe ergriffen und hielt es nicht länger im Bett aus. Sein Kopf schmerzte kaum noch, sodass er beschloss, seine Garderobe zu richten, um erstmals wieder am Diner der Familie teilzunehmen. Auf seinen Wunsch brachte Magdolna ihm den Inhalt seiner Motorradtasche aufs Zimmer.

Das Gepäck schien zunächst verloren im Krassower See, war aber Anfang der Woche nochmals gesucht und tatsächlich gefunden worden. Feriduns Abendanzug hatte man inzwischen einer gründlichen Reinigung und Appretur unterzogen, doch zu seinem Entsetzen sah der Kadett, dass sich das neue Seidenhemd in höchst beklagenswertem Zustand befand. Das beste Stück seiner Dinnergarderobe war durch den Unfall oder durch grobe Unachtsamkeit bei der Bergung zerrissen, einige Blessuren klafften so weit, dass Magdolna ihre Hand durchschieben konnte.

Damit zum Abendessen erscheinen? Auf gar keinen Fall!

»Eine Katastrophe. Magdolna, können Sie das reparieren?«

»Werde versuchen, Efendi.«

Das Hausmädchen nahm das Hemd und verschwand. Von einem Karl-May-Leser unter den Stallburschen hatte Magdolna aufgeschnappt, dass der osmanische Diener Hadschi Halef den deutschen Abenteurer Kara Ben Nemsi stets mit »Efendi«, Herr, ansprach. Feridun blieb im Schnack der Gutsarbeiter »der Kadett«. Für Magdolna aber war er fortan der Efendi.

Vom Fenster des Gästezimmers aus sah er sie anmutig die Auffahrt hinunter laufen, vorbei am großen, von Ulmen umstandenen Schwiesseler Teich, hinter dem dreihundert Jahre alte Scheunen und Gesindehäuser standen. Als er Schritte auf dem Flur hörte, schlüpfte er schnell wieder ins Bett. Er wollte sich nicht zu früh auf Diskussionen über seinen Genesungsstand einlassen.

Die Gräfin klopfte an und trat ein. Marie-Luise setzte sich regelmäßig in den frühen Nachmittagsstunden zu ihm ans Bett, um den Kranken aufzuheitern und sich nach seinen Wünschen zu erkundigen.

Heute hatte der Kadett Appetit auf »Hoppelpoppel«, eine mecklenburgische Spezialität, seine Lieblingsnachspeise. Er entschuldigte sich für die vielen Unannehmlichkeiten, die er seiner Gastgeberin bereitete.

Lächelnd strich ihm die Gräfin über die Wange.

»Du hast großes Glück gehabt, mein Junge. Der liebe Gott meint es gut mit dir.«

»Ja, weil er mir Papi Roon und dich geschenkt hat, mein liebes Mütterchen.«

Zarte Röte huschte über ihr herbschönes Gesicht. Es brachte sie in Verlegenheit, wenn Feridun, halb unbeabsichtigt, halb aus Koketterie, ihren wunden Punkt berührte, die unerfüllte Sehnsucht nach einem eigenen Sohn. Andererseits war der Kadett nur zehn Jahre jünger als sie und sah sie mit Augen an, die gewiss nicht nur das liebe Mütterchen suchten.

»Nein, Feri, der liebe Gott hat dich aus dem Morgenland zu uns geschickt. Und ich bete dafür, dass er dich nicht so schnell zurückhaben möchte.«

»Der liebe Gott oder der Pascha?«

»Sei nicht so frech, mein Junge«, wies sie ihn mit dem Zeigefinger zurecht. Dann stand sie auf, beugte sich über ihn für den gewohnt mütterlichen Kuss auf seine bandagierte Stirn.

»Inschallah«, flüsterte sie und verließ rasch das Zimmer.

Gegen vier kam Magdolna zurück und überreichte ihm ein weißes Etwas, das sich als kragenloses Leinenhemd mit breiten Biesen erwies.

»Was soll ich denn damit?«

»Der Rossknecht hejrotet bald, das ist seine Hochzeitsblusä, er mecht sie Ihnen ausleihen, Efendi.«

Feridun stand auf und stellte sich vor den Spiegel. Dann ließ er sich von ihr ins Hemd helfen. Er fühlte ihre Hand auf seiner Brust und schob seine darüber. Eine Sekunde nur ließ sie ihn gewähren, dann zog sie ihre Hand weg. Lange genug für ihn, seine Hoffnungen bestätigt zu fühlen.

Zweifelnd betrachtete er sich im Spiegel.

»Darin sehe ich ja aus wie ein Zigeunerbaron.«

»So scheenär Maann, Efendi, und die Blusä macht Sie noch scheenär«, seufzte Magdolna, dann lachte sie auf. »Ich mecht mich auf der Stellä in so einen verlieb'n.«

Aus der Bibliothek drangen Klavierklänge herauf. Der Kadett verdrehte die Augen. Die Comtessen!

Feridun warf einen letzten Blick auf die Bauernbluse und ahnte, dass er den Zwillingen heute Abend einigen Anlass zur Heiterkeit bieten würde.

Er sollte recht behalten.

1915 »Sie werden nicht durchkommen!«

Inschallah« und »mit Gott« rief Cevat Paşa im Hafen von Çanakkale seinen Männern an Bord der Nusret zu, als sie ihr Morgengebet verrichtet hatten. Dann ging er an Land. Am 8. März 1915 gegen fünf Uhr morgens legte die Nusret ab und verschwand in der Dunkelheit. Im Schutz der Nacht machten sich Minenkapitän Major Hafiz Nazmi, die Offiziere Geehl und Bettaque – deutsche Militärberater für Minen und Torpedos –, der ebenfalls deutsche Marineoberingenieur Reeder sowie ein Dutzend türkische Matrosen der Küstenbrigade auf den Weg zur Erenköy-Bucht. Der Minenleger Nusret war eine Nussschale im Vergleich zu den Monsterschiffen der Angreifer. Aber der türkische Kapitän kannte jede Untiefe des Einsatzgebietes, jede Quadratmeile zu Wasser und zu Lande wie seine Westentasche. Blind konnte er sein Schiff manövrieren, ohne Licht und mit gedämpften Motoren schlich es an der asiatischen Küste entlang und durch alle Minengürtel hindurch. Den Kohlenqualm aus dem Schlot hatte der Ingenieur Reeder auf schier wundersame Weise unsichtbar gemacht, vorausgesetzt, die Nusret hielt immer genau das gleiche Tempo.

Leichter Nebel lag auf dem Wasser und verwandelte sich allmählich in einen dünnen Landregen. Hafiz Nazmi stand auf der Brücke und hielt mit seinem klobigen Fernglas Ausschau. Gegen sieben Uhr sah er sie schemenhaft auf der Lauer liegen: die Albion und die Agamemnon, die Queen Elizabeth und die Lord Nelson, die Bouvet und die Charlemagne sowie zehn weitere Schlachtschiffe, umgeben von einem Schwarm von Minenräumern, die ihre nächtlichen Aktivitäten an der Frontlinie eingestellt hatten. In wenigen Stunden würden die Feinde ihr Zerstörungswerk fortsetzen.

Jetzt aber lagen sie beinahe friedlich vor Anker.

Die elftausend Soldaten an Bord der Armada konnte Nazmi nicht sehen. Sie interessierten ihn auch nicht. Für ihn waren die Kanonen der Feind, nicht die Menschen. Wenn nur ein Schuss die Nusret traf, würde die Nussschale im gigantischen Feuerball ihrer tödlichen Fracht verglühen.

John de Robeck, Vizeadmiral der alliierten Seestreitkräfte im östlichen Mittelmeer, ein besonnener, kampferprobter Fahrensmann, hielt nicht viel von der Dardanellenkampagne des Lordadmirals Winston Churchill. Aber bessere Ideen lagen derzeit nicht auf dem Tisch, und der bullerige Schreibtischstratege in London konnte sehr ungemütlich werden, wenn Klugscheißer seine groß angelegten Schlachtpläne mit Einwänden aus der militärischen Praxis zu erschüttern versuchten.

Churchill brauchte den Finger ja nur auf Frankreich zu legen. An der Westfront ging nichts mehr voran. Eine Million Soldatenleben hatte der Stellungskrieg auf beiden Seiten binnen eines halben Jahres bereits gefordert. Die Jugend Europas verreckte in Stahlgewittern oder kehrte in die Heimat zurück als körperliche und seelische Wracks, wie sie die Welt noch nicht gesehen hatte.

Am Ende sollte der Lordadmiral seinen Willen haben. Der Kriegsminister vertraute Churchill sechzehn zum Teil hochbetagte Schlachtschiffe ohne Luftunterstützung an – mehr war Lord Kitchener nicht bereit, für das Orientabenteuer des ehrgeizigen Marineministers aufs Spiel zu setzen. Den Oberbefehl hatte General Ian Hamilton, ein honoriger Mann Anfang sechzig und ohne Erfahrung zur See. Gerade an der Ruhr leidend, war er noch nicht am Einsatzort eingetroffen. Das Kommando lag so lange in den Händen von Vizeadmiral de Robeck. Dem war dieser Auftrag vorgekommen, als hätte man ihn dazu verdonnert, mit einem alten Dampfboot den Kongo hinaufzuschippern, um bei den Wilden eine Ladung Elfenbein abzuholen.

Im Londoner Marineministerium hatte man ihm dies mit auf die Fahrt gegeben: eine halbe Seite Instruktionen, zwei Reiseführer und ein antiquarisches Kriegshandbuch über das Osmanische Reich sowie Kartenmaterial, das sechzig Jahre zuvor angefertigt worden war. Die befohlene Landung auf der Halbinsel Gallipoli am Südende des Marmarameers, knapp 140 Seemeilen Luftlinie vor Konstantinopel, war darauf wie eine Art Strandausflug skizziert. Hier und da eine kleine Bodenwelle, spielend zu erklimmen auf dem Durchmarsch zum Etappenziel des ersten Abends, einem Hügel sechs Kilometer landeinwärts, keine dreihundert Meter hoch.

Achi Baba hieß der Hügel.

Von dort aus waren, wie man dachte, die Verteidigungslinien der Türken leicht zu überblicken und auszuschalten.

War der Achi Baba erst einmal genommen, schien Konstantinopel nur noch ein Spaziergang.

Dann waren sie mit elftausend Mann an Bord in See gestochen und hatten das Mittelmeer durchquert. In der östlichen Ägäis sammelte sich hinter de Robecks Sturmspitze ein Flottenverband mit Hamiltons Infanteristen aus aller Herren Ländern an Bord: Briten, Iren, Franzosen, Araber, Inder, sogar Australier und Neuseeländer, so verwegene wie mangelhaft ausgebildete Burschen, darunter halbe Kinder, Freiwillige mit vierzehn Jahren, die ihr Alter falsch angegeben hatten, nur um dabei sein zu dürfen. Zweihunderttausend Mann hatten britsche Experten für nötig erachtet. Oberexperte Churchill fand fünfzigtausend für ausreichend.

Schließlich hatte man es ja nur mit Türken zu tun, in den Augen des Briten waren das bräsige anatolische Bauern, die nur bei Tage kämpften und bei Nacht das Licht brennen ließen.

In seinem Londoner Büro paffte der Erste Lordadmiral zufrieden seine Zigarre. Er hatte sich gegen alle Bedenkenträger durchgesetzt. Mit ein bisschen Fortüne würde er, Winston Churchill, das Tor zum Schwarzen Meer aufstoßen und diesem Krieg die entscheidende Wendung geben.

Der Morgen graut schon, die Nusret hat die Erenköy-Bucht durchfahren. Major Nazmi wendet sein Schiff, ohne das Tempo zu drosseln. Auf ein Zeichen von Ingenieur Reeder lässt Minenkapitän Hafiz Tophane nun seine Leute im Abstand von fünfzehn Sekunden die mitgeführten Minen werfen. Sechsundzwanzig hochempfindliche Sprengkörper verschwinden in den schwarzen Fluten.

Die Nusret macht sich auf den Heimweg und passiert erneut die Schlupflöcher in den türkischen Minengürteln, bis sie gegen acht Uhr den Hafen Çannakale wieder erreicht. Die Spähboote der Feinde haben keinen Wind bekommen von ihrer Mission. Türken und Deutsche – ein perfektes Team. Ein kleiner Manövrierfehler, ein paar Meter back- oder steuerbord abgedriftet, und die Nusret wäre nur noch ein Schrotthaufen am Meeresgrund gewesen.

Am Abend des 18. März 1915 aber wird die Nusret das berühmteste Wasserfahrzeug der Türkei sein.

Gegen zehn Uhr vormittags greifen die alliierten Flottenverbände unter Vizeadmiral de Robeck in gewohnter Formation an. Im Kielwasser des als Minenräumer benutzten Fischkutters halten sie auf die Festungen über der Meerenge zu. Jeweils die vorderste Reihe schießt ihre Granaten gegen die alten Gemäuer und Küstenstellungen – in die Richtung des allgegenwärtigen Mündungsrauches, wo die Türken scheinbar aus allen Rohren feuern.

Doch das ist nur eine Finte der Verteidiger.

Da ihre Munitionsvorräte zur Neige gehen, gaukeln sie den Angreifern mittels Rauchbomben und Scheinstellungen eine lückenlose Verteidigungslinie vor. Echte Geschütze werden, sobald ihre Position vom Feind erkannt ist, von Pferden und Büffeln auf neue Positionen gezogen.

Die großen Schiffe der Briten und Franzosen fühlen sich von allen Seiten unter Feuer genommen. Doch mit scharfer Munition zielen die Türken nur auf die Besatzungen der kleinen Minenräumer. Binnen Minuten sind die Kutter versenkt oder manövrierunfähig, die Mannschaften an Bord tot oder verwundet.

Der Rest, fast alles Zivilisten, gerät in helle Panik und meutert.

Um vierzehn Uhr dreht das vorderste Schlachtschiff, die französische Bouvet, nach steuerbord ab und nutzt, wie schon an den Vortagen, die Erenköy-Bucht für ihr Wendemanöver, dies alles im Hagel türkischer Granaten.

Plötzlich eine mächtige Explosion in der Mitte des Rumpfes. Die Bouvet beginnt sofort zu sinken, an Bord sechshundertfünfzig Soldaten, die meisten unter Deck. Von der ringsum tobenden Seeschlacht haben die Männer im Bauch der Bouvet bisher nur das Wummern der Kanonen und den Krach der am gepanzerten Schiffsrumpf abprallenden Geschosse mitbekommen, in Hochstimmung johlend, höhnisch, berauscht. Als jetzt aber der Evakuierungsbefehl ertönt, packt Todesangst sogar die Verwegensten unter ihnen. Evakuierung? Das soll die Spazierfahrt nach Gallipoli sein? Churchills herrliche Dardanellenkampagne? Schon brechen Wassermassen über sie herein, ihre Todesschreie erstickend.

Binnen einer Minute bei voller Fahrt sinkt die Bouvet.

Einige Minenräumer nähern sich, doch unter dem Kugelhagel vom Ufer ist an eine Rettungsaktion nicht zu denken, sie ergreifen die Flucht.

Nur drei Matrosen der Bouvet überleben.

Als man John de Robeck an Bord der Queen Elizabeth die Nachricht überbringt, ist der Vizeadmiral fassungslos. Eine Mine? Nicht möglich, das fragliche Seegebiet sei garantiert minenfrei, beteuern seine Navigatoren.

Also ein fataler Zufallstreffer der türkischen Artillerie.

De Robeck schickt das nächste Schiff nach vorne, die HMS Irresistible. Auch die läuft beim Wendemanöver auf eine Mine und sinkt.

Diesmal gelingt wenigstens die Evakuierung. Nur dreizehn Tote.

Ein drittes Kanonenboot, die Ocean, wird ebenfalls versenkt, zudem zahlreiche kleine Schiffe, die zur Rettung der Besatzungen herbeieilen.

Drei weitere Schlachtkreuzer sind schwer beschädigt, darunter die Agamemnon, benannt nach dem Oberbefehlshaber der Griechen im Trojanischen Krieg.

Bis sieben Uhr abends dauern die Kampfhandlungen. Dann sind aufseiten der Angreifer siebzigtausend Tonnen schwimmenden Kriegsgerätes vernichtet.

Dem General Cevat werden zweihundert gefallene Verteidiger gemeldet.

John de Robeck ist geschockt. Er will keine weiteren Kanonenboote mehr opfern. Er kabelt nach London, Konstantinopel sei auf dem Seewege nicht einzunehmen.

Aus Çanakkale telefoniert Cevat Paşa mit dem Kriegsminister. »*Geldiler, geçmediler, geçemeyecekler!* – Sie sind gekommen, sie sind nicht durchgekommen, sie werden nicht durchkommen!« Aber die Türken verfügen nur noch über 30 panzerbrechende Granaten. Die Feinde hätten beim nächsten Ansturm freie Fahrt bis zum Topkapi-Palast.

Doch die Briten erinnern sich nun an Warnungen des amerikanischen Botschafters Morgenthau, der vor wenigen Tagen erst von Admiral Usedom auf eine Besichtigungstour zu den Dardanellenfestungen mitgenommen worden ist. Auf Umwegen – die Amerikaner sind noch sehr darauf bedacht, sich nicht in den Weltkrieg ziehen zu lassen – hat man erfahren, dass an der türkischen Westfront nicht etwa Stümpertum nach Art des enverschen Kaukasusfeldzuges das Kommando führt. Im Gegenteil, deutscher Perfektionismus, bestens trainierte türkische Truppen und waffenstarrende Küstenlinien dürften den britisch-französischen Attacken noch lange trotzen.

Die Alliierten ziehen sich deshalb zurück, um sich für die Eroberung des Osmanischen Reiches auf dem Landwege neu zu sortieren. Die einmonatige Schlacht um die Dardanellen geben sie verloren, zunächst zum ungläubigen Erstaunen, dann zum großen Jubel auf osmanischer Seite.

Konstantinopel ist gerettet – die Türken können es kaum fassen.

Am 25. März übernimmt Marschall Liman von Sanders das Kommando der von ihm völlig neu aufgestellten 5. Armee. Die bald folgende Landung der Invasoren auf Gallipoli wird einen monatelangen Stellungskrieg zur Folge haben, bei dem allen voran der Kommandeur der 19. türkischen Division, Mustafa Kemal, schließlich über die feindliche Übermacht triumphiert. Er selbst kämpft mitunter zu Fuß und zu Pferde in vorderster Reihe mit, was ihn bei seinen Soldaten zum hochverehrten Helden macht, zum »Gazi«.

Das Osmanische Reich jedoch wird am Ende dieses Krieges, nicht mehr existieren.

Anfang 1916, nach fast einer halben Million Toten und Verwundeten auf beiden Seiten und ohne nennenswerten Landgewinn für die Alliierten, gibt sich die britische Admiralität auf Gallipoli geschlagen und zieht den Rest ihrer Streitmacht auf dem Seewege ab.

Der Weltkrieg geht weiter, doch niemals betreten Stiefel fremder Soldaten die Kuppe des Achi Baba, die man doch schon am ersten Tag genommen haben wollte.

Winston Churchill ist grandios gescheitert, der Lordadmiral muss wenige Tage nach seinem Dardanellendesaster demissionieren und sich als Stratege und Staatsmann erneut nach oben arbeiten. Diese bittere Niederlage wird ihn sein Leben lang verfolgen. »Die Nusret hat die Welt verändert«, schreibt er. Australier und Neuseeländer kommender Generationen gedenken am »Anzac Day« ihrer Landsleute, die falscher Ehrgeiz zu falscher Zeit am falschen Ort in den Tod getrieben hat.

Für die Türken aber ist der 18. März bald ein wichtiger Gedenktag. Cevat Paşa bekommt die Ehrentitel »Verteidiger der Dardanellen« und »Held des 18. März«. Die den gefallenen Soldaten gewidmete Hymne »Çanakkale İçinde« ist bis heute eines der bekanntesten Musikstücke der Türkei.

Cevats militärisch knappe Siegesmeldung aus Çanakkale wird rasch zum geflügelten Wort. Es fliegt hinaus in die Welt, wechselt mehrmals die Fronten und die Sprachen, wird zu »On ne passe pas!« in Verdun gegen die Deutschen und zu »No pasaran!« in Spanien gegen Francos Faschisten.

Als sich fast hundert Jahre später die türkische Jugend gegen die Schlagstöcke und Wasserwerfer der Obrigkeit auflehnt und ein kleines Stück Heimat gegen die Planierraupen des Regierungschefs verteidigt, hört und liest man auch im Istanbuler Gezipark die Parole des Cevat Paşa:

»Geldiler, geçmediler, geçemeyecekler!«

1915 MAGDOLNA

Im Speisesaal des Herrenhauses, an einer Mahagonitafel für zwölf, wenn man sie auszog für bis zu sechsunddreißig Gäste, saßen der Rittmeister mit seiner Frau und seinen beiden kleinen Töchtern. Mit ihnen dinierten die Comtessen, die über Nacht im Herrenhaus zu Gast bleiben durften, solange sie auf dem Gestüt des Grafen Bassewitz Reitunterricht nahmen und dafür, wie allgemein üblich, Stallarbeit verrichten mussten.

Wolfram sprach ein Tischgebet Martin Luthers.

»Danket dem Herrn, denn er ist freundlich, und seine Güte währet ewiglich; der allem Fleische Speise gibt, der dem Vieh sein Futter gibt, den jungen Raben, die ihn anrufen. Er hat nicht Lust an der Stärke des Rosses, noch Gefallen an Jemandes Beinen: der Herr hat Gefallen an denen, die ihn fürchten; und die auf seine Güte warten.«

»Amen«, stimmte die Tafelrunde ein.

Der Raum war voller prächtiger Barockmöbel, die in starkem Kontrast standen zum bescheidenen Abendessen, das sich in diesen Kriegszeiten – weniger aus Mangel als aus Gründen protestantischer Egalité – kaum von den Gerichten des Personals unterschied. Nur bei größeren Einladungen wurde den Gästen alles aufgetan, was Küche und Keller hergaben. Dennoch herrschte ein ständiges Kommen und Gehen der Diener und Küchenmamsellen, als servierten sie die Gänge eines opulenten Diners.

Heute gab es zur Vorspeise »Melksupp mit Klüten«, zubereitet aus Eiern, Mehl und Milch, gefolgt von »Gräun Hiring kakt un Sempsoß«, also gehackter Salzhering mit einer Soße, die praktisch nur aus hell angeschwitztem Mehl, Wasser und Mostrich bestand – beides eher nahrhaft als sonderlich delikat.

Gesprochen wurde nur das Nötigste während der Mahlzeit. Erst wenn der Patron das Nachgebet beendet hatte und sein Sakko ablegte, setzte munteres Geplauder ein, das sich in diesen Tagen meist um den krankheitsbedingt abwesenden »Prinzen aus dem Morgenland« drehte, der sein Essen im Bett einnehmen musste.

Das Dessert stand noch aus, Hoppelpoppel – Eidotter, angerührt mit süßer Sahne und aromatisiert mit Muskat und einem Schuss Rum. Marie-Luise gab Anweisung an die Küche, dem Kadetten eine großzügige Portion aufs Zimmer zu bringen.

In diesem Augenblick klopfte es.

»Herein, wenn's kein Heide ist«, rief Wolfram wie gewöhnlich, wenn jemand die heiligen Essenszeiten störte.

Die Tür öffnete sich zögernd und gab die Sicht frei auf Feridun.

Aber was für ein Anblick!

Der Kadett hatte seinen Verband in orientalischer Manier um den Kopf drapiert. Dazu trug er seinen dunklen Anzug, der durch unsachgemäße Reinigung eingelaufen war. Das Sakko stand offen, und unterm Revers erblühte eine wahre Rüschenpracht.

Mit seinem Turban aus Mull und dem gewagten Ensemble darunter erschien Feridun der Tischgesellschaft wie ein arabischer Dressurreiter aus dem Berliner Zirkus Schumann, dem gerade die Voltigierstute abhandengekommen war.

Man hielt seinen närrischen Aufzug jedoch für osmanische Nationaltracht und reagierte höflich mit Ah! und Oh! und Freude über die unverhoffte Auferstehung des Kranken.

Hinter ihm erschien jetzt die Köchin Elvira, eine derbe Person, gelegentlich ausgeliehen von den Vettern aus dem ebenfalls Bassewitz'schen Rittergut Dalwitz, dem Zuhause der Comtessen. In Händen die Terrine mit dem Dessert haltend, musterte sie den Kadetten verblüfft, dann platzte es aus ihr heraus: »Deibel och, so was trägt man bei uns zur Hochzeit und zum Tanz in den Mai!«

Damit war es heraus. Feridun bat um Nachsicht für sein Erscheinungsbild und schilderte kurz die Ursache seines Malheurs. Jetzt war kein Halten mehr. Die Comtessen prusteten los. Die ganze Abendrunde hatte ihren Spaß. Der Patron nannte den pittoresken Gast »unseren Csárdásfürsten«, die Zwillinge machten Knickse vor ihm und erklärten ihren kleinen Cousinen im Märchenton, Feridun, der verzauberte Prinz aus dem Morgenland, sei nach Mecklenburg gekommen, um Brautschau zu halten. Die Kinder wurden aufgefordert, ihn zu küssen, denn womöglich würde der Prinz sich dadurch in einen niedlichen Frosch verwandeln.

»Genug jetzt«, unterbrach Marie-Luise den Schabernack, als sie sah, wie Feridun ihn mit immer röter werdendem Kopf über sich ergehen ließ.

Er hatte desgleichen erwartet – und dennoch traf ihn der Spott ins Mark. Der Kadett besaß eine in Jahren der Kasernenerziehung gewachsene Empfindlichkeit gegen launig verbrämten Snobismus. Der entsprang offenbar einer landestypisch protestantisch-aristokratischen Mischung aus Nächstenliebe und Unnahbarkeit, die jedem Menschen seinen festen Platz in Gottes Vorsehung zuwies. Diese Ordnung zu verleugnen oder gar zu verlassen galt als Anmaßung, ja als Lästerung. Vielleicht kamen kaiserliche und osmanische Offiziere deswegen so gut miteinander aus, weil sie ähnlichen Lehren religiöser und gesellschaftlicher Vorbestimmung anhingen, die auf bequeme Weise Pflichtbewusstsein und Standesdünkel vereinbar machten.

Feridun fühlte einen pochenden Schmerz unterm Verband und versuchte, ihn zu ignorieren. Ein Gedeck wurde für ihn aufgelegt, man schob ihm den Stuhl unter, er setzte sich und griff zur Serviette. Die Hoppelpoppel-Terrine machte die Runde, Feridun tauchte seine Löffelspitze in die köstliche Creme und schloss in kulinarischer Vorfreude die Augen.

In diesem Moment, den alle Anwesenden niemals vergessen würden, entwich dem Kadetten ein Furz.

Kein leises, unterdrücktes Fiepen, sondern eine flegelhafte Flatulenz, die den Kronleuchter und das Meißner Service erzittern ließ, wie spätere Generationen behaupteten. Der Motorradunfall und Elviras deftige Küche der letzten Tage nach Wochen karger Kasernenkost hatten die Verdauung des Kadetten offenbar heftig in Unordnung gebracht. Aus lange waagerechter Körperhaltung unversehens wieder in die senkrechte versetzt, sorgte der Darm für Druckausgleich – und für Erschütterung bei Gast und Gastgebern.

Wie betäubt von seinem ungeheuerlichen Missgeschick, ließ Feridun den Löffel sinken, nicht über dem Teller, sondern auf dem Tischtuch. Er öffnete den Mund zu einer Entschuldigung, doch nichts kam heraus als ein leises Ächzen.

»Pardon«, sprang ihm der Rittmeister endlich bei.

»Pardon«, folgte die Gräfin dem Beispiel ihres Gatten.

»Pardon«, ging es nun reihum, »pattong-pattong!«, krähten die Kinder, und auch die Comtessen nahmen Schuld auf sich, ohne eine Miene zu verziehen. Der Eine trage des Anderen Last.

»Excusez-moi«, stammelte auch Feridun.

Da klingelte auf dem Flur das Telefon. Nein, es brüllte, dass man es im ganzen Schloss hörte. Feridun zuckte zusammen, der Schädel drohte ihm zu platzen.

Das ungarische Hausmädchen nahm den Hörer ab und wartete auf die Verbindung. Dann kam sie ins Speisezimmer. Das Kriegsministerium seiner Majestät in Berlin verlangte den Rittmeister zu sprechen.

Wolfram bat die Tafelrunde erneut um Pardon und erhob sich.

Das Telefon meldete sich noch nicht oft auf Schwiessel, und wenn, spitzten alle die Ohren. Wolframs Antwort konnte jeder im Speisesaal durch die Tür verstehen.

»Jawohl, Herr General, ich werde es ihm unverzüglich mitteilen.«

Im Speisezimmer war nur das Knistern des Kamins zu hören. Endlich kehrte der Rittmeister zurück. Mit einem Blick voller Milde, zu der nur wahre Aristokraten fähig waren, so jedenfalls erschien es Feridun, musterte der Patron den Kadetten.

Dann räusperte er sich.

»Das türkische Kriegsministerium hat gute Nachrichten nach Berlin übermittelt. General Cevat Paşa, dem Vater unseres Kadetten Feridun, ist es gestern geglückt, die Kriegsflotte der Entente-Mächte in die Flucht zu schlagen. Vom Sultan soll er dafür den Ehrentitel ›Verteidiger der Dardanellen‹ erhalten. Der Kaiser hat ihm heute telegrafisch gratuliert und wird, wie man mir zu verstehen gab, ihm den Roten Adler-Orden verleihen!«

Wieder richteten sich alle Augen auf Feridun. Wie ein Wetterleuchten hatte die Siegesmeldung die Peinlichkeit seines Fehltrittes in gleißendem Licht ausgelöscht.

»Bravo, bravo!«, jubelten die Comtessen.

Wolfram pochte auf den Tisch als Zeichen, dass die Würdigung dieses historischen Moments zunächst dem Patron obliege. Bei Gallipoli war Kaiser und Sultan ein außergewöhnlicher Befreiungsschlag geglückt, der womöglich das Blatt des Krieges bald wenden würde. Wolfram erinnerte an seine vier Brüder, deren Tod an der Westfront nun doch noch einen Sinn erhielt. Für dieses Wunder war dem heldenhaften General Cevat Paşa zu danken, aber aus Wolframs Sicht zuallererst dem Gott, der Eisen wachsen ließ.

Feridun, noch immer betäubt vom Gedanken an seinen Fauxpas, versuchte sich auf Wolframs Worte zu konzentrieren, es gelang ihm nicht.

Der Rittmeister blätterte in seiner stets bereitliegenden Lutherbibel nach einer passenden Stelle und faltete erneut die Hände. Die anderen taten es ihm gleich.

»Halleluja! Heil und Preis, Ehre und Kraft sei Gott, unserm Herrn! Denn wahrhaftig und gerecht sind seine Gerichte, dass er die große Hure verurteilt hat, welche die Erde mit ihrer Hurerei verderbte, und hat das Blut seiner Knechte von ihrer Hand gefordert.«

»Amen!«, fielen die anderen ein, auch Feridun, obwohl er nicht verstand, welche Hure sein Vater eigentlich besiegt hatte. Vermutlich hätte ihn ein Hinweis Wolframs, dass es sich gleichnishaft um die Hure Babylon handelte, noch mehr verwirrt. Denn erstens gehörte Babylon zum Osmanischen Reich, und zweitens hatte sein Vater allenfalls den Hauptstädten London und Paris eine Lektion erteilt, doch gewiss nicht wegen der dort tätigen Huren. Papi Roon schien mit seinen Dankgebeten nicht ganz auf der Höhe der Zeit zu sein, aber solch ungereimtes Zeug kannte der Kadett auch aus der Koranlektüre seiner Kindheit.

»Allahu akbar!«, rief er, um irgendetwas Frommes beizutragen zur Siegesandacht im Roon'schen Speisezimmer.

Ein türkischer Mohammedaner, zugleich kaiserlicher Kadett, und ein deutscher Christ, Theologe und Rittmeister a. D., dankten in einem mecklenburgischen Tudorschlösschen dem Gott der Protestanten dafür, dass ein preußisch-französisch kultivierter Pascha eine Seeschlacht gegen das anglikanische Großbritannien und das katholische Frankreich gewonnen hatte.

Magdolna trug ein großes Silbertablett herein. Darauf lagen franzö-

sische Pralinés, englische Minzschokolade, deutsche Lebkuchen, türkischer Honig und griechische Sultaninen.

Feridun pickte sich ein Praliné und sah der Ungarin in die Augen.
Die hielt seinem Blick stand.

☾

Feridun lag angezogen auf seinem Bett, starrte zur Decke und grübel-
te über die Frage nach, ob es sich für ihn jetzt überhaupt noch lohnte, in den Krieg zu ziehen, wenn doch die größte denkbare Schlacht
geschlagen, der größtmögliche Sieg vom eigenen Vater errungen
worden war. Der General hatte den *kairos,* die günstige Gelegenheit,
beim Schopfe gepackt. Er war der richtige Mann zur richtigen Zeit
am richtigen Ort gewesen. Bald würde man überall in den Schulbü-
chern beschrieben finden, welche Strategie, Taktik und militärische
Tugend dazu geführt hatten, dass Cevat Paşa in die Ruhmeshalle des
Osmanischen Reiches einzog.

Und Feridun? Während an den Fronten des großen Krieges eine Gelegenheit nach der anderen verstrich, lag der Sohn des Helden im
Hinterland des baltischen Meeres und verdaute Hoppelpoppel.

Aber auch seine Stunde war gekommen!

Von der Bibliothek herauf drangen dumpf die tiefen Schläge des
Regulators. Elf Uhr war Zapfenstreich im Herrenhaus, der Tag begann früh auf einem Gutshof.

Feridun entfernte die Bandage von seinem Kopf. Die Schmerzen waren fast vergessen, die Platzwunde verschorft.

Nur der Schmerz über die Blamage bei Tisch bohrte noch leise in
ihm.

Er stand auf und trat ans Fenster. Im Schlossteich spiegelte sich
Mondlicht, das zwischen den Ulmen hindurch glitzerte. Keine Menschenseele war mehr unterwegs.

Wie schnell sich die Dinge doch geändert hatten. Bisher war immer
er es gewesen, der sich um die Aufmerksamkeit und Zuneigung der
Roons und ihres noblen Anhanges bemühte, ihnen demonstrierte,

wie viel von ihrer Lebensart er sich bereits angeeignet hatte, darin oft seine Gastgeber übertreffend, ja übertrumpfend.

Vom plötzlichen Heldenruhm des Vaters aber strömte Feridun nun eine Energie zu, die ihn fortan ins Zentrum der Aufmerksamkeit rücken würde, anstrengungslos und ohne dass der Sohn sich seines Vaters brüstete. So wie dem Rittmeister etwas von der Aura seines berühmten Großvaters, des Generalfeldmarschalls und preußischen Ministerpräsidenten Roon, anhaftete, war Feridun heute Abend zum Sohn eines Nationalhelden gesalbt worden.

Das Parfum des Ruhmes wirkte auf Männer und Frauen. Der Kadett war schon bei der kleinen Feier in der Bibliothek wie ein erwachsener Mann behandelt worden, nicht mehr als rasend netter Junge. Die Gänsefüßchen-Existenz des »Prinzen aus dem Morgenland« war Vergangenheit. Die mühsamen Comtessen kicherten nicht mehr, wenn er mit ihnen sprach, sondern machten richtige Konversation. Marie-Luise von Roon vertraute ihm an, so jemanden wie Feridun wünschte sich jede Frau als Schwiegersohn, leider fehlte ihr dafür die heiratsfähige Tochter. Es würde, was beide nicht ahnen konnten, noch zehn Jahre dauern, bis sich neue Möglichkeiten ergaben.

Es war, trotz Feriduns Missklang beim Dessert, ein erhebender Abend gewesen, beschlossen mit einem Glas Champagner aus dem gräflich Bassenwitz'schen Weinkeller.

Kurz nach elf schlich Feridun die Treppe hinunter und aus dem Haus. Auf Schwiessel durfte der Kadett das wunderbare Privileg kleiner Spaziergänge zu nachtschlafender Zeit genießen. Sie halfen ihm, seine Gedanken zu ordnen. Einmal durch den Lindenpark, dann im Bogen hinüber zum Teich und den Gesindehäusern, wo meist kein Licht mehr brannte. Eine Zigarette angesteckt und sich vorgestellt, wie die Ungarin jetzt in ihrem Bett liegen und sich einsam fühlen mochte, genauso einsam wie der junge Türke vor ihrem Fenster.

Was hatte er hier zu suchen? Dort befand sich weder sein Harem, noch war Magdolna sein gesellschaftlicher Umgang. Finger weg vom Personal, diese goldene Regel galt auch in seiner Heimat, mit feinen Ausnahmen für Angehörige der Aristokratie.

Nun stand Feridun also vor der Kammertür im Gesindehaus.

»Magdolna …«

»Wer …?«

»Feridun …«

Leise knarrten drinnen Dielen, dann öffnete sich einen Spalt breit die Tür. Er spürte ihren Atem, die Wärme ihres Körpers.

»Mich friert«, flüsterte er.

»Mich auch«, hauchte es aus dem Türspalt zurück, »komm, Efendi.«

Er schlüpfte in die dunkle Kammer, sein Atem zitterte.

Magdolna stellte einen Kerzenhalter auf die groben Holzbalken des Fußbodens, entzündete eine Kerze, träufelte etwas Wachs in den Halter und wartete, bis das flackernde Licht sicher stand. So blieb Feridun etwas Zeit, sie zu betrachten, wie sie wiederholt ihr langes schwarzes Haar, das ihr mondrundes Gesicht einrahmte, vor der Flamme schützend in den Nacken warf.

Dann erhob sie sich, fasste ihn behutsam bei den Händen und sah ihn an. Kadett und Hausmädchen waren gleich groß, dennoch gab sie Feridun das Gefühl, zu ihm aufzublicken.

Er neigte sich ihr zu, sie streichelte seine Hüften, küsste ihm Stirn, Augen, Mund. Sanft drückte sie dabei ihren Leib gegen seinen. Eine in Liebesdingen Versierte dirigierte einen Novizen, der nichts mitbrachte als seine Bereitschaft, ihr in allem zu folgen.

Sie schob ihn zum Bett. »Komm, setz dich, ich mach dir Füße warm!«

Da saß er nun und schaute zu, wie sie das Kleid ablegte und sich ihm zeigte.

Ein wohliger Schwindel ergriff ihn.

Sie nahm ein paar Tropfen Öl aus einem Fläschchen, rieb es in ihren Händen, bis sie warm und geschmeidig waren, kniete sich vor Feridun auf den Boden und begann, ihm die Füße zu massieren, dann die Waden. Dabei sah sie ihn an, mal mit schüchternem Augenaufschlag, mal offen und direkt, als wollte sie sich vergewissern, was ihm guttat. Einmal hörte er sie vor Lust leise aufstöhnen. Er streckte ihr Füße und Beine entgegen, lehnte sich nach hinten und schloss die Augen.

Er fühlte, dass die Ungarin keine Konversation von ihm erwartete, kein verbales Vorspiel. Nichts wollte sie von ihm als seine Hingabe. Das beruhigte ihn und bestätigte ihn als Mann. Nein, er brauchte sich seiner Erregung nicht zu schämen. Lächelnd nahm sie seine Reaktion wahr und steigerte seine Lust mit sanftem Streicheln.

Sie vermied es, seine Männlichkeit direkt zu berühren. Feridun zeigte sich nicht schüchtern, aber auch nicht fordernd.

»Leg dich hin, ja?«

Er tat wie geheißen, und sie setzte sich auf ihn, führte seine Hände zu ihren Brüsten, während sie ihn durch leichten Schenkeldruck weiter massierte.

Immer wieder hielt sie inne und reizte sie ihn. Feridun staunte, welche Wünsche eine Frau bei einem Mann zu wecken vermochte.

Und er lernte es zu genießen.

Nach einer halben Stunde des Küssens und Streichelns senkte sie ihren Kopf über seinem Schoß. Dann ließ sie es zu, dass er sich auf ihren Körper ergoss.

Ein kurzer Schmerz schoss Feridun durch den Schädel und löste sich auf in einer Hitzewelle, gefolgt von dem Gefühl grenzenloser Freiheit. Vor Sonnenaufgang lag er wieder im Herrenhaus unter seinem Plumeau. Ab und zu spürte er ein leises Nachbeben der erlebten Ekstasen. Von nun an würde er dieser himmlischen Befriedigung nachjagen, sein ganzes Leben lang. Und alle künftigen Frauen mussten sich an dem Feuer messen lassen, das Magdolna in ihm entzündet hatte.

1915 IM KADETTENKORPS

Der freche Vorstoß des Feindes nach Konstantinopel brach bei den Dardanellen schmählich zusammen!«

Das nasale, alle Vokale auf »e« quetschende Meckern des Strategielehrers war vom Geografiezimmer der Hauptkadettenanstalt bis weit hinaus auf den Flur zu hören. Wer wollte, konnte am Unterricht des Majors a. D. Sarrazin durch die geschlossene Tür hindurch teilnehmen. Neugierige Kadetten, Ordonnanzen und Aufwärter kamen auf diesem Weg in den Genuss von Frontberichten aus erster Hand.

»Mithilfe eines deutschen Minenlegers und modernster deutscher Haubitzen unter Führung der kaiserlichen Offiziere Geehl, Bettaque und Reeder gelang es Admiral Usedom, die Invasionsflotte schon am ersten Tage in die Flucht zu schlagen.«

Feridun, in Reihe vier dem Vortrag lauschend, hob die linke Augenbraue und schürzte die Lippen, während der Major sich von seinem Stehpult entfernte und hinüber zur Tafel humpelte, auf der ein Datum unterstrichen stand:

18. März 1915.

Was als Dardanellenschlacht für das Osmanische Reich triumphal begonnen hatte, tobte nun schon seit drei Monaten auf der Halbinsel Gallipoli blutig weiter und würde von Marschall Liman von Sanders gewiss noch vor Jahresfrist zugunsten des Sultans und der Mittelmächte entschieden. Deshalb hatte Major Sarrazin seiner heutigen Lektion das Motto gegeben:

»Wie man eine Seeoffensive vom Lande aus gewinnt.«

Mit quietschender Kreide im Duett mit seiner Ziegenstimme, der das nickelbebrillte Männlein den Spitznamen »Mecker« verdankte, überzog Sarrazin die schwarze Fläche schwungvoll mit Linien, Kreisen und Buchstaben. Vierzig Augenpaare folgten gebannt dem Lagebericht, den er sich aus dem Kriegsministerium beschafft hatte.

Die Kadetten, lauter Primaner im vorletzten und letzten Jahr ihrer Ausbildung, liebten dieses Unterrichtsfach. Sarrazin verstand es, aus trockenen Frontberichten lebendiges Anschauungsmaterial zu schöpfen und mit zackigem Ton vorzutragen, womit er nicht nur die Köpfe, sondern auch die Herzen junger Zuhörer erhitzte. Sein Hinkefuß verlieh den Schilderungen, egal aus welchem Jahrhundert er sein Thema nahm, die prickelnde Glaubwürdigkeit höchst persönlicher Nahkampferfahrung. So erstrahlte der Major a. D. vor seinen Schülern und vor sich selbst im Abglanz historischer Heldentaten.

Kadetten aus der sogenannten »Adelsclique« streuten dagegen in den Kasernenstuben – Sarrazin hatte den dicken Gefreiten von Pritzelwitz im Verdacht –, der Major a. D. sei bereits in den ersten Kriegstagen unglücklich vom Pferd gefallen. Infolge einer in der Familie grassierenden Hüftgelenksluxation, die sich nach dem Sturz noch verschlimmerte, habe man ihn auf den Ausbilderposten in die Kadettenanstalt abgeschoben.

»Ha-ha-ha!«

Feridun hatte von Anfang an zu den Bewunderern der Sarrazin'schen Schlachtengemälde gehört und ihren Wahrheitsgehalt nie angezweifelt. Doch heute wartete er vergeblich auf die alles entscheidende Information. Wann würde endlich der Name jenes Mannes fallen, den Sultan und Kaiser längst als den Verteidiger der Dardanellen mit allerhöchsten Ehren ausgezeichnet hatten?

Der Name seines Vaters.

Der Lehrer aber pries nur die deutschen Militärberater. Der einzige türkische Name auf der Tafel war der des in Kiel gefertigten Minenlegers: die Nusret. Den wahren Helden der Dardanellenschlacht erwähnte Sarrazin mit keinem Wort.

Warum nicht? Waren etwa die Frontberichte aus Konstantinopel unvollständig oder für Deutsche zu verwirrend, was die Rangordnung der maßgeblichen Kommandanten auf türkischer Seite betraf? In der Generalität der osmanischen Streitkräfte herrschte seit der von preußischen Beratern organisierten Heeresreform ein ständiges Auf und Ab und Kommen und Gehen und Befördern und Degradieren, weswegen die Verbündeten in Berlin froh waren, dass wenigstens in den oberen Rängen vertraute deutsche Namen auftauchten. Außerdem befand man sich noch mitten im Schlachtgetümmel. Ein Türke mehr oder weniger im Rapport – geschenkt!

Dass der Sohn des Dardanellenverteidigers Cevat Paşa hier vor ihm im Raum saß und seinen Ausführungen lauschte, war dem Strategielehrer sehr wohl bewusst. Doch einen Kadetten nur wegen der Leistung des Vaters hervorzuheben, kam ihm nicht in den Sinn, erst recht nicht im Falle dieses geschniegelten Türken in Reihe vier.

Sarrazin zählte Feridun Cevat zum Umfeld der Adelsclique. Fähnrich von Reitzenstein und die anderen Junker provozierten den Ausbilder, der als einer der wenigen Nichtadligen, achtes Kind eines Berliner Polizeihauptmannes, in die oberen Ränge des Kaiserlichen Garderegiments aufgestiegen war, mit arroganter Courtoisie und dem eitlen Blätterrauschen ihrer Stammbäume. Ihm stieg beim Anblick der

Adelsclique jedesmal der Stallgeruch von Gütern und Herrenhäusern in die Nase, ein Aroma aus Hybris und Fresspaketen, das bei ihm zuverlässig Brechreiz auslöste. Obendrein setzte diese vornehme Baggage infame Gerüchte über seine Kriegsverwundung in die Welt. Sarrazin verehrte Kaiser Wilhelm, aber er verachtete seine Junker.

Die Welt der osmanischen Militäraristokratie, der Feridun entstammte, war ihm noch fremder. Die Familie dieses dekadenten Bürschleins bezahlte für seine Ausbildung an der Kriegsschule des Kaisers ein Mehrfaches dessen, was der Major a. D. im gleichen Zeitraum für seine Arbeit erhielt. Wussten diese Paschas nicht, dass Wilhelm ihre Sultane für völlig unfähig hielt und den Vorgänger des jetzt regierenden sogar absetzen lassen wollte?

Feridun wartete, ob Sarrazin sich vielleicht doch noch auf den Namen Cevat Paşa besinnen würde. Als dies nicht geschah, erhob er sich von seinem Platz, ging nach vorn, griff sich die Kreide vom Pult des verblüfften Lehrers und schrieb in schönstem Sütterlin an die Tafel: »General Cevat Paşa, Held des 18. März, dankt dem Deutschen Reich!«

Dann verließ er wortlos den Raum.

Eine Woche Mittagessensentzug wegen unerlaubten Entfernens vom Unterricht!

Feridun wunderte sich über die verhältnismäßig milde Strafe. Der Mecker war sonst weniger zimperlich. Eine Woche nur, das erschien ihm fast wie das Eingeständnis des Majors, dass seiner Disziplinierungsmaßnahme eine ungeheure Provokation vorausgegangen sein musste. Eine Demütigung, die das Verhalten des Kadetten zwar nicht entschuldbar, aber doch verständlich machte.

☾

Nachmittags versammelte sich die Adelsclique – man trug Sarazzins Etikett mit trotzigem Stolz – zu ihrer eigenen »Strategiestunde« auf der Stube. Der Raum war belegt mit zwölf Kadetten, unter ihnen Feridun als einzigem Ausländer. Das Aristokraten-Terzett und Feridun warteten, bis die Bürgerlichen sich beim Stubenältesten, dem Unteroffizier von Adomeit, zum Fechtunterricht abgemeldet und den Raum verlassen hatten. Dann setzten sich Fähnrich von Reitzenstein, die Gefreiten Feridun und der dicke von Pritzelwitz zu von Adomeit an den Tisch.

Unter seinem Eisenbett hatte Feridun ein Päckchen Datteln aus Schwiessel hervor gezaubert und teilte es nun unter den Anwesenden auf.

Das Wort führte Unteroffizier Friedrich von Adomeit, ein hagerer Ostpreuße mit einem Flaum weißblonder Haare, zwei Finger breit oberhalb seiner Segelohren rasiert. Fritz war Sohn eines Uniformfabrikanten und galt unter Spöttern als Mitglied des »preußischen Seh-Adels«. Auf Feriduns Nachfrage erklärte man ihm: »Der Kaiser hat seinen alten Herrn gesehen und prompt geadelt.« Eine Anspielung auf den inflationären Umgang Wilhelms des Zweiten mit Adelsprädikaten für kriegswichtige Industrielle und nützliche Emporkömmlinge.

Fähnrich Rollo von und zu Reitzenstein kam aus der fränkischen Provinz, rollte das »R« komisch und ließ beim Buchstaben »L« die Zunge seitlich aus dem Mund lappen. Wie Rollo seinen Vornamen aussprach, äffte die halbe Kadettenschule nach, und Norddeutsche fragten sich, was das wohl für Eltern sein mussten, die ihren Sohn nach einer ausziehbaren Sonnenblende benannten.

Der dicke Gefreite Paul von Pritzelwitz war Sohn eines »vortragenden Legationsrates« im Auswärtigen Amt. Zu Hause aufgeschnappte Staatsgeheimnisse waren seine Valuta bei den Nachbetrachtungen zur Strategiestunde.

Die Kameraden feierten den vom Mittagsmahl ausgeschlossenen »Kaisertürken« – noch so eine Gänsefüßchen-Existenz des Prinzen aus dem Morgenland – als tragischen Helden. Jeder von ihnen war schon auf ähnliche Weise vom Mecker gekränkt worden, man hatte aber stets die solchen Provokationen angemessene Contenance gewahrt: Wir Aristokraten lassen uns niemals auf das Niveau eines Spießbürgers hinunterziehen!

»Weißt du, Feri, solche Kalludrigkeiten beschämt man durch radikale

Demut«, dozierte Adomeit. Für Menschen, auf die er von oben herabsah, hatte der Ostpreuße den Sammelbegriff Kalludrigkeiten geprägt.

Feridun, gewohnt, sich jedermann durch seinen Charme gewogen zu machen, störte sich keineswegs an Sarrazins niedriger Herkunft. Auch seine eigene alte Familie hatte sich vor Generationen aus einfachen Verhältnissen hochgedient bis in den Saray des Sultans.

Was Feridun zutiefst missfiel, war jede Form von Ehrabschneiderei. Sie stellte das erzieherische Grundprinzip des kaiserlichen Kadettenkorps auf den Kopf.

Sarrazin hatte sein Vertrauen in die preußische Objektivität zutiefst erschüttert. Wofür zahlte sein Vater so viel Schulgeld, wenn man dem Sohn dafür nicht nur im Speisesaal, sondern auch im Schulzimmer minderwertigen Fraß vorsetzte?

Wofür hatte der Kaiser dem Verteidiger der Dardanellen seinen Roten Adlerorden nach Konstantinopel geschickt, wenn diese Ehre in seiner eigenen Berliner Kriegsschule nicht der Rede wert war?

»Manchmal ist so ein Orden auch nur der Trostpreis dafür, dass nicht du, sondern ein Unverdienter deinen Platz im Geschichtsbuch okkupieren darf«, tönte der Gefreite von Pritzelwitz und lutschte genüsslich auf einem Dattelkern herum. »Mein alter Herr sagt immer: Eine Heldentat ist erst dann eine Heldentat, wenn alle Augenzeugen tot sind.«

»Aber wir Türken sind doch eure Waffenbrüder. Wäre mein Tod im Kampf für den Kaiser weniger Ehren wert als der Tod eines Deutschen?«

»Ihr Türken, sagt mein alter Herr, rottet gerade auf nicht sehr ehrenwerte Weise eure armenischen Landsleute aus, was bei uns nur keiner an die Glocke hängt, eben weil ihr unsere Waffenbrüder seid.«

»Was machen ›wir‹?«, fuhr Feridun ihn an.

»Zu Hunderttausenden knallt ihr sie ab, schickt sie auf Todesmärsche, plündert sie aus und vergewaltigt ihre Frauen und Kinder.«

Mit einem Satz war Feridun bei Pritzelwitz und hatte ihn am Kragen gepackt.

»Was verbreitet dein alter Herr da für Lügen?«

Der Dicke wartete ungerührt, bis Feridun losließ. Dann räusperte er sich auf den Handrücken.

»Geheime Botschaftsdepeschen. Pappà ist im Amt für ihre Archivierung zuständig. Euer Kriegsminister Enver wird sich kaum darüber beschweren wollen, dass solche Heldentaten im Ausland kein Unterrichtsstoff werden.«

»Silentium über dieses Thema«, mischte sich jetzt der Stubenälteste ein. »Sonst sind dein alter Herr und wir alle wegen Verrats von Kriegsgeheimnissen dran.« Zur Bekräftigung spuckte er einen Dattelkern so vehement gegen die Tür, dass der Querschläger den dicken Pritzelwitz fast ins Auge traf.

Doch Feridun ließ nicht locker. »Warum sollten wir sie umbringen, die Armenier?«

»Na, weil ihr Moslems halt immer gerne Christen umbringt«, ließ sich jetzt der Franke Reitzenstein vernehmen.

Feridun schnippte ihm einen Dattelkern an den Kopf.

»Und deine Vorfahren waren Kreuzritter!«

»Fakt ist: Die Armenier desertieren zu den Russen«, ging der dicke Pritzelwitz dazwischen. »Darauf steht der Tod. Aber für ein ganzes Volk fahnenflüchtiger Christen reichen offenbar die türkischen Galgen nicht aus. Also löst dein Kriegsminister das Problem auf umfassende Weise.«

»Er ist nicht *mein* Kriegsminister«, widersprach Feridun heftig.

Feridun kannte Enver persönlich – und die Erinnerung an seine einzige Begegnung mit ihm war keine gute.

Das lag jetzt schon fünf Jahre zurück.

Kriegsminister Ismail Enver, einer der jungtürkischen Revolutionäre von 1908, die den Sultan entmachtet und durch ein willfähriges Mitglied aus seiner Familie ersetzt hatten, war vor Kriegsausbruch zwei Jahre lang türkischer Militärattaché in Berlin gewesen. Auf sein Betreiben hin wurden deutsche Offiziere auf hohe und höchste Positionen in den Streitkräften des neuen Sultans berufen. Enver lud die wenigen türkischen Kadetten der Lichterfelder Kaserne gelegentlich in sein Domizil am Tiergarten ein.

Für den Sprössling der bekannten Paschafamilie interessierte sich der fast zwergenhaft kleinwüchsige Sohn eines Eisenbahnarbeiters besonders. Also musste Feridun ihn besuchen und bekam dafür extra einen halben Tag Urlaub.

Bei einer Tasse Tee gewährte Ismail Enver dem Zehnjährigen Einblick in die neuesten politischen Entwicklungen im Osmanischen Reich. Ob und wie viel der Kadett davon verstand, schien den Militärattaché wenig zu kümmern. Enver dachte an die Zukunft.

»Du, Feridun, wirst bald ein hoher türkischer Offizier sein. Man hat dich hierher geschickt, um den Geist der preußischen Herrenmenschen in dir aufzunehmen und später in unsere ruhmreiche Armee zu tragen.«

Enver erging sich nun in allgemeinen Betrachtungen über Griechen und Armenier, raffgierige Christen, die das türkische Volk finanziell aussaugten und von denen der türkische Boden gereinigt werden müsse, um Platz zu schaffen für echte Blutsverwandte aus weiter östlich lebenden Völkern, die angeblich nur darauf warteten, mit dem türkischen Kernland vereinigt zu werden. Zu diesem Zwecke aber müsse sich das Osmanische Reich erst einmal mit deutscher Hilfe wieder Respekt in der Welt verschaffen.

Er erteilte Feridun Order, an dieser gewaltigen Aufgabe mitzuwirken. Der Kadett tat verständig. Tatsächlich begriff er kaum etwas von dem, was dieser Mann ihm sagen wollte. Enver redete über den Kopf des Kadetten hinweg an eine Napoleon-Büste hin, die hinter Feridun auf einer Konsole stand. Zwischendurch traf den Paschasohn ein lauernder Blick durch halb geschlossene Lider, Augenblitze, deren Wirkung verstärkt wurde durch Envers nervös zischelnde Stimme.

Feridun fröstelte. Dieser Mann trug den Tod im Tornister, aber nicht den süßen und ehrenvollen Tod für das Vaterland, für den Feridun sich auserwählt sah. Sondern den Tod von Menschen, die andere Götter verehrten. Das Osmanische Reich hatte auch Christen, Juden, Afrikanern und Asiaten ausreichend Platz geboten. Ismail Enver wollte offenbar nicht, dass es so blieb. Anstelle des Imperiums sollte ein neuartiges, kleineres Gebilde treten, das er die türkische Nation nannte.

»Jedes Volk, das auf sich hält, will lieber eine Nation werden, als ein elendes Durcheinander zu bleiben, wo jeder macht, was er will. Und um so ein großes Durcheinander aufzuräumen, dafür braucht man eine starke Armee mit einem starken Führer, der mit Feuer und Schwert durchgreift.«

Enver ließ keinen Zweifel, an welchen Führer er dabei dachte: an sich selbst!

Der Militärattaché hatte seinen Monolog beendet und gab dem Kadetten ein Handzeichen, sich zu entfernen. Als Feridun sich in der Tür noch einmal umdrehte, stand Enver auf Kopfhöhe neben dem marmornen Soldatenkaiser aus Frankreich und nahm seinen Abschiedsgruß wortlos entgegen.

Drei Jahre später, 1913, hörte Feridun im Unterricht der Kadettenschule wieder von Ismail Enver. Man erläuterte den Schülern, dass sich drei Jungtürken an die Macht geputscht hätten: der ehemalige Telegrafenbeamte Mehmed Talât, ein gewisser Ahmed Cemal sowie der Militärattaché in Berlin, der jetzt ebenfalls den militärischen Ehrentitel Paşa trug. Vom neuen Sultan Mehmed V., einer Marionette der Jungtürken, hatte Enver sich zum Kriegsminister ernennen lassen. Weil der Sultan auch Hüter der Reliquien des Propheten im Topkapi-Palast und praktischerweise Kalif aller Moslems war, musste er wenig später den Feldzug Envers gegen Russland und damit zugleich gegen Briten und Franzosen als heiligen Krieg absegnen: als Dschihad.

Der Adelsclique war es Jacke wie Hose, wer sich unter welchem Vorwand drunten in der Türkei um die Macht balgte, Hauptsache, die Osmanen hielten weiter zum Deutschen Reich. Feridun aber fühlte sich in einem wachsenden Gewissenskonflikt zwischen seiner Loyalität gegenüber dem Militärapparat seiner Heimat und dem Wunsch, sich in den Regimentern des Kaisers zu bewähren. Heimlich hatte er sich schon lange entschieden. Heute schien es ihm an der Zeit, die Kameraden einzuweihen.

»Was haltet ihr davon, dass ich nach der Ausbildung in die Dienste der Potsdamer trete?«

Zu seiner Verwunderung zeigte sich die Adelsclique alles andere als überrascht von seinem Vorhaben. Warum sollte sich der Absolvent der besten preußischen Kadettenschule in irgendeinem verlotterten Sultansregiment verheizen lassen? Welchen Blumentopf gab es da zu gewinnen?

Pritzelwitz brachte es wieder auf den Punkt: »Und bei den Dardanellen hat ja außerdem dein alter Herr schon den Vogel abgeschossen.«

☾

Die kaiserlichen Gardejäger, das einst von Friedrich II. aufgestellte, berühmteste Regiment der preußischen Armee, begrüßten Mitte 1916 in Potsdam den frischgebackenen Leutnant Feridun Cevat mit Hallo in ihren Reihen. Am 14. Oktober wurde sein Bataillon mit Maschinengewehren nach Makedonien verlegt, um gegen die Nordfront der Alliierten vorzugehen.

Als deutscher Soldat betrat Feridun Cevat erstmals wieder den Boden des Osmanischen Reiches – seine Heimat.

Bei Prilep wurde er für die Rettung von Kameraden aus Todesgefahr dekoriert und zum Hauptmann befördert. Danach verlegte man die Gardejäger an die Westfront, in die Vogesen. Auch dort hielten sie tapfer aus, bis es nichts mehr zu verteidigen gab.

Und dann war dieser Krieg vorbei, vom Deutschen Reich und seinen Verbündeten verloren, der Kaiser ins holländische Exil geflohen, das Osmanische Reich untergegangen.

Kriegsminister Enver Paşa hatte sich feige auf einem deutschen Schlachtschiff ins Ausland verdrückt.

Feriduns Bataillon schlug sich nach Potsdam durch zur Heimatgarnison. Am 15. Juni 1919 hörte auf Befehl der Siegermächte das 175 Jahre alte Gardejäger-Bataillon auf zu existieren.

Den Deutschen gestand man nur mehr ein reines Verteidigungsheer von hunderttausend Freiwilligen zu. Als Offiziere wurden die besten und tapfersten Absolventen der aufgelösten Hauptkadettenanstalt angeschrieben.

Auch Hauptmann Feridun Cevat erhielt eine schriftliche Aufforderung.

Doch da befand er sich bereits auf dem Weg zurück in seine von hundert Schlachten gegen innere und äußere Feinde ruinierte Heimat. Er war jetzt zwanzig Jahre alt.

1997 NESRIN

Mit Hasan im Schlepptau kehrte Nesrin zurück in den Festsaal des Çiragan Palas Hotels. Dort feierte eine internationale Gesellschaft die Vergabe des Umweltpreises durch den Stifter Rahmi Koç.

Die Gala war Hasan inzwischen ziemlich egal. Er fühlte sich wie in Trance. Elektrisiert und verwirrt zugleich. Da wird man – wegen einer Reportage oder wegen seines Großvaters oder einfach, weil es das Kismet so will – zu einer exklusiven Gala nach Istanbul eingeladen, wo man einst seine Kindheit verbracht hat, und plötzlich öffnet einem jemand ein Tor zur Vergangenheit, zur Familienhistorie! Und dieser Jemand ist obendrein eine höchst attraktive Frau, zu der man in einer komplizierten Verwandtschaftsbeziehung steht.

Hasan hatte Selma, deren Stiefenkelin Nesrin war, nie kennengelernt, nur einmal kurz gesehen, als sie seine Mutter Benita im Cevat Paşa Konak besuchte, um ihr nach dem Tod seines Vaters zu kondolieren. Aber da war Hasan klein, er hatte keine Erinnerung mehr daran.

Jetzt saß er also zu Gast beim reichsten und mächtigsten Unternehmer der modernen Türkei, umgeben von Celebrities aus aller Welt, hautnah neben diesem hinreißenden Wesen, und Nesrin ergriff zum wiederholten Male seine Hand, sah ihn kopfschüttelnd an und lächelte.

Nach einer Stunde hielten sie es nicht mehr aus und schlichen sich wieder aus der Feier, hinaus auf die Terrasse im milden Abendwind.

Sie zündete sich und ihm eine Zigarette an.

Jenseits des prachtvollen Tors, das den Garten des Çiragan Palastes vom Wasser und von der Kaimauer trennte, hatten türkische Gäste der Gala ihre Privatjachten festgemacht. Hinter den Silhouetten der Schiffe zeichnete der Mond eine Silberspur über den Bosporus. Ein Frachter, spärlich beleuchtet, rauschte wenige Hundert Meter von ihnen entfernt zwischen dem europäischen und dem asiatischen Ufer vorüber in südlicher Richtung zum Marmarameer, nur die grünen Positionslichter ließen seine Größe ahnen. »Russischer Frachter«, sagte Nesrin beiläufig, »ich mag diese Schiffe nicht. Sie sind gefährlich, sie sparen den Lotsen ein und fahren zu schnell durch den Bosporus. Manchmal rammen sie Ufervillen oder stoßen zusammen, brennen dann monatelang, und ihr Öl verpestet das Meer.«

Als der Blick über den Bosporus wieder frei war, erkannte Hasan auf der anderen Seite die illuminierte Fassade der alten Kuleli-Militärakademie mit ihren mächtigen Türmen. Dort hatte sein Großvater Cevat Paşa einst für kurze Zeit als Kadett gedient und später, mit 28, also vor fast genau hundert Jahren, war er dort als Major stramm gestanden beim Besuch des deutschen Kaisers. Wilhelm II. stattete natürlich auch der Kuleli-Kaserne eine Visite ab.

Nesrin holte ihn aus seinen Gedanken zurück. »Komm, jetzt rufen wir Selma an. Die wird sich freuen …«

Während sie die Nummer in ihr Handy tippte, stellte Hasan sich zehn Fragen auf einmal: In welcher Sprache soll er sie ansprechen? Was soll er sagen? Wie alt ist sie eigentlich …?

»Don't worry, sie ist 84 und geistig topfit, du kannst mit ihr Deutsch, Türkisch, Englisch und Französisch sprechen, sie wird vielleicht ein bisschen weinen …«

Und dann war Selma dran. Stiefenkelin Nesrin bemühte sich, ihre Aufregung zu überspielen.

»Nine, sitzt du gut? Da möchte dich jemand sprechen, ich reich dich jetzt mal weiter … Nein, ich sag' dir nicht, wer es ist, das soll er dir selber sagen … Ja, ich weiß, es ist spät, aber du wirst gleich staunen … Nein, nicht morgen, jetzt!«

Nesrin reichte Hasan das Handy. Der hatte einen Kloß im Hals.

»Guten Abend, Madame, entschuldigen Sie den späten Anruf.«

Am anderen Ende eine energische Alte-Damen-Stimme.

»Das muss ja etwas sehr Besonderes sein, dass ihr eine alte Frau um diese Uhrzeit noch stört. Wer sind Sie denn?«

»Also, sagt Ihnen der Name Feridun Cevat etwas?«

»Feridun? Ach, das war vor mehr als einem halben Jahrhundert! Das war mein erster Mann, ein Mann, den ich sehr geliebt habe. Aber warum fragen Sie?«

»Weil ich sein Sohn bin!«

Stille. Hasan hörte Selma schlucken.

»Dann bist du … der Sohn, den Feridun später mit seiner zweiten Frau hatte? Mit der Deutschen? Mit Benita? Mein Gott, ich glaube, ich werde gleich ohnmächtig! Ich muss jetzt etwas weinen, bitte verzeih.«

»Aber nein! Nicht weinen! Ich freue mich so sehr, dass ich Sie morgen vielleicht kennenlernen darf, Selma! Ich weiß doch nicht viel über meinen Vater vor der Zeit mit meiner Mutter. Und vielleicht können Sie mir ja etwas von ihm erzählen?«

»Aber mein Kleiner, lass mich doch weinen! Hat dir Nesrin denn nicht erzählt, dass mein Sohn Basri, dein Halbbruder, vor einem Jahr gestorben ist …?«

Das saß.

Das hatte die schöne Nesrin ihm im Trubel des Kennenlernens nicht gesagt. Jetzt wollte Hasan am liebsten mit der fremden alten Dame am anderen Ende der Leitung mitweinen.

»Ich kann dir deinen Basri nicht ersetzen, liebe Selma«, sagte er leise. »Aber wenn du magst, dann bin ich für dich ein klein wenig wie ein neuer Sohn.«

Nesrin griff schon wieder nach Hasans Hand, was ihn noch mehr aufwühlte.

»Kommt doch zum Mittagessen«, sagte Selma in die Stille, »mein Mann Şadi, Nesrins Großvater, er wird sich auch freuen. Şadi ist ein wenig schwerhörig, weißt du, er ist schon dreiundneunzig. Aber dein Vater wäre jetzt, lass mich rechnen, siebenundneunzig! Ich werde schauen, ob ich ein paar Fotos finde von ihm. Was für ein schöner Mann, dein Vater, weißt du, ich habe ihn sehr geliebt, wir waren zusammen von 1930 bis 1949, ich träume noch manch-

mal von ihm, aber er hat mich oft betrogen, und da habe ich ihn
eben verlassen, und … Ach lass mich morgen erzählen. Ich freue
mich …!«
Dann seufzte die alte Dame noch einmal tief und legte auf.

Hasan und Nesrin machten in dieser Nacht kein Auge zu. Nesrin,
frisch geschieden, unkompliziert und selbstbewusst, nahm ihn ohne
Umschweife mit in ihr kleines, von exotischen Blumen umranktes
Bohème-Haus im feinen Stadtteil Bebek. Sie redeten bis zum Mor-
gengrauen und tranken sehr, sehr viel Wein – und irgendwann zog
Nesrin ihn auf den großen Diwan.
Zu ihren Füßen lag Istanbul wie eine erwachende Prinzessin.
Die Sonne ging auf über dem Bosporus.

1919 HEIMKEHR

An einem freundlichen Junitag entstieg Hauptmann a. D. Feridun
Cevat am Bahnhof Sirkeci dem Zug aus Wien.
Es empfing ihn nicht die quirlige, berauschende Stadt seiner Kindheit, sondern eine staubige Metropole der Melancholie. Feridun sah
sich umgeben von abgemagerten Menschen, die von irgendwoher
kamen und keinem erkennbaren Ziel zustrebten, die plötzlich stehen
blieben, sich besannen, Haken schlugen oder gleich ganz umkehrten.
So kam es ihm jedenfalls vor.
Es entsprach seiner eigenen Orientierungslosigkeit.
Feridun trat aus dem prächtigen Bahnhofspalast hinaus auf den Vorplatz, blieb stehen und schloss die Augen. Sekundenlang lauschte er
den Geräuschen um sich herum, den Schritten der Reisenden, den
Rufen der Straßenhändler und dem spärlichen Getrappel der Kutsch-
pferde.
Etwas hatte sich verändert gegenüber der Lärmkulisse von 1910, als
er von hier nach Berlin abgefahren war. Es war das Motorengeräusch,
das Feridun nicht zuordnen konnte. Ihm schien es ein deutsches Geräusch. Es klang nach Krieg, nicht nach Kindheit und Heimat. Doch

inzwischen beanspruchten auch in Konstantinopel Automobile die Vorfahrt vor Droschken und Pferdebussen.

Ein hohlwangiger Kutscher in Resten einer osmanischen Uniform, an der eine Medaille baumelte, bot Feridun seine Dienste an, nahm das Gepäck des Ankömmlings und lotste ihn zu einem klapprigen Fahrzeug, vor dem ein ausgemergelter Gaul den ersten Kunden des Tages mit mattem Schnauben empfing.

»Zum Cevat Paşa Konak«.

»Ah! Zum Verteidiger der Dardanellen!«, rief der Kutscher erfreut, wobei ihm der rote Fes fast vom Kopf rutschte. Er wusste einiges über den »Helden des 18. März«. Man hatte den General für kurze Zeit zum Kriegsminister des Osmanischen Reiches gemacht. Mittlerweile aber diente er der Sultansregierung als Chef des Generalsstabes. Einerseits sollte er die Streitkräfte demobilisieren, weswegen auch der Kutscher seinen Abschied hatte nehmen müssen. Andererseits munkelte man, dass Cevat mit Mustafa Kemal Paşa sympathisierte, dem Helden von Gallipoli, der tief in Anatolien aus den Resten der Armee ein Heer aufzustellen versuchte.

Auf der Fahrt sah Feridun Krüppel am Straßenrand liegen, wenn sie nicht gerade von Besatzungspatrouillen verscheucht wurden. Kinder in Lumpen reckten ihm ihre Hände entgegen, um Almosen bettelnd oder Holzspielzeug zum Kauf anbietend. Von Automobilen überholt, querten sie auf der Galata-Brücke das Goldene Horn, fuhren hinauf durch Tarlabaşi und dann die Allee entlang, die später einmal Cumhuriyet Caddesi – Straße der Republik – heißen würde und damals noch ein befestigter Sandweg war, gesäumt nur von wenigen französischen Fassaden, nach Nişantaşi. Zum Cevat Paşa Konak, seinem Elternhaus, das stolz und einsam von einem Park umgeben auf einem Hügel stand.

Doch wo war der Straßensänger geblieben, der oft an der Gartenmauer wartete und gegen kleines Trinkgeld diese schönen Gänsehautlieder gesungen hatte, Türkü genannt, die Feridun immer ins Träumen gebracht hatten?

Auch den Bärenmann mit dem tanzenden Meister Petz am Nasenring und der kleinen Schellentrommel gab es schon lange nicht mehr, erzählte der Kutscher. Dann setzte er den Heimkehrer ab am Tor zum Paradies seiner Kindheit.

Feridun kam sich vor wie der fremdeste aller Fremdlinge.

Wie würde man ihn hier empfangen nach zehnjähriger Abwesenheit? Die Hälfte seines Lebens war er im Ausland gewesen. Fast schämte er sich dafür, überhaupt noch am Leben zu sein.

Ein verlorener Sohn nach einem verlorenen Krieg.

Der Gärtner Hamdi erkannte den jungen Mann in westlicher Zivilkleidung nicht gleich. Feridun sprach Kindertürkisch, seine Körperhaltung schien die eines Bittstellers, eines verarmten Bourgeois womöglich, von denen es viele im Viertel gab.

Doch dann schlug sich Hamdi gegen die Stirn, entschuldigte sich wortreich und führte ihn zu seiner Gebieterin, Hadije Soraya, Feriduns Mutter.

Die drückte den Sohn lange und stumm an die Brust. Dann erst kamen ihr die Tränen, und sie fand die Sprache wieder.

»Du hast bestimmt Hunger, mein kleiner Liebling.«

Vom Hunger hatte der Sohn oft nach Hause geschrieben.

»Was steht ihr rum und gafft?«, rief Hadije Soraya tränenerstickt den Domestiken zu. »Unser Sohn ist wieder da – und er hat Hunger!«

Das Personal stob freudig schnatternd auseinander.

Den Vater traf Feridun oben in der Bibliothek an. Er hatte sich vom Lesesessel erhoben und war drei Schritte weit in die Mitte des Teppichs mit dem dunklen Fleck getreten. Dort erwartete der Kriegsminister a. D. den Gardejägerhauptmann a. D., nicht der Vater den Sohn. Das hatte nichts mit Mangel an Herzlichkeit zu tun, sondern mit Respekt.

Sie hatten sich fast zehn Jahre nicht mehr gesehen.

Mochten beim Rest der Familie die Freudentränen ungebremst fließen, hier standen sich zwei Männer gegenüber, die erst einmal herausfinden mussten, wie weit ihre Biografien sich voneinander entfernt hatten und wie viel Nähe nun möglich war, um nicht als plump vertraulich empfunden zu werden.

Zwei Offiziere aus den entferntesten Ländern der Welt wussten immer miteinander umzugehen. Der Umgang als Vater und Sohn jedoch musste von Grund auf neu eingeübt werden.

»Setz dich, mein Sohn«, flüsterte der Pascha mit einem Anflug von Zärtlichkeit in der Stimme.

Feridun nahm Platz auf dem Stuhl vor dem Vater, in aufrechter Haltung – nie wäre er auf die Idee gekommen, in Gegenwart des Paschas etwa die Beine übereinanderzuschlagen. Und selbstverständlich siezte man das Familienoberhaupt.

»Man hat mir erzählt von deinem kleinen Abenteuer in Makedonien.«

Feridun kramte zwei Eiserne Kreuze aus der Jackentasche und hielt sie dem Vater hin.

»Für ein Kapitel im Geschichtsbuch reicht es nicht ganz, Babam. Das Ihrige wird man gewiss noch in hundert Jahren studieren.«

»Mustafa Kemals Name hat Anrecht auf Ewigkeit, nicht meiner«, antwortete Cevat Paşa.

Feridun steckte seine Orden wieder weg.

Dann schwiegen sie.

Nie wieder würden Vater und Sohn über ihre eigenen Heldentaten sprechen.

ZWEI

1920 HADIJE SORAYA

Vom Bosporus herauf schmeichelte sich das Tuten eines englischen Panzerkreuzers in sein Ohr.

»Feridun!«, rief die Mutter.

Unten auf der Terrasse vor dem alten, hölzernen Herrenhaus stand für den Sohn des Paschas das Frühstück bereit. Silberne Teekanne, Porzellantasse aus Limoges, Toast, Orangenmarmelade, ein Schälchen mit Gurken, eins mit Oliven, eine Schale frischer Joghurt, den die Haushälterin allmorgendlich vom Straßenhändler mit dem Joch über der Schulter kaufte, wenn er sich am Tor mit seinem Ruf »Yogurtcuuuu!« meldete.

Milder Morgenwind stieg vom Bosporus herauf, strich durch den Park, fing sich in der Fassade des Paschasitzes, griff in die Zweige dreier riesiger Zedern und ließ die Blätter der beiden Palmen vor Feriduns Fenster rascheln. Im Sonnenschein warfen die Palmenblätter riesige Schattenspinnen, die über Holzfassade und die aufgeklappten Fensterläden hoch und höher krochen. Die Luft roch nach Erde und Wasser, rund um einen Kreis aus mannshohen Rosenbäumen sprengte der Gärtner seine Beete. Im kriegsgezeichneten Konstantinopel erweckte das Anwesen auf den Hügeln von Nişantaşi den Eindruck einer ungefährdeten Idylle.

»Feridun, Frühstück!«

Hadije Soraya erwartete ihren Sohn auf der Terrasse, neugierig auf weitere Geschichten von deutschen Aristokraten, den Roons und den Bassewitzens. Mit Frontabenteuern brauchte Feridun ihr nicht zu kommen. Der große Krieg war verloren, und Hadije Soraya froh, Mann und Sohn wieder heil um sich zu wissen. Doch von den preußischen Grafen auf ihren Gütern hörte sie den Heimkehrer aus dem untergegangenen Reich des Kaisers gar zu gerne erzählen. Feridun tat ihr den Gefallen nach Kräften, erfand notfalls hinzu, wenn ihm der Stoff ausging, er sprach sogar freundlich von den Comtessen. Das Magdolna-Kapitel ließ er weg, seine Mutter brauchte nicht alles zu wissen.

Feridun war noch nicht wirklich zu Hause angekommen. Er sprach und träumte Deutsch. Sein Türkisch war das eines Zehnjährigen, es machte ihn verlegen, wenn die Eltern ihn verbesserten wie einen Abc-Schützen. Lieber war es ihm, wenn zu Hause Deutsch oder Französisch konversiert wurde, was zum Glück häufig der Fall war. Nachhilfe in Straßentürkisch holte er sich lieber vom Dienstpersonal.

Der Vater war heute schon sehr früh ins Ministerium gefahren. Es gab wieder Ärger. Die Demobilisierung der Sultansarmee schien ins Stocken zu geraten, was die Aliierten auch dem zuständigen Generalstabschef anlasteten. Engländer, Franzosen und Italiener hatten die Stadt in Zonen aufgeteilt, um – jeder auf seine Weise – die Forderungen der Siegermächte durchzusetzen. Hunderte Carabinieri, aus Italien herübergeholt, nahmen in allen Sektoren die Polizeiaufgaben wahr.

Der Sultan ließ alle Demütigungen über sich ergehen.

In den Weiten Anatoliens jedoch verpufften die Drohgebärden der Sieger. Dorthin hatte sich der Kriegsheld Mustafa Kemal Paşa mit seinen Getreuen zurückgezogen, ins fünfhundert Kilometer östlich gelegene Ankara. In seinem Hauptquartier tagte die von ihm einberufene »Nationalversammlung« und versuchte auf das Parlament des Sultans am Bosporus Einfluss zu nehmen. Auch auf seinen Weggefährten Cevat Paşa konnte er dabei zählen.

»Feridun, nun komm doch endlich!«

»Oui, Maman!«

Er blieb im Bett liegen und blinzelte in den Morgen. Versuchte sich zu erinnern, wie es früher hier oben ausgesehen hatte, wenn er als Kind die Augen aufschlug. Sein Zimmer im dritten Stock war nun für Gäste eingerichtet, die über Nacht blieben. Die beiden Palmen in Feriduns Alter, die der achtjährige Junge einst mithilfe des Gärtners vor dem Hauptgebäude gepflanzt hatte, waren in den vergangenen zwölf Jahren zu stolzer Höhe emporgewachsen und spendeten nun den oberen Stockwerken des Konak ihren Schatten. Ihre Blätter nestelten an den Fensterläden und schreckten Feridun manchmal nachts aus dem Schlaf. Das Geräusch machte ihm die unfassbare Ruhe bewusst, die er nach all den Jahren in Kaserne und Krieg nicht mehr kannte.

Im Schlafsaal der Kadettenanstalt hatte er sie unter Tränen herbeigesehnt. Zurück im Elternhaus dauerte es Monate, bis er die Abwesenheit jahrelang gewohnter Belästigungen – schnarchende Kameraden, ferner Geschützdonner, Alarmglocken, Motorenlärm, Befehlsgebrüll – als Normalzustand genießen konnte.

War auch die im Herzen für immer bewahrte Einrichtung des Kinderzimmers verschwunden, etwa seine geliebten ledernen Schattenspielerpuppen Karagöz und Hacivat, klopften doch jede Nacht die beiden Palmen sanft ans Fenster, um ihn daran zu erinnern, wie grausam man ihn aus seiner Kindheit gerissen hatte, um ihn hinter preußischen Kasernenmauern zum Krieger zu erziehen.

Oft machte er Streifzüge durchs Haus, in der Hoffnung, die Räume würden ihm erzählen, was er alles versäumt oder vergessen hatte.

Cevat Paşa Konak war von außen ein herrschaftliches, innen gleichwohl sehr behagliches Gebäude, Mitte des 19. Jahrhunderts im osmanischen Stil errichtet von Cevats Vater Arapkirli Şakir Paşa. Mehrere mit weißer Ölfarbe lackierte Holztreppen wanden sich in die oberen Stockwerke, in der Mitte des Hauses befand sich die breite Haupttreppe aus Marmor. Jedes Stockwerk verfügte über einen größeren Salon und mehrere Schlafzimmer, die zum Teil für Gäste eingerichtet waren.

Der Hausherr und seine Frau bewohnten getrennte Zimmer: Cevat ein spartanisch-elegant eingerichtetes Refugium mit einer Couch, auf der ein Kelim lag, einem Schreibtisch und zwei Sesseln für Besucher. In der Mitte des Raums thronte eine Büste seines Vaters auf einer Marmorsäule.

Das Reich der Hausfrau war eine Suite, bestehend aus klassischem Damenschlafzimmer nach französischem Vorbild mit großem Baldachinbett, einem Toilettentisch mit Spiegel sowie einem Schreibtisch, darauf ein Dutzend Bilderrahmen und eine Sammlung silberner Becher und Döschen, die täglich vom Personal entstaubt wurden. An den Wänden hingen Stiche und Ölbilder der sogenannten »Orientalisten« aus Frankreich und Deutschland, aber auch Jagdtrophäen – in Silber gefasste Wildschweinhauer und dunkelrotbraune Schildkrötenpanzer.

Im zweiten Stock befand sich die Bibliothek mit etwa zweitausend französischen, arabischen, persischen, deutschen und türkischen Büchern, dazu alte Handatlanten, Biografien berühmter Paschas, Wesire, Sultane und ausländischer Fürsten, ledergebundene Folianten mit wissenschaftlichen Illustrationen aus kolorierten Kupferstichen. Hohe Mahagonileitern standen bereit, wenn man sich ein Buch von weiter oben herunterholen wollte.

Juwel der Sammlung war eine Erstausgabe des Buches »Unter dem Halbmond«. Der Autor, Reichs-Mitgründer und späterer preußischer Generalfeldmarschall Hellmuth Graf Moltke, hatte dem Sultan als Militärberater gedient und seine Erinnerungen 1870 Cevats Vater Şakir Paşa persönlich gewidmet. Der Bestseller lehnte an Napoleons Memoiren in Französisch und Deutsch, die unschöne Kindheitserinnerungen Feriduns an seine Hauslehrerin Madame Strüth aus Reichshoffen lebendig hielten. Zweimal war ihr elsässischer Heimatort militärisch in Erscheinung getreten, einmal marschierte Napoleon Bonaparte auf seinem Schlachtzug nach Osten vorbei, das andere Mal, 1870, war es Schauplatz einer vernichtenden Niederlage, die Preußen, Sachsen und Bayern den Franzosen beibrachten, was das Hoffen aufs Reich zwar binnen einen Jahres in Erfüllung gehen ließ, aber auch nur bis 1918. Reichshoffen hatte also nicht viel Freude gehabt an seinem irreführenden Namen, genauso wenig wie Feridun mit Madame Strüth.

Die Salons waren sehr unterschiedlich eingerichtet. Die türkischen, im alt-osmanischen Stil gehalten, erschienen schlicht, hell, sonnendurchflutet von zwei Fensterfronten, da sie an den Ecken des Hauses lagen. Zwei französische Salons, prachtvoll möbliert mit Boulle-

Möbeln und Louis-XVI-Schreibtischen, hielt man schattig-düster, um die europäischen Antiquitäten nicht der Sonne auszusetzen. Auf den Schreibtischen, Kommoden und Demi-Lune-Konsolen der französischen Salons standen Bilder in großen silbernen oder elfenbeinernen Rahmen: Freunde, Kinder, berühmte Bekannte, meist mit Signatur. Cevat Paşa besaß sogar ein ihm gewidmetes, handsigniertes Porträt des deutschen Kaisers. Auf einer Kommode stand – aus schwarzem Marmor mit vergoldeten Intarsien – eine Boulle-Uhr mit Stunden- und Mondphasen-Zifferblatt und einem weiteren für Tages-, Wochen- und Monatsanzeige. An anderer Stelle prunkte ein mächtiger silberner Samowar. Die Wände waren zum Teil im üppigen Stil der Gründerjahre tapeziert, die über vier Meter hohen Decken mit floralen Mustern bemalt. Die Böden hatte Cevat kurz vor dem Krieg mit Parkett veredeln lassen, auf ihnen lagen kostbare Teppiche. In einem der beiden Salons stand an der kurzen Seite und längst nur noch als Ablage für Bilder und Vasen benutzt ein französisches Pleyel-Piano, das die Mutter einst für den Knaben Feridun angeschafft hatte. Madame Strüth, an einem elsässischen Mädchenpensionat als Musik- und Deutschlehrerin beschäftigt, bevor sie ihrem Ehemann nach Konstantinopel folgte, hatte Hadije Soraya beim Kauf des Instruments beraten und Feridun dann drei Jahre lang Klavierunterricht erteilt. Die Liebe zur klassischen Musik konnte sie bei ihm nicht wecken, doch ihr osmanischer Schüler brachte es immerhin so weit, dass er die Lehrerin beim Vortrag französischer Chansons begleiten konnte. Am liebsten schmetterte sie mit ihrer Krähenstimme die Marseillaise. Feridun mochte die Melodie immer gut leiden, auch wenn er sich vom Text abgestoßen fühlte. Haftete ihm doch ein Odeur von Tod und Blut und Boden an, der so gar nicht zu dem beschwingten Marschrhythmus passen wollte.

An die Waffen, Bürger,
formiert Eure Bataillone,
marschiert, marschiert,
damit das unreine Blut
unsere Ackerfurchen tränke!

Als er später mit den Gardejägern an der Westfront im Graben gelegen hatte, gellten diese Zeilen ihm manchmal entgegen. Ob tatsächlich oder nur in seiner Einbildung, konnte Feridun nicht erkennen. Doch seitdem war es für ihn endgültig vorbei mit der Marseillaise. Wenn er nun zu Hause vor dem Klavier stand, wehten ihn die blutrünstigen Strophen sofort wieder an.

Die alt-osmanischen Salons waren nicht à la française möbliert, sondern ausgestattet mit grünen und ockergelben Sockelsitzkissen aus Samt und Seide, auf denen man sehr tief saß. Im Zentrum der türkischen Salons standen ein oder zwei große Mangals, Holzkohlebecken aus Messing mit abnehmbarer Kuppel, und tiefrunde Messing-Tepsis, Tabletts mit bis zu anderthalb Metern Durchmesser. Auf ihnen standen in silbernen Bechern Zigaretten bereit. Die Mangals dienten im Winter gelegentlich als Wärmespender, doch eigentlich waren sie nur Dekoration.

Die Küche befand sich im Erdgeschoss, in ihr bereitete ein halbes Dutzend Angestellte die Speisen zu, die vormittags mit der Hausherrin besprochen worden waren, sowie ständig Tee und Kaffee.

»Sag, Feridun, wie viele Zimmer hatte Schloss Schwiessel?«, empfing die Mutter ihren Sohn, als er endlich auf der Terrasse erschien und sich zu ihr an den Frühstückstisch setzte.

»Es ist kein richtiges Schloss, sondern ein Herrensitz.«

»Wie viel Hauspersonal befehligte die Gräfin? Wie viele Pferde standen im Stall?« Hadije Soraya war äußerst wissbegierig, eine wilde Reiterin, dazu fixiert auf deutsche und französische Lebensart. Ihr Sohn musste immer aufs Neue beschreiben, wie preußische Junker ihre Herrenhäuser möblierten, welche Muster die Tapeten hatten und dass man bei Bassewitzens die Preußische Porzellanmanufaktur der doch viel farbenfroheren Konkurrenz aus Meißen vorzog, die sich im täglichen Gebrauch der Roons befand. Feridun, der bisher mehr Lebenszeit in der Kaserne und im Felde zugebracht hatte als im herrlichen Reich des Rittmeisters und seiner Damen, konnte sich dennoch an viele Details genau erinnern.

Ein Hausmädchen, westlich unverschleiert – damals in den Herrenhäusern der osmanischen Aristokratie noch längst nicht überall üblich –, trug ein silbernes Tablett mit eingraviertem Monogramm »C« auf die Terrasse, um Feriduns leeres Teeglas auszutauschen, doch Feridun winkte ab. Normalerweise stillte er die Neugier seiner Mutter geduldig und ohne Blick auf seine goldene Taschenuhr, die ihm der Vater ohne große Worte zur Rückkehr geschenkt hatte.

Doch plötzlich hatte er es eilig.

Es war nun schon nach zehn Uhr vormittags, er wurde im Archiv des Geheimdienstes erwartet. Also warf er seiner Mutter einen Handkuss zu und machte sich auf den Weg in die Stadt.

☾

Bei der türkischen Armee hätte Hauptmann a. D. Feridun Cevat sofort weitermachen können, wie üblich um mindestens eine Stufe über den letzten deutschen Rang befördert.

Doch Feridun hatte vom Krieg die Nase voll.

Zwar war das jungtürkische Regime gestürzt, doch in seiner Heimat war der Krieg noch lange nicht vorbei.

Die Zukunft des Vaters war mehr als ungewiss. Von ihrem Vermögen würde die Paschafamilie noch eine Weile leidlich leben können, während das Land wirtschaftlich darniederlag und man nicht sicher sein konnte, wie viele Soldaten und wie viele Offiziere es auf türkischem Boden überhaupt noch geben durfte.

Die neue Karte des Osmanischen Reiches, die man gerade im Pariser Vorort Sèvres zeichnete und deren Zumutungen dem »Schandvertrag von Versailles« in nichts nachstanden, den die Deutschen sich hatten diktieren lassen, wurde vom ohnmächtigen Sultan hingenommen, vom Rebellen Mustafa Kemal hingegen wütend abgelehnt. Mochten die Erben des deutschen Kaiserreiches mit Kopflosigkeit und Chaos reagieren, bestätigte das nur Kemals Vorurteile. Um dem Mob der Straße zu entgehen, war die verfassungsgebende Nationalversammlung der deutschen Republik in eine Provinzstadt ausgewichen. In Berlin und München trampelten Freikorps und politische Extremisten auf jenem zarten Pflänzlein herum, das nur Wirrköpfe für eine funktionierende Demokratie halten konnten. Einen mehrheitsfähigen Führer konnten weder Regierung noch Opposition vorweisen, nirgendwo gab es einen vernünftigen Plan, außer blinder Zerstörung aller neuen Ideen.

Mustafa Kemal Paşa war kein Demokrat, aber er hatte große neue Ideen und noch größeres Charisma. Er baute in Ankara an einem Nationalstaat der Türken und stemmte sich gegen jeden Versuch der Siegermächte, nun auch noch den letzten Rest seiner Heimat zu zerstückeln und den Bluthunden, vor allem den griechischen, zum Fraß vorzuwerfen.

Bis eben noch Generalinspekteur des anatolischen Heeres, war Kemal vom Sultan und obersten Glaubenswächter abgesetzt und mit einer Fetwa zum Tode verurteilt worden. Er hatte frech mit einer Gegen-Fetwa und der Gründung einer Nationalversammlung in Ankara gekontert, gefolgt von der Bewaffnung des Landvolkes für seinen Befreiungskrieg gegen die inneren und äußeren Feinde der Türkei.

Seiner Türkei.

So elegant er aussah und sich zu kleiden wusste, war Kemal Kämpfer durch und durch. Auftritte des genialen Schlachtenlenkers bei internationalen Konferenzen indes eskalierten nicht selten im Fauxpas und derben Temperamentsausbruch. Fintenreiche, in Höflichkeitsfloskeln verklausulierte Kompromisslerei am Grünen Tisch war ihm ein Graus. Wo er gebraucht wurde, zählten Befehl und Gehorsam, Adoration und Angst, Dienst und Schnaps. Die Grenzen seiner Türkei mussten, wenn nötig, mit Blut neu gezogen werden, dann lohnte sich feinziseliertes Nachverhandeln mit den neuen Großmächten dieser Erde. Bis Kemal für seine Pläne günstigere Fakten geschaffen hatte, sollten mit ihm verbündete Abgeordnete im osmanischen Parlament und anerkannte Generäle wie Cevat Paşa alle politischen Optionen offenhalten.

Im osmanischen Generalstab und als Abgeordneter im Sultansparlament besaß der Held des 18. März noch das Vertrauen der alten Garde, er nutzte es, um die Siegermächte im Sinne Mustafa Kemals zu beeinflussen. Sie sollten die Autorität des Sultans nicht über- und die Stärke seines Gegenspielers in Ankara nicht unterschätzen.

An Kemals neuer Türkei wollten Cevat Paşa und auch sein Sohn mitbauen. Doch Feridun nicht mehr mit Feuer und Schwert, den bewährten Werkzeugen des Vaters. Bauen ja, töten nein. Niemand würde ihm mehr einreden können, dass Krieg ein ehrbares Handwerk war wie jedes andere auch. Jeder Held, der töten musste, war für ihn ein trauriger Held. Und jeder Held, der andere für sich töten ließ und selber nur aus sicherer Distanz beobachtete, ob und wie sehr sich der Einsatz von namenlosem Menschenmaterial lohnte, war für ihn keiner.

War die Leistung seines Vaters in der Dardanellenschlacht die Heldentat eines todesmutigen Generals oder einfach nur eine geglückte Kriegslist?

Wie viele Hunderttausend Soldaten wären vielleicht am Leben geblieben, wenn die Türkei bereits am 18. März 1915 erobert worden wäre? War das Osmanische Reich 1914 nicht eher zufällig auf die Seite der späteren Kriegsverlierer geraten? Waren die Briten als Bündnispartner nicht erste Wahl gewesen?

Feridun wusste, dass er solche Fragen nicht laut stellen durfte, am allerwenigsten zu Hause. Aber sie bewegten ihn. Und er beantwortete sie sich auf seine Weise.

Mit ihm war in der Kaserne und auf dem Schlachtfeld nicht mehr zu rechnen.

Zur Welt der Botschafter und Konsuln, der Legationsräte und Attachés fühlte Feridun sich hingezogen. Im Salon der Diplomatie würde er die Früchte seiner Herkunft und Erziehung ernten und auch sonst seinen ganzen Charme im Namen des Vaters und des Vaterlandes ausspielen können. Doch dazu bedurfte es erweiterter Fachkenntnisse, die in der Kadettenanstalt nicht gelehrt worden waren. Feridun musste also erst mal zurück auf die Schulbank, diesmal in Konstantinopel.

Es war im Osmanischen Reich zu allen Zeiten üblich und keineswegs ehrenrührig, dass Söhne der Oberschicht sich unter Protektion ihrer Väter, Onkel und Vettern nach dem Militärdienst beruflich neu orientierten. Feridun hatte starke Beweise für seine eigene Tapferkeit erbracht, musste also nicht damit rechnen, als Drückeberger betrachtet zu werden, der nun im Schutze seines berühmten Erzeugers den Kopf aus der Schusslinie zog. Während Cevat Paşa bemüht war, im Militärrat den Gesprächsfaden zwischen alter und neuer Türkei nicht gänzlich abreißen zu lassen, absolvierte sein Sohn Lehrgänge beim Geheimdienst und auf der Diplomatenschule.

Dabei kam ihm nicht nur der inzwischen sogar noch gewachsene Respekt aller Landsleute vor dem »Verteidiger der Dardanellen« zugute, sondern auch, dass Feridun selbst politisch ein unbeschriebenes Blatt war, was er zeitlebens bleiben sollte. So erhielt der Diplomatenlehrling bereitwillig Einblick in die Arbeitsweise diskret operierender Dienststellen und Behörden. Die steckten ihrerseits voller verunsicherter Menschen, mussten sie doch bei der Auswahl des Nachwuchses stets auch die unübersichtliche Gesamtsituation im Auge behalten. Für den Fall, dass der Sultan Macht und Pfründe behaupten konnte, war anderes Personal vorzuhalten, als wenn sein Herausforderer aus Ankara ans Ruder käme. Mit dem Sohn des »Helden des 18. März« hielt man einen Joker für beide Optionen in Händen.

Der Diplomatie-Praktikant Feridun Cevat war ein sympathischer Kollege. Er besaß eine blitzschnelle Auffassungsgabe, beteiligte sich nicht an Intrigen und behandelte jedermann und jede Frau mit Respekt und Höflichkeit, besonders jene hohen Beamten, deren Privileg es war, die Staatsgeheimnisse eines in seinen Grundfesten erschütterten Staates zu hüten.

Und so ging er an diesem späten Vormittag mit seinem Mentor Murat Bey, einem altgedienten Diplomaten, ein Konvolut von Akten zum Stichwort »Deutsche Botschaft« durch, die ihnen von einer jungen Bürobotin namens Simuni aus den Kellerregalen des Geheimdienstes geholt und wieder dorthin zurückgebracht wurden.

Murat Bey instruierte Feridun, wie Dokumente nach dem Grad ihrer Vertraulichkeit zu klassifizieren, in Umlauf zu bringen und nach autorisierter Einsichtnahme wieder abzulegen seien. Dafür stand Feridun ausreichend Anschauungsmaterial zur Verfügung, das eben erst für eine regierungsinterne Untersuchungskommission aufbereitet worden war.

Feridun blätterte in den Dokumenten, um ein Gespür dafür zu bekommen, wann und wie und warum ein Telegramm, eine chiffrierte Botschaftsdepesche, eine handschriftliche Notiz oder ein Gesprächsprotokoll in den einen oder anderen Rang einer Verschlusssache erhoben worden war.

Zum Beispiel, wenn es um die Ermeni ging, die Armenier.

Die Akten enthielten Abschriften aus dem Post- und Telegrafenverkehr deutscher Diplomaten mit dem Auswärtigen Amt in Berlin.

Zum ersten Mal kamen Feridun Boschaftsberichte über die Vorgänge in Ostanatolien unter die Augen, Schreckensmeldungen, denen Beschwichtigungen aus Ministerien des Deutschen Reiches beigeheftet waren.

Generalleutnant Bronsart von Schellendorf an Marineattaché Humann ...

Botschafter Hans von Wangenheim an den deutschen Reichskanzler Hans von Bethmann Hollweg ...

Botschafter Paul Graf Wolff Metternich zur Gracht an den deutschen Reichskanzler ...

Vizekonsul Max Erwin von Scheubner-Richter an Boschafter v. Wangenheim ...

Auswärtiges Amt Berlin an Botschafter Rifat Paşa ...

Feridun blieben jeweils nur Sekunden, um den Inhalt zu überfliegen. Aber was er las, bestätigte auf erschütternde Weise, was er Jahre zuvor in der Kadettenanstalt aufgeschnappt hatte. Die deutsche Regierung und die kaiserlichen Militärberater hatten nicht nur von Anfang an Bescheid gewusst über die entsetzlichen Vorgänge in Ostanatolien, sondern Beihilfe geleistet zur Säuberung türkischen Bodens von angeblichen Vaterlandsverrätern christlichen Glaubens, zum Völkermord an den Armeniern.

In einer mit höchster Geheimhaltungsstufe versehenen Depesche aus der deutschen Botschaft, datiert vom 31. August 1915, stand nur dieser einzige, dem damaligen türkischen Innenminister Talât Paşa zugeschriebene Satz:

»*La question arménienne n'existe plus.*«

»Die armenische Frage existiert nicht mehr.«

»*Hart, aber nützlich*«, telegrafierte der deutsche Marineattaché Hans Humann, Berater und glühender Verehrer von Enver Paşa, nach Berlin. Feridun blickte fragend auf zu Murat Bey. Der alte Botschafter zuckte nur müde mit den Achseln, dann nahm er ihm das Dokument aus der Hand, steckte es zurück in die Akte, klappte sie zu und reichte sie an die Bürobotin weiter: »Zurück in den Keller.«
Simunis und Feriduns Blicke trafen sich.

☾

Während sein Sohn geheime Akten wälzte, ließ sich Cevat Paşa vom Kriegsministerium nach Hause chauffieren, wo er sich für eine Reise nach Ankara umkleiden wollte. Es herrschte große Unruhe in Konstantinopel. Die Briten hatten damit begonnen, unter dem Vorwand, gegen Verantwortliche für den Völkermord an den Armeniern vorzugehen, auch bekannte und mutmaßliche Unterstützer der Nationalisten zu verhaften. Cevat Paşa, der Chef des Generalstabes, zählte zu ihren führenden Köpfen. Er konspirierte schon lange mit Kemal, ihrer beider Ziel war es, die Alliierten aus dem türkischen Kernland zu vertreiben. In völliger Fehleinschätzung von Kemals Haltung gegenüber der osmanischen Regierung hatte Sultan Mehmed VI. dem ruhmreichen Heerführer fast die gesamte militärische und zivile Befehlsgewalt in Ostanatolien übertragen. Davon machte der Rebell jetzt couragierten Gebrauch – gegen Konstantinopel und unter heimlicher Mitwirkung seines Freundes Cevat Paşa.
Und zum ersten Mal erschien auf einem offiziellen Dokument in der alten osmanischen Hauptstadt ein Wort, das die übrige Welt schon lange wie selbstverständlich verwendete:
Türkei!
Das Osmanische Reich, de facto längst zusammengebrochen, drohte nun auch seinen Namen zu verlieren.

Auf dem Teppich in der Bibliothek stand schon der schwere Koffer voller lederner Dokumentenmappen bereit. Hadije Soraya legte noch ein kleines Päckchen darauf, es enthielt – frisch aus der Konak-Küche – ein paar Böreks mit Fleischfüllung für die beschwerliche Reise. Cevat nahm das Päckchen und schnupperte daran. Es roch angenehm nach Frieden.

Von der Gartenauffahrt drang Motorenlärm herein. Der Pascha horchte auf. Das war nicht sein Automobil. Männerstimmen bellten etwas auf Italienisch, Cevats Chauffeur bat auf Türkisch um einen Moment Geduld.

Die Haustür flog auf, der Fahrer stolperte in die Vorhalle, von Gewehrläufen in den Rücken gestoßen und am ganzen Körper zitternd. Hinter ihm erschien ein gutes Dutzend Carabinieri.

»Ist er das?«, schrie einer der Italiener und zeigte auf Cevat.

»Buona sera, signori«, antwortete der Pascha ganz ruhig.

»Cevat Paşa?«

»Si.«

»Il commandante di Çanakkale?«

»Si, ma cinque anni fa.«

»Presenta mani!«

Der Pascha streckte ihnen die Hände entgegen. Ein Carabiniere trat vor und legte ihm Handschellen an. Dann führte man den Hausherrn ab wie einen Schwerverbrecher.

So sah Hadije Soraya ihren Mann das letzte Mal für knapp zwei Jahre. Es war der 6. März 1920. In der Bibliothek stand der Koffer auf dem Teppich mit dem dunklen Fleck. Cevat Paşas kleines Stück Privatheimat durfte ihn diesmal nicht begleiten.

Vor dem Konak fuhr ein britisches Militärfahrzeug vor, es trug die Standarte des High Commissioners von Konstantinopel. Auf ein Zeichen am Autofenster stießen die Carabinieri ihren Gefangenen in die Richtung der Ankommenden.

Der Chauffeur sprang heraus und riss dem alliierten Stadtkommandanten den Wagenschlag auf. Der stieg aus.

Dann standen sie sich gegenüber: Cevat Paşa, der Verteidiger der Dardanellen, und Admiral John de Robeck, sein ihm unterlegener Gegner vom 18. März 1915, seit wenigen Tagen Befehlshaber der Besatzer Konstantinopels.

Soweit es seine Fesseln erlaubten, nahm der Pascha Haltung an vor dem Admiral. Und auch der Brite, im gleichen Alter wie der Türke, versagte dem gegnerischen Helden nicht den militärischen Respekt. »Verzeihen Sie die Unannehmlichkeiten, Pasha«, sagte John de Robeck. »Sobald Sie auf Malta eingetroffen sind, wird nicht mehr die italienische Polizei, sondern Personal seiner Majestät für Ihr Wohlergehen sorgen.«

Dann schritt der Admiral an Cevat Paşa vorbei ins Haus, während die Carabinieri auf de Robecks Zeichen ihrem türkischen Gefangenen die Handschellen wieder abnahmen. Mit einer stummen Kopfbewegung wiesen sie ihm die hölzerne Rückbank eines Bedford-Militärlastwagens.

Cevat Paşa war nun ein POW, ein prisoner of war.

Eine kurze Hausführung an der Seite von Hadije Soraya genügte dem alliierten Stadtkommandanten. »Madam, ich muss Sie bitten, Cevat Paşa Konak für uns zu räumen. Das hier wird mein Hauptquartier.«

☾

Feridun verpasste die Verhaftung des Vaters, denn da stand er noch bei der Bürobotin Simuni im trüben Licht der Archivkammer und ließ sich erzählen, welches Schicksal sie an diesen unheimeligen Platz gestellt hatte.

»Weil ich nicht werden darf, was ich werden will.«

»Was willst du denn werden, Simuni?«

»Arzt, wie mein Vater und mein Großvater.«

»Als Frau?«

»Noch dazu als Christin mit griechischem Vater und türkischer Mutter.«

Darüber hatte Feridun noch nie nachgedacht. Frauen waren dazu da, erobert zu werden. Andere waren für die Ehe bestimmt. Aber dass Frauen Berufswünsche hatten, musste eine Folge des Krieges sein, jedenfalls war diese Entwicklung an ihm vorbeigegangen. Er, Feridun, hatte die Chance bekommen, die Waffe aus der Hand zu legen und ins diplomatische Korps einzutreten. Simuni konnte froh sein, wenn sie zwischen stickigen Kellern und staubigen Büros, in denen wohlbestallte Beamte – allesamt Männer – vor sich hindämmerten, Akten schleppen durfte, bis jemand kam, sie heiratete und zur Hausfrau und Mutter machte.

Doch Simuni war nicht bereit, auf die Erfüllung ihrer Träume nach der Hochzeit oder gar erst nach dem Tode hinzuleben. Denn es war ein Mann in ihr Leben getreten, ein weißer Ritter, der vielleicht der Bürobotin Simuni die Tür in eine bessere Zukunft aufschlug.

»Wenn erst mal Mustafa Kemal das Land regiert, wird er nicht nur die Türken befreien, sondern auch uns Türkinnen, das hat er heilig versprochen.«

Aus diesem Grunde sympathisierte Simuni heftig mit dem Führer der Nationalisten im fernen Ankara und tat, was in ihrer kleinen Macht stand, um den Befreiungskrieg ihres Idols von Konstantinopel aus zu unterstützen. In der anderen Machtzentrale wusste man ihre Dienste zu schätzen. Mustafa Kemal war auf Geheimdienstinformationen ebenso angewiesen wie die offiziellen Machthaber im Sultanat. Auch um die Vertrauenswürdigkeit neuer Kontaktleute in Konstantinopel zu überprüfen, bat man konspirative Helfer wie Simuni um ihre Einschätzung.

Der Praktikant Feridun Cevat stand für Simuni auf der richtigen Seite, darum brachte sie dem jungen Mann mit dem etwas kindlichen türkischen Wortschatz und den vorzüglichen Manieren bei, wie man Akten auf zweierlei Art archivierte: die einen so, dass man sie jederzeit wiederfand, die anderen so, dass sie dem uneingeweihten Zugriff für immer entzogen waren. Überall in der Welt machte man das so. Und überall gab es Menschen wie Simuni, die irgendwann ihre Geheimnisse mit ins Grab nehmen und die Wahrheitsfindung der Nachwelt überlassen würden.

Simunis Selbstbewusstsein beeindruckte Feridun und forderte ihn als Mann heraus. Ihr ernstes, scharf geschnittenes Gesicht mit hohen Wangenknochen und einer schmalen Nase über dem sanft geschwungenen, jedoch fast lippenlosen Mund machten sie erst auf den zweiten Blick attraktiv. Sie wirkte nicht wie eine Frau, die im Vorbeigehen zu erobern war oder gar darauf wartete, von ihrem Vater nach Gutdünken verheiratet zu werden. Wie sie die Brauen senkte und den unverhüllten Kopf zurückwarf, wenn sie Missbilligung ausdrückte; wie sie sich mit der Hand durchs halblange schwarze Haar fuhr, was einige weiße Strähnen darin vorteilhaft zur Geltung brachte und sie älter wirken ließ als ihre vielleicht fünfundzwanzig Jahre; wie sie mit zusammengekniffenen Augen den Staub von den Aktendeckeln blies, bevor sie sich Feridun zuwendete, um ihm das gewünschte Dokument zu reichen: das kündete von einem starken Charakter, der es sich und anderen nicht leicht machte. Gewiss, Simuni gab sich dem Paschasohn gegenüber offen und herzlich, aber es blieb eine stolze Reserviertheit spürbar, die ihn vor unüberlegten Schritten warnte.

Feridun ahnte, warum er seinem angeborenen Charme neuerdings nicht mehr blind vertrauen konnte. Seit seiner Rückkehr aus dem Krieg merkte man ihm die Unsicherheit seiner Generation an, die er durch verlegenes Grinsen zu überspielen suchte, aber nicht einmal mit seinem zumindest bei Frauen bewährten Samtaugenaufschlag zu camouflieren vermochte.

Feridun hatte seine Unschuld verloren.

An erotischer Erfahrung mangelte es ihm nicht. Nach seiner »Erweckung« in Magdolnas Kammer war der Kadett und später der Gardejäger nicht allzu wählerisch gewesen, er hatte das schnelle Abenteuer gesucht wie viele seiner Kameraden, die alle damit rechnen mussten, eher heute als morgen ihr junges Leben zu verlieren. Also musste man es genießen, wo immer sich die Gelegenheit bot.

Und doch hatte Feridun, wenn der Krieg ihn hin und wieder für ein paar Stunden aus der blutigen Pflicht entließ, keine Zärtlichkeit mehr gefunden, die sich messen konnte mit dem rauschhaften Moment in Magdolnas Armen.

Nun also suchte er Simunis Nähe, half ihr beim Verstauen der Akten und fahndete dabei auf wenig diskrete Weise nach dem Schlüssel zu ihrem Herzen.

»Wartet jemand zu Hause auf die Tochter des griechischen Arztes?«

»Ich lebe bei meiner Familie. Und der Sohn des Verteidigers der Dardanellen?«

»Ich auch.«

»Dann sollten wir beide froh sein, dass wir nicht allein leben müssen.«

»Das Leben ist voller aufregender Möglichkeiten für schöne Frauen.«

»Sie ähneln einander doch sehr.«

»Die schönen Frauen?

»Nein, die Möglichkeiten.«

Schritte kamen näher, ein Laufbursche stolperte durch den Kellervorraum in die Kammer.

»Simuni, weißt du, wo dieser Feridun Bey steckt?«

Feridun trat zwischen den Regalen hervor.

»Wer sucht mich?«

»Ihre Frau Mutter. Sie sollen sofort nach Hause kommen. Es sei sehr dringend.«

☾

Die Briten hatten insgesamt 145 osmanische Offiziere und Abgeordnete des osmanischen Parlamentes auf Malta interniert, um den von ihnen abhängigen Sultan Mehmed VI. gegen seinen Herausforderer aus Ankara zu stützen. Ohne Anklage hielt man sie fest. Gegen einige trug man Material zusammen, um ihnen als Kriegsverbrecher den Prozess zu machen. Die Hauptverantwortlichen des Völkermordes an den Armeniern, Mehmed Talât, Ismail Enver und Ahmet Cemal – anderthalb Millionen Menschen hatten sie auf dem Gewissen, darunter fast die gesamte intellektuelle und kaufmännische Elite Anatoliens – waren zu diesem Zeitpunkt längst mit deutscher Hilfe geflohen, die Regierung in Berlin verweigerte ihre Auslieferung. Auf Druck der Siegermächte verurteilte die Justiz des Sultans das Massenmörder-Trio in Abwesenheit zum Tode und stellte ein paar weitere Hauptschuldige vor Gericht, jedoch ohne dass wirklich Recht gesprochen wurde.

Die Internierten auf Malta waren meist Sympathisanten und Gefolgsleute von Mustafa Kemal, viele kannte er bereits von seiner Zeit auf der Militärakademie. Die Abgeordneten unter ihnen hatten im Sultansparlament gemäß den Vorgaben des Nationalistenführers aus Ankara abgestimmt. Aus diesen Gründen befand sich nun auch Cevat Paşa in britischem Gewahrsam.

Hadije Soraya wies ihr Personal an, die letzten Kisten mit Hausrat aus Cevat Paşa Konak hinunter in die hölzerne Sommerresidenz am Bosporus zu schaffen. Dort im Yali würde man ausharren, bis die Briten wieder abzogen.

Die Villa am Wasser war sehr viel kleiner als das Palais hier oben. Vieles musste also zurückgelassen oder bei Verwandten untergestellt werden. Die Besatzer beanspruchten ohnehin den Großteil an Einrichtung und Personal für sich und gestanden der Paschafamilie nur zu, wofür sie selbst keine Verwendung sahen.

An Cevats geliebtem Teppich mit dem dunklen Fleck hatte Admiral de Robeck kein besonderes Interesse gezeigt und sich vom Hausdiener für die Bibliothek einen repräsentativeren empfehlen lassen. Schließlich sollte das hier sein Dienstzimmer werden. Hätte er geahnt, was für ein unschätzbares Souvenir da zu seinen Füßen lag!

Der Admiral wollte am Schreibtisch des Paschas sitzen und späte Genugtuung für die Niederlage bei den Dardanellen genießen.

Noch immer schob Winston Churchill ihm die Schuld am Debakel von Gallipoli zu. Hätte John de Robeck seine Schlachtschiffe am 18. März 1915 nicht zurückgezogen, sondern die türkischen Minen unverzüglich räumen lassen für eine neue Angriffswelle, dann wäre Konstantinopel zweifellos binnen weniger Tage besetzt worden, nicht erst vier Jahre und Hunderttausende Tote später. So jedenfalls schwadronierte der Rechthaber in London, der nach seinem Karriereknick längst wieder obenauf und inzwischen de Robecks oberster Vorgesetzter war, nämlich Kriegsminister.

De Robeck war nicht ehrpusselig, sondern ein vernünftiger, um das Leben der ihm anvertrauten Soldaten besorgter Offizier aus der zweiten Reihe. Für die Dardanellenkampagne hatte er sich nicht vorgedrängt, das Kommando war ihm unverhofft zugefallen, weil der ursprünglich eingesetzte Admiral erkrankt war. Umso besser eignete er sich hinterher als Sündenbock, denn Churchill sah die Schuld nicht bei sich und seinem Hochmut, sondern im Zaudern des Vizeadmirals.

Doch John de Robeck war in der Royal Navy und bei seinen Mannschaften hoch angesehen, sodass man ihn weiter mit wichtigen Aufgaben betraute.

Vielleicht durfte der angebliche Zauderer es als eine Art stillschweigendes Friedensangebot verstehen, dass Churchill ausgerechnet ihn zum High Commissioner Konstantinopels berief. An Bord der HMS Iron Duke war John de Robeck, inzwischen zum Admiral befördert, nun doch ans Kriegsziel gelangt. Unbeschossen und minenfrei hatte er Dardanellen und Marmarameer durchqueren können, war in den Bosporus eingefahren, umschiffte dabei den alten Sultanspalast – die Saray-Spitze –, um am Goldenen Horn Anker zu werfen.

Und jetzt bezog er Cevat Paşa Konak, ausgerechnet das Haus des Verteidigers der Dardanellen!

John de Robeck hatte eigentlich erwartet, im Haus des Paschas einen richtigen Harem vorzufinden. Der Konak mit seinen vierzig Zimmern war zwar osmanischer Tradition gemäß aufgeteilt in Harem und Selamlik, also einen Frauen- und einen Männerteil, aber es bewohnten diesen »Harem« keine Haremsdamen, sondern das weibliche Hauspersonal. Dass ein osmanischer General sich nur mit einer einzigen Ehefrau zufriedengab, erstaunte den Admiral und beruhigte ihn zugleich. Es erleichterte ihm die Okkupation des Gebäudes. Wohin mit einem Stall voller herrenloser, aufgeregter Weiber, wenn das Haus bald von fremden Marinesoldaten wimmeln würde, denen die »Geschichten aus Tausendundeiner Nacht« in Kopf und Unterleib herumspukten?

Mithilfe einer Dienerin rollte Hadije Soraya den Teppich in der Bibliothek zusammen, als plötzlich der neue Hausherr den Raum betrat, seiner Ordonnanz Anweisung für die weitere Umgestaltung seines künftigen Büros gebend.

Die Frau des Paschas stand auf und begrüßte den Admiral auf Französisch, höflich, aber ohne jede Unterwürfigkeit.

»Unser Haus steht zu Ihrer vollen Verfügung, und wenn Sie etwas brauchen, zögern Sie nicht, mich holen zu lassen, denn bis zur Rückkehr meines Mannes sind Sie unser Gast.«

Der Admiral beherrschte die Weltsprache der Diplomatie nur mäßig, mühsam kramte er ein paar Konversationsbrocken zusammen und erkundigte sich nach einer Garage für seine motorisierte Equipage. Hadije Soraya missverstand ihn und meinte, es ginge um Kutschgäule.

»Über wie viele Pferde verfügen Sie denn?«

»Zwanzig Pferdestärken unter einer Haube.«

»So viel Platz haben wir nicht. Kommen Sie mit, ich zeige Ihnen gerne den Stall.«

Sie gab dem Hausmädchen ein verstecktes Zeichen, den Teppich in Sicherheit zu bringen, während sie den Admiral zu dem Nebengebäude begleitete, wo ihre Reitpferde standen.

Hadije Soraya war eine orientalische Schönheit von Mitte vierzig, sie trug aktuelle europäische Mode, das Haupt und die schwarzen Haare unverschleiert. Dieser Cevat Paşa schien dem Admiral ein Mann von Geschmack und westlicher Bildung zu sein – und seine Gattin ein ganz eigenwilliger Charakter.

Letzteres sollte sich bestätigen, als Hadije Soraya und der Admiral den Stall betraten. Dort standen vier prächtige Pferde und begrüßten ihre Herrin mit freudigem Schnauben.

»Sie reiten selbst?«, fragte de Robeck ohne echte Neugier, als er sah, dass das Gebäude keinesfalls als Garage infrage kam.

»Sie etwa nicht?«, fragte Hadije Soraya mit hochgezogener Augenbraue zurück.

»Ich bin etwas aus der Übung. An Bord meines Schiffs gibt es keine Pferde.«

»Der Park ist groß genug, um zu trainieren. Nur zu! Oder wollen Sie sich vor einer Frau nicht blamieren?«

Hadije wartete seine Antwort nicht ab, sondern rief auf Französisch den Rossknecht herbei.

»Aydin, der Admiral möchte ausreiten, sattle ihm bitte den sanften Wallach.«

Solche Frechheit überstieg das Maß dessen, was John de Robeck sich im Haus des Kriegsverlierers bieten ließ. Er machte plötzlich einen Schritt nach vorne und trat gegen das Eisengitter am Verschlag. Erschrocken schnaubend drängten die Pferde in die Ecken ihrer Boxen. Ein schwarzer Araberhengst konnte sich kaum beruhigen und keilte zornig aus.

»Doucement, Attila!«, besänftigte ihn Hadije Soraya, und dann zu de Robeck gewandt: »Was haben Sie gegen meine Pferde?«

Der Admiral deutete auf Attila. »Satteln Sie mir den da!«

Der Rossknecht sah seine Herrin fragend an. Die nickte ihm zu.

Attila wurde gesattelt und ins Freie geführt. Dort trat der Admiral vor den nervösen Rappen hin und zeigte ihm dabei seine rechte Schulter von der Schmalseite. Einige Sekunden blieb er schweigend so stehen, den Blick abgewandt und gesenkt. Attila beruhigte sich, kam näher und rieb schließlich seine Stirn an de Robecks Schulter. Der Admiral schwang sich in den Sattel und drehte eine Runde auf dem Platz vor dem Konak. Folgsam fügte sich das Pferd dem Schenkeldruck des fremden Reiters.

Das Hauspersonal war längst aufmerksam geworden, nun klebten alle staunend an den Fenstern.

Der wilde Attila ließ sich von diesem Briten reiten!

Auch einige Offiziere, die den Admiral begleitet hatten, blieben neugierig stehen.

In diesem Augenblick flog die Stalltür auf. Hadije Soraya galoppierte – ohne Sattel – auf einer weißen Trakehner-Stute an John de Robeck vorbei, den Abhang Richtung Bosporus hinunter. Schon war sie zwischen Zedern und Zypressen verschwunden.

Der Admiral gab Attila die Fersen und setzte der Frau des Paschas nach.

Nun bot sich Besatzern und Bediensteten ein Schauspiel, von dem noch spätere Generationen erzählen würden.

Eine gute Viertelstunde lang fegte Hadije Soraya kreuz und quer durch den Park, bergauf, bergab, John de Robeck ihr immer dicht auf den Fersen, aber nie gleichziehend, geschweige denn die Führung übernehmend. Die wilde Jagd ging über Stock und Stein, dass die Grasfetzen flogen.

Triumphierend schaute die Frau des Paschas sich mitunter nach dem Briten um und drosselte die Gangart, wenn ihr Verfolger zu weit zurückgefallen war. Dann ließ sie der Stute wieder die Zügel schießen – und weg war sie, inzwischen angefeuert vom Geschrei vorwiegend weiblicher Dienstboten.

John de Robecks männliche Entourage hielt nun lautstark dagegen. Doch vergeblich. Der Brite war der tscherkessischen Reiterin heillos unterlegen.

Schließlich gab er auf und lenkte Attila zurück zum Stall. Vor dem Tor saß er ab, übergab das Pferd dem Rossknecht und stapfte indigniert zurück ins Haus.

Fünf Jahre nach seiner Niederlage bei den Dardanellen hatte ihn nun auch die Ehefrau seines damaligen Kontrahenten gedemütigt!

Der Admiral musste an der Herrin des Hauses vorbei, die ihn mit einem angedeuteten Nicken in sein neues Hauptquartier verabschiedete.

Dann ritt sie zurück zum Stall.

Der Engländer bewies Format. Er gestattete Hadije, ihre Pferde zu besuchen und im Park auszureiten. Manchmal sattelte er sich dann selbst einen Hengst und gesellte sich zu ihr. Die Frau des Paschas ließ es zu. Sie ritten eine Weile nebeneinander her, sprachen wenig – und wenn, dann erkundigte Hadije Soraya sich nach ihrem Mann, nach dem Personal oder gab Hinweise, wie mit Cevats Eigentum achtsam umzugehen sei. Der Admiral versprach, ihre Wünsche als seine eigenen Anweisungen weiterzugeben.

In den Briefen, die sie ihrem Mann nach Malta schrieb, erwähnte Hadije Soraya diese Ausritte mit keinem Wort.

Ihre Tochter Faika jedoch, drei Jahre älter als Feridun, glaubte den Vater darüber in Kenntnis setzen zu müssen.

Sie ahnte nicht, was sie damit anrichtete.

1921 DER GAZI

Feridun saß breitbeinig auf der Holzbank und ließ träge den Blick schweifen über die vorbeiziehende Hügellandschaft irgendwo zwischen Sazak und Biçer. Der Fahrtwind strich angenehm kühlend über sein sonnengerötetes Gesicht, doch er drückte auch beißenden Qualm auf die Passagiere herunter, die dicht gedrängt in drei Eisenbahnwagen hockten. Feriduns Wagon, direkt hinter der Lokomotive, hatte weder Dach noch Seitenwände. Unterwegs war die Kohle ausgegangen, worauf mitfahrende Soldaten kurzerhand die hölzernen Aufbauten der Abteils mit Äxten und Sägen demontiert und jedes brennbare Stück im Heizkessel der Lokomotive verfeuert hatten. Für den Luxus, auf dem von Mustafas Rebellen kontrollierten Streckenabschnitt von Eskişehir bis Ankara nicht zu Fuß oder zu Pferde weiterreisen zu müssen, nahm man solche kleinen Einschränkungen an Komfort gerne in Kauf.

Auf dem zerkleinerten Brennmaterial, das man während der Fahrt an ihm vorbei nach vorne schaffte, konnte Feridun Fragmente von Firmennamen lesen: Siemens, Krupp, Henschel, Maffei Holzmann. Die Anatolische Eisenbahn war von deutschen Investoren unter maßgeblicher Mitwirkung der Deutschen Bank als Privatlinie finanziert worden. Christliche Anschauung, derzufolge alle Welt aus der Asche kam und wieder zur Asche zurückkehren würde, fand hier also ihre buchstäbliche Bestätigung auch bei deutscher Wertarbeit für Anatolien.

»Wohin du kommst in diesem Land – tüchtige Deutsche sind immer schon vor dir da gewesen«, sagte Feridun mehr zu sich selbst als zu seinem Gegenüber, einer tief verschleierten Frau.

»Vergiss nicht: In deutschen Viehwaggons und mit deutscher Hilfe wurden die Armenier auf dieser Linie und mit der Bagdadbahn in den Tod transportiert«, kam es gedämpft zurück.

Es war die Stimme von Simuni.

Während Feridun westliche Reisekleidung trug, hatte die Halbgriechin es vorgezogen, sich der moslemischen Majorität anzupassen. Es war gefährlich, derzeit zwischen Istanbul und Ankara als Frau mit griechischem Namen unterwegs zu sein. Hellenische Invasionstruppen marodierten durchs Land auf einem von den Siegermächten des Weltkrieges stillschweigend geduldeten Eroberungsfeldzug. Bei Inönü und am Sarakya-Fluss war ihr Vormarsch zwar von den türkischen Rebellengenerälen Ismet und Kemal gestoppt worden. Doch so lange der Machtkampf zwischen Istanbul und Ankara nicht entschieden war, brauchten die Invasoren nur auf ihre nächste Chance zu warten.

Feridun hatte sich geschworen, allen kriegerischen Auseinandersetzungen künftig aus dem Weg zu gehen. Zehn Jahre beim Militär waren genug. Gelegenheiten für Mutproben bot auch der Frieden in ausreichender Menge.

Eine Zugfahrt durch Anatolien schien ihm eine Reise ins Herz der Finsternis. Doch nur von dort konnte Hilfe für seinen Vater kommen. Seit anderthalb Jahren war Cevat nun Gefangener auf Malta. Die Briten wussten ihm nichts anderes vorzuwerfen als seine Sympathien für Mustafa Kemal.

Aber die reichten aus.

Feridun musste den Mann treffen, dem Cevats Loyalität galt und der die Zukunftshoffnungen des türkischen Volkes verkörperte. Doch die Dörfer der norddeutschen Tiefebene waren ihm vertrauter als die Städte Anatoliens. Darum hatte er Simuni gebeten, mit Kemal Kontakt aufzunehmen.

Der Postverkehr zwischen Konstantinopel und Zentralanatolien war streng reglementiert. Aber ein mutiger Beamter im Telegrafenamt hielt, wie viele seiner Kollegen, noch eine Zeit lang konspirativen Kontakt nach Ankara, bis britische Matrosen das Telegrafengebäude stürmten und die Leitungen zerstörten.

Als Simuni den Praktikanten Feridun im Außenministerium aufsuchte, um ihm Kemals Einladung nach Ankara mitzuteilen, hatte er sie spontan gefragt, ob sie ihn begleiten würde. Ihre Zusage war ohne Zögern gekommen.

Nun hatten sie bereits den einfacheren Teil der Reise hinter sich, den Streckenabschnitt, der von Sultanstruppen und Franzosen kontrolliert wurde. Mit etwas Glück würden sie am Abend in Ankara eintreffen.

Die Lokomotive schnaufte eine kleine Steigung hinauf und verlor an Fahrt, bis der Zug schließlich auf offener Strecke zum Stehen kam. Alle Passagiere mussten aussteigen und den Soldaten beim Holzsammeln helfen.

»So würde man bei den Deutschen nie behandelt«, knurrte Feridun. »Die Reichsbahn hätte längst einen Ersatzzug mit Kohlen geschickt.«

»Du hast recht, bei den armenischen ›Passagieren‹ hat der deutsche Service noch perfekt geklappt«, beendete Simuni das Thema. Sie mochte alles Deutsche nicht besonders.

Statt der Germanen kamen die Hellenen. Feridun mit geübtem Gardejäger-Blick sah sie zuerst an einem Hügelkamm auftauchen und wieder verschwinden. Es waren viele. Griechische Soldateska zu Pferde war auf den stehenden Zug aufmerksam geworden.

»Wir müssen hier weg, sofort«, zischte er seiner Begleiterin zu.

Simuni überlegte kurz, ob sie sich als Griechin zu erkennen geben sollte. Doch wenn sie jetzt den Schleier ablegte, würde sie von den Mitreisenden für eine Kollaborateurin gehalten werden. Außerdem trug sie Dokumente für Ankara bei sich, die nicht in fremde Hände fallen durften. Feridun hatte recht, es war besser, man verschwand.

Sie warteten, bis sich die Aufmerksamkeit der beiden Uniformierten in ihrer Nähe auf andere Passagiere richtete, dann schlugen sie sich in die Büsche und rannten um ihr Leben.

Feridun musste an Makedonien denken. Dort hatte er seine Leute nicht im Stich gelassen, sondern vor dem sicheren Tod bewahrt. Doch diesmal war er nicht der Anführer, sie beide wussten, welches Schicksal Kemals unzureichend bewaffneten Milizionären und den Zivilisten am Zug unabänderlich bevorstand.

»Ich befehle euch nicht zu kämpfen, ich befehle euch zu sterben.« Das hatten Kemals Infanteristen bereits 1915 auf Gallipoli zu hören bekommen.

Es galt also nur noch, die eigene Haut zu retten.

Schüsse und Schreie verfolgten die beiden Fliehenden noch lange.

Im Dreißigjährigen Krieg der Europäer mochten Menschen ihren Mitmenschen zuletzt solche Wölfe gewesen sein wie hier in Anatolien an all den unübersichtlichen Fronten, wo Mord, Raubmord,

Vergewaltigung sowie Schändung religiöser Symbole sich mit dem Ringen des türkischen Volkes um seine nationale und territoriale Selbstbestimmung mischten. Wenn Moslems den Christen ihre Beute wieder entreißen konnten, waren auch einheimische Griechen vor blindwütiger Rache nicht mehr sicher, Kaufleute, Handwerker, Bauern, die doch seit Generationen entscheidend zum Wohlstand des Osmanischen Reiches beigetragen hatten.

Feridun und Simuni mieden auf ihrer Flucht über eine karstige Ebene die bald erreichte Karawanenstraße nach Bicer. Noch nicht gebannt war die Gefahr, in die Hände der Soldateska zu fallen. Ankara lag noch etwa einhundertfünfzig Kilometer vor ihnen, sie mussten also bald eine Unterkunft finden. Aus ihrer Burka förderte Simuni eine schwartige Kladde zutage, das Patientenbuch ihres Großvaters Ilias Kraikos, der einst als Wanderarzt durch Anatolien gezogen war. Es fand sich jedoch nur eine einzige Adresse innerhalb ihrer Reichweite. Ein türkischer Name.

Nach einigen Stunden gelangten sie zu einem kleinen Gehöft am Fuß einer felsigen Erhebung. Als Simuni den Namen ihres Großvaters erwähnte, hellte sich die mürrische Miene des alten Mannes in der Tür auf. Ja, an den Wanderdoktor Ilias, den freundlichen Griechen, konnte man sich hier noch dunkel erinnern.

»Im Haus ist kein Platz für euch zwei, aber hinterm Stall haben wir eine Kaverne, in der manchmal Hausierer übernachten«, sagte der Patron mit skeptischem Blick auf das Paar. Es war Simunis Vorschlag gewesen, dass sie und Feridun sich als Eheleute ausgaben, um unangenehmen Fragen aus dem Weg zu gehen.

Der Patron führte die beiden Städter zum Felsen, in den seine Vorfahren einen Hohlraum gehauen hatten. Die Bäuerin brachte ihnen Kerzen, Fladenbrot, Käse, Ziegenmilch und sogar etwas Süßgebäck.

Nun saßen sie bei Kerzenschein auf einer groben Decke in der angenehm kühlen Höhle, aßen und tranken und schwiegen. Es roch nach frisch geschorener Schafwolle und, strenger, nach Ziegenhäuten, die über ihnen hingen. Tiefer im Berg tickten Tropfen auf den Felsenboden, unregelmäßig wie eine Uhr, die einem fremden Zeitmaß folgte. Irgendwo da draußen kampierten jetzt Tausende griechische Soldaten in ihren Zelten, teilten den Beifang des Tages unter sich auf, planten die nächste Attacke und befragten ihre Spione nach Gelegenheiten für weitere Raubzüge. Es war Herbst, bald würden sie festere Behausungen brauchen, um den Winter in der Fremde zu überstehen.

Feridun dachte an Napoleons Russlandkampagne, an den schmählichen Rückzug der Großen Armee aus dem brennenden Moskau. Väterchen Frost und blutrünstige Kosaken hatten den Franzosenkaiser fern der Heimat für seinen grenzenlosen Hochmut bitter bestraft. Konnte der wilde Reiter Mustafa Kemal mit seinem bunten Haufen das türkische Kernland auf Dauer gegen gleich zwei mächtige Feinde, die Griechen und die Sultanstruppen, verteidigen?

Und was drohte der griechischen Gemeinde Konstantinopels, die sich unter dem Schutz der britischen und italienischen Besatzer allzu begierig gezeigt hatte, das alte Byzanz wieder auferstehen zu lassen?

»Kemal wird meine Leute bestimmt nicht behandeln wie Enver und Talât die Armenier«, brach Simunis dunkel timbrierte Stimme die Stille. »Er ist doch ein gebildeter Europäer, kein blutrünstiger Dschihadist.«

Feridun behielt seine Zweifel für sich. Kemal betrieb die Einigung der moslemischen Turkvölker, aus denen er seine neue Türkei zu schmieden gedachte. Armenier und Griechen waren nicht nur Christen, sondern die teils beneidete, teils verhasste Wirtschaftselite des Osmanischen Reiches. Herrschte Friede und hatten alle Türken zu essen, mochte es angehen. Ganz anders in schlechten Zeiten.

Dies waren sehr schlechte Zeiten.

Simuni atmete schwer. Sie wusste Feriduns Schweigen zu deuten.

Die Kerzen erloschen. Im Dunkel suchte und fand Feridun Simunis Hand. Sie ließ es geschehen, doch ohne Erwiderung. Er wagte sich nicht weiter vor. Feridun war froh, sie bei sich zu haben am Endes dieses Tages zwischen Leben und Tod.

Auf alten Karawanenstraßen, teils zu Fuß, teils auf dem Eselskarren eines Weihrauchhändlers, schlugen sie sich tags darauf durch bis nach Sazilar. Die Bahnstrecke war inzwischen wieder von Kemals Milizen freigegeben. Ein paar Stunden später saßen sie im Zug nach Ankara. Als die Stadt sich näherte, bot sich ihnen von ihrem – diesmal überdachten – Sitzplatz aus ein trostloser Anblick. Die Altstadt sah aus, als wäre sie erobert und in Brand gesteckt worden. Die verkohlten Häuserruinen erwiesen sich jedoch als Reste des verheerenden Großfeuers von 1917, dem fast zweitausend Gebäude zum Opfer gefallen waren.

Das hier sollte also die Hauptstadt der neuen Türkei werden.

Am Bahnhof meldeten sie sich bei einem Militärposten und wiesen sich durch die Codewörter ihrer Einladung aus. Ein bewaffneter Reiter mit finsterer Miene und schlechten Zähnen winkte eine Pferdekutsche herbei und eskortierte sie zu einem etwa eine halbe Stunde entfernten Gebäude, in dem bis vor Kurzem eine Landbauschule untergebracht war.

Auf dem Vorplatz drängte sich eine Menschenmenge. Die Leute gestikulierten und diskutierten und schienen es gewohnt, hier auf etwas oder jemanden zu warten. Die Neuankömmlinge hörten Gesprächsfetzen, die sich um eine Person drehten, deren Name nicht fiel, sondern von allen nur mit dem alten osmanischen Ehrentitel »Gazi« – Kämpfer – benannt wurde. Der noch unsichtbare Träger dieses Titels versetzte die Wartenden in eine beinahe religiöse Verzückung. Man war gekommen, um einen Blick auf ihn zu erhaschen, ihn vielleicht sogar zu berühren.

Der Gazi hielt heute wie gewohnt in der Aula eine seiner Konferenzen ab.

Und wer sich da alles um seine Fahne versammelte! Verwegene Gestalten, von Entbehrungen gezeichnet, in abgetragenen Anzügen und zerschlissenen Uniformen, aufgelöste Heeresverbände, Deserteure, Sträflinge, Räuberbanden, vor den Griechen geflohenes Landvolk. Aus ihnen schmiedete Mustafa Kemal sich gerade seine republikanische Armee. Bezahlung, munkelte man in Konstantinopel, erhielt seine Söldnertruppe, wenn überhaupt, in goldenen Fünf-Rubel-Stücken, weil nicht ausreichend türkische Lira verfügbar waren. Die schon seit vier Jahren vom Joch des Zarentums befreiten Russen unterstützten als einzige ausländische Macht mit Geld und mit Waffen Kemals Kampf gegen Griechen und Sultansherrschaft.

Die von den Briten geduldete und vom Sultan fast ohne Gegenmaßnahmen hingenommene griechische Invasion trieb Zigtausende Türken in Kemals offene Arme. Gelang dem Gazi das Husarenstück, die Griechen aus der Türkei zu vertreiben, konnte ihm niemand mehr die Führung des Landes streitig machen. Kemal, der Krieger, musste es also richten, nachdem der große Krieg schon drei Jahre vorbei war und das Osmanische Reich geschlagen.

Aber wann war in diesem Teil der Welt der Krieg je wirklich vorbei? Kemal war sehr daran gelegen, seine große Machtbefugnis demokratisch legitimieren zu lassen. Die provisorische Nationalversammlung in Ankara, die ihn zum vorläufigen Präsidenten ernannt hatte, entsprach auch seinem Wunsch nach dem militärischen Oberbefehl – für zunächst drei Monate. Und sie verlieh ihm dazu den Ehrentitel Gazi nun offiziell. Nun konnte er rechtmäßig Truppen ausheben und die Zivilbevölkerung zu Hilfsdiensten heranziehen. Nicht alle Anatolier waren ihm so vorbehaltlos ergeben wie Ankaras Einwohner, die ihn 1919 mit Begeisterung empfangen hatten. Junge Leute in alttürkischer Tracht, Messer und Revolver in den Fäusten, säumten seinen Weg vom Bahnhof bis zum Regierungsgebäude. Von überallher riefen sie ihm zu: »Wir sind bereit zu sterben, um Heimat und Nation vom Feind zu erretten!«

Feridun fragte sich, ob er nun gleich einem türkischen Bismarck gegenüber stehen würde oder einem tragischen Rebellen auf verlorenem Posten.

Man führte ihn und Simuni in die Aula.

Dort saß er, der Held von Gallipoli, der Herausforderer des Sultans, der Baumeister der türkischen Nation.

Mustafa Kemal Paşa präsidierte in einem ungepolsterten Lehnstuhl – einen Arm und ein Bein in Bandagen! Bei einem Erkundungsritt war er unglücklich vom Pferd gestürzt, hatte sich eine Rippe gebrochen und zahlreiche Prellungen zugezogen. Der schwere weiße Reitermantel hing ihm schief über den Schultern. Wenn der Präceptor Anatoliae – einem Schulmeister nicht unähnlich – mit dem Zeigestock auf der Schiefertafel herumfuhr, die an der Stirnwand der Aula lehnte, dann rutschte der Mantel hin und wieder zu Boden. Sofort sprang jemand aus der Entourage herbei, hob ihn auf und legte ihn dem Gazi wieder um.

Unter grimmiger Beherrschung seiner Schmerzen schilderte der große Anführer den Anwesenden – Studenten, Bürgern der Stadt, Abgeordneten aus dem ganzen Land – die große Aufgabe, die vor ihnen lag. Erst einmal galt es, die Griechen aus dem Land zu werfen. Dann würde das türkische Volk sich als Nation gründen. Ob mit oder ohne einen Sultan-Kalifen, ließ Kemal offen. Noch konnte er nicht sicher sein, ob ihm alle Anwesenden auf dem radikalen Weg folgen würden, den er als einzig richtigen längst eingeschlagen hatte.

Doch jeder im Raum ahnte, dass dieser Mann dem Land eine Zeitenwende bescheren würde, wie sie das Osmanische Reich seit der Eroberung von Byzanz nicht erlebt hatte.

Feridun spürte, wie Simunis Hand die seine ergriff und drückte. Das war keine zärtliche Kontaktaufnahme, sondern Furcht, Hoffnung, Unsicherheit.

Auch er fühlte sich von der Aura erfasst, die den Gazi umgab. Zugleich packten ihn Zweifel und Kleinmut. Feridun dachte an die Besatzer im Haus seines Vaters, an Engländer, Franzosen, Italiener, die die Türkei im Vertrag von Sèvres unter sich aufgeteilt hatten. Er dachte an Griechen, Kurden und Tataren, Aleviten, Armenier und Araber, denen das Osmanische Reich nie Herzensangelegenheit gewesen war, doch deren religiöse und kulturelle Eigenarten im Vielvölkerstaat Respekt oder wenigstens Duldung fanden als Teile eines Ganzen.

Die Griechen gaben schon länger Antwort auf Feriduns Frage. Ihre Armee hatte Izmir eingenommen und der Stadt wieder ihren alten Namen Smyrna gegeben. Nun wollte man ganz Kleinasien erobern, vermeintliche Besitzansprüche aus Zeiten anführend, als Konstantinopel noch Byzanz hieß. Am Bosporus waren ihnen die Briten als Besatzer zuvorgekommen. Bei Inönü und am Sarakya-Fluss hatten ihnen die Rebellen von Ankara empfindliche Niederlagen beigebracht. Jetzt musste dem Gazi in einer gewaltigen Anstrengung der Befreiungsschlag gelingen – oder sein Volk würde für immer zu Dienern fremder Herren werden.

Als Kemal unter dem Jubel der Zuhörer seine Lektion in der Aula beendet hatte, ließ man angemeldete Besucher zu ihm durch, die er in einer Art improvisierter Privataudienz empfing, abgeschirmt von den Augen und Ohren der Menge.

Vor Feridun und Simuni in der Schlange stand ein junger Türke, der sich dem Gazi als Cemal Hüsnü vorstellte, er sei Wirtschaftswissenschaftler mit Diplom der Universität Lausanne und sehe nun gerne einer hoffnungsvollen Laufbahn im Dienst der neuen Regierung entgegen.

Über den forschen Akademiker war Kemal zu Ohren gekommen, dass er sich im Kollegenkreis abfällig über die vielen ungebildeten Günstlinge geäußert hatte, die der Präsident allabendlich zu seinen Tafelrunden lud: Schulfreunde, Kameraden aus seiner Kadettenzeit und von allen Kriegsfronten.

Deswegen wollte der Gazi Cemal Hüsnü richtig herum aufs Pferd setzen.

»Junge, du weißt, warum ich dich rufen ließ?«

»Nein, mein Pascha.«

»Man sagt, du willst mich entmündigen.«

»Gott behüte, wie könnte ich mir das anmaßen?«

»Du willst, dass ich an meine Tafel nur gebildete Leute ziehe? Hör mir jetzt einmal gut zu, ich will es dir erklären. Das hier sind Menschen, die, als ich in diesen Krieg aufbrach, an mich glaubten, die mit mir gegangen sind, die für mich eintreten, bereit sind, sich zu opfern, die mir mit ihrem Leben Deckung bieten, sich keinen Moment von mir trennen und damit manche Qual auf sich nehmen. Sie alle sind mir mit Leib und Seele verbunden. Ich bin ihnen zu großer Treue verpflichtet. Auch wenn ich vielleicht keinen von ihnen zum Minister mache, werde ich doch keinen von ihnen jemals vergessen.

Aber an meiner Tafel ist stets auch Platz für gebildete junge Leute, und das wird auch immer so bleiben. Führungspositionen besetze ich mit solchen Burschen wie dir, die studiert haben.

Junge, hast du jetzt die Lage begriffen?«

Cemal Hüsnü nickte demütig und entfernte sich.

Jetzt traten Feridun und Simuni vor und nannten ihre Namen.

»Ah, der Sohn meines Kampfgefährten Cevat Paşa! Willkommen an der Front!«

Dann reichte er Simuni die Hand und strahlte die junge Frau an.

»Meine kleine Mata Hari aus Istanbul!«

Feridun war verblüfft. Simuni und Kemal kannten sich?

Er wagte nicht nachzufragen, sondern berichtete von den Umständen der Verhaftung seines Vaters und der Deportation nach Malta. Er beeilte sich, seine eigenen Ambitionen im diplomatischen Dienst zu erwähnen. Denn auf keinen Fall wollte er riskieren, dass sein Besuch in Ankara als Bewerbung für die Aufnahme in Kemals Streitmacht missverstanden wurde.

Heldentaten wie die des Vaters waren vom Gardejägerhauptmann a. D. nicht zu erwarten. Die Umstände seiner Anreise behielt er lieber für sich. Er wollte nicht für einen Feigling gehalten werden.

Kemal hörte ihm aufmerksam zu. Doch beschlich Feridun das Gefühl, dass er dem Gazi nichts wirklich Neues über sich erzählte. Der schien bestens im Bilde.

Tatsächlich hatte der Präsident längst Erkundigungen eingezogen über Cevat Paşas Sohn. Der Rebellenführer unterhielt ein engmaschiges Netz an Verbündeten, Zuträgern, Emissären, zu denen er von Ankara aus auf allen Wegen der modernen Nachrichtentechnik Kontakt hielt, wenn nicht gerade die Leitungen von den Briten gekappt waren. Sogar Abstimmungen im osmanischen Parlament hatte er vor der Besetzung Konstantinopels per Telegramm steuern können. Praktischerweise bewohnte er damals noch das Haus des Bahndirektors von Ankara, neben dem sich eine Telegrafenanlage befand. Jede konspirative Verstärkung war ihm willkommen.

Der Paschasohn mit dem deutschen Akzent und dem geschmeidigen Auftreten eines westlichen Gentleman gefiel ihm. Solche Leute konnte er gut gebrauchen. Gewiss würde sich bald zeigen, wo in der Welt man einen militärisch bewährten Jungdiplomaten wie den Sohn des Verteidigers der Dardanellen zum Wohle der Türkei unterbringen konnte.

Um den »Helden des 18. März« versprach er sich ebenfalls zu kümmern. Er brauchte Cevat dringend als General für seine künftigen Armeen.

»Dein Vater, mein Junge, hat der Welt bewiesen, dass Wagemut und Augenmaß eine Streitmacht zu großen Taten beflügeln können. Mit vereinten Kräften werden wir die Feinde der türkischen Nation vernichten, ob sie nun aus Athen kommen, aus London oder Istanbul.«

Der Gazi gab einem Adjutanten ein Zeichen, sich um Feridun und Simuni zu kümmern.

Eine Pferdekutsche brachte sie zu einer schlichten Herberge am Rande der Altstadt. Dort war für zwei Zimmer gesorgt und für die Mahlzeit. Am Abend, so der Wunsch des Gazi, sollten sie sich zur weiteren Verfügung halten.

Simuni ahnte, welche Frage Feridun auf der Zunge brannte. Nein, sie kannte den Präsidenten nicht persönlich. Aber sie gehörte schon länger zum engeren Kreis seiner Informanten. Und sie war mitgekommen aus Sorge um die Griechen Konstantinopels. Als der französische General der alliierten Orient-Armee Louis Franchet d'Esperey 1918 demonstrativ auf einem Schimmel in Konstantinopel einritt wie 1453 Mehmed der Eroberer von Byzanz und wie einen Tag vor dem Franzosen der britische General Allenby, hatte sich die griechische Gemeinde von der osmanischen Regierung losgesagt wie von einem fremden Staat. Der entmachtete Sultan musste es ertragen, für Mustafa Kemal war es Öl ins Feuer seiner nationalistischen Mission.

Simuni wusste nicht, was genau sie für ihre Leute tun konnte in Ankara. Sie hoffte auf Kemals Sieg, aber sie wollte ihre Nähe zum Gazi nutzen, um zu verhindern, dass die osmanischen Griechen für ihr illoyales Verhalten erbarmungslos bestraft wurden.

Simuni beeindruckte Feridun immer mehr. Weder bei den Deutschen noch in Konstantinopel war er je einer Frau wie ihr begegnet, die beherzt aus dem Schatten der Männer trat, fest entschlossen, sich einzumischen in das öffentliche Leben, in die Politik, in die Zukunft ihrer Heimat.

Feridun wünschte sich, den Abend mit ihr nicht unter den Augen des Präsidenten verbringen zu müssen. Seine Hand machte sich wieder auf den Weg. Doch Simuni zuckte zurück.

Einer von Kemals Sicherheitsleuten, ein junger Kerl mit Kopfband und Patronengürtel, trat an ihren Tisch. Sie folgten ihm nach draußen, es war Nacht geworden. Der Bewaffnete brachte sie mit der Kutsche südwärts vor die Stadt. Dann ging es den Glockenfelsen hinauf in die Gartenstadt Çankaya, wo in Friedenszeiten begüterte, zumeist christliche Einwohner Ankaras vor dem großen Brand inmitten von Weinbergen ihre Sommermonate verbracht hatten, einerseits mit Blick auf die anatolische Steppe, andererseits auf Altstadt und Burgberg.

Sie erreichten einen schmucklosen Köşk, eine Villa aus Naturstein, umgeben von kleineren Gebäuden, ungepflegten Obstbäumen und Weinstöcken. Das war die provisorische Residenz des vorläufigen Präsidenten. Der Mufti von Ankara hatte unter den Kaufleuten der Stadt Geld gesammelt, das schlichte Anwesen erworben und es dem Gazi zum Geschenk gemacht.

Der Sultanspalast Dolmabahçe in Konstantinopel sah anders aus, dachte sich Feridun.

Wachen, Adjutanten, Büroboten, das ständige Kommen und Gehen politischer Funktionäre ließen das Wohnhaus des Gazi eher wie ein Militärlager wirken, nicht wie eine Residenz. Ein Leibwächter öffnete ihnen und führte die Besucher durch einen überraschend weiträumigen Eingangsbereich, an einem Billardtisch vorbei in das Esszimmer. Um die große Tafel in der Mitte des Raumes saßen ein gutes Dutzend Männer und Frauen. Hinter ihnen drängten sich auf osmanischen Sitzpuffs weitere Gäste. Einige Gesichter erkannte Feridun vom Nachmittag in der Aula wieder.

Das also war er, der innere Kreis, die berühmt-berüchtigte Tafelrunde des Gazi!

Alles lauschte dem entspannt monologisierenden Präsidenten. Der saß mit gelockertem Verband auf einem bequemeren Stuhl als die anderen, rauchend und redend, vor sich eine halb verzehrte Mahlzeit und die unvermeidliche Rakiflasche. Ab und zu pickte er sich einen Bissen von den Okraschoten mit Fleisch und Honigmelone, während die Gäste großzügig mit Lokum, Baklawa, Tahin und Pekmez – türkische Süßigkeiten – versorgt wurden. Überall standen kupferne Aschenbecher bereit, dazu filterlose Bafra-Zigaretten aus Tabak von der Schwarzmeerküste sowie von Kemals »Hausdame und Gefährtin« Fikriye – einer Nichte des Gazi – immer wieder nachgefüllte Teegläser und silbern gefasste Porzellan-Mokkabecher, die ebenfalls ständig ausgetauscht wurden.

Als die Neuankömmlinge in sein Blickfeld traten, bedeutete der Gazi Feridun, sich auf einem der Polster niederzulassen. Simuni aber winkte er zu sich. Für sie räumte ein alter Kriegskamerad seinen Platz, sodass Simuni dem Gazi direkt gegenübersaß.

»Mein Orakel aus den Kellern des Geheimdienstes«, stellte er sie der Runde vor. Und auf Feridun deutend: »Dieser junge Mann versucht gerade, aus dem Schatten seines Vaters zu treten. Es ist ein sehr großer Schatten, darum werden wir ihm ein wenig behilflich sein. Feridun hat nur Simuni nach Ankara mitgebracht, dafür bin ich ihm sehr dankbar.«

Die Wangen des Gazi über den kräftigen Backenknochen waren leicht gerötet, unter buschigen, aufstrebenden Augenbrauen blitzten die inzwischen berühmten blauen Augen. Schmale Lippen sogen gierig an der Zigarette, die der breitschultrige Mann mit feingliedriger Hand zum Munde führte.

Kemal gab einer der Frauen aus seinem Gefolge ein Zeichen, worauf sie sich zu Feridun begab. Die schöne Unbekannte brachte Zigaretten und Raki mit, dazu Datteln, Nüsse, Sultaninen. Wie eine gute Freundin ließ sie sich neben Feridun nieder, der Mühe hatte, auf seinem durchgesessenen Polster eine halbwegs souverän wirkende Sitzhaltung zu wahren.

»Ist sie dein Mädchen?«, flüsterte ihm die Frau ins Ohr.

»N-nein, wir sind nur Arbeitskollegen.«

»Wie gut«, raunte sie und zwinkerte.

Seine Schmerzen hatte der Gazi mit reichlich Alkohol betäubt und infolgedessen die Zunge noch weniger im Zaum als tagsüber. Spöttisch forschend blickte er in die Runde und fragte:

»Wer von euch weiß, was das größte Unglück der Türken ist?«

»Der Schandvertrag von Sèvres«, rief jemand.

»Der Sultan«, kam es von gegenüber.

»Die Engländer«, war aus einer anderen Ecke zu hören.

»Alles falsch«, widersprach der Lehrmeister. »Das größte Unglück der Türken ist der Islam. Diese absurde Gotteslehre eines unmoralischen Beduinen ist ein verwesender Kadaver, der unser Leben vergiftet. Ein Politiker, der zur Regierung die Hilfe der Religion braucht, ist nichts als ein Schwachkopf! Der Islam ist höchstens gut für verweichlichte Araber, aber nicht für Türken, die Eroberer und Männer sind!«

Feridun erinnerte sich, wie kurz und bündig sein Vater das heikle Thema behandelte.

»Religion ist nur etwas für die einfachen Leute.«

Hatte sich der Gazi tagsüber in der Aula noch diplomatisch bedeckt gehalten, was seine Reformpläne betraf, entwarf er der Tafelrunde nun das ganze Bild. Gründung einer parlamentarischen Republik, Schaffung eines Rechtssystems nach westlichen Vorbildern, strenge Trennung von Kirche und Staat, Entfernung der Religion und ihrer Imame aus dem staatlichen Bildungssystem, Wechsel von der persisch-arabischen zur lateinischen Schrift, Verbannung von Schleier, Kopftuch und Fes zugunsten von Kleid, Anzug und Hut. Über alle Maßnahmen würde er in den nächsten Jahren selbstverständlich sein Einparteien-Parlament abstimmen lassen, damit sie auf demokratischem Wege Gesetz werden konnten und von jedermann zu befolgen waren.

Feridun lauschte wie benommen den Ausführungen des Gazi. Was Kemal vorhatte, war die Umwertung aller Werte, nicht Evolution, sondern Revolution! Hier stand kein bürgerlich-demokratisches Experiment an, wie es die Deutschen gerade von Weimar aus wagten. Hier wollte ein westlich gebildeter Führer sein Volk aus dem orientalischen Mittelalter ruckartig in die europäische Zukunft führen und verlangte dafür bedingungslose Gefolgschaft. Wie wollte ein vom Sultan-Kalifen zum Tode verurteilter, aus der osmanischen Armee ausgestoßener Freischärler mitten im strenggläubigen Anatolien diese ketzerische Agenda durchbringen?

Die Rakiflasche kreiste, der Gazi prostete auch Feridun ein ums andere Mal zu, bevor sich sein Blick wieder in Simunis Augen verfing. Die Männer um sie herum nahmen kaum Notiz von ihr. Sie wussten, dass der Präsident gerne schöne, kluge Frauen um sich sah und zuweilen sogar auf sie hörte. Man nahm also Simuni stillschweigend auf in den Kreis der Auserwählten. Nur Fikriye, die sich dem Gazi am nächsten fühlte, litt unter der Anwesenheit der Neuen, wie sie immer litt und weiter leiden würde.

Von alledem ahnte Feridun nichts. Auch nicht, dass viele Gäste sich beim Alkohol unauffällig zurückhielten, während der Gastgeber dem Raki flaschenweise zusprach. Es wäre Feridun auch gleichgültig gewesen. Kemals große Pläne interessierten ihn nicht mehr in dieser Nacht. Es tat ihm weh, wie schnell und selbstverständlich Simuni sich vor seinen Augen dem Gazi an den Hals warf. An den Hals eines bandagierten Alkoholikers!

Was war das Geheimnis, dem dieser Mann seine Macht über die Menschen verdankte? Ein Magnetfeld musste ihn umgeben, eine magische Aura. Waren es seine Augen, deren mysteriöses Blau durch den ganzen Raum zu Feridun herüberstrahlte? Sie kamen ihm vor wie die Augen der Angorakatzen, die in Ankara, der Stadt, die der Rasse einst ihren griechischen Namen gegeben hatte, aus allen Ecken glühten. War Feridun ins Allerheiligste einer neuen Religion getreten, in den Schrein des Katzengottes? Saß da drüben kein Sterblicher, sondern der in Menschengestalt auf die Erde zurückgekehrte Ur-Angorakater, der gegen alles fauchte und fletschte, was in diesem Lande bisher Staatsräson und Staatsreligion war? Reichte die Zauberkraft seiner Angora-Augen wirklich aus, um ein ganzes Volk in ihren Bann zu schlagen und alle Feinde zu paralysieren? Simuni jedenfalls wurde von ihnen gerade verwandelt – von einer einfachen Bürobotin zur Tempeldienerin.

Feridun hockte windschief in seinem Polster. Nichts focht ihn mehr an. Er nahm die Flüsterworte der Gespielin nicht wahr, die der Gazi ihm im Tausch gegen Simuni anbot. Und er merkte nicht mehr, wie oft er noch, den Toast des Gastgebers erwidernd, sein Rakiglas leerte. Irgendwann kippte er lautlos zur Seite. Simuni sah es und nickte der Vestalin neben dem Paschasohn zu. Als sie sich wieder dem Gastgeber zuwendete, streckte der Gazi mit einem Lächeln seinen gesunden Arm nach ihr aus und hielt ihr seine Zigarette hin. Beidhändig berührte Simuni seine Hand, nahm die Zigarette entgegen und führte sie zum Mund. Tief sog sie den Rauch ein, schloss die Augen, wie sie es tat, wenn sie den Staub von Aktendeckeln blies. Dann atmete sie langsam wieder aus.

Am nächsten Morgen erwachte Feridun, als jemand mit der Fußspitze sanft seinen Handrücken berührte. Er fand sich auf dem Boden des Esszimmers liegend und rappelte sich hoch. Vor ihm stand Fikriye und bot ihm frischen Kaffee an.

»Wo ist der Gazi«, murmelte er schlaftrunken.

»Unterwegs gegen die Griechen.«

Feridun warf einen Blick aus dem Fenster und sah den Burgberg von Ankara wie eine Glucke auf den verkohlten Häusern der Altstadt sitzen. Im Garten vor dem Köşk des Gazi standen Wachposten.

»Und meine Begleiterin?«

Fikriye deutete auf ein Brieflein, das sie ihm auf einem Silbertablett zusammen mit dem Kaffee gebracht hatte. Feridun nahm den Umschlag, öffnete ihn und las.

»*Lieber Feridun, der Gazi möchte, dass ich in Ankara bleibe und ihn berate. Du aber sollst zurückgehen nach Istanbul und deine Ausbildung fortsetzen. So befiehlt uns das Schicksal beide dorthin, wo wir unserem Land und unseren Familien am besten dienen können. Ich danke Dir für alles. Simuni.*«

Wie betäubt starrte er auf ihre Botschaft.

Fikriye ahnte, was der Inhalt war.

»Er wird gut zu ihr sein«, sagte die Frau, die sich als Hausdame und Gefährtin dem Herzen des Gazi am nächsten fühlte. Sie war eine Nichte von Ragib, Mustafa Kemals Stiefvater aus Makedonien, und hoffte, bald rechtmäßige Gattin des Präsidenten zu sein. Eine Hoffnung, die in bitterer Enttäuschung und Selbstmord enden würde. »Versuchen Sie lieber nicht, Ihre Freundin umzustimmen«, riet sie Feridun sanft. Der ließ sich von ihr erklären, wie er am schnellsten zurück nach Istanbul käme. Man rief einen Kutscher, der ihn den Glockenberg hinunter zu seinem Quartier in der Stadt brachte. An diesem Tag fuhr kein Zug zurück nach Eskişehir, Feridun musste noch eine weitere Nacht in Ankara verbringen. Am nächsten Morgen dann bestieg er die kümmerlichen Reste der Anatolischen Eisenbahn und verließ die designierte Hauptstadt der neuen Türkei. Im Abteil wählte er einen Sitzplatz, der ihm den Blick zurück ersparte.

Dem Gazi sollte er erst fünfzehn Jahre später wieder begegnen, seine unsichtbare Hand aber würde er von nun an häufiger zu spüren bekommen.

1922 DER TEPPICH MIT DER DUNKLEN STELLE

Die Besatzer behielten Cevat Paşa Konak weiterhin als Quartier. Hadije Soraya hatte ihr Personal aufgeteilt zwischen dem Yali am Bosporus und dem Familiensitz auf der Anhöhe. Es schien ihr sicherer, ihre eigenen Dienstboten kümmerten sich weiter auch um das Herrenhaus, als es von einer Horde britischer Marineoffiziere herunterwohnen zu lassen. Admiral John de Robeck zeigte sich zwar bemüht, seine Leute zu pfleglichem Umgang mit Gebäude und Einrichtung anzuhalten. Doch er konnte ihnen nicht verbieten, manche Räume nach Dienstschluss für privaten Zeitvertreib zu nutzen. So kam es zu nächtlichen Gelagen mit Kartenspiel und Tabaksgenuss sowie in abgelegenen Räumen – gegen alle Regeln britischer Quartiernahme – auch zum Verkehr mit jungen Frauen, die der eine oder andere Offizier sich aus den Gassen von Galata heimlich aufs Zimmer mitnahm.

Hadije Soraya ließ sich genau berichten, was die Besatzer trieben und wie sie jeden Winkel des Konaks absuchten nach wertvollen Gegenständen, die man später als Kriegsbeute würde nach Hause mitnehmen können. Zum Glück war es dem Küchenpersonal gelungen, das Tafelsilber des Paschas gegen einfacheres Besteck, wie es von den Bediensteten benutzt wurde, auszutauschen und, eingeschlagen in Wachs- und Damasttücher, unter einer geheimen Klappe im Kellerboden zu verstecken. Darüber hatte man eine schwere, mit Messingnägeln gemusterte osmanische Holztruhe geschoben, worin sich Cevats gefalteter Nomadenteppich befand, gut getarnt mit gebrauchten Pferdedecken und weißen Laken, die sonst zum Schutz der Möbel vor Sonne und Staub dienten. Kein Souvenirjäger konnte auf wertvollen Inhalt schließen, jeder Neugierige schlug den Deckel sofort wieder zu, sobald ihm der scharfe Geruch nach Kampfer in die Nase stach.

Gerne hätte Hadije Soraya den Teppich abholen lassen, doch sie befürchtete, der Versuch könnte auffallen und schlafende Hunde wecken. Also beließ sie ihn einstweilen in seinem Kellerversteck.

In der Sommerresidenz, dem Yali am Bosporus, hatte man unter Mühen den Paschahaushalt auf weniger als ein Drittel der Räume verteilt und die Kamine für den bevorstehenden Winter präpariert. In den kalten Monaten stand das ganz aus Holz gebaute Yali sonst immer leer, die Möbel von weißen Hussen verhüllt. Es war besondere Vorsicht geboten, denn die jahrzehntelang von der Sonne gedörrten Balken und Dielen brannten wie Zunder. Immer wieder hatten Feuersbrünste in Arnavutköy, Ortaköy und Bebek ganze Häuserzeilen kostbarer osmanischer Architektur zerstört. Auch so mancher Konak in den vornehmen Wohngegenden auf der asiatischen Seite, Kanlica, Kandilli und Beylerbeyi, war schon zum Raub der Flammen geworden.

Die Frau des Paschas sorgte sich vor grober Unachtsamkeit der Besatzer. Das Personal im Konak sollte allerhöchste Aufmerksamkeit walten lassen und gab sich auch redlich Mühe, der Herrin Folge zu leisten. Mehrmals war es im letzten Augenblick gelungen, glimmende Aschenreste, unbeachtet aus Holzkohlebecken gefallen, zu ersticken oder kokelnde Vorhangschabracken zu löschen, unter denen betrunkene Offiziere Kerzen aufgestellt und diese dann ihrem Schicksal überlassen hatten.

In ständiger Angst um Cevat Paşa Konak schreckte Hadije Soraya mitunter nachts aus dem Schlaf hoch und stürzte in den Garten der Sommerresidenz, um den Hügelkamm von Nişantaşi nach Feuerschein abzusuchen. Manchmal erwachte Feridun in seinem Zimmer und hörte die Mutter herumgeistern. Dann ging er hinaus zu ihr und legte den Arm um sie.

»Sie sind Engländer, Maman, also gut erzogen. Mach dir keine Sorgen, es wird schon nichts passieren.«

☾

Es passierte am helllichten Tag.

Feridun war gerade vom Geheimdienst an die Diplomatenschule gewechselt und durchlief verschiedene Stationen in den Amtsstuben des Ministeriums für Auswärtige Angelegenheiten.

Hadije Soraya ging mit ihren beiden Dalmatinern unterhalb des Parks von Cevat Paşa Konak spazieren und blickte südwärts Richtung Marmarameer und Dardanellen. Wann durfte ihr Mann aus Malta zurückkehren? Wann konnte sie ihn wieder in die Arme schließen und heimführen nach Cevat Paşa Konak? Wann endlich würde Mustafa Kemal die Besatzer vertreiben und die Führung des gesamten Landes übernehmen?

Die Zeichen dafür standen nicht schlecht, Franzosen und Italiener waren kriegsmüde und wenig daran interessiert, nach Ankara zu marschieren, um sich durch Kemals Partisanen in zahllosen Scharmützeln aufreiben zu lassen. Nur die Briten zeigten sich hartnäckig und hielten sich den Sultan weiter als Marionette. Von ihnen mit Waffen ausgerüstete Griechen hielten zwar Smyrna besetzt, mussten aber ihren anatolischen Feldzug abbrechen und auf die Zeit nach dem Winter verschieben. Denn ihre launischen Verbündeten in London gaben sich unversehens neutral.

Cevat Paşa hätte einen Weg gewusst, diese Schwächung der zahlenmäßig überlegenen Eindringlinge auszunutzen! Doch den Verteidiger der Dardanellen hielten die Briten aus gutem Grunde weiter auf Malta gefangen.

118

Seine Frau schöpfte dennoch frischen Mut bei ihrem Spaziergang.
Sie träumte einem Dampfer hinterher, folgte einer Krähe, die in geringer Höhe den Bosporus von Asien nach Europa querte und sich dann entschied, den Hügel hinauf nach Nişantaşi zu fliegen.
Dort stand eine Rauchfahne.
Hadije Soraya rannte sofort los.
Kein Automobil und kein Pferd waren zur Hand. Es blieb ihr nichts anderes übrig, als den Hang keuchend und strauchelnd zu erklimmen. Ohne innezuhalten durchquerte sie den Park, bis sie entkräftet endlich den Konak erreichte.
Ein Nebengebäude, zum Offizierskasino zweckentfremdet, war bereits völlig ausgebrannt. Von dort aus hatten die Flammen übergegriffen auf das Palais der Paschafamilie. Das Feuer fraß sich von oben nach unten, während vor der glühenden Fassade englische Marinesoldaten zusahen, wie Hadijes Bedienstete mit Wassereimern und Gartenschläuchen verzweifelte Löschversuche unternahmen.
Die Feuerwehr hatte das brennende Anwesen bereits aufgegeben und spritzte gegen den Funkenflug Wasser auf die Dächer weiter entfernter Nachbarhäuser. Jeder sah es: Cevat Paşa Konak war verloren!
Auch Hadije Soraya wusste es sofort. Sie drängte sich durch die Gaffer und rannte über die Terrasse zur Haustür, aus der dichter Qualm drang. Ein Offizier stürzte ihr hinterher und hielt sie fest. »Sind Sie verrückt, Madam? Da ist nichts mehr zu holen.«
»Das Silber!«, schrie Hadije Soraya. »Unser Familiensilber. Es ist im Keller versteckt! Eine ganze Truhe voller unersetzlicher Schätze!«
Gier schlich in die Blicke der Besatzer. Hatte dieses raffinierte Paschaweib es doch geschafft, ihre Wertsachen vor ihnen zu verstecken! Einen ganzen Silberschatz! Vielleicht war er ja doch noch zu retten?
Die Marinesoldaten berieten sich. Der Admiral war vom Sultanspalast unterwegs hierher, konnte also nicht konsultiert werden.
»Freiwillige vor!«
Zwei grobschlächtige Kerle mit Atemmasken unterm Kinn meldeten sich.
»Fifty-fifty?«
»Drittel!«

»Deal!«

»Wo?«

»Die große Truhe im Wäschekeller«, rief Hadije Soraya ihnen zu.

Die beiden Soldaten streiften sich ihre Masken über und verschwanden im Qualm des Eingangs. Krachend stürzte der zweite Stock auf den ersten. Bald würden die Flammen das Erdgeschoss erreicht haben. Alle starrten gebannt zur Haustür.

Da fuhr der Wagen des Stadtkommandanten vor, der Admiral sprang heraus.

John de Robeck sah Hadije Soraya bei seinen Männern stehen und eilte auf sie zu.

»Tut mir aufrichtig leid, Madam.«

Hadije sagte nichts.

Jetzt tat sich etwas am Eingang. Zuerst kam das Hinterteil des einen Marinesoldaten zum Vorschein, dann der ganze Kerl. Hustend zerrte er eine schwere Truhe ins Freie, von innen schob sein Kamerad. Andere sprangen ihnen zu Hilfe. Mit vereinten Kräften schleppten sie die Truhe hinüber in den Park. Hinter ihnen brach nun auch der erste Stock ein, der osmanische und der französische Salon spiehen Rauch und Feuer.

Vom Park her drang wütendes Geschrei.

»Was ist das denn?«

»Bloß eine stinkende Pferdedecke und ein schmutziger Teppich!«

»Wo ist das verdammte Silber?«

Der Admiral fragte seine Leute, was sie so aufbrachte. Als er den Grund wusste, wandte er sich an die Frau des Paschas.

»Madam, warum haben Sie meine Männer belogen, was den Inhalt dieser Truhe betrifft?«

»Weil keiner von ihnen einen einfachen Teppich für mich aus dem Feuer geholt hätte. Nur unser Familiensilber vermochte ihre Gier zu wecken. Aber das schmilzt da drinnen gerade unwiederbringlich dahin.«

Die Marines schäumten vor Wut.

»Was hat es mit dem Teppich auf sich, Madam?«, fragte der Admiral.

»Er lag im Zelt meines Mannes, als er die Dardanellen verteidigte.«

»Damn it!«, schrie einer.

»Werft den Teppich ins Feuer«, brüllte ein anderer.

»Und die Alte am besten gleich hinterher« ein Dritter.

»Wer diesen Teppich auch nur anrührt, den stelle ich vors Kriegsgericht«, bellte der Admiral seine Männer an. Die erstarrten.

John de Robeck wandte sich wieder Hadije Soraya zu.

»Madam, ich kann Ihnen Ihr Haus nicht zurückgeben. Aber wenn Ihr Mann aus Malta heimkehrt, soll er wenigstens sein Andenken an den 18. März vorfinden. Erlauben Sie meinem Fahrer, dass er Sie und das kostbare Stück in Ihre neue Wohnung bringt. Auch Ihre Pferde hat man, wie ich höre, gerettet.«

John de Robeck salutierte knapp, machte kehrt und ging zu seinem Wagen.

Hadije Soraya drehte sich dem Feuer zu, von dem nun der ganze Konak erfasst war. Hitzewellen schlugen ihr ins Gesicht.

Niemand sah sie weinen.

☾

Mustafa Kemal hatte Cevat Paşa und seine anderen Gefolgsleute auf Malta nicht vergessen. Er drohte den britischen Besatzern, für jeden verurteilten Gefangenen eine Anzahl britischer Geiseln hinrichten zu lassen, die sich in seiner Gewalt befanden. Daraufhin ließen die Engländer alle noch auf Malta Internierten ohne Gerichtsverhandlung frei.

Am Nachmittag des 15. Januar 1922 kehrte Cevat Paşa nach Konstantinopel zurück.

Mit versteinerter Miene stand er vor den Trümmern seines Hauses.

Cevat Paşa Konak, ganz aus Holz im vorigen Jahrhundert von seinem Vater Şakir Paşa erbaut, war bis auf die Grundmauern niedergebrannt. An seiner Stelle sollte erst sechs Jahre später wieder ein – kleinerer – Konak aus Stein stehen.

Hadije Soraya und Feridun brachten den Pascha zur Sommerresidenz am Bosporus.

In seinem Zimmer lag der Teppich für ihn bereit.

Mit legendenhafter Ausschmückung erzählte ihm Feridun, wie die Mutter das gute Stück gerettet und zuvor den britischen Admiral zu Pferde deklassiert habe.

»Schweig!«, fuhr der Vater dem Sohn über den Mund. »Ich will, dass niemand mehr davon ein Wort spricht!«

Aus Briefen der Tochter Faika hatte er sich auf Malta sein eigenes Bild gemacht, wie ungebührlich nahe seine Frau und der englische Admiral sich in der Zeit seiner Gefangenschaft gekommen sein mussten.

Gemeinsame Ausritte mit dem Kriegsgegner waren für den Pascha der Gipfel würdeloser Fraternisierung. Ein für alle sichtbarer Schlag ins Gesicht des Helden des 18. März.

Hadije Sorayas Version wollte Cevat nicht hören.

Ohne sich mit seiner Familie weiter aufzuhalten, reiste er zwei Tage später weiter nach Ankara zu Kemal. Auf den General warteten große neue Aufgaben.

Cevat war ein konservativer Mann. Scheidung kam für ihn nicht infrage. Von nun an lebten der Pascha und seine Frau ihr eigenes Leben, jeder in einem anderen Stockwerk der Sommerresidenz.

Als sie 1928 in den Neubau auf dem Hügel zurückkehrten, hatte der General dafür Sorge getragen, dass Cevat Paşa Konak unter einem Dach zwei Welten beherbergte, die einander nur an den Rändern berührten.

Bis zu seinem Tod konnte er seiner Frau die Ausritte mit dem britischen Admiral nicht verzeihen.

1925 Franz von Papen

Das Vereinigte Königreich hat seine Verhandlungsposition in Abstimmung mit dem Königreich Irak nochmals adjustiert und möchte der Türkischen Republik ein neues Angebot vorlegen, bevor es morgen im Plenum des Völkerbundes darüber zur Aussprache kommt. Unsere Note liegt im Salon Angleterre für Sie zur Abholung bereit.«

Der Legationsrat Feridun-Bey dankte seinem britischen Pendant für die Mitteilung und legte den Hörer auf die Gabel.

Die Lauferei ging also weiter.

Er kam sich vor wie der Kellner eines großen Restaurants. Ständig musste man zwischen Salons hin und her eilen, um von wankelmütigen Gästen immer wieder abgeänderte Orders entgegenzunehmen. Im Palais Wilson am Genfer See rührten die Küchenchefs der Weltgeschichte gerade einen schrecklichen Eintopf zusammen, an dem sich alle, die ihn auszulöffeln hatten, nur den Magen verderben konnten. Es ging um die Südostgrenze der Türkei. Es ging um die Heimat der Kurden. Es ging um die Erdölquellen von Mossul.

Cevat Paşa war Leiter einer zehnköpfigen Delegation aus der zwei Jahre zuvor gegründeten Türkischen Republik. Präsident Mustafa Kemal hatte den derzeitigen Kommandeur der türkischen Südfront damit beauftragt, alle zulasten der Türkei gehenden territorialen Begehrlichkeiten der Briten, Iraker und Kurden abzuschmettern. Wieder einmal sollte der General die Grenzen der Heimat gegen den Ansturm der Gegner verteidigen. Kemal wusste, der Verteidiger der Dardanellen würde am grünen Tisch keinen Meter türkischen Bodens aufgeben, den er andernfalls militärisch behaupten konnte.

Die Engländer, nach Kemals triumphalem Sieg im griechisch-türkischen Krieg noch zu weitreichenden Zugeständnissen gegenüber Ankara gezwungen, erwiesen sich längst wieder als hartleibige Kolonialherren. Bei ihnen und in den Genfer Kanzleien der Amerikaner – die Vereinigten Staaten waren dem von ihrem Präsidenten eigenmächtig ins Leben gerufenen Völkerbund selbst nicht beigetreten und somit nur als Beobachter zugelassen – gingen Vertreter großer Ölfirmen als Berater ein und aus, gierig, ihre Bohrtürme rund um Mossul in den Boden rammen zu dürfen. Die südliche Hälfte Kurdistans, wo das schwarze Gold im Boden schlummerte, sollte unter allen Umständen dem neuen Königreich Irak zugesprochen und damit britisches Mandatsgebiet werden.

Lord Curzon, Londons Verhandlungsführer, ging auf Nummer sicher und ließ den gesamten Telefon- und Telegrafenverkehr zwischen Cevats Delegation und Ankara überwachen. Morgens zum Frühstück bekam er die türkischen Pläne in englischer Übersetzung auf den Tisch. Doch der Gazi ahnte das falsche Spiel der Briten und ließ keine Orders über unsichere Leitungen laufen. Stattdessen war Cevat von seinem Präsidenten mit weitreichenden Vollmachten ausgestattet worden.

Die türkische Delegation residierte eine Etage höher als die Iraker, zudem mit Seeblick aus dem weitläufigen Gebäudekomplex, der den Namen des US-Präsidenten trug. Woodrow Wilson, vor einem Jahr gestorben, wollte das Selbstbestimmungsrecht der Völker stärken. Im eigenen Land war er stets für die Rassentrennung eingetreten.

Atatürk dagegen brachte Rassen und Religionen buchstäblich unter einen Hut. Per Gesetz hatte er alle orientalischen Kopfbedeckungen für abgeschafft erklärt und dem türkischen Mann anstelle des Fes das Tragen des europäischen Herrenhutes vorgeschrieben. Hutrevolution und Kopftuchverbot waren die äußeren Zeichen der strengen Trennung von Staat und Kirche. Zug um Zug und ohne Rücksicht auf das Geschrei der Traditionalisten setzte der Präsident sein Programm einer radikalen Verwestlichung der türkischen Kultur um.

Mit seiner Dokumentenmappe machte sich der Jungdiplomat Feridun-Bey auf den Weg zum Salon Angleterre. Dazu musste er den Aufzug benutzen. Außer dem Liftboy war er der einzige Fahrgast. Der junge Schweizer musterte Feriduns blitzblank gewienerten Budapester und räusperte sich dezent.

Stimmte etwas nicht mit den Schuhen?

»Monsieur, im Maison Rouge gibt es jetzt auch ein ungarisches Zimmer.«

»Aha, gut zu wissen.«

Feridun hatte keine Ahnung, wovon der Liftboy sprach. Vorsichtshalber drückte er ihm dennoch ein kleines Trinkgeld in die Hand, als er die Kabine verließ.

Er kehrte in den Salon Turquie zurück und traf er dort seinen Vater an. Der Legationsrat legte dem Delegationsleiter die Note der Briten auf den Tisch, dazu ein Kuvert aus der Kanzlei des Schweizer Anwalts Untermeyer.

Die Mitteilung aus dem Salon Angleterre öffnete der Pascha persönlich, das Anwaltsschreiben schob er verächtlich dem Sohn zurück, damit Feridun ihm daraus vorlese.

»Der Kerl soll endlich zur Hölle fahren!«

Das Kuvert war plump mit dem Wappen des Sultans bedruckt, womit der Absender die Bedeutung seines Mandates unterstreichen wollte, aber bei Cevat regelmäßig genau das Gegenteil erreichte. Der Anwalt Untermeyer vertrat einen Amerikaner, Mr. Bennett. Und dieser Mr. Bennett vertrat die im Exil lebende Familie des Sultans Mehmed VI..

»Dieses Pack von Vaterlandsverrätern!«, schnaubte Cevat.

Mustafa Kemal hatte den Sultan-Kalifen zwei Jahre zuvor davongejagt – als Quittung für die Fetwa, das Todesurteil im Namen Gottes, das Mehmed gegen den Präsidenten ausgesprochen hatte. Dem türkischen Religionswächter Scheich-al-Islam, der beim Gazi vorstellig wurde und ihn händeringend zurück auf den Gebetsteppich holen wollte, warf Kemal den Koran an den Kopf und wies ihm die Tür.

Vor allem aber trug der Sultan die Verantwortung für die Unterschrift seines Großwesirs unter den Schandvertrag von Sèvres, der das Osmanische Reich – bis auf einen Flecken in Zentralanatolien – praktisch von der Landkarte getilgt hätte. Mit feigem Einknicken vor den Siegermächten wollte das Haus Osman, wenn es schon sein Reich verlor, wenigstens seinen privaten Reichtum retten.

Unter anderem die Ölfelder von Mossul.

Die hatte der Sultan kurz nach ihrer Entdeckung schamlos aus dem Staatsbesitz entwendet und seiner Privatschatulle zugeschlagen.

Nun saß Mehmed VI. verbittert und todkrank in San Remo, während Mittelsmänner wie Mr. Bennett und Herr Untermeyer im Namen der Familie Anspruch auf die Claims im türkisch-irakischen Grenzland erhoben.

Ausgerechnet das Haus Osman hatte sich in Genf unter die Leichenfledderer seines untergegangenen Reiches eingereiht. Und jetzt meldete sich dieser Anwalt wieder, der unverschämteste Lobbyist im Ringen der Weltgemeinschaft um die Neuordnung des Nahen Ostens – eine Aufgabe, die den Gordischen Knoten wie einen halb offenen Schnürsenkel erscheinen ließ.

Natürlich forderte Mustafa Kemal die Beute des Sultans als Eigentum der türkischen Nation zurück. Und er bestand darauf, dass der Südosten – von Kurden und Kurdistan sprach er nicht – im Ganzen türkisch blieb.

Feridun las dem Vater das neueste Angebot Untermeyers vor. Im Namen des Sultans versuchte er, die Türkische Republik zu locken mit der Aussicht auf Teilhabe am Profit aus »unseren« Ölquellen. Dafür würde das Haus Osman im Streit der Staaten um die Öl-Provinz Mossul fortan die Position der Türkei unterstützen.

Cevat wusste, dass er seinem Präsidenten mit diesem vergifteten Angebot gar nicht erst zu kommen brauchte. Nie mehr würde Mustafa Kemal mit dem Sultanspack an einem Strang ziehen.

Die Briten wiederum zogen in ihrem Schreiben einen alten belgischen Vorschlag aus der Schublade: die Brüssel-Linie. Sie teilte Kurdistan in eine nördliche und eine südliche Hälfte. Die Türkei sollte mit dem Norden abgespeist werden. Die Ölfelder lagen im Süden. Also ebenfalls inakzeptabel. Eine Unverschämtheit.

So ging das nun schon seit einem Jahr. Ein Stellungskrieg über die Köpfe jener Völker hinweg, deren Selbstbestimmungsrecht in Genf eigentlich zur Geltung gebracht werden sollte.

Die türkische Delegation hoffte, ihrem heldenhaften Leiter möge endlich wieder eine geniale Kriegslist einfallen, um die Front der Feinde zu brechen. Doch in Genf wurde nicht mit Seeminen und Kanonen gefochten, sondern mit verbaler Attacke und taktischem Rückzug, mit Finte und Drohung, mit verlogenem Zweckbündnis und faulem Kompromiss. Das Ganze unter dem Deckmantel diplomatischer Contenance.

Feridun spürte, wie der Pascha sich versteifte, wenn Gebietsabtretungen an Kurden oder Iraker intern auch nur diskutiert wurden. Er selbst hielt eine Anpassung an die aktuellen Machtverhältnisse für unvermeidlich. Doch davon wollte Cevat nichts wissen.

»Der Herr Legationsrat möge sich um den Austausch der Dokumente und um die Zusammenfassung des aktuellen Gesprächsstandes kümmern, aber jede Bewertung den Verhandlungsführern überlassen.«

»Sehr wohl, Pascham, darf ich Ihnen dennoch …«

»Der Herr Legationsrat möge sich im Übrigen seiner osmanischen Kollegen erinnern, die den Vertrag von Sèvres paraphiert haben.«

»Sehr wohl, Pascham.«

Drei Delegationsmitglieder der Sultansregierung waren von Mustafa Kemal nach ihrer Rückkehr aus dem Pariser Vorort Sèvres wegen Landesverrats zum Tode verurteilt und hingerichtet worden.

Genf war nicht Sèvres, aber das Mossul-Problem groß genug, um jederzeit den glühenden Zorn des Präsidenten zu entfesseln.

Feridun unterdrückte ein Gähnen und nahm eine Tasse Tee. Er war seit dem frühen Morgen auf den Beinen. Die Delegationen würden sich bald zum Diner zurückziehen und dann in ihre Hotelzimmer verschwinden.

☾

Vater und Sohn nahmen das Abendessen im Restaurant ihres Hotels am See ein, eines Prunkstücks des französischen Jugendstils und fast immer ausgebucht von Delegationen aus aller Welt. Cevat vermied Tischgespräche über berufliche Angelegenheiten – zu viele Ohren hörten mit.

Doch was gab es an Privatem zu bereden?

Seit seiner Rückkehr aus Malta hatte Cevat nicht mehr viel am Leben der Familie teilgenommen, sondern war – nach einem kurzen Intermezzo als Abgeordneter in Ankara – vom Präsidenten als Heeresinspekteur und Oberkommandierender des Abschnitts El Cesire nach Kurdistan geschickt worden. Zu seinen militärischen Aufgaben kamen diplomatische hinzu, sie boten bald auch Feridun die Chance, an der Seite des Vaters die Gründerzeit der neuen Türkei zu erleben und mitzugestalten.

Cevat wusste, dass er nicht gerade zum Berufsdiplomaten geboren war. Er dachte im militärischen Imperativ, nicht im diplomatischen Konjunktiv. Im Grunde verachtete er – wie der Gazi – diese subalterne Hinterzimmerwelt gelackter Champagner-Strategen, in der sich sein Sohn immer souveräner bewegte. Weit davon entfernt, Frieden als Fortsetzung von Krieg mit anderen Mitteln zu betrachten, hatte der General doch zu oft gesehen, wie an grünen Tischen der nächste Krieg nicht verhindert, sondern vorbereitet wurde.

Feridun stimmte in vielem nicht mit dem Vater überein. Er liebte die fast unbeschränkten Möglichkeiten des Konjunktivs. Er zog Kompromisse dem Kampf um alles oder nichts vor. Doch er besaß nicht die Kraft und die Charakterstärke zu echter Opposition. Nicht gegen den Vater, erst recht nicht gegen den Helden des 18. März. Also diente er beiden nach Kräften und beugte sich ihrer Autorität.

Es kam zwischen Feridun und Cevat fast nie zum Streit. Denn sie schwiegen öfter miteinander, als darüber zu sprechen, was sie wirklich bewegte.

Da war etwas, das Feridun in der Seele wehtat.

Er musste mitansehen, wie Cevat seit seiner Rückkehr aus Malta seine Frau höflich, aber ohne jede Herzlichkeit behandelte. Das innige Verhältnis des Sohnes zur Mutter wuchs dadurch umso mehr. Oft genug hatte er Anläufe unternommen, dem Vater nahezubringen, wie einseitig er Hadije Sorayas Verhalten gegenüber dem britischen Okkupator von Cevat Paşa Konak beurteilte. Doch der Pascha verbat sich jede weitere Erörterung des Themas. Es war für ihn abgeschlossen.

Nun saßen sie sich also wieder einmal stumm gegenüber in diesem schönen Hotel, das noch die Pracht des vergangenen Jahrhunderts atmete, aus dem der Pascha kam und das seinem Sohn so fern und befremdlich erschien.

Morgen würde Cevat die Vorschläge der Briten barsch zurückweisen und damit erneut das Gespenst einer militärischen Klärung an die Wand malen. Nach erregter wie ergebnisloser Debatte im Plenum des Völkerbundes würde dann die Pendeldiplomatie wieder von vorne beginnen.

Mit welchen Folgen für seine Karriere musste Feridun rechnen, wenn

Cevat Paşa als Diplomat scheiterte, wo der Held des 18. März zehn Jahre zuvor so überzeugend reüssierte – nämlich bei der Verteidigung der türkischen Grenzen?

Und traute der Vater seinem Sohn überhaupt eine steile Karriere auf dem diplomatischen Parkett zu?

Sah er ihn als Botschafter in Berlin, Paris oder Moskau?

War Feridun in den Augen des Vaters ein würdiger Erbe des Teppichs mit dem dunklen Fleck?

Der lag jetzt dauerhaft im Yali am Bosporus. Das Stück Privatheimat, das Cevat mit dem Teppich überall hätte mitnehmen können, existierte für ihn nicht mehr.

Ihr Diner endete damit, dass sich der Delegationsleiter bei seinem Legationsrat knapp für die Arbeit des Tages bedankte und sich dann in seine Suite verabschiedete. Feridun ging hinaus auf die Straße und machte seinen gewohnten Abendspaziergang durch das nächtliche Genf.

☾

Er bog rechts in den Quai Wilson ein und schlenderte am Wasser entlang, bis er die Montblanc-Brücke erreichte.

In der Mitte blieb er stehen und schaute lange ins glitzernde Wasser des kleinen Jachthafens, hinter dem sich der Blick in den Weiten des Genfer Sees verlor.

Es schien Feridun, als stünde er nicht am Kai eines Binnengewässers, sondern am Meer, und da drüben am anderen Ufer lag irgendwo Istanbul, das in seinem Herzen weiter Konstantinopel hieß.

Er dachte an Simuni.

Simuni war tot.

Erschossen vom Geheimdienst der Türkischen Republik. Weil sie griechisch-orthodox getauft war. Und weil sie zu viel wusste.

Nach vernichtenden Niederlagen der griechischen Invasionsarmee durch Mustafa Kemal und Ismet Inönü hatte die Türkei mit dem Segen des Völkerbundes fast anderthalb Millionen osmanische Griechen des Landes verwiesen. Im Gegenzug wurde eine halbe Million der seit Generationen auf griechischem Boden lebenden türkischstämmigen Moslems aufgenommen, die ebenfalls ihre Heimat verlassen mussten. Nur Istanbuls orthodoxe Christengemeinde durfte bleiben. Doch der griechische Teil von Simunis Familie lebte außerhalb der Toleranzzone und wurde deportiert. Simuni, aus Ankara herbeigeeilt, hatte noch versucht, ihre Leute ausfindig zu machen. Doch als sie im Büro des Geheimdienstes auftauchte und ihre ehemaligen Kollegen flehentlich um Unterstützung bat, ihnen sogar mit dem Gazi drohte, wurde sie festgenommen und ohne Prozess erschossen.

Ein Missverständnis, hieß es später. Eine halbgriechische Christin, vermeintlich desertiert aus dem Personal des Präsidenten und eingeweiht in viele seiner Geheimnisse – da schien Gefahr im Verzug.

Sonst hätte man Simuni auch erklären müssen, warum ihre Familie die Deportation leider nicht überlebt hatte.

Anderen Geliebten des Gazi erging es besser. Simuni war die falsche Frau zur falschen Zeit am falschen Platz gewesen.

Sie hätte sich der neuen Staatsräson beugen müssen.

Das war also geworden aus Simunis großen Hoffnungen in ihr Idol Mustafa Kemal. Der Gazi hatte zwar seine Türken und Türkinnen vom Diktat der Glaubenswächter befreit. Doch diese Freiheit bedeutete für Christen wieder Enteignung, Vertreibung, tausendfachen Tod.

Noch immer starrte Feridun ins schwarze Wasser. Keine siebzig Kilometer von hier, am anderen Ufer des Genfer Sees, lag die schöne Stadt Lausanne. Dort war 1923 vom Völkerbund jener Vertrag ausgehandelt worden, dem die neue Türkei ihre Souveränität verdankte. Kemals Triumph, der die Schande von Sèvres tilgte und Simuni das Leben kostete.

Der Barbarei des Krieges war die Barbarei des Friedens gefolgt.

»Sind Sie nicht der Sohn des Cevat Paşa?«

Feridun schreckte hoch aus düsteren Gedanken.

Neben ihm stand ein hünenhafter, hagerer Deutscher, dem er noch nie zuvor begegnet war.

»Gestatten, Franz von Papen, Major a. D. der Osmanischen Armee.«

»Enchanté. Feridun Cevat, Hauptmann a. D. der kaiserlichen Gardejäger.«

»Ich weiß.«

Der Deutsche – Feridun schätzte ihn auf Mitte vierzig – war in bestes englisches Tuch gekleidet und glotzte ihn aus merkwürdig aufgerissenen Augen an. Beim Händedruck brachte er nicht das kleinste Lächeln zuwege. Sein breiter, kurz rasierter Schnurrbart wirkte wie unter die sehr lange Nase geklebt.

Von Kopf bis Fuß hatte dieser merkwürdige Adlige etwas von einem Stummfilmschauspieler, Abteilung skurriler Herr im grauen Flanell. Franz von Papen erschien als Karikatur seiner Klasse und seiner selbst.

»Welcher Delegation gehören Sie an, Herr Major?«, erkundigte sich Feridun.

»Keiner, nur meiner eigenen. Wir Deutschen werden nicht um unsere Meinung gebeten im Bund der Völker. Aber das muss nicht immer so bleiben, wie das Beispiel der Türkei zeigt. Darum bin ich hier, um alte Bekannte zu treffen und neue Kontakte zu knüpfen.«

»Aha …«

»Wir Aristokraten sind eine kosmopolitische Familie, auf deren common sense man bauen kann, auch wenn im Palais Wilson die Ergebnisse von ein paar Jahren Krieg wichtiger genommen werden als unsere in Jahrhunderten gewachsene Gesellschaftsordnung. Finden Sie nicht auch, Feridun-Bey?«

Feridun war alles andere als erpicht auf eitle Konversation zu dieser späten Stunde.

Der Deutsche aber redete weiter.

»Die besten Gelegenheiten zu informellen Begegnungen in Genf bieten sich in einem Etablissement gleich hier in der Nähe. Wollen Sie mich begleiten?«

»Wohin …?«

»Ins Maison Rouge. Ein sehr seriös geführtes Bordell. Manche Damen dort sind vornehmer als der Großteil ihrer Kunden. Die *maitresse de plaisir* war lange mit einem russischen Großfürsten liiert, den die Kommunisten leider ermordet haben. Nun muss sie sehen, wie sie über die Runden kommt. Begleiten Sie mich doch, Feridun-Bey, Sie werden es nicht bereuen.«

Papen, fast einen Kopf größer als er, machte eine einladende Geste zu ihm herunter.

Feridun fiel etwas ein.

»Im Maison Rouge gibt es jetzt auch ein ungarisches Zimmer«, hatte der Liftboy gesagt.

Der Deutsche war bereits ein paar Schritte weitergegangen, jetzt drehte er sich zu ihm um.

»Man trifft amüsantere Menschen dort als im Palais Wilson, Feridun-Bey.«

Feridun zuckte mit den Achseln, dann folgte er dem seltsamen Hünen. Sie durchquerten den Jardin Anglais, bogen stadteinwärts ab, kamen vorbei an der Russischen Kirche.

Dann waren sie da.

Das Haus war wirklich rot. Erbaut aus Ziegel im englischen Stil, stach es deutlich hervor aus dem das Genfer Straßenbild beherrschenden Sandstein. Es schien nicht sehr groß, vielleicht zwanzig Zimmer, gerade ausreichend für die Bedürfnisse eines Konsuls oder Kolonialwarengroßhändlers und seiner Entourage. Die Fenster waren abgedunkelt, doch hier und da drang abgedunkeltes Licht durch die Vorhänge.

Der Deutsche bürgte am Eingang für seinen türkischen Begleiter.

Ein alter Schweizer in Pagenuniform führte die beiden Herren in die Beletage. Sie betraten ein winziges, burgunderrot und golden gehaltenes Vorzimmer, möbliert mit ein paar durchgesessenen Lederfauteuils. Hier bat sie der Page, einen Moment zu warten. Kaum hatten sie Platz genommen, öffnete sich eine Tür. Ein bleich geschminktes weibliches Wesen unbestimmbaren Alters trat herein. Dürr, hohlwangig, schwarz gekleidet in bodenlanger, eng anliegender Abendrobe, glitt die merkwürdige Erscheinung über den Teppich auf sie zu.

Die beiden Männer hatten sich erhoben.

»Jekaterina, die Dame des Hauses«, stellte Papen vor und küsste ihre affektiert dargebotene Hand.

»Legationsrat Feridun Cevat«, sagte Feridun und verbeugte sich artig.
»Ah, einer von den Söhnen des Propheten. Ich muss Sie leider enttäuschen, junger Mann. Wenn Ihnen der Sinn nach einem Diwan voller himmlischer Jungfrauen steht, liegen Sie hier falsch. Aber ansonsten bieten wir alles, was das Herz begehrt.«
Feridun gelang nur ein verlegenes Grinsen. Die Stimme dieser Frau hatte ihn erschreckt. Es war eine Art Knurren aus tiefster Kehle, als würde jemand mit der Säge über einen Kontrabass fahren. Sie sprach Französisch mit hartem, slawischem Akzent.
»Es wird sich bestimmt für den jungen Mann etwas finden«, sagte Papen.
»Und für Sie, Monsieur Franz?«
»Ich werde mir, wie immer, Empfehlungen von Ihren Gästen einholen.«
»Dann darf ich bitten …«
Der alte Page öffnete ihnen eine andere Tür als die, aus der die Hausherrin erschienen war. Die beiden Besucher blickten einen schmalen Gang hinunter mit je sechs Türen auf beiden Seiten. Im Vorbeigehen las Feridun die Messingschilder: Chambre Shanghai, Chambre Haiti, Chambre Casablanca, Chambre Montparnasse, Chambre Constantinople, Chambre Budapest. Ausländische Vertretungen gewissermaßen, etikettiert für eine anspruchsvolle Klientel, die der Völkerbund in jährlich wachsender Zahl zu seinen Konferenzen empfing. Hüftsteife, von ihrer Verantwortung für den Weltfrieden übermannte Herrschaften konnten hier ihre Sorgen und auch ihre Garderobe ablegen und ein im diplomatischen Korps seltenes Erlebnis genießen: als Gast zu kommen und als Freund zu gehen.
Dem Zweck unverbindlichen Kennenlernens diente der Salon Romanow am Ende des Flurs. Dort saßen Herren im Frack, einander zugewandt auf Barock- und Rokokosofas unter einem riesigen Kronleuchter. An den Wänden hing die ermordete Zarenfamilie, fotografisch und in Öl porträtiert.
Bei Champagner, Canapés und Henri-Clay-Zigarren pflegte man lockeren Small Talk unter Delegierten, die einander tagsüber im Palais Wilson dem dortigen Comment entsprechend äußerst reserviert

behandelten. Alle taten so, als gäbe es nichts Selbstverständlicheres als leicht bekleidete Schönheiten, die sich in loser Folge mit ihren Zigarettenspitzen zu einem niederbeugten und um Feuer baten. Sie gewährten freizügig Einblick in üppige Dekolletés und wussten auf Komplimente in fast jeder Sprache artig zu antworten.

Feridun hielt sich an seinem Champagnerglas fest und lauschte den Gesprächen der Diplomaten. Jeder gab eine Anekdote aus seinem Berufsleben zum Besten, die meisten handelten von vergleichbaren Etablissements in den Hauptstädten dieser Welt. Nur Franz von Papen erzählte mit stoischer Miene von seiner Zeit als Militärattaché in Washington und Mexiko. Zwischen 1913 und 1915 war er in den Vereinigten Staaten als Geheimagent gescheitert, unter anderem beim Versuch, amerikanische Rüstungsfabriken mit Scheinaufträgen auszulasten, damit sie keine Munition für Deutschlands Kriegsgegner produzieren konnten. »Mein Plan war genial, die Ausführung vielleicht etwas amateurhaft. Ich flog auf und wurde des Landes verwiesen. Im Vertrauen auf meine Immunität führte ich zahlreiche streng geheime Dokumente im Diplomatengepäck bei mir. Stellen Sie sich vor, meine Herren, diese unprofessionellen Amerikaner nahmen mir doch glatt bei der Ausreise alles ab.«

»Parbleu!«, pflichtete man ihm bei.

Papens staubtrocken vorgetragene Räuberpistolen, bei denen der Deutsche immer als Verlierer figurierte, sorgten stets für große Heiterkeit im Salon Romanow. Ein Teutone mit Selbstironie – das widersprach allen bekannten Vorurteilen.

Wer konnte wissen, dass der katholische Aristokrat und Herrenreiter bisher tatsächlich mit allen großartigen Unternehmungen Schiffbruch erlitten hatte, und wer konnte ahnen, dass er in nicht allzu ferner Zukunft, wieder vom göttlichen Sinn seines Tuns überzeugt, dem größten Verbrecher des zwanzigsten Jahrhunderts aufs Pferd helfen würde.

Zu Feridun hatte sich inzwischen eine Mandeläugige im Geishagewand gesellt. Doch die merkte schnell, wie der Türke aus den Augenwinkeln heraus ein anderes Mädchen favorisierte: die Ungarin.

Sie hatte auf dem Sofa gegenüber Platz genommen neben einem rotgesichtigen, halslosen Engländer, der sofort Gefallen an ihr fand. Feridun konnte den Blick nicht von ihr wenden. Sie hatte ein rundes, fröhliches Gesicht mit großen Augen, ihre blonden Haare trug sie zu einem Kranz auf dem Kopf geflochten. Den schlanken Körper verhüllte figurbetonend eine weiße Tunika, die über und über mit roten Rosen bedruckt war und nur die nackten Arme der Ungarin preisgab.

Die Geisha hauchte Feridun einen Kuss auf die Wange und versuchte ihr Glück bei seinem deutschen Begleiter. Franz von Papen aber war so ins Gespräch mit einem römischen Attaché vertieft, einem glühenden Faschisten, dass er ihre Avancen nicht zur Kenntnis nahm. Doch der Italiener merkte auf, fand Gefallen und begann, ihr Augen zu machen.

Endlich gelang es Feridun, Blickkontakt zu der Ungarin herzustellen. Er schien ihr zu gefallen. Es entspann sich ein kleines Versteckspiel hinter dem Rücken des britischen Freiers. Wann immer der Engländer einen Moment abgelenkt war, flirtete die Ungarin mit Feridun. So ging es eine ganze Weile, doch dann schien der Engländer etwas zu merken. Er fixierte seinen Nebenbuhler mit einem schiefen Grinsen, stand auf und bat die Ungarin aufs Zimmer. Feridun starrte ihnen tief enttäuscht hinterher und beschloss, das Maison Rouge zu verlassen.

Der italienische Faschist beendete seinen Small Talk mit Papen und ließ sich von der Geisha ins Chambre Tokyo entführen. Der Deutsche wendete sich sofort wieder Feridun zu und hinderte ihn am Aufbruch. »Habe ich Ihnen schon erzählt …?«

Wie der Sohn des Paschas war er Träger Eiserner Kreuze, hatte nach seinem missglückten Amerikaabenteuer noch als Major in der osmanischen Armee gedient und schließlich aus Frustration über den schmählichen Untergang des Kaiserreiches seinen Abschied vom Militär genommen. Durch die Ehe mit einer schwerreichen Villeroy-Boch-Erbin finanziell bestens abgesichert und über seine Gattin mit rheinischen Großindustriellen in Kontakt geraten, war Papen zu der Erkenntnis gelangt, dass nur die Rückkehr zur Monarchie Deutschland aus der politischen Misere retten könnte. Ein Kaiser musste wieder her. Dafür trommelte er nun in der rechten Zentrumspartei und beim europäischen Diplomaten-Adel.

Feridun hörte ihm nur halb zu. Seine Gedanken waren bei der Ungarin. Erst als Papen sich als passionierter Pferdesportler zu erkennen gab, gelang es ihm, Feridun aus seiner Lethargie zu lösen. Sie fachsimpelten über Araber, Trakehner und Hannoveraner, türkische Sporen und englische Peitschen. Der Deutsche lud ihn ein nach Dülmen in sein westfälisches Herrenhaus. Dort würden sie querfeldein um die Wette reiten.

Der alte Schweizer betrat den Raum und beugte sich an Feriduns Ohr.

»Mademoiselle Katalin erwartet Sie im Chambre Budapest, Monsieur.«

»Was ist mit ihrem britischen Gast?«, fragte Feridun erstaunt zurück.

»Er hat unser Haus bereits wieder verlassen.«

Mit einer höflich-bedauernden Geste zu Papen erhob sich Feridun und folgte dem Pagen. Papen sah sich nach einem neuen Ansprechpartner um.

Er war der letzte Freier im Salon Romanow.

Nur noch ein Mädchen befand sich im Raum, eine rassige kaukasische Schönheit, nicht mehr ganz jung, aber von geheimnisvoller Attraktivität, die durch die Zigarettenspitze in ihrer Hand noch verstärkt wurde.

»Oui, Monsieur ....?«

»Welches Zimmer, Mademoiselle?«

»Chambre Constantinople.«

»Ah, Türkin!«

»Armenierin.«

»Oh ... pardon, bitte, nein, danke ... morgen vielleicht.«

Franz von Papen verabschiedete sich und verließ beinahe fluchtartig das Maison Rouge.

☾

»Ich wollte den Herrn aus London aber nicht um sein Vergnügen bringen«, sagte Feridun, als er das Chambre Budapest betrat. »Es gibt lange Vergnügen und kurze Vergnügen«, antwortete Mademoiselle Katalin. »Dem Herrn aus London stand der Sinn nach einem sehr, sehr kurzen Vergnügen. Umso mehr Zeit bleibt jetzt für uns zwei, Monsieur.«

Das Chambre Budapest sah aus wie ein Doppelzimmer in einem etwas heruntergekommenen Luxushotel. Allerdings waren die Wände über und über mit Fotografien und Ölbildern der österreichisch-ungarischen Kaiserin Sisi und ihres heimlichen Liebhabers, des Grafen Gyula Andrássy, dekoriert. Feridun vermutete, dass der Wandschmuck rasch ausgewechselt werden konnte, sobald sich die Provenienz der Bewohnerin änderte.

Mademoiselle Katalin bestätigte Feriduns hohe Meinung von den Ungarinnen, auch wenn sein Urerlebnis mit Magdolna nun schon gut zehn Jahre zurücklag. Sie war um die zwanzig, wie damals das Hausmädchen auf Gut Schwiessel, und wieder sprach zu Feridun aus kleinen Gesten und wenigen Worten einer einfachen jungen Frau die verblüffende Menschen- und Männerkenntnis einer versierten Nachfahrin Scheherezades. Die Eröffnungskonversation auf der Bettkante drehte sich um seine Vorlieben und den daraus zu ermittelnden Preis. Zeitliche Beschränkungen gab es nicht. Die Bezahlung war an den alten Schweizer zu entrichten, im Voraus. Wenn ihm dies unangenehm erscheine, könne sie das Geschäftliche für ihn abmachen.

Gerne nahm Feridun ihr Angebot an. Er entkleidete sich, während Katalin für weniger als eine Minute mit den Dollarnoten verschwand, die der türkische Freier ihr in die Hand gezählt hatte.

Die Peinlichkeit der finanziellen Prozedur setzte Feridun immer noch zu. Es verletzte seinen Stolz, sich die Nähe einer Frau erkaufen zu müssen. Er war ein attraktiver junger Mann, eine gute Partie, ein reizender Flirt. Warum sollte er für etwas bezahlen, was er anderswo um einen Wimpernschlag bekommen konnte?

Weil Ungarinnen etwas Besonderes waren.

Wenn Feridun in die Nähe ihrer Aura kam, war er verloren.

Da spielte Geld keine Rolle mehr.

Zu Katalins wachsendem Erstaunen erwies sich ihr türkischer Freier als einfallsreicher, zupackender und zugleich zärtlicher Liebhaber. Ganz anders als dieser eitel-geschwätzige Engländer, der auf ihrem Bett gesessen hatte wie ein kleiner Hahn auf einem großen Misthaufen und immer nur von sich erzählte. Eine halbe Stunde lang hatte der Lobbyist einer Oil Company von riesigen Bohrtürmen und seiner Nähe zu mächtigen Politikern schwadroniert, während Katalin versuchte, ihn linkshändig auf andere Gedanken und vor allem zum Schweigen zu bringen.

Dann war alles plötzlich ganz schnell gegangen. Der Engländer sah erstaunt an sich herunter und stammelte eine Entschuldigung.

»Tomorrow we can try again«, hatte Katalin ihn getröstet.

»Tomorrow we will fuck the Turks – for Brussels plus five«, war seine Antwort gewesen.

Und weg war er, der Engländer. Bless him!

Wie anders erschien ihr nun der nächste Freier.

Feridun vermittelte Katalin das Gefühl, nicht mehr willfährige Liebesdienerin zu sein, sondern einmal selbst die Kunst eines talentierten Liebhabers genießen zu dürfen. Das war ihr selten passiert. Und noch nie im Maison Rouge.

Es dauerte nicht lange, und Katalin verschwendete keinen Gedanken mehr an die handelsübliche Choreografie erotischer Einzelleistungen, auf die Feridun dank großzügiger Vorauszahlung Anspruch erheben durfte. Sie wünschte sich, dass dieser Mann heute ihr letzter Kunde sein würde.

Hand in Hand blieben sie danach liegen und lauschten dem Atem des anderen.

»Schon seltsam«, flüsterte Feridun irgendwann. »Da sitzt mir dieser Engländer im Salon Romanow friedlich gegenüber. Und in ein paar Stunden werden sich unsere Delegationen wieder bis aufs Blut bekämpfen.«

»Er hat die ganze Zeit nur von Öl geredet.«

»Nur darum geht es den Briten in Kurdistan, um unser Öl.«

»Was bedeutet Brussels plus five?«

»Brüssel plus fünf?«

»Ja, er sagte: Tomorrow we fuck the Turks – for Brussels plus five.«
Feridun wusste sofort, was damit gemeint war.

Die Engländer waren offenbar bereit, die türkische Anerkennung der Brüssel-Linie mit fünf Prozent an den Erdöleinnahmen des Südens zu erkaufen.

»Warum erzählst du mir das?«

»Damit du morgen wiederkommst. Vielleicht weiß ich dann noch mehr.«

Feridun umarmte und küsste sie.

Beim Verlassen des Zimmers wollte er ihr ein Extratrinkgeld in die Hand drücken, das sie jedoch zurückwies.

»Ich bin nicht Ihre Spionin, Monsieur.«

Feridun bat den alten Schweizer um Hut und Mantel und machte sich auf den Rückweg.

Katalin stand hinterm Vorhang und sah ihn die Straße hinuntergehen, beschwingt, ja fast tänzelnd.

☾

Sehr früh am Morgen suchte er den Vater in seiner Hotelsuite auf und berichtete ihm von den Plänen der Engländer, allerdings ohne seine Quelle preiszugeben.

»Fünf Prozent sind nichts«, sagte Cevat Paşa. »Untermeyer bietet fünfzig.«

»Fünfzig von nichts. Die Ansprüche des Sultans sind Makulatur.«

»Herr Legationsrat, ich danke Ihnen für Ihre Information. Die Bewertung überlassen Sie gefälligst den Experten.«

»Ja, Pascham.«

Cevat hatte nur wenig Zeit, mit dieser Neuigkeit umzugehen. Sie war höchst wertvoll, kein Zweifel. Aber man musste sie geschickt verwerten. Sie als Mine pflanzen an einer unvermuteten Stelle. Wie damals in der Erenkoy-Bucht.

Der Pascha griff zum Hörer und ließ sich, ganz gegen seine Gewohnheit, über die Telefonzentrale des Hotels mit dem türkischen Botschafter in Bern verbinden. Dem trug er auf, sofort ein Telegramm nach Ankara zu schicken.

»Curzon bietet Brüssel plus 5. Also will er Krieg. Er soll ihn bekommen. Meine Armee wartet nur auf das Codewort.«

Lord Curzon erhielt die geheime Abschrift des Telefonates rechtzeitig vor der Vollversammlung. Und er tappte auf Cevats Mine. Als casus belli sollte Curzons lausiges Angebot nicht dienen. Der britische Delegationsleiter musste dringend handeln, um Mustafa Kemal den Wind aus den Segeln zu nehmen.

Am Nachmittag boten die Briten vor dem Plenum des Völkerbundes der Türkischen Republik faire zehn Prozent Profitbeteiligung aus den Ölfeldern der Provinz Mossul für die Anerkennung der Brüssel-Linie.

Cevat Paşa machte von seinem plein pouvoir Gebrauch und akzeptierte.

Mustafa Kemal in Ankara tobte.

Cevat hatte den Südosten halbiert!

Doch bald sah er ein, dass zehn Prozent Provision auf jedes Barrel Rohöl viel Geld waren, das er für den Aufbau der Türkei gut brauchen konnte.

Der alte Fuchs Cevat hatte den Preis für Mossul glatt aufs Doppelte hochgetrieben.

Und mindestens so wichtig: Die Kurden bekamen keinen eigenen Staat. Die Türkei und der Irak hatten den Südosten unter sich aufgeteilt.

Nach der Plenarsitzung nahmen Feridun und Cevat den Aufzug zum Salon Turquie. Der Liftboy schaute den beiden Türken erst auf die Schuhe, dann in die Gesichter.

»Messieurs, im Maison Rouge gibt es jetzt auch ein Chambre Jérusalem«, flüsterte er.

»Was meint er damit?«, fragte Cevat seinen Sohn auf Türkisch.

»Er hält uns für frivole Juden«, antwortete Feridun und lächelte.

Cevat verzog keine Miene.

1926 ROONS DRITTE TOCHTER

Eine Menschenschlange schob sich durch den Park schnurgerade und schweigend auf das Herrenhaus zu. Die Vormittagssonne warf Ulmenschatten über den Trauerzug, nervöse Aprilwinde griffen immer wieder in Mäntel und Kleider. Eine bunte Mischung aus teurem Tuch und grobem Garn, aus exquisiter Maßarbeit und abgetragener Vorkriegsware hatte hier zusammengefunden: Herr und Diener, Wohlstand und Misere, satte Provinz und darbende Metropole, stiller Reichtum und stilvolle Verarmung, Potsdam und Lichterfelde. Es war die größte Ansammlung von Fürstlichkeiten, die Schloss Schwiessel seit der Hochzeit von Marie-Luise und Wolfram vor sechzehn Jahren gesehen hatte. Die weitverzweigten Familien und angeheiratete Verwandtschaft der Bassewitz, Roon, Thiele-Winkler, Bülow, Maltzahn, Rohr etc. und auch das Haus Preußen waren zahlreich vertreten, nebst Berliner Aristokraten und Mecklenburger Landadel einschließlich den »Strelitzern«, wie man die befreundete Familie Mecklenburg-Strelitz nannte, in Person des siebenundzwanzigjährigen Großherzogs Georg, seiner Frau Irene und Söhnchen Georgie. Sie alle erwiesen dem Grafen und Gutsherrn die letzte Ehre. Der lag vor dem Herrenhaus aufgebahrt im offenen Sarkophag.

Ernst-Henning Bassewitz war gestorben und sollte heute in der Familiengruft beigesetzt werden. Rittmeister Wolfram von Roon und seine Frau Marie-Luise, geborene Bassewitz, standen mit der Witwe Luise an seinem Sarg und von nun an in der Pflicht von Pflege und Weitergabe des gräflichen Erbes an die nächste Generation.

Neben Wolfram und Marie-Luise sah man ihre mittlerweile drei Töchter. Vor vier Jahren erst war Benita geboren worden, als späte Nachzüglerin. Die halbwüchsigen Schwestern des Nesthäkchens gaben sich bereits redlich Mühe, als Comtessen von Schwiessel und Gorschendorf Aufmerksamkeit in der mecklenburgischen Grafen-Ecke zu erregen wie ehedem die notorischen Bassewitz-Zwillinge. Von denen flüsterte die Legende, dass ihnen einst der türkische Kadett Feridun Cevat das ungarische Hausmädchen vorgezogen hatte. Längst standesgemäß verheiratet und Mütter eigener Kinder, hatten die Zwillinge mit ihren Familien Aufstellung hinter den Roons genommen und reckten nun die Hälse nach einem Herrn im tadellos sitzenden Cutaway, angetan mit der Schärpe der Türkischen Republik.

Feridun Cevat, Attaché des türkischen Außenministeriums und kurz vor der Weiterreise nach Moskau, hatte während eines längeren Aufenthaltes in Berlin die Todesnachricht erhalten und war mit dem Automobil angereist, um Abschied zu nehmen vom Grafen, den er zwar nur selten persönlich getroffen hatte, aber auf dessen Besitz er so viele schöne Stunden verbringen durfte.

Eben hatte er der Familie kondoliert, auch im Namen des Vaters.

Nun trat er vor den Leichnam hin, nahm Haltung an und verharrte einen Moment mit geschlossenen Augen, um schließlich Platz zu machen für seinen Hintermann, den alten Rossknecht Burkhardt, jenen Mann, der ihm einst sein Hochzeitshemd geliehen hatte am Abend, als der Dardanellensieg gefeiert wurde.

Es lag nicht in Feriduns Absicht, mit seinem Besuch aufzufallen. Doch aus Berlin war ihm ein gewisser Ruf vorausgeeilt. Der ehemalige Gardejäger habe sich zum Bonvivant und Herzensbrecher gemausert, der beim Pferderennen im Hoppegarten, beim Boxen oder beim Sechstagerennen stets die attraktivsten Damen ausführte, sich abends gern in geselliger Runde ans Klavier setzte und frivole Operettenschlager schmetterte und beim sportlichen Tontaubenschießen seine Gastgeber in Staunen versetzte, wenn er blitzschnell vier Scheiben hintereinander traf.

Natürlich war nicht zu erwarten, dass Feridun heute oder an den nächsten Tagen solcherlei Talente auf Schloss Schwiessel unter Beweis stellen würde. Aber allein schon seine Anwesenheit reichte aus, um bei Alt und Jung die Phantasie zu kitzeln wie damals der Kadett, der »Prinz aus dem Morgenland«.

Magdolna aber gab es nicht mehr.

Sie war in ihre ungarische Heimat zurückgekehrt, als die Hyperinflation sich aus den Städten bis hinaus auf die Güter der Goldmark-Grafen fraß und auch in Schwiessel Personal entlassen werden musste, um die Verbleibenden über Wasser halten zu können. Der Bassewitz-Roon'sche Hofstaat war zusammengeschmolzen auf unbedingt nötige und bezahlbare Gutsarbeiter und Dienstboten. Und auch bei denen war Schmalhans Küchenmeister.

Feridun hatte auch nicht erwartet, die Ungarin anzutreffen. Wenn er ehrlich zu sich war, wollte er Magdolna lieber in verklärender Erinnerung behalten, als unversehens einer dreißigjährigen Hausdame gegenüberzutreten und an ihr womöglich Spuren eines Lebens zu entdecken, das nicht mehr zu seinen Träumen passte. Bei anderen Frauen legte Feridun weniger strenge Maßstäbe an. Nur Ungarinnen durften für ihn nicht älter und nicht jünger sein als um die zwanzig Jahre.

Das Trauerdefilee war beendet, Jäger hatten auf Parforcehörnern ihr feierlichstes Halali geblasen, nun trugen die Gutsarbeiter in landesüblicher Tracht den Grafen zum kleinen Privatfriedhof am Ende des Parks, wo er in der Familiengruft seine letzte Ruhestätte finden würde.

Am Schlossteich vor dem Badesteg der Kinder nahm eine Militärkapelle im Halbkreis Aufstellung und spielte »Ich bete an die Macht der Liebe«, »So nimm denn meine Hände« und zuletzt noch das Lied vom guten Kameraden, während der Trauerzug an ihr vorbei dem Sarg folgte und überall Tränen der Rührung und des Abschieds flossen.

Die vierjährige Benita von Roon in ihrem schwarzen Kleidchen war bisher brav an der Hand der Mutter gegangen. Doch beim Erklingen des »Kameraden« scherte sie aus und tippelte auf die Musikanten zu. Staunende Kinderaugen inspizierten den Mann mit der großen Trommel, den Tubabläser mit den dicken Backen, den lustig ausladenden Posaunisten.

Eine ihrer Schwestern versuchte, sie zurück an die Spitze des Trauerzuges zu lotsen. Doch Benita wollte bei der Musik bleiben. Sie entzog sich dem Zugriff und floh hinter die Blaskapelle. Die zweite Schwester kam, um ihr den Weg abzuschneiden. Zum diskreten Amüsement der Erwachsenen kroch die Kleine nun den Musikanten zwischen den Beinen herum. Den Schwestern blieb nichts anderes übrig, als ihr zu folgen, was einige Unruhe ins Orchester brachte. Benita krabbelte aus der letzten Reihe hervor, doch die Großen waren schneller gewesen und empfingen sie mit ausgebreiteten Armen. Zornig nahm die Kleine Anlauf und sauste zwischen ihnen hindurch auf den glitschigen Steg – glitt aus und landete kopfüber im Teich. Entsetzensrufe, Kindergeschrei, ersterbendes Blechgepruste.

In diesem Augenblick allgemeiner Kopflosigkeit verließ Feridun die Trauerkolonne und rannte geradewegs ins kalte Wasser. Sekunden später hatte er das hustende, schluckende Kind auf den Armen und watete mit ihm zurück ans Ufer. Dort gab er Benita in die Obhut der Mutter zurück. Doch jetzt stand Feridun da wie ein begossener Pudel, den Cut voller Morast und Seerosenranken.

Als sich die Erstarrung der Menge löste, hörte er die Bassewitz-Comtessen giggeln. Dezent klatschten einzelne Trauergäste Applaus, den Feridun bescheiden abwehrte. Immerhin befand man sich mitten in einer Trauerfeier.

Tropfnass, mit wehenden Rockschößen und triefender Schärpe machte er sich auf den Weg zurück zum Herrenhaus. Wolfram von Roon gab seinem treuen Burkhardt ein Zeichen, sich um Feridun zu kümmern. Man brachte ihm trockene Kleidung aus der Garderobe des Hausherrn aufs Zimmer. Und auf einmal stand der Rossknecht selbst in der Tür.

Er hatte sein Hochzeitshemd dabei.

»Es müsste Ihnen eigentlich noch passen, Feridun Bey.«

Feridun, gerührt und belustigt zugleich, konnte ein Schmunzeln nicht unterdrücken.

»Aber es ist doch dein Hochzeitshemd, Burkhardt.«

»Die Hochzeit ist ausgefallen damals. Meine Braut war eifersüchtig auf Magdolna.«

»Wegen des Hemdes, das Sie ihr für mich gaben?«

»Viele Frauen auf dem Gut waren eifersüchtig auf Magdolna. Sie hat allen Männern den Kopf verdreht.«

»Mir auch.«

Nun musste Burkhardt grinsen.

»Joo, ich hab den jungen Herrn morgens aus ihrer Kammer kommen sehen.«

Feridun geriet in Verlegenheit.

»Sag, Burkhardt, der gute Oskar ... gibt es ihn noch?«

Der Rossknecht zögerte mit der Antwort.

»Ist irgendetwas mit Oskar?«

»Der Rittmeister hat ihn gestern den Stallburschen geschenkt.«

»Geschenkt ...?«

»Als Leichenschmaus.«

Feridun erstarrte. Was musste geschehen sein, dass der alte Deckhengst, statt auf dem Gut sein Gnadenbrot zu verzehren, geschlachtet und aufgegessen wurde?

»Die Zeiten sind immer noch schlecht, wir Gutsarbeiter kriegen oft wochenlang kein Stück Fleisch auf den Teller. Es ist sehr großzügig vom Herrn Rittmeister, uns ein altes Pferd zu überlassen.«

»Ist er ... schon tot?«

»Morgen früh ...«

»Darf ich ihn vorher noch einmal sehen – allein?«

»Er steht ganz hinten im Stall.«

Während die Trauergemeinde in der Gruft endgültig Abschied nahm vom Grafen Bassewitz, stand Feridun in Burkhardts Hochzeitshemd bei Oskar und streichelte ihm die Nüstern. Der einst so stolze weiße Deckhengst war alt und abgemagert. Aus traurigen Augen blickte er Feridun an.

»Erinnerst du dich noch an mich, alter Junge?«

Oskar schnaubte leise.

»Wie oft bin ich ausgeritten auf dir. Du kanntest alle meine Geheimnisse. Ich habe sie dir erzählt, weißt du noch? Auch nach Vaters Sieg. Ich mit Kopfverband und dem Bauch voller Schmetterlinge.«

Oskar scharrte mit dem Vorderhuf in der Einstreu.

»An diesem Tag ist etwas passiert mit mir. Ich wollte kein Held mehr werden, ich wollte leben, ein Mann sein, ja, das schon, aber kein Held.«

Oskar hob den Kopf über das Gatter und schob die Nüstern gegen Feriduns Schulter.

»Leb wohl, alter Junge!«
Er gab dem Pferd einen letzten Klaps und stapfte mit feuchten Augen aus dem Stall.

Als die Trauergemeinde in der Halle des Herrenhauses zum Empfang zusammenkam und Witwe und Tochter, Schwiegersohn und Enkelinnen »en famille« am großen Mahagonitisch Platz nahmen, um für den verstorbenen Hausherrn zu beten, befand sich Feridun bereits mit dem Automobil auf dem Weg zurück nach Berlin.
Zuvor hatte er dem Rossknecht ein paar Dollarnoten in die Hand gedrückt.
»Das dürfte euch allen für ein paar herzhafte Mahlzeiten reichen – aber bitte lasst Oskar leben.«

1930 DER VULKANTÄNZER

Selma war siebzehn, also heiratsfähig. Für Feriduns Geschmack ungefähr drei Jahre zu jung. Die Tochter des türkischen Botschafters in Berlin Reşat Bey steckte ihre hübsche Nase in den Strauß lachsfarbener Rosen, der eigentlich für ihre Mutter bestimmt war. Selma hatte Feridun Bey die Blumen an der Tür der Botschafterresidenz mit herzlicher Selbstverständlichkeit abgenommen, die eine Auflösung des Missverständnisses ohne Kränkung nicht mehr zuließ. Sonst verhielt sie sich bei Soiréen den Gästen gegenüber eher scheu und zurückhaltend. Über den Kulturattaché war jedoch so viel erzählt und geflüstert worden, dass Selma, die Feridun bei offiziellen Anlässen im Botschaftsgebäude am Tiergarten nur mit schicklicher Distanziertheit begegnete, nun darauf brannte, den notorischen Gentleman endlich bei einem privaten Abendessen näher kennenzulernen. Da hatte er in ihrer Phantasie längst märchenhafte Gestalt angenommen.
Nun stand Feridun also vor ihr – mit Rosen für ihre Mutter.
Selma musste einfach zugreifen.
»Unsere Tochter freut sich schon lange auf Ihren Besuch! Kommen Sie herein, Feridun Bey.«

Das klang etwas steif für einen Mann, der mit Feridun täglich beruflichen Umgang pflegte. Reşat Bey hatte die Einladung nicht aus freien Stücken ausgesprochen. Er handelte in höherem Interesse.

Im fernen Ankara machte der prominente Paschasohn schon länger wegen seines lockeren Lebenswandels von sich reden. Das Getuschel hatte inzwischen die oberste Ebene erreicht, das Ohr des Präsidenten. Feridun wurden Frauengeschichten nachgesagt, die unter normalen Umständen seine sofortige Entfernung aus dem Auswärtigen Dienst zur Folge gehabt hätten. Doch was war schon normal im Umfeld eines charismatischen Staatsgründers, der einerseits die Polygamie abgeschafft hatte, andererseits bekannt war für seine attraktiven »Nichten«, von denen meist mehrere zugleich seinem Kielwasser folgten.

Der Gazi protegierte seine Weggefährten und ihre Familien. Aber er nahm sich selbst von vielen Regeln aus, die für seine Untergebenen galten.

Feridun schien ihm ein begabter Bursche auf dem Weg zum brauchbaren Diplomaten – vor allem war er der Sohn des Verteidigers der Dardanellen.

Der Sohn, nicht mehr, aber auch nicht weniger.

Mustafa Kemal hatte seinen Ministerpräsidenten Ismet Inönü gebeten, Feridun dem Außenminister ans Herz zu legen. Er entsprach damit einer Bitte von Cevat Paşa, des obersten Generals der Türkei und Präsidenten des Militärgerichtshofes. Daraufhin schickte man den Legationsrat zunächst nach Moskau, wenig später durfte er nach Berlin zurück.

Als Attaché für kulturelle Belange.

Die deutsche Hauptstadt galt jungen Menschen in diesen Jahren als Mittelpunkt der westlichen Welt. Jener Welt, die dem Gründer der Türkischen Republik als Vorbild diente für seine großen Reformprojekte. Kein anderer Platz bot einem lebenshungrigen Diplomaten, der über europäische Bildung und Manieren sowie finanzielle Sicherheiten verfügte, mehr Gelegenheit, sich auszuprobieren, als dieser Schmelztiegel der Ideen und Kreativität, der Talente und Temperamente, der Ausdruckslust und Liebesgier.

Von seiner Arbeit begeistert, aber nicht gerade überfordert, stürzte Feridun sich in jedes Vergnügen und jedes Abenteuer, das die fiebrige Metropole zu bieten hatte. Doch seit dem amerikanischen Börsenkrach und dessen dramatischen Auswirkungen auf die deutsche Volkswirtschaft häuften sich mahnende Briefe des Vaters. Der Pascha und auch der Präsident würden es nicht dulden, dass das diplomatische Personal der neuen Türkei in osmanische Dekadenz zurückfiel. Der Gazi vernehme mit Stirnrunzeln, was in Diplomatenkreisen über Cevats Sohn kursierte.

Der Botschafter hatte Order erhalten, ein strengeres Auge auf Feridun zu werfen und den nun auch schon einunddreißigjährigen Herrn Kulturattaché vielleicht sogar mit dem Gedanken an Heirat vertraut zu machen.

Reşat Bey verstand das Signal. Er wusste, dass viele seiner türkischen Kollegen ihm den attraktiven Botschafterposten in Berlin neideten. Er musste dringend etwas unternehmen, um sein kleines Reich und seine Familie abzusichern.

Es galt, den Stier bei den Hörnern zu packen. Den Stier namens Feridun Bey. Der Sohn des Cevat Paşa konnte viel Schaden anrichten in Reşats Revier. Doch wer viel schaden kann, der kann auch viel nützen, dachte sich der Botschafter. Wie hielten es die Alten, wenn es um den Schutz ihrer Sphäre ging? Sie sicherten und erweiterten die Grenzen durch Ehebündnisse.

Genau dies schien Reşat Bey die beste Maßnahme zu sein. Hier bot sich die einmalige Chance, die Erwartungen des Präsidenten mit seinen eigenen Interessen zu verknüpfen.

Aus der Not eine Tugend machen, nannten es die Deutschen.

Es gab wahrlich schlechtere Kinderstuben als die, aus der Feridun kam. Was Selma betraf, würde sie bei aller westlicher Erziehung ein klassisches orientalisches Arrangement bereitwillig akzeptieren, wenn es ihr den begehrtesten Junggesellen im türkischen Diplomatenkorps bescherte.

Nun gut, Gefühle waren auch wichtig, aber nicht wichtiger als die Stimme der Vernunft. Gute Diplomaten konnten beides in Einklang bringen.

Reşat Bey galt als sehr guter Diplomat.

Doch Feridun Bey befand sich keineswegs auf Brautschau. Dies war überhaupt sein erster Besuch in den Privaträumen seines Vorgesetzten. Ein lange fälliger Höflichkeitstermin, auf mehr war er nicht gefasst an diesem Abend. Die kleine Szene an der Wohnungstür schien ihm aus kindlicher Aufregung und elterlicher Verlegenheit geschehen. Selma hatte Anspruch auf seine Konversation und Courtoisie, nicht mehr und nicht weniger.

Dann nahm aber nicht die Frau des Gastgebers am festlich gedeckten Tisch Feridun gegenüber Platz, sondern die Tochter. In der ersten halben Stunde richtete sie kein einziges Mal von sich aus das Wort an ihn. Die Siebzehnjährige hing an seinen Lippen, und wenn Feridun sie direkt ansprach, erglühten ihre Wangen.

Frauen das Selbstwertgefühl von Liebenswürdigkeit, Brillanz und Humor zu vermitteln, gehörte zu den großen Stärken des Verführers und Liebhabers Feridun Bey. Selma war hübsch und hatte viel Liebenswertes in ihrem Wesen. Ein kluges, weltoffenes Mädchen, bestens erzogen, ohne mit ihren Kenntnissen aufzutrumpfen. Ihr schmales Gesicht mit dem kräftigen Kinn signalisierte eigenen Willen und Durchsetzungskraft.

Ihre Augen aber verschwammen im Sentiment, sobald Feriduns und Selmas Blicke sich auch nur für Sekundenbruchteile kreuzten.

Feridun begann sich unbehaglich zu fühlen.

Der Kulturattaché machte seine freundlichste Diplomatenmiene und zog sich auf die Routinen des charmant-unverbindlichen Gesprächspartners zurück. Alle Fragen, die auf seine Zukunftspläne zielten – Feridun Bey, in welcher Stadt wären Sie gerne Botschafter? Was halten Sie von London, Shanghai oder Budapest? –, parierte er mit sanfter Selbstironie ins Ungefähre.

»Budapest? – Für Ungarn fühle ich mich noch nicht alt genug. Das ist etwas für die letzte Runde vor dem Ruhestand. London? – Ich spreche kein Englisch und habe nicht vor, es zu lernen. – Schanghai? So lange sich dort Konfuzius und Konfusius gegenseitig niedermetzeln, sollte man den Chinesen nicht den kleinen Finger reichen, sie kugeln einem sofort den Arm aus.«

Er ließ keinen Zweifel daran, dass er sich nirgendwo besser aufgehoben fühlte als in Berlin. Und in keinem anderen Familienstand als in dem des Junggesellen. Dabei versäumte er nicht, Selma unverfängliche Komplimente zu machen.

»Eine zauberhafte junge Dame wie Sie scheint mir auserkoren, selbst nach Höherem zu streben. Akademikerin, Botschafterin der Türkei – warum nicht eines Tages Präsidentin? Hat unser Präsident den Frauen nicht alle Hindernisse aus dem Weg geräumt, die in Jahrhunderten des osmanischen Patriarchates vor ihnen aufgetürmt wurden?«

Selma lauschte ihm mit wachsendem Entzücken. Nicht dem, was er sagte. Nur seiner Stimme. Diese Stimme wollte sie ganz für sich allein haben. Nachts sollte sie ihr süße Worte ins Ohr flüstern. Tagsüber könnte diese Stimme ihr beliebige Wünsche vortragen, die Selma vorausahnend längst auf den Weg der Erfüllung gebracht haben würde.

Wenn Eltern ihrer geliebten Tochter das größte Geschenk ihres Lebens machen wollten, dann saß dieses Geschenk jetzt mit einer unsichtbaren Schleife um den Kopf Selma gegenüber.

Das Thema Heirat kam nicht vor an diesem Abend. Reşat Bey hatte seinem Attaché einen Weg angedeutet. Feridun musste ihn nur noch beschreiten.

Als er sich gegen halb elf Uhr verabschiedete, begleitete ihn Selma bis vor die Haustür und ergriff seine Hand.

»Alles wird gut«, flüsterte sie.

Reşat Bey und seine Frau waren im Hausflur zurückgeblieben. In dieser Nacht fand Feridun keinen Schlaf. Er hatte die Botschaft verstanden. Doch alles in ihm lehnte sich auf gegen die drohende Umwälzung seines Lebens. In den frühen Morgenstunden endlich erlöste ihn ein kurzer Schlummer.

☾

Überlebensgroß stand der alte Roon im Gegenlicht der Abendsonne vor ihm, bequem, wie man beim Militär sagte und das Gegenteil meinte, linkes Bein einen halben Schritt nach vorn, rechter Arm leicht angewinkelt, Handrücken in die Hüfte gestemmt. Die andere Hand hielt den reich verzierten Ritterhelm am Pickel fest und drückte ihn gegen den schlichten Waffenrock der preußischen Garde. Sein Blick war in die Zukunft gerichtet. Letztere musste der Generalfeldmarschall im Moment seiner bronzenen Erstarrung irgendwo halblinks über dem Reichstag erspäht haben. Vielleicht fixierte er auch nur die Taube, die gleich auf seiner Schulter landen würde, um ihm nicht die erste und nicht die letzte Kack-Epaulette zu verpassen. Auch er, neben Kaiser und Reichskanzler die dritte Säule von Preußens Gloria, der hoch Geehrte und Verehrte, der auf seinem Sockel weder Orden noch Rangabzeichen trug, wurde wie die anderen Sieger von 1870/71 von den Berliner Tauben täglich aufs Neue dekoriert.

Feridun spazierte gerne die kurze Strecke von der türkischen Botschaft durch den Tiergarten hinüber zum Königsplatz mit der Siegessäule und den im Halbkreis um sie herum Wache stehenden Marmorhelden Bismarck, Moltke und Roon.

Stets hielt er für eine Minute inne und schaute auf zum Begründer des Roon'schen Familienruhms, zum legendären Großvater des Rittmeisters.

Hätte er diesen Mann je mit »Opilein« anzusprechen gewagt, wie er den Enkel Wolfram »Papi Roon« und dessen Frau »mein über alles geliebtes Mütterchen« nennen durfte?

Ausgeschlossen! Albrecht Graf von Roon – Träger des Roten Adlerordens wie der Verteidiger der Dardanellen – war gewiss eine unnahbare Respektsperson gewesen wie der Pascha, ein Patriarch, den die eigenen Kinder siezten und der es nicht geduldet hätte, wenn Sohn oder Enkel auch nur mit übereinandergeschlagenen Beinen vor ihm sitzen würden.

Wie würde Feridun später mit seinen Kindern umgehen?

Kinder …

Ein Stich fuhr ihm ins Herz: Selma …

Seit Tagen hing die Verschwörung des Vaters mit dem Botschafter wie eine Gewitterwolke über ihm. Jeden Augenblick war mit Entladung zu rechnen, mit Blitz und Wolkenbruch.

Eine arrangierte Ehe.

Feridun redete sich ein, das alles beträfe ihn nicht. Nicht jetzt. Zumindest wollte er die schöne Zeit in Berlin auskosten bis zum letzten Kuss.

»Weg da! Platz machen für ein Foto!«, schrie ihm jemand ins Ohr. Der Kulturattaché leistete der unverschämten Aufforderung ohne sichtbare Regung Folge und trat beiseite. Nur nicht provozieren lassen.

Er kannte diesen Ton.

Drei Burschen in brauner SA-Uniform, Versprengte einer Sturmtrupp-Schlägerei mit Kommunisten im Wedding, waren mit blutigen Köpfen über den Platz marschiert, um zum Beweis ihres heldenhaften Hierseins vor der Siegessäule zu posieren. Den Reichstag, die verhasste Quasselbude, tunlichst nicht mit im Bild.

Feridun hatte ihnen schon den Rücken zugewandt, da stieß einem von ihnen doch noch ein Gedanke auf wie ein Rülpser.

»He, du!«

Feridun wusste, was nun kommen würde.

Er musste nur morgens in den Spiegel schauen, um zu sehen, was dem Kerl aufgefallen war: Schwarze, pomadeglänzende Haare, leicht gebogene Nase, sehr gepflegte Erscheinung.

Die drei Braunen hatten ihn eingeholt und bauten sich vor ihm auf.

»Was hat so einer hier zu suchen bei den Helden des Deutschen Reiches?«

»Ich bin auf dem Weg zu einem Kostümball im Admiralspalast«, sagte Feridun leichthin. Er trug die Abendgarderobe eines Diplomaten: Smoking und am Revers einen fünfzackigen Stern mit dem türkischen Halbmond.

»Und als was gehst du?«

»Als Jude.«

Das war frech. Die Burschen glotzten verdutzt.

»Ich bin eigentlich türkischer Offizier. Aber als Türke mit Fes und Krummsäbel laufen auf den Berliner Kostümbällen schon zu viele rum. Deswegen gehe ich heute mal als Jude. Über Juden lacht man doch gern.«

»Wir nicht«, schrie der mit dem Fotoapparat.

»Ich schon, aber nicht zum Spaß«, rief ein anderer.

»Willst du uns verarschen?«, wandte sich der Dritte drohend an Feridun.

»Nein, eigentlich nur amüsieren.«

»Gleich wird dir deine Frechheit vergehen, du Türke, jüdischer«, bellte Nummer drei.

Über die Schulter des Nazis mit der Kamera hinweg konnte Feridun sehen, dass die Zeit gerade so ausreichen würde. Zwei bewaffnete Schupos, die den Reichstag bewachten, waren auf halbem Weg zu ihnen.

Feridun lächelte die drei Braunhemden an.

»Wie wäre es mit einem Erinnerungsfoto von uns allen zusammen? Da kommt gerade jemand, den wir fragen könnten, ob er uns knipst.«

Die drei fuhren herum, dann rannten sie los und verschwanden im Tiergarten.

Feridun dankte den Schupos mit einer freundlichen Geste. Die erwiderten den Gruß und begaben sich zurück auf ihren Posten.

Auch Feridun setzte seinen Weg fort. Er hatte eine Verabredung, die er nicht länger warten lassen konnte.

Erika.

☾

Erika Flacke fieberte ihrem Flirt im Adlon entgegen. Ihr Vater, der rheinische Rüstungsfabrikant August Flacke, im Volksmund »Kanonen-Gustl« genannt, hatte ganzjährig eine Suite gebucht für seine häufigen Aufenthalte in der Hauptstadt. Soweit der Vertrag von Versailles es erlaubte, war er wieder mit der deutschen Regierung im Geschäft, Tendenz steigend. Nachts bestellte er sich Damenbesuch aufs Zimmer. Die Zeiten seiner Abwesenheit aus Berlin hingegen wurden gerne von Familienmitgliedern genutzt.

Neuerdings von Erika, seiner zweiundzwanzigjährigen Tochter, die im Konzern des Vaters gerade eine kaufmännische Ausbildung durchlief.

Erikas Verlobter Robert war als hoher Regierungsbeamter von Düsseldorf nach Berlin gewechselt und bekleidete nun die Position eines Assessors beim Reichskanzler. Der unsicheren politischen Verhältnisse wegen erschien ihm eine kleine Wohnung in Schöneberg angemessen. Das war natürlich nichts, worin man die Tochter eines rheinischen Goldmarkmultimillionärs komfortabel beherbergen konnte. Angesichts seiner streng katholischen Erziehung war an solche Häuslichkeiten vor der Eheschließung ohnehin nicht zu denken. Robert hoffte auf einen sicheren Posten im Vorstand der August Flacke AG, bevor die Weimarer Republik endgültig vor die Hunde ging.

Beide, Erikas Vater und ihr Verlobter, waren gerade auf Reisen.

Also traf sie sich mit Feridun.

Mit dem türkischen Kulturattaché konnte man immer so schön die Nacht zum Tage machen, in seiner Begleitung zeigte sich einem die glitzernde Metropole von aufregenderen Seiten als am Arm eines Ministerialbeamten aus der Provinz.

Robert war der Richtige für Erikas Zukunft.

Feridun war der Richtige für jetzt.

Für ihn und ausschließlich für ihn hatte Erika sich heute ein sehr körperbetonendes Kleid nach der allerneuesten Mode gekauft und es gleich angelassen. Für ihn wollte sie es heute ausziehen.

»Berlin bei Nacht« hieß das Programm, arrangiert von Feridun, ihrem Prinzen aus dem Morgenland.

Feridun nannte Erika seine Prinzessin aus dem Rheinland. Tatsächlich hatte sie Erfahrung als Faschingsprinzessin, worauf sie stolz war. Eine Frohnatur mit ziemlich klaren Vorstellungen von ihrem Wollen und ihren Wünschen.

Erika wollte, dass Robert irgendwann für sie die August Flacke AG führte.

Und sie wünschte sich, dass vorher noch etwas Besonderes in ihrem Leben passierte.

Feridun war etwas Besonderes.

Sie hatte es sofort gespürt – und die Chance ergriffen.

Man war sich bei der Gräfin Hartmannsberg auf der Wannseeinsel Schwanenwerder über den Weg gelaufen. Die Gräfin, verheiratet mit einem sehr konservativen Bankier, hatte in ihrer Villa wieder einmal zum »Salon mit Hauskonzert« geladen.

Franz von Papen, Abgeordneter des Preußischen Landtags und wie Graf Hartmannsberg und auch der Kanonen-Gustl Mitglied im erzreaktionären »Deutschen Herrenklub«, hatte zum Salon der Gräfin den türkischen Kulturattaché mitgebracht. Kultur und Türke, diese Konstellation weckte spitzmündige Neugier im Hause Hartmannsberg. Feridun hatte die Einladung nach Schwanenwerder angenommen, weil man als Diplomat angewiesen war auf gute Verbindungen in diese Gesellschaft. Es würde wieder einer jener ungemein weltstädtischen Abende im Kreise angestrengt vornehmer Industrieadliger, Kommerzialräte und abgehalfterter Politiker werden.

Es gab zurzeit fast nur abgehalfterte Politiker in Berlin, denn dauernd wechselten die Regierungen, und jeder neue Kanzler zog seine eigenen Vertrauensleute nach. Die alten wurden einfach auf Staatskosten in den einstweiligen Ruhestand versetzt oder sonstwie ausgemustert. Sie hielten sich fortan an den Futtertrögen von Schlotbaronen schadlos oder überwinterten in den Salons von Aristokraten, die sich vom Ausbruch der bürgerlichen Demokratie jäh aus der gesellschaftlichen Bahn geworfen fühlten. Dieser Gesellschaft versprachen umtriebige Reaktionäre wie Franz von Papen das baldige Comeback der Monarchie.

Erika Flacke fühlte sich im Salon der Gräfin Hartmannsberg wieder einmal vorgeführt als millionenschwere Begleiterscheinung ihres aufstrebenden Verlobten. Der verschwand nach der musikalischen Darbietung – Mendelssohn, Schubert, Chopin – mit anderen Wichtigkeiten in der Bibliothek, um sich dort bei Zigarre und Rotwein in staatstragenden Herrengesprächen zu verlieren.

An jenem Abend aber war kurz nach dem Hauskonzert plötzlich der Bechsteinflügel wieder aus dem Musikzimmer zu hören gewesen, nur diesmal nicht mit gediegenen Klängen aus dem vorigen Jahrhundert, sondern mit Schlagern eines salonkommunistischen Berliner Theatergenies.

»Und der Haifisch, der hat Zähne …«, schmetterte jemand – ganz schön gewagt unter so vielen Haifischen des Großkapitals, die sich bei der Gräfin an Kaviarhäppchen und Klassik ergötzten, während anderswo die Opfer der Weltwirtschaftskrise den Kitt aus ihren Fensterrahmen kratzten.

Die Damen der Abendgesellschaft versammelten sich um den Pianisten. Er war ein blendend aussehender junger Mann mit Samtaugen und leicht fremdländischem Zungenschlag, sein Klavierspiel temperamentvoll, wenngleich amateurhaft, seine Singstimme alles andere als ausgebildet. Doch sein Vortrag fiel durch eine exotische Unbekümmertheit auf, die den deftigen Songtexten ihre politische Schärfe nahm und dem jungen Mann jene Aura verlieh, für die gerade ein neues Wort aus Amerika die Runde machte.

Sex-Appeal!

Man bekam sofort Lust, mit diesem Troubadour mitzusingen.

Und das tat Erika spontan aus vollem Halse, denn die Melodien der »Dreigroschenoper« wurden längst in Köln, Düsseldorf und Essen auf der Straße gepfiffen. Feridun warf ihr dankbare Blicke zu – und hatte noch andere Gassenhauer von diesem Brecht parat.

Als der Regierungsassessor Robert Hasselbach mit dem Abgeordneten Franz von Papen und dem Reichsbankpräsidenten Hjalmar Schacht, durch ausgelassene Stimmung im Musikzimmer angelockt, von der Bibliothek herüberwechselten, sahen die Herren erstaunt die Tochter des Kanonen-Gustl am Klavier lehnen und zur Begleitung des türkischen Attachés eine Ballade dieses roten Dichters Wie-hieß-er-noch? sprechsingen:

Meine Herren, heute sehen Sie mich Gläser abwaschen,
Und ich mache das Bett für jeden.
Und Sie geben mir einen Penny, und ich bedanke mich schnell.
Und Sie sehen meine Lumpen und dies lumpige Hotel.
Und Sie wissen nicht, mit wem Sie reden.
Und Sie wissen nicht, mit wem Sie reden.

An diesem Abend war Feridun zum Hahn im Korb bei Erika und anderen Frauen und Töchtern avanciert, deren männlicher Anhang fast ausnahmslos dem Herrenklub angehörte. Der elitäre Zirkel bestand aus Bankiers, Großgrundbesitzern und ehemaligen Ministern, die sich zum obersten Ziel gesetzt hatten, den »bolschewistischen Brandherd« aus Deutschland fernzuhalten.

Feridun, während seiner kurzen Zwischenstation in Moskau nicht gerade für den Kommunismus entflammt, nicht einmal für die Kommunistinnen, wäre gerne Mitglied im Herrenklub geworden, keineswegs in der Absicht, sich politisch aus dem Fenster zu lehnen, nein, für einen Diplomaten gab es einfach keine bessere Informationsquelle über die wahren Machtverhältnisse in der volatilen Weimarer Republik als diese Spitzenorganisation der besitzenden Klasse.

Die türkischen Nationalisten fühlten sich mit ihrer – alles andere als demokratischen – Einparteienrepublik unter Mustafa Kemal zwar dem deutschen Demokratie-Experiment haushoch überlegen, erbaten sich aber von den ehemaligen Waffenbrüdern mancherlei Hilfestellung, besonders in den Bereichen Kultur und Bürokratie.

Doch nicht einmal Bürgschaften führender Mitglieder wie Franz von Papen oder Hjalmar Schacht hätten ausgereicht, einem türkischen Diplomaten die Aufnahme in den Deutschen Herrenklub zu ermöglichen. Sie versuchten es gar nicht erst.

Dies hatte Feridun als schwere Kränkung empfunden.

Wie damals in der Strategiestunde des Majors Sarrazin fühlte er sich grundlos zurückgesetzt. Zehn Jahre hatte er im Kaiserreich gelebt, er sprach besser Deutsch als Türkisch, hatte im berühmtesten deutschen Regiment gedient und war mit den Soldaten des Kaisers bis zum letzten Mann gestanden. Nun aber wollte die neue Berliner Oberschicht ihn, den Träger zweier Eiserner Kreuze und Sohn des Verteidigers der Dardanellen, nicht in ihren vornehmsten Verein aufnehmen.

Weil er Türke war!

Feridun suchte und fand einen Weg, diese Kränkung zu verschmerzen. Er hielt sich an jene Familienmitglieder der Klubherren, die ebenfalls draußen bleiben mussten: ihre Frauen und Töchter.

Eine nach der anderen war seinem Charme verfallen. Jeder hatte er das Gefühl vermittelt, die einzige, die schönste, die begehrenswerteste, die allerheimlichste Geliebte zu sein. Tagsüber gab er den kundigen Begleiter beim Einkaufsbummel, abends den geistreichen Unterhalter in Theater, Oper oder Restaurant – und nachts war er der diskrete Liebhaber.

Was er zwischendurch aufschnappte an Klatsch und Tratsch und Vertraulichkeiten aus den Plappermäulchen seiner Verehrerinnen, wertete der Kulturattaché sorgfältig aus und ließ es einfließen in seine wöchentlichen Depeschen nach Ankara.

Nächtens vermied er es, sich mit seinen verliebten Herrenklub-Damen in Nobelrestaurants oder Kulturtempeln östlich des Brandenburger Tores sehen zu lassen. Er entführte sie stattdessen in die Glitzerwelt der Amüsierbetriebe am Kudamm und seinen Seitenstraßen, ins Berlin der Tanzbars und kleinen Revuen, in die Kneipen der Schauspieler und Sportler, in die Welt der Boxkämpfe, Pferderennen und anderer Massenbelustigungen.

Fürs erotische Après wusste er immer eine hübsch-verschwiegene Pension.

☾

Nach dem Zwischenfall am Roondenkmal betrat Feridun das Adlon, routinemäßig durch den Hintereingang in der Behrensstraße. Der Türsteher grüßte ihn und nahm sein Trinkgeld entgegen. Er wusste, wohin der Besucher wollte.

»Fräulein Flacke erwartet Sie in der Suite ihres Vaters.«

Kein Hotelangestellter würde in der nächsten Stunde stören.

Als Feridun an die Zimmertür klopfte, wurde sie sofort aufgerissen, Erika flog ihm in die Arme.

»Mein Prinz aus dem Morgenland!«

Mit nacktem Fuß schob sie die Tür zu, zog Feridun, ihn wild küssend, in die Mitte des Raumes und drückte ihn dort in eines der tiefen Fauteuils.

Nun präsentierte sie ihm das neue Kleid von allen Seiten.

»Wie gefällt es dir?«

»Umwerfend!«

»So was Schönes bekommt man nur in Berlin.«

»So was Schönes wie dich gibt es nur in Düsseldorf.«

Die ranke Rheintochter sah wirklich aufreizend aus in diesem eng anliegenden Schlauch aus schwarz fließendem Satin. Und Berlin war die einzige Stadt der Welt, in der sich eine Dame der Gesellschaft so auf die Straße wagen durfte. Weil es in Berlin keine Gesellschaft gab, die diesen Namen verdiente.

»Magst du mich ausziehen?«

»Tu du es bitte für mich.«

Und sie tat es.

Doch als er sie zum Bett lotsen wollte, schob sie ihn sanft von sich.

»Nicht hier, nicht auf dem Bett, das Paps immer mit seinen Nutten teilt.«

Sie nahm ihr Kleid und ihre Wäsche und ging ins Badezimmer. Feridun folgte ihr, schaute zu, wie sie sich anzog und die Lippen frisch anmalte.

Dann sah sie, was im Eifer der Begrüßung mit ihrem Kleid passiert war.

»Oje, Lippenstift direkt überm Busen«, jammerte sie.

Feridun fummelte sein Abzeichen vom Revers.

»Hier, damit kannst du den Fleck verdecken.«

»Ein Davidstern?«

»Nein, Herzchen, der hat sechs Zacken. Meiner ist türkisch wie der Halbmond drumherum.«

»Na, dann ist's ja gut.«

Sie gab ihm lachend einen Kuss – und schon hatten sie beide ein Lippenstiftproblem. Erika wischte seinen Mund mit ihrem Schlüpfer ab, den sie danach in die Ecke warf.

»Es geht auch ohne, nicht wahr?«

☾

Das »Diner« nahmen sie im Schnellrestaurant Aschinger am Anhalter Bahnhof. Hackepeter – Schrippe mit Hackfleisch und Zwiebeln, dreißig Pfennig. Dazu holte Feridun von der Kaltmamsell an der Theke zwei Krüge Bier zu je zehn Pfennig. Sie aßen und tranken im Stehen. Erika fand es »wahnsinnig aufregend«.

Decken und Wände des Lokals waren verspiegelt. Erika sah sich selbst gleich mehrfach von allen Seiten, umdrängt von kleinen Beamten und Angestellten, die Augen machten. Auch Besserverdienende kehrten bei Aschinger ein, um vor dem Theater oder anderen Abendvergnügungen noch schnell den Magen zu beruhigen. Ganz Eilige waren in zehn Minuten wieder draußen.

Feridun hatte es eilig. Das »Programm« fing gleich an, diesmal nicht drüben am Kudamm, sondern in Kreuzberg, sie mussten mit der Autodroschke die Wilhelmstraße südwärts hinunter zum Halleschen Markt.

In Haberlands Festsälen war heute wieder Erweckungsabend der »Christlichen Vereinigung ernster Forscher von Diesseits nach Jenseits«. Die Weißkäsesekte des Wunderheilers Weißenberg strömte aus der ganzen Stadt zusammen, um sich vom Meister in Massenekstase versetzen zu lassen.

»Das muss man gesehen haben!«, war Feridun vor einiger Zeit zu Ohren gekommen. Erika fand die Aussicht auf den gemeinsamen Besuch einer Seance »wahnsinnig aufregend«.

Ganz Berlin taumelte im Dauerrausch konkurrierender Heilsversprechen. An jeder Ecke, in jedem Wirtshaussaal traten sie auf, die Erlöser, Volksbeglücker, Hellseher, Umsturzromantiker. Jeder von ihnen der selbst ernannte Gott oder zumindest Prophet einer kommenden Weltreligion, die das von Krieg, Not und Selbstzweifel zermürbte deutsche Volk ins allein selig machende Jenseits zu befördern versprach – gegen Eintritt oder Mitgliedsbeitrag.

In Haberlands Festsälen, wo auch die SA ihre Sturmabende abhielt, war bereits die Hölle los, als Feridun und Erika eintraten.

Sanitäter kamen ihnen entgegen, trugen Ohnmächtige heraus. Ungefähr fünfzehnhundert Menschen drängten sich in engen Stuhlreihen wie in einer völlig überfüllten Kirche. Schreie, Stöhnen und Seufzen umgab die Neuankömmlinge, es roch nach billigem Tabak und, wenn Feridun sich nicht irrte, nach hysterischer Inkontinenz. Auch Erika rümpfte die Nase und grinste.

»Wahnsinnig aufregend!«

Vor ihnen stand ein Glatzkopf mit hochrotem Gesicht und grunzte unverständliche Laute, weiter vorne wurde eine Greisin von ihren Sitznachbarn gehindert, sich die Kleider vom Leib zu reißen.

Aller Blicke richteten sich auf einen alten Mann mit schlohweißem Schnurrbart, der sich bedächtig seinen Weg durchs Publikum bahnte. An Statur und Aussehen dem greisen Hindenburg nicht unähnlich, legte er seine Hände auf Häupter, hielt Zuckende sanft bei den Schultern, magnetisierte Stirn an Stirn seine Gegenüber, die sogleich wie vom Blitz getroffen auf den Stuhl zurücksanken.

Weißenberg, der Weißkäseprophet!

In seiner ärmlichen Behausung im Berliner Norden heilte er durch einfaches Handauflegen und, wenn das nicht half, durch Weißkäsewickel. Im Süden der Stadt baute er mithilfe seiner Gläubigen an einer Siedlung, Friedensstadt getauft, die ihren Bewohnern das Jenseits schon im Diesseits bieten sollte. Das Tagelöhnerkind Joseph Weißenberg war als Vollwaise beim Schäfer auf dem Gut einer Gräfin aufgewachsen, hatte ursprünglich Maurer gelernt, aber eines Tages die Berufung zum Heiler verspürt. Mehrmals von den Behörden mit Berufsverbot belegt und wieder zugelassen, liefen ihm seit zwanzig Jahren immer mehr Menschen zu. Als die evangelische Kirche seine Schäflein vom Abendmahl ausschloss, hatte Weißenberg seine eigene Glaubensgemeinschaft ins Leben gerufen, die »Christliche Vereinigung ernster Forscher von Diesseits nach Jenseits«.

Feridun und Erika quetschten sich in eine Ecke des Saals und kamen aus dem Staunen nicht heraus.

Weißenberg kehrte zurück auf die Bühne. Dort saß eine stämmige Frau in Krankenschwesternkittel auf einem Stuhl, Augen geschlossen, Hände flach auf breiten Oberschenkeln. Das war Schwester Grete Müller, Weißenbergs Lieblingsmedium. Aus ihr sprachen die Großen der Vergangenheit, bevorzugt Bismarck und die anderen Gründer des untergegangenen Reichs.

»Schwester Grete, sag uns, was ist der Rat der Alten?«

Die fleischigen Wangen des Medium zuckten und zitterten. Dann brach ein Blöken aus ihr hervor, das so ungefähr klang wie:

»Gefahr im Verzug! Beeilen Sie sich!«

Feridun spitzte die Ohren. Diesen Ruf kannte er seit Kadettenzeiten so genau wie das inzwischen geflügelte Wort seines Vaters.

»Grete, sag, wer spricht zu uns?«

Aus tiefer Kehle kam nun Gurgeln, das nur regelmäßige Teilnehmer der Seance auf Anhieb zu deuten wussten.

»Rrrooooon!«

Jubel explodierte im Saal.

»Schwester, sag uns deinen ganzen Namen!«, rief Weißenberg, zugleich die tausendfünfhundert Entfesselten in den Blick nehmend.

»Albrecht Theodor Emil Graf von Rrrooooon!«

Der Jubel erwies sich sogar als noch steigerungsfähig. Es bestand kein Zweifel mehr. Aus Schwester Grete Müller sprach der preußische Generalfeldmarschall. Der Großvater von Feriduns Pflegeeltern.

»Und welcher Art ist die Gefahr?«, fragte der alte Magnetiseur.

»Uns fehlt ein starker Glaube an Gott und ein starker Führer auf Erden! Gefahr im Verzug! Beeilen Sie sich!«

»Ja!«, schrie Erika nach vorne. »Ein Führer muss her! Ich kenne einen!«

Feridun knuffte sie von der Seite. Erika feixte und knuffte zurück. Dann bissen sie sich beide auf die Lippen, denn es setzte böse Blicke.

»Periculum in mora. Dépêchez-vous! – Gefahr im Verzug! Beeilen Sie sich!«

Dieses Motto stand in Stein gemeißelt auf der Konsole mit der Roon-Büste im Entrée von Gut Gorschendorf. Der Heeresreformer und preußische Minister Roon hatte die Worte 1862 an den deutschen Botschafter in Paris telegrafiert. Daraufhin brach der so Berufene, Otto von Bismarck, seine Zelte in Frankreich ab und kehrte eilends nach Berlin zurück, wo Wilhelm I. ihn unverzüglich zum Ministerpräsidenten ernannte.

Ohne Roon kein Bismarck, ohne Bismarck kein Deutsches Reich – auf diesen Nenner konnte man es wohl bringen.

Und jetzt sprach der Bismarck-Rufer Roon aus dem Jenseits zum Diesseits in Gestalt der dicken Schwester Grete Müller, er bediente sich ihrer für seine Botschaft an die Gemeinde des Weißkäsepropheten in den Kreuzberger Haberlandfestsälen.

»Und wer soll unser Führer sein?«, fragte nun Weißenberg sein Medium.

Atemlose Stille brach aus.

»Exzellenz, wer soll unser Führer sein?«

Das Medium erbebte am ganzen Leib. Schwester Grete Müller breitete die Hände aus und zitterte so stark, dass man ihr welkes Armfleisch schlackern sah. Sie holte tief Luft. Dann schleuderte sie der Menge den Namen des Erlösers entgegen.

»Joseph Weißenberg soll unser Führer sein!«

Was nun losbrach, hatte Feridun bisher noch auf keiner Veranstaltung in Berlin erlebt, und er war bei vielen gewesen.

Die Menschen sprangen von ihren Sitzen auf, fielen sich weinend in die Arme, winkten dem alten Mann auf der Bühne zu und skandierten immer wieder:

»Joseph Weißenberg soll unser Führer sein!«

Auch Erika machte mit und ermunterte Feridun, der als Einziger sitzen geblieben war, fassungslos.

So sah sie also aus, die Trennung von Staat und Religion im neuen Deutschland. Auch andere Erwecker arbeiteten nach Weißenbergs Methode und sie kamen Feridun nicht weniger lächerlich vor. Der Lächerlichste von allen war dieser Adolf Hitler, ein jämmerlicher Imitator des charismatischen Redners Kemal, ein kleiner Brüllaffe, der keine modernen Visionen für sein zerrüttetes Land hatte, sondern nur alte Sündenböcke suchte und mit dem Finger auf die Juden zeigte. Wie Ismail Enver und seine Bande die Armenier machte dieser hergelaufene Österreicher die klügsten Köpfe im Land für die wirtschaftliche und politische Misere verantwortlich.

Und die deutsche Dummheit jubelte ihm zu.

Für Feridun war Hitler eine deutsche Skurrilität wie dieser Weißenberg. Gewiss würde er bald als Blender und Hochstapler entlarvt oder einfach nur vom nächsten Erwecker an Lächerlichkeit übertrumpft werden. Zum Beispiel von diesem Weißkäsepropheten.

Feridun tat Erika schließlich doch den Gefallen, stand auf und stimmte ein in die Jubelrufe der Masse.

Ab jetzt würde er auf jeder Veranstaltung mitgrölen.

Denn es wurde immer gefährlicher, nicht einzustimmen ins allgemeine Geschrei der Deutschen. Feridun war Diplomat. Schon aus reiner Höflichkeit passte man sich in der Fremde seiner Umgebung an. Nur die Gedanken waren frei.

Die Erregung der Masse erhitzte auch Erika immer mehr. Aber nicht nach dem Führer Weißenberg stand ihr der Sinn.

»Komm, wir gehen«, schrie sie Feridun ins Ohr, während die Menge weiter delirierte.

Sie verließen den Festsaal, während die Veranstaltung ihrem Höhepunkt zustrebte – Segensworten des Reichskanzlers Otto von Bismarck aus dem berufenen Munde von Schwester Grete Müller.

☾

Draußen warteten ein paar Autodroschken. Aber Erika wollte nicht zurück ins Hotel. Sie wollte Feridun. Jetzt.

Zwei Schupos rannten an ihnen vorbei den Bürgersteig hinunter zum Halleschen Ufer. Irgendwo war wieder Alarm.

Erika fand einen Torbogen. Feridun hinterher. In der dunklen Einfahrt lehnte sie schon an der Hauswand und zog ihr Kleid hoch.

»Wahnsinnig aufregend«, flüsterte sie.

»Du bist verrückt«, lachte er und öffnete seine Hose.

Erikas Ekstase konnte sich mit den Weißkäsefanatikern messen.

Kurz vor dem Höhepunkt bogen drei Gestalten um die Ecke, blieben stehen und sahen zu. Sie trugen Schlagstöcke, einem von ihnen baumelte ein Fotoapparat an der Schulter.

Feridun und Erika ließen voneinander ab und ordneten ihre Garderobe. Dann traten sie, untergehakt, ins Licht der Straßenlaterne.

Der mit der Kamera zeigte auf Feridun.

»He, dich kenn ich doch!«

Jetzt erkannte auch Feridun den Braunen vom Roondenkmal wieder. Der trat scharf an ihn heran.

»Na, wie war der Kostümball im Admiralspalast?«

»Ich habe mich anders entschieden. Meine Begleiterin wollte lieber einen Erweckungsabend erleben.«

Die Burschen lachten dreckig und warfen Erika abschätzige Blicke zu.

»Du gehst mit Juden?«

»Ich bin Türke«, widersprach Feridun.

»Klappe!«, schrie ein anderer und versetzte Feridun einen Hieb gegen den Hals.

»Was kümmert es euch, mit wem ich gehe?«, blaffte Erika die Burschen an.

Einer trat auf sie zu und musterte sie von Kopf bis Fuß. Dann stippte er mit der Schlagstockspitze auf den Stern mit dem Halbmond auf Erikas Busen.

»Bist auch noch stolz darauf, was, Judenflittchen?«

»Und wenn schon Türke, was haben Türken in Kreuzberg zu suchen?«, rief der mit der Kamera.

»Ruhig, Brauner«, antwortete Feridun, ohne die Stimme zu heben, dann schubste er ihn weg von Erika.

Zwei Stockhiebe trafen ihn fast zeitgleich am Kopf und gegen die Lenden, er ging sofort in die Knie.

»Wahnsinnig aufregend!«, schrie Erika das SA-Trio an.

Die Drei stutzten. So klang keine Kreuzberger Nutte. Erika legte nach. Sie fuhr die Kerle mit einer Lautstärke an, die niemand, auch Feridun nicht, bei dieser schmalen Person vermutet hätte.

»Ihr elenden Arschlöcher! Ihr Drecksgesindel! Behandelt man so Geschäftspartner der Nationalsozialistischen Deutschen Arbeiterpartei? Ich bin Erika Flacke. Ja! Die Tochter des Kanonen-Gustl! Euer famoser Doktor Goebbels kriegt jede Woche einen dicken Scheck aus unserer Firmenkasse. Und die Leibgarde eueres Führers schießt mit Pistolen aus unserer Produktion! Wenn ich Paps anrufe, treibt ihr alle drei morgen früh Schnauze nach unten und mit 'ner Kugel im Hohlkopp im Landwehrkanal! Ist es das, was ihr wollt?«

Feridun hatte sich stöhnend am Laternenpfahl aufgerichtet und klopfte sich den Straßenstaub vom Anzug. Das SA-Trio stand verdattert vor Erika und wusste keine Antwort.

Wieder sah Feridun über die Schultern des Nazis mit dem Fotoapparat hinweg, dass es gleich gut werden würde. Ein Trupp Schupos näherte sich im Geschwindschritt.

»Was'n ditte? 'ne verbotene Versammlung?«

»Nee, n' Betriebsausflug«, maulte ein Brauner, der als Erster die Sprache wiedergefunden hatte.

»Na, denn immer feste druff!«, kommandierte der Schupo seine Leute. Und dann droschen sie mit brutaler Inbrunst auf Feridun und die Braunen ein, denn die drei Kreuzberger Polizisten waren seit wenigen Tagen heimliche Mitglieder der Kommunistischen Partei.

Erika warf sich immer wieder dazwischen und schrie sich die Seele aus dem Leib. Aber das half nun nichts mehr.

Minuten später hockten alle fünfe eng an eng in der Grünen Minna auf dem Weg nach Moabit.

Reşat Bey holte seinen Hilfsdiplomaten am Nachmittag persönlich aus der Untersuchungshaft ab. Der Botschafter bestätigte Feridun Beys Immunität und beschwerte sich mit maßvollen Formulierungen aus dem diplomatischen Empörungsvokabular über die körperliche Gewalt gegen einen ehrbaren Bürger und Kulturattaché der Türkischen Republik.

Auf eine Anzeige gegen die Schupos verzichtete er.

Reşat Bey war ein nervöser Staatsdiener, der bloß nichts falsch machen wollte auf seinem wichtigen Auslandsposten, zumal nicht in diesen Zeiten, in denen man eigentlich nichts mehr richtig machen konnte.

Dass Feridun so gut wie alles falsch gemacht hatte, lag auf der Hand – und stand in den Mittagsblättern.

»Kanonen-Erika und ihr türkischer Galan!«

Wenn diese Meldung Ankara erreichte, war mit ernsten Konsequenzen zu rechnen für den Sohn des Cevat Paşa. Aber auch für seinen Vorgesetzten in Berlin. Darum hatte Reşat Bey heute Morgen mit dem General telefoniert und ihm die unangenehme Situation aus seiner Sicht geschildert.

Es war ein Gespräch unter ehrenwerten Türken gewesen – und unter Vätern.

Im Automobil vor dem Untersuchungsgefängnis saß Selma und strahlte Feridun an. Der sah mit seinem turbanähnlichen Kopfverband wieder einmal aus wie ein Prinz aus dem Morgenland, ein an Leib und Seele lädierter Prinz.

»Alles wird gut«, flüsterte Selma.

Feridun wusste genau, was Selmas Anwesenheit im Auto bedeutete.

Die Väter hatten ihr Arrangement besiegelt.

Widerstand war zwecklos.

Die Hochzeit war arrangiert.

DREI

1997 SELMA UND ŞADI

Gegen Mittag wurde Hasan von Nesrin geweckt. Sie fuhren in ihrem Range Rover zunächst in sein Hotel, wo er sich rasierte und umzog, beides unter den wohlwollenden Blicken der schönen Frau, die auf dem unbenutzten Hotelbett sitzend wartete.

»Mach schnell, Hasan, sonst komme ich noch auf andere Gedanken!«

Im Hotelshop kaufte er den größten Strauß Blumen, dann ging es über die Hügel nach Yeniköy zu Selma.

Der Aufzug führte direkt in die Wohnung am Bosporus, die Selma mit ihrem Mann Şadi bewohnte. Als der Concierge ihren Besuch avisierte, fühlte Hasan sich so aufgeregt wie selten zuvor. Wie würde die Mutter seines verstorbenen Halbbruders gleich auf ihn reagieren?

Auf der letzten Etage öffnete sich die Schiebetür – und da stand sie vor ihm, aufrecht, zierlich, frech und von damenhafter Würde: Selma Cenani, die erste Frau seines Vaters vor über einem halben Jahrhundert!

Selma ging auf Hasan zu, nahm seinen Kopf in beide Hände und gab ihm zwei energische Küsse auf die Wangen. Dann drehte und wendete sie seinen Schädel, betrachtete ihn eingehend und flüsterte schließlich in leicht türkisch-französisch gefärbtem Deutsch: »Mais oui, tu lui ressembles – du siehst ihm ähnlich, deinem Vater. Ich sah ihn zum letzten Mal vor fast fünfzig Jahren. Weißt du, ich habe ihn wirklich sehr geliebt, aber er war ein großer Flirt! Er war mir nie wirklich treu. Und deiner Mutter wohl auch nicht. Aber du bist bestimmt anders, du hast ja eine deutsche Mutter! Deutsche Männer sind treu ...«

Nesrin verkniff sich ein Lachen. Hasan überreichte seinen Blumenstrauß. Selma beschnupperte ihn mit geschlossenen Augen und gab ihn ans Hausmädchen weiter. Dann hakte sie Hasan unter und führte ihn in den Salon, zu dem eine Dachterrasse mit Blick auf den Bosporus gehörte. Überall standen Konsolen und Kommoden mit Fotos, dazwischen zwei barockisierende Sitzgruppen. Hasan näherte sich einem wuchtigen Boulle-Sekretär aus schwarzem Holz mit feuervergoldeten Bronzeleisten und roten Schildpattintarsien. Das edle Möbel kam ihm irgendwie bekannt vor.

Selma bemerkte es und nahm seine Hand.

»Du hast aber ein gutes Gedächtnis! Der Sektretär stand bei euch im Cevat Paşa Konak im Wohnzimmer, nicht? Schon zu meiner Zeit, weißt du. Deine Mutter hat ihn mir überlassen, als sie mit dir nach Deutschland übersiedelte. Benita war eine sehr, sehr noble Frau ...« Und dann etwas leiser auf Türkisch, wie wenn sie zu sich selbst spräche: »... vielleicht viel zu gut für den missratenen Ladykiller!«

Ein anderes Hausmädchen brachte Gläser auf einem Silbertablett.

»Komm, nehmen wir einen Scotch vor dem Lunch. Du magst doch Whisky?« Hasan schwieg. Und zu Nesrin fuhr sie fort: »Er ist blond, unser neuer Sohn, ein blonder Hasan! Ich mag ihn! Er ist wie ein junger Bote aus uralten Zeiten, schön, dass du ihn mir gefunden hast!« Sie stießen an. Da betrat Şadi Bey das Wohnzimmer, Selmas Ehemann seit 1950, Bauunternehmer, klein, zierlich wie sie, uralt, fast taub, doch schelmisch grinsend. Auch Şadi gab dem Gast zwei Küsschen, nahm sich ein Glas Whisky und fragte ihn sogleich in bestem Deutsch:

»Bist du Jäger?«

»Kommt darauf an, auf was«, scherzte Nesrin.

»Nicht ganz so passioniert wie mein Vater«, sagte Hasan, »aber ich mag die Jagd.«

Der alte Herr zwinkerte konspirativ und deutete zur Tür.

»Ich werde ihn euch für einen Moment entführen. Komm, Hasan, ich zeig dir was!«

Selma nickte Hasan aufmunternd zu und schob die widerstrebende Nesrin auf die Terrasse hinaus.

Şadi führte ihn an der Hand durch verwinkelte Gänge in ein Zimmerchen.

»Setz dich! Da! Auf den Elefantenfuß. Schau dich erst mal um!«

171

Der kleine Raum war vollgestopft mit erlesenen Jagdtrophäen aus vier Kontinenten: Zwei Meter hohe Elfenbeinzähne säumten die Terrassentür, an den Wänden ein riesiges Kudugehörn, zwei Säbelantilopenköpfe, eine Wand voller Gamskrickel, am Boden ein Löwenfell mit Pfoten, Krallen und zähnefletschendem Haupt. Auf einem kleinen Louis-Seize-Schreibtisch standen zahllose, zum Teil vergilbte Jagdfotos: Şadi mit Beizfalken auf der Faust, Şadi mit erlegtem Karpatenhirsch, Şadi mit Jagdfreunden einen erlegten Büffel umstehend – und Şadi mit Feridun! Beide Männer lachend in der Tundra, die Gürtel voller erlegter Wildhühner.

»Du kanntest meinen Vater?«

»Und ob ich ihn kannte! Lange bevor er mir Selma vererbte. Und ich war sein Trauzeuge, nun gut, einer von mehreren. Wir gingen in Asien und in Ungarn auf Jagd. Ein famoser Kerl, dein Vater, ein eleganter Tänzer und Reiter, er ritt uns davon und schoss besser als alle anderen. Wir hatten viel Spaß – auch wenn Selma kein gutes Haar an ihm lässt!«

Şadi lachte verlegen. Dann kramte er in einer Schublade mit Papieren und zog schließlich ein ledernes Album hervor, das mit einem Messingschloss gesichert war.

»Feridun und ich in unseren wilden Jahren«, schmunzelte das Männlein mit feuchten Augen. Şadi pickte aus einem Silberbecher einen kleinen Schlüssel und öffnete den Verschluss. Dann reichte er Hasan das Album und deutete auf einen Berg von alten Büchern und Jägerzeitschriften, unter denen Fragmente eines flaschengrünen ledernen Zweiersofas hervorschauten.

»Nimm Platz!«

Hasan klemmte sich zwischen die gedruckten Schätze, Şadi stellte sich neben ihn, was die beiden Männer fast auf Augenhöhe brachte. Binnen Kurzem versank Hasan in einer Flut sepiafarbener Aufnahmen, die das Freundespaar Şadi und Feridun in ihren späten Zwanzigern und frühen Dreißigern auf Jagdausflügen zeigten. Zwei verwegene Burschen in Safarikleidung, posierend neben ihrer stolzen Strecke, zu der hier, anders als auf den Bildern an der Wand und auf den Beistelltischen, auch junge Frauen gehörten, nicht selten in

Hosen oder Hosenanzügen, einige sogar bewaffnet. Nur eine trug Kopftuch, ein seidenes in eleganter mitteleuropäischer Manier, es war Feriduns Mutter. Hadije Soraya hielt ihre Damenflinte forsch im Anschlag, während Feridun bewundernd auf bereits erlegte Schnepfen deutete, die ihr von der Hüfte baumelten.

»Sie schoss wie der Teufel und selten vorbei«, murmelte Şadi, noch immer voller Bewunderung.

Im hinteren Teil des Albums fehlte Şadi, nur Feridun lachte in die Kamera, mal eine rassige Schöne im Arm, mal neben einem Bären oder Hirschen kniend.

»Das ist in Ungarn«, erläuterte Şadi. »Wir schickten uns gegenseitig fotografische Beweise unserer Erfolge.«

Die letzte Doppelseite des Albums enthielt keine Fotos. Stattdessen hatte Şadi zwei Blätter eines handgeschriebenen Briefes eingeklebt.

»Darf ich?«, fragte Hasan.

»Nur zu«, ermunterte ihn Şadi, »aber erzähl Selma nichts davon, ich habe es ihm hoch und heilig versprochen.«

Der Brief war im Jahr 1934 aus Budapest abgeschickt worden und trug unverkennbar die Handschrift seines Vaters.

Lieber Şadi, alter Knabe,
aus Deinem letzten Brief lese ich heraus, dass Du auf Deine alten Tage moralisch geworden bist? Du bist doch erst 33? Ein bisschen früh, um sich von der Ehefrau des besten Freundes einspannen zu lassen. Als unser Trauzeuge seist Du zur Neutralität verpflichtet, schreibst Du. Doch Du machst mir, wenn auch diskret, Vorhaltungen, indem Du für Selma Partei ergreifst, ohne mich vorher angehört zu haben.

Was soll ich davon halten?

Ich weiß zwar nicht so recht, wie ich Dir nun schreiben soll, und ob Du noch auf meiner Seite stehst, aber ich will es versuchen, Dich über meine Gefühle ins Bild zu setzen. Bitte Dich aber um Diskretion, dieser Brief ist nur für Dich bestimmt (muss ich das betonen???).

Da alle Frauen in meinem bisherigen Leben – und ich lebe eigentlich erst, seit der Krieg vorbei ist – mir das Gefühl gaben, dass sie mich lieben, fand ich es nur natürlich, jede Frau, der ich begegnete, ebenfalls zu lieben. Für eine gewisse Zeit jedenfalls. So ging es mir natürlich auch mit meiner jungen Ehefrau Selma, für die Du nun Partei zu nehmen scheinst (recht so, alter Knabe!). Selma ist meine mir angetraute Gattin, und wie es zu dieser Ehe kam, weißt Du als unser Trauzeuge gut.

Meine Mutter hat mich gelehrt, Ehrfurcht zu empfinden. Nie wäre ich sonst in der Lage gewesen, Frauen in dem Maße zu genießen, auch Selma nicht.

Alter Knabe, ich werde nun doch ein bisschen ausholen müssen. Ich lebe ja derzeit in Budapest, und diese Stadt ist jeden Tag von Neuem eine Promenade und eine Augenweide. Überall schreiten, eilen, bummeln Frauen in Röcken, Kleidern oder Reithosen über die Trottoirs der Avenuen, durch die Lobbys der Hotels. Und immer frage ich mich: Wer sind all diese Frauen? Welche ist wohl frei im Herzen? Welche ist verführbar? Wollen sie nicht vielleicht das Gleiche wie ich? Liebe? Alle wollen Liebe! Jede Art Liebe! Herzensliebe, körperliche Liebe oder einfach nur die Zärtlichkeit eines Mannes, der nie wieder eine andere anschauen wird, der bleibt fürs Leben ... Das will Selma. Nicht ich.

Ich schaue auf alle Frauen. Was haben all diese Frauen, denen ich nachschaue? Was unterscheidet sie von den Frauen, die ich hatte, die ich von Zeit zu Zeit sogar weiter heimlich besuche? Was unterscheidet sie von meiner Ehefrau? Dass sie fremd sind, geheimnisvoll, anders! Und warten sie nicht alle darauf, entdeckt und angesprochen, amüsiert, verwöhnt und verführt zu werden? Und vor allem: erobert? Das klingt nach Krieg, nach dem Handwerk, das ich zehn Jahre meines Lebens gelernt und schließlich aufs Schrecklichste gelebt habe. Aber diese zehn Jahre haben mich eines gelehrt: Die einzigen Schlachten, die es sich lohnt zu schlagen, die es zu genießen gibt, sind die Schlachten im Bett. Was soll man haben gegen die Juden, wenn man die Jüdinnen lieben kann? Warum schießt man auf die Nubier, unsere untreuen osmanischen Vasallen, wenn man die Wärme einer jungen Nubierin genießen kann? Warum gegen Franzosen kämpfen, statt eine Französin zu verführen?

Ich weiß jetzt, was ich mache, sobald ich diese unschuldige junge Selma geheiratet habe – so dachte ich 1930, als ich alle Verführungen der 20er-Jahre genossen hatte: Ich höre auf mit allem! Aber ich habe das nicht einen Monat lang durchgehalten.

Heute träume ich manchmal, ich hänge mein Diplomatenleben an den Nagel und kaufe diese kleine Prinzeninsel Kinali gegenüber Vaters Sommersitz in Istanbul. Und dass es auf dieser Insel einen Harem gibt. Und ich lebe mit den Frauen. Und sie nehmen mich so, wie ich bin. Und eines Tages, wenn ich nicht mehr bin, schreibt jede dieser Frauen einen Brief an meinen Sohn Basri. Damit er mich versteht. »Er hat«, werden sie schreiben, »uns alle geliebt für das, was wir für ihn waren. Alle, so wie wir waren. Er konnte nur in der Vielfalt sein Glück finden ...«

Das träume ich manchmal, alter Knabe.

Ja, ich liebe sie alle! Die eine, weil sie wie aus einem Roman ist, eine, weil sie devot ist, eine andere, weil sie frech und unabhängig ist, und wieder eine andere, weil sie klug, warmherzig und treu ist. Die vielleicht, weil sie eines fernen Tages meine Witwe sein könnte, wenn ich sie heiraten würde.

Aber ich habe Selma geheiratet. Weil ich musste, Du weißt. Selma liebt mich, aber ich liebe sie nicht wirklich. Von ihrer Liebe fühle ich mich mittlerweile fast belästigt, Şadi, und ich schäme mich natürlich manchmal dafür, und das macht unsere Ehe auch nicht besser.

Ich muss also weiter in vielen Frauen nach dem Einen suchen, was ich doch versprochen habe, nur in Einer zu suchen. Ich kann eben nicht anders! Und schließlich bleibt von allen diesen Frauen, die ich erobert und wieder verlassen habe, die Erinnerung.

Ach Şadi, hätte man mich bloß nie gezwungen zu heiraten ...

Dein Freund Feridun

Hasan saß eingezwängt in Şadis papierenem Sofagebirge, musste immer noch schlucken und sich Tränen wegwischen.

»Ja, so war er«, krächzte Şadi fröhlich in die Stille des Raums. »Immer auf Jagd und immer mit ganzem Herzen dabei. Während unsereins irgendwann vernünftig wurde und sich dem Ernst des Lebens stellte,

175

rannte der gute Feridun jedem Schmetterling hinterher, als flatterte ihm seine Jugend davon. Und weil Schmetterlinge nun mal kurzlebige Geschöpfe sind, konnte er nicht genug von ihnen kriegen.«

Es klopfte an die Tür.

»Na, lebt ihr noch?«, hörten sie Nesrins Stimme.

»Wir kommen sofort«, rief Şadi. Rasch nahm er Hasan das Album aus der Hand, verschloss es wieder und steckte es zurück unter den Papierstapel in der Kommode.

»Kein Wort zu Selma, ja?«

Hasan nickte.

1934 ZSA ZSA

Feridun lag bäuchlings und nackt auf dem Nabelstein unter den osmanischen Kuppeln des Rudasbades, während der Tellak ihn mit dem kleinen Schaumsack abrieb.

Er spürte, wie sein Körper sich langsam entspannte.

Manchmal hinterlassen Eroberer auch Gutes, dachte Feridun. Die Hamams waren sicher nicht das schlechteste Erbe, das die Ungarn den Osmanen verdankten. Seit Jahrhunderten verfügte Budapest über den Luxus türkischer Badekultur.

Und verdankte Feridun dem Rudasbad nicht Magdolna? Hier hatte sie vor mehr als zwanzig Jahren der Gräfin Bassewitz den Peştemal angereicht, das große Handtuch, und war von ihr als Hausmädchen nach Schwiessel engagiert worden.

»Möchten der gnädige Herr später die Heiß-Kalt-Waschung selbst übernehmen oder wünschen'S meine Hilfe?«

»Hilfe, Herr Klingohr«, murmelte Feridun matt und mit wohlig geschlossenen Augen.

Rudolf Klingohr, der Tellak, also Bademeister und Masseur, war weder Türke noch Ungar, sondern Österreicher. Ein Überbleibsel der Doppelmonarchie, von der zumindest die ungarische Hälfte den Zusammenbruch 1918 überstanden hatte, wenn auch nur auf dem Papier.

Ein Reichsverweser war nun Staatsoberhaupt, Miklós Horthy, Admiral aus glorreichen Zeiten, als Ungarn noch über eine Kriegsmarine verfügte. Jetzt regierte also ein Admiral ohne Flotte ein Land ohne Küste als Königreich ohne König.

Doch die Dampfbäder der Sultane waren den Ungarn geblieben. Beinahe täglich begab Feridun sich von der türkischen Botschaft in der Andrassystraße über die Elisabethbrücke auf die andere Seite der Donau nach Buda, an den Fuß des Gellértberges, wo die Thermalquellen und oft auch nützliche Informationen sprudelten, denn das Rudas war beliebter Treffpunkt von Politikern, Künstlern und Journalisten.

»Was gibt's Neues in Wien, Meister Klingohr?«

»Eine Operette vom Richard Tauber im Theater an der Wien.«

»Ein Erfolg?«

»Sowieso. Ständig ausverkauft.«

»Tauber ist immer eine sichere Nummer.«

»Sowieso. Aber besonders umjubelt ist das Debüt einer siebzehnjährigen Soubrette aus Budapest, Sari Gabor.«

»Muss man die Kleine kennen?«

»Der Familie Gabor g'hört das ›Diamantenhaus‹ in der Rakoczy-straß'n und das ›Jolie's in der Kigyogass'n.‹«

»Ah …«

Feridun kannte beide Geschäfte, er kaufte dort öfters Geschenke für seine Gattin – und für seine diversen Herzdamen.

»Drei Töchter ham's, die Gabors. Sari ist die jüngste. Sie geht noch auf's Internat in der Schweiz.«

»Na, damit ist es jetzt ja wohl vorbei.«

»Der Vater muss sehr streng sein und furchtbar eifersüchtig.«

»Auf seine Töchter?«

»Nein, auf seine Frau Gemahlin. Er hat ihr die eigene Theaterkarriere verboten, weil er es nicht hinnehmen wollte, dass die Frau eines Offiziers auf offener Bühne von anderen Männern ab'busselt wird. Dafür tut sie jetzt alles, damit wenigstens das Töchterlein Sari ihr offenbar von der Mammá geerbtes Talent entfalten kann.«

»Na, hoffentlich reicht es aus, das Talent.«

»Sowieso. Sie war vorher schon ungarische Schönheitskönigin. Wirklich süß schaut's aus, die Gabor Sari, a ganz a herzig's Madl.«
»Welche Siebzehnjährige sieht nicht süß aus?«
»Mei, da wüsst ich eine Menge Gegenbeispiele, Herr Cobanli, meine eigene Tochter leider inklusive.«
»Seien Sie froh, Herr Klingohr, dann bleibt sie Ihnen noch eine Weile erhalten.«
»Sowieso. Herr Cobanli, ich wollte keineswegs Ihren Jagdinstinkt wecken.«
»Ob schön oder hässlich, unter zwanzig ist jede vor mir sicher – ahhh!«
Der Tellak hatte eine Karaffe kaltes Wasser über Feridun ausgeschüttet. Und damit war Rudolf Klingohrs kleiner Kulturbericht für heute beendet.

☾

»Cobanli« stand auf dem Schild neben dem Eingang. Feridun fremdelte immer noch mit seinem Nachnamen. Allen Türken waren vor Kurzem ungefragt Familiennamen zugeteilt worden, nach westlichem Vorbild. So wollte es der Präsident – und seinem Einparteienparlament in Ankara und dem Ministerpräsidenten Inönü war jeder Wunsch des Gazi Befehl.
Cobanli bedeutete »Herr über Hirten«.
Cevat Paşa besaß also jetzt angeblich Schäfer als Leibeigene, jedenfalls seinem Zunamen nach.
Es gab einen Bauern, der durfte seine paar Kühe im unteren Teil des Geländes von Cevat Paşa Konak grasen lassen, das war es aber auch schon mit der Landwirtschaft zu Hause. Nicht auszudenken, wenn die Namenskommission auf die Idee gekommen wäre, sich vom Rindvieh inspirieren zu lassen. Man musste also mit Cobanli zufrieden sein, es hätte schlimmer kommen können: Cevat Cowboy Paşa …
Wenigstens den Paschatitel durfte der General behalten – als einzi-

ger türkischer Offizier unter dem Gazi. Man konnte schlecht den 18. März zum Gedenktag erklären, an dem ein »Cevat Herr der Hirten« als Verteidiger der Dardanellen zu ehren war.

Auch der Präsident selbst hatte einen Nachnamen erhalten. Nicht von seiner Kommission, sondern, wie es hieß, vom türkischen Volk direkt.

Atatürk – Vater der Türken.

Seine Exzellenz Gazi Mustafa Kemal Paşa Atatürk.

Das klang schon fast nach Sultansfamilie. Dabei war der Gazi nach kurzer Ehe längst wieder ledig. Ein einsamer Schwerenöter mit einem ellenlangen Namen – und noch größerem Durst.

Im Hausflur hörte er das Geschrei eines weinenden Kindes.

Selma empfing Feridun mit Basri im Arm. Der Zweijährige war gestürzt und hatte sich wehgetan. Feridun nahm seiner Frau den Kleinen ab und spielte mit ihm Flieger. Einmal durch die ganze Wohnung.

Und sofort war Ruhe.

Feridun wusste immer, wie man für Ruhe sorgt. Mit Ablenkungsmanövern. Das funkionierte scheinbar auch bei seiner Frau.

Wann immer Selma ihn fragte, woher und wohin und warum und mit wem, zog er wie ein Zauberer ein Schächtelchen hervor mit einem Schmuckstück oder mindestens einem Blumenstrauß, dazu zwei Billets für Theater, Oper oder Kino.

Selma fragte dann nicht weiter. Nicht, weil sie nicht argwöhnisch war, sondern weil nichts weiter kommen würde – keine Antwort, keine diplomatische Schwindelei, sondern nur Feriduns lächelndes Schweigen.

Er ließ sich mit Selma auf keine Debatte wegen anderer Frauen ein. Doch wenigstens ersparte er ihr peinliche Schlagzeilen. Diese Lektion hatte er in Berlin gelernt.

Er wollte nie wieder wegen einer Affäre in der Zeitung stehen.

Feridun Cobanli, inzwischen Botschaftsrat der Türkischen Republik, machte weiterhin schönen Frauen den Hof, aber nicht vor aller Augen – der Rest fand sowieso hinter verschwiegenen Mauern statt.

Feridun Bey – ein Gentleman im Paradies.

Er genoss und schwieg.

Beim Abendessen besprachen sie Familienangelegenheiten. Selmas Vater kränkelte, der türkische Botschafter musste sich schon seit einigen Wochen in Berlin vertreten lassen. Selma überlegte, ob sie zu ihm fahren sollte. Feridun ermunterte sie dazu. Auch seiner Mutter ging es nicht gut. Hadije Soraya lebte ihr Leben im neuen Konak, während ihr Mann auf Generalsposten irgendwo im Lande Dienst tat. Die Jahre seit Cevats Entscheidung, sie für ihren vermeintlichen Fauxpas mit freundlicher Nichtachtung zu strafen, hatten ihr zugesetzt. Aus der stolzen Tscherkessenprinzessin war eine melancholische Strohwitwe geworden, die nur aufblühte, wenn ihr Sohn sie besuchen kam.

Und das geschah selten.

Das neue Kindermädchen der Cobanlis, eine Britin, die den kleinen Basri neben Türkisch und Ungarisch von klein auf an die neue Weltsprache Englisch heranführen sollte, hatte einen derart proletarischen Cockney-Akzent, dass kein Mensch mit Schulenglisch sie verstand, am allerwenigsten Feridun, der zwar inzwischen sehr gut Ungarisch parlierte, sich aber hartnäckig weigerte, die Sprache Shakespeares und Churchills zu lernen.

Sollte man vielleicht doch lieber eine Französin …?

Nein, entschied Selma, der Junge soll später aufs Internat nach Eton oder Harrow – und darum musste ein neues Kindermädchen her. Sie wüsste in der Nachbarschaft eine Halbwaise, die vorzüglich Englisch könne und ihrer Mutter nicht länger zur Last fallen wollte. Einen fest zugesagten Lehramtsstudienplatz habe man Rachel ohne Begründung wieder entzogen.

»Rachel …?«

Selma nickte.

»Basri und Rachel haben sich schon kennengelernt, sie mochten sich auf Anhieb. Aber natürlich bleibt es deine Entscheidung.«

Es ging den Juden nicht gut in Ungarn. Was Hitler seit einem Jahr in Deutschland trieb, war auch in Ungarn an der Tagesordnung, noch nicht so offen und systematisch wie bei den Nazis, aber nicht weniger demütigend und einer Kulturnation, die große jüdische Künstler und Wissenschaftler hervorbrachte, zutiefst unwürdig.

»Vor nicht mal zwanzig Jahren gehörte Jerusalem noch zum Osmanischen Reich«, seufzte Feridun.

Er hätte auch einfach nur Ja sagen können.

Feridun Cobanli saß in seinem Dienstzimmer in der türkischen Botschaft und schrieb Eingaben an ungarische Ministerien. Es ging meist um Bitten und Beschwerden türkischer Geschäftsleute, die sich durch einheimische Konkurrenz und die landestypische Bürokratie benachteiligt fühlten.

»Hundertfünfzig Jahre türkische Besatzung lässt man uns immer noch spüren, Herr Cobanli«, schimpfte manch einer von ihnen. Der Botschaftsrat konnte gegen solcherlei Mutmaßungen kaum etwas einwenden, versprach aber, sich umgehend bei der Handelskammer um Besserung zu verwenden. Den Vorsitzenden kannte er gut, man begegnete sich häufiger im Dampfbad.

Ein Legationsrat klopfte an und fragte, ob er eine junge Dame einlassen dürfe. Es ginge ihr um Exzellenz Burhan Belge.

Bevor Feridun antworten konnte, stand die Besucherin schon im Zimmer.

»Jo estét, mein Name ist Sari Gabor, ich bin mit Exzellenz verabredet.«

Feridun war mehr als verblüfft.

»Sari Gabor ...?«

»Freunde nennen mich Zsa Zsa.«

»Der Operettenstar aus Wien?«

»Das ist vorbei. Wir hatten hundert ausverkaufte Vorstellungen.«

Der Botschaftsrat gab dem Attaché ein Zeichen, sich zu entfernen. Dann bot er dem Fräulein Gabor einen Stuhl an. Sie setzte sich, schlug kokett die Beine übereinander und strich ihren Rock glatt, der knapp übers Knie ging. Der Modeschmuck an Ohren, Hals und Busen hätte für drei Primadonnen gereicht. Das aufgetragene Parfum ebenfalls.

Das war sie also, die siebzehnjährige Debütantin aus dem Theater an der Wien. Blondes Haar mit Seitenwelle, grün-blaue Augen, ein kompaktes Persönchen mit frechem Gesichtsausdruck, der auf explosives Temperament schließen ließ.

»Exzellenz trifft erst morgen aus Berlin ein«, sagte Feridun.

»Ach …«

»Hat er Ihnen das nicht gesagt?«

»Vielleicht habe ich es am Telefon nicht richtig verstanden.«

Burhan Asaf Belge, wie Feridun Mitte dreißig, war ein schillernder Intellektueller, der in Heidelberg Architektur studiert hatte, für die linke Zeitschrift *Kadro* schrieb und seit Kurzem als Pressesprecher des türkischen Außenministeriums diente. Auf Durchreise von Berlin nach Ankara machte er gewöhnlich für eine Nacht in Budapest Zwischenstation. Feridun leistete ihm oft und gerne Gesellschaft, sie waren keine engen Freunde, aber ziemlich gute Bekannte.

»Kann ich denn etwas für Sie tun, Fräulein Gabor?«

»Ich würde gerne mit meinem Verlobten sprechen.«

»Ich verstehe nicht ganz.«

»Ich mit seiner Exzellenz.«

Donnerwetter. Davon hatte Burhan gegenüber Feridun nichts erwähnt.

»Verlobt?«

»So gut wie.«

»Äh … weiß er davon … dass er mit Ihnen … verlobt ist?«

»Exzellenz werden … Burhan wird sich erinnern, sobald er mich wiedersieht.«

Das versprach morgen ja ein amüsanter Tag zu werden.

»Sagen Sie, Herr …«

»Cobanli …«

»Herr Cobanli, könnten Sie ihn für mich in Berlin anrufen, vielleicht war er es ja, der das Datum verwechselt hat.«

»Gerne. Aber Ferngespräche muss man anmelden. Es kann bis zu

182

einer Stunde dauern, bis die Leitung ins Deutsche Reich zustande-
kommt.«

»Eine Stunde geht in Ordnung, aber dann muss ich wieder nach
Hause.«

»Ich schlage vor, wir begeben uns so lange hinunter in den kleinen
Salon, dort haben wir eine Bar. Darf ich Sie auf ein Gläschen Champagner einladen?«

»Ist der Papst katholisch? Aber wirklich nur ein Glas. Sonst kriege ich
Ärger mit Pappà.«

Feridun erhob sich und begleitete das Fräulein Gabor hinaus. Sie
bemühte sich um einen damenhaften Gang. Feridun kannte dieses
Gewackel. Die Bassewitz-Comtessen waren manchmal in Schloss
Schwiessel vor ihm her geschlingert in hochhackigen Schuhen, die
sie auf der Straße noch lange nicht tragen durften und später nicht
mehr tragen wollten.

Doch dieses Mädchen besaß bei aller Unreife eine natürliche Selbst-
sicherheit und einen frühlingshaft bezaubernden Charme, ganz anders als die schon in ihrer Pubertät altjüngferlich wirkenden Comtessen.

Noch war Fräulein Gabor durch ihre Jugend vor Feriduns Jagdinstinkt geschützt, doch in drei, vier Jahren könnte diese Zsa Zsa, pardon: Sari, einen Mann wie ihn glatt auf Gedanken bringen!

Im Salon für die kleineren Botschaftsempfänge waren sie die einzigen
Besucher. Ein Hausdiener servierte den Champagner. Feridun ließ
seinen Charme spielen, um ein bisschen mehr über die Heiratspläne
dieser entzückenden Person in Erfahrung zu bringen.

Zsa Zsa plauderte freimütig. Nach ihrem überraschenden Sieg beim
Wettbewerb zur Miss Ungarn, noch vor dem Operettendebüt also,
war es anlässlich einer Party im Hause ihrer Großmutter zur Begegnung zwischen der Offiziers- und Schmuckhändlertochter und dem
soignierten türkischen Gentleman Burhan Belge gekommen. Für sie
sei es Liebe auf den ersten Blick gewesen. Burhan aber hätte die kleine Schönheitskönigin vertröstet. »Sobald Sie erwachsen sind, mein
Fräulein, heirate ich Sie, heilig versprochen.«

Feridun verzog keine Miene.

»Das war voriges Jahr. Und jetzt bin ich erwachsen.«

»Wie denken Ihre Eltern darüber, Fräulein Gabor?«

»Drei unverheiratete Töchter – vielleicht bald ein Problem weniger, das denken meine Eltern.«

So waren sie, die Ungarinnen, dachte Feridun. Immer gerade heraus. Und wenn ihnen ein Mann gefiel, dann zögerten sie nicht lange. Aber dass es so früh anfing wie bei der kleinen Gabor, das schien ihm doch ungewöhnlich.

Er schielte hinüber zum Bösendorfer-Flügel. Sari folgte seinem Blick.

»Sie spielen Klavier, Herr Cobanli?«

»Nur sehr amateurhaft.«

»Ich stehe als Soubrette auch erst am Anfang.«

»Sie meinen, wir sollten es einmal zusammen versuchen?«

»Besser, als weiter Champagner zu trinken. Mir ist schon etwas schummelig.«

Feridun ging zum Flügel, öffnete den Deckel, wischte den grünen Filz von den Elfenbeintasten und stimmte einen Akkord an. Dann präludierte er einen ungarischen Operettenschlager, der seit einigen Jahren um die Welt ging. Der Komponist gehörte zu seinen Favoriten.

»Lehár Ferenc!«, rief das Fräulein Gabor erfreut.

»Mein Lieblingslied«, rief Feridun ihr zu. Dann begann er zu singen.

Dein ist mein ganzes Herz!
Wo du nicht bist, kann ich nicht sein.
So, wie die Blume welkt,
wenn sie nicht küsst der Sonnenschein!

Schon stand sie bei ihm, legte ihm die Hand auf die Schulter und stimmte mit spitzem Jungmädchensopran ein.

Dein ist mein schönstes Lied,
weil es allein aus der Liebe erblüht.
Sag mir noch einmal, mein einzig Lieb …

Von den Operettenklängen angelockt, traten einige Angestellte in den Salon und sahen nun ihren Botschaftsrat mit seiner charmanten Besucherin am Flügel, wie sie nach Leibeskräften die letzten Zeilen schmetterten.

Oh sag noch einmal mir:
Ich hab dich lieb!

Der Applaus klang keine Spur ironisch. Sari und Feridun gaben wirklich ein allerliebstes Paar ab. Der Legationsrat von vorhin bahnte sich einen Weg durch die Zuhörer und gab Feridun ein Zeichen: Telefon! Die beiden Operetten-Amateure beendeten ihr kleines Konzert und eilten die Treppe hinauf.

»Fräulein Gabor, gehen Sie an meinen Schreibtisch und nehmen Sie den Hörer ab, ich warte hier draußen«, sagte Feridun.

»Sie sind ein wahrer Gentleman«, hauchte Zsa Zsa mit erhitzten Bäckchen und schlüpfte ins Zimmer.

Während sie telefonierte, empfing Feridun umständehalber auf dem Flur einen dicken, schwitzenden Textilimporteur aus Mittelanatolien, der vor seinem Büro auf ihn gewartet hatte. Der Landsmann beklagte sich über die drastischen ungarischen Einfuhrzölle auf seine Spitzenunterwäsche. Aus seinem Handkoffer zog er drei Damenschlüpfer der Marke *Ghasi Ghasi* und ließ Feridun zum Vergleich mit der flachen Hand über Konkurrenzprodukte aus Vorarlberg streichen. Seine Ware sei aus zart parfümierter Kunstseide hergestellt, während die Vorarlberger einfache Baumwolle mit Enzianstickereien feilböten, dank erheblich geringerer Zollbelastung zum halben Preis von *Ghasi Ghasi*.

Feridun fühlte und schnupperte, was ihm der Importeur unter die Nase hielt. Da öffnete sich die Tür, Zsa Zsa trat strahlend heraus.

»Morgen im Ritz!«

»Gratuliere! Ich drücke die Daumen, Fräulein Gabor!«

Sie warf einen Blick auf die Schlüpfer in Feriduns Hand.

»Darf ich?«

Ohne die Antwort abzuwarten, unterzog sie die Wäschestücke einer kurzen Prüfung. Den Vorarlberger Enzianschlüpfer gab sie naserümpfend zurück, das türkische Fabrikat erkannte sie gleich.

»Ah, *Ghasi Ghasi,* sehr guter Geschmack, Herr Botschaftsrat!« Der türkische Importeur schenkte der ungarischen Schönheitskönigin stolz ein Muster. Sie dankte ihm und Feridun und machte sich davon.

Der Botschaftsrat versprach dem Petenten volle dienstliche Unterstützung, dafür durfte er die beiden übrigen Schlüpfer aus Kunstseide behalten.

Er setzte sich an seinen Schreibtisch und legte die Muster vor sich hin. Dann nahm er den Telefonhörer ab und schnupperte daran. Mit einem tiefen Seufzer legte er den Hörer zurück auf die Gabel, schloss die Augen und versuchte, sich zu konzentrieren.

Sie war doch erst siebzehn.

Wie damals Selma.

Siebzehnjährige heiratete man vielleicht, aber man nahm sie sich nicht zur Geliebten.

Was fand Zsa Zsa an diesem Hagestolz Burhan Belge? Der war schon zweimal geschieden.

Aber das hatte Feridun ihr natürlich nicht gesagt.

☾

Der Pressesprecher des Außenministeriums traf mit dem Orient-Simplon-Express aus Wien ein. Feridun holte ihn am Bahnhof ab. Burhan Asaf Belge sah müde aus und wesentlich älter als Mitte dreißig. Die zwei Türken schien mehr als ein Jahrzehnt zu trennen. Dabei waren sie beide 1899 geboren. Belge trug einen dunklen Dreiteiler mit Einstecktüchlein und heller Krawatte, darüber einen Trenchcoat, der schon bessere Tage gesehen hatte. Aber vielleicht lag es nur an der langen Zugfahrt, die Burhan insgesamt etwas derangiert wirken ließ. Feridun brachte den rangmäßig über ihm stehenden Kollegen ins Hotel, wo er ihm das gewohnte Zimmer reserviert hatte. Es war früh am Nachmittag, sodass ihnen noch Zeit blieb, sich in einem Straßencafé über die neuesten politischen Entwicklungen auszutauschen.

Atatürk hatte es tatsächlich geschafft, die Türkei, Rumänen, Jugoslawien und – man höre und staune – Griechenland zu einem Verteidigungsbündnis zusammenzuschließen, in dem sich die Vertragspartner für zunächst sieben Jahre gegenseitig ihre Grenzen garantierten. Ausgerechnet der griechische Premier Venizelos hatte daraufhin den Gazi in Würdigung seines maßgeblichen Anteils am Zustandekommen des sogenannten Balkanpaktes für den Friedensnobelpreis vorgeschlagen, allerdings ohne Erfolg.

»Ich ahne, Herr Cobanli, dass Sie sich heute für ganz andere Dinge interessieren als für unseren Präsidenten«, unterbrach Burhan Belge sich selbst. »Nämlich für meine Verabredung mit dieser kleinen Ungarin.«

»In der Tat eine überraschende Neuigkeit, Exzellenz.«

»Lassen wir die Exzellenz weg, Burhan genügt.«

»Sie wollen also heiraten, Burhan Bey?«

»Nichts weniger als das. Zweimal davongekommen genügt mir.«

»Aber das Fräulein Gabor ... hat sie nicht ein Eheversprechen von Ihnen erhalten?«

»So dahin gesagt vor einem Jahr, um eine Sechzehnjährige nicht zu kränken.«

»Dann steht dem Fräulein also die wahre Kränkung erst bevor.«

»Feridun Bey, wir sind Diplomaten. Wenn wir etwas können, dann ist es doch: Hohe Erwartungen so elegant abzuwiegeln, dass die andere Seite glaubt, einen Verhandlungserfolg erzielt zu haben.«

Feridun blickte Belge skeptisch von der Seite an. Er wurde nicht schlau aus ihm. Sagte er die Wahrheit? Machte er sich wirklich nichts aus der schönen Ungarin, deren Vater er sein könnte und die in ihm vielleicht einen Vaterersatz sah, wie manches Mädchen, das sich zu jung in die Ehe stürzte?

Feridun war dagegen, dass Sari Gabor diesen Mann heiratete. Nicht, weil er sich eigene Hoffnungen auf sie machte. Sondern weil ihm die Vorstellung missfiel, dass diesem selbstgefälligen Intellektuellen, der sich mehr für seine Arbeit zu interessieren schien als für das Leben und die Liebe, ein derart kostbarer Apfel vom Baum des Paradieses in den Schoß fallen sollte.

»Die Kleine erzählte mir, sie hatte vor Kurzem erst eine Affäre mit einem deutschen Filmkomponisten«, sagte Feridun wie nebenbei. Das war die Wahrheit und gelogen zugleich. Er wusste es nicht von Sari, sondern von Rudolf Klingohr, dem Wiener aus dem Dampfbad.
»Na, na, lieber Freund!«, schmunzelte Belge nach einem Moment der Irritation. »Sind Sie etwa selber interessiert?«
»Ich bin verheiratet, Exzellenz!«, platzte Feridun heraus.
»Ja, das ist weithin bekannt.« Burhan Belge hob ironisch die Augenbraue. »Sie sind der verheiratetste Charmeur im ganzen diplomatischen Korps.«
»So, bin ich das?«
Feridun schaffte immerhin ein gequältes Lächeln. Burhan Belge erhob sich und versetzte ihm einen angedeuteten Faustschlag gegen die Brust.
»Der Präsident hat seine Augen und Ohren überall. Und an Ihnen scheint er einen Narren gefressen zu haben. Halten Sie sich zwischendurch auch mal an Ihre ehelichen Pflichten! Und ich werde mir jetzt überlegen, wie ich mich vor einem dritten Fehltritt drücken kann!«
Mit diesen Worten verabschiedete sich Burhan Belge von Feridun Cobanli und begab sich in sein Hotel.

Der Pressesprecher des türkischen Außenministeriums blieb drei Tage länger als geplant in Budapest. Am zweiten Tag heiratete er Sari Gabor, am dritten verließ das frischgebackene Ehepaar Ungarn mit dem Orient-Simplon-Express Richtung Istanbul, wo Belges Familie lebte.
Noch einen Tag später traf in der türkischen Botschaft ein versiegelter Umschlag ein, der an Feridun Cobanli gerichtet war.
Im Umschlag steckte ein professionelles Fotoporträt der Schönheitskönigin Sari Gabor mit dem sehr roten Lippenstiftabdruck ihres Kussmundes. Darunter stand in steiler Backfisch-Handschrift:

»Dein ist mein ganzes Herz … Zsa Zsa«

☾

Selmas Vater war gestorben. Die Tochter stand kurz vor der Abreise nach Berlin, wo der türkische Botschafter begraben sein wollte. Resat Bey hatte kurz vor seinem Tod noch selbst alle Dispositionen für seine Beisetzung getroffen. Nur den genauen Zeitpunkt seines Ablebens konnte auch er nicht vorauswissen.

Feridun würde leider nicht mitfahren können. Für alle Mitarbeiter der Botschaft in Budapest bestand Urlaubssperre. Ungarn steckte in einer schweren Wirtschaftskrise, Ministerpräsident Gömbös, ein ehemaliger Berufsoffizier, empörte mit seiner am deutschen und italienischen Faschismus orientierten Politik sogar gemäßigte Konservative im Lande. Zwei von ihm gegründete antisemitische Geheimbünde hetzten Militär und Bürgertum gegen alles Un-Magyarische auf. Dem Balkanpakt war Ungarn nicht beigetreten, sondern hatte sich mit Mussolini verbündet. Aus Ankara war daraufhin an alle Auslandsvertretungen Order zu erhöhter Wachsamkeit und strikter Neutralität ergangen. Im Interview mit einem amerikanischen Journalisten beschwor Atatürk die große Gefahr eines Krieges, den Hitler gegen die Siegermächte von 1918 und den »Schandvertrag von Versailles« zweifellos vom Zaun brechen würde, sobald er sein Drittes Reich militärisch ausreichend gerüstet wusste.

Es ging nun nicht mehr um die Abwehr von Zöllen auf Damenunterwäsche, sondern um die Frage, ob und wie sich die Türkei aus dem nächsten Weltkrieg würde heraushalten können.

Das neue Kindermädchen saß mit Basri im Laufställchen, als Selma ins Zimmer kam.

»Rachel, ich hätte gerne, dass du mich und den Jungen nach Berlin begleitest.«

Rachel erbleichte.

»Das kann ich leider nicht, Madame Cobanli.«

»Was?«

»Meine Leute sagen, es ist dort zu gefährlich für unsereins.«

»Unsinn, du gehörst zu uns, wir reisen mit Diplomatenpässen.«

»Mein Vater war auch Diplomat, sie haben ihn dort trotzdem totgeschlagen.«

»Das waren Kriminelle, keine Nazis.«

Rachel schwieg.

Selma ergriff ihren Arm.

»Rachel, ich überstehe diese Reise nicht ohne deine Unterstützung.«

Rachels Augen füllten sich mit Tränen.

»Ich ... ich kann nicht!«

Sie lief aus dem Zimmer. Mit großen Kinderaugen schaute ihr Basri aus seinem Laufställchen hinterher. Dann begann auch er zu weinen. Selma tröstete ihn, bis er bereit war, die Bauklötzchenbrücke auf dem Teppich mit ihrer Hilfe weiterzubauen. Dabei versuchte sie sich darauf zu konzentrieren, wie es jetzt weitergehen sollte.

Nicht nur mit ihren Reiseplänen.

Sondern auch mit ihrer Ehe.

Ein paar Tage zuvor hatte sie etwas gefunden. Ein Foto und zwei Schlüpfer. Selma schnüffelte nicht in den Sachen ihres Mannes. Sein Mantel war lange nicht mehr gereinigt worden, sie wollte ihn entleeren und dem Hausmädchen bereitlegen.

»Dein ist mein ganzes Herz.«

Dazu dieser obszöne Kussmund.

Feridun teilte sich also dieses Flittchen aus dem Schaugeschäft mit dem Kollegen Belge, der sie eben erst geheiratet hatte. Das war eine geschmacklose Steigerung aller bisherigen Eskapaden ihres Mannes.

Hier drohte ein zweites Berlin.

Und das Ende von Feriduns Diplomatenkarriere.

Vor Kurzem hatte Selma eine Katastrophe gerade noch verhindern können, indem sie sich die Störerin ihrer Ehe persönlich vorknöpfte. Was sollte sie jetzt tun, etwa dieser Sari in die Türkei nachreisen? Ihr sagen: Madame Belge, wenn Sie jemals wieder nach Budapest kommen, lassen Sie gefälligst die Finger von meinem Mann, oder ich ...

Oder was?

Sie wollte und konnte nicht länger schweigen und dulden. Dies war der Tropfen, der das Fass zum Überlaufen brachte. Auch Frauen durften sich scheiden lassen. Nicht nur Männer. Und besser jetzt, bevor Feridun Schande über die ganze Familie brachte, als infolge eines großen Skandals, der rundum nur Opfer hinterlassen würde.

Das Foto und die Schlüpfer steckten wieder an ihrem Platz. Der Mantel war ungereinigt geblieben. Selma wollte einen günstigen Zeitpunkt abwarten.

Der Tod ihres Vaters war der denkbar ungünstigste Moment. Doch bevor sie den Zug nach Berlin besteigen würde, musste sie Klarheit schaffen. Sie war erst einundzwanzig Jahre alt, das Leben lag noch vor ihr.

Der erste Schritt, zu dem sie sich durchringen konnte, war ein Telefonat mit ihrem Schwiegervater. Sie schämte sich dafür, denn es zeugte von Feigheit. Doch der Pascha war für ihre Ehe mitverantwortlich, also sollte er jetzt auch helfen, sie zu retten. Das Gespräch dauerte weniger als eine Viertelstunde.

Danach fühlte sie sich noch schlechter als vorher.

Am Vorabend ihrer Abreise hörte Selma durch die Tür des Kinderzimmers, wie Rachel den Jungen in den Schlaf sang.

Fin der vaytn finklen shteren
Kik nisht, kind of mayne treren
Shluf shoyn vider, ruhig vider, ayn.

Es konnte eine Stunde dauern, bis Basri einschlief. Feridun hatte sich nach dem Abendessen zum Briefeschreiben in sein Arbeitszimmer zurückgezogen.

Jetzt oder nie.

Selma ging zu ihm.

»Feridun … ich werde nicht aus Berlin zurückkommen.«

Entgeistert starrte ihr Mann sie an.

»Was ist passiert?«

»Du hast beschlossen, unsere Familie, deine Karriere und den Ruf deines Vaters zu ruinieren. Darum verlasse ich dich.«

»Selma, wie kommst du bloß auf solchen Unsinn?«

»Dein ist mein ganzes Herz. Das ist der letzte Grund.«

Er musste lächeln. Wenn es weiter nichts war.

»Das ist aus einer Operette von Franz Lehár.«

»Das weiß ich.«

»Es ist mein Lieblingsschlager.«

»Auch das weiß ich.«

Er zog die Schreibtischschublade auf und holte das Autogrammfoto heraus.

»Sari Belge ist siebzehn Jahre alt. Sie ist frisch verheiratet. Davor haben wir einmal zusammen in der Botschaft diesen Schlager gesungen. Jetzt lebt sie mit dem Mann, den sie liebt, in Ankara.«

Das waren mehr Worte als alles zusammen, was ihr Feridun in den vergangenen vier Jahren geantwortet hatte, wenn sie ihn nach anderen Frauen fragte.

»Und die Schlüpfer?«

Er zog auch sie aus der Schublade und legte sie auf das Foto.

»*Ghasi Ghasi.* Muster des Importeurs. Er beschwert sich zu Recht über den horrenden Einfuhrzoll. Es gehört zu meinen Aufgaben, mich auch um solche Petitessen zu kümmern.«

»Und warum hebst du solche Petitessen zu Hause auf?«

»Weil er sie mir geschenkt hat – und weil ich verheiratet bin.«

Ein leises Lächeln huschte über Selmas Gesicht.

Warum gab er ihr auf einmal so bereitwillig Auskunft? Hatte er seine Taktik geändert. Belog er sie jetzt mit der Wahrheit?

Feridun wusste, dass er nun die Besänftigung auf einer anderen Ebene weiterführen musste. Er stand auf und ging hinüber in den Salon, wo das Klavier stand. Selma im Blick behaltend, setzte er sich und begann zu singen.

Wohin ich immer gehe,
ich fühle deine Nähe.
Ich möchte deinen Atem trinken
und betend dir zu Füßen sinken,
dir, dir allein! Wie wunderbar
ist dein leuchtendes Haar!
Traumschön und sehnsuchtsbang
ist dein strahlender Blick.
Hör ich der Stimme Klang,
ist es so wie Musik.

Selma war beeindruckt. Zum ersten Mal seit Jahren sang er wieder für sie. Er legte sich so ins Zeug, dass er das Klingeln des Telefons übertönte.

Rachel kam aus dem Kinderzimmer herüber und machte sie darauf aufmerksam.

Das Fräulein vom Amt verband Feridun mit der Türkei. Am anderen Ende meldete sich sein Vater.

»Herzliches Beileid, mein Sohn.«

»Danke, Babam.«

»Ich dachte, du würdest auch nach Berlin fahren.«

»Dringende Dienstgeschäfte lassen es leider nicht zu, Babacim.«

»Etwas Luftveränderung würde euch allen guttun.«

»Budapest ist eine schöne Stadt.«

»Tirana hat auch seine Reize.«

»Tirana??«

»Das Außenamt sucht einen fähigen Konsul für das Königreich Albanien.«

»Ich möchte aber nicht nach Albanien.«

»Gratulation zur Beförderung, mein Sohn!«

Er war keiner Antwort fähig. Tirana! Das kam einer Verbannung gleich.

»Feridun …?«

»Ja …?«

»Ich hatte dir gerade meinen Glückwunsch ausgesprochen.«

»Danke, Babam, ich weiß die Freundlichkeit Ihrer Empfehlungen an den Präsidenten sehr zu schätzen.«

»Auch deine Mutter freut sich. Du rückst wieder etwas mehr in ihre Nähe.«

»Richten Sie ihr bitte aus, ich freue mich von Herzen.«

Wie betäubt stand er am Telefonplatz, den Hörer noch in der Hand, als der Vater längst aufgelegt hatte.

Als er in den Salon zurückkam, stand Selma immer noch am Klavier.

Er sah sie an und wusste Bescheid.

Basri weinte wieder.

Feridun ging wortlos zurück in sein Arbeitszimmer, verstaute Zsa Zsa wieder in der Schublade und warf die beiden *Ghasi Ghasi*-Muster in den Papierkorb.

Im Kinderzimmer sang Rachel ihr Schlaflied für Basri.

Kik nisht, kind of mayne treren
Shluf shoyn vider, ruhig vider, ayn.

1937 KÖNIG ZOGU

Die flirrende Nachmittagssonne stach dem Konsul ins rechte Auge. Über Kimme und Korn sah er schemenhaft den Braunbären zwischen den Bäumen, er verlor ihn, fokussierte ihn, verlor ihn wieder.

Der reich mit Koranworten ziselierte Schaft lag schlecht an Hand und Schulter, Feridun war den Umgang mit der Büchse noch nicht gewohnt. Sie wog fast um die Hälfte mehr als seine schlanke *Holland & Holland Round Action Sidelock,* die er dem König hatte geben müssen.

Vor ihm tat sich etwas. Der Bär schlug seine Pranke in den Köder, ein Jungschaf, von Jagdhelfern am Waldrand angebunden. Zwei, drei Tatzenhiebe, dann war das Tier tot.

Der Konsul wusste, dass auch der König den Bären im Blick hatte. Darum zögerte er abzudrücken. Feridun war der weitaus bessere Schütze, aber auch ein besserer Diplomat als Ahmet Zogu.

Jeder andere Jagdherr würde selbstverständlich seinem Gast den ersten Schuss überlassen – à vous! Ahmet Zogu stammte von kleinadligen, moslemischen Clanchefs aus der nördlichen Provinz ab, die pflegten ihre eigene Form von Courtoisie. Zogu hatte 1924 mit ausländischer Militärhilfe sein zerrüttetes Land erobert, sich dann zum Präsidenten und schließlich zum König ausrufen lassen.

Seit dreizehn Jahren war er Albaniens Diktator.

Der König bekam gerade von seinem Waffenadjutanten Feriduns Büchse angereicht, sie war geprüft und geladen, er musste sie nur noch entsichern. Metallisches Klicken ließ Feridun zusammenzucken. Auch der König schien seine Probleme mit dem erzwungenen Gastgeschenk zu haben. Feridun hätte gerne auf den Waffentausch verzichtet. Aber einem König schlägt man solche Wünsche nicht aus. Seine *Holland & Holland* gehörte nun Ahmet Zogu.

Der Bär richtete sich auf und spähte in ihre Richtung. Hatte er das Geräusch gehört?

Jetzt müsste der Schuss fallen.

Doch es blieb still.

Der Bär fiel auf alle viere zurück und trollte sich, das Festmahl verschmähend. Als er schon halb von einer Eiche verdeckt war, drückte der König doch noch ab.

Bevor der Knall das Ohr des Tieres erreichte, streifte die Kugel den Baumstamm und traf den Bären ins Hinterteil. Unter wütendem Gebrüll verschwand er im Wald.

»Idiot!«, herrschte Ahmet Zogu seinen Adjutanten an. Außer sich vor Zorn versetzte er ihm einen Hieb mit dem Schaft seines Gewehres. »Das nächste Mal entsicherst du gefälligst, bevor du es mir gibst!«

»Jawohl, Majestät, ich bitte untertänigst um Verzeihung«, buckelte der junge Mann. Vor wenigen Tagen war es ihm genau anders herum passiert, der König, stets in begründeter Angst vor Attentätern, wollte seine Waffe partout selbst entsichern.

»Sollen wir die Hunde auf seine Spur setzen, Majestät?«

»Ich brauche keinen Bären mit einem zweiten Loch im Arsch«, knurrte Zogu in seinem Heimatdialekt. »Führt mich zum nächsten Köder!«

»Jawohl, Majestät.«

Feridun bedauerte den Bären und beglückwünschte sich zu seinem Entschluss, ihn nicht erlegt zu haben. Das würde ihm das Wohlwollen des Königs noch eine Weile bewahren.

Es gab Kollegen im Diplomatischen Korps, denen nach einem eitlen Volltreffer nichts anderes übrig geblieben war, als das Land zu verlassen. Ein Botschafter oder Konsul, dem der Monarch die Gunst entzog, hatte nicht nur in Tirana seine Mission verfehlt.

So gesehen, war Feridun Cobanli der richtige Mann am richtigen Ort.

Wenn es nur nicht Albanien wäre!
Diese Wildnis mit Operettenkönig!

Das Land war dem Osmanischen Reich im ersten Balkankrieg verloren gegangen. Nach politischen Wirren und wirtschaftlichem Nie-
dergang fiel es in die Hände des Usurpators Zogu. Der erfand sich
selbst neu als angeblich blutsverwandter Nachfahre des legendären
Türkenbezwingers Skanderbeg und führte die Monarchie ein. Dank
hoher Kredite aus Mussolinis Italien konnte sich der Diktator vor seinem Volk sogar als Retter in der Not aufspielen. Nun hoffte man in
Rom, dass Zogu sich rasch eine Adlige aus der italienischen Hoch-
aristokratie zum Weibe nahm und sein Land gänzlich den Investoren
von der anderen Seite der Adria auslieferte.
Zweiundvierzig Jahre alt, war der König noch immer unverheiratet.
Franziska, die Tochter eines Wiener Gärtners, machte sich seit Jahren
Hoffnungen, dass er ihre langjährige Beziehung endlich legalisierte.
Doch Zogu suchte eine Ehefrau nicht unter, sondern über seinem ei-
genen Stand. Eine vorzeigbare Dame von tiefblauem Geblüt sollte
es bitteschön sein und Jungfrau sowieso. Sechs Schwestern aus dem
Zogu-Clan hielten als Braut-Scouts europaweit Ausschau für ihren
Bruder. Leider hatten sie ihm bisher noch keine passende Comtes-
se aufgetan, die Königin von Albanien werden wollte. Auch am Kri-
terium der Unberührtheit scheiterte manche der ins Auge gefassten
Aristokratinnen.
Konsul Cobanli gehörte zum Kreis derer, die den König auf die eine
oder andere Kandidatin aufmerksam machen durften. Auch auf ihrem heutigen Jagdausflug ins nahe Gebirge hatte er wieder einen
Vorschlag in petto. Doch Ahmet Zogu war übler Laune wegen des
verfehlten Bären und in diesem Gemütszustand für Einflüsterungen
wenig empfänglich.
Also hielt Feridun den Zeitungsartikel in seiner Jagdtasche zurück.
Obwohl es ihn juckte, dem König die bezaubernde Ungarin zu zei-
gen, die wie keine andere dem entsprach, was Ahmet Zogu suchte.
Geraldine!

Feridun kannte sie aus seiner Zeit in Budapest. Geraldine Gräfin Apponyi de Nagy-Apponyi, die Tochter eines Grafen aus magyarischem Uradel und einer Amerikanerin, war ihm in höchst ungewöhnlicher Umgebung zum ersten Mal begegnet: als Verkäuferin im Kiosk des Ungarischen Nationalmuseums. Sein Tippgeber Klingohr aus dem Rudasbad hatte ihm vorgeschwärmt von der bezaubernden Gräfin, deren Familie nach dem Zusammenbruch der Doppelmonarchie, dem Tod des Vaters und zweiter Ehe der Mutter mit einem französischen Offizier verarmt war. Geraldine, damals knapp zwanzig, musste für ihren Lebensunterhalt selbst sorgen und galt als die charmanteste Kioskverkäuferin in Pest.

Ein Vierteljahr lang hatte sich Feridun um sie bemüht, bis sie sich endlich von ihm auf einen Botschaftsball einladen ließ, während Selma gerade ihren Vater in Berlin besuchte. Über den weiteren Verlauf kursierten in Budapest bald widersprüchliche Gerüchte.

Die von Rudolf Klingohr vermutlich mit Feriduns Billigung in Umlauf gesetzte Legende berichtete von einem kurzen Techtelmechtel zwischen dem Diplomaten mit der Comtesse, das schließlich von Geraldines Familie als ehebrecherisch – noch dazu mit einem Türken! – aufgedeckt und unterbunden worden sei.

Die andere Fama, von Feridun stets energisch dementiert, ließ Selma Cobanli eines Tages im Museumskiosk erscheinen, mit Söhnchen Basri auf dem Arm und mit dem freundlich, aber bestimmt vorgetragenen Anliegen, die Gräfin möge sich und dem Botschaftsrat bitteschön die Peinlichkeit eines Skandals ersparen. Daraufhin habe sich die vornehme Verkäuferin ihres katholischen Glaubens entsonnen und Feriduns Avancen fortan in aller Form zurückgewiesen.

Einige Monate später hatte dann Zsa Zsa kometengleich Feriduns Gefühlswelt gestreift und war als Sari Belge nach Anatolien entschwunden.

Seine Ehekrise und die Versetzung nach Albanien hatte bei Feridun eine mittelschwere Melancholie ausgelöst, die in Tirana beinahe depressive Züge annahm, als ihn dort auch noch die Nachricht vom Tod der Mutter erreichte. Hadije Soraya war, erst sechzig Jahre alt, an den Folgen eines Sturzes gestorben, als sie einen ihrer rasanten Ausritte in den Park unternahm. Den Knaben Feridun hatte sie einst das Reiten gelehrt. Manchmal durfte er ihr sogar beim Reinigen und Ölen der Flinte helfen, mit der sie ihre Vettern und Onkeln so gerne auf Schnepfenjagd an die Schwarzmeerküste begleitete. Das galt zwar als unschicklich für eine osmanische Frau, doch Hadije Soraya bewahrte sich bis zum Ende ihren eigenwilligen Charakter. Immer schon fühlte sich Feridun ihr näher als dem Vater.

Ein Jahr lang weinte der Sohn um sie, ein Jahr lang setzte er den Vater mit seiner Trauer ins Unrecht. Ein Jahr lang starrte er auf ihre Flinte, die sie dem Sohn vererbt hatte und die er, wenn er sie nicht mit auf die Jagd nahm, zu Hause in einem verschlossenen Behälter aus Messingblech aufbewahrte. Es war eine Zwanziger *Beretta* Damenflinte mit in Silber graviertem Wappen von Hadije Sorayas tscherkessischer Familie.

Auch auf der Jagd blieb sie ungenutzt im Futteral, wenn der Konsul mit dem König auf Bären ging. Doch die zierliche, nur für Flugwild geeignete Schrotflinte ließ ihn unterwegs in Wald und Flur die Nähe der Mutter spüren.

»Leben oder Tod, alles dazwischen ist von Übel«, flüsterte es aus dem Futteral. Ein Sinnspruch, dessen Bedeutung Hadije Soraya dem Sohn nie erklärt hatte. Auch zur Flinte war kein weiterer Hinweis im Testament erfolgt.

Feridun wusste dieses Geschenk auch so zu deuten. Er verstand es als Aufforderung, seine Freiheit zu verteidigen gegen den Vater, die Freiheit, anders zu sein als der General Cevat Cobanli Paşa.

Seit ihrem plötzlichen Tod war der Pascha seinem Herzen noch weiter entrückt. Der Sohn gab dem Vater eine Mitschuld daran, dass die Mutter so früh aus dem Leben gegangen war.

Und wie der General einst seinen Nomadenteppich auf alle Militärposten mitnahm, begleitete den Sohn fortan das mütterliche Erbstück im Diplomatengepäck auf seinen Auslandsreisen. Wenn er es betrachtete, befühlte, die Wange an den Schaft legte, roch er den Duft der Mutter und hörte ihre Stimme.

»Leben oder Tod, alles dazwischen ist von Übel.«

Selma hatte größte Rücksicht auf den eingetrübten Gemütszustand ihres Mannes genommen, auch in der Hoffnung auf einen überfälligen Reifungsprozess, der ihm und ihrer Ehe zugute kommen würde. Auf Budapest sprach sie ihn niemals an, zu schlecht war immer noch ihr Gewissen wegen ihrer Konspiration mit Feriduns Vater.

Sie glaubte, ihrem Mann gegenüber etwas gutmachen zu müssen.

An Feriduns Stelle baute Selma in Albanien über Monate persönliche Beziehungen zum Hofstaat des Königs auf. Bald unterhielt sie ein herzliches Verhältnis zu Franzi, Ahmet Zogus unglücklicher Dauergeliebter, es erwies sich auch für den Konsul als Türöffner zum Palast. Während sich die Frauen zwinkernd über ihre schwierigen Männer austauschten, freundeten sich Feridun und Ahmet rasch an. Der König nahm den Jagdgast – man unterhielt sich auf Türkisch – häufig mit auf die Jagd, und dies nicht nur, weil der Konsul auftrumpfende Treffer zu vermeiden wusste.

Feridun kannte sich aus mit Frauen.

Ein angeschossener Bär, eine Blutspur im Wald.

»Leben oder Tod, alles dazwischen ist von Übel.«

Es gab Momente, da schien sich Hadije Sorayas Sinnspruch von selbst zu erklären.

Jetzt war so ein Moment.

Ein Bär war dazu da, in Freiheit zu leben oder treffsicher von der Kugel des Jägers erlegt zu werden. Ein waidwundes Tier erschien Feridun als Kränkung der Natur, als Opfer menschlichen Unvermögens.

Der König hatte versagt.

Feridun musste den Bären von seinem Leiden erlösen.

Er ging zu Ahmet Zogu und bat ihn um Erlaubnis, der Spur des verletzten Tieres zu folgen. Es würde ihn ein paar Stunden kosten, mehr nicht.

»Was liegt Ihnen an diesem Bären, Feridun Bey?«, fragte Zogu unwirsch.

»Mein Sohn Basri wird bald fünf Jahre alt. Ein Bärenfell als Geschenk des Königs wäre die allergrößte Freude für das Kind.«

Zogus Miene hellte sich etwas auf.

»Soso, ein Geburtstagsgeschenk, hm-hm ... Und was bekommt der König Albaniens vom Konsul der Türkei?«

Zogu war am achten Oktober geboren. Heute war der sechste.

Feridun lächelte geheimnisvoll und sagte:»Vielleicht eine Ehefrau.«

Schon verdüsterte sich der Blick Zogus wieder.

»Soll das ein Witz sein?«

»Das würde ich mir nie erlauben, Majestät.«

Feridun griff in seine Jagdtasche und reichte dem König den Zeitungsartikel. Er war einem Budapester Blatt entnommen und zeigte ein großes Foto der Gräfin Apponyi in ihrem Kiosk. Der Reporter schilderte auf rührselige Weise die Geschichte der verarmten ungarischen Aristokratin, die sich tapfer als Verkäuferin durchs Leben schlug.

Der König ließ sich von Feridun die Bildzeile übersetzen. Dann räusperte er sich verlegen, trat ein paar Schritte beiseite und setzte sich auf einen Felsen. Minutenlang schien er in das Blatt versunken. Plötzlich stand er auf und rief seiner Entourage zu:»Der Konsul soll seinen Bären haben. Wir aber kehren zurück nach Tirana!«

Der König und seine Jagdgehilfen schwangen sich in die Sättel und ritten ins Tal, wo ein schwarzer Mercedes wartete. Feridun blieb mit Jagdhelfer, Pferd, Hund und seinen beiden Gewehren zurück. Schwüler Wind kündigte einen Wetterumschwung an. Feridun schirmte die Augen ab und untersuchte den Himmel. Schwere Wolken zogen von der Adria her auf die Bergkette zu.

In spätestens anderthalb Stunden musste Feridun den Bären erlegt haben.

☾

Die Gewitterfront hatte den Fuß des Gebirges erreicht, doch Feridun schien dem Bären noch immer nicht näher gekommen. Der Jagdhund, eine russische Laika, war hechelnd der Fährte des verletzten Tieres gefolgt, jedoch seit einer guten halben Stunde drang kein Bellen mehr an Feriduns Ohr, kein lauter Ruf brachte ihm den Hund wieder. Der Konsul hatte Pferd und Jagdhelfer in einer kleinen Senke zurückgelassen und kletterte nun, Büchse und Flinte geschultert, zwischen Eichen, Buchen und Ahornbäumen bergan, hier und da ein Stück blutiger Rinde aufspürend, wo der Bär sich an einem Stamm gerieben hatte im Zorn über seine Wunde.

In der Ferne konnte er manchmal Tirana unter der Wolkenwand liegen sehen, mitunter von Blitzen grell erleuchtet. Windstöße fegten aus dem Tal herauf und kehrten sich am Kamm gegen sich selbst und gegen Feridun.

Es war nicht klug gewesen, hier oben zu bleiben, dachte er. Es war sogar ausgesprochen dumm. Was hatte ihn dazu getrieben? Er könnte jetzt bequem neben dem König im Automobil sitzen und die letzten Kilometer zurück nach Tirana für geschäftsdienliche Konversation nutzen. Stattdessen glaubte er, einer Stimme, die er für die seiner Mutter hielt, folgen zu müssen und sich dabei in beträchtliche Gefahr zu bringen.

»Leben oder Tod, alles dazwischen ist von Übel.«

Er überwand eine windumtoste Steigung aus Fels und Geröll, die ihn an Makedonien und an seine fieberhafte Suche nach einem Ausweg für sich und seine eingeschlossenen Kameraden erinnerte.

Hier war kein Eisernes Kreuz zu holen.

Er musste dem Vater nichts mehr beweisen.

Was für eine traurige Heldentat hatte er sich bloß vorgenommen? Er liebte das Leben und hasste den Krieg, überhaupt jeden Zwang zum Kampf auf Leben und Tod. Bärenjagd war nicht Krieg, sondern Sport. Man musste mitten ins Herz treffen, wie bei einer schönen Frau.

Wer das nicht schaffte, war ein Stümper.

Der König war ein Stümper.

Da lag plötzlich der Hund zu Feriduns Füßen. Zumindest, was der Bär noch von ihm übrig gelassen hatte. Welche Wut und Kraft musste der schmerzende Fehlschuss des Königs entfesselt haben, dass der Bär den Hund so vollständig zerfetzte?

Feridun berührte eine klaffende Wunde mit der Fingerspitze. Das

Blut war schon leicht geronnen, der Bär vermutlich längst über den Berg davon.

Blitze zuckten über Feridun hinweg, gefolgt von betäubendem Krachen. Nicht wie ferner Geschützdonner, sondern wie der Einschlag einer Granate in ein Haus aus Glas. Sekunden später trafen die ersten Tropfen den dürren Boden, leise Einschläge wie aus einem Gewehr mit Schalldämpfer.

Das Unwetter war da.

Feridun sah sich um nach einem Unterschlupf. Etwas weiter oben, von brechenden Wolken überschattet, schien ihm ein Plateau mit einem überhängenden Felsen geeignet. Dorthin kletterte er mit seinen Gewehren.

Oben erwartete ihn der Bär.

Der hatte sich in seine Höhle gerettet und steckte nun missmutig die Nase ins Freie. Vor ihm schob sich der Kopf des Jägers ins Bild, überragt von den Läufen seiner Waffen.

Feridun blieb wie angewurzelt stehen.

Der Bär in seiner Höhle rührte sich ebenfalls nicht.

Nur sein Grollen drang zu Feridun herüber. Ein Rinnsal aus Blut und Regen sickerte ihm über felsigen Grund entgegen und netzte die Stiefel des Jägers. Sturzbäche ergossen sich nun über Feridun, der auf dem Felsplateau vor der Höhle stand und den Bären fixierte. Er musste eine Entscheidung fällen. Sonst entschied das Schicksal über ihn. Der Bär war bereit zum Todeskampf und würde sein Leben so teuer wie möglich verkaufen.

Hinter Feridun stand flüsternd die Mutter. »Leben oder Tod, alles dazwischen ist von Übel.«

Langsam, unendlich langsam nahm Feridun die schwere Büchse von der Schulter, Aug in Auge mit seinem Gegenüber.

Der Bär sah von seinem Platz aus zu wie einem befremdlichen Schauspiel, inszeniert mit Blitz und Donner und Wolkenbruch.

Endlich hielt der Jäger das Gewehr im Anschlag.

»Der Lauf zielt, der Schaft trifft«, flüsterte Mutters Flinte auf Feriduns Rücken.

Er wartete auf den nächsten Blitz.

Der Bär wartete auf den Jäger.

Augenblicke später tauchte die Natur Mensch und Tier in gleißendes Licht.

Feridun drückte ab.

Klick.

Kein Schuss.

Ladehemmung!

In einem Anfall levantinischen Jähzorns schleuderte Feridun die Büchse des Königs von sich. Als er sie zu Boden scheppern hörte, wusste er, dass jetzt der Bär seine Chance nutzen würde.

Mit den Vordertatzen schob das Tier sich vom Boden ab, richtete sich auf und fletschte die Zähne. Dann ließ der Bär sich wieder fallen und rückte näher, den Naturgewalten seinen Zorn entgegenbrüllend.

Der nächste Blitz erleuchtete eine breite Blutspur zur Höhle.

Wenige Meter vor Feridun richtete der Bär sich erneut auf, den Jäger nun turmhoch überragend.

Feridun besaß nur noch die Flinte der Mutter. Damit schoss man Hasen und Schnepfen, aber keine Bären.

An einen solchen Notfall hatte Hadije Soraya wohl nicht gedacht.

Und doch spürte Feridun Stärke und Zuversicht. Er riss sich das Futteral von der Schulter, zog die Flinte heraus, fingerte zwei Schrotpatronen aus der Jackentasche, lud, entsicherte, machte einen Satz auf den Bären zu, hielt ihm den Doppellauf direkt vors Herz und drückte ab.

Zweimal.

Dann sprang er zurück.

Die Schüsse gingen unter im Donner. Es schien, als hätte nicht einmal der Bär sie gehört. Denn er stand weiter aufrecht drohend über dem Jäger. Das Schrot musste an seiner dichten Brustdecke abgeprallt sein.

Eine große Ruhe erfüllte Feridun.

Dann war es das eben.

Es gab schlechtere Todesarten, als einen Bärenkampf in den Bergen Albaniens zu verlieren. In Makedonien hätte er nicht sterben mögen und auch nicht an der Westfront. Nur einer unter tausend zerfetzten

Leibern zu sein, dahingerafft, bevor das Leben überhaupt erst richtig angefangen hatte – nein, das hätte er dem Schicksal nie verziehen.

Das hier aber war ein ernsthaftes Angebot.

Kairos und Kronos schienen zu passen.

Der Pascha würde eine Nachricht vom König erhalten, dass sein Sohn heldenhaft gekämpft habe und in allen Ehren unterlegen sei.

Im Grunde müsste Feridun dem Bären dankbar sein. Ein Mann, der mit achtunddreißig Jahren das Leben nicht ausreichend geschmeckt hatte, der würde auch in den folgenden Jahrzehnten nicht mehr glücklich werden.

Feridun glaubte alle Höhen und Tiefen zu kennen.

Eigentlich war es damit genug.

Mit breiter Brust stellte er sich dem Bären entgegen.

Das mächtige Tier schlug sich mit müder Tatze gegen die Brustwunde, wie um lästige Honigbienen zu verscheuchen. Dann ächzte er, sank langsam in sich zusammen und blieb, nach einem letzten Zucken, reglos liegen, wie schlafend, während der Regen sein Blut allmählich vom Felsen wusch.

Blut und Wasser reinigten auch die Seele des Jägers.

Feridun saß in der Höhle und wartete, bis sich das Gewitter vollends hinter den Berg verzogen hatte. Dann machte er sich auf den Weg ins Tal, wo der Jagdhelfer und – weiter unten – sein Fahrer ihn erleichtert empfingen.

Den Bären hatte Feridun unangetastet auf dem Plateau zurückgelassen. Sollten sich die Tiere des Waldes um ihn kümmern. Dem König würde er berichten, dass er des Unwetters wegen die Nachsuche habe erfolglos abbrechen müssen.

Er wusste, Ahmet Zogu bewegten im Augenblick andere Dinge mehr als Leben und Tod eines Bären oder gar eines Konsuls.

Die folgenden Monate waren ausgefüllt von beruflicher Routine. Italienisches Geld machte sich in der notleidenden albanischen Wirtschaft breit. Der König verfügte kaum über Steuereinnahmen, lag mit den Clanchefs der Regionen im Dauerstreit und war seit seiner Machtergreifung von Blutrache und Attentaten bedroht. Da kamen ihm die Kredite der Italiener sehr zupass. Es kümmerte ihn herzlich wenig, dass auf der anderen Seite die ohnehin nicht auf Rosen gebetteten Handelsbeziehungen mit der Türkei immer stärker unter Druck gerieten. Dagegen konnte auch ein Konsul wenig ausrichten. Feridun mochte die Italiener eigentlich. Nach dem großen Krieg waren sie als Besatzer seiner Heimat noch die Zurückhaltendsten gewesen, nicht darauf aus, das Osmanische Reich durch Annexion von der Karte zu tilgen, wie es die Griechen mit britischer und französischer Duldung beinahe geschafft hätten.

Von einem Mussolini wäre der osmanische Torso damals gewiss rücksichtsloser angefasst worden. Mit Albanien nun schien der Duce etwas vorzuhaben. Sollte er denn das marode Nachbarland auf der anderen Seite der Adria den Griechen, Serben oder Bulgaren überlassen? Italienische Bank- und Kaufleute traten in Tirana schon seit den zwanziger Jahren auf wie Kolonialherren.

Kein Atatürk gebot ihnen Einhalt. Diktator Ahmet Zogu, der sich als innenpolitischer Riese gebärdete, war außenpolitisch ein Zwerg. Und so blieb Feridun nichts anderes übrig, als die türkischen Wettbewerber der Italiener auf härtere Zeiten einzuschwören.

»Seht, wie schlecht es den Juden überall geht«, ermahnte der Konsul seine Klienten. »Mit dem Duce werden wir Türken uns hier schon arrangieren.«

☾

Fackelträger säumten die Auffahrt zu König Ahmet Zogus Palast über den Dächern der Hafenstadt Durrës. Es war eher ein sehr großes Privathaus, doch ausgestattet mit allen architektonischen Attributen einer Residenz. Am Portal hatte eben noch eine Musikkapelle mit klammen Fingern und kältegeröteten Backen die ungarische und die albanische Hymne den dreihundert Ehrengästen entgegengeschmettert, als handelte es sich um einen Staatsbesuch und nicht um eine Silvesterparty.

Auf dem Programm stand die erste persönliche Begegnung zwischen der Gräfin und dem König. Geraldines Anwesenheit in Tirana war der Presse offiziell nicht angekündigt worden. Doch in Budapest hatte eine Schlagzeile verkündet: »König von Albanien heiratet Gräfin Apponyi.« Das Dementi ihrer Familie war umgehend erfolgt, aber es klang unglaubwürdig.

Schon drei Monate zuvor, beim ersten Blick auf Feriduns Zeitungsartikel, hatte der Monarch seine Partnersuche für beendet erklärt.

Die oder keine!

Geraldine wusste, dass ihre lange Reise zu Ahmet Zogu – mit dem Zug über Rom nach Bari, von dort mit dem Schiff nach Durrës – nicht nur einem unverbindlichen Kennenlernen unter den Augen der sie begleitenden Anstandsdame diente. In den vergangenen Monaten war es zu reger Pendeldiplomatie zwischen Tirana und Budapest gekommen. Schwestern des Königs hatten die Apponyis aufgesucht und ernsthaftes Interesse ihres Bruders an Geraldine angemeldet. Im Gegenzug waren Vertrauenspersonen der Comtesse in Albanien gewesen und durften sich den König aus der Nähe ansehen.

Die Vorermittlungen stellten beide Seiten zufrieden. Wenn der sehr viel ältere König nun nicht alles falsch machte und die Gräfin Apponyi nicht abstieß durch Auftritt und Aussehen, dann war Geraldines Zeit als Verkäuferin im Kiosk ungarische Museumsgeschichte und der Hoffnung ihrer chronisch klammen Familie auf die bestmögliche Partie ein filmreifes Happy End beschieden.

Franzi, Ahmet Zogus Gefährtin der letzten Jahre, hatte Albanien Hals über Kopf verlassen, sobald ihr klar wurde, welche Erwartungen der König an die Nachrichten aus Budapest knüpfte. Zurück in ihrer Heimatstadt Wien, wurde die Gärtnerstochter von hysterischen Anfällen heimgesucht, sodass man sie in eine Nervenheilanstalt einweisen musste, die sie nicht mehr verlassen sollte.

Selma Cobanli, die sich der Verstoßenen nahe fühlte, betrat nun an der Seite ihres Mannes das Haus des Königs.

Mit einem Palast im weniger als vierzig Kilometer entfernten Tirana konnte Ahmet Geraldine noch nicht dienen, der erste Spatenstich dazu war eben erst getan. Doch seine Privatresidenz in Durrës, vor zehn Jahren erbaut, schien alle Reichtümer des Landes zu beherbergen. Dabei waren die Albaner ein armes Volk, dem einheimische Clans nach dem Abzug der Osmanen allen Wohlstand abgepresst hatten, bevor einer aus ihren Reihen sich zum Monarchen aufschwang. Den wenigen Besitzenden eine Grundsteuer aufzuerlegen, wagte Ahmet Zogu indes nicht, also war auch er auf die Abgaben der kleinen Leute und auf Mussolinis Finanzspritzen angewiesen.

Seinem Volk präsentierte sich der selbst ernannte König gleichwohl als aufgeklärter Europäer in Anzügen aus Londons Savile Row, Hemden von Sulka in Paris und handgemachten Schuhen aus Italien. Die konservative Mehrheit der albanischen Moslems wusste der König hinter sich, nur die christlichen Minderheiten bereiteten ihm Sorgen, denn sie hingen einem Gott an, auf den Ahmet Zogu sich nicht berufen konnte.

Diesen Gott wollte er sich durch Heirat zum Komplizen machen.

Geraldine Apponyi war römische Katholikin. Und sie kam aus einem Land, das mit manchen religiösen Minderheiten in einer Weise umsprang, die ihr auch in Albanien bald vertraut vorkommen würde. Alles passte perfekt.

Zum Auftakt der Silvesterfeier hatte der König die Familie Apponyi und ausgewählte Mitglieder des Hofes sowie des Diplomatischen Korps zu einem Galadiner geladen. Der französisch gehaltene Speisesaal wie die gesamte Residenz waren ins Licht unzähliger Kerzen getaucht, deren Schein sich in all dem Kristall und Silber und Porzellan – verziert mit dem Helm des Helden Skanderbeg – widerspiegelte, womit der Hausherr die Heiratskandidatin aus Budapest beeindrucken wollte, was ihm durchaus gelang.

Ahmet Zogu trug die Uniform des Ehrenobersten der albanischen Armee, Geraldine ein saphirblaues Abendkleid, passend zum Schmuck aus Paris, den ihr der König zur Begrüßung geschenkt hatte. Am Verlobungsfinger funkelte und blitzte ein Vierzehnkaräter.

Zu Ehren der Gräfin bot die Küche ein Menu, wie es die renommiertesten Pariser Chefs nicht besser hätten ausklügeln können. Dabei vermied man jegliche Anspielung auf landesübliche Rezepte und Grundnahrungsmittel, sondern warf sich in Positur mit allem, was die Weltläufigkeit des Gastgebers vorzugaukeln versprach. Ein Amuse-Gueule von Bärentatzen, natürlich von Majestät selbst erlegt, war auf Rat des türkischen Konsuls noch im letzten Augenblick durch eine Bekassinen-Paté ersetzt worden, zu der Feridun frisch erlegte Fasane und Schnepfen beizutragen wusste.

Dies alles geschah, damit Geraldine Apponyi, sobald sie ihren Fuß auf albanischen Boden setzte, sich wieder an den Tafelrunden der Reichen und Schönen fühlen sollte, an denen sie durch einen bedauerlichen Irrtum des Schicksals für ein paar Jahre nur Gast, nie aber Gastgeberin hatte sein dürfen. Man konversierte allgemein auf Französisch, der König und die Gräfin aber konnten sich nur auf Deutsch ohne Dolmetscher verständigen.

Feridun saß der Gräfin schräg gegenüber und verfolgte aus den Augenwinkeln heraus jede Regung ihres Gesichts, das er aus intimer Nähe kannte.

Geraldine blinzelte und schloss für einen Moment lächelnd die Augen.

Selma vermied Blickkontakte mit der ehemaligen Flamme ihres Mannes. Geraldine jedoch schien über jede Verlegenheit erhaben. Vielleicht war es die seelische Mitgift ihrer Mutter, der Amerikanerin, die alles Sinnen und Trachten der Tochter auf Gegenwart und Zukunft richtete und sie nicht lange im Gestern kramen ließ. Ihr Lächeln, das allen Kerzenschein überstrahlte, barg kein Geheimnis, dessen Enthüllung sie hätte befürchten müssen.

Der König hielt die Tischrede. Er rekapitulierte seine Abstammung vom Nationalhelden Skanderbeg, der für kurze Zeit die Osmanen vertrieben hatte – »Pardon, Monsieur Cobanli, aber Ungarn und Albanien sind Brudervölker, die sich nicht ewig unterdrücken lassen!« –, und eine Liste großer kultureller und wirtschaftlicher Vorhaben, mittels derer sein Land bald aus dem toten Winkel der Weltpolitik heraustreten und einen gebührenden Platz unter den Monarchien Europas einnehmen würde.

Dann kam Ahmet Zogu auf die großen Weltreligionen zu sprechen, die angeblich in Albanien mehr als anderswo harmonierten. Er, der König, wäre bereit, diese Harmonie durch Heirat mit einer Katholikin zu besiegeln. Wenn irgendjemand im Saal etwas dagegen einzuwenden habe, dann möge er jetzt vortreten oder für immer schweigen. Niemand sagte etwas dagegen.

»Ich bin sehr erfreut und hoffe, meine Verlobte freut sich ebenfalls«, endete der König seine Ansprache auf Deutsch. Damit war das magische Wort gefallen.

Der König erhob sein Champagnerglas und prostete Geraldine zu. Auch die erhob ihr Glas – und ließ es aus Nervosität fallen. Der Kelch zersprang auf dem Marmorboden in tausend Stücke.

»Scherben bringen Glück!«, rief der König schnell auf Deutsch und schleuderte sein Champagnerglas ebenfalls auf den Boden. Alle Gäste folgten seinem Beispiel.

Zum Hauptgang erschien ein Pianist und nahm hinter einem Paravent Platz, wo der Flügel bereitstand. »Liszt oder Lehár?«, rief er laut und plump durch die Sichtblende, als ginge es um die Alternative Rotwein oder Schnaps.

»Gershwin, wenn's beliebt«, antwortete Geraldine in Champagnerlaune.

Der Mann am Klavier erbleichte. Amerikanisch-jüdisches Repertoire war hier noch nie von ihm verlangt worden, er hatte auch keine Noten dabei. Doch den König in den Augen des Ehrengastes vor der gesamten Abendgesellschaft zu blamieren, würde den Pianisten gewiss um den Posten bringen, von dem eine vielköpfige Musikantenfamilie mehr schlecht als recht lebte.

Feridun wusste als Einziger am Tisch den frechen Wunsch der Gräfin zu deuten. Sie wollte nicht etwa die Vielseitigkeit des Pianisten auf die Probe stellen. Sie hoffte vielmehr, dass ein Amateur sich ans Klavier setzen und das Vorspiel des Abends darbieten würde, so wie er es für sie einige Male getan hatte.

»Majestät, es wäre mir eine große Ehre, den Musikwunsch der Gräfin erfüllen zu dürfen!«, rief Feridun über den Tisch.

Der erstaunte Blick des Königs wurde von einem huldvoll-lächelnden Nicken der Gräfin beantwortet. Selma zog seufzend die Schultern ein.

»À vous!«, rief Ahmet Zogu und bat Feridun mit einer Handbewegung ans Instrument, wo sich der Pianist mit einer Serviette den Schweiß von der Stirn tupfte und den Platz hinterm Paravent räumte.

Feridun spielte nicht gut, es klang eher schauerlich, zumal der nicht korrekt gestimmte Flügel der »Rhapsody in Blue« mehr *blue notes* unterschob, als Gershwin im ganzen Leben komponiert hatte.

Geraldine erklärte mit kräftigem Applaus und Bravo die Mutprobe für bestanden. Das Eis des Abends war gebrochen. Die angespannte Stimmung im Raum lockerte sich ins Familiäre, denn nun wagte sich sogar der König ans Elfenbein, um mit zwei Fingern zu demonstrieren, was ihm vom Klavierunterricht seiner Jugend in Erinnerung geblieben war: der Flohwalzer!

Stehende Ovationen.

Die Tafel wurde aufgehoben, der Gastgeber bat zum Tanz in den Ballsaal.

Durch eine Reihe französischer Salons gelangten Feridun und Selma mit den anderen Gästen in einen riesigen Anbau, der für offizielle Feiern genutzt wurde. Zu Feriduns Überraschung hielten sich dort bereits mehrere Hundert Personen auf.

An den Längsseiten hatte man ihnen ein internationales Buffet aufgebaut, dessen Ende sich in der Tiefe des Saales verlor. An der Mittellinie entlang zog sich eine Tafel, gedeckt für dreihundert und die neu Hinzugekommenen. Unmengen an Porzellan, Kristall und Silber blendeten die Betrachter.

Die Wände waren mit wertvollen Waffen und Gewändern dekoriert. Noch nie hatte Feridun so viel Gold, Silber und Stickereien gesehen, dazwischen eine Auswahl kostbarer Wandteppiche, von denen der König angeblich viertausend besaß. Jedes freie Fleckchen aber in dieser monströsen Schatzkammer hatte man dicht an dicht mit roten Rosen zugestellt, aufgefüllt, besteckt, umwunden, tapeziert. Die Rokokotischchen, die Kassettendecke, die Wände – ein die Sinne betäubendes Rosenmeer, kein scheuer Blumengruß zum ersten Rendezvous.

»Un peu trop«, rümpfte Selma die Nase, während sie am Arm des Gatten nach ihren Sitzplätzen Ausschau hielt.

»Wie im Mausoleum«, flüsterte Feridun zurück.

Ihre Einwände gingen unter im Ah und Oh der anderen und im Bravo für den König. Der reichte den Applaus an Geraldine weiter und verbeugte sich galant vor der Hauptperson des Abends.

Auf einem ovalen Podest an der Stirnseite des Saales stand die Blaskapelle von vorhin, war allerdings mittels einiger Streicher zum Tanzorchester erblüht, das entsprechend dem in Wien geschulten Geschmack des Königs und seiner ehemaligen Favoritin Franzi ein breites Angebot an Walzern bereithielt, aber auch Filmschlager aus der Reichshauptstadt an der Spree.

Die Kapelle intonierte »Zwei Herzen im Dreivierteltakt«, und Majestät forderte seine Verlobte auf zum ersten Tanz. Ein, zwei Runden drehte sich das Paar allein ums Orchester. Dann sprang ein kugelrunder Wiener Tenor aufs Podium, den der König mit demselben Schiff wie Geraldine hatte kommen lassen. Der Mann im Frack zauberte eine Rose aus dem Ärmel und begann zu singen. Es war der Hauptschlager aus der Operette »Gasparone«, die zu Weihnachten in Deutschland als Musikfilm mit der Ungarin Marika Rökk und dem Holländer Johannes Heesters herausgekommen war. Als Filmkulisse diente das kroatische Dubrovnik, das ein romantisches Toskana-Städtchen darstellte, in dem eine verarmte Gräfin ein Schloss erbte und sich nach etlichen Intrigen und Räuberpistolen dem Mann ihrer Träume anverloben durfte.

Dunkelrote Rosen bring ich schöne Frau!
Und was das bedeutet, wissen Sie genau!
Was mein Herz empfindet, sagen ich's nicht kann,
Dunkelrote Rosen deuten zart es an.

Das also war der rosenzarte Andeutungsstil des Gastgebers. Feridun kam es vor, als wollte hier ein Jäger einer von seinen Hetzhunden in die Ecke getriebenen Bärendame aus nächster Nähe ins Herz schießen. Er beschloss dennoch, diesen Abend zu genießen als Operette, an deren Libretto er selber ein wenig mitgewirkt hatte. Mochte der König gleich zum Auftakt mit einem pompösen Finale ins Haus fallen: Hier stellten zwei erwachsene Menschen, Mann und Frau, einander auf die Probe, beide auf gleichermaßen unverblümte Art.

Nun wurden auch die anderen Ballgäste auf die Tanzfläche gewunken, auch das Ehepaar Cobanli drehte sich routiniert im Walzer. Feridun zog Selma an sich, als wollte er seine Frau auf dem glatten Parkett vor bösen Fliehkräften schützen. Seine Melancholie löste sich auf in Musik und Bewegung, er war immer ein begeisterter Tänzer gewesen. Selma genoss seinen euphorischen Zustand, in dem er ganz ihr zu gehören schien. Sie verlor sich in seinen Samtaugen und verzieh ihm für den Moment die vielen fremden Frauen, die diese Augen verführt hatten und bestimmt weiter verführen würden.

Sie war keine Franzi, die sich von einer neuen Favoritin vertreiben ließ.

Dann wurde abgeklatscht – und Geraldine ließ dem König keine andere Wahl, als mit dem türkischen Konsul Damen zu tauschen.

Für Ahmet Zogu bedeutete dieser Wechsel eine kleine Verlegenheit, denn er wusste um Selmas bisherige Nähe zu Franzi.

»Wie geht es ihr?«, fragte er rundheraus, kaum hatte man die erste Runde ums Orchesterpodium absolviert.

»Sie ist in einem Sanatorium«, antwortete Selma ebenso schnörkellos.

»Ich werde mich kümmern, Madame«, schloss der König das Thema ab und hielt Ausschau nach Geraldine. Die war von Feridun an die Peripherie der Tanzfläche geführt worden, wo weniger Gedränge herrschte und man keine Ohrenzeugen fürchten musste.

»Sag, Feri, steckst du hinter alledem?«, fragte ihn Geraldine.

»Nein«, log Feridun. »Der König beschäftigt doch seine sechs Schwestern als Kundschafterinnen.«

Geraldine kräuselte die Oberlippe in spöttischem Unglauben. Sie beherrschte die Kunst, Herzensangelegenheiten mit einer Miene zu servieren, als ginge es um das Wetter oder die Uhrzeit.

»Und rätst du mir zu oder ab?«

»Mein Mund rät dir zu, auch wenn mein Herz weint.«

»Dein Herz ist kein verlässlicher Ratgeber. Also verlass ich mich lieber auf deinen Mund. Aber ich möchte, dass du einer meiner Trauzeugen wirst.«

»Warum gerade ich?«

»Ich habe mir erzählen lassen, wie der König mit fremden Männern umspringt, die unerlaubt sein Eigentum anrühren. Der Kerker auf Burg Gjirokastra ist angeblich gut gefüllt.«

»Wir leben nicht mehr im Mittelalter, Comtesse.«

»Aber in einer Diktatur.«

»Bist du eine Frau, die sich von einem Mann etwas diktieren lässt?«

»Ich gebe dem König, was des Königs ist, und Gott, was Gottes ist. Und ein Trauzeuge darf nicht nur, er muss das Wohl seiner Schutzbefohlenen bewahren.«

Die Kapelle wechselte zum nächsten Schieber – sofort schob der König seine Tanzpartnerin Selma auf Feridun und Geraldine zu und klatschte ab. Feridun bot seiner Frau einen Stuhl an und bahnte sich einen Weg zur Musik. Dort kramte er aus den Noten des Dirigenten einen Filmschlager vom letzten Jahr heraus, stellte sie dem Mann mit dem Stab aufs Pult und wartete auf den Wechsel. Dann wendete er sich ans Publikum, das erwartungsvoll um ihn herum stand.

»Majestät, Gräfin, Exzellenzen, hochverehrte Damen und Herren. Als Diplomat hat man die Aufgabe, dem Regierungschef des Gastlandes aus dem Herzen zu sprechen und dafür möglichst blumige Worte zu finden. Doch wer heute der Gräfin Apponyi beim Tanzen zuschaut, dem fällt es nicht schwer, die blumigen Worte zu lesen, die auch ihr auf den Lippen liegen. Darum erlaube ich mir, sie musikalisch zum Ausdruck zu bringen. Herr Kapellmeister, bitte!«

Ein schmissiger Operettenmarsch setzte ein – und Feridun legte los:

Heut' ist der schönste Tag in meinem Leben
Ich spür zum ersten Mal, ich bin verliebt.

Ich möchte diesen Tag für keinen geben.
Es ist ein Wunder, dass es so was gibt!

Beim zweiten Mal stimmten Geraldine und Ahmet in den Refrain lauthals ein. Am Ende gab es Ovationen für das Paar und für den türkischen Konsul. Dann war es kurz vor zwölf, der König unterbrach das Tanzvergnügen und bat alle mit ihren Champagnergläsern hinaus auf die Terrasse zum Höhepunkt des Abends.

Im Dunkel tief unter ihnen lag die Hafenstadt Durrës. Silvester war hier für gewöhnlich kein Anlass, die Nacht zum Tage zu machen. Doch heute hatte der König Befehl gegeben, dem Beispiel westlicher Metropolen zu folgen und das neue Jahr mit Feuerzauber zu begrüßen. Von italienischem Geld aus seiner Privatschatulle waren im Ausland Feuerwerkskörper besorgt und überall in der Stadt platziert worden. Um das Kirchlein herum, das an den Apostel Paulus aus Kleinasien erinnerte, den Gründer der christlichen Gemeinde von Durrës, hatte man einen Ring bengalischer Flammen gelegt.

Als vom Turm des katholischen Gotteshauses die zwölfte Stunde schlug, erstrahlten zuerst die Kirche, dann die Moschee und schließlich die ganze Stadt im allerschönsten Farbgewitter. Mit offenen Mündern stand die Ballgesellschaft auf der Terrasse und bewunderte das pyrotechnische Wunderwerk. Die Kapelle im Saal spielte wieder und wieder die Hymnen Albaniens und Ungarns.

Der König zog Geraldine zu sich heran, enger, als es einem Moslem zu diesem Zeitpunkt ziemlich gewesen wäre.

»Geraldine de Nagy Apponyi, glauben Sie, dass Sie mich lieben könnten für immer, egal, was das Leben bringt?«

Die Gräfin ließ sich für ihre Antwort keine Sekunde Zeit.

»Ich liebe Sie doch schon jetzt.«

Sie prosteten einander zu.

Schon aus Höflichkeit folgten die Umstehenden schnell ihrem Beispiel, tranken, reichten sich die Hände, einige fielen sich um den Hals mit angedeuteten Wangenküssen, man wünschte sich ein glückliches neues Jahr. Öffentliche Zärtlichkeiten waren in diesen Breiten nicht Brauch.

Auch Feridun neigte sich seiner Frau zu, um sie auf die Wange zu küssen. Doch Selma drehte ihm blitzschnell ihre Lippen zu und drückte sie auf die seinen.

Am nächsten Morgen teilte der Hof mit, dass Geraldine die Heimfahrt nach Budapest abgesagt hatte, um Königin von Albanien zu werden. Zum Hochzeitstag war der 27. April 1938 bestimmt worden. Der türkische Konsul hielt sich als einer von mehreren Trauzeugen bereit.

Am 13. März 1938 traf in der türkischen Botschaft das Telegramm mit der Nachricht ein, General Cevat Cobanli Paşa sei im Alter von 67 Jahren in Istanbul verstorben. Für den »Helden des 18. März« war Staatsbegräbnis angeordnet.

Feridun machte sich sofort mit Frau und Kind auf den Weg in die Heimat.

Die albanische Königshochzeit fand ohne ihn statt.

Im Jahr darauf, am 5. April 1939, gebar Geraldine ihrem Mann einen Thronfolger. Zwei Tage später fielen italienische Truppen in Albanien ein, der Duce annektierte Zogus Reich.

Das Herrscherpaar entkam mit knapper Not nach Griechenland. Albanien war ab sofort dem italienischen König Viktor Emmanuel III. untertan.

Den Staatsschatz freilich konnte Ahmet Zogu ins Exil retten.

1938 Letzte Ehre

Tochter Faika hatte alle Formalitäten des Abschieds von Cevat Cobanli Paşa fest im Griff, als ihr Bruder und seine Frau endlich in Istanbul eintrafen. Feridun fühlte sich von Anfang an eher als Trauergast denn als neues Familienoberhaupt bei all den nun folgenden Ritualen der Pietät, des Beileids und der pflichtschuldigen Ehrenbezeugungen, die der überlebensgroße Tote und seine Hinterbliebenen über sich ergehen lassen mussten.

Die Zeitungen standen voller Artikel über den Helden des 18. März, den Hüter der türkischen Grenzen, den mustergültigen Soldaten an allen Fronten, den obersten General, den Leiter der Militärschule und des Kriegsgerichtshofes, den loyalen Weggefährten des Präsidenten seit Gallipoli, den Mitstreiter Kemals in den Befreiungskriegen und nicht zuletzt dessen Delegationsleiter bei Kämpfen am Grünen Tisch.

Atatürk selbst musste sein Erscheinen bei der Trauerfeier unter großem Bedauern absagen, weil er sich für unbestimmte Zeit an unbekanntem Ort in ärztlicher Behandlung befand. Von seiner Leberzirrhose war nirgendwo die Rede in den Blättern. Doch man wusste es. Cevats Tod erschien Feridun als letztes Auftrumpfen des Vaters über den Sohn. Die goldene Taschenuhr, die der Kriegsheimkehrer Feridun vom Pascha erhalten hatte in Anerkennung seiner bescheidenen Heldentaten, war auf der Schiffspassage von Durrës nach Istanbul stehen geblieben, als wollte der Schenker den Beschenkten ein letztes Mal ermahnen: »Meine Zeit ist abgelaufen, Sohn. Nun muss deine endlich beginnen. Was hast du angefangen mit der Frist, die ich dir schenkte? Du hast sie verschwendet in Affären und auf der Jagd, statt deinen Pflichten als Diener deiner Familie und deines Vaterlandes ernsthaft nachzukommen. Nun trittst du an mein Grab mit dem mageren Titel eines Konsuls – in einem Alter, als ich schon Pascha war. Selbst deinen bescheidenen gesellschaftlichen Aufstieg verdankst du nur den Beziehungen deines Vaters zum Vater aller Türken. Du zehrst von meinem Ruhm und befleckst den guten Namen unserer Familie durch Liederlichkeit und maßlose Selbstsucht. Darin bist du, mein Sohn, deiner Mutter ähnlicher als mir. Sie wusste das Wilde, Unbeherrschte des Tscherkessenvolkes in ihrem Blute kaum zu bändigen und verkleidete es notdürftig im Kostüm ihrer westlichen Erziehung.«

So direkt hatte der Vater nie zu ihm gesprochen. Faika gegenüber war er mitteilsamer gewesen, unmittelbar nach dem plötzlichen Tod seiner Frau.

Hadije Soraya war aus der Welt gegangen, als ihr Mann mit fünfundsechzig Jahren in allen Ehren seinen Abschied vom Militär genommen hatte und vom letzten Generalsposten heimgekehrt war in den neuen Konak, in der Pascha seine Frau räumlich von sich getrennt hatte wie eine Untermieterin.

Der Konak, 1926 von Cevat Paşa bei einem französischen Architekten in Auftrag gegeben, 1928 vollendet und von ihm und Hadije nebst Hausangestellten bezogen, hatte zwei Stockwerke. Mit den dreizehn Zimmern – ohne die Dienerwohnungen im Erdgeschoss und Souterrain – war das Haus nicht einmal halb so groß wie das abgebrannte Holzpalais. Der Pascha hatte die zweite Etage mit dem großen Balkon bezogen, seine Frau bekam Räume in der ersten Etage zugewiesen, zu der an der Westfront eine breite, weiße Marmortreppe führte.

Solange ihr Mann sich nur gelegentlich in Istanbul aufhielt, war ihr das Leben als geduldeter Dauergast gerade noch erträglich erschienen. Cevats Pensionierung machte ihr Angst. Einem vorwurfsvoll verstummten Gatten, der seinen Stolz unheilbar verletzt sah durch fünfzehn Jahre zurückliegende Ausritte seiner Frau mit einem britischen Admiral, wollte sie sich nicht mehr aussetzen.

Seit Hadije Sorayas Tod hatte der General a. D. als alter Hagestolz hinter den efeubewachsenen Mauern seiner Villa weitergelebt. Ein Pascha, der sein Leben lang Soldaten, Divisionen und zeitweise sogar das Kriegsministerium befehligt, der die Anschaffung von Panzern, Flugzeugen und Kriegsschiffen veranlasst, Diplomaten geführt, dem Obersten Kriegsgerichtshof vorgesessen und auf allen Positionen die neue Republik mitgestaltet hatte: So einer musste sich als Kommandeur einer Truppe Hauspersonal unterfordert, ja zu Tode gelangweilt fühlen.

Drei Jahre hielt Cevat die selbst herbeigeführte Entmachtung aus, dann beförderte ihn ein gnädiger Herzschlag für immer außer Dienst. Der Tod hatte ihn im Schlaf geholt, auf seinem Diwan in der Bibliothek liegend, niemand war bei ihm gewesen, erst am nächsten Tag gegen acht Uhr fand ihn sein treuer Diener Hamid, als er ihm den Morgenkaffee ans Bett bringen wollte, jedoch das Schlafzimmer leer sah.

Der Pascha lag auf dem Rücken, die Zeitung wie eben erst seinen Händen entglitten.

Vor der öffentlichen Ausstellung des Leichnams in der Ehrenhalle des alten Kriegsministeriums bahrte man ihn zu Hause auf in seiner Bibliothek. Verwandte und engere Freunde schritten in langer Reihe die weiße Marmorfreitreppe hinauf. Drinnen ging es weiter über das steinerne Treppenhaus, durch die weit offenen Flügeltüren im zweiten Stock und über das Eichenparkett des Korridors. Auf diesem Weg konnte man kurze Blicke werfen in das Ambiente, das die letzte Heimat des Generals gewesen war: das marmorne Badezimmer, die Teeküche, das Schlafzimmer, eine Kammer, in der seine Uniformen und die Orden auf einen Samtpanel gesteckt hingen sowie die Gästesuite für Feridun und den Enkel Basri. Schließlich erreichten die Trauernden die Bibliothek, überschritten den Teppich mit dem dunklen Fleck und standen am improvisierten Totenlager.

In weiße Leinentücher gehüllt und von einer Duftwolke konservierender Essenzen umgeben lag der Pascha auf dem Diwan, auf dem er entschlafen war, nun bereit zur privaten Abschiednahme. Die Fenster standen weit offen, die geschlossenen Gardinen bewegten sich im kühlen Frühlingswind.

Als die letzten Gäste das Haus wieder verlassen hatten, stahl sich der sechsjährige Enkel Basri ins abgedunkelte Zimmer und musterte das strenge, aus einem anderen Jahrhundert stammende Gesicht. Nicht Trauer trieb ihn, sondern eine Mischung aus Neugier und Beklommenheit. Noch nie zuvor hatte Basri einen Toten gesehen. Der Pascha war für ihn eine Märchengestalt, über die der Vater ihm viele wundersame Geschichten erzählt hatte, ohne je das wichtigste Lebensthema des Großvaters hervorzuheben: den Krieg. Wenn Basri nach Großpappàs Beruf fragte, antwortete Feridun immer: »Großpappà ist von Beruf Pascha, er gibt Befehle, und alle müssen ihm gehorchen.«

Von nun an musste Feridun ihm nicht mehr gehorchen. Auch wenn das Anwesen, das er erbte, für immer den Namen des Vaters tragen würde, fühlte der Sohn eine Last von seinen Schultern genommen. Es war nicht leicht gewesen, der Stammhalter einer lebenden Legende zu sein. Jetzt war die Zeit gekommen, aus dem Schatten des Denkmals zu treten.

Und aus dem Schatten einer Ehe, die der Vater dem Sohn aufgezwungen hatte.

(

Die Zeremonie in der Ehrenhalle des Kriegsministeriums war beendet. Der Sarg mit den sterblichen Überresten des Generals wurde nun in eine türkische Fahne gehüllt und von jungen Offizieren auf eine Geschützlafette gehoben. Von Reitern eskortiert und schweigend beobachtet von Tausenden Istanbulern, die die Straße säumten, zog ein blank geputzter Geländewagen der Armee die Lafette hinunter zur Anlegestelle der Bosporusdampfer nach Kadiköy. Dort nahm der Minenleger Nusret, das einst von Cevat Paşa gegen Churchills Flotte losgeschickte, berühmteste Schifflein der Türkei – die Nationalflagge achtern auf Halbmast –, den Sarg und die geladenen Trauergäste an Bord. Knapp hundert Personen, darunter eine Abordnung von drei Generälen und einem Admiral, setzten über auf die asiatische Seite.

Die Beisetzung in der Familiengruft des Friedhofs von Göztepe, wo schon Cevats Ehefrau, sein Vater Arapkirli Şakir Paşa und sein Großvater Hasan Paşa unter schlicht-weißen, mannshohen Grabsteinen ruhten, war der letzte Teil des Staatsaktes. Voran marschierend auf dem Weg vom Hafen Kadiköy musizierte eine Militärkapelle. Ihr folgte eine neue Geschützlafette mit dem Sarg, diesmal gezogen von zwei gesattelten Schimmeln. In den Steigbügeln steckte – traditionsgemäß verkehrt herum – ein Stiefelpaar des Paschas.

Dem Gespann schloss sich im langsamen Gleichschritt der Trauerzug an, angeführt – im Frack und mit seinen deutschen Orden am Revers – das neue Familienoberhaupt Konsul Feridun Cobanli, neben ihm – in Generaluniform – schritt der ehemalige türkische Ministerpräsident Ismet Inönü im Schmuck seiner Siege und Verdienste. Der frühere Westfront-Oberbefehlshaber war selbst ein großer Kriegsheld, Weggefährte Kemals und Cevats. Über die Verstaatlichung eines landwirtschaftlichen Anwesens mit Brauerei bei

Ankara – Atatürk war mit persönlichen Geschäftsinteressen darin verstrickt – hatte sich der kranke Staatspräsident mit dem Regierungschef so heftig verzankt, dass Ismet zurückgetreten war. Vom Volk wurde er weiterhin als Nummer zwei neben dem Staatsgründer wahrgenommen.

Während der Überfahrt raunte Ismet Inönü dem Sohn des großen Toten zu, Feridun müsse nicht mehr nach Albanien zurückkehren. Auf Veranlassung des Präsidenten würde ihm schon bald die Versetzung nach Ankara mitgeteilt.

Feridun glaubte zunächst, sich im Fahrtwind verhört zu haben. Doch als Ismet sich nach dem Ende aller Zeremonien von ihm verabschiedete – »Auf Wiedersehen in der Hauptstadt!« –, gab es keinen Zweifel mehr.

Ankara!

Heiß durchlief es ihn vom Scheitel bis zur Sohle. Es kam Feridun vor, als hätten der Vater und Atatürk sich ein letztes Mal gemeinsam gegen ihn verschworen. Direkt unter den Augen des Präsidenten sollte er seinen nächsten Turnus absolvieren. An die kurze Leine des Außenministeriums gelegt, würde er ein kleines Büro in der Hauptstadt beziehen, auf Bewährung quasi, bis man ihn vielleicht wieder auf einen Auslandsposten entließ.

Es gab vernünftige Gründe für seinen Wechsel nach Ankara. Der radikale Reformer Atatürk hegte großes Interesse daran, dass seine Diplomaten, vor allem die wenigen mit Erfahrung im deutschsprachigen Raum, möglichst viele Experten aus allen Gebieten der Wirtschaft und der Wissenschaften ins Land lockten und zu ihnen Vertrauensbeziehungen aufbauten und pflegten.

Die Gelegenheit dafür erschien mehr als günstig, denn unter den Emigranten aus Deutschland und zunehmend aus Österreich befanden sich viele der besten Köpfe, die meisten Juden, aber auch kritische Geister wie der von den Nazis als Kulturbolschewist verfemte, weltweit anerkannte Baukünstler Bruno Taut, ein Ostpreuße. Atatürk lud sie schon seit Jahren ein, das moderne Ankara und die neue Türkei aufbauen zu helfen. Feridun hatte als Kulturattaché manchen von ihnen persönlich kennengelernt, sich mit dem österreichischen Architekten Clemens

Holzmeister, der sich von seinen deutschen Verpflichtungen offiziell nur aus beruflichen Gründen hatte beurlauben lassen, sogar angefreundet. Der Präsident bewohnte in der Hauptstadt eine von Holzmeister entworfene Residenz, das »Rosa Haus«.

Ankara also!

Die Militärkapelle rückte mit einem letzten Trauermarsch vom Friedhof ab, die Menschenmenge zerstreute sich allmählich. Feridun war mit Selma zurückgeblieben und blickte über die Gräber seiner Familie hinweg nach Osten. Selma, die sich den Tag über im Hintergrund gehalten und ihrer Schwägerin Faika den Vortritt gelassen hatte, ergriff nun tröstend den Arm ihres Mannes.

Sie spürte, wie Feridun sich versteifte.

1938 VATER DER TÜRKEN

Hadi ileri, Brauner!«, rief die Reiterin, »los, vorwärts!« Der Hengst rührte sich nicht vom Fleck.

Französisch hätte er womöglich verstanden, aber nicht dieses seltsame Türkisch aus dem Mund einer nervösen Ungarin. Die Pferde hier waren die *lingua franca* der hohen Herrschaften gewöhnt. Ankaras feinster Reitclub akzeptierte nur Mitglieder aus Politik, Militär und Diplomatie.

Sari Belge versuchte es nun in ihrer Muttersprache, doch wieder vergeblich.

»Du dummes Tier!«, schimpfte sie und hieb ihm die Fersen in den Leib. Das Pferd hielt die Luft an und legte die Ohren zurück, ohne sich einen Zentimeter zu bewegen.

»Allez!«, rief da jemand von hinten.

Der Hengst machte einen Satz vorwärts und galoppierte aus dem Stand los, die Reiterin versuchte sich verzweifelt in der Mähne festzuhalten.

»Dur!«, flehte sie, »Bleib stehen!«

Ein fremder Reiter holte sie auf seinem Rappen ein und griff in die Zügel ihres Pferdes.

»Arrête, mon chèr!«

Abgelenkt von der Unsicherheit seiner Reiterin, nahm der Braune die Parade an und sofort Nüsternkontakt zu dem stattlichen Rappen auf.

Nun erkannte Sari den Reiter.

Es war der türkische Diplomat aus Budapest.

»Feridun Bey!«, rief sie entzückt. »Sie hier?«

»Seit zwei Tagen, Madame Belge!«

»Freunde nennen mich immer noch Zsa Zsa.«

»Bin ich denn ein Freund?«

»Wer, wenn nicht Sie, Lieber!«

»Wollen wir ein wenig zusammen ausreiten, Zsa Zsa?«

»Ist der Papst katholisch?«

Sie ritten eine Weile schweigend nebeneinander her, sich verstohlene Blicke zuwerfend. Er war in den vier Jahren seit ihrer ersten Begegnung nicht gealtert, nun gut, das Haupthaar mochte etwas lichter scheinen, doch alles in allem machte er in seinen Enddreißigern bellissima figura wie eh und je.

Zsa Zsa aber hatte sich aufregend verwandelt – von der siebzehnjährigen Schönheitskönigin mit weichen Zügen und kindlichem Augenaufschlag in ein Prachtweib, dessen Rasse und Klasse Feridun den Atem raubte.

Weiße Reithose, weißes Hemd, tiefer Spitzkragen, dunkles Halstuch – so stellte sich Atatürk die moderne Frau vor. Ihr rundes Gesichtchen hatte Konturen und Charakter bekommen, die grün-blauen Augen umschattete eine Spur geheimnisvoller Melancholie, was ihr sehr gut stand.

Zsa Zsas gesamtes Erscheinungsbild an diesem sonnigen Apriltag war eine freche Kampfansage an die Tradition Anatoliens. Jeder Mann, jeder Türke mochte sein ureigenes Wunschbild des Ewigweiblichen in sich tragen. Feridun sah Zsa Zsa Belge an und wusste: Keine andere Frau würde je seinem Traum näher kommen als diese.

Er hatte die Tür zum Paradies erreicht.

Jetzt musste er nur noch den Schlüssel finden.

Vor dem Umzug der Cobanlis nach Ankara war ihm von Kollegen aus der Hauptstadt berichtet worden, wie bedauerlich es um die Ehe Burhan Asaf Belges und der jungen Ungarin stand. Selten sah man das Paar gemeinsam in der Öffentlichkeit. Der Sprecher des Außenministeriums trat meist allein auf und war dauernd unterwegs. Seine Frau sprach noch immer kaum Türkisch, nur für teure Einkaufsbummel in der Altstadt reichte es allemal. Seit einiger Zeit, so hatte man Feridun erzählt, erschien sie mitunter im Reitclub und verdrehte aus reiner Langweile ausländischen Diplomaten den Kopf. Mancher von ihnen machte ihr heimlich den Hof. Wie weit man bei ihr kommen konnte, darüber gab es widersprüchliches Geflüster.

»Wie geht es Ihnen in Ankara, Zsa Zsa?«

»Oh, diese Stadt ist mein Tod, Feridun Bey.«

»Die Stadt?«

»Ihre Bewohner.«

»Es ist die Stadt Atatürks!«

»Es ist die Stadt Burhan Belges.«

»Ihr Gatte ist ein sehr respektierter Mann.«

»Der Respekt aller anderen ist ihm wichtiger als meine Liebe.«

»Das kann ich nicht glauben.«

»Lieber, was habe ich alles auf mich genommen, alles, was eine Ehefrau tun kann für ihren Mann! Ein Privatlehrer erteilt mir Türkischunterricht. Ich bitte Burhan, mir Zeitungen und Bücher auf Deutsch, Englisch und Französisch vorzulesen, um mein Allgemeinwissen aufzubessern und ihm eine gute Gesprächspartnerin zu sein. Wenn er nach Hause kommt, hat die Köchin seine Leibspeise zubereitet. Doch was macht er? Sobald er abends den Fuß in die Wohnung setzt, verstummt er. Wortlos nimmt er das Abendessen ein, wortlos versinkt er mit seiner Lektüre im Lesesessel. Ab und zu blickt er auf und mustert mich schweigend, wie ein müder alter Lehrer ein Schulmädchen mustert, dessen Leistungen ihn trotz aller pädagogischen Mühen nicht befriedigen.«

»Warum haben Sie damals so schnell geheiratet, Bayan Belge?«

»Mein Vater wollte mich nach meinem Wiener Bühnenerfolg zurück aufs Internat in die Schweiz schicken. Das wollte ich auf keinen Fall.

Das Lyzeum der Sionsschwestern kam mir vor wie ein Gefängnis. Dann lieber heiraten.«

»Auch die Ehe ist eine Art Gefängnis.«

»Aber ich konnte mir den Gefängnisdirektor wenigstens selbst aussuchen. Mein Vater war zu lange Offizier, er wusste es nicht besser, als seine Frau und uns Kinder wie Rekruten zu behandeln. Und weil er drei Töchter hatte, aber keinen Sohn, traf es uns besonders hart. Wir Mädchen wurden kommandiert, nicht erzogen.«

»Oh, ich weiß, wovon Sie sprechen. Mein verstorbener Vater war ein Pascha. Er gab Befehle – und man musste gehorchen.«

»Burhan kann unendlich viel Charme einsetzen, wenn er sich für eine Sache interessiert. Leider sind Frauen für ihn nur Nebensache. Wussten Sie, dass er vor mir schon zweimal verheiratet war?«

»Nein«, log Feridun.

»Ich erfuhr es erst von seiner Familie in Istanbul.«

»Waren Sie ihm böse deswegen?«

»Nein, eher mir selbst. Ich hätte ihn ja fragen können, bevor ich mich ihm an den Hals warf.«

»Hätten Sie ihn dann nicht geheiratet?«

»Wer weiß … Einen gefährlichen Augenblick lang war ich in Sie verliebt, Feridun Bey.«

»Ich war … ich bin verheiratet.«

»Eine von diesen arrangierten Ehen, wie sie hierzulande üblich sind?«

»Nun, mein Vater und der Präsident fanden, dass die Tochter des türkischen Botschafters in Berlin sehr gut zu mir passt.«

»Und Sie, was fanden Sie?«

»Liebe Zsa Zsa, von einem Diplomaten werden Sie auf eine solche Frage nur eine diplomatische Antwort bekommen.«

»Für mich steht fest: Das nächste Mal heirate ich nur noch aus Liebe!«

»Sie sind eine sehr moderne Frau, Bayan Belge. Verglichen mit Ihnen war ich damals ein sehr sehr altmodischer türkischer Mann.«

»Bestimmt nicht so altmodisch wie Burhan Belge.«

Sie erreichten eine Anhöhe außerhalb des Clubgeländes, stiegen ab und setzten sich ins Gras. Man konnte von hier aus die winklige Altstadt sehen unter dem Felsenkegel mit der Zitadelle, aber auch das großzügige neue Regierungsviertel mit seinen Boulevards und Botschaften, das Werk der genialen Baumeister Jansen, Holzmeister und Taut.

Zsa Zsa hatte keine Augen dafür.

»Meine ältere Schwester Eva möchte nach Amerika auswandern, sie sagt, ich soll mitkommen.«

»Amerika …?«

»Mögen Sie Amerika nicht, Feridun-Bey?«

»Ich spreche kein Englisch.«

»Das lernt man schnell.«

»So schnell wie Reiten?«

»Das war jetzt gemein!«, maulte sie fast wie ein Backfisch, der sie nun wirklich nicht mehr war. »Keiner liebt mich.«

»Sie sind eine Frau, die alle Liebe der Welt verdient, Zsa Zsa«, hörte er sich sagen. »Richten Sie das bitte Ihrem Mann aus, bevor es ihm andere Männer sagen.«

Ihre grün-blauen Augen füllten sich mit Wasser. Feridun hielt ihren Blick sehr lange, dann stand er auf.

»Wir sollten zurückreiten, sonst gibt es Gerede.«

»Ich habe es schon immer gewusst, Feridun Bey, Sie sind ein wahrer Gentleman!«

Als er ihr bei den Ställen aus dem Sattel half und man dem Rossknecht die Pferde übergab, hielt sie seine Hand fest.

»Danke für diesen wundervollen Nachmittag, Feridun Bey«, flüsterte sie.

Er hauchte einen Kuss auf ihre Hand und blieb zurück, während Zsa Zsa hinaus auf die Straße ging, wo ihr Fahrer bereitstand. Feridun wartete noch einige Minuten auf dem Gelände des Reitclubs, denn er wohnte ebenfalls im Diplomatenviertel, nicht weit vom Haus des Kollegen Belge entfernt. Ein Gefühl stieg in ihm auf, das er lange nicht mehr gespürt hatte.

Schmetterlinge im Bauch.

In den nächsten Wochen kam es zu keinen Annäherungen oder gar Ausritten mit Zsa Zsa, von Zufallsbegegnungen bei offiziellen Anlässen des politischen Ankara abgesehen. Bei solchen Gelegenheiten tauchten ihre Blicke kurz ineinander, unbemerkt von den Ehepartnern. Pressesprecher Burhan Belge nickte Feridun freundlich zu, dann hatte er seine Augen schon wieder beim nächsten Journalisten, Botschafter oder Regierungsmitglied.

Der Präsident glänzte auf dem gesellschaftlichen Parkett durch Abwesenheit, es ging Atatürk gesundheitlich nicht gut.

Manchmal telefonierten Feridun und Zsa Zsa wie gute Bekannte, die sich auf dem Weg befanden, sehr gute Bekannte zu werden. Selma schöpfte allmählich Hoffnung, dass ihr Mann seinen Ungarinnen-Tick endlich ad acta gelegt haben könnte. Doch sie blieb auf der Hut.

Seine neue Arbeit im Außenministerium bereitete Feridun wider Erwarten Freude. Unter den deutschen Emigranten in Ankara traf er viele Bekannte aus Berlin wieder, einige von ihnen konnte er an Firmen, Schulen oder Universitäten vermitteln. Galten für Juden auch in der Türkei diskriminierende Regeln, hieß man die Vertreter gesuchter Berufe freundlich willkommen.

Selma fand rasch Anschluss an die Frauen des Diplomatischen Korps, der sechsjährige Basri wurde eingeschult in einer Klasse mit Kindern aus vielen Ländern.

Besonders gern traf Feridun sich mit seinem Freund Clemens Holzmeister, der für einige der wichtigsten Regierungsbauten Ankaras verantwortlich zeichnete und gerade von Atatürk den Zuschlag erhalten hatte für seine architektonische Vision der Nationalversammlung. Im Herbst war die Grundsteinlegung geplant.

Hin und wieder fantasierten Feridun und Clemens über Traumhäuser in Istanbul, die der Architekt für sich und für den Freund entwerfen sollte, Clemens schwebte ein moderner Yali am Bosporus vor, Feridun wünschte sich ein vermietbares Wohnhaus im Park von Cevat Paşa Konak. Doch dann musste der vielbeschäftigte Österreicher sich wieder seinen Monumentalbauten widmen – und die privaten Seifenblasen zerplatzten.

Die beiden Männer gingen oft gemeinsam zum Segeln, besuchten den Reitclub, verbrachten freie Tage an der Schwarzmeerküste. Nur fürs Jagen konnte Feridun den Freund nicht gewinnen. Schon Holzmeisters Vater – als Emigrantensohn vermögend aus Brasilien nach Österreich heimgekehrt – war erklärter Waffen- und Militärgegner gewesen. Dass sein Sohn Clemens, in Tirol geboren, katholisch erzogen und schon seit der Schulzeit Mitglied einer christlichen Studentenverbindung, als ersten türkischen Großauftrag das Verteidigungsministerium entwerfen durfte, gehörte wohl zu jener Ironie, mit der das Schicksal den Lebensweg der größten Begabungen pflastert.

Hitler hatte im März Österreich per Anschluss dem Deutschen Reich einverleibt. Der Wiener und Düsseldorfer Professor Holzmeister war daraufhin nicht in seine Heimat zurückgekehrt, sondern hatte kurzerhand das Zentrum seiner Lehrtätigkeit nach Istanbul verlegt, ordnungsgemäß freigestellt, denn mit Rücksicht auf seine deutschen Honorar- und Pensionsansprüche wollte er nicht als Emigrant gelten.

Wenn er sich beruflich in Ankara aufhielt, bewohnte er ein Häuschen in der Altstadt, das Atatürk ihm zur Verfügung gestellt hatte. Während seiner Abwesenheiten sah Feridun dort gelegentlich nach dem Rechten, Holzmeister hatte ihm den Schlüssel anvertraut und ihn mit den Dienstboten bekannt gemacht.

Das Gebäude war als eines der wenigen beim großen Brand unversehrt geblieben und ganz nach anatolischer Tradition eingerichtet. Die Tür zur Straße zeigte reiche Schnitzereien, dahinter öffnete sich durch einen schmalen Gang der Blick zu einem Innenhof mit einem Olivenbaum in der Mitte. Jenseits des Hofs führte eine kleine, überdachte Steintreppe hinauf in osmanische Wohnräume, wie Feridun sie, allerdings größer, vom abgebrannten Konak in Istanbul her kannte.

Er wunderte sich nicht zum ersten Mal darüber, dass moderne Architekten, die in aller Welt für ihre gewaltigen Abstraktionen und mutigen Stilbrüche gepriesen wurden, privat auf die herkömmliche Behaglichkeit gutbürgerlicher Altbauten nicht verzichten wollten. Nur dass sie es sich eben leisten konnten, in perfekt restaurierten Mauern und Möbeln den allerneuesten Komfort zu verstecken.

So hielt es auch Holzmeister mit seinem pied-à-terre in Ankara.

Ein Salon, matt beleuchtet von ein paar Funzeln, schmucklos und doch opulent ausgestattet. An den Wänden osmanische Sitzpuffs, vor denen runde Tepsis standen.

Doch statt der üblichen Aschenbecher, Teegläser und Porzellanmokkabecher hatte der Hausherr auf allen Tabletts seine Architekturmodelle abgestellt, ganz oder in Teilen, manche im Detail ausgeführt, andere erst mit groben Klötzchen improvisiert. Auf diese Modelle waren, batteriebetrieben, winzige elektrische Lampen gerichtet, die das Werk des Meisters eindrucksvoll illuminierten. Oft war Holzmeister mit dem Präsidenten hier gewesen und hatte ihm, begleitend zum öffentlichen Wettbewerb der besten Architekten um den jeweiligen Auftrag, Privatlektionen in visionärer Stadtgestaltung erteilt.

Die Baugeschichte Ankaras seit 1927 ließ sich an diesen Modellen en miniature bestaunen, das Verteidigungsministerium, die Militärakademie, Atatürks Stadtvilla, die Zentralbank, der Oberste Gerichtshof, weitere Ministerien sowie Vorentwürfe zur Nationalversammlung. Fast schien es, als könnte der Österreicher Holzmeister das Monopol auf türkische Staatsaufträge für sich beanspruchen. Tatsächlich war er nur einer von mehreren deutschsprachigen Baumeistern, die den Klassikaneignungen Hitlers, Stalins und Mussolinis fern von Berlin, Moskau und Rom ihre eigene, oft nicht weniger kolossale Mischung aus Mythos und Moderne entgegenbauten.

Eines Nachmittags Anfang Mai saß Feridun in Holzmeisters Panoptikum und wartete. Den Dienstboten hatte er frei gegeben, er hielt sich allein im Haus auf. Mit geschlossenen Augen lag er auf dem Diwan und lauschte den Geräuschen der alten osmanischen Welt, die ihn hier umraunten. Dem leisen Knistern des Gebälks, dem Simmern des Teekessels, dem Schnurren der Angorakatze, die manchmal am Kelim entlangstrich, mit dem der Diwan bedeckt war.

Einen Stock höher wartete das Gästezimmer des verreisten Architekten auf Besuch.

Hatte Feridun alles richtig gemacht? Hatte der Antiquitätenhändler Vahak Efendi seiner Stammkundin das kleine Präsent mit der Botschaft und der Adresse des anonymen Verehrers ausgehändigt? Sehnsüchtig lauschte er zum Eingang hin.

Da!

Schritte!

Klopfen!

Feridun atmete tief durch, dann erhob er sich und ging zur Tür. Einen Moment hielt er inne und dachte nach. Etwas hatte ihn irritiert. Die Schritte waren ihm zu selbstbewusst, das Klopfen zu forsch erschienen. War Zsa Zsa vielleicht doch nur eine durchtriebene Männersammlerin, die das flüchtige Abenteuer suchte, den Reiz des Verbotenen, nicht die Romantik der Annäherung, der Zärtlichkeiten, der planvoll hinausgezögerten Erfüllung?

Nein, sie war Ungarin. Sie wusste, was sie wollte.

Sie wollte ihn – und er wollte sie.

So einfach war das manchmal.

Er öffnete die Tür – und vor ihm stand Burhan Asaf Belge.

»Exzellenz …?!«, entfuhr es Feridun.

»Lassen wir die Exzellenz weg, Burhan genügt.«

»Burhan Bey, was … wer schickt Sie … etwa der Herr Professor Holzmeister?«

»Niemand schickt mich. Ich erlaube mir, Sie in Vertretung meiner Frau zu besuchen. Zsa Zsa hat Migräne und bittet mich, sie bei Ihnen zu entschuldigen.«

»Das tut mir leid. Was darf ich Ihnen anbieten, Burhan Bey?«

»Ich nehme an, Sie wissen nicht nur, wo hier der Raki steht, sondern haben schon den Çay vorbereitet.«

»Einen Moment«, sagte Feridun und verschwand in Richtung Teeküche.

Belge sah sich um und ließ sich schließlich nieder auf einem Polster neben dem Klötzchenmodell für die Nationalversammlung. Feridun kehrte zurück mit zwei Teetassen auf einem Silbertablett.

»Ein genialer Entwurf, finden Sie nicht auch, Burhan Bey?«

»Hoffentlich erlebt der Präsident die Grundsteinlegung noch.«

»Burhan Bey! Was sagen Sie da?«

»Es geht ihm nicht gut, schon seit Monaten. Die Leber fordert ihren Preis für die jahrzehntelange Tortur.«

»Sind Sie gekommen, um mit mir über die Gesundheit des Präsidenten zu sprechen?«

Feridun zog sich ein Sitzpolster heran und nahm ebenfalls Platz.

»Nein, ich bin hier, um mit Ihnen über meine Frau zu sprechen.«

»Sie wollte sich hier die Modelle des Meisters ansehen.«

»Sie wollte ein paar Stunden Urlaub von ihrer Ehe nehmen.«

Feridun verschluckte sich an seinem Tee und hielt sich hustend die Hand vor dem Mund.

»Das ist nicht Ihr Ernst, Burhan Bey!«, keuchte er.

»Ich kenne meine Frau – und ihr Versteckspiel.«

Belge griff in die Sakkotasche und zog einen goldschimmernden Gegenstand hervor. Es war eine winzige Spieluhr in Form eines Grammophons. Er zog sie auf, stellte sie auf die Messingplatte vor dem Säulenportal der Nationalversammlung und ließ der Melodie ihren Lauf.

Dein ist mein ganzes Herz.

Feridun schwieg betroffen.

Burhan Belge lehnte sich zurück, klopfte sekundenlang mit einer Zigarette auf sein silbernes Etui, nahm sie dann in den Mundwinkel und lächelte sein Gegenüber an, ein bisschen spöttisch und doch wie einen guten, alten Kameraden, dem man nicht wirklich böse sein kann.

»Der Professor Holzmeister hat seinem besten Freund Luis Trenker die Frau ausgespannt und sie geheiratet. Ihre Männerfreundschaft hat es überlebt.«

»Ich eifere seinem Beispiel nicht nach, Burhan Bey.«

»Wie? Sie legen keinen Wert auf meine Freundschaft?«

»Ich … ich habe kein Interesse an einer Ménage à trois, wenn Sie das meinen.«

Burhan Belge blies den Rauch durch die Nase und warf einen Blick auf die Spieluhr.

»Der Gazi hat sich scheiden lassen, weil es seiner Latife nicht schnell genug ging mit der Befreiung der Frau. Das war vor fünfzehn Jahren. Jetzt ist es so weit, die Frauen nehmen sich alles, was sie haben wollen.«

»Sind wir Männer bereit, es zuzulassen?«

»Feridun Bey, ich finde, mit unserem Verzicht auf die Vielweiberei sind wir türkischen Männer erheblich in Vorleistung gegangen. Das muss aber nicht heißen, dass wir jetzt bei unseren Ehefrauen die Vielmännerei dulden.«

»Der Präsident ...?«

»Der Präsident ist der Präsident. Und wohin ihn sein Lebenswandel gebracht hat, spürt er jetzt. Nicht nur an der Leber.«

Feridun schwieg, bis die Spieluhr verklungen war. Dann blickte er Belge fest in die Augen.

»Lieben Sie Ihre Frau, Burhan Bey?«

Belge starrte Feridun an. Dann stand er auf und versetzte ihm eine Ohrfeige.

Feridun nahm den Schlag äußerlich unbewegt hin. Nun erhob auch er sich und blickte Burhan Belge aus seinen Samtaugen an.

»Ich liebe Ihre Frau, Burhan Bey.«

Belge schlug ein zweites Mal zu.

Feridun nahm auch diese Ohrfeige hin und sah ihn weiter an.

»Setzen wir uns wieder«, seufzte Belge.

Sie setzten sich. Eine Weile saßen sie einander schweigend gegenüber.

Belge bot Feridun eine Zigarette an, der griff zu, räusperte sich und nahm die Konversation wieder auf.

»Ich schätze, die Begeisterung unseres Präsidenten für die abendländische Kultur geht nicht so weit, dass er uns in dieser Situation auffordern würde, uns zu duellieren.«

»Der Präsident ist nicht unser Dienstherr, sondern der Außenminister. Dem würde ich gerne vorschlagen, Sie auf eine respektable Auslandsstelle zu versetzen – als Generalkonsul.«

»Ich liebe Zsa Zsa – und ich bin nicht käuflich.«

»Zsa Zsa ist meine Frau – und sie bleibt meine Frau.«

»Burhan Bey, ich sehe leider keine diplomatische Lösung für unser Problem.«

»Diplomatie? Wir sind hier nicht beim Völkerbund …?«

» …sondern in Zentralanatolien, nicht wahr, Burhan Bey?«

Belge lief rot an und drosch mit der Faust kräftig auf die Messingplatte. Die Nationalversammlung, aus lauter kleinen Elementen lose zusammengesetzt, stürzte in sich zusammen wie ein Kartenhaus.

Betroffen inspizierten die beiden Männer das Chaos.

Feridun begann als Erster zu lachen. Zunächst unterdrückt, dann schüttelte er sich in einem gewaltigen Lachanfall.

Nun lachte auch der Sprecher des Außenministeriums.

»Braucht die Türkei ein Parlament? Es gibt doch nur eine Partei!«, prustete Feridun und wischte sich mit seinem Einstecktuch die Lachtränen von den Wangen.

»Braucht ein türkischer Diplomat ungarische Frauen, es gibt doch anatolische!«, wieherte Belge.

»Brauchen wir noch Çay – oder hole ich den Raki?«, fragte Feridun.

»Raki!«

Augenblicke später stand die Flasche vor ihnen. Sie tranken und machten sich daran, die Nationalversammlung wieder aufzubauen. Doch sie scheiterten kläglich. Schließlich gaben sie auf und errichteten stattdessen, vom Schnaps beflügelt, aus Holzmeisters Modellbauklötzen ein Phantasiegebäude.

Es sah dem Turm von Babel ziemlich ähnlich.

Vorsichtig pflanzte Burhan Belge eine winzige türkische Flagge auf die Turmspitze und betrachtete stolz ihr gemeinsames Werk.

»Brauchen wir noch Architekten, Feridun Bey?«

»Brauchen wir noch Präsidenten, Burhan Bey?«

Belge drohte Feridun mit dem Zeigefinger.

Dann wanderte der Finger zum Hals der Rakiflasche und kippte sie um.

Sie war leer.

Zwei Tage lang passierte nichts. Kein Lebenszeichen von Zsa Zsa, kein weiterer Kontakt mit Burhan Belge, weder privat noch im Ministerium.

Selma spürte, dass etwas nicht stimmte, stellte ihrem Mann aber keine Fragen.

Feridun verließ früh das Haus und kam erst spät zurück.

Etwas Schlimmes musste wieder passiert sein.

Eine andere Frau.

Doch wieder diese Ungarin?

Schon lange erschien Selma alles Ungarische unheilvoll.

Ungarinnen kommen und nehmen dir den Mann weg.

Auch Franzi in Tirana war es so ergangen.

War jetzt Selma in Ankara an der Reihe?

Feridun saß in seinem Büro im Außenministerium und brütete dumpf vor sich hin. Er hatte alle Termine und angemeldeten Telefongespräche absagen lassen, die Leitung sollte frei sein.

Frei für sie.

Er war bereit.

Bereit wofür?

Er starrte das Telefon an.

Das Telefon starrte ihn an.

Am dritten Tag nach seinem merkwürdigen Tête-à-tête mit Burhan Belge sah er vom Fenster aus den Pressesprecher in ein Taxi steigen.

Er würde zum Haus des Rundfunks fahren, wo er regelmäßig politische Kommentare sprach.

Feridun hielt es nicht mehr aus. Er griff zum Hörer und ließ sich mit Zsa Zsas Nummer verbinden. Der Diener meldete sich.

»Tut mir leid, Madame Belge hat gerade das Haus verlassen.«

Enttäuscht ließ Feridun den Hörer auf die Gabel sinken.

Es klopfte leise an seiner Tür.

Feridun reagierte nicht.

Das Klopfen wurde stärker.

»Ja …?«

Die Tür öffnete sich und Zsa Zsa schlüpfte herein.

»Zsa Zsa!«

»Lieber!«

Er sprang vom Schreibtisch auf und stürzte auf sie zu. Sie ließ sich schluchzend in seine Arme fallen. Ihre Kleidung war dezent, sie trug Kopftuch. Kein Parfum, kein roter Mund. So wappneten sich Geliebte, die keine Spuren hinterlassen wollten.

»Zsa Zsa, seit drei Tagen warte ich auf Nachricht von Ihnen!«

»Er hat mir den Umgang mit Ihnen verboten.«

»Und da wagen Sie sich in die Höhle des Löwen?«

»Ich besuche meinen Mann gelegentlich im Büro, wenn ich einkaufen gehe und mehr Geld brauche.«

»Er spricht gerade im Rundfunk.«

»Ich weiß …«

Sie ging zum Radioapparat und drückte die Programmtaste von Radio Ankara. Sekunden später erfüllte Burhan Belges sonore Stimme den Raum. Der bekannte Journalist und Deutschlandexperte warnte vor der Kriegslust der Nazis. Zsa Zsa drehte die Lautstärke etwas zurück.

»Wir haben eine Stunde Zeit, Lieber.«

»Zeit … wofür?«

»Unsere Flucht planen.«

»Flucht?«

»Nach Amerika.«

Sie machte wirklich keine Umschweife.

»*Die Amerikaner haben es versäumt, nach dem Weltkrieg ihre Verantwortung für Europa wahrzunehmen*«, flüsterte es aus dem Radio. »*Bald wird die ganze Welt den Preis dafür bezahlen müssen.*«

Feridun bot Zsa Zsa einen Platz auf dem Besuchersofa an, setzte sich neben sie, zog sein Seidentüchlein aus der Brusttasche und reichte es ihr. Sie tupfte sich die Tränen ab.

»Fliehen, Zsa Zsa, wie stellen Sie sich das vor?«

»Mit dem Zug in den Irak, mit dem Flugzeug nach Indien und von dort mit dem Schiff weiter nach New York.«

Sie war gut informiert.

»Ich muss mich aber erst von Selma scheiden lassen, Zsa Zsa. Das dauert.«

»Ich könnte vorausfahren – und Sie kommen nach.«

»Sie würden einfach so verschwinden, bei Nacht und Nebel?«

»Hier gehe ich vor die Hunde.«

Ohne Zsa Zsa würde auch er hier vor die Hunde gehen, dachte Feridun. Aber sehr viel weiter dachte er nicht. Von fern warnte der Radiokommentator.

»Nur eine strikt neutrale Türkei kann sich schützen vor dem Tag, an dem Hitler den Rachevertrag von Versailles mit Waffengewalt bricht.«

»Helfen Sie mir, mein Lieber?«

»Haben Sie Ihren Diplomatenpass?«

»Burhan bewahrt ihn in seinem Büro auf.«

»Sie können ohne die Zustimmung Ihres Mannes nicht verreisen.«

»Wenn ich den Pass habe, schon.«

Das also war es, durchzuckte es Feridun. Darum war sie hier. Nicht seinetwegen. Sie brauchte nur einen Komplizen, der die Papiere für sie stahl. Er wagte es nicht, Zsa Zsa anzusehen, sondern starrte schweigend hinauf zum Porträt des Präsidenten an der gegenüberliegenden Wand.

Die Ungarin spürte Feriduns Enttäuschung und rückte näher an ihn heran. Er ließ es stumm geschehen. Sie hob ihre rechte Hand unter sein Kinn und schraubte es sachte in ihre Richtung.

»Ich weiß, Lieber, ein Gentleman wie Sie lässt sich niemals zu einem Diebstahl anstiften. Aber Burhan Belge ist kein Gentleman, er hat mir die Spieluhr gestohlen, Ihr süßes Geschenk. Den Beweis Ihrer Liebe …«

Sie näherte sich seinem Mund und schloss die Augen.

»Die Ungarn schmeißen sich gerade dem Führer an den Hals, das werden sie bitter bereuen«, flüsterte Burhan Asaf Belge aus dem Radio.

Feridun nahm Zsa Zsas Kopf in beide Hände und küsste sie. Erst zart, dann, von ihr ermutigt, immer stürmischer. Eine Feuerwalze brannte alles nieder, was er dachte. Er war nur noch Gefühl und Verlangen. Fiebernd erkundeten seine Hände ihre Brust – und wurden sanft abgewehrt.

War er zu weit gegangen?

Natürlich war er das.

Wenn jetzt jemand hereinkäme!? Aber auch dieser Gedanke verglühte sofort wieder. Feridun schloss die Augen und wollte sie nie wieder öffnen.

Sekunden später riss er sie auf. Zsa Zsas Hände und Lippen hatten gefunden, wonach sie suchten. Ihr Lockenkopf bewegte sich sanft über seinem Schoß.

»Darum sollten wir dem Ruf unseres Präsidenten folgen und mit kühlem Kopf und heißer Vaterlandsliebe unsere Unabhängigkeit verteidigen.« Der Kommentar war beendet. Es erklang die Nationalhymne.

Nicht wend' dein Antlitz von uns,
O Halbmond, ewig sieggewohnt.
Scheine uns freundlich
Und schenke Frieden uns und Glück!

Mit mild umwölkter Miene blickte Atatürk aus seinem Rahmen auf den kleinen Staatsakt herunter. Das war mal etwas Neues: Ungarn unterwirft sich die Türkei!

☾

Yuri »George« Karpovič war bester Laune. Sein Laden brummte mal wieder. Der Wirt des *Karpiç* im Parlamentsviertel kam heute aus dem Händeschütteln nicht heraus. Halb Ankara drängte sich in seiner Bar und in dem angrenzenden, von eisernen Säulen getragenen Restaurant: Politiker, Diplomaten, Künstler, Journalisten und solche, die sich dafür hielten und sich die Preise im *Karpiç* leisten konnten.

Die ungarische Tanzkapelle am Rand des Speisesaals spielte internationale Schlager, der Champagner floss in Strömen, Rauchschwaden waberten durch den Raum. Yuris Menukarte – sie bot keine türkischen Gerichte an, nur französische und russische Spezialitäten – war seit den Zwanzigerjahren das Gebetbuch der gesellschaftlichen Elite. Der Präsident persönlich hatte den ehemaligen Rechtsanwalt Karpovič, einen Davongekommenen der russischen Revolution, dazu ermuntert, in Ankara ein weltstädtisches Tanzlokal im Grand-hotel-Stil zu eröffnen. Seitdem war Kemal sein Stammgast. In den zurückliegenden Monaten hatte er sich allerdings immer seltener blicken lassen, denn die Leibärzte rieten ihrem Patienten dringend, dem Alkohol, den Zigaretten und allen körperlichen Strapazen zu entsagen. Gelegentlich hielt er sich daran. Stets aber war im *Karp-iç* ein Tisch für ihn reserviert. Für den Wirt Ehrensache. Auch der Ausblick auf die leere Tafelrunde machte die anderen Plätze zur begehrten Mangelware.

Zumindest bildlich war Atatürk im *Karpiç* immer vertreten. An allen Wänden hingen Fotografien, Plakate und Gemälde des Vaters der Türken: Als reitender Krieger, mit düster-entschlossener Miene, als Staatsmann im Frack, als Redner mit graublauem Blick in die Unendlichkeit, beim Bad in der Menge, beim Kartenspiel, beim Billard – und immer wieder Mustafa Kemal in Gesellschaft schöner Frauen, hierbei sein Gesichtsausdruck gern mal melancholisch.

Den Tisch in unmittelbarer Nähe des Allerheiligsten hatte heute wieder – wie oft – das Außenministerium reserviert. Zwei Ehepaare wurden von befrackten Kellnern bedient mit allem, was Küche und Keller zu bieten hatten. Doch die heiter-gelöste Stimmung der anderen im Raum war bis jetzt noch nicht in ihren Gesichtern angekommen. Über frostiges Lächeln kam das Quartett nicht hinaus.

Vielleicht war es doch kein so guter Einfall von Burhan Belge gewesen, die Cobanlis eine Woche nach seinem denkwürdigen Raki-Duell mit Feridun zu einem Freundschaftsessen einzuladen und seine Zsa Zsa zu bitten, dies als Zeichen seines diplomatischen Feingefühls zu verstehen. Burhan wollte unter das Vergangene einen Strich ziehen und weiter Umgang mit der Cobanli-Familie pflegen, über die der Präsident aus der Distanz seine schützende Hand hielt.

Feridun gab sich entspannt und gentlemanlike. Auch er hatte seine Frau dazu drängen müssen, die spontane Einladung anzunehmen. Burhan Belge war zu wichtig im Ministerium, als dass man sich ihm entziehen konnte. Seine intellektuelle und journalistische Brillanz machten ihn zum einflussreichen Berater weit über seinen Geschäftsbereich hinaus, er konnte Karrieren fördern und zerstören.

Feridun wollte nicht abgeschoben werden ins nächste Operetten-
land.

Er wollte aber auch nicht nach Amerika fliehen. Was sollte er in einem Land, dessen Sprache er nicht sprach und dessen Kultur ihm
völlig fremd war? Eine schöne junge Frau mochte dort mit offenen
Armen empfangen werden. Aber ein fast vierzigjähriger Türke aus
besseren Kreisen? Der taugte dort sicher nur noch als Kellner in einem Grandhotel.

Feridun war bereit gewesen, mit Burhan Belge um Zsa Zsa zu kämpfen. Aber er hatte keinen Plan gehabt für den Fall, dass er diesen
Kampf gewinnen würde.

Sollte er ihr zu ihrem Pass verhelfen – als kleiner Dieb oder Fälscher?
Oder sollte er die Zeit nutzen, solange sie die Türkei nicht verlassen
konnte?

Ach, Feridun wusste überhaupt nicht mehr, was er wollen sollte oder
nicht.

Am allerwenigsten, das war klar, wollte er diese Essenseinladung zu
viert.

Die ungarische Kapelle spielte einen Walzer. Tische leerten sich, die
kleine Tanzfläche füllte sich im Nu. Die Tafel des Außenministeriums aber blieb voll besetzt.

»Ich finde, wir sollten uns der schönen Zeiten in Budapest erinnern
und uns dabei rhythmisch bewegen«, schlug Burhan Belge vor. Dann
stand er auf und machte einen Diener vor Selma. Die ließ sich tapfer
lächelnd zur Tanzfläche bugsieren.

Zsa Zsa zwinkerte Feridun aufmunternd zu. Der erhob sich und forderte sie ebenfalls zum Tanz auf. Er ging vor ihr und spürte ihren
Atem im Nacken. Zsa Zsa pustete ihn neckisch an. Jeder Versuch eines Gesprächs ging unter im allgemeinen Lärm. Die beiden Paare betraten das Parkett und begannen zu tanzen.

In diesem Augenblick erstarb die Musik. Die Tänzer blieben stehen,
an den Tischen sitzende Gäste erhoben sich.

Alle blickten zum Eingang. Alle wussten, was es zu bedeuten hatte.

Alle, außer Zsa Zsa.

»Sperrstunde?«, fragte sie Feridun.

»Der Gazi«, flüsterte er zurück.

Jetzt schaute auch Zsa Zsa gebannt zum Eingang. Die hohen, von der türkischen Flagge gekrönten Türflügel des Restaurants öffneten sich, zehn Uniformierte betraten den Raum und bildeten ein Spalier zum Allerheiligsten. An der Garde vorbei glitten nun sechs glamouröse Frauen in Abendroben.

In bester Laune zwitschernd und durch die Sicherheitsleute hindurch manche Gäste mit Gesten des Wiedererkennens grüßend, begaben sich die Grazien an den frei gehaltenen Tisch und erwarteten stehend die Hauptperson.

Erneut schwangen die Eingangsflügel auf und gaben den Blick frei auf ein paar Herren im Smoking. In ihrer Mitte stand ein breitschultriger Mann mit einer aufglimmenden Zigarette im Mundwinkel. Sein Feuerzeug ließ er gerade wieder hinterm Einstecktuch verschwinden, dabei zitterte ihm ein wenig die Hand.

Der Vater der Türken!

Eine Energiewelle erfasste den Speisesaal und ließ alle den Atem anhalten. Die Tanzkapelle stimmte den Unabhängigkeitsmarsch an. Atatürk straffte sich und nickte seinen Begleitern zu. Die Herrengruppe setzte sich gravitätisch in Bewegung, der Präsident einen Schritt vorneweg.

Die Gäste lösten sich aus der Erstarrung und sangen die Nationalhymne.

Korkma sönmez bu şafaklardan
Yüzen alsancak ...

Getrost, der Morgenstern brach an,
Im neuen Licht weht unsre Fahn'.
Ja, du sollst wehen,
Solang ein letztes Heim noch steht,
Ein Herd raucht in unserem Vaterland.
Du unser Stern, du ewig strahlender Glanz,
Du bist unser, dein sind wir ganz.

Feridun wendete den Blick zu Zsa Zsa, doch die hatte ihre Augen fest auf Kemal geheftet. Auch Burhan Belge beobachtete seine Frau, in seine Miene stand eine dunkle Vorahnung geschrieben. Er verfluchte inzwischen seine Idee, für das Freundschaftsessen ausgerechnet sein berufliches Stammlokal ausgewählt zu haben, weil er den Präsidenten in Istanbul wähnte.

Nicht wend' dein Antlitz von uns,
O Halbmond, ewig sieggewohnt.
Scheine uns freundlich
Und schenke Frieden uns und Glück!

Burhan machte einen Schritt auf Zsa Zsa zu und zischte ihr ins Ohr: »Schau ihm nicht in die Augen! Mach ihn nicht auf dich aufmerksam!«

Der Präsident musste dicht an ihnen vorbei. Erst sah er Feridun und schenkte ihm ein zwinkerndes Lächeln. Feridun senkte höflich den Blick – und konnte gerade noch sein Erschrecken über das Aussehen des Gazi verbergen. Mustafa Kemal hatte sich das Gesicht weiß gepudert, um die optischen Folgen einer Gelbsucht zu kaschieren. Das ließ ihn im elektrischen Licht wie einen alternden Mimen erscheinen, noch dazu wie einen, der unbedingt weiter den jugendlichen Liebhaber geben wollte, obwohl er längst reif und würdig war für den König Lear, wenn nicht für den Geist von Hamlets Vater.

Feridun hatte das Antlitz eines von schwerer Krankheit gezeichneten Mannes erblickt. Niemand sonst außer ihm schien dies wahrzunehmen.

Am allerwenigsten der Gazi selbst.

Atatürks Angorakatzenaugen blitzten lebenssüchtig wie eh und je.

Und diese Augen erfassten nun Zsa Zsa.

Die wich seinem Blick aus, wie von ihrem Mann befohlen.

Der Präsident blieb stehen und musterte sie mit erfreutem Lächeln.

Dann fragte er Feridun: »Senin hamfendin'mi, oglum? – Deine Frau, mein Sohn?«

»Nein, die meine, Exzellenz«, kam es von Zsa Zsas anderer Seite aus dem Gedränge.

»Ah, Burhan Bey! Kompliment!«

»Danke, Exzellenz!«

»Kompliment auch für Ihren Radiokommentar heute. Immer wieder eine Freude, meine Worte mit Ihrer Stimme zu hören.«

»Ich bin nur ein kleiner Dolmetscher Ihrer Weisheit, Exzellenz.«

»Red keinen Schmus, Junge. Los, setzt euch zu mir an den Tisch!«

»Aber ... wir wollten gerade ...?«

»Wollen könnt ihr, wenn ich tot bin. Noch will ich.«

»Sehr wohl, Exzellenz, ergebensten Dank für die Einladung.«

Journalist!, dachte Feridun nur. Allen anderen gegenüber immer die große Klappe riskieren, aber im Angesicht der Macht sofort katzbuckeln. Selbst wenn die Macht schon bröckelte wie die Schminke im Gesicht des Gazi.

»Kommen Sie, schöne Frau«, sagte Atatürk zu Zsa Zsa und bot ihr seinen Arm an. »Wir schnappen uns die besten Plätze.«

Zsa Zsa hakte sich ein. »Na, dann mal los im Gleichschrittmarsch, Paşa Efendi!«, gurrte sie in holprigem Türkisch – und holte sich ihren ersten Lacher beim Vater der Türken. Ihn statt mit Exzellenz mit »Herr Pascha« anzureden, dazu gehörte schon eine gehörige Portion Unverfrorenheit oder Ignoranz.

Burhan und Feridun lachten nicht.

Selma konnte sich eines Schmunzelns nicht erwehren.

Der Präsident wählte für Zsa Zsa und sich zwei nebeneinander stehende Stühle mit Blick zur Tanzfläche – er setzte sich zuerst, dann folgten die anderen. Selma und die beiden Ehemänner bekamen Plätze weit weg von Atatürk und Zsa Zsa zugewiesen.

»Schon mal Zigaretten geraucht, Bayan Belge?«, war die erste Frage des Präsidenten an die Ungarin.

Sie schüttelte den Kopf.

»Raki getrunken?«

Kopfschütteln.

»Dann sind Sie in der Türkei noch nicht angekommen.«

Schuldbewusstes Nicken. Gelächter am Tisch. Der Präsident

schenkte ihr ein Glas Raki ein. Sie trank und verschluckte sich. Er leerte sein Glas in einem Zug. Dann stand er auf und rief in den Saal: »Hiermit verkünde ich: Türkei und Ungarn sind ab sofort Bruder und Schwester!«

Großer Applaus.

Der Präsident zündete eine Zigarette an und schob sie Zsa Zsa zwischen die Lippen. Sie bekam einen Hustenanfall. Mit ihrem komödiantischen Talent wusste sie die Wirkung von starkem Tabak und Anisschnaps possierlich zu übertreiben und sorgte damit für große Heiterkeit am Tisch. Sogar Selma konnte nach Herzenslust mitlachen.

Nur die beiden Ehemänner blickten immer finsterer in ihre Champagnergläser.

Dem Präsidenten war keine Spur von Krankheit mehr anzusehen. Er unterhielt Zsa Zsa mit Sprüchen und Scherzen, er trank und rauchte und fühlte sich amüsiert von ihrem naiven Charme.

Alle konnten sehen, wie der moribunde Vater der Türken aufblühte neben der schönen Ungarin, wie der Jagdinstinkt noch einmal erwachte und in seinen Augen glitzerte.

»Kann jemand von den Damen Walzer tanzen?«, fragte er fröhlich in die Runde.

Die Schönen aus seinem Gefolge wussten, dass jetzt von keiner ein Ja erwartet wurde.

»Zsa Zsa, Sie?«

»Ist der Papst katholisch, Paşa Efendi?«

Alles brüllte.

Ein Fingerzeig zur Kapelle – und es erklang das Vorspiel zu einem Kálmán-Walzer aus dem Jahre 1915. Der Präsident bat Zsa Zsa auf die Tanzfläche. Die anderen Paare bildeten einen weiten Kreis um sie herum und sahen zu, wie Atatürk sich ironisch-galant vor Zsa Zsa verbeugte und einen Augenblick später die Hinschmelzende raumgreifend übers Parkett schwenkte. Der Kapellmeister, ein kugelrunder Ungar in Operettenuniform, griff zum Mikrofon und legte seinen ganzen Schmelz in den Gesang.

Tanzen möcht' ich,
Jauchzen möcht' ich,
In die Welt es schrein:
Mein ist die schönste der Frauen,
Mein allein.

Von Raki und Gazi beschwingt, erwachte in Zsa Zsa die Soubrette aus vierjährigem Dornröschenschlaf und sang die zweite Strophe mit.

Lass dich fassen,
Lass dich halten,
Küsse mich aufs Neu,
Wer ist wohl seliger heute
Als wir zwei?

Burhan Belge und Feridun verfolgten das Geschehen auf der Tanzfläche von der Tafel aus. Nie hatte der Pressesprecher seine schöne Frau zu Veranstaltungen mitgenommen, bei denen mit der Anwesenheit des Präsidenten gerechnet werden musste. Belge wollte Zsa Zsa mit niemandem teilen, mit Feridun Cobanli nicht, aber vor allem nicht mit dem mächtigsten Mann im Staat.

Jetzt stand die Katastrophe unmittelbar bevor.

Ähnlich dunkle Gedanken drückten Feridun nieder. Zum zweiten Mal in seinem Leben verlor er eine begehrenswerte Frau, die er schon erobert glaubte, an diesen nimmersatten Schwerenöter. Zum zweiten Mal musste er zu seinem persönlichen Nachteil erleben, wie Mustafa Kemal in sein Augenzwinkern mehr Sex-Appeal legte als alle übrigen Männer im Raum zusammen. Inzwischen hatte der Gazi seine Gesundheit vollkommen ruiniert – aber siehe da, er schwang quicklebendig das Tanzbein mit Zsa Zsa!

Mit Feriduns Zsa Zsa!

Mit Burhans Zsa Zsa!

»Worum geht es in der »Csárdásfürstin?«, fragte Kemal seine Tänzerin, während sich nun auch die anderen Paare wieder im Walzer drehten.

»Um eine Budapester Chansonsängerin, die nach Amerika abhaut, weil der Mann, den sie liebt, sich nicht zu ihr bekennt. Aber alles wird gut.«

»Wer will schon nach Amerika?«

»Wer mit Atatürk Walzer tanzen darf, muss nicht nach Amerika.«

»Sie meinen, ich wäre für jede Frau das Happy End?«

»Ich kann nicht für jede Frau sprechen, Exzellenz, nur für mich.«

»Ich habe kein Weißes Haus zu bieten, nur einen rosa Köşk, allerdings erbaut vom berühmten Architekten Holzmeister.«

»Ah, Holzmeister ...«

»Sie kennen ihn?«

»Wer kennt ihn nicht?«

Der Präsident hatte keine Lust auf ein Gespräch über Architektur.

»Was sagt Ihnen Sari Zeybek?«

»Ich heiße Sari mit Vornamen, aber mein Mädchenname ist nicht Zeybek, sondern Gabor.«

»Sari Zeybek ist ein türkischer Volkstanz im Neunachteltakt.«

»Neunachtel – wer kann denn auf so was tanzen?«

»Ich.«

»Wirklich?«

Der Präsident hielt im Walzer inne und bedeutete dem Kapellmeister einen Sonderwunsch.

Der Ungar verstand sofort.

Einige Musiker wechselten die Instrumente. Türkische Saz-Mandolinen kamen zum Vorschein, sie wurden von Violinen begleitet. War der Saal eben noch von Operettenseligkeit erfüllt, erklang nun eine wehmütige osmanische Weise. Wieder überließen die anderen Tänzer Atatürk das Parkett. Nur Zsa Zsa blieb stehen, wo Kemal sie aus den Händen entlassen hatte.

Nun stand er da, allein, blickte zur Decke und lauschte wie in Trance der Musik. Dann breitete er die Arme aus, kreuzte ein Bein vor das andere und wieder zurück, ging langsam in die Hocke, erhob sich, umkreiste Zsa Zsa mit schleppenden Schritten und ausgestreckten Armen.

Wie ein afrikanischer Medizinmann sein Schlachtopfer, dachte Feridun.

Mustafa Kemal Atatürk, für Freund und Feind in Anatolien der Hohepriester westlicher Kultur, unterwegs im Smoking mit Schleife und Lackschuhen, tanzte im *Karpiç* den Zeybek.
Am Ende seines Lebens schien er wieder am Mittelmeer angekommen, wo türkische und griechische Männer Tänze zelebrierten, die diesem hier zum Verwechseln ähnlich schienen.
Zsa Zsa klatschte und rief »Bravo!«
Der ganze Saal spendete dem Solisten stehend Applaus.
Zurück am Tisch, ging Atatürk zu Burhan Belge und neigte sich an sein Ohr.
»Burhan Bey, ich fahre jetzt deine Frau nach Hause.«
Der Pressesprecher schluckte trocken und wurde weiß im Gesicht, weißer als der gepuderte Präsident.
»Mit Verlaub, Exzellenz, ich würde es vorziehen, dies selbst zu tun.«
»Such dir eine von meinen Ladies aus.«
Feridun unterdrückte ein Hüsteln und wendete sich Selma zu, die nicht hörte, aber ahnte, was hier gerade verhandelt wurde. Zsa Zsa saß auf ihrem Stuhl neben dem leeren Platz des Präsidenten. Auch sie blickte bemüht in eine andere Richtung.
»Wenn es genehm ist, Exzellenz, dann würde ich gerne meine eigene Frau mit nach Hause nehmen«, sagte Belge mit etwas festerer Stimme.
Atatürks buschige Augenbrauen zogen sich zusammen.
»Du verschmähst die schönsten Frauen von Ankara?«
Belge schwieg.
Einen Moment lang schien alles möglich.
Da brach der Präsident in schallendes Gelächter aus.
»Das nenn ich mal einen Kerl!«, rief er und klopfte sowohl Burhan als auch Feridun auf die Schulter.
Dann machte er auf dem Absatz kehrt, gab seiner Entourage ein Zeichen und verließ das Lokal.
Ohne Zsa Zsa.
Er sollte das *Karpiç* nie wieder betreten.

Zsa Zsa traf sich in den darauffolgenden Wochen ein paarmal heimlich mit dem Präsidenten. In Feriduns Leben spielte sie fortan keine Rolle mehr. Wegen des Krieges musste sie ihre Fluchtpläne noch bis 1941 aufschieben. Dann ergab sich endlich eine Chance, ihrem Mann davonzulaufen. Sie emigrierte in die USA, wurde Filmschauspielerin, heiratete noch weitere acht Mal und genoss auf recht souveräne Weise den Ruf der »teuersten Kurtisane seit Madame de Pompadour«.

Am 10. November 1938, vormittags um fünf Minuten nach neun Uhr, starb Atatürk in Dolmabahçe-Palast in Istanbul an den Folgen des jahrzehntelangen Raubbaus an seiner Gesundheit, nicht zuletzt durch exzessiven Alkoholgenuss.

Sein Tod stürzte das Land in tiefe Trauer und Verzweiflung.

Der Vater der Türken hatte seinen Kindern eine Nation gebaut und sie nun viel zu früh damit allein gelassen.

Den Katafalk für die öffentliche Ausstellung seines Leichnams hatte der Todkranke noch selbst in Auftrag gegeben – nicht beim Österreicher Clemens Holzmeister, sondern beim Ostpreußen Bruno Taut.

Für seine Anhänger wurde Atatürk nun vom Gazi zum Gott.

Moslemische Traditionalisten frohlockten heimlich, wünschten ihn zum Teufel und witterten Morgenluft.

1944 RONCALLI

Die Krähe saß auf der Zeder und wartete in der Abenddämmerung darauf, dass von der Feier drüben im Haus auch etwas für sie abfallen würde. Monatelang war aus dem Rohbau Handwerkerlärm gedrungen und dort immer etwas Essbares liegen geblieben. Heute, wenige Tage vor dem christlichen Osterfest, hatte sich das Gebäude mit sehr vielen Menschen verschiedenster Nationalitäten und religiöser Bekenntnisse gefüllt, die neugierig aus allen Fenstern schauten, den Balkon und die Veranda bevölkerten, Gläser und Gebäck in Händen haltend und in lebhafte Konversation vertieft waren. Der Anblick des Neubaus neben dem deutlich größeren Cevat Paşa Konak befremdete die Krähe. Der Würfel sah anders aus, als sie es in Istanbul gewohnt war. Schlichter im Stil, keine osmanischen Ornamente und Mauervorsprünge, auf denen ein Vogel sich ausruhen und Ausschau halten konnte. Immer häufiger tauchten am Boporus solche unwirtlichen Bauten auf, die mit der orientalischen Tradition brachen, ohne Vögeln irgendwelche Vorteile zu bieten. Es musste zusammenhängen mit diesem österreichischen Architekten Clemens Holzmeister, der sich vor fünf Jahren mit seiner Frau und seinen Assistenten in dem seit 1918 leer stehenden Hotel »Sommerpalast« eingenistet hatte, einem Paradies für Kleintiere, jetzt aber Atelier und private Residenz.

Nun hatte sich also auch Feridun Cobanli vom »Schöpfer des modernen Ankara« ein zeitgemäßes Wohnhaus errichten lassen. Ein letztes Mal freute sich die Krähe auf ein Restefestmahl im Morgengrauen, doch sobald die letzten Gäste die Einweihungsfeier verlassen und die Dienstboten den Abfall beseitigt haben würden, mochte ihr das »Holzmeister-Haus« gestohlen bleiben. Zum Glück bot der noble Vorort Nişantaşi genügend Ausweichmöglichkeiten im alten vogelfreundlichen Stil, zum Beispiel die Paschavilla gleich nebenan, obwohl auch die schon sehr viel kleiner ausgefallen war als das vor einem Vierteljahrhundert abgebrannte Palais des Verteidigers der Dardanellen.

Der Krähenkopf ruckte aufwärts. Die Menschen oben am Balkon schienen den schwarzen Vogel auf dem Baum bemerkt zu haben, aller Blicke zielten in seine Richtung. Ein winziger Feuerschein blitzte auf beim Holzmeister-Haus, den Knall hörte die Krähe nicht mehr, denn da fiel sie schon tot vom Ast – direkt in das Bassin, dem die Zeder tagsüber ihren Schatten spendete.

»Armer Vogel!«, murmelte auf Ungarisch eine junge Frau. Vom Bosporus her kommend, war sie durch den abendlichen Park den Hügel hinaufgestiegen und hatte gerade das Bassin erreicht, als die Krähe vor ihr ins Wasser plumpste. Ängstlich blickte die Frau hoch zum Balkon. Dort lehnte der Bauherr Feridun Cobanli mit seinem Kleinkalibergewehr am Geländer, während ihm umstehende Gäste zu seinem Volltreffer gratulierten.

Kein gutes Omen, dachte die Fremde am Bassin und beschloss, ihren unangemeldeten Besuch abzubrechen. Es schien ihr plötzlich besser, die Familie Cobanli erst am nächsten Tag mit ihrem Anliegen zu behelligen. Sie fand einen herumliegenden Zedernzweig, zog damit die Krähe zu sich heran und nahm sie aus dem Bassin. Dann begrub sie den toten Vogel ein paar Schritte weiter unter Steinen an der Gartenmauer. Vor sich sah sie das Tor zur Straße und ging darauf zu, um sich den steilen Abstieg durch den Park zu ersparen. Eben trafen neue Gäste ein und wurden von der Hausherrin empfangen. Die Fremde zuckte zurück und drückte sich ins Efeu an der Mauer.

»Gehören Sie zu unseren Gästen?«, fragte hinter ihr eine Männerstimme auf Türkisch. Die Angesprochene fuhr herum und starrte ins zerknitterte Gesicht des Gärtners Hamid.

»I–ich verstehe nicht …«, stammelte sie.

Höflich wies Hamid ihr den Weg zum Ausgang, wo Selma Cobanli die Neuankömmlinge begrüßte. Die Fremde ging unauffällig an der kleinen Gruppe vorbei. Als sie gerade durchs schmiedeeiserne Tor schlüpfen wollte, hob Selma verwundert den Blick.

»Rachel …?«

Zögernd blieb die junge Frau stehen.

»J–ja, Madame …?«

Es war Rachel, Mitte zwanzig, doch älter aussehend, die Augen tief in den Höhlen über eingefallenen Wangen. Sie trug einen zerschlissenen Mantel, ihre nackten Füße steckten in ausgetretenen Halbschuhen.

»Was für eine schöne Überraschung!«, rief Selma auf Deutsch. »Meine Herren, Rachel war in Budapest unser Kindermädchen.«

»Heil … ähm, Atatürk«, nuschelte ein steifer Herr mit schmalen Lippen und stechenden Augen.

»Gott zum Gruße«, murmelte freundlich der andere, ein rundlicher Italiener mit dem professionellen Lächeln des hohen Geistlichen.

»Eminenz, darf ich vorstellen, das ist Rachel Magyar, eine … gute Freundin aus Budapest. Rachel, das ist seine Eminenz Giuseppe Roncalli, Bischof der christlichen Gemeinden Griechenlands und der Türkei. Er besucht uns in Begleitung des Botschafters des Deutschen Reiches, seiner Exzellenz Franz von Papen, der unserem Hause ebenfalls verbunden ist.«

248

Rachel wich einen Schritt zurück, totenbleich.

»S–sehr angenehm … ich … ich bin aber nicht eingeladen …«

»Aber natürlich bist du das, Rachel. Keine Sorge, diese beiden Herren sind große Unterstützer aller … Durchreisenden, nicht wahr?« Papen verbeugte sich andeutungsweise und mit verlegenem Räuspern.

Roncalli senkte seine ausgestreckte Grußhand unwillkürlich etwas ab, aber nur um zu verhindern, dass sein Bischofsring versehentlich von einer Ungläubigen geküsst würde. Rachel ergriff seine Hand und hielt sie fest wie eine Ertrinkende.

»Meine Leute sagen, Sie sind ein guter Mensch, Eminenz.« Ihre Stimme zitterte.

»Man tut, was man kann«, wiegelte der Bischof ab.

»Keine Holzmeister-Einweihung ohne Messwein aus Österreich«, wandte sich der Botschafter schnell wieder Selma zu und hielt ihr eine in Seidenpapier eingewickelte Flasche entgegen. »Der diplomatische Kurierdienst des Großdeutschen Reiches war so freundlich, Ihnen zur Feier des Tages diesen edlen Tropfen aus der Wachau nach Istanbul zu spedieren. Die Kiste mit den restlichen Flaschen trägt Ihnen mein Chauffeur gerne ins Haus.«

»Danke, ganz herzlichen Dank, Exzellenz«, erwiderte Selma und übergab die Flasche dem herbeigewunkenen Gärtner.

»Hamid, leg das Geschenk des Botschafters in den Kühlkeller und führe Rachel nach drüben in meinen Salon. Gebt ihr dort zu essen — ich werde später zu ihr kommen.«

Selma begleitete die hohen Herrschaften in den Neubau. Hamid bedeutete Rachel, ihr zum Cevat Paşa Konak zu folgen.

☾

Applaus brandete auf im Salon mit der Veranda. Der Beifall galt einem grau melierten Herrn Ende fünfzig, den die nach hinten gewellte Frisur und die nachlässig gebundene Schleife als Künstler alter Schule auswiesen.

249

Feridun hatte schon nicht mehr daran glauben mögen, dass sein Freund Holzmeister, Experte für Monumental- und Sakralbauten, je die Zeit finden würde für eine Fingerübung wie dieses private Wohnhaus mit acht Zimmern in Istanbul. Doch jetzt, während rund um die Türkei wieder ein Weltkrieg tobte, stand es stolz und neu neben dem Konak des Vaters, nicht durch Größe, sondern durch schlichte Modernität in die Zukunft weisend, von Selma mit viel Geschmack ausgestattet – und ab sofort auf Dollarbasis an vermögende Ausländer möbliert zu vermieten.

Vornehmlich diesem Akquisitionszweck diente das Housewarming im April 1944, zu dem außer der weitläufigen Paschafamilie und dem Ehepaar Holzmeister auch zahlreiche Freunde, Bekannte und Kollegen aus Feriduns diplomatischem Umfeld erschienen waren. Dass auch der deutsche Botschafter und der katholische Bischof den Generalkonsul Cobanli mit ihrer Anwesenheit beehrten, verlieh der exklusiven Immobilie buchstäblich die höheren Weihen. Feridun konnte Seine Eminenz nämlich davon überzeugen, das Gebäude in Erwartung künftiger – mutmaßlich christlicher – Bewohner im Namen des römischen Gottes zu segnen. Eigens dafür hatte sich der Bauherr bei einem Aufenthalt in Tarsus, dem anatolischen Geburtsort des heiligen Apostels Paulus, ein silbernes Weihwasserkesselchen mit Puschel gekauft und nach Istanbul mitgebracht.

Zunächst scheute Giuseppe Roncalli davor zurück, in Anwesenheit so vieler Andersgläubiger Feriduns Haus für die katholische Kirche zu reklamieren. Der Bischof von Byzantium, so sein offizieller Titel, war sehr darauf bedacht, die Moslems der Türkei nicht zu provozieren. Auch seine Zusammenarbeit mit dem deutschen Botschafter erforderte höchste Diskretion. Dabei ging es um die Passage jüdischer Flüchtlinge aus halb Europa ins britische Mandatsgebiet Palästina quer durch die politisch neutrale und nicht gerade judenfreundliche Türkei.

Schließlich einigten sich Generalkonsul und Bischof auf einen Kompromiss. Der Weihwasserpuschel blieb unbenutzt. In Begleitung von Feridun und dem deutschen Botschafter schritt der päpstliche Würdenträger sämtliche Räume ab. Dabei machte er jedesmal eine knappe Geste dergestalt, dass er mit gestrecktem Daumen, Zeige- und Mittelfinger in Hüfthöhe diskret das Kreuzzeichen schlug und dabei halblaut murmelte: »Christus Mansionem Benedicat – Der Herr segne dieses Haus.«

Am Ende des Rundganges, dessen wahrer Zweck den meisten Gästen unbemerkt blieb, ließ Franz von Papen, der Nazi-Katholik, sich von Feridun ein Stück Kreide geben und malte auf den Türpfosten über dem Haupteingang drei Buchstaben.

C+M+B.

In den folgenden Jahren würde Feridun auf Nachfragen, was die allmählich verblassende Inschrift zu bedeuten habe, wider besseres Wissen die Auskunft erteilen: »Christus, Mohammed, Buddha – im Holzmeister-Haus sind alle Konfessionen als Mieter willkommen!«

Eines fernen Tages sollte sich jedoch die ursprüngliche, die katholische Lesart als segensreich für das gesamte Cobanli-Anwesen erweisen.

Während sich die Abendgesellschaft auf allen Etagen des neuen Hauses mit Speisen, Getränken und Geplauder vergnügte, entschuldigte sich Selma Cobanli für eine halbe Stunde und ging hinüber in die Villa ihres verstorbenen Schwiegervaters. In ihrem privaten Salon saß Rachel am Tisch und hatte gerade ihren Hunger gestillt, der laut Auskunft des Küchenmädchens beträchtlich gewesen sein musste. Selma setzte sich zu ihr.

»Rachel, was führt dich denn zu uns?«

»Ich will Ihre schöne Feier nicht mit unserem Unglück stören, Madame.«

»Ich halte einiges aus, Rachel. Und ich kann schweigen.«

»Ungarn ist von den Deutschen besetzt. Meine Leute und ich mussten fliehen, sonst hätten sie auch uns abgeholt.«

Selma sah sie erschrocken an.

Rachel erzählte, dass Zigtausende ungarische Juden in Viehwaggons verladen und außer Landes transportiert wurden. Eine Reise in den Tod – wie bei den Armeniern.

Der Völkermord von 1915 war in der Türkei längst ein Tabuthema.

Atatürk, der ihn privat als Schande bezeichnete, ließ ihn von seinen Historikern zu bedauerlichen kriegsbedingten Ereignissen herabstufen und ansonsten beschweigen. Das Schicksal der Juden Europas beschwor nun Erinnerungen herauf, die Ankara nicht zulassen wollte. Man hatte die freundliche Haltung gegenüber hochqualifizierten jüdischen Emigranten aufgegeben. Sie wurden in wenigen Städten zusammengezogen und durften diese nicht verlassen. Menschen, die Hitler erbarmungslos verfolgte, waren auch hier nicht willkommen.

»Man hat uns in letzter Minute gewarnt. Über Rumänien und Bulgarien konnten wir uns bis hierher durchschlagen«, berichtete Rachel.

»Wie viele seid ihr?«

»Meine Mutter, mein Mann und ich mit dem Baby.«

»Du hast ein Baby?«

»Ich bin schwanger.«

»Wo sind deine Leute jetzt?«

»Am unteren Ende des Parks bei den Kühen.«

»Und wo wollt ihr hin?«

»Nach Palästina. Aber wir haben keine Passierscheine.«

»Wenn man euch aufgreift, schafft man euch zurück nach Ungarn.«

»Bitte helfen Sie uns, Madame! Ihr Mann ist doch Diplomat. Bestimmt kann er uns Visa besorgen.«

»Die Türkei hat einen Freundschaftsvertrag mit den Deutschen.«

»Der italienische Bischof – er hat schon vielen von uns geholfen.«

»Ich werde sehen, was ich für euch tun kann, Rachel.«

»Sie sind unsere letzte Hoffnung, Madame.«

»Warte hier. Ich werde jemanden zu deinen Leuten schicken.«

Franz von Papen und Giuseppe Roncalli standen auf der Veranda und blickten hinunter in den nächtlichen Park. Ein Diener füllte ihnen frischen Wein nach, er floß aus einer Flasche mit Wachauer Etikett. Der Botschafter prostete dem Bischof zu. Beide nippten an ihren Gläsern.

»Meine Glaubensbrüder in Österreich sind zu beneiden um solchen Messwein«, seufzte der Bischof hinaus in die Nacht.

»Wenn die Türkei den Freundschaftsvertrag mit uns aufkündigt, versiegt Ihre Quelle, Herr Bischof. Und auch sonst kann ich dann nicht mehr viel für Sie und Ihre Juden tun.«

»Es sind nicht meine Juden, Herr Botschafter. Es sind deutsche, tschechische, ungarische und rumänische Juden, die Ihr Führer zu Hunderttausenden in Gaskammern umbringen lässt. Wenn dieser Krieg vorbei ist, wird die Weltgemeinschaft das deutsche Volk zur Rechenschaft ziehen.«

»Es sind Juden, die Ihr Papst nicht in Palästina haben will, aus Angst, sie könnten einen Judenstaat gründen und uns Christen künftig von den heiligen Stätten fernhalten«, insistierte der Botschafter.

»Der Heilige Vater hat keine Gewalt über Palästina. Die Briten sind es, sie lassen keine Juden mehr ins Gelobte Land.«

»Ich würde ja gerne weiterhelfen wie bisher, Eminenz, aber mir sind die Hände gebunden.«

»Die Hände gebunden, das haben Sie schon einmal gesagt – als Sie diesem Hitler an die Macht verholfen haben.«

»Eminenz, ich bin überzeugter Katholik!«

»Und praktizierender Nationalsozialist!«

In diesem Augenblick trat der Architekt zu ihnen hinaus auf die Veranda.

»Darf man sich einmischen – oder retten die Herrschaften gerade die Welt?«

»Die Welt liegt in Trümmern, Herr Professor«, empfing ihn Roncalli.

»Aber von guten Architekten wie Ihnen wird sie hoffentlich irgendwann wieder aufgebaut.«

»Und bestimmt noch viel schöner als vorher«, ergänzte Papen hölzern und blickte in zwei betretene Gesichter.

»Auf solche Aufträge würde ich gerne verzichten«, sagte Holzmeister.

Dann schauten alle drei in den nachtschwarzen Park hinaus.

Unter ihren Augen führte der Gärtner Hamid einen jungen Mann und eine ärmlich gekleidete ältere Frau vorbei zum Hauptgebäude.

»Je später der Abend, desto interessanter die Gäste«, murmelte der Botschafter. Wieder sahen der Architekt und der Bischof einander an und zuckten mit den Achseln. Beide kannten ihren Papen – und hüteten sich, mit ihm zu brechen. Roncalli wusste, wie viele Menschenleben davon abhingen. Holzmeister führte in seinem »Sommer-palast« einen Salon mit Emigranten, darunter Juden, Kommunisten und »Kulturbolschewisten«, aber zu den Besuchern gehörte auch sein Nachbar Papen, dessen prächtige Istanbuler Residenz im Bosporus-Vorort Terabya den »Sommerpalast« des Architekten an Pracht über-traf. Holzmeister selbst legte noch immer Wert darauf, bei den Nazis nicht als Emigrant zu gelten. Der Großauftrag »Nationalversamm-lung« halte ihn in der Türkei fest. Der Fürsprache Franz von Papens verdankte er seit Kurzem wieder seine vollen Ruhebezüge als zwangs-pensionierter Professor, die ihm die Nazis wegen politischer Unzu-verlässigkeit halbiert hatten.

Als der Hausherr auf die Veranda zurückkehrte, hielten alle drei Her-ren Ausschau nach einem harmloseren Gesprächsthema.
»Welches Thema habe ich versäumt?«, erkundigte sich der vom Er-folg des Abends – drei Mietanfragen – beschwingte Feridun bei sei-nen prominentesten Gästen.
»Die Zukunft der Christenheit«, behauptete Holzmeister.
»Mit dem Personal hier wäre sie gesichert«, flachste Feridun.
»Wie meinen Sie das?«, fragte der Bischof.
»Eminenz werden Papst, Franz wird Botschafter beim Heiligen Stuhl, und Clemens wird Dombaumeister von St. Peter.«
Angestrengtes Gelächter.
»Und welche Stelle beanspruchen Sie, Feridun Bey?«, erkundigte sich Roncalli mit schmunzelndem Desinteresse.
»Natürlich Hauptmann der Schweizer Garde, Eminenz«, kam es wie aus der Pistole geschossen. »Die einzige Armee der Welt, in der ich mich noch wohlfühlen könnte.«
»Ausgerechnet du!«, platzte Papen heraus.
»Der Zölibat gilt nicht für die Schweizer Garde«, hielt Feridun da-gegen.
Selma trat aus dem Dunkel des Gartens ins Licht der Veranda.
»Ich möchte den Herrschaften gerne etwas zeigen«, rief sie ihnen zu.
Dankbar für die Unterbrechung folgten der Bischof, der Botschafter, der Architekt und als Schlusslicht der Hausherr im Gänsemarsch Sel-

ma hinüber zum Hauptgebäude. Wenig später betraten sie den Aufenthaltsraum der Dienstboten im Souterrain.

Dort saßen drei Fremdlinge wie aus dem Ei gepellt im stillen Gebet um den Tisch. Sie trugen frische Kleidung aus Beständen der Cobanlis. In ihrer Mitte stand Feriduns Weihwasserkesselchen aus Tarsus. Selma legte eine Hand auf Rachels Schulter.

»Darf ich vorstellen: die Familie Magyar aus Budapest, Mutter, Tochter, Schwiegersohn und ein ungeborenes Kind. Sie befinden sich auf Wallfahrt an die heiligen Stätten der Christenheit. Zunächst wollen sie Tarsus besuchen und zum Apostel Paulus beten. Ihre nächsten Ziele sind Bethlehem, der Geburtsort ihres Heilands, und schließlich Jerusalem, der Ort seiner Kreuzigung. Sie werden sich einige Tage bei uns von den Strapazen der bisherigen Reise erholen und dann, hoffentlich mit dem Segen des Bischofs von Byzanz und der Unterstützung des Botschafters des Großdeutschen Reiches, weiterpilgern. Was ihnen noch fehlt, sind Passierscheine, die sie als Mitglieder der katholischen Kirche ausweisen.«

Die vier Herren an der Tür schnappten nach Luft. Selma hatte es gewagt, offen anzusprechen, worüber in Rom und Ankara nur hinter verschlossenen Türen gemunkelt wurde, nämlich, dass Giuseppe Roncalli als Statthalter des Vatikans in der Türkei seit Jahren auf eigene Faust Tausende Juden nach Palästina schleuste. Besonderen Argwohn erregte dabei die zwielichtige Rolle des deutschen Botschafters. Franz von Papen war beim Vatikan gut angeschrieben. Er hatte 1933 zwischen Hitler und Papst Pius XII. jenes »Reichskonkordat« vermittelt, das den deutschen Unrechtsstaat zum Schutzpatron und Steuereintreiber der Kirche machte und viele deutsche Katholiken an die Gottgefälligkeit der Nazidiktatur glauben ließ. Nun, da der von Hitler angezettelte Weltkrieg kaum noch zu gewinnen war, versuchte der krumme Christ Papen, seinen Kredit beim Vatikan zu erhöhen, ohne dabei seinen komfortablen Botschafterposten in Ankara zu riskieren. Roncalli und Papen brauchten einander. Nach Atatürks Tod hatte der Diplomat die neutrale Türkei in einen Freundschaftspakt mit dem Deutschen Reich manövriert, der den jüdischen Emigranten das türkische Schlupfloch nach Palästina versperrte.

Und nun sollten Bischof und Botschafter im Haus eines türkischen Diplomaten dazu gebracht werden, drei Juden als Christen zu etikettieren, um ihnen die Passage zu ermöglichen! So sehr hatten die Cobanlis ihre Freundschaft mit Papen noch nie strapaziert. Und Giuseppe Roncalli fühlte sich als Opfer seiner stillen Wohltaten.

Feridun hatte sich als Erster wieder gefangen.

»Selma, ich glaube, wir sollten Exzellenz und Eminenz mit unseren Gästen allein lassen. Was Christen angeht, mögen Christen unter sich entscheiden.«

Mit diesen Worten schob er seine Frau aus dem Zimmer und zog die Tür hinter sich zu. Draußen platzte ihm der Kragen.

»Was fällt dir ein, unsere Ehrengäste in eine solche Zwangslage zu bringen?«

»Du kümmerst dich um *deine* Ungarinnen, ich mich um *meine*«, konterte Selma.

»Was haben die einen mit den anderen zu tun?«

»Beides sind Herzensangelegenheiten. Nur dass es diesmal nicht um unsere Ehe geht, sondern um Leben und Tod.«

»Es geht um fremde Götter. Wir haben mit Religion nichts am Hut.«

»Warum hast du dann das Haus nebenan christlich segnen lassen?«

»Aus rein … rein kaufmännischem Interesse. Eigentlich hatte Franz die Idee. Der Bischof ist seine Lebensversicherung.«

»Dann soll er gefälligst etwas tun für seine Lebensversicherung. Drei Juden und ein ungeborenes Baby – das wird ihm wohl nicht so schwerfallen.«

»Selma, wir sind hier nicht auf dem Bazar.«

»Wir sind im Haus deines Vaters – und deiner Mutter. Sie waren beide keine Gläubigen, aber mutige Menschen, die zu ihren Prinzipien standen.«

Bevor Feridun antworten konnte, öffnete sich die Tür. Der Bischof und der Botschafter traten in den Vorraum, die drei Ungarn blieben am Tisch zurück.

Mit dem Weihwasserbehälter in der Hand sprach Roncalli zu Feridun.

»Die Wege des Herrn sind unergründlich, schreibt der Apostel Paulus in seinem Brief an die Römer. Und entgegen anderslautender Lehrmeinungen lese ich aus diesem Brief heraus, dass auch das ungläubige Israel immer noch von Gott berufen bleibt. Also wäre es eine Sünde, die Familie Magyar daran zu hindern, dem Ruf Gottes zu folgen. Ob sie im Gelobten Land als Juden ankommen oder als Christen, liegt nicht in meiner Gnade, sondern in der Gnade des Herrn. Darum habe ich die drei Wallfahrer gebeten, mir ein paar Tage Zeit zu geben, um über das Pilgerbüro der katholischen Kirche Ersatz für jene Beglaubigungen zu beschaffen, die den Magyars bedauerlicherweise auf ihrer beschwerlichen Reise verloren gingen.«

»Danke, Eminenz!«, flüsterte Selma.

»Lassen wir die Eminenz weg, Herr Bischof genügt.«

»Danke, Herr Bischof!«, schloss Feridun sich seiner Frau an.

Roncalli nahm den Hausherrn streng in den Blick, das silberne Kesselchen mit beiden Händen umfassend.

»Herr Generalkonsul, mit Verlaub behalte ich dieses Werkzeug des christlichen Glaubens für mich. Ich danke für Ihre Gastfreundschaft und darf den Herrn Botschafter nun bitten, mich nach Hause zu fahren.«

»Mein Wagen steht immer bereit ... Herr Bischof«, dienerte Franz von Papen.

☾

Drei Tage später erhielten die Magyars von Bischof Roncalli die erforderlichen Beglaubigungen nebst Aufforderung, sich einem größeren Zug jüdischer Emigranten anzuschließen, die – ebenfalls mit fiktiven Papieren ausgestattet – zunächst Tarsus, aufsuchen und dann von türkischen Behörden unbehelligt weiter Richtung Palästina pilgern durften.

Im August kündigte Ankara den türkisch-deutschen Freundschaftsvertrag und brach die diplomatischen Beziehungen zum Dritten Reich ab. Franz von Papen wurde umgehend abberufen und von Hitler für seine angeblichen Verdienste in der Türkei mit dem Ritterkreuz zum Kriegsverdienstkreuz ausgezeichnet. Der von ihm daraufhin angestrebte Posten als Botschafter beim Vatikan blieb ihm jedoch verwehrt.

Feridun Cobanli kehrte mit seiner Frau als Generalkonsul nach Basra zurück, wo sie das Kriegsende erlebten. Den Sohn Basri hatte man bereits 1943 auf das britische Elite-Internat Harrow geschickt.

Giuseppe Roncalli wurde im Dezember 1944 als apostolischer Nuntius nach Paris berufen und gewann durch seine Freundlichkeit rasch das Herz der Franzosen. 1958 wählte ihn das vatikanische Konklave zum Papst. Er nahm den Namen Johannes XXIII. an.

VIER

1949 Allein

Deutsche Frauen schmecken wie Weißwein, ungarische wie Rotwein, türkische wie schwerer Port«, flüsterte es aus einem schwarzen Felsenloch.

»Darum bekommt man von türkischen Frauen so schnell einen dicken Kopf«, kam es aus der gleichen Richtung.

»Hast du deswegen eine Deutsche geheiratet, Şadi?«

»Ich glaube eher, Hanna hat mich geheiratet.«

»Und wie ist sie so als Ehefrau?«

»Man weiß nie genau, woran man bei ihr ist.«

»Bist du glücklich mit ihr?«

»Ich glaube schon.«

»Und sie mit dir?«

»Hmm …«

»Hast es gut getroffen, alter Knabe.«

»Du doch auch mit Selma.«

»Wie du weißt, genehmige ich mir zwischendurch einen Schluck Weißen oder Roten.«

»Schscht … ich glaube, da bewegt sich was!«

Über die Läufe ihrer Gewehre hinweg lugten die beiden Männer aus dem Versteck. Draußen bot sich ihnen im Schein des Vollmondes ein spukhaftes Schauspiel. Tuffsteinriesen umstanden wie Kapuzenmänner des Ku-Klux-Klan einen weitläufigen Obstgarten, der sich im karstigen Boden festkrallte. Aus tausend Augenhöhlen sahen Feridun und Şadi sich angestarrt von den schwarzen Löchern im weichen Fels, worin frühe Christen einst vor Persern, Römern, Arabern und Mongolen Schutz gefunden und in aller Abgeschiedenheit ihrem Gott gedient hatten. Das bizarre Gestein war von seinen Bewohnern vielfach ausgehöhlt worden. Hier und da hatten sie mit geheimnisvollen Ornamenten ein Versteck als Kapelle kenntlich gemacht, andere Zellen waren inzwischen durch Verwitterung und Abbrüche um ihre Außenwand gebracht und so von der Natur als Behausungen ohne Fassade neugierigen Blicken preisgegeben.

Von diesen Refugien aus waren Mönche auch in den Westen aufgebrochen, nach Europa, um dort ihr Evangelium zu verbreiten. Hier in Kappadokien, in der Mitte Kleinasiens, hatte zeitweise das Herz der Christenheit geschlagen.

Christen gab es hier keine mehr.

Auch sonst kaum eine Menschenseele.

Aber Wildschweine.

Sie kamen in der Nacht, um Früchte, Saatgut und Pflanzen zu plündern.

Ihnen lauerten die beiden Männer auf.

Feridun hatte Kurzurlaub genommen, um sich mit seinem Jägerfreund und Trauzeugen Şadi Cenani, Bauunternehmer aus Istanbul, endlich wieder auf Pirsch zu begeben. Diesmal waren sie nicht zur Schwarzmeerküste gefahren, sondern an den Rand des Taurusgebirges ins sagenumwobene Göreme, knapp dreihundert Kilometer südöstlich von Ankara. Hier gab es prächtige Keiler – und die Bauern waren mehr als froh, wenn jemand auf die Ernteschädlinge Jagd machte. Zudem freuten sich immer ein paar in die Gegend versprengte »Ungläubige« über das von Moslems und Juden gleichermaßen verschmähte Schweinefleisch.

Aus der Silhouette eines Kapuzenfelsens löste sich ein Schatten und näherte sich dem Garten.

»Deiner«, flüsterte Feridun.

»Danke, Freund.«

Şadi wartete, bis ihnen der Keiler so nahe gekommen war, dass man sein lustvolles Grunzen hören konnte, mit dem er sich über unreife Weinreben, grüne Äpfel und junge Feigen hermachte. Der Sommer stand zwar erst bevor, doch für Sauen war immer Erntezeit.

Da krachte ein Schuss, vielfach zurückgeworfen von den steinernen Wächtern des Paradiesgartens.

Feridun und Şadi blickten einander erschrocken an. Keiner von ihnen hatte den Finger krumm gemacht.

Der Keiler quiekte, wankte und drehte sich tödlich getroffen auf den Rücken.

Aus einer Felsenhöhle gegenüber kroch nun eine Person, lief auf ihre Beute zu und machte sich daran zu schaffen. Der Kegel einer Handlampe geisterte um das erlegte Tier. Eine Frauenstimme meldete sich auf Deutsch aus der Höhle.

»Sag schon, Erich, hat es sich gelohnt?«

»Und ob, Püppi. Dreißig Zentimeter! Mein Lebenskeiler!«

»Waidmannsheil!«

»Verdammt!«, fluchte Şadi.

»Touristen!«, knurrte Feridun.

In zunehmender Zahl tauchte an den verschwiegensten Plätzen der Türkei die moderne Variante des Pilgerreisenden auf. In Ankara, Konya und Kayseri boten ihnen einheimische Kontaktleute alle Arten von Führungen an. Ausreichend betuchte Sonntagsjäger konnten unter der Hand sogar »Kappadokiens heilige Höhlen mit Wildschweinjagd im Mondschein« buchen.

»Ich würde nie meine Frau auf die Pirsch mitnehmen«, knurrte Feridun.

»Lass uns tiefer ins Gebirge fahren und auf Mufflons gehen«, schlug Şadi vor.

Die Freunde kletterten lautlos aus ihrer Höhle und machten sich davon, ohne entdeckt zu werden. Unweigerlich wären sie sonst um eine Blitzlichtaufnahme gebeten worden. Erich und Püppi neben ihrem Lebenskeiler posierend.

☾

Wegen schlechten Wetters im Taurusgebirge kehrte Feridun zwei Tage früher als geplant von der Jagd zurück nach Istanbul. Bei der Einfahrt aufs Gelände von Cevat Paşa Konak kam ihm der Planwagen eines Speditionsunternehmens entgegen, vermutlich waren die Möbel der neuen Mieter geliefert worden.

Das Kriegsende hatten die Cobanlis wohlbehalten im irakischen Basra überstanden, dann war Feridun als Konsul nach Schanghai versetzt worden, bevor es wieder zurück in die Heimat ging. Paschavilla und Holzmeisterhaus waren gut vermietet. Sohn Basri, auf dem Internat in Harrow, war jetzt siebzehn Jahre alt. Selma flog öfters zu ihm nach England, Feridun aber musste sich eingestehen, dass er sich um den Sohn nicht viel besser kümmerte als sein Vater damals um ihn. Englische Internate boten hoffentlich etwas mehr Komfort als die Kadettenkasernen des Kaisers. Sicher war Feridun sich nicht.

In einer Ecke des Parks, einen Steinwurf vom Konak entfernt, stand seit Kurzem das sogenannte »kleine Haus«, ein architektonisches Schmuckstück, gestaltet ganz nach Feriduns Traum vom privaten Wohnen: vollständig umschlossen von einem Wintergarten mit duftenden Bananen- und Zitronenbäumen in mächtigen Terrakottatöpfen, dahinter ebenerdig ein von holzverkleideten rechteckigen Säulen getragener Drawing Room mit Küche und Bad sowie einer Treppe, die hinaufführte in ein Doppelgeschoss, das aus einem riesigen Raum mit darüberliegender Galerie bestand, wo sich die Schlafzimmer befanden.

Für Basri, der nur in den Ferien nach Hause kam, gab es einen kleinen Raum. Eigentlich aber sollten sich hier maximal zwei Personen wohlfühlen. Feridun konnte sich sogar gut vorstellen, hier alleine zu wohnen. Das war auch Selma nicht verborgen geblieben, die das »kleine Haus« mit unbestechlichem Geschmack in seinem Sinne eingerichtet und dafür großes Lob von ihrem Mann erhalten hatte. Wenngleich Selmas zuletzt in Schanghais französisch-britischem Quartier geschliffenes Stilempfinden nicht viel Spielraum bekommen hatte, war sie dennoch froh, dass Feridun beim Bau des Hauses nicht – dem Beispiel des Paschas folgend – seine Ehefrau ausquartierte, um ungestört seinen Melancholien nachhängen zu können. Das »kleine Haus« versprach trautes Leben zu zweit – und damit mehr, als Feridun halten konnte.

Während der Jahre in Basra und Schanghai hatte Selma sich von ihrem Mann innerlich weiter entfernt, als sie wahrhaben wollte. Seit sie den Sohn in ferner Obhut wusste und mit wachsendem Selbstvertrauen ihre eigenen Talente ausprobierte, erschien ihr die Fortsetzung der Ehe mit einem alternden Frauenschwarm nicht gerade als erstrebenswerte Perspektive für die kommenden Jahrzehnte. Dass ausgerechnet Atatürk, der Prototyp des Don Juan, türkischen Ehefrauen die Tür zur Freiheit aufgestoßen hatte, mochte eine Ironie des Schicksals sein. Selma war ihm dankbar dafür und längst bereit, durch diese Tür zu gehen.

Als Feridun am Wintergarten dem Auto entstieg, traf er auf seine Frau in ihrer besten Reisegarderobe, neben ihr standen zwei große Ledertaschen.

Beide Cobanlis waren gleichermaßen überrascht.

»Du verreist?«

»Ja.«

»Wohin?«

»Zu Basri.«

»Den hast du doch erst vor ein paar Wochen besucht.«

»Ich besuche ihn nicht, ich ziehe zu ihm.«

»Aber ... aber dafür gibt es doch gar keinen Grund.«

Das stimmte sogar. Es gab im Augenblick keine andere Frau in Feriduns Leben. Auf eine solche Zwischenzeit hatte Selma gewartet. Sie wollte nicht in einem Anfall von Verzweiflung türenschlagend davonlaufen, sondern ganz leise und aus freien Stücken gehen.

»Du solltest übermorgen meine Nachricht auf dem Tisch vorfinden. Jetzt müssen wir einander doch noch persönlich Lebewohl sagen.«

Feridun war zu keiner Reaktion fähig. Sprachlos stand er vor dem Auto mit seinen Jagdtrophäen.

»Die Scheidung ist eingereicht.«

Ein Taxi näherte sich dem »kleinen Haus«, Selma gab dem Fahrer ein Zeichen.

»Bitte ... geh nicht weg«, stammelte Feridun. Mehr brachte er nicht heraus.

Er wusste, dass er sie nicht mehr umstimmen würde.

Der Taxifahrer kümmerte sich um Selmas Gepäck.

Noch einmal sah ihm Selma ins Gesicht, freundlich, aber bestimmt.

»Feridun, du bist nicht mehr der Mann, mit dem ich alt werden möchte. Adieu.«

Als das Taxi hinter den Bäumen des Parks verschwand, stand Feridun noch immer am Auto und versuchte zu begreifen, was seine Ehefrau ihm gerade angetan hatte.

☾

Drei Monate lang hoffte er, dass sie zurückkehren würde. War sie nicht bei ihm geblieben all die Jahre? Hatte er sie nicht respektiert, sie liebenswürdig behandelt, ihr ein gutes, abwechslungsreiches Leben geboten?
Vielleicht etwas zu abwechslungsreich.
Er war ihr auf seine Weise treu geblieben.
Vor allem aber sich selbst.
Dass sich die Welt um ihn herum immer schneller änderte, seit der Krieg nicht mehr der Vater aller Dinge war, sickerte viel zu langsam in sein Bewusstsein. Er schrieb Briefe nach England, die unbeantwortet blieben. Nur die über Anwälte ausgetauschten Scheidungsdokumente wurden zügig erledigt. Am meisten schmerzte Feridun, dass Basri ihm über Selmas Lawyer – auf Englisch! – mitteilen ließ, er wünsche keinerlei Kontakt mehr zu seinem Vater. Von dieser Nachricht aufgewühlt, wollte er sofort nach Harrow reisen, um den Sohn umzustimmen. Doch Selma hatte ihren Noch-Ehemann gewarnt, dass sie jeden Versuch, Basri oder sie unter Druck zu setzen und zu diesem Zweck womöglich seine diplomatischen Beziehungen spielen zu lassen, dem Außenminister der Türkei zur Kenntnis bringen würde.
In Ankaras Regierungsbürokratie – Feridun pendelte derzeit wieder einmal zwischen Istanbul und der Hauptstadt – saßen kaum noch Leute, die auf Atatürks alte Kameraden gut zu sprechen waren. Nach dem Tod des Gazi hatte Ministerpräsident Celal Bayar umgehend den Außenminister ausgewechselt. Und seit der Ankündigung des Präsidenten Ismet Inönü, Atatürks Nachfolger, »dass in unserem politischen und geistigen Leben die demokratischen Grundsätze einen breiteren Raum einnehmen sollten«, stand erstmals

eine Oppositionspartei aus erbitterten Antikemalisten in den Start-
löchern. Diese Leute waren fest entschlossen, im Falle ihrer Regie-
rungsübernahme das Rad der Revolution zurückzudrehen und die
Macht der Generäle zu brechen. Dass Inönü, um dem Oppositi-
onsführer Adnan Menderes ideologisch das Wasser abzugraben, wie
der Herausforderer auf die Religiösen setzte und statt des türkischen
den arabischen Gebetsruf wieder zuließ, war nicht nur Feridun als
Menetekel erschienen.

Das Volk verlangte Brot und bekam Koranverse.

Die Türkei war wieder einmal im Umbruch.

Die Jahre der jovialen Tafelrunden und hemdsärmeligen Basta-Ent-
scheidungen der Atatürk-Generation schienen unwiederbringlich
vorbei.

Es standen harte Zeiten bevor.

Wo würde man den Generalkonsul Feridun Cobanli als Nächstes
hinschicken – nach Afghanistan, Turkmenistan oder in die Walachei?
Bestimmt nicht auf einen attraktiven Posten und am allerwenigsten
nach Deutschland, wohin es ihn am meisten zog. Mit Deutschland
befand sich die Türkei formal immer noch im Kriegszustand.

Und Feridun war altes Eisen.

Ein lebenslustiger Diplomat mit dem verwitterten Etikett des Kemal-
Schützlings. Einer, der längst einen Dämpfer verdiente. Vielleicht
Gesandter in der eben gegründeten Deutschen Demokratischen Re-
publik? Doch zu der unterhielt die Türkei keine diplomatischen Be-
ziehungen. Man stand neuerdings stramm auf amerikanischer Seite.
Und damit auf der von Westdeutschland.

Wen kannte Feridun da? Nur noch ein paar Aristokraten und Industrielle von früher, alte Jagdgenossen.

Was für ein paradoxer Ausdruck: Genossen für die Jagd! Keiner im
Westen wollte mehr Genosse sein, seit Stalin und Ulbricht dieses
schöne Wort mit Blut und Tränen getränkt hatten. Aber jagen gin-
gen die Chefs weiter, auf beiden Seiten des »Eisernen Vorhangs«. Die
Grundbesitzer im deutschen Osten freilich waren enteignet, ihre
Schlösser und Ländereien vom »Volk« in Besitz genommen.

In der Türkei war jüngst der Versuch einer Landreform kläglich gescheitert. Großeigentümer saßen zu nahe am Zentrum der Macht. Auch Adnan Menderes war einer von ihnen. Arm blieb arm in der Türkei, zumindest arme Arbeiter und Bauern blieben arme Arbeiter und Bauern. Deutschland war in eine arme und eine noch ärmere Hälfte zerfallen. Wer Glück hatte, lebte unter dem Schutzschirm der britischen, französischen und amerikanischen Besatzer im Westen. Wer Pech hatte oder Kommunist bleiben wollte, lebte im Osten und lernte Russisch.

Feridun fühlte sich an die Zeit nach dem Zusammenbruch des Osmanischen Reiches erinnert. Damals waren vor allem britische Besatzer die Bösen.

Welche Okkupatoren Deutschlands waren jetzt die Guten?

War die gerade ein halbes Jahr alte Bundesrepublik wirklich das bessere Deutschland? Viele »Westdeutsche« wurden den braunen Gestank der Hitlerei nicht mehr los. Feriduns merkwürdiger Freund Franz zum Beispiel.

Franz von Papen hatte es mal wieder auf die richtige Seite geschafft. Bei den Nürnberger Kriegsverbrecherprozessen freigesprochen, dann aber von deutscher Justiz zu acht Jahren Arbeitslager verurteilt, vorzeitig entlassen und in seine alten Vermögensverhältnisse wieder eingesetzt: Nicht gerade ein Vorzeigekumpan, mit dem man auf Diplomatenjagd gehen und neben ihm in der Zeitung abgebildet sein wollte, auch wenn Papen beteuerte, zusammen mit dem damaligen Bischof von Istanbul Juden gerettet zu haben.

Franz, dieser traurige Tropf, erschien Feridun wie Deutschland – geteilt und janusköpfig. Je nach politischer Einstellung konnte man ihn als Schurken oder Gentleman betrachten. Vermutlich war er von beidem etwas.

Feridun sehnte sich zurück nach einem ganz anderen Deutschland. Nach blumenbunten Frühlingswiesen, nach herrlichen Seen mit klarem Wasser, nach Ausritten unter Ulmen und Eichen, nach Magdolna, die sich in ihrer Kammer an ihn schmiegte. Vor allem aber sehnte Feridun sich nach Papi Roon und Mütterchen Marie-Luise. Wenn er die Worte Kindheit und Eltern zusammen dachte, sah er nicht den strengen Pascha und die stolze Mutter vor sich, sondern den Rittmeister und seine Gattin. Feridun verspürte nicht den Hauch schlechten Gewissens, wenn er sich den Roons näher wähnte als der eigenen Familie. Sieben Jahre lang waren sie ihm Ersatzeltern gewesen. Papi Roon und Mütterchen Marie-Luise hatten dem Jungen das Gefühl vermittelt, um seiner selbst geliebt zu werden.

Der eigene Vater lobte und strafte, verbot und befahl, öffnete Türen und versperrte sie nach Gutdünken. Waren das Zeichen selbstloser Liebe? Die Mutter hatte ihren Feridun vergöttert. Doch mit ihrem Ritt in den Tod hatte sie sich nicht nur dem hartherzigen Ehemann, sondern auch dem Sohn entzogen. Erst war die Mutter von ihm gegangen, nun Basri und Selma.

Und der Pascha? Der gehörte, wie Atatürk, nicht mehr seiner Familie, sondern dem ganzen Volk.

In diesen Wochen des quälenden Alleinseins betrachtete Feridun die Roons immer mehr als seine eigentliche Familie. Es tat weniger weh, sich weit weg zu denken von seinem heulenden Elend hier in Istanbul. Er spürte, wie ihm dabei die Brust frei und freier wurde. Er saß in seinem Wintergarten im »kleinen Haus« und sog mit geschlossenen Augen die Luft ein. Im Duft der Bananenstauden glaubte er immer stärker, etwas anderes wahrzunehmen, ein fernes Aroma. Es roch nach Kindheit und Jugend, nach Holz und Bohnerwachs.

Dann fiel ihm ein, was es war: die frisch gewachsten Parkettböden von Schloss Schwiessel, wenn er zu Besuch kam und sein Zimmer bezog! Wie Weihrauch sich mit dem Aroma alter Kirchenbänke zu einem berauschenden Dunst verband, von dem sich fromme Katholiken in Trance versetzen ließen, so benebelte die Erinnerung an das Herrenhaus-Parfum jener alten Zeiten den fünfzigjährigen Feridun in seinem Sessel im Wintergarten.

Schwiessel war so gut und so schön und so schoßgemütlich gewesen, trotz Kadettenkorps und Weltkrieg.

Wo Roons waren, herrschten für ihn Friede und Zufriedenheit.

Wo sie jetzt waren, da wollte Feridun hin, dringend.

Heim zu Papi und Mütterchen.

Doch lebten sie noch? Und wenn ja, wo? Noch immer im Mecklenburgischen? Zwei gottesfürchtige Aristokraten im Reich der gottlosen Gleichmacherei? Ausgeschlossen. Dann waren sie bestimmt in den Westen geflohen. Aber wohin? Wer konnte es wissen?

Feridun stand auf und ging ins Wohnzimmer. An seinem Sekretär ließ er sich nieder, holte blaues Luftpostpapier hervor und tippte einen Brief an den Herrn Botschafter a. D. Franz von Papen.

Wenige Wochen später, Anfang Oktober 1949, erhielt er Antwort. Freund Franz übermittelte ihm eine Adresse in der Bundesrepublik Deutschland.

Es war der Name eines Schlosses.

1949 BENITA

Landregen hatte den rohen Forstweg durch spätherbstlich gefärbten Laubwald in eine Schlammpiste verwandelt. Der geschniegelte Taxifahrer im schwarzen Mercedes 170 D nörgelte, übers weiße Lenkrad gebeugt, schlechte Laune an die Windschutzscheibe hin, der vielen Schlaglöcher und Dreckpritzer wegen. Gewiss, von Bielefeld bis hierher und zurück plus Wartezeit war ein lukrativer Auftrag. Doch mit der Ausbaustrecke Richtung Melle endete kurz vor Schloss Königsbrück auch die Bereitschaft des Lohnkutschers, Reifen und Unterboden seines eben erst auf D-Mark-Kredit erworbenen Fahrzeugs weiter zu gefährden. Als vor ihm nun ein doppelter Schlossgraben auftauchte, über den eine breite, beidseitig verwucherte Brücke führte, war er mit seiner Geduld am Ende. Er hielt im strömenden Regen an und fragte seinen Fahrgast, ob der Herr die letzten fünfzig Meter nicht lieber zu Fuß gehen wolle, denn niemand würde ihm den Schaden ersetzen, wenn die Brücke unter dem Gewicht seines Autos einbräche.

»Darf ich Sie um den Namen Ihres werten Unternehmens bitten?«, fragte der Mann auf dem Rücksitz.

»Lukoschitz.«

»Lukoschitz Bielefeld?«

»Lukoschitz Taxi Bad Salzuflen. Warum ist das wichtig?«

»Damit ich meinem Hotel empfehlen kann, Sie nicht weiter zu beschäftigen. Hier ist Ihr Geld. Für die Rückfahrt werde ich mich um
einen anderen Chauffeur kümmern.«

Salzuflen und Istanbul musterten einander über Kreuz im Rückspiegel. Salzuflen trug eine bunt gemusterte Schleife angestrengt lässig
unters Kinn gebunden, wie es ohne peinliche Note nur ältere Profes-
soren hinbekommen. Der fadenscheinige Konfirmandenanzug und
die mit viel Brillantine geformte Pürzelfrisur ließen eher an einen La-
denschwengel denken, der sich vornehmer dünkte als sein Fahrgast
an diesem späten Vormittag Ende Oktober 1949. Noch ist der Friedensvertrag mit Deutschland nicht unterzeichnet, dachte Feridun,
vielleicht wollte man ihn das spüren lassen.

Er ließ einen Zehnmarkschein auf den Beifahrersitz flattern, die
Hälfte des ausgemachten Lohnes.

Der Taxifahrer nahm das Geld.

»Quittung gefällig?«, knurrte er. Aber da war sein Fahrgast schon
draußen.

Im Regen griff Feridun sich seine Reisetasche aus dem Kofferraum,
schlug den Kragen seines Trenchcoats hoch und machte sich auf den
Weg über die Brücke zum Wasserschloss Königsbrück.

»Kennen Sie da jemanden?«, hatte ihn Lukoschitz kurz nach der Ab-
fahrt in Bielefeld gefragt.

»Roons.«

»Nie gehört.«

Damit war ihre Konversation beendet gewesen.

Vor Feridun gaben regenschwere Laubbäume den Blick frei auf das
düster-graue Gemäuer einer Schlossfassade, die bessere Zeiten gesehen haben musste, mutmaßlich irgendwann im 16. Jahrhundert.
In dieser Ruine vermutete man keine Menschenseele, höchstens Ge-
spenster. Feridun hatte einst als Kadett so manchen norddeutschen
Ritter- und Herrensitz besucht. Königsbrück gehörte auf Anhieb
nicht zu seinen Traumschlössern.

Hierher also sollte es Papi Roon und Mütterchen Marie-Luise ver-
schlagen haben? Immerhin kein Tudor-Imitat wie Schwiessel, son-

dern Rudimente echter Renaissance. Konnten Roons vier Jahre nach ihrer Flucht vor den sowjetischen Panzern hier, am Rande des Teutoburger Waldes, auf solche Ressourcen zurückgreifen?

Ohne jemandem zu begegnen, überquerte Feridun die beiden Brücken, ging auf den großen Torbogen zu und öffnete schließlich eine kleine, ausgesägte Tür, auf der mit Kreide »Bitte nicht anklopfen!« geschrieben stand. Lautes Knarren ersetzte die Klingel.

»Wer da?«, rief jemand in der dunklen Durchfahrt.

»Guten Tag, mein Name ist Feridun Cobanli. Würden Sie mich bitte zum Hausherrn führen?«

Eine seltsame Gestalt trat ins Schlaglicht des gegenüberliegenden Tores.

»Gestatten, Graf K.«

»Nur K.?«

»Mehr geben die Zeiten nicht her.«

Feridun sah sich den anonymen Grafen näher an. Er schätzte ihn auf jenseits der Siebzig, was angesichts des groben Armeemantels – Erster Weltkrieg – und der Fellmütze mit herabhängenden Seitenklappen nicht genauer auszumachen war. Immerhin trug der Veteran Krawatte, dunkelgrün, und einen Siegelring. Seine zerschlissenen Manschetten, die aus dem Sakko unterm Mantel hervorschauten, wurden von sehr anständigen Knöpfen zusammengehalten.

»Kommen Sie wegen meiner Münzsammlung?«, fragte Graf K.

»Eigentlich wegen des Herrn Rittmeisters und seiner Familie.«

»Welcher Rittmeister, es sind einige bei mir zu Gast?«

»Rittmeister a. D. Wolfram von Roon.«

»Ah, Gorschendorf, nicht wahr?«

»Gorschendorf und Schwiessel.«

»Jeder, der aus dem Osten kommt, hat angeblich mehr als ein Gut verloren. Aber bei mir gibt's trotzdem nur ein Zimmer pro Familie.«

Feridun blickte den Grafen verständnislos an.

»Wohnen sie denn hier, die Roons?«

»Selbstverständlich!«

»Würden Sie mich zu Ihnen begleiten, Graf K.?«

»Das ist ein weiter Weg mit vielen Treppen. Wollen Sie nicht doch erst einen Blick auf meine Münzen werfen? Das Baltikum habe ich fast vollständig retten können.«

»Wenn Sie mir den Weg beschreiben, würde ich mich erst bei Roons vorstellen – dann komme ich gern zu Ihnen, und wir besichtigen das Baltikum.«

»Das sagen sie alle«, klang es enttäuscht.

Graf K. beschrieb dem Besucher, wo die Roons wohnten. Es war tatsächlich ein langer, umständlicher Weg. Feridun kam vorbei an spielenden Kindern und an Waschfrauen mit Körben und Wassereimern. Kittelschürzen unter typisch aristokratischen Gesichtern. Auf den Fluren verrichteten alte Herren Handwerksarbeiten, hämmerten, hobelten, schraubten und schrubbten. Hier und da brannte eine Kerze, ganz selten eine elektrische Birne, und an jeder Tür hing ein Stück Schiefer oder Pappe oder Holz mit handschriftlichen Namen, die alle mit »v.« anfingen und dahinter nach einem Jahrtausend deutscher Geschichte klangen – mitunter auch nach jenen weniger glorreichen tausend Jahren zwischen 1933 und 1945.

Ein Schloss mit mehr Bewohnern, als es fassen kann, gibt es nur in Notzeiten. In Königsbrück drängten sich zeitweise über zweihundert Personen, man hatte hier bis in die letzte Abstellkammer Menschen zusammengepfercht. Nicht irgendwelche namenlosen Kriegsverlierer. Sondern aristokratische Verwandtschaft und Bekanntschaft des Grafen K. von »Drüben« und aus den »verlorenen Ostgebieten«, wie man in der gerade ein Jahr alten Bundesrepublik Stalins Kriegsbeute umschrieb.

In grob unterteilten Salons, in Kammern und Kellern, auf Gängen und Fluren, in Nischen und Schrägen, in Gauben und Erkern hausten Hochwohlgeborene aus Sachsen und Thüringen, aus Mecklenburg und Pommern, aus Schlesien und Sudetenland, aus Brandenburg und Ostpreußen. Noch der letzte Quadratmeter war zugestellt mit allem, was Flüchtlinge und Vertriebene auf dem großen Treck nach Westen hatten mitnehmen und vor Russen, Räubern und gierigen Tauschhändlern retten können.

Feridun war ins Zwischenlager einer aristokratischen Völkerwanderung geraten. Hatte die neue Türkei nach dem Krieg gegen die

Griechen wirtschaftlich erfolgreiche Christen gegen arme moslemische Zwangsrückkehrer ausgetauscht, floh hierzulande seit Ende 1944 westwärts, wer ererbten oder erarbeiteten Besitz nicht freiwillig den neuen Arbeiter- und Bauernstaaten übereignen wollte. Die Zahl derer, die in umgekehrter Richtung Hof und Heimat verließen, um Genosse zu werden, hielt sich in überschaubaren Grenzen.

Das niedersächsische Schloss Königsbrück, im Renaissancestil begonnen, im späten Barock fertig gebaut, gelegentlich abgebrannt, durch neugotische Flügel und sonstige Zutaten architektonisch verunstaltet und lange schon in erbarmungswürdigem Zustand, hatte immerhin keine Fliegerbombe abgekriegt. Wer es hier aushielt, musste eisern Haltung wahren und konnte dafür draußen mit wenig mehr als mit einer Schlossadresse renommieren.

Der Besitzer war unverheiratet, es gab keine Hausfrau und kein Personal. Im ersten Krieg verwundet, blieb dem Grafen K. im zweiten wenigstens das Fronterlebnis erspart. Dass er – oder waren es die Großeltern gewesen? – durchaus Wert auf standesgemäße Einrichtung legte, merkte nur, wer ihn in seinem Salon und im Arbeitszimmer der Schlossverwaltung besuchte. Seine Privaträume waren so belassen, wie der Graf sie in den Zwanzigerjahren geerbt hatte. Sie sahen aus, wie es eben aussah bei Schlossherren eigentlich schon seit 1800. Nichts war hier zu spüren vom Elend draußen auf den Gängen und ringsherum in den Stuben. Hier standen Barockmöbel, umgeben von vier herrlichen Aubusson-Gobelins an den Wänden, die Vitrinen voller Silber und Porzellan. An den Stirnseiten und zwischen den meterhohen Fenstern zum Park hingen kapitale Trophäen, darunter eine stolze Reihe verstaubter Auer- und Birkhähne. Rechts und links der Flügeltür wachten zwei ausgestopfte Albino-Gämsen. Ganz anders ging es vor den Flügeltüren zum Privatreich des Grafen zu. Wurde einer der riesigen Barockschränke auf den Fluren verschoben, um noch ein Bett oder einen Waschtisch mit Schüssel und Kanne aufstellen zu können, gab man sich keine Mühe, etwa die Ahnenbilder umzuhängen oder kostbare Stuckornamente an den Wänden zu schützen. Hinter manchem Schrank auf langen, düsteren Fluren lugten vergoldete Rahmen hervor, hier und da bespannt mit unschätzbaren Werten. Bei einigen Gemälden auf den Gängen machte die Leinwand schlapp, sodass die stolzen Ahnherren in ihren Rüstungen und Pelzen, Krägen und Orden aus dem Holz hingen und man meinen konnte, sie verbeugten sich vor den unter ihnen auf- und abschlurfenden Flüchtlingen. Beschädigte Möbel stapelte man unterm Dach, und als auch dort der Raum benötigt wurde für weitere Flüchtlinge, begann man, sie im Hof zu restaurieren. Dazu ließ Graf K. Kunsttischler kommen, von denen es in der Gegend viele gab und die sich ebenso dankbar für Aufträge zeigten wie für die Mithilfe des einen oder anderen Blaublüters mit Siegelring und Tweedsakko oder Schilfleinenjanker. Nicht wenige der Schränke, Kommoden, Fauteuils und Tische waren im strengen Winter 1946/47 zu Brennholz zerkleinert worden.

Die Landwirtschaft des Schlossgutes befand sich in ähnlich miserabler Verfassung, auch das war egal, denn viele der neuen Bewohner hatten die ausdrückliche Erlaubnis, ringsherum ihre eigenen Beete und kleinen Felder anzulegen. So hatte sich mit den Jahren eine kleine Privatökonomie aus Salat, Kartoffeln, Rüben, Rhabarber, Obststräuchern, ja sogar Tabakpflanzungen etabliert. Man betrieb Handel untereinander, hier und da wurde stibitzt, was nicht für Geld oder im Tausch zu ergattern war.

Graf K., ein Kauz, aber eine gute Seele, fand für jeden Flüchtling, der seit dem Winter 1944/1945 anklopfte, egal wie nah oder entfernt verwandt oder nur Standesgenosse, ein Plätzchen. Manche sagten, der ewige Junggeselle habe erst im Alter seine wahre Bestimmung gefunden als Hauswirt und Quartiermeister, als Schlichter von Nachbarschaftsstreitigkeiten und Berater in Erziehungsfragen, die K., obschon selber kinderlos, stets mit Phantasie und augenrollender Autorität zu lösen pflegte.

Das Leben der Bewohner war beschwerlich. Gestern noch Nachbarn gewesen, zwei Stunden im Automobil oder fünf per Pferdekutsche voneinander entfernt, hausten sie jetzt vielleicht Wand an Wand. Eben noch hatte man in Preußischen Morgen, Tagwerk oder Hektar gerechnet, jetzt waren es Ellen. Die einen grämten sich ob ihrer Enteignung und Demütigung, waren gereizt und meist schlecht gelaunt. Einige der Frauen hatten auf der Flucht ein Kind verloren, andere befanden sich in quälender Sorge um verschollene oder in Gefangenschaft geratene Ehemänner oder Verlobte. Wieder andere, eigentlich die überwiegende Mehrheit, fügten sich mit *stiff upper lip* ins Unvermeidliche und versuchten das Beste aus ihrer misslichen Lage zu machen. Da die illustre Flüchtlingsgesellschaft mehrheitlich aus Frauen und Kindern bestand und zu einem Drittel aus älteren Herren, die nicht mehr im letzten Krieg mitgekämpft hatten, gab es nur selten Anlass für den Hausherrn, einzuschreiten und Streit zu schlichten. Eher waren Trost und Zuspruch gefragt.

Wer sich für ihn interessierte, genauer gesagt für die preußisch-baltische Münzsammlung, die Graf K. in speziellen Tresoren und Glasschränken in seinen Privaträumen aufbewahrte, den überschüttete er mit seiner ganzen Sympathie. Andere gewannen seine Gunst, weil sie Bridge spielen konnten oder ihm Zigaretten drehten aus selbst angebautem Tabak. Auch wenn ihm sein Besitz nicht enteignet worden war wie seinen Gästen, ließ er sich gerne von ihnen zu selbst gekochten Kartoffeln mit Quark einladen oder zu evangelischen Zimmerandachten, bei denen »Geh aus mein Herz« und »Ein feste Burg« gesungen wurde – wie noch vor Kurzem in der eigenen Hauskapelle oder am Nachbarort im Dom, der von den Vorfahren gestiftet worden war.

Auf zwei Stockwerken hatte Feridun den halben Flur in beide Richtungen durchwandert, um schließlich über eine Personalstiege ins Dachgeschoss zu gelangen, wo zwei von Tür zu Tür ins Gespräch vertiefte Zimmernachbarinnen, eine Prinzessin Schoenaich-Carolath, vertrieben aus Böhmen, und eine junge Kriegerwitwe Gräfin Schulenburg den Herrn im Trenchcoat freundlich ans Ende des Ganges und noch eine Ecke weiter verwiesen.

Nun also stand der Besucher vor einer schmalen, knapp mannshohen Tür mit laubgesägtem Holzschild. Darauf, handgemalt, das vertraute Wappen, ein Bär mit Balken durch den Bauch, unter dem mit grüner Tinte der vertraute Name geschrieben stand: *v. Roon*

Feridun schlug das Herz bis zum Hals.

Er klopfte an.

»Herein, wenn's kein Heide ist!«, rief drinnen eine kräftige Altherrenstimme.

Da wurde ihm die Tür auch schon aufgetan.

Vor Feridun stand eine junge Frau Ende zwanzig mit langen braunen Zöpfen, in Männerhosen, Filzpuschen und mit einem bezaubernden Lächeln, das Feridun ans Herz griff. Er glaubte Marie-Luise vor sich zu sehen, damals, 1915 in Schwiessel. Sein »Mütterchen«, ganze zehn Jahre älter als der Kadett. Die Zeit schien stehen geblieben.

»Benita Roon«, begrüßte ihn die junge Frau. »Wen darf ich – melden?«

»Feridun Cobanli aus Istanbul …«

»Neiiiiin!!«, rief da jemand, auf den Benita jetzt den Blick frei gab. »Unser Prinz aus dem Morgenland! Oh, jetzt brauchen wir aber einen Schnaps!«

Von einem weiß gedeckten Tisch erhob sich ein Herr Ende sechzig in Knickerbockern, sichtlich gestopften Kniestrümpfen, tadellos geputzten Schuhen mit unterschiedlichen Schnürsenkeln, der Trachtenjanker an den Ellbogen geflickt, das Hemd gestärkt, in der dezenten Krawatte steckte eine kleine Perlennadel. Vor ihm lag eine dünne Zeitung.

Papi Roon!

Ihm gegenüber saß eine Dame Anfang sechzig. Über dem dunkelblauen Kleid aus besseren Zeiten trug sie eine Schürze, ihre früher so gepflegten Fingernägel waren kurz geschnitten, das graue Haar mit einem blau gepunkteten Kopftuch zusammengebunden, um den Hals eine Perlenkette. Verblüfft blickte sie von ihrer kleinen Reiseschreibmaschine auf, in der ein halb fertiger Brief eingespannt steckte.

Mütterchen Marie-Luise!

»Feri! Ach …«, mehr brachte sie nicht heraus, bevor ihr die Tränen kamen und sie den Trenchcoatmann in die Arme nahm.

»Die Überraschung ist dir aber geglückt!«, rief der Rittmeister.

Beide empfingen Feridun wie einen verlorenen und endlich heimgekehrten Sohn. Vor zwanzig Jahren hatte man sich das letzte Mal gesehen.

»Willkommen in unserem Oberstübchen!«, fuhr der Rittmeister fort und machte eine raumgreifende Geste, als lade er den Gast zur Besichtigung eines Ballsaals.

»Wir nennen es das Kadettenzimmer, es hat einen ähnlichen Kanonenofen wie deines damals.«

Die Kurzbesuche des Kadetten in Schwiessel waren fünfunddreißig Jahre her. Nichts hier in Königsbrück erinnerte ihn an das Herrenhaus in Mecklenburg. Feridun sah sich um. Die Stube maß vielleicht vier auf sechs Meter, beherbergte ein Doppelbett und eine Luftschutzpritsche, auf besagtem Kanonenofen stand ein Kochtopf mit ungeschälten Kartoffeln, an den Wänden hingen ein paar vergilbte Stiche, sogar ein Bücherregal gab es und eine Kommode, auf der ein Strauß Strohblumen in einem Einweckglas stand.

Bei schlechtem Wetter und im Winter fand das Alltagsleben hier oben rund um den Tisch statt, an den Feridun jetzt gebeten wurde. Benita setzte ihm eine Meißner Tasse mit braunem Gebräu vor, das die Tochter des Hauses »Blümchenkaffee« nannte, weil er so dünn aufgebrüht war, dass man die einsame Blume am Boden der Tasse durchscheinen sah.

Der Rittmeister spendierte ein Tröpfchen selbst gebrannten Korn. Der trieb nun auch Feridun die Tränen in die Augen. Der Kaffee schmeckte nach Malz. Für Feridun der beste Kaffee seines Lebens.

Der Kadett war heimgekehrt.

Hier hatte man auf ihn gewartet.

Papi Roon und Mütterchen Marie-Luise.

Und dieses zauberhafte deutsche Fräulein Benita.

☾

Zwei Stunden lang saß Feridun am Tisch und lauschte den Berichten der Roons, wie es ihnen ergangen war in den letzten Kriegsjahren. Aus dem Herrenhaus Schwiessel weggezogen, hatten sich Wolfram,

Marie-Luise und Nesthäkchen Benita – die älteren Schwestern lebten verheiratet im Ausland – wieder ganz auf Wolframs bescheidenerem Gut Gorschendorf niedergelassen und es bis 1943 bewirtschaftet. Dann ging es weiter nach Stettin, wo Wolfram eine Stelle als Verkehrsdirektor angetreten hatte. Benita arbeitete im Vorzimmer des vierundneunzigjährigen Generalfeldmarschalls von Mackensen, der als Monarchist und Erzprotestant dem Führer bis zum letzten Tag die Treue hielt und wegen seiner häufigen Auftritte als aristokratisches Maskottchen der Nazipropaganda im Volk den Spottnamen »Reichstafelaufsatz« trug.

Dann war wieder einmal Fliegeralarm. Das Haus und die herrschaftliche Sechs-Zimmer-Wohnung in der Birkenallee 9 wurden von englischen Brandbomben getroffen.

Während das Gebäude noch in Flammen stand, schleppte Benita mithilfe von Soldaten und anderen Männern, die sie im Luftschutzbunker und auf der Straße angefleht hatte, einige Kommoden, Sessel, Teppiche, einen Tisch und den Schrank mit allen wichtigen Dokumenten zunächst ins Freie und dann Stück für Stück hinüber in den Stadtpark. Am Morgen nach der Bombennacht schob sie unter den Augen ihrer in den Sesseln zusammengesunkenen Eltern die geretteten Möbel zu einer Art Wohnzimmer auf der grünen Wiese zusammen – mit Blick auf die Ruine des Patrizierhauses Nummer 9. Benita rollte sogar einen Teppich auf dem Rasen aus und stellte Tisch und Stühle darauf, genau wie es im eben noch intakten Speisezimmer im zweiten Stock ausgesehen hatte.

Passanten, ja sogar Neugierige aus anderen Stadtteilen kamen und besichtigten das Elend ihrer adligen Mitbürger. Sie durchquerten den Freiluftsalon der Roons und stelzten über den Teppich, bis Benita es nicht mehr ertrug.

»Würden Sie so lieb sein, hier nicht durchzumarschieren, es ist jetzt unser Wohnzimmer, wissen Sie?«

Eine Frau, stadtbekannte Führerin beim Bund Deutscher Mädel, blieb stehen, schüttelte den Kopf und meinte zu den anderen Gaffern: »Ausgebombt und dann noch frech!«

Der Befreiung – sie nannten es wie die meisten Deutschen »Zusammenbruch« – folgte die Flucht vor den Sowjetpanzern im Treck per Pferdefuhrwerk und Lastwagen, die Benita zwischendurch organisierte, über viele ungastliche Stationen und mit monatelangen Zwischenaufenthalten. Aus dem kleinen Ort Neuenkirchen an der westfälisch-niedersächsischen Grenze erreichte sie schließlich die Zusage des Grafen K., der sein baltisches Gut frühzeitig aufgegeben hatte und in sein baufälliges Schloss im Westen gezogen war. Von der Gemeinde durch einen Pachtzins geringfügig unterstützt, nahm er im Lauf der Jahre einige Hundert Flüchtlinge bei sich auf. Die drei Roons bekamen ein Zimmer unterm Dachfirst zugewiesen, darin empfing sie als einziger Luxus der kleine Kanonenofen. Der Waschtisch befand sich draußen am anderen Ende des Flurs, das Clo ein Stockwerk tiefer.

Mit Organisationstalent, Pfiffigkeit und einer gehörigen Portion Chuzpe hatte Benita es irgendwie geschafft, einige der von ihr aus dem Stettiner Feuer geretteten Möbel bei anderen Trecks unterzubringen. Nach und nach tauchte das eine oder andere gute Stück auf Bahn- oder Speditionshöfen der Umgebung wieder auf. Darunter ein schwerer, fast unversehrter Konzertflügel, der über Umwege von ehemaligen Dienstboten aus Gorschendorf gerettet worden war und nun bei Verwandtschaft mit mehr verfügbarem Wohnraum geparkt werden musste. Außerdem hatten vier Schränke und Kommoden sowie Teile des Meißner Porzellans der Großmutter Luise Bassewitz aus Schwiessel die Flucht überstanden. Vieles davon wurde mit der Zeit bei Bauern rund um Königsbrück, Spenge, Dünne, Bünde und Melle gegen Brot, Butter, Eier, Kaffee und Tabak getauscht.

Marie-Luise hatte im Fluchtgepäck auch zwanzig Meter Damaststoff gerettet. Der diente hier oben jetzt als Vorhang, Bettzeug und Tischdecke im »Kadettenzimmer« von Königsbrück.

»Voilá!«, beendete der Rittmeister den gemeinsamen Bericht der drei Roons.

»Und wie ist es unserem Prinzen aus dem Morgenland ergangen?«, fragte die Gräfin. Feridun wendete den Blick von Benita auf sein »Mütterchen«.

Was er zu erzählen hatte über die Jahre seit seiner Versetzung aus

Berlin nach Budapest, fasste er nun in knappen Schilderungen zusammen, die er zurückhaltend formulierte, um die verarmten Zieheltern nicht unabsichtlich zu kränken. Gleichwohl zog mit einem Mal der Duft der weiten Welt durch die Dachkammer und parfümierte den schlossweit vorherrschenden Dunst von Steckrübengerichten, Zichorienkaffee und selbst gezogenem Tabak mit einem Aroma aus türkischem Mokka, thrakischen Lavendelblüten und Weihrauch aus Palästina.

Marie-Luise und Benita hingen stumm an Feriduns Lippen, nur der Rittmeister warf ab und zu eine Frage dazwischen, zuletzt Feriduns Ehe und den Sohn Basri betreffend. Feridun antwortete gerade heraus und ohne Beschönigung. Noch sei die Scheidung nicht rechtsgültig und er, Feridun, längst nicht über den Trennungsschmerz hinweg. Der unstete Diplomatenberuf habe sich eben nicht förderlich fürs Familienleben erwiesen, darum trage er sich mit dem Gedanken, vorzeitigen Abschied zu nehmen und fortan zu privatisieren als Generalkonsul a. D. und Hausvermieter. Doch könne er sich nicht vorstellen, je wieder Trost oder gar Liebe zu finden bei einer neuen Frau an seiner Seite.

Benita schlug die Augen nieder. Vier leer gegessene Teller standen auf dem Tisch. Es hatte zwischendurch aufgewärmte Kartoffelsuppe vom Vortag gegeben, die karge Mittagsmahlzeit der Roons, während man sich reihum mit der Vergangenheit beschäftigte.

Ob er nicht ein wenig ausruhen wolle, fragte die Gräfin und bot dem Gast die Pritsche an, auf der sich der Rittmeister und seine Tochter nächtens abwechselten, damit jeder zwischendurch auch in den Genuss des bequemeren Doppelbettes kam. Feridun lehnte dankend ab. Er war viel zu aufgewühlt, um an Schlaf auch nur denken zu können. Er wolle Wolfram und Marie-Luise ihre gewohnte Ruhepause nicht rauben und schlage daher vor, seinen Besuch etwas später fortzusetzen.

»Kommt überhaupt nicht infrage!«, protestierten alle drei.

»Ich habe aber dem Grafen K. fest versprochen, mir seine Münzsammlung anzusehen«, schob Feridun vor.

»Du Ärmster«, lachte Benita, »er wird dich bis zum Abend nicht mehr aus seinen Fängen lassen!«

»Magst du mich vielleicht begleiten, Schwesterchen? Dann kannst du mich jederzeit befreien.«

»Mit dem größten Vergnügen!«

Der Rittmeister und seine Frau wechselten einen kurzen Blick.

»Ja, kümmere dich um deinen verlorenen Bruder«, sagte Marie-Luise schnell.

»Vielleicht sollte ich dem Grafen auch mal wieder einen Höflichkeitsbesuch abstatten«, schlug ihr Mann vor.

»Du hältst erst mal deinen Nachmittagsschlaf«, widersprach die Gräfin. »Sonst gerät deine minutiös ausgeklügelte Hausordnung vollkommen durcheinander!«

Feridun stand auf und bot Benita seinen Arm an. Doch die winkte ab und musste erst unter der Kommode ihre Ausgehschuhe hervorholen und anziehen. Dann aber durchschritt sie die von Feridun formvollendet aufgehaltene Brettertür hinaus auf den dunklen Flur.

»Fragt ihn nach den russischen Kopeken«, rief ihnen der Rittmeister hinterher, »auf die ist der Graf besonders stolz.«

»Aber nur auf die ohne Hammer und Sichel«, ergänzte Marie-Luise. Da hatte sich die Tür schon hinter Feridun und Benita geschlossen.

Die Gräfin sah ihren Mann mit glänzenden Augen an.

»Sieht er nicht fabelhaft aus, unser Prinz aus dem Morgenland?«

»Er wird im November fünfzig«, antworte Wolfram.

☾

Sie trafen den Schlossherrn auf dem Flur vor seinem Büro an, mitten in einem »Schlichtungsgespräch«. Zwei ehemalige Gutsbesitzer aus dem Osten standen einander mit hochroten Köpfen gegenüber und schimpften wie die Rohrspatzen. Soweit Feridun der alles andere als aristokratischen Konversation folgen konnte, beschuldigte ein Herr von Kornitz einen Baron Zoethen, sein Familienwappen an der Zimmertür wiederholt mit einem Hakenkreuz geschändet zu haben. Der Balte widersprach lautstark und verwies auf seine Nähe zum deutschen Widerstand um den Grafen Stauffenberg.

»Einmal Attentäter, immer Attentäter!«, kläffte Kornitz.

»Ich kann dieses Gezanke nicht mehr hören«, ging Graf K. dazwischen.

Doch nun explodierte der Baron. »Während unsereins beinahe hingerichtet wurde, hat sich dieser Herr vom Führer noch Denunziantenorden an die Brust nageln lassen!«

»Und sein Gut war schon lange pleite, bevor die Russen kamen. Beim Lastenausgleich pumpt der Baron seinen Besitz jetzt so groß auf wie ganz Litauen, dieser elende Betrüger!«

Zoethen schnaufte, schüttelte sich, dann ging er mit geballten Fäusten auf Kornitz los.

»Sie Verleumder!«

»Halt!«, schrie der Hausherr. Und plötzlich funkelte ein Steinschlossgewehr aus dem Siebenjährigen Krieg in seiner Hand. Graf K. hatte es unter seinem bodenlangen Armeemantel hervorgezogen und stampfte nun mit dem Kolben mehrmals aufs morsche Parkett.

»Wie oft muss ich das noch wiederholen«, fuhr er die beiden Streithähne an, »keine politischen Diskussionen hier auf meinem Flur!«

»Ja, wo denn sonst?«, keifte Zoethen, »glauben Sie, ich unterhalte mich mit dem da in seiner Stube? Dort stinkt es nach brauner Jauche!«

»Und bei ihm nach Vaterlandsverrat!«

»Schluss jetzt!«, bellte der Graf nun in einer Lautstärke, die man dem Männlein gar nicht zugetraut hätte. »Sie kommen jetzt beide in mein Büro. Und wenn ihr Stinkstiefel euch nicht in einer Stunde wieder vertragt, dann schmeiß ich euch alle beide raus!«

Benita warf Feridun einen fragenden Blick zu.

»Also nichts mit Museumsbesuch«, flüsterte er. »Was machen wir jetzt?«

»Ich glaube, es hat aufgehört zu regnen. Wie wär's mit einem kleinen Spaziergang?«

»Herrlich!«

»Anderthalb Kilometer von hier ist ein kleiner Ort, Bardüttingdorf. Da möchte ich dir gerne etwas zeigen.«

»Und wenn es wieder regnet?«

»Dann bringt uns der Herr Hüffemeier mit seinem Brezelkäfer zurück.«

»Brezelkäfer?«

»Ein kleines Auto mit einem Rückfenster, das wie eine Brezel aussieht.«

»Ah, der neue Volkswagen!«

»Der ganze Stolz von Herrn Hüffemeier, er hat einen Gemischtwarenladen. Komm, großer Bruder, damit du mir im Dunkeln nicht verloren gehst.«

Mit diesen Worten ergriff Benita Feriduns Hand und führte ihn im Slalom an all den schlecht beleuchteten Hindernissen vorbei, Möbeln, Menschen, Hausgeräten, denen nur ein kundiger Schlossbewohner auf Gängen und Fluren unfallfrei ausweichen konnte, wenn er es eilig hatte.

Benita hatte es eilig. Sie freute sich auf den unverhofften Spaziergang. Großer Bruder? Nein, Feridun war kein Bruder. Feridun war ein Mann.

Er hatte sie einst aus dem Schlossteich von Schwiessel gezogen und dabei seinen Diplomaten-Cut ruiniert. Feridun der Held. Vielleicht war er gekommen, um sie ein weiteres Mal zu retten.

Seine Hand fühlte sich sanft und kräftig zugleich an. So eine Hand lässt man nicht los, wenn man sie erst mal hat. Mochten die anderen im Schloss denken, dass Benita von Roon mit ihrem großen Bruder spazieren ging.

Für sie war er ihr Prinz aus dem Morgenland.

☾

Nachmittagssonne brach durch die Regenwolken, fiel in schrägen Streifen durch Buchen und Kastanien und ließ bodenwärts schnürende Wasserfäden glitzern wie Lametta am Weihnachtsbaum. Der Altweibersommer, wie man in diesen Breiten das letzte Aufbäumen der Natur gegen Herbst und Winter nannte, ließ Schloss Königsbrück in romantischerem Licht erscheinen als bei Feriduns Ankunft. Benita hatte ihre Schuhe ausgezogen, um das Leder zu schonen. Feridun war ihrem Beispiel gefolgt. Nun stolperten sie beide barfuß mit hochgekrempelten Hosenbeinen durch den regengetränkten Wald, scherzend und kichernd wie Kinder, die etwas Verbotenes taten. Hinter ihnen lagen die beiden uralten Gräften, die Königsbrück als doppeltes Rechteck schützend umschlossen, jedoch seit Generationen mit Schutt und landwirtschaftlichen Abfällen angefüllt wurden und den Burggraben nur noch ahnen ließen. Wenig später tauchte vor ihnen ein Bach zwischen den Bäumen auf, die Warmenau, einst Grenzflüsschen zwischen Frankreich und Westfalen, jetzt Niedersachsens südöstliche Wasserkante.

Etwas außer Atem blieb Benita neben Feridun stehen und schaute hinüber zum anderen Ufer. Ihr Lachen war Nachdenklichkeit gewichen. Er bemerkte es und genoss den Anblick der jungen Frau mit dem versonnenen Gesichtsausdruck. Um den Hals hatte Benita einen kleinen Schal gewickelt aus dem gleichen blau gepunkteten Stoff wie Mütterchens Kopftuch. Sie trug einen Jumper aus britischen oder amerikanischen Militärbeständen, der ein paar Nummern zu groß war, sodass ihre Fraulichkeit verborgen blieb. Gerade das reizte Feriduns Phantasie besonders. Er versuchte, ihre Figur unter dem Pullover und den gradlinig geschnittenen Männerhosen zu ahnen.

Sie musste sehr schlank sein.

»Nicht weit von hier im Teutoburger Wald schlug einst Hermann der Cherusker die Römer. In Osnabrück und Münster wurde der Dreißigjährige Krieg durch einen Friedensvertrag beendet«, sagte Benita. »Zuvor sind die katholischen Heere hier durchgezogen und haben grausam unter den Protestanten gewütet.«

»Gott fehlt immer gerade da am meisten, wo man ihn am dringendsten braucht«, entgegnete Feridun.

»Hier hat der Gott der Katholiken und der Protestanten mit sich selbst Frieden geschlossen«, gab Benita mit einem Lächeln zurück, »aber es sollte nicht lange halten.«

»So lange Kirchenmänner Waffen segnen und Politiker sich wie Götter aufspielen, werden die Menschen sich immer wieder ins Verderben treiben lassen.«

Was für eine weiche und doch männliche Stimme, dachte sie. Und sagte: »Vielleicht ist die Gegend hier gerade deswegen ein guter Platz, um ein Apfelbäumchen zu pflanzen und ein neues, friedliches Leben anzufangen.«

»Schwesterchen, du trägst dich mit dem Gedanken, für immer hier zu bleiben?«

»Ich nicht, aber die Eltern.«

»Und du?«

»Ganz in der Nähe gibt es einen Fürsten, der macht mir den Hof.«

»Wie alt?«

»Zwei Jahre jünger als ich.«

Feridun musterte Benita erstaunt. Sie schien ihm nicht der Typ, sich mit einem Jungspund einzulassen.

»Was spricht dagegen?«, fragte er leichthin.

»Er ist ein Fürst und ziemlich unansehnlich, und ich bin nur eine kleine Gräfin. Was soll ich in einer morganatischen Ehe?«

»Ich denke, die ist in Deutschland abgeschafft?«

»Rechtlich schon. Ich käme mir trotzdem als Gattin zweiter Klasse vor. Du hast keine Ahnung, wie kleinkariert Aristokraten manchmal auf ihre nachrangigen Artgenossen herabschauen.«

»Wenn die Liebe groß genug ist, macht das alles nichts aus«, sagte Feridun und ließ ein Steinchen übers Wasser flitzen. Er spürte ihren Blick warm im Rücken.

»Es ist gar keine Liebe vorhanden, jedenfalls nicht auf meiner Seite.«

»Spricht überhaupt etwas dafür, dass du den Fürsten erhörst?«

»Ich würde meine Eltern sehr glücklich machen.«

»Und dich womöglich sehr unglücklich.«

»Mami und Papi tragen ihr Schicksal mit Würde, aber es bricht ihnen das Herz. Ich wünschte, sie könnten diese Bruchbude bald verlassen.«

»Vielleicht kann ich euch helfen.«

Benita sah ihn zweifelnd an. Dann setzte sie neben ihm einen Fuß in den Bach, wie um die Temperatur des Wassers zu prüfen. Feridun zögerte keinen Moment. Er ging auf Benita zu, hob sie hoch und trug sie leichtfüßig auf die andere Seite.

Sie ließ es geschehen, ohne Koketterie. Feridun beschwor die Familienlegende herauf. Das Prinzenmärchen aus fernen Tagen. So musste es gewesen sein, als das Kind Benita im Schlossteich von Schwiessel plötzlich seine Arme gespürt hatte und die Angst vor dem Ertrinken etwas anderem gewichen war – einem Gefühl der Geborgenheit, der Fürsorge eines fremden Mannes.

»Wie alt bist du?«, fragte sie ihn gespielt-verwundert, als er sie in Westfalen abgesetzt hatte und sein Atem noch immer kaum zu hören war.

»Bald fünfzig.«

»Und schon Generalkonsul a. D.?«

»Noch nicht ganz.«

»Du könntest mein Vater sein.«

»Ich suche keine Tochter.«

Benita schaute ihn einen Augenblick schweigend an. Dann rannte sie los, wie auf der Flucht vor ihrer wirbelnden Phantasie.

Feridun blieb stehen und schaute ihr hinterher.

Dann zog er seine Schuhe an und folgte ihr.

☾

Von der Warmenau führte der alte Kutscherweg ins nahe Bardüttingdorf. Benita erwartete ihn am Ortsrand. Atemlos und rotwangig stand sie vor einem handtuchschmalen Streifen Land, einer von mehreren Parzellen. Die waren ausweislich einer Bautafel *»gem. Soforthilfegesetz vom 8. 8. 1949 des Vereinigten Wirtschaftsgebietes der Bundesrepublik Deutschland, britische Zone, im Rahmen des Lastenausgleichs zur Bebauung mit Einfamilienhäusern freigegeben. Anfragen sind zu richten an das Landratsamt des Kreises Herford.«*

»Was sagst du dazu, großer Bruder?«

»Hmm … schon etwas kleiner als Schwiessel.«

»Mit etwas Glück bekommen die Eltern für den Verlust ihrer beiden Güter vom Staat ein paar Mark und einen zinsgünstigen Kredit.«

»Reicht das für ein neues Leben?«

»Sie wären selig. Ein Häuschen im Grünen und doch mit allem in der Nähe, was man im Alter nicht missen möchte.«

»Und du ziehst zu deinem Fürsten aufs Schloss.«

»Nie und nimmer!«

»Also bleibst du hier.«

»Mindestens ein Jahr noch bleibt erst mal alles beim Alten.«

»Du denkst nie an dich – immer nur an deine Eltern?«

»Wer soll sonst an sie denken? Ohne mich wären sie gar nicht einmal hier.«

»Du hast auf dieser Wiese bestimmt schon alles geplant und für jedes Möbel einen Platz festgelegt. Mütterchen und Papi Roon müssen nur noch einziehen.«

Eine Zornesfalte grub sich in Benitas Stirn. Feridun hatte bei ihr den Finger auf die schwache Stelle gelegt.

»Du findest mich zu bestimmend?«

»Ich finde dich einfach wunderbar.«

»Du machst dich lustig über mich, großer Bruder.«

»Im Gegenteil. Ich beneide heute schon den jungen Mann, der dich einmal heiraten darf.«

»Unsere jungen Männer sind alle tot, jedenfalls die besseren.«

Er sah sie mit gespieltem Bedauern an.

»Ein Grund, vielleicht auch ältere in Betracht zu ziehen.«

»Die müssen wenigstens nicht mehr zum Militär. Glaubst du, es gibt bald wieder Krieg?«

»Wo Völker gewaltsam auseinandergerissen werden, wachsen die Wut und die Kraft zur Befreiung. Wir Türken haben es bewiesen, wie man ein Land zusammenhält gegen fremde Mächte. In Korea ringen Nord und Süd miteinander, und hinter ihnen lauern schon Russen und Amerikaner. Auch Deutschland will nicht ewig geteilt bleiben. Also wird es wieder Krieg geben.«

»Du meinst also, es ist besser, von hier wegzugehen?«

»Du solltest vor allem mehr unter Leute gehen, Schwesterchen. Nicht immer nur im Oberstübchen bei den Eltern hocken.«

»An den Wochenenden fahre ich oft zur Verwandtschaft auf die Schlösser im Umkreis. Bei allen Festen sieht man Frauen in meinem

Alter nach Männern Ausschau halten. Wenn ein halbwegs brauchbarer Kerl den Raum betritt, ist er gleich Hahn im Korb. Warum sollte sich einer von ihnen für Benita Roon interessieren, die auf Schloss Königsbrück mit siebenundzwanzig Jahren immer noch bei ihren Eltern unterm Dachjuchee wohnt?«

»Vielleicht, weil sie die Schönste im Raum ist?«

Sie besah ihre nackten Zehenspitzen.

»Ich bin nur eine graue Maus«, lachte sie.

Ein Sonnenstrahl traf ihr Gesicht und strafte sie Lügen.

Auch Benita zog ihre Schuhe wieder an und spazierte mit Feridun ins Dorf. Vor dem Häuschen von »Hüffemeier Gemischtwaren« wischte die Frau des Ladeninhabers gerade einen Klapptisch und zwei Stühle trocken, dann öffnete sie einen Sonnenschirm mit dem Reklamezeichen einer Margarinemarke. Im Schaufenster hingen zwei Schilder. Auf dem einen stand »Langnese Eis am Stiel«, auf dem anderen »Fremdenzimmer«.

Benita und Feridun schoben den Tisch etwas weiter in die Abendsonne, setzten sich und bestellten Bohnenkaffee, dazu zwei Schälchen Mandarinen aus der Konservendose.

»In welchem Hotel wohnst du, großer Bruder?«

»Kaiserhof Bielefeld.«

»Es gibt einen Bus dorthin, er hält gleich um die Ecke.«

»Vielleicht übernachte ich besser hier. Das wäre näher bei euch.«

»Dann könnten wir uns die Münzsammlung morgen Vormittag ansehen.«

»Ja, unbedingt.«

Sie mussten beide lachen.

»Eigentlich verdanken wir es ja diesen beiden Streithanseln im Schloss, dass wir jetzt hier zusammensitzen dürfen«, sinnierte Feridun.

»Bohnenkaffee statt Baltikum«, ergänzte Benita.

»Sobald ich in Istanbul bin, schicke ich euch türkischen Mokka.«

Sie rollte genießerisch die Augen. »Ja, bitte! Und türkischen Honig und türkische Feigen und türkischen Tee!«

»Ich glaube, es ist besser, du besuchst mich bald zu Hause – da hast du freie Auswahl. Und eine Villa mit Park.«

»Und du musst nicht so viel schleppen. Bist halt doch schon fünfzig!«

»Nicht frech werden, Schwesterchen!«

»Seit meiner Kindheit erzählen die Eltern von dir. Von ihrem Prinzen aus dem Morgenland. Du bist der Sohn, den sie nie hatten.«

»Ich liebe sie beide fast mehr als Vater und Mutter.«

»Mami ist immer noch ganz vernarrt in dich. Es gab Zeiten, da war ich richtig eifersüchtig auf dich. Eifersüchtig auf einen unbekannten Türken!«

»Immerhin hab ich dich schon mal aus dem Teich gefischt.«

»Das ist Papis Lieblingsanekdote über dich. Klein Benita stiehlt dem Grafen Bassewitz auf seiner eigenen Beerdigung die Schau. Und über dich lästerten meine Schwestern: Sein Vater war ein Kriegsheld, Feridun ist ein Frauenheld. Sogar bei Klein Benita hat er sein Glück probiert.«

Er lachte auf, ein bisschen zu laut.

»Das ist ja ein starkes Stück!«

»Es gab bei uns Mädchen einen Abzählreim:

Der Feridun, der Feridun
kriegt jede Frau mit links herum.«

Er räusperte sich verlegen und legte dann verschwörerisch den Zeigefinger auf die Lippen.

»Sag, großer Bruder, wie kriegt man eine Frau mit links herum?«

Er zog geräuschvoll die Luft ein und rieb sich verlegen das Kinn.

»Na, äh, vielleicht mit Bohnenkaffee und eingemachten Mandarinen im Countryclub Hüffemeier?«

Benita lachte und blinzelte in die Abendsonne.

Frau Hüffemeier kam und fragte nach, ob es noch Wünsche gäbe. Sie bestellten Eis am Stiel und noch mehr Bohnenkaffee. Als es schon dämmerte, reservierte Feridun bei Hüffemeiers eines der beiden Fremdenzimmer und begleitete Benita auf dem alten Kutscherweg zurück zum Schloss.

Am großen Holztor reichte sie ihm zum Abschied die Hand, Feridun hauchte einen Kuss darüber.

»Das mit dem Wohnzimmer auf der Wiese war trotzdem gemein von dir«, sagte sie mit Schmollmund.

»In Istanbul könntest du ein großes Haus einrichten, ganz wie du willst«, antwortete er.

»Der Feridun, der Feridun …«, neckte sie ihn, die Hand schon am Türgriff.

»Morgen also Baltikum, Schwesterchen!«

Benita hielt einen Moment inne, drehte sich um und machte einen entschlossenen Schritt auf ihn zu.

Dann drückte sie ihm einen kräftigen Kuss auf die Lippen.

»Bitte, sag nie wieder Schwesterchen zu mir«, flüsterte sie und verschwand nun wirklich im Haus.

Als sich schon längst die Tür mit lautem Knarren hinter ihr geschlossen hatte, stand Feridun noch immer wie benommen da und versuchte zu begreifen, was gerade geschehen war.

Zum ersten Mal in seinem Leben hatte eine Frau ihn erobert!

1950 Mein liebster Feridun! Meine liebe Benita!

Benita v. Roon
Königsbrück, den 25. Januar 1950

Mein liebster Feridun,
heute kam Dein herrliches süßes Päckchen aus Genf an, und ich danke Dir ganz innig, auch für Deinen lieben Brief und für die reizenden Bilder, die mich so freuten! Die Schokolade schmeckt wunderbar, eben esse ich ein Stückchen. Du weißt ja, wie gern wir alle Schokolade essen. Lass Dir einen Kuss geben, der nur etwas süß ausfällt, auch wird er etwas kalt sein, denn ich bin bis eben in der Küche gewesen, die jetzt bei der Kälte ein reiner Eispalast ist. Alles darin ist gefroren, ich bin kalt bis in die Fingerspitzen. Bei euch ist es laut Zeitung ja auch so eisig. In Anatolien sind Menschen erfroren, und bis in die Vorstädte herrscht Wolfsplage.

Vorgestern waren wir nun in Detmold bei Lippes, Papi fuhr mit Eva allein in ihrem schönen Mercedes. Es war herrlich. Armin (der jetzt ja gerade Fürst geworden ist und das alles erbt) war etwas bedrückt, weil er doch nun weiß, dass ich einen anderen liebe, er ahnt es, er weiß es natürlich nicht, aber ich habe es ihm schon ziemlich deutlich gemacht. Ich mag ihn ja auch, und er ist so klug und gebildet und hat sogar seinen Doktor gemacht, wir haben früher viel getanzt, ich kenne ihn von den schönsten Festen, aber – was soll ich sagen, ich liebe ihn nun mal nicht so wie Dich, mein Feridun.

Detmold ist eine hübsche Stadt, nicht nur Residenz der Fürsten Lippe, jetzt auch Sitz unseres Regierungspräsidenten. Der gute Armin hat sich angeboten, wann auch immer Not ist, für mich ein gutes Wort einzulegen in Bau- oder Pass-Angelegenheiten.

Morgen hat Dein Basri Geburtstag, er wird achtzehn, nicht wahr? Ist er in England oder bei Dir? Schenkst Du ihm etwas Hübsches? Vielleicht brachtest Du ihm etwas aus der Schweiz mit. Du sprachst hier so wenig von ihm, und ich kann mir nicht so recht vorstellen, wie euer Verhältnis zueinander ist.

Ich glaube, Du kannst gar nicht fassen, wie sehr ich beginne, innerlich mit Dir zu leben. Ich spreche viel mit Dir und schreibe Dir in Gedanken und am Abend, wenn in unserem Stübchen das Licht gelöscht ist und Mami und Papi neben mir schlafen, dann bist Du mir ganz nah, mein letzter Blick geht immer noch einmal zu dem Bild von Dir, das bei Mami hängt, aber ich kann Deine schönen Augen ja nicht sehen (denn Du schaust ja auf Dein Buch), wie ich sie immer vor mir hatte, als Du mir gegenüber saßest und mit mir durch die Felder und Wiesen liefst.

Ob Du gefühlt hast, am 19., wie meine Gedanken Dich auf Deinem Heimflug begleiteten? Es muss wundervoll sein, zu fliegen. Ganz froh bin ich aber erst, wenn ich die erste Nachricht von Dir aus Istanbul habe, dass Du gut gelandet bist. Es ist ein merkwürdiges Gefühl, hier in diesem Loch zu sitzen und mich an Deine Seite zu träumen. An Deine Seite, wenn Du durch die Weltgeschichte fliegst und reist und manchmal auch wie in einer Zeitreise an Deine Seite, wie Du all das viele erlebst, was Du mir bei unseren Spaziergängen geschildert hast und was Mami und Papi von Dir erzählen, aus grauer Vorzeit, als es Deine Benita noch gar nicht gab.

Weißt Du, was ich jetzt tun werde? Ich richte mir ein kleines Heft, in das ich türkische Wörter mit der Übersetzung schreibe, wenn Du welche erwähnst – aber wenn Du ganz gut bist, schreibst Du mir noch die Aussprache dazu! Sonst lerne ich noch alles falsch, und Du lachst mich aus, wenn Du schon wieder bei mir bist. Aber das wird auch nicht so schlimm, denn dann werde ich weinen müssen, und Du musst mich trösten. Ich denke an Dich in jeder Phase meines tristen Alltags und ich freue mich auf alles, was das Schicksal uns beiden noch zu schenken hat. Du glaubst nicht, wie glanzlos die Tage ohne Dich sind. Ich habe nur mit Mühe nicht losgeheult, als Du gingst, und klammerte mich an Deine Zigarettenspitze, die so nah bei Dir war.

Es war so mit dir, dass man nicht viel darüber sagen muss, aber Du sollst wissen, dass Du, wenn Du es wirklich überhaupt je warst, nun nicht mehr alleine bist. Meine Gedanken sind ganz bei Dir, auch des Nachts, wenn ich viel wach liege.

Bei Deinem Abschied aus Königsbrück hast Du auf die Mondsichel gedeutet und gesagt: Liebling, ich schenke Dir jetzt den halben Mond – und die andere Hälfte bring ich Dir mit, wenn ich wiederkomme. Du sollst hinaufschauen und wissen, ich bin immer bei Dir.

Es vergeht seitdem keine Nacht, in der ich nicht den Mond suche, bangend, wenn er abnimmt, hoffend, wenn er zunimmt.

Ein ganzes Jahr oder mehr ohne Dich wird schrecklich sein.

Vergiss das kleine Mädchen in Deutschland nicht und schreibe mir. Es ist so schön, viel über Dein Leben und Deine Umgebung zu wissen, Dich so an bestimmten Orten suchen zu können.

Immer Deine Benita

Feridun Cevat Cobanli
Istanbul, den 25. Januar 1950

Meine liebe Benita,
es ist hier alles verschneit, im Garten liegen vierzig Zentimeter Schnee, wir hatten gestern Abend drei Grad unter null. Ich bin also vom Süden nach dem Norden gekommen, es ist wirklich beinahe so, denn in der Schweiz lag noch kein Schnee.
Der Kaiserhof in Bielefeld mit der rot-weißen Fahne wird mir auch stets in lieber Erinnerung bleiben – es war doch so gemütlich und harmonisch an dem Tag, nicht wahr? Aber dann war der Stimmungsumschwung von Mütterchen nicht mehr aufzuhalten. Ich verstehe wirklich nicht, warum sie sich zurückgestellt fühlt. Zwischen den beiden Gefühlen, unseren und meinem zu ihr, ist doch ein Riesenunterschied. Warum will sie das nicht verstehen? Schreibe mir doch bitte bald, wie es bei euch aussieht und wie es Papi und meinem geliebten Mütterchen geht, ob sie wieder besserer Laune ist.
Du bekommst von Herrn P., Ministerialrat in Stuttgart, wegen eurer Hauspläne einen Brief. Er hat eine Firma an der Hand, die in ganz Deutschland Häuser baut, und wollte euer Vorhaben mit denen besprechen.
Ich möchte in diesem Jahr noch auf das große Haus, welches mein Vater 1928 bauen ließ, eine Etage aufstocken, ich habe die Pläne dazu unterwegs schon fertig gezeichnet, am Freitagfrüh, den 27., werde ich mit dem Architekten hier bei mir eine Besprechung haben und vielleicht schon Ende Februar oder Anfang März damit anfangen. Ich hoffe, in vier Monaten alles fertig zu bekommen und will dann selbst dorthin ziehen und das andere vermieten, hier wird es mir doch etwas zu klein. Dort werde ich sieben schöne Zimmer, Bad, Küche und Nebenräume haben. Wenn ich den Plan fertig habe, bekommst Du ihn zum Begutachten.
Nun komm, ich will Dir ganz im Geheimen etwas ins Ohr flüstern. Was? Man darf das nicht? Doch! Wenn man alleine ist, darf man, und Du bist ja in meinem Herzen ganz alleine – ich hab Dich sehr lieb! Ich weiß, dass Du mit Deinen Gedanken bei mir bist, ich fühle

Deine Nähe, ich fühle, dass Du immer bei mir bist und mich hütest und mich streichelst und lieb hast, ich fühle das, seitdem ich Dich nicht mehr sehe. Bewahre die Zigarettenspitze gut auf. Bis wir uns wiedersehen, soll sie Dich schützen, soll Dir immer sagen, wie lieb ich Dich hab.

Canim, Canim, Canim, Dein Feridun

Benita v. Roon
Königsbrück, den 30. Januar 1950

Mein liebster Feridun,
mein Herz ist so voller Glück im Wissen um Deine Liebe! Du glaubst nicht, wie glücklich Du mich machst, und ich will warten, bis Du wieder zu mir kommst, es kann alles so wunderschön sein, nur ich habe Angst, dass Du zu viel Gutes in mir siehst und dabei meine vielen schlechten Seiten übersiehst. Wir wollen doch immer sehr offen und ehrlich miteinander sein, lieber eine bittere Wahrheit als zuckersüße Umschreibungen. Was bin ich überhaupt neben Dir nur ein kleines Mädchen mit kleinem Horizont. Denke nicht, dass ich jetzt in meinen Komplexen wühle, es ist doch so, und man darf das in all dem großen Glück, das das Herz ganz warm und still macht, nicht übersehen.

Wenn Du wieder kommst zu mir, dann lass uns zuerst für kurze Zeit an einem neutralen Ort zusammentreffen. Du weißt, ich bin hier nie ganz ich selber. Mami denkt nur, ich hätte ihr etwas weggenommen, dabei ist ja ihr Mütterchen-Verhältnis mit Dir ein anderes. Aber ich hoffe doch, dass wir noch einmal darüber sprechen können, denn es ist da irgendetwas Unausgesprochenes, das ich nicht verstehe und das mir zuerst eine unsagbare Angst gemacht hat.
Es ist sehr lieb von Dir, mein Feridun, dass Du diese Häuschen-Geschichte mit P. eingefädelt und mit Deiner Bank geregelt hast. Innigen Dank. Ich bin gespannt, was P. schreibt und ob es so ist, dass wir es schaffen. Es wäre herrlich.

Willst Du mir einmal ein kleines Bildchen von Dir senden, das ich bei mir haben kann? Ich habe nur das mit der Dogge, und das klebt unter dem Motto »Dein Bruder« im Album passé.
Übermorgen ist Vollmond!
Behalt mich lieb und sei innig geküsst von

Deiner Benita

Feridun Cevat Cobanli
Istanbul, den 9. Februar 1950

Benita, Liebling, Canim,
ich umarme Dich und bedanke mich sehr für Deine lieben Worte und all Deine Güte, die Du für mich in Deinen sehr herzlichen Briefen gezeigt hast. Ich weiß nicht, wie mich bedanken, am liebsten würde ich mich ins Flugzeug setzen und zu Dir kommen und Dich mitnehmen, damit ich Dich für immer hier bei mir habe und niemand, niemand Dich mir wegnehmen kann. Ich fühle mich so reich und so fest, ich arbeite anders, ich schaffe anders, was wird das nur, wenn Du wirklich mal bei mir bist. Du bist ein Mensch, den ich seelisch und menschlich und noch und noch brauche, Du musst zu mir kommen und musst bei mir bleiben, ich muss Dich neben mir fühlen und alles, alles wird dann gut. Ich habe aber irgendwie ein Gefühl, das mir sagt, Du wirst nicht kommen und ich werde immer alleine bleiben, ich weiß nicht, ich habe aber das Gefühl.
Ich finde dieses Leben, das Du führst, führen musst, nicht leicht: nach außen immer fröhlich, sich das Traurigsein nicht anmerken lassen, immer innerlich versammelt sein und das Gesicht wahren. So hat man mich auch erzogen. Aber Du hast das nicht nötig. Lohnt sich das in diesem kurzen Leben? Ich bin der Meinung, dass man sich nicht so enge Zügel anlegen soll. Was hat man davon?
Ich würde so gerne Deine »schlechten Seiten« kennenlernen. Du musst sie mal nennen oder sie mir zeigen, ich bin so neugierig darauf. Das verspreche ich Dir auch hoch und heilig, dass ich immer

offen und ehrlich zu Dir sein will, ich bin auch derselben Ansicht: lieber eine bittere Wahrheit, als zuckersüße Umschreibung.

Weißt Du, dass ich Dir schon lange den Vorschlag machen wollte, uns das nächste Mal an einem neutralen Ort zu treffen? Ich kann hinkommen, wohin Du willst, es ist ein himmlischer Gedanke, Dich ganz alleine zu haben und Dir alles sagen zu dürfen und Dir so lieb sein, wie man lieb sein kann – ich kann Dir nicht sagen, wie glücklich ich schon mit dem Gedanken bin.

Seit zwei Tagen schneit es so toll bei uns, Du machst Dir keinen Begriff. Seit 50 Jahren soll es in Istanbul und in Anatolien nicht so einen Schnee und so eine Kälte gegeben haben, es ist viel schlimmer als damals bei meinem Aufenthalt in Moskau bei wochenlang 47 Grad unter null. Der Farbfilm (Agfa), den ich in Salzburg gekauft und hier im Garten verknipst habe, ist leider nicht hier zu entwickeln. Man kann hier nur die Kodak-Farbfilme entwickeln, aber nicht Agfa, also muss er warten, bis ich wieder in Europa bin. Schicken darf ich einen belichteten Film auch nicht, das ist gegen die Vorschriften, ich schicke Dir bald fertige Bilder vom großen Schnee bei uns hier.

Du schreibst von Mütterchen und Deiner Angst, dass da zwischen uns etwas Unausgesprochenes steht. Ich kann mir höchstens vorstellen, dass Mütterchen seit damals, wo ich sozusagen ihr Pflegesohn war, mit den Jahrzehnten meiner Abwesenheit in aller Herren Länder eine ganz besonders innige, beinahe mythische Beziehung zu mir aufgebaut hat und dass sie vielleicht, weil ich ja ihr Sohn bin, den sie nie selber hatte, eine seltsame Form von Eifersucht spürt. Ich kann Dir nicht sagen, was das ist. Ich erinnere mich dunkel, dass sie mich auch als Kadett in Schwiessel immer sehr herzlich in die Arme nahm, so dass Deine beiden großen Schwestern damals schon ein bisschen eifersüchtig waren. Ich mag mich aber jetzt nicht mit diesem Gedanken quälen, das ganze Leben besteht immer wieder aus Frauen, die aus irgendwelchen Gründen eifersüchtig oder verletzt sind, und ich habe sicher in meinem Leben viele Frauen eifersüchtig gemacht oder verletzt, und es ist mir manchmal erst lange danach klar geworden, womit und wodurch. Vielleicht war ich da auch sehr naiv, man bleibt naiv, auch wenn nichts Menschliches einem mehr fremd zu sein scheint, nach alldem, was man ja auch mit Frauen erlebt hat.

Ja, mein Sohn Basri hatte am 26. Januar Geburtstag und hat Krawatten, Ledergürtel und Pullover von mir bekommen. Er ist ja in Harrow auf dem Internat, und seine Mutter lebt auch in England. Die Sachen habe ich ihm von einem Londoner Freund in guten Geschäften einkaufen und in die Schule schicken lassen. Es ist leider ein sehr kühles Verhältnis zwischen uns, weil er sehr unter dem Einfluss seiner Mutter steht. Ich habe damals Mütterchen viel darüber erzählt, ich werde Dir auch mal alles erzählen.

A propos Wörterbuch: Ich habe schon lange vor, Dir ein deutsch-türkisches Wörterbuch zu schicken, und das werde ich in den nächsten Tagen tun, außerdem werde ich Dir jedes Mal einige Wörter aufschreiben, die Du in der Zeit, bis mein nächster Brief ankommt, lernen kannst. Geht das? Hier die türkischen Wörter für heute:

Hilâl – Halbmond, Mondsichel
Ekmek – Brot
Kurt – Wolf
Tüfek, silah – Gewehr
Köpek – Hund
Kiş – Winter
Kuş – Vogel
Seni öpüyorum – Ich küsse dich

Bis zum nächsten Brief lernst Du diese Wörter, und dann kommen die nächsten.

Nun will ich schließen, mein Liebling, hoffentlich bekomme ich bald wieder eine Nachricht von Dir.

Seni öpüyorum, Dein treuer Feridun

Benita v. Roon
Königsbrück, den 16. Februar 1950

Mein geliebter Feridun,
eben habe ich ein neues Farbband in die Maschine eingezogen und
muss es doch nun gebührend feierlich einweihen, also ein herrlicher
Grund, Dir gleich für Deinen so lieben Brief zu danken, der mich
gestern so erfreute.

Ach, Feridun, wenn Du ahntest, wie glücklich Du mich machst,
nein, Du kannst es gar nicht ahnen. Wenn Deine Briefe kommen
und auch sonst, wenn ich an Dich denke, dann könnte ich die ganze
Welt umarmen und immerzu singen und froh sein. Aber ich bemühe mich, einen sehr gesetzten Eindruck zu machen, und unser Geheimnis ist ja eigentlich auch so wunderschön. Wie kannst Du Dich
wundern, dass ich liebe und gute Worte für Dich finde – wenn Du
es doch bist.

Mir ist es ganz egal, wohin ich mit Dir gehe! Du weißt ja, dass ich zu
Dir kommen will. Weil Du mich liebst und ich Dich – ach so sehr.
Weißt Du noch unser kurzes Gespräch auf dem Weg zum Kaiserhof? Damals waren wir noch so schrecklich sachlich, und Du sagtest
mir: Nicht wahr, es würde Dir schwerfallen, aus Deutschland fort-
zugehen.

Und nun ist alles so ganz, ganz anders gekommen! Weißt Du, was
mich nur bei sachlichem Nachdenken manchmal sorgt? Wird es Dir
nicht eines Tages über werden, dass ich im zuerst doch noch fremden Land mit der fremden schweren Sprache und den vielen neuen
Menschen der Großstadt sehr sehr auf Dich angewiesen sein werde?
Wirst Du dann vielleicht an die schöne Zeit Deiner völligen Freiheit
denken und sie im Stillen zurückwünschen? Ich werde mir alle Mühe
geben, Deine Sprache zu lernen, das weißt Du! Aber ich glaube, ich
werde ein bisschen dumm darin sein.

Nicht wahr, mein Liebster, Du überlegst das alles ganz genau, ehe es
zu spät ist. Du weißt ja: lieber bittere Wahrheit – das ist nun eine feste Abmachung zwischen uns beiden, und ich weiß, dass Du mir noch
oft etwas wirst sagen müssen, und Du sollst es immer tun, nie irgend-

etwas in Dich hineinfressen. Ich will immer ganz für Dich da sein, möchte Dir aber nie eine Last sein. Dieser Gedanke wäre mir schrecklich, dazu bin ich auch selber ein viel zu selbstständiger Mensch!

Deine Zigarettenspitze liegt in meinem Nachttischschub, rauchen tue ich nicht damit, aber streicheln tue ich sie manchmal und daran riechen! Und dann seh ich mir ab und zu das Kärtchen an, das Du in die Uhr gelegt hattest. Weißt Du noch? Sag mir, wann hast Du eigentlich angefangen, mich zu lieben? Wann hast Du es gemerkt? Zuerst war ich doch nur die kleine Deutsche, nicht wahr? Du musst mir das mal schreiben, ja? Dann sage ich Dir auch, wann es bei mir anfing. Ich möchte es so gern vergleichen! – Besinnst Du Dich noch auf den Traum in der ersten Nacht? Ich fange jetzt an, unsere Träume zu glauben!

Mein Leben hier ist einerseits befriedigend, denn ich werde ja so gebraucht. Dies ist auch die einzige Schattenseite bei unserem Glück, denn es sorgt mich, was mit den Eltern wird, wenn ich fort bin. Ich bitte Gott jeden Tag, dass er mir dort auch den rechten Weg zeigt und Hilfe schafft, denn andererseits werden sie ja auch froh sein über mein Glück!

Aber siehst Du, was einen oft schwer ankommt, ist dauernd das Gesicht wahren und so. Sicher ist es eine blendende Selbsterziehung, aber leider halte ich da auch nicht immer durch. Und darin liegt sicher auch mein größter Fehler: Manchmal werde ich eben leider furchtbar ungeduldig.

Dieses jahrelange (wir sind nun schon fünf Jahre von zu Hause fort) ganz enge Aufeinanderhocken, diese Kontrolle über alles, was man tut, über jeden Brief, den man erhält oder absendet, über jeden Gang, den man tut – über alles! Dann der süße Papi, den ich ja sehr liebe, aber der fast bei allem dreimal oder noch öfter fragt, der oft etwas verliert, der sehr leicht, noch leichter als ich, aus der Haut fährt, wenn ihm was verquer geht – das ist manchmal ein bisschen mühsam für meine schon ohnehin durch alles im Leben nicht gerade gestärkten Nerven.

Und mein anderer großer Fehler ist die Herrschsucht. Siehst Du – ich will es nicht beschönigen, nur erklären! Ich bin jahrelang in sehr selbstständigen Stellungen gewesen und seit fünf Jahren habe ich alles für unsere Familie in die Hand nehmen müssen, jeden Entschluss, alles. Die Eltern säßen heute wer weiß wo, wenn ich sie nicht mit Energie aus Stettin herausgebracht hätte. Und dann weiter hier in unserem kleinen beengten Leben. Alles muss immer nach meiner Pfeife gehen, weil die geliebten Eltern eben doch sehr weltfremd und unerfahren sind.

Ich weiß, Feridun, dass das sehr schlecht für meinen Charakter ist, eben ursprünglich aus dem Muss heraus und dann aus der Gewohnheit. Du wirst mir sehr helfen müssen, das ganz abzulegen, und kannst mir glauben, dass ich bewusst an mir arbeiten werde, aber man muss dabei auch eine liebevolle und verständnisvolle Hilfe haben, nicht wahr?

Und darum bin ich so glücklich, so besonders glücklich, dass bei uns beiden Du das Wort führen würdest und ich Deine Frau, aber nicht wieder der Leitwolf sein werde. Kannst Du das verstehen? Ach, und meine vielen anderen Fehler! Aber die hier sind sicher die schlimmsten!

Nein, es lohnt sich eigentlich wirklich nicht in diesem kurzen Leben, so zu leben, wie ich es tue, und Du wirst es ja nun auch anders machen für mich. Aber man muss dort doch stehen, wohin man gestellt wird, nicht wahr, und sehen to make the best of it.

Ja, Mütterchen … Du glaubst nicht, wie traurig ich bin, dass ich die Schuld daran habe, die Liebe von Mütterchen zu Dir verändert zu haben oder was weiß ich. Natürlich ist zwischen beiden Gefühlen ein riesiger Unterschied, aber ich glaube, sie weiß gar nicht, sie ahnt nicht einmal, welche Gefühle wir für einander hegen. Sie hält es vielleicht auch gar nicht für möglich – und soll ich es ihnen jetzt schon sagen? Ist es nicht besser und auch schöner, wir wissen es vorläufig beide ganz allein? Du musst mir mal sagen, was Du dazu meinst. Papi jedenfalls hat keine Ahnung und kommt nicht auf die Idee, das habe ich gestern an einigen Bemerkungen gesehen, als Dein Brief ankam.

Jetzt hat es zwölf geschlagen, und ich muss an meine Mehlspeise gehen, Dampfnudeln, kennst Du das nicht noch aus Deiner Kadettenzeit? Außerdem muss ja gleich Mittagsruhe herrschen. Du hast ja nun auch genug erst mal zu verdauen an meinem langen Erguss. Also siehst Du schon wieder einen Fehler bei mir: große Geschwätzigkeit! Feridun, Canim, ich liebe, liebe, liebe Dich!

Deine Benita

Feridun Cevat Cobanli
Istanbul, den 23. Februar 1950

Benita, Liebling, Canim,
ich habe Deinen Brief mindestens 20-mal gelesen, im Büro, im Garten, im Gewächshaus, auf der Veranda und natürlich x-mal im Bett, wo ich meine sieben Sinne ganz bei mir habe. Dieser Brief, für den Du das neue Band in die Maschine eingezogen hattest, ist ein Blumenarrangement mit meinen Lieblingsblumen, ein Gedicht mit meinen Lieblingsstrophen. Du machst mich jedes Mal glücklicher, ich weiß nicht, wo anfangen und wo aufhören und Dir meine Gefühle, meine Gedanken und Empfindungen zu schildern. Du bist ein sehr guter, sehr lieber und vor allem ein sehr edler Mensch. Ich hoffe, dass ich Dich genug auf Händen tragen werde, denn das verdienst Du, und man kann gar nicht anders, als Dich nur lieb haben. Ich bemühe mich mehr als Du, einen gesetzten Eindruck zu machen. Aber wenn ich alleine bin und an Dich denke, das tue ich nämlich immer, wenn ich alleine bin, dann jubelt es auch in mir, und ich kann dann singen und die Welt umarmen.
Als ich am ersten Tag in Königsbrück an eure Tür klopfte und Du mir öffnetest, habe ich mich entschlossen, Dich zu heiraten. Wenn Du aber noch nachdenken musst, ob ich der Richtige bin und ob es wirklich das Richtige ist, dann lasse ich Dir noch Zeit. Das Nachdenken soll aber bitte nicht so lange dauern.
Ich brauche nicht mehr nachzudenken oder doch vielleicht wegen der Eltern. Da musst Du mir ganz offen schreiben, wie Du dies am besten erledigt haben willst. Denn es ist mir eigentlich peinlich, Dich

zu wollen, wo ich doch weiß, wie sehr die Eltern Dich brauchen. Sag mir, wie können wir so handeln, dass auch sie nicht zu kurz kommen?

Ich wäre froh und glücklich zu wissen, dass wenigstens ein Mensch, den ich liebe, auf mich angewiesen ist. Und so schlimm wird es auch nicht sein für Dich, denn mit Deutsch und Französisch kommt man hier sehr gut durch. Ich kenne so viele deutsche Menschen, die seit Jahren hier wohnen und kein Wort Türkisch können, zum Beispiel der Herr Doktor Richter, der hier Leiter der Auslandskorrespondenz einer der größten türkischen Banken ist. Und der frühere Direktor der Orient Bank, der gute Hans von Aulock, kann so viel Türkisch wie Du, wenn Du meine Vokabeln gelernt hast. Mein Gärtner Hulusi hat große Schwierigkeiten, seine Brocken zu verstehen.

Also brauchst Du Dir keine Sorgen zu machen, es wird schon schiefgehen, und wir werden viel und herzlich lachen. Ich werde nie meine völlige Freiheit, wie Du es nennst, zurückwünschen, denn das, was ich jetzt habe, ist und war keine wirkliche Freiheit, nur eine Einsamkeit. Und diese Einsamkeit spüre ich schon lange, nicht erst jetzt. Ich habe mich immer einsam gefühlt, weil mich niemand hier verstanden hat und verstehen will. Auch als ich auf dringenden Wunsch und großen Druck meines seligen Vaters und des damaligen Präsidenten Mustafa Kemal heiratete, fühlte ich mich nie geborgen. Das sind aber Sachen, die man nicht gut schreibend erklären kann. Darüber erzähle ich Dir ausführlich, wenn wir unter vier Augen sind.

Ich habe großes Vertrauen und einen großen Glauben zu Dir, Benita, und ich wünsche von Dir nur das Eine, dass Du mir auch einen festen und unerschütterlichen Glauben schenkst. Das ist in einem Zusammenleben, wie wir es vorhaben, die erste Bedingung, dass wir uns lieb haben und uns gegenseitig glauben und vertrauen, dann ist uns schon sehr viel geholfen. Ich glaube, Du denkst genauso, oder?

Ich finde, dass ein Mensch selbstständig sein muss, und das Herrschsüchtige gefällt mir auch bis zu einem gewissen Grad. Mehr darf es nicht sein, ich bin überzeugt, dass es bei Dir nicht mehr ist. Wenn Du siehst, dass Dir ein Mensch als Freund und Kamerad in allem behilflich ist und sein will, dann wirst Du Dich ihm auch fügen, und wir werden uns gegenseitig leiten und leiten lassen, das ist im Leben zwischen zwei Menschen doch die Hauptsache.

Ich bitte den lieben Gott, dass er uns in der Angelegenheit mit Deinen Eltern helfen soll. Es ist das schwierigste Problem. Du sollst noch niemandem etwas sagen. Es ist so schön zu wissen, dass das Geheimnis nur zwischen uns beiden ist. Wenn die Zeit kommt, werden wir es früh genug sagen.

Es küsst Dich Dein Feridun

☾

Benita v. Roon
Königsbrück, den 20. Februar 1950

Mein Geliebter,

unten sitzen Kinder und singen »Wenn ich ein Vöglein wär, flög ich zu Dir«. Sie singen mir aus dem Herzen, aber da ich keins bin, kann ich nur diesen Gruß zu Dir schicken, der Dir sagen soll, wie sehr ich Dich liebe und wie mein Herz sich nach Dir sehnt und nach einem Brief von Dir.

Gestern Abend fragte Papi mich nach Dir und mir, und ich habe ihm alles gesagt. Er sagte es dann Mami, denn ich wagte es nicht. Sie betonten mir beide ihre Liebe zu Dir, sind aber beide voller Bedenken, besonders in religiöser Hinsicht.

Es ist so schwer, dies zu schreiben, aber ich muss es Dir doch sagen, wenn es nach mir gegangen wäre, hätte ich den Eltern ja noch gar nichts gesagt, andererseits bin ich natürlich froh, dass dies Ungesagte zwischen uns nun klar ist und es keine Heimlichkeiten mehr gibt, denn ich glaube fest, dass wir beide, wenn auch erst sehr kurz, doch genau wissen, wie es um uns steht und was wir wollen. Ich glaube auch nicht, dass wir zusammengeführt worden wären, wenn es nicht sein sollte. Ich sage Dir ehrlich, dass auch mir weniger die religiöse Frage das Problem zu sein scheint, zumal Du meiner Religion ja eigentlich fast schon näher stehst als Deiner eigenen und auch als Kemalist und Laizist und moderner Mensch dem konservativen

Islam ja sehr fern stehst. Ich habe Mami auch gleich gesagt, dass wir uns in absehbarer Zeit hier wiedersehen werden, und zwar an einem dritten Ort, um wirklich ungestört und ungehindert und ohne Einfluss miteinander sprechen zu können.

Nachdem wir sehr ruhig und sachlich über alles gesprochen haben, wirst Du jetzt kaum erwähnt, und ich spreche nur sehr vorsichtig von Dir. Ich glaube, Mami hat es mir sehr übel genommen, dass ich ihr nicht gleich alles sagte, und es mag ja auch ein Fehler sein, aber wir beide, Du und ich, mussten uns doch erst mal über alles wirklich klar sein, und ich bin doch kein Baby mehr, dass ich gleich alles mit den Eltern besprechen muss. Ich weiß nicht, wie Du darüber denkst, mein Feridun, aber vielleicht wäre es gut, Du schriebst einmal an Papi.

Ich möchte Dich nicht beeinflussen, und wenn Du es zum Beispiel noch nicht für angezeigt hältst, so ist das sicher richtig. Nur liegt mir ebenso sehr viel daran, dass wir alle glücklich und zufrieden werden. Dass nicht alles glatt und herrlich gemütlich gehen würde, war mir vom ersten Augenblick an klar, aber ich will mir mein Glück, das sehr groß und sehr tief ist, nicht stören lassen.

Verzeih mir diesen offenen Brief, mein Liebling, aber ich musste es Dir doch sagen, wenn es mir auch sehr, sehr schwer wurde. Das kann ich Dir versichern. Komm bald zu mir. Bana Gel, canim, schreibe mir. Ich liebe Dich so sehr.

Deine Benita

Feridun Cevat Cobanli
Istanbul, den 27. Februar 1950

Mein sehr liebes Canim, Benita,
also hast Du es doch für richtig gehalten und hast unser Geheimnis dem Papi und indirekt Mütterchen erzählt. Ich finde es auch so ganz richtig, denn mal haben sie es ja hören müssen. Nun kommen natürlich die großen Probleme, die ich schon lange vorausgesehen habe, aber noch nicht berühren wollte.

Erinnerst Du Dich, wie wir mal zusammen über religiöse Fragen sprachen und ich sagte, dass unsere Religion eigentlich ganz großzügig ist und man alle Probleme lösen kann? Auch meine Meinung zum Islam kennst Du, sie ist nicht nur erst seit meiner Begegnung mit Mustafa Kemal und den Gesprächen mit meinem Vater sehr kritisch. Du hast in mir keinen klassischen Moslem, eher einen Weltbürger, der noch nicht so genau weiß, wie der liebe Gott eigentlich denkt. Was Islam und Dein Christentum verbindet, das ist gut und liebenswert und das habe ich ja auch irgendwie in mir.

Ich habe in meinem langen Leben in vielen, vielen Ländern viele Mischehen kennengelernt. Die Kinder werden einvernehmlich entweder nach der Religion der Mutter oder des Vaters erzogen, mich persönlich stört diese Frage überhaupt nicht, denn jeder soll so glücklich werden, wie er will in seiner Art. Ehrlich gesagt, hat mir auch die Religion Deiner Eltern damals in diesen dunklen Jahren im Kadettenkorps und im Krieg sehr viel gegeben, dass ich sie eigentlich wie meine eigene sehe. Und über ihre Funktion als Trost und Hoffnung geht es bei mir eigentlich nicht hinaus, außer dass man ein anständiger Mensch sein soll, und ein anständiger Mensch ist sowohl ein guter Christ als auch ein guter Moslem. Du kannst also Mütterchen und Papi sagen, dass Du selbstverständlich weiter fest in Deiner Religion stehen sollst. Ich werde Dich in die Kirche begleiten, und Du brauchst mich nicht in die Moschee begleiten, denn ich gehe sowieso nie in die Moschee. Ich bin jahrelang, sei es in Lichterfelde, sei es in Potsdam, in die Kirche gegangen und habe dort zum lieben Gott gebetet.

Bitte, Liebling, schreibe mir doch, was Dich in der Sache eigentlich irritiert oder vielmehr die Eltern. Ich bin ja kein Mensch, der verkommen ist, der trinkt oder spielt! Ist mein Fehler, dass ich so viel älter als du bin, dass ich geschieden bin, ist es das, was Deine Eltern über mein Vorleben wissen, ist es das fremde Land oder die weite Entfernung oder ist es einfach nur die Tatsache, dass ihr drei im Krieg und nach dem Krieg in der Flüchtlingszeit so eng zusammengewachsen seid, dass es ja schon fast nicht mehr normal ist für eine erwachsene Frau?

Ich bin sehr froh und glücklich, dass Du mir alles so offen geschrieben hast, ich hoffe, dass meine Erklärung Deinen Eltern genügt und will Dir aber sehr gerne noch ausführlicher über alles andere schreiben, wenn Du mir Fragen stellst.

Es küsst Dich Dein Feridun

Feridun Cevat Cobanli
Istanbul, 15. März 1950

Mein lieber, verehrter Papi Roon,
es ist komisch, mir klopft das Herz, und ich fühle mich, als ob ich in ein schweres Examen eintrete, Du kennst das Gefühl sicher auch sehr gut. In der Zeit, als ich bei euch war, habe ich Benita sehr lieb gewonnen und möchte Dich um ihre Hand bitten. Ich hatte in meinem Leben noch nie das Gefühl, das ich bei Benita habe, sie ist die Frau für mich, und ich möchte mein Leben lang mit ihr zusammen sein. Ich versichere Dir, lieber Papi, dass ich dieses Gefühl noch bei keiner Frau gehabt habe. Die große Liebe, die ich Dir und Mütterchen gegenüber seit beinahe schon 40 Jahren hege, kennst Du. Ich gebe zu, dass der Entschluss, in diesem besonderen Fall für Dich und Mütterchen, schwer sein wird, auch für die gute Benita wird es nicht leicht werden, sich von Euch zu trennen.

Du hast sicher einige Bedenken, die ich von Deinem Standpunkt aus auch sehr gut verstehe. Es sind die gleichen Bedenken, die auch ich hätte, wenn ich meine geliebte Tochter einem Mann geben müsste, mit dem mich zwar eine ganz besondere und beispiellose Freundschaft verbindet, der mir aber auch in vielem fremd geworden ist mit den Jahren, der fast ein Vierteljahrhundert älter ist als mein geliebtes Kind, der schon mal verheiratet war, der aus einer anderen Kultur stammt und der sie mir auch sehr, sehr weit weg entführen wird. Papi, ich will Dir vorläufig kurz meine Ansichten zu diesen Fragen schreiben.

Zur Religionsfrage: Ich bin in meinem Leben bestimmt öfter in der

Kirche gewesen als in einer Moschee und öfter als mancher Christ. Ich werde Benita jeden Sonntag in die Kirche begleiten. Sicher, ich bin ein ganzes Stück älter als Benita, ich fühle mich aber nicht alt, da ich im Leben sehr viel Sport getrieben habe und noch treibe, und doch ein verhältnismäßig solides Leben geführt habe. Sei es beim Militär, sei es später in der Diplomatie, habe ich kaum Alkohol getrunken und fast gar nicht geraucht, ich rauche mal zwei, drei Wochen lang, dann wieder Monate nicht. Ich fühle mich durchaus noch gesund, und die Prüfung aller inneren Organe, die ich in Bern jetzt machen ließ, war auch sehr zufriedenstellend. Ich weiß auch nicht, ob man jetzt überhaupt über Entfernungen sprechen darf, wenn ich Dir sage, dass man von Istanbul aus in sieben, acht Stunden in Frankfurt oder in München sein kann. Mit dem Flugzeug ist es doch gar keine Entfernung mehr. Ich bin auch fest davon überzeugt, dass bald die Visumsschwierigkeiten aufgehoben werden und ihr uns hier besuchen kommen könnt, solange ihr wollt.

Ach, mein lieber, lieber Papi Roon, was schreibe ich da eigentlich alles über Visa und Gesundheit und Flugstrecken und Einladungen? Um was es mir geht, Du kennst mich, seit ich vierzehn Jahre alt bin, kannst Du vielleicht auch zwischen den Zeilen lesen. Ich bin ein bisschen verschüchtert und rede von all diesen Banalitäten, dabei möchte ich eigentlich nur sagen: Vertraue mir und lass mich Benita zu mir holen, auch wenn es Dir wehtut, wobei ich nicht annehme, dass Du in Deinem Trennungsschmerz an Dich denkst, sondern nur Sorge hast um Dein Küken. Natürlich ist sie längst mündig und kann selber entscheiden, wen sie heiratet, aber ich schulde es unseren alten guten Beziehungen und auch ein bisschen der Erziehung, die ich ja auch durch Dich in Deutschland als Junge genossen habe, Dich heute um ihre Hand zu bitten und sozusagen von einer Art Pflegepapi zum Schwiegerpapi zu werden.

Ich freue mich auf Deine Antwort und bin

Dein treuer Junge Feridun

Feridun Cevat Cobanli
Istanbul, den 15. März 1950

Mein sehr, sehr liebes Mütterchen,
eben habe ich an Papi Roon geschrieben, kann aber den Brief nicht
abschicken, ohne Dir auch zu schreiben. Ich kann Dir unmöglich einen offiziellen Brief schreiben, weil Du doch mein Mütterchen bist
und ich Dein Junge. Ich brauche Dir nicht alles einzeln zu erzählen,
Du weißt, Benita und ich lieben uns. Es sind natürlich Schwierigkeiten vorhanden, nur bitte ich Dich als Dein Junge, diese, wenn es
irgend geht, nicht mit der Lupe zu sehen. Ich habe Benita lieb und
bin bereit, alles, was in meiner Kraft und in meinem Können steht,
für Benita zu tun.
Ich habe Papi ausführlich geschrieben, und er wird Dir alles vorle-
sen. Ich bitte Dich nur, gebrauche nicht eine zu genaue Waage, um
die schlechten und guten Seiten Deines Jungen gegeneinander auf-
zuwiegen.
Ich verspreche Dir nur eins, ich werde Benita immer, immer auf
Händen tragen.

Es küsst Dich Dein treuer Junge

☾

Benita v. Roon
Königsbrück, den 21. März 1950

Mein Liebling, Du!
Heute Morgen kamen Deine beiden lieben Briefe vom 15. März an
die Eltern. Mami hebt den an Papi auf, bis er Ende nächster Woche
von seiner Reise wiederkommt, also wundere Dich nicht, wenn nicht
sobald Antwort von Ihnen da ist. Sie sagt, sie kann Dir nicht schreiben, ohne mit Papi gesprochen zu haben. Ach, Liebling, welch ein
Jammer ist es, dass wir nicht froher anfangen können und dass die
Eltern so wenig für unsere Verbindung sind.
Bei aller Tragik musste ich doch auch lachen, dass du armes kleines

Feridunchen Dich so hast anstrengen müssen mit diesen beiden Briefen! Du kommst mir vor wie ein kleiner, lieber Bub, und ich möchte schrecklich gerne jetzt bei Dir sein und Dich trösten, damit Du Dich von den Anstrengungen erholst!

Wenn es doch erst so weit wäre, Liebling, dass wir beieinander sind!

Deine Benita

☽

Wolfram v. Roon
Königsbrück, den 29. März 1950

Mein lieber Feridun,

vorgestern von meiner Reise zurückgekehrt, fand ich Deinen Brief vom 15. März vor, für den ich Dir herzlich danke. Du weißt, dass wir Dich wirklich sehr lieb haben. Wie gerne würden wir gerade zu Dir Ja sagen. Wir zweifeln auch nicht, dass Du Benita liebst und den festen Willen hast, sie mit Liebe und Fürsorge zu umgeben. Das erleichtert meine Antwort einerseits, denn ich kann zu Dir ja fast wie zu einem Sohn sprechen. Andererseits macht das unsere Antwort – ich schreibe ja auch für Mütterchen – schwerer, weil man einem Menschen, den man lieb hat, ganz besonders nicht wehtun möchte.

Und doch wird sich das in diesem Fall kaum vermeiden lassen.

Die räumliche Entfernung? Gewiss, bei dem so besonders innigen Verhältnis mit unserem heiß geliebten Kind ist das eine Erschwernis, und wir bitten Dich, auch darin Dich gründlich zu prüfen.

Ich komme darauf noch zurück. Aber es wäre selbstsüchtig, mit diesen Bedenken, soweit es uns betrifft, nicht fertigzuwerden, wenn es sich um das Glück eines geliebten Menschen handelt.

Der Altersunterschied? Auch er ist ein Problem. Es ist eine Frage, die du mit Deinem Gewissen abmachen musst. Auch hierin bitten wir um Selbstprüfung.

Alle doch nicht mehr jungen Männer müssen das tun, die ein Mädchen an sich binden, obschon sie von vornherein wissen, dass sie doch nur noch einen Teil ihres Lebens zur Verfügung haben und – es ist doch nun einmal so – damit rechnen müssen, dass sie ihren Lebenskameraden in verhältnismäßig kurzer Zeit wieder alleine lassen müssen.

Aber auch dieser Grund ist nicht ausschlaggebend, da man immer dagegen anführen kann, dass Ehen auch bei einem solchen Altersunterschied zwar kurz, aber doch glücklich sein können.

Dagegen steht zunächst ein anderes sehr schwerwiegendes Bedenken. Das ist die große Verschiedenheit bezüglich Mentalität. Benita ist ganz Deutsche, darum nach ihrer natürlichen Veranlagung gewiss warmherzig, aber auch doch wieder kühl. Also anders wie Du nach Deiner Veranlagung, die einfach blutsmäßig gegeben ist. Solche Verbindungen sind allein deswegen schon ein sehr gefährliches Experiment. Es liegt schon da die Möglichkeit vor, dass ihr beide, wenn ihr das auch jetzt nicht für möglich haltet, doch unglücklich werden könnt. Zuerst wird sich das ja nicht auswirken. Aber der erste Rausch – versteh mich recht – geht vorüber. Jeder Mensch ist schließlich doch ein Einzelwesen, und nur beim tiefsten Verstehen der Art des anderen, das in eurem Fall einfach nicht möglich ist, ist eine Garantie für eine glückliche Ehe gegeben. Benita ist durch und durch Deutsche, genau wie Du, wenn auch sehr deutsch-affin und hier weitgehend erzogen, doch Orientale bist (und auch sein sollst!). Es gibt kaum ein Volk, das so am Heimweh krankt wie das deutsche. Nachrichten aus dem Leben deutscher Auswanderer bestätigen das immer wieder. Und Du weißt, mein Feridun, von wem ich spreche, auch und besonders von meinen beiden großen Töchtern, Benitas älteren Schwestern, die Du noch als junge Mädchen erlebt hast bei uns zu Hause. Aber nicht nur von ihnen. Und das gilt schon für oberflächlichere Menschen als Benita mit ihrem tiefen Gemütsleben. Willst Du sie gerade bei Deiner Liebe für sie, an der wir ja keinen Zweifel hegen, in diese Lage bringen? Benita wird niemals wirklich Türkin werden. Zudem heiratet man ja nie nur den Mann oder die Frau, sondern immer auch die Entourage und die Familie. Kann man von Deiner Familie und Deinen vielen, vielen Freunden in aller Welt und vor allem Deinen nahen Verwandten erwarten, dass sie Benita mit offenen Armen aufnehmen? Auch hier ergeben sich also schon große Schwierigkeiten, die unser Kind und dann auch Dich schwer belasten können.

Das allerschwerste Bedenken betrifft aber – wie Du richtig annimmst – den Glauben. Benita ist nicht einfach so Christin wie so viele, die eben als Kinder getauft sind, aber schnell Glauben und Überzeugung um irdischer Vorteile willen dahingeben oder doch für zweitrangig halten. Benita ist bewusste Christin. Alles Leid, alle Not, die sie reichlich mit uns durchmachte, die Kämpfe mit sich selbst, alles trägt und fühlt sie auch im Glauben an Christus. Sie ist, nachdem wir nun alles verloren haben, zwar arm an irdischem Besitz, aber diesen unendlich kostbaren Besitz hat sie. Nur ist ihr durch ihre Liebe zu Dir nicht klar, in welche Gefahr für ihre Seele, für ihr ewiges Glück sie sich begibt, welche Konflikte innerster Art auf sie zukommen können. Und diese Gefahr ist da, diese Konflikte werden unbedingt kommen. Das wissen wir, weil wir sie so genau erkennen, wohl genauer, als sie sich selbst kennt, zumal in der neuesten Gegenwart. Ich weiß, dass Du ein wundervoller, charmanter, eleganter Mann bist, uns verbindet vieles, und ich habe schon früh vieles an Dir bewundert (um nicht zu sagen manchmal heimlich beneidet!). Aber auch Euer Leben würde nicht immer auf sonnigen Höhen verlaufen. Krankheit und auch Sorgen – wer ist in unserer schwierigen Weltlage davor sicher? – können kommen. Siehst Du, da kommt die Schwierigkeit. Benita sucht dann bei ihrem Heiland und Erlöser Zuflucht, und wenn sie es nicht täte, verlöre sie sich selbst, ihr tiefstes Glück. Du würdest Trost bei Dir selbst suchen, bei Deiner Erfahrung, Deinen vielen Freunden, Deiner Wirkung auf Menschen, und nicht so sehr in der Religion – hab ich recht, mein Junge?

Es gibt Lagen, lieber Feridun, die Du bei Deiner Lebenserfahrung auch kennst, da können einem die geliebtesten Menschen nicht helfen, und in diesem heiligsten Innersten würdet ihr dann verschiedene Wege gehen müssen. Willst Du dieses geliebte Wesen dieser Gefahr aussetzen?

Weiter! Nimm an, Gott schenkt euch Kinder (wie sehr würde Benita auch leiden, keine zu haben). Aber da entstehen auch Konflikte! Die Kleinen sehen: Vater geht nur mit in die Kirche, Mutter gehört zur Kirche. Es kommen Fragen in die kleinen Seelen. Gewiss, Du wirst sagen: Lass sie sich selber entscheiden! Also Unterricht in beiden Glaubenslehren? Entscheiden sie sich für Christus, ist da eine innere Entfernung vom Vater vorhanden, entscheiden sie sich für die Lehre oder Nicht-Lehre des Agnostiker-Vaters, dann fehlt das letzte und wichtigste Verstehen mit der Mutter, die ihnen ja Zuflucht in allen Dingen sein will und soll. In jedem Fall sind dann alle in diese Konflikte hineingezogen, unter denen gerade Benita unendlich leiden würde. Willst Du sie in diese Gefahr bringen? Muss nicht große Liebe auch große Opfer bringen können, um nicht zur Selbstsucht zu werden?

Ach, Feridun, wir können ja dazu nicht unseren Segen geben, weil wir das alles mit Sicherheit voraussehen. Wir haben Euch beide – ja, beide! – zu lieb dazu!

Bitte geh an das Grab Deines lieben Vaters, dessen Gedenktag sich ja vor Kurzem jährte, prüfe Dich ernstlich vor ihm, was er wohl zu dem allen sagen würde, und frage Dich immer wieder: Weist mir nicht gerade meine Liebe zu Benita einen anderen Weg, den des Entsagens, um der Liebe willen – eben weil ich sie glücklich sehen möchte? Kann ich guten Gewissens um sie werben?

Feridun, denke nicht, dass wir Dich nicht verstehen, Deine Sehnsucht aus Deinem plötzlichen Gefühl der Vereinsamung – nach diesem wilden, turbulenten Leben aus Jagd, Sport, großer weiter Welt, einer doch, wenn Du ehrlich bist, nicht ganz schuldlos verpfuschten und geschiedenen Ehe, einer leider auch vertanen Chance, als Vater wirklich Verantwortung zu übernehmen, eines geradezu süchtigen Spielens mit Frauen und ihren Seelen, nach einem Leben ohne tiefe Verbindung zu Gott – also mitten in einer Lebenskrise aus spät gewonnenen Einsichten heraus, sehnst Du Dich nach einer geliebten Lebensgefährtin. Du willst noch mal von vorne anfangen. Du fasst große Vorsätze. Du meinst es auch gewiss ernst. Und Du hast Benita ja auch, oberflächlich gesehen, viel anzubieten. Aber ich will mich nicht wiederholen. Es wird nicht gut werden, weil Du zwar unser geliebter Junge von damals bist, aber nicht der richtige Mann für unsere Tochter.

Wie wünschten wir Dir eine Frau, die Dir Wärme spendet nach all den Stürmen, aber Benita? Nein, Feridun, das geht nicht! Wirklich. Wir, Mütterchen und ich, werden uns dabei ausschalten. Aber Euch, Euer Glück, können wir nicht ausschalten. Wir haben Dich sehr lieb und grüßen Dich in unveränderter Gesinnung, aber mit unsagbar schwerem Herzen.

Dein Papi Roon

(

Feridun Cevat Cobanli
Istanbul, den 10. April 1950

Meine Benita, Canim,
ich weiß nicht, wo ich anfangen soll, denn der Brief von Papi hat mich natürlich traurig gestimmt. In dieser finsteren Osterbotschaft von Papi ist nicht der geringste Lichtblick, an den ich mich klammern könnte. Die Eltern sehen wirklich alles im tiefen Noir für uns. Wenn sie gar nicht zu einem Kompromiss zu haben sind, welches nach dem Brief vom Papi so aussieht, müssen wir uns da wohl fügen. Nun musst Du aber nicht denken, dass ich zu schwach bin und nicht weiter zu gehen wage, nein, Liebling, das kannst Du eigentlich nicht von mir denken, ich würde da vielleicht energisch werden, wenn Du nicht ein junges Mädchen wärst, das Du ja noch bist, sondern vielleicht zehn, zwölf Jahre älter, Du die Welt schon besser kennen würdest, Du nicht Kinder so lieb hättest, ich nicht über 23 Jahre älter als du wäre. Und natürlich auch, wenn ich die Eltern und ganz besonders Mütterchen nicht so lieb hätte und sie nicht kränken wollte. Das sind die Gründe, warum ich nicht wage, energisch zu werden, denn wenn einmal irgendetwas nicht ganz stimmt, werden die Eltern sagen, wir haben es ja sowieso nicht gewollt und uns nie einverstanden erklärt, seht her, jetzt ist die Katastrophe da, die wir vorausgesehen haben … Vielleicht bist Du gestolpert über das, was ich oben sage, nämlich wenn Du nicht Kinder so lieb hättest. Ja, das stimmt, natürlich stört es mich nicht, wenn eine junge Frau gerne Kinder hätte. Ich mag Kinder auch, aber weil wir uns immer und immer wieder

versprechen, ganz offen und ehrlich miteinander zu sein, möchte ich Dir jetzt etwas gestehen, was Dich vielleicht schockieren wird, oder nachdenklich machen, gegen mich einnehmen, oder, im besten Falle, Dich animieren wird, mit deiner Liebe tatsächlich in mir etwas zu verändern, mich zu erneuern, in mir etwas zu erwecken, was entweder nie da war oder verkümmert ist.

Also hier ein offenes Wort: Wenn ich in meinem Alter und mit meiner Geschichte noch einmal heirate, und diesmal aus großer Liebe und Verliebtheit, dann möchte ich meine Frau eigentlich nur noch ganz für mich alleine haben. Wenn dann Kinder kommen, dann spiele ich, ob wir wollen oder nicht, automatisch nicht mehr dieselbe Rolle in Deinem Leben, wie Du Dir und uns das in Deinen Träumen ausmalst. Dann gehörst Du nicht mehr ganz mir, sondern eben einem oder mehreren kleinen Wesen, die sich da zwischen uns setzen.

Das klingt sehr kühl und in Deinen Augen sicher hartherzig, meine liebe Benita, mein Schatz. Natürlich gehören Kinder grundsätzlich zu einer Ehe und glaube bitte nicht, dass ich kein Verständnis für Deine besondere Sehnsucht nach Kindern habe. Nur muss ich Dir der Ehrlichkeit zuliebe, die wir uns immer wieder versichern, gestehen, dass ich eigentlich gar keine besondere Einstellung mehr zum Thema Kinder habe in meinem Alter.

Ich bin viel unterwegs und will Dich ja auch gern immer wieder mal mitnehmen können – auf die Jagd und auf Reisen (wir haben uns geschrieben und von Capri, Beyrut, Kairo, Haifa, Rom geträumt, weißt Du noch?).

Und ich habe, ehrlich gesagt, bisher weder als Sohn meines sehr, sehr strengen Vaters, der mich trotzdem ja kaum erzogen hat, weil ich in den entscheidenden Jahren nicht mehr unter seinem Kommando oder seinem direktem Erziehungseinfluss stand, noch später als (missratener?) Vater meines eigenen Sohnes mit einer Frau, die ich nie wirklich liebte, Liebe erfahren oder – gegeben.

Das mögen die Psychologen deuten, was da die Gründe sind und wo sie verborgen liegen. Ich frage mich manchmal schon, wenn ich allein in meinem Bett liege oder in einem Flugzeug sitze und in die Wolken schaue und über mich und mein bisheriges Leben und meine Zukunft nachdenke, ob ich nicht sehr viel einem Sohn oder einer Tochter zu geben habe und ob ich ihn oder sie nicht besser erziehen könnte, als mir das mit Basri gelungen ist, oder, ja, auch, als es meinem eigenen Vater mit mir gelungen ist. Ich frage mich aber auch, und finde keine Antwort, worauf es mir eigentlich ankommt, was ich einem Kind mitgeben soll etc. Und deshalb komme ich dann trotz aller Verlockung, die ich spüre, das, was ich im Leben gelernt und erfahren habe, weiterzugeben, doch immer wieder zu dem Schluss: Kinder sind eigentlich nicht mehr so sehr ein wichtiger Teil meiner Planung. Hier haben wir bestimmt eine kategorische Nicht-Übereinstimmung – und vielleicht kannst Du mich da ja noch etwas erziehen und überzeugen? Vielleicht werde ich ja mit Dir noch ein richtiger Vater? Besser als für Basri und besser als mein eigener für mich? Siehst du, jetzt haben wir so einen wunden Punkt getroffen, ich fühle, wie sich beim Lesen dieser letzten Zeilen Dein liebes großes Herz zusammenkrampft, vielleicht weinst Du auch etwas, wo Du jetzt dies gelesen hast, aber so fühlt es sich eben an, wenn man ehrlich und offen miteinander alles bespricht.

Vielleicht gibt Dir meine Offenherzigkeit aber auch Zuversicht und steigert Dein Vertrauen und macht Dich stark gegenüber den Argumenten Papis. Was immer diese Zeilen, die mir jetzt nach Papis auf den ersten Blick unschönen und doch für Dich und eigentlich auch für mich so liebevollen Brief einfallen, mit Dir und Deiner Seele anrichten – es wird in jedem Falle das Richtige sein. Für Dich und Inschallah für uns.

Es küsst Dich Dein Feridun

(

Feridun Cevat Cobanli
Istanbul, den 10. April 1950

Mein lieber Papi Roon,
vorgestern kam Dein Brief vom 29., für den ich Dir und Mütterchen herzlich danke. Der Inhalt dieses Briefes und euer kategorisches Nein

hat mich, ganz offen gesagt, traurig gestimmt und mich auch gekränkt. Ich will nicht hoffen, dass ich sowohl Euer Vertrauen zu mir nach all den Jahren als auch Euer Verständnis für meine Liebe zu Eurer Tochter überschätzt und strapaziert habe. Ich habe aber Verständnis dafür, wenn es so scheint, als würde das eine nicht zusammengehen mit dem anderen. Ich fühle, dass Du und Mütterchen von Euren Standpunkten aus in vielem recht habt. Ihr habt Euer Kind so lieb, dass ihr Benita eine Enttäuschung und einen Schmerz auf keinen Fall zumuten möchtet. Nur weiß ich nicht, ob ihr nicht dadurch das Gegenteil erreicht. Benita und ich lieben uns wirklich und hätten uns bestimmt auch trotz der von euch genannten Probleme gut verstanden, und es hätte eine gute Ehe daraus werden können.

Wir haben über all die Probleme brieflich gesprochen und waren uns einig, dass wir zueinander offen sein wollen, und wenn wir uns in irgendeinem Punkt nicht ganz einig wären, so würden wir uns deshalb nicht entzweien, sondern voneinander lernen und aufeinander zugehen.

Ich sage Euch also ganz offen, dass ich maßlos traurig über dieses Nein bin und will von meiner Seite aus mich da fügen. Es liegt mir fern, eine Zustimmung zu erzwingen, besonders von euch beiden, die mir über Jahre meine Eltern ersetzten. Ich grüße Euch mit schwerem Herzen

Euer Junge

Feridun Cevat Cobanli
Istanbul, den 10. April 1950

Mein Liebling,
ich habe eben Papi Roon geantwortet und schicke Dir eine Kopie mit der Bitte, sie mir wieder zurückzuschicken. Je mehr ich den Brief von Papi lese, desto trauriger bin ich gestimmt und habe ihm ebenso geantwortet. Ich habe ja immer dieses Ende befürchtet. Ich will da keine Zustimmung erzwingen – dafür bin ich, obwohl ich Dich, wie

du weißt, sehr, sehr liebe, auch ein bisschen zu stolz. Genau gesagt, ich habe diesen Ausgang immer befürchtet, und er ist schlimmer gekommen, als ich es befürchtet hatte, denn so ein kategorisches Nein hätte ich doch nicht erwartet von den Eltern.

Ich kann Dir von mir nur versichern, dass ich in meinem ganzen langen Leben noch nie das Gefühl zu einer Frau gehabt habe, wie ich es zu Dir habe. Und das hat zumindest meines Wissens weder etwas mit meiner neuen Einsamkeit und der Verlorenheit hier zu tun, die ich fühle trotz der vielen Partys und Jagden und Freunde und Reisen, ebenso wenig wie Deine Gefühle doch wohl, und davon bin ich jedenfalls überzeugt, etwas mit Deinem Flüchtlingsdasein zu tun haben und dass Du von Deinen Eltern weg möchtest aus dem kleinen Dorf und dem Flüchtlingsschloss und dem Elend. Und selbst wenn? Irgendwie sind wir beide verlorene, gefallene Engel und Flüchtlinge und gerade irgendwie auch an Tiefpunkten in unseren Leben angelangt, die unterschiedlicher nicht sein könnten, warum sollten wir uns dann nicht gegenseitig heraushelfen? Wer sollte ein Urteil fällen?

Wer immer später einmal unsere Briefe lesen wird, wird nicht denken, dass wir einander als Lebensretter sahen, sondern er wird vielleicht spüren so etwas wie Liebe, und zwar bedingungslose Liebe.

Liebling, ich überlasse jetzt alles Dir, Du weißt, ich habe Dich über alles lieb und es besteht von mir aus überhaupt kein Bedenken, dass Du meine Frau wirst. Tu Deine Hand aufs Herz und handele, wie Du es für richtig hältst. Wir können es auch ohne Verständnis der Eltern tun, schriebst Du mir mal. Aber davor, dass Du es dann vielleicht doch aus irgendeinem Grunde einmal bereust, davor habe ich große Angst.

Jetzt bist Du an der Reihe, schreibe mir einen sehr, sehr lieben Brief. Ich bin sehr, sehr traurig.

Immer Dein Feridun

Marie-Luise v. Roon
Königsbrück, den 17. April 1950

Mein lieber Feridun, mein Junge,
eben erhielten wir Deinen lieben Brief vom 10. April – da muss ich Dir nur schnell sagen, dass wir sehr traurig sind, Dich gekränkt zu haben. Das wollten wir wirklich nicht. Dazu haben wir Dich wirklich viel zu lieb. Vor allem muss ich sagen, dass Benita ja doch volljährig ist und nach ihrem Herzen und Gewissen jederzeit handeln kann! So war das also nicht gemeint! Ich musste Dir aber unsere Bedenken, die ja nicht ganz leichter Art sind, wie Du richtig verstehst, mitteilen. Dazu ist diese Herzensangelegenheit doch zu ernst, um alle Bedenken unausgesprochen zurückzustellen. Du wolltest ja auch eine baldige schnelle Antwort haben. Es wäre vielleicht besser gewesen, ich hätte erst den Brief eines Freundes abgewartet, der, obwohl ernster Christ, die Religionsfrage nicht so schwer sieht, wie wir es taten. Und diese Frage war ja bei Papis Bedenken die Hauptsache. Zusammengefasst: Wir wollen eurer Liebe mitnichten im Wege stehen und euch die Entscheidung überlassen. Bitte überlegt nur alles recht, damit es keine Enttäuschungen gibt. Briefe sind immer eine unvollkommene Sache. Ach, wenn man sich doch nur hätte aussprechen können! Wie oft haben wir, als Du noch ein Kadett warst, in Schwiessel gesessen, und Du hast mir von Deinen innersten Dingen erzählt, voller Vertrauen und wie einer großen Schwester. Und was hast Du in den Zeiten dazwischen alles erlebt an Krieg und Tod und Kampf. Und wie nah bist Du mir immer gewesen.
Bitte bedenke, dass unsere Sorgen nicht Deine Person, sondern die besonderen Umstände betrafen. Also wärmste Grüße und innige Umarmungen von Mütterchen und Deinem Dich liebenden Papi Roon, die, wenn ihr zusammen den Weg ins weitere Leben nehmen wollt, ihre Zustimmung nicht versagen wollen und euch beide immer mit Liebe am Herzen halten werden.

Dein Mütterchen

Benita v. Roon
Königsbrück, den 18. April 1950

Mein liebster Feridun, Canim,
ich ahnte ja schon nichts Gutes, als ich der immer heiß ersehnten
Postbotin entgegenging, und nur ein Brief an Papi da war – nichts
an mich! Papi gab mir auf meine Bitte Deinen Brief zu lesen, und
was soll ich nun davon denken? Jedenfalls haben die Eltern Dich
nun auch beinahe weich gekriegt, genau wie mich zuerst. Und Du
zweifeltest plötzlich selbst daran, dass Du mich ganz glücklich machen kannst und dass unsere Ehe gut gehen wird. Ich zweifle nicht
daran, und ich bin nun wohl durch genug Prüfungen hier gegangen.
Schwierigkeiten, unvorhergesehene, gibt es überall – das wissen wir
beide, aber wir sind beide vernünftig genug und haben zu viel schon
erlebt, um diesen nicht mit offenen Augen entgegenzugehen und sie
in Liebe selbstbewusst zu bekämpfen.
Und nun zu Deinen Bemerkungen über die Kinderfrage. Es ist nicht
schön, darüber korrespondieren zu müssen, und ich hätte lieber darüber mit Dir gesprochen, wenn wir beide ganz allein gewesen wären. Mein erster Gedanke beim Lesen Deiner Zeilen war ein kleines,
sehr inniges Lächeln über meinen Feridun, der schon jetzt auf seine noch ungeborenen Kinder eifersüchtig ist! Damit ist das Thema
aber natürlich nicht abgetragen. Liebling, Du weißt ja gar nicht, wie
schön das Familienleben ist. Gerade mit Kindern, mit den geliebten,
eigenen Kindern, mit den Kindern, die die Eigenschaften und das
Blut derer in sich vereinen, die sich lieben. Ich möchte nicht die Kinder eines Mannes haben, der mich nicht liebt oder den ich nicht liebe, und daher werde ich, wenn nicht Deine Kinder, wahrscheinlich
nie Kinder haben! Ich werde von mir aus aber nicht auf die Gemein-
samkeit mit Dir verzichten, wenn Du keine Kinder haben möchtest,
dazu liebe ich Dich viel zu sehr. Dass Du zu alt bist, um noch Freude
an eigenen Kindern zu haben, ist völliger Unsinn! Fang doch nicht
jetzt an, den alten Mann zu spielen, mein Feridun, der Du doch gar
nicht bist – und pass mal auf, wie jugendlich Du noch mit Deiner
jungen Frau werden wirst! Dass Du mich ganz allein für Dich haben

willst, ist für mich ja nur schön und beglückend, aber Du tust gerade
so, als ob unsere Kinder nur meine Kinder wären!

Traust Du nicht Deiner Benita zu, dass sie ihre Liebe gerecht vertei-
len kann und wird zwischen ihrem so unsagbar geliebten Mann und
seinen Kindern? Es gibt noch so viel, das ich dazu sagen könnte, aber
ich will hier keinen Roman schreiben. Das ist ein Problem, welches
wir in Liebe und gegenseitigem Verstehen lösen müssen, wenn wir
verheiratet sind. Wir wissen nun jeder vom anderen, wie er darüber
denkt, und das Weitere wird sich zeigen, wenn wir sehen, wie unser
Leben verläuft. Wir müssen ja auch nicht gleich im ersten Jahr ein
Kind haben, vielleicht nimmst Du mich ja erst mal auf Deine Reisen mit und zeigst mir die Welt? Aber wir wollen nicht das, was zu
einer richtigen Ehe nun einmal gehört, von vornherein ausschließen,
noch dazu aus doch etwas egoistischen Gründen, nicht wahr? Jedenfalls verspreche ich Dir, dass, wenn uns Gott Kinder schenkt, was für
mich das größte Glück bedeuten würde, Du nie deshalb bei mir zu
kurz kommen sollst. Meine große Liebe gehört Dir, das weißt Du,
und wird Dir immer gehören.

Die süßen Vergissmeinnicht aus Deinem Brief habe ich bei mir, und
Deine kleine türkische Fahne trage ich an meinem Revers.

Deine Benita

1951 DER STEINERNE GAST

Das aufstrebende Ein-Mann-Unternehmen *Taxi Bad Salzuflen,*
unter Kunden und Kollegen besser bekannt als »Taxi Badesalz«, bekam viel zu tun an diesem Wochenende im Juli. Von Hotels,
Bahnhöfen und Busstationen der näheren Umgebung waren ein paar
Dutzend Personen abzuholen und zu einer Hochzeit zu chauffieren,
lauter Herrschaften, die ihre wohlklingenden Vor- und Nachnamen
einerseits durch die Prädikate »von« oder »zu« trennten, diese andererseits auf ihren Visitenkarten handschriftlich durchzustreichen
pflegten. Der Lohnkutscher Hubertus Lukoschitz erwartete von dieser Klientel keine fürstlichen Trinkgelder, im Gegenteil, er hatte in-

zwischen eine feine Nase entwickelt für aristokratische Hungerleider, wie sie im dreißig Kilometer entfernten Flüchtlingsschloss Königsbrück nun schon seit Jahren besseren Zeiten entgegenvegetierten und kaum die Groschen für eine Busfahrt nach Bielefeld zusammenstottern konnten.

Doch zur Feier des Tages wurden auch arme Schlucker mit Stammbaum von *Taxi Badesalz* kutschiert. Für die Fahrtentgelte haftete alleinschuldnerisch der Bräutigam, jener türkische Diplomat, der dem Personenbeförderer Lukoschitz vor beinahe zwei Jahren auf der Fahrt von Bielefeld nach Königsbrück unangenehm aufgefallen war, der nun aber eine stolze Anzahlung in Dollars geleistet hatte, die den Kleinunternehmer vom Kredit für die Anschaffung einer zweiten Limousine träumen ließ.

»Aber diesmal wirklich bis direkt vor die Tür, Herr Lukoschitz, egal bei welchem Wetter und Straßenzustand«, hatte der Herr Cobanli mit Nachdruck verlangt. Der am Kurort konkurrenzlose Taxifahrer, dandyhaft herausgeputzt in Knickerbocker und Fischgrätsakko mit Lederflicken, Fliege unterm Kinn und Dollarnoten in den Augen, war entgegen seiner Natur eine pampige Antwort schuldig geblieben. Seine Taxi-Telefonzentrale logierte beengt im Hinterzimmer der *Drogerie Dr. Sommer,* dem Elternhaus seiner Verlobten. Dort erwartete Lukoschitz die Anrufe seiner Kundschaft, eingeklemmt zwischen Kartons für Kosmetikartikel und Holzkisten mit auf Flaschen gezogenem Sprudel aus örtlichen Heilquellen und eingenebelt in eine Aromawolke aus Echt Kölnisch Wasser, Salmiakpastillen und Badesalztabletten der Sorte Fichtennadel. Nach Letzteren dufteten der Taxifahrer und der Innenraum seines Mercedes so intensiv, dass es Mann und Droschke von naserümpfenden Stammkunden den Spitznamen »Taxi Badesalz« eingetragen hatte.

Den Telefonhörer zwischen Kinn und Schulter geklemmt, ging Lukoschitz gerade die Namensliste seiner Fahrgäste durch, die ihm am Vorabend vom Oberkellner der historischen Ausflugslokalität *Bauernburg Schwaghof* unter Auflage strengster Diskretion ausgehändigt worden war. Am anderen Ende der Leitung notierte ein Redakteur Seißler in der Bielefelder Lokalredaktion der »Glocke«, die mit

Besatzungslizenz seit 1949 im münsterländischen Oelde wieder erscheinen durfte, spitzmündig und augenrollend die Durchsage aus Bad Salzuflen. Es war ein imponierender Auszug aus dem Gotha.

»Wie vereinbart, Herr Seißler, pro Namen eine Mark, ja? Also aufgemerkt: Herzog Georg und Herzogin Ilona zu Mecklenburg, Fürstin Anna zur Lippe mit Sohn Fürst Armin, Graf und Gräfin Schwerin, General Hans-Henning von Gersdorff, Prinzessin Bentheim, Graf und Gräfin Luckner, Baron und Baronin Hornstein, Wolfried, eine Schwester der Braut mit Ehemann Hans-Albrecht von Boddien nebst drei kleinen Töchtern – Letztere kriegen Sie von mir gratis –, ein Cousin von Dewitz, sogar das Haus Preußen ist vertreten in Person von Ina, geborener Gräfin Bassewitz, verheirateter Prinzessin Oskar Preußen – laut Gotha eine Schwiegertochter von Kaiser Wilhelm und Cousine der Brautmutter. Macht insgesamt fuffzehn Mark, bitte wie immer auf meinen Namen bei Ihrem Nachtpförtner zu hinterlegen.«

Genaue Orts- und Zeitangaben zum Ablauf der hochkarätigen Festivität hatte der talentierte Wirtschaftswunderknabe Lukoschitz bereits vorab für fünf Deutsche Mark an den Redakteur verkauft und von dem Judaslohn seine Verlobte zu einem Bielefelder Gastspiel des von ihm so verehrten Komikers Heinz Erhardt eingeladen. Hernach war man auf einen alkoholhaltigen Absacker ins Foyer des Hotels *Kaiserhof* gegangen, das Lukoschitz nebenberuflich mit einer handschriftlich etikettierten Spezialabfüllung des Salzufler Heilwassers Loosequelle aus der *Drogerie Dr. Sommer* belieferte.

»15 Uhr standesamtliche Trauung im Rathaus inklusive Andacht mit Segnung des evangelisch-moslemischen Brautpaars, was natürlich in keiner unserer Kirchen geduldet werden kann, Sie verstehen, Herr Seißler, das Paar kriegt sozusagen den Segen zweiter Klasse, erteilt durch einen zugereisten Kleriker, einen Freund des Hauses Roon. 17 Uhr Empfang auf der Terrasse des *Schwaghof,* 19 Uhr dortselbst im Festsaal Hochzeitsessen mit bunten Redebeiträgen.«

Der im Salzufler Stadtwald versteckte Veranstaltungsort war nicht gerade ein Tummelplatz der oberen Zehntausend aus dem Landkreis Lippe-Detmold. Zehntausend – so viele Einwohner zählte das Badestädtchen insgesamt. Die Hochzeitsfeier, obwohl mehr als moderat kalkuliert, kostete den Rittmeister a. D. dennoch eine unerhörte pekuniäre Anstrengung. Da die wirtschaftliche Lage der Roons – wie auch der meisten geladenen Gäste – nicht eben rosig war, gab es zu dieser Sparversion keine Alternative, es sei denn, man hätte das Angebot besser betuchter Verwandter irgendwo aus Westdeutschland – etwa der Baronin Hornstein aus Grüningen – angenommen, die Festivität in ihren unversehrten herrschaftlichen Häusern zu veranstalten. Dies hatte Papi Roon jedoch kategorisch abgelehnt. Es war gegen seinen Stolz. Der Tradition folgend, dass der Brautvater die Hochzeit ausrichtete, wollte er alles ohne fremde Hilfe finanzieren und organisieren. Auch der wohlhabende türkische Bräutigam bekam keine Chance, die Kosten zu übernehmen, der Schwiegervater nahm lieber einen Kredit auf. Feridun subventionierte diskret die Anreise zahlreicher Verwandter, die, ebenfalls Flüchtlinge, sich sonst die Zugfahrt nicht hätten leisten können.

Mütterchen Roon hatte als dresscode für den Empfang ganz comme il faut »Cut oder dunklen Anzug« für die Herren, »Kostüm« für die Damen festgesetzt, für die »Brautsoirée« – die Hochzeitsfeier am Abend – stand »festlich«, also Smoking, Galauniform oder Frack für die Herren, Abendkleid für die Damen, auf der gedruckten Einladung, die an etwa fünfzig handverlesene, um nicht zu sagen sparsamst ausgewählte Gäste gegangen war. An einen Vorempfang in Schloss Königsbrück war nicht zu denken, genauso wenig wie an Fünfuhrtee in Bardüttingdorf, wo inzwischen ein Häuschen fast bezugsfertig stand, das die neue Heimat des Rittmeisters und seiner Frau werden sollte, sobald Tochter und Schwiegersohn in die Flitterwochen abgereist sein würden.

Um den wenig repräsentativ ausgestatteten Festsaal des *Schwaghof* für eine wenn auch schlichte, so doch standesgemäße Feier nutzen zu können, hatte man drei Wände mit Stoffen verkleidet und die vierte, die unansehnlichste, mit einer riesigen Pappe camoufliert, auf die Plakatmaler ein Trompe l'oeil der Parklandschaft von Schwiessel gezaubert hatten. Ein generöses Geschenk des Fürsten Armin Lippe für die Herzensfreundin aus Gorschendorf, die seine Hand verschmähte, um sich von einem geschiedenen Paschasohn an den Bosporus entführen zu lassen.

Mit ihrer Unterschrift unter das Heiratsdokument zwei Tage zuvor im türkischen Konsulat der Freien und Hansestadt Hamburg hatte Benita von Roon die deutsche Staatsangehörigkeit aufgegeben und die ihres Ehemannes angenommen. Als Lizenz fürs Doppelbett reichte das dem Vater dennoch nicht, Papi Roon befahl Tochter und Schwiegersohn im *Hotel Prem* an der Alster auf getrennte Zimmer. Passenderweise war soeben von der Türkei der Kriegszustand mit Deutschland für beendet erklärt worden. Der Heirat einer preußischen Adligen mit einem türkischen Diplomaten konnte also, wer denn wollte, hohen symbolischen Charakter beimessen. Hochzeitsgast Nizamettin Ayasli, mit Feridun seit vielen Jahren gut bekannt und frisch akkreditierter Leiter der türkischen Mission bei der Alliierten High Commission, wurde einen Monat später erster türkischer Nachkriegs-Botschafter in Bonn.

Auf drei langen Tafeln, im Festsaal des *Schwaghof* zusammengeschoben aus mehreren Tischen, wechselten sich einfache, mit buntem Seidenpapier veredelte Kerzenleuchter ab mit einigen wenigen prachtvollen Kandelabern, die Graf K. leihweise aus dem Tafelsilber von Schloss Königsbrück beigesteuert hatte. Die stockfleckige Saaldecke hatte man über den Köpfen der Tischgesellschaft mit dunkelrot-gelbem Nesselstoff verhängt, den Farben des Roon'schen Wappens, sodass – hier im hintersten Winkel nachkriegsdeutscher Provinz – ein beinahe weltläufig eleganter Bühnenraum die Gäste aus Nah und Fern empfing. Manches mittlere Stadttheater spielte in diesen mageren Zeiten Goethe und Schiller vor kargerer Kulisse.

Das Brautpaar strahlte. Feridun im Frack, Benita im weiß herabfließenden Brautkleid mit eng ihr Haar einfassendem Schleier, der wie ein Zugeständnis an den Kulturkreis ihres Gatten wirkte. Latife, Atatürks feministische Gattin für wenige Jahre, trug zuweilen an der Seite des Gazi ähnlichen Kopfputz – wenngleich in Schwarz.

Benita und Feridun hatten den steifen ersten Teil im Rathaus und auf der Terrasse des *Schwaghof* überstanden und freuten sich nun auf die Soirée. Die enthielt aus ökonomischen Gründen auch Elemente eines Polterabends.

Papi Roon hielt – frei sprechend – die erste Rede auf das ungleiche Brautpaar, aristokratisch grundiert, theologisch timbriert und von großer Vaterliebe beseelt. Was auch immer er in seinem Brief an Feridun an Vorbehalten geltend gemacht hatte, schien aufgelöst in Wohlgefallen oder zumindest in ein Loblied auf das Zusammenwachsen zweier Kulturen, die mehr Gemeinsamkeiten als Trennendes vorzuweisen hatten. Und die vom Glauben an einen einzigen Gott zusammengehalten wurden, dem man sich als Protestant sogar näher fühlen konnte als dem angeblich in Brot und Wein verwandelten Gott der Katholiken.

Wolfram konnte im Übrigen auf Ereignisse vier Jahre zuvor in England verweisen. Dort hatte die Mutter der Kronprinzessin Elizabeth ihren Schwiegersohn Prinz Philip zunächst als »den Hunnen« heftig abgelehnt, um ihn – nach seinem Übertritt vom griechisch-orthodoxen Glauben zur anglikanischen Kirche inklusive Preisgabe befremdlicher dänischer und griechischer Titel – dann doch als »englischen Gentleman« ans Herz zu drücken. Am Ende seiner Ansprache wendete Wolfram den Blick von Benita zu seiner in Tränen aufgelösten Gattin.

»Liebste Marie-Luise, wir verlieren keine Tochter, wir gewinnen einen Sohn zurück, einen Sohn, den wir lange verloren glaubten und der jetzt unser Schwiegersohn ist!«

Während des großen Applauses bekam der Bräutigam vom Oberkellner einen Zettel zugesteckt und las ihn mit ebenfalls noch feuchten Augen.

»Herr v. Papen erbittet Abholung aus dem Kaiserhof.«

Feridun erbleichte.

Er hatte den Sportsfreund aus alten Tagen zwar eingeladen, aber fest mit seiner diplomatisch-rücksichtsvollen Absage gerechnet und das Schweigen des Angeschriebenen erleichtert als eine solche gewertet. Franz von Papen galt auf dem gesellschaftlichen Parkett der Bundes-

republik als persona non grata, wenn man nicht zu den Ewiggestri-
gen gezählt werden wollte. Die deutsche Aristokratie, ihrer Namens-
prädikate nicht beraubt wie in Österreich bereits nach den Ersten
Weltkrieg, war um bella figura bemüht und erweckte gerne den Eindruck, während der dunklen Jahre fast vollzählig dem Widerstand
um den Grafen Stauffenberg angehört zu haben. Auf einer Hochzeitsfeier quasi en passant einem »Hauptschuldigen« als Bewährungs-
helfer zu dienen, dem unter dubiosen Umständen fast seine gesamte
Gefängnisstrafe erlassen worden war, konnte und wollte Feridun von
seinen Gästen nicht erwarten. Seine Freundespflicht gegenüber Papen musste der Bräutigam, wenn überhaupt, schon auf andere Weise einlösen.

Doch nun stand er unversehens ante portas.

Wohin mit ihm?

Immerhin durfte Papen sich mit Feridun seit Jahrzehnten befreundet fühlen. Und hatte er ihm nicht den entscheidenden Hinweis auf
den Verbleib der Flüchtlingsfamilie Roon gegeben, also nicht uner-
heblichen Verdienst am Zustandekommen dieser deutsch-türkischen
Hochzeit?

Feridun entschuldigte sich bei Braut und Schwiegereltern, erhob sich
vom Tisch, einem fragenden Blick Benitas ausweichend, und eilte hinaus.

»Herrensuppe mit Klößchen, Rinderschmorbraten mit Salzkartoffeln,
Erbsen, Karotten, Blumenkohl mit Buttersoße. Als zweiter Fleischgang
Hühnerbrüstchen mit Salatplatte. Zum Dessert Welfenspeise ...«

Direkt vorm Eingang zum Schwaghof stand der Taxifahrer Lukoschitz neben seinem Mercedes und notierte sich die beim Oberkellner abgefragten Gänge des Hochzeitsmenüs. Er benutzte dazu ein
Büchlein, auf dessen Umschlag die in Bad Salzuflen ansässige Hoff-
mann's Stärkefabriken AG für ihre Spitzenprodukte warb, denen Lu-
koschitzs Oberhemden, aber auch manche Milch- und Süßspeise in
den sich wieder füllenden Regalen deutscher Lebensmittelgeschäfte
die erwünschte Steifheit verdankten.

Als er Feridun kommen sah, ließ er sein Notizbuch schnell verschwinden.

»Wohin, Herr Cobanli?«

»Fahren Sie gemütlich nach Bielefeld und holen Sie im Kaiserhof einen Herrn von Papen ab.«

»Einen oder *den?*«

»*Den.*«

Das Interesse des Taxifahrers war schlagartig geweckt.

»Der steht gar nicht auf meiner Liste.«

»Ich würde es auch vorziehen, wenn Herr von Papen eher später als früher hier einträfe, idealerweise zu spät, um noch eine Tischrede zu halten.«

»Wo soll ich ihn denn parken?«

»Wäre es nicht denkbar, dass Sie ... unterwegs eine Autopanne haben?«

»Eine Panne? Mit einem Mercedes? Unmöglich!«

Feridun griff in die Hosentasche und zog ein Geldbündel hervor.

»Oder dass Sie den Herrn von Papen irrtümlich in einem anderen Ort absetzen?«

Lukoschitz fixierte die Banknoten in Feriduns Hand – Dollars – und setzte seine dummschlaue Kummermiene auf.

»Es gibt keinen Taxifahrer, der sich in der Gegend besser auskennt als ich.«

Feridun förderte eine weitere Zehn-Dollar-Note zutage.

»Ich kann mich an einen Fahrer erinnern, der den Weg nach Königsbrück sehr gut kennt und der seine Passagiere gerne die letzten Meter über den Schlossgraben zu Fuß gehen lässt.«

»Soll ich dort auf ihn warten, bis er wieder rauskommt?«

Noch ein Schein.

Lukoschitz ergriff die Banknoten wie selbstverständlich, steckte es aber nicht ein.

»Und wenn er dann in der Zentrale anruft und sich beschwert?«

Feridun legte noch mal nach.

»Ich werde mein Bestes versuchen, Herr Cobanli.«

»Ist in Ihrem Besten absolute Diskretion inbegriffen, Herr Lukoschitz?«

»Im Grundpreis oder im Trinkgeld?«

Um insgesamt fünfzig Dollar erleichtert ging Feridun in den Festsaal zurück. Er kam gerade noch rechtzeitig zur Tischrede der Zwillinge.

(

Wolfram und Marie-Luise mussten einander zugeben, dass der Altersunterschied zwischen ihrer Tochter und ihrem Schwiegersohn nicht sonderlich auffiel. Benita wirkte, wie alle jungen Frauen dieser Generation, sehr viel reifer als die Eltern zu ihrer Zeit. Und Feridun erschien neben den meisten eher bleichen, hohlwangigen deutschen Männern unverschämt gut im Saft und äußerst gepflegt, was durch seinen dunkleren Teint noch verstärkt wurde. Ohnehin musste er sich kaum dem Vergleich jüngerer Männer aussetzen, weil die hier – wie überall – kaum vorkamen. Vor allem aber präsentierte sich an diesem Abend mit kleinen Gesten und Worten ein Liebespaar, so innig und vertraut, dass es zu schönsten Hoffnungen berechtigte.

Zwischen den Essensgängen wurden traditionsgemäß launige Reden gehalten und Trinksprüche ausgebracht. Die Bassewitz-Zwillinge aus Schwiesseler Tagen, nun verheiratete Damen, Mütter Mitte fünfzig, hatten sich den Kadetten Feridun zur Zielscheibe einer in Knüttelverse gereimten Doppelconférence erkoren. Zum schenkelklopfenden Vergnügen der Hochzeitsgesellschaft schilderten sie Jugendstreiche des »Prinzen aus dem Morgenland« im versunkenen Schloss Schwiessel: Wie der vierzehnjährige Knabe einmal mit entsicherter Büchse des Rittmeisters durchs Dorf marschierte und sich dafür eine saftige Ohrfeige einfing, wie der halbstarke Kadett als Unfallopfer mit Turban aus Mullbinden zum Diner erschien und sich flatulierend danebenbenahm, wie Feridun den guten alten Deckhengst Oskar davor bewahrte, in Hungerszeiten vom Gutspersonal verspeist zu werden, und, als Höhepunkt der Anekdoten alla turca, wie der Botschaftsattaché im Diplomatencut in den Schwiesseler Schlossteich hechtete, seine spätere Braut aus dem Wasser zog, um der kleinen Benita – wie die Legende wisse – an Ort und Stelle die

Ehe zu versprechen, sobald das hübsche Kind trocken hinter den Ohren sein würde.

Unter Heiterkeitsausbrüchen der Zuhörer vergrub Feridun seine Nase zärtlich an Benitas besagter Stelle und verkündete freudestrahlend: »Trocken!«

Man aß und trank und schwatzte und schwadronierte, bis Feriduns Jagdfreund Graf Meran mit dem Siegelring ans Weinglas klopfte, um sich auf seine frotzelnde Art mit dem Waid- und Lebemann Feridun Cobanli zu beschäftigen.

Seine chronique scandaleuse begann Ende der dreißiger Jahre im Tiroler Wald bei einer Drückjagd, »drücken im doppelten Sinne, verehrte Herrschaften, wobei es für unseren genierlichen Bräutigam eher ums Verdrücken ging, denn er musste sich für Stunden ein menschliches Bedürfnis verdrücken, wofür er mir als Begründung angab: Ein türkischer Paschasohn schießt, aber sch … nicht im deutschen Wald!« Brüllendes Gelächter. Der Graf setzte noch einen drauf: »Ich sage zu ihm, lieber Freund, helf er sich, wir sind hier doch nicht im deutschen, sondern im österreichischen Wald. Darauf presst der Herr Konsul hervor: Bestimmt nicht mehr lang – und das ist mir angesichts der Weltlage zu riskant!«

Die Pointe zündete erst mit leichter Verzögerung, erntete dann aber doch noch einen respektablen Lacher. Der Oberkellner schrieb etwas in seinen Block, was wie eine Getränkebestellung aussah. In seiner Hosentasche klingelten zwei Markstücke aus dem Informationsbudget des Taxifahrers.

☾

Für die knapp fünfundzwanzig Kilometer von Bad Salzuflen nach Bielefeld brauchte er üblicherweise eine gute halbe Stunde. Lukoschitz nahm sich Zeit und fuhr noch in der Lokalredaktion der »Glocke« vorbei. Dort ließ er sich vom Pförtner einen Umschlag durchs Fensterloch reichen. Der Redakteur Seißler war seinen Zuträgern ein zuverlässiger Honorarzahler, der alles dafür tat, weiter in der Kreisstadt Bielefeld leben und arbeiten zu dürfen und nicht aufsteigen zu müssen in die Hauptredaktion im piefigen Oelde. Sein Chefredakteur dort wusste, was er an ihm hatte – in Ostwestfalen-Lippe wohnten viele Abonnenten der »Glocke« und lasen gerne Geschichten, die von großer und weiter Welt handelten, tatsächlich aber bei ihnen um die Ecke passierten. Die Adelshochzeit der Roon-Urenkelin mit dem »Prinzen aus dem Morgenland« taugte mindestens für ein süffiges Bielefelder Feuilleton.

Sein Wissen um den späten Hochzeitsgast, der ihn im Kaiserhof erwartete, behielt Lukoschitz für sich. Er gedachte die Story meistbietend der »Glocke« oder ihrem Konkurrenzblatt, der »Westfälischen«, feilzubieten, sobald das dubiose Papen-Abenteuer bestanden und beim Konsul Cobanli die restlichen Dollars abkassiert waren. Vom Erlös seines Scoops würde Lukoschitz die zweite Limousine in Taxiausstattung anbezahlen und sich darin von einem angestellten Fahrer zur eigenen Hochzeit chauffieren lassen – aber gewiss nicht in den *Schwaghof.*

Franz von Papen saß im Foyer des Kaiserhofs und stierte aus dunklen Augenhöhlen auf das halb geleerte Glas Loosequelle vor sich, als der Taxifahrer ihn abholen kam. Unvorbereitet hätte Lukoschitz ihn womöglich für einen stark gealterten Filmkomiker gehalten, einen dieser hageren Gesichtsvermieter aus der zweiten Ufa-Reihe mit tief eingegrabener schlechter Laune als mimischer Grundstellung. Aber vor ihm saß tatsächlich der letzte Reichskanzler der Weimarer Republik, Hitlers Vizekanzler und Botschafter. Die nun schlohweißen Haare über fliehender Stirn wie eh und je mit Pomade nach hinten gelegt, der breite Schnauzer, während der Nürnberger Prozesse abrasiert, klebte wieder maskenhaft auf steiler Oberlippe, der tadellos geschnittene Frack allerdings schien inzwischen mehr den Mann zu tragen als der Mann den Frack. Ein klobiger, in die Sessellehne eingehakter Spazierstock raunte dem Betrachter zu: In jungen Jahren war ich ein Offiziersdegen!

»Taxi für Herrn von Papen?«

Der Angesprochene erhob sich und musterte den operettenhaft kostümierten Schlaks. Dieser Chauffeur sah aus wie ein vom Künstlerdienst geschickter Sidekick für einen Sketch.

Wortlos folgte Papen dem kuriosen Kerl nach draußen und sog schnüffelnd dessen merkwürdiges Parfüm ein. Bevor er sich auf den Rücksitz des Taxis sinken ließ, zu dem ihm Lukoschitz den Wagenschlag aufhielt, drehte sich der Fahrgast mit bebenden Nasenflügeln zum Fahrer.

»Wonach riecht es hier?«

»Nach Mercedes«, antwortete Lukoschitz.

»Meiner riecht nach Sattelleder, nicht nach Badewanne.«

»Wünschen der Herr ein anderes Modell?«

»Ich werde versuchen, die Luft anzuhalten, bis wir am Ziel sind.«

Sie fuhren los.

Franz von Papen überdachte zum wiederholten Male seinen erst am Vormittag gefassten Entschluss, den Besuch beim Schwiegersohn Max von Stockhausen, nur etwas über hundert Kilometer von hier – nicht eingerechnet den Umweg mit der Bahn über Dortmund – um einen Abstecher zu dieser Adelshochzeit in Bad Salzuflen zu verlängern. Was erwartete er sich von einem solchen Ausflug in die Vergangenheit? Seit er sich verbittert ins Privatleben zurückgezogen hatte, von der deutschen Justiz stiekum in seine alten Vermögensverhältnisse eingesetzt, doch in der Öffentlichkeit gemieden wie ein Aussätziger, erduldete er mit einer Mischung aus Trotz und Verachtung den schnöden Umgang der neuen demokratischen Eliten mit Männern wie ihm, die doch auch nichts anderes gewollt hatten, als Deutschland vor dem Bolschewismus zu bewahren. Seit Jahren schrieb er an seiner Autobiografie, demnächst sollte sie als mehrhundertseitige Rechtfertigungsschrift unter dem Titel »Der Wahrheit eine Gasse« endlich erscheinen. Man konnte also nicht früh genug anfangen, auf künftige Leser zuzugehen. Sicher würde er im Umfeld der Familie Roon und anderer heimatvertriebener Aristokraten auf Verständnis treffen für sein tragisch gescheitertes Lebenswerk.

Nun saß er also in diesem Taxi und spürte, wie der kleinbürgerlich parfümierte Provinzmief einer neuen Zeit in seine Kleider kroch.

Franz von Papen sehnte sich nach Stallgeruch. Nach Schlossdeut〰〰.
Nach »raasend anständich aussehenden Standesgenossen«, die ihm
nicht die kalte Schulter zeigten, sondern sich für seine Lesart der Geschichte interessierten, nach Off'zieren und Gentlemen, Pferdenar-
ren und konservativen Damen, die für alles, was das Leben an Wid-
rigkeiten und unangenehmen Zeitgenossen ihnen aufdrängte, nur
das resignierende Adjektiv »mühsam« kannten. Elegante, angedeute-
te Handküsse wollte er austeilen, von den Herren mal wieder einen
dieser »kolossalen« alten Aristo-Witze hören über Baltische Barone
und den zackigen, immer etwas dämlich-kaisertreuen General Graf
Zitzewitz, mal wieder mit Gleichgesinnten und »Satisfaktionsfähi-
gen« Jagdanekdoten austauschen nebst Details aus dem soeben er-
schienenen »grünen Gotha«, in dem er und seine Familie zwar nicht
verzeichnet waren, weil nicht gräflich, »aber man kennt ja …«
Der Mann von Gestern fühlte sich als Heimatvertriebener der deutschen Adelswelt. Er mied die Öffentlichkeit, fühlte sich selbst bei
Abendgesellschaften auf dem Gut seiner Frau im saarländischen Wal-
lerfangen deplatziert. Wortkarg und stocksteif saß er dort im Kreis
der Familie und weniger Vertrauter an der großen Tafel, nicht mehr
Protagonist, sondern gründlich kompromittierte Randfigur deutscher Zeitgeschichte, ein Davongekommener aus Mangel an Beweisen.
Vielleicht ließ sich doch etwas dagegen tun. Dieser leichtlebige Paschasohn Feridun Cobanli mit seinem Faible für schöne Frauen und
noble Jagdgesellschaften, mit seiner deutsch-türkischen Erziehung,
die ihn über die Dünkelhaftigkeit beider Länder erhob, war ihm heute früh plötzlich als rettender Strohhalm erschienen. Dem kemalistischen Diplomaten und seiner erzpreußischen Braut traute er zu,
ihm, dem schwärzesten Schaf der deutschen Aristokratie, bei der
Wiedereingliederung in jene schöne alte Welt behilflich zu sein, aus
der der Herrenreiter Franz von Papen so schmerzhaft gestürzt war.

☾

Der türkische Geschäftsträger, Ehrengast am Tisch des Brautpaars, hatte das Wort. Er bezeichnete den eben erst offiziell beendeten Kriegszustand zwischen den beiden Herkunftsländern des Brautpaars als »Irrtum« und lobte die Hochzeit »zweier großer alter Familien als Zeichen der Wiederannäherung ihrer traditionell befreundeten Nationen«, die sich durch folgenschwere Verirrungen auf beiden Seiten und zwei daraus entstandenen Kriegen – der erste zwar noch als Waffenbrüder, aber nicht viel weniger entsetzlich als der zweite – nur vorübergehend einander entfremdet hatten:
»Eure Kinder werden die Kinder der alten und neuen deutsch-türkischen Völkerfreundschaft sein. Möge Allah euch viele schenken ...«
Die Gäste klatschten, erhoben sich und toasteten dem Brautpaar zu. Benita blickte Feridun sanft in die Augen, als suchte sie einen Hoffnungsschimmer für ihr biologisches Wunschbild von der heute besiegelten deutsch-türkischen Verbundenheit. Feridun wich dem Blick seiner frisch Angetrauten nicht aus, er ergriff strahlend Benitas Arm und führte sie zu dem Prospekt von Schloss Schwiessel, vor dem ein Kneipenklavier stand, das der Bräutigam für diesen Abend extra hatte stimmen lassen. Er setzte sich, griff in die Tasten und nickte Benita ihren Einsatz zu. Mit zarter Stimme begann sie zu singen:

Korkma sönmez bu şafaklardan yüzen alsancak ...
Getrost, der Morgenstern brach an,
Im neuen Licht weht unsre Fahn'.
Ja, du sollst wehen,
Solang ein letztes Heim noch steht,
Ein Herd raucht in unserem Vaterland.
Du unser Stern, du ewig strahlender Glanz,
Du bist unser, dein sind wir ganz.
Nicht wend' dein Antlitz von uns,
O Halbmond, ewig sieggewohnt,
Scheine uns freundlich
Und schenke Frieden uns und Glück!

Feridun und Nizamettin Ayasli unterstützten Benita bei Strophen, die sie mühevoll auf Türkisch auswendig gelernt hatte. Papi Roon brummte die deutschen Passagen mit, von einem Blatt ablesend, das von Mütterchen Marie-Luise mit mehreren Durchschlägen getippt und am Tisch des Brautpaars ausgelegt worden war. Die meisten Hochzeitsgäste hörten an diesem Sommerabend zum ersten Mal in ihrem Leben den Unabhängigkeitsmarsch, die türkische Nationalhymne, übertragen von Eduard Zuckmayer, dem Komponisten und Leiter der musikpädagogischen Fakultät der 1926 von Mustafa Kemal gegründeten Gazi-Universität in Ankara. Von Benita mit allmählich festerer Stimme vorgetragen, ergriff das Lied die Zuhörer mit Wehmut. Sie gedachten ihrer Scheu, die deutsche Hymne – inzwischen nur die dritte Strophe – aus stolzer Brust gemeinsam zu singen. Vom Stolz der Türken konnten sie sich heute Abend eine Scheibe abschneiden.

Wer in diesem Moment zufällig durch den Stadtwald von Bad Salzuflen spazierend am *Schwaghof* vorbeikam, mochte glauben, dass es vielleicht doch noch etwas werden könnte mit den Türken in Deutschland und mit den Deutschen in der Türkei.

(

Herr von Kornitz und Baron Zoethen standen gegen neun Uhr abends auf dem Flur von Schloss Königsbrück und nutzten die Abwesenheit des Hausherrn für eine Wiederauflage ihres erbitterten Zanks über verlorene Güter im Osten und wiederkehrende Hakenkreuzschmierereien an Kornitz' Stubentür. Niemand sonst befand sich in der Nähe, alle anderen Schlossbewohner hatten es vorgezogen, im Schutz ihrer Zimmerchen das Gezeter der beiden Alten abzuwarten wie einen Fliegeralarm.

Da stolperte aus dem dunklen Treppenhaus ein Schatten ins Schummerlicht des Flurs, wo die Streithähne Wand an Wand wohnten und einander nicht aus dem Weg gehen konnten und wollten.

»Gestatten, von Papen«, sagte der Schatten, »bitte zur Hochzeitsfeier Roon.«

Kornitz und Zoethen unterbrachen ihren Disput und musterten den Mann im Frack, der sie um Haupteslänge überragte.

»Wollen Sie sich über uns lustig machen?«, krähte Kornitz.

»Gewiss nicht, warum sollte ich?«

Zoethen pumpte sich vor ihm auf.

»Weil Franz von Papen zu acht Jahren Arbeitslager verurteilt wurde. Und die sind noch lange nicht vorbei.«

»Man hat mich vorzeitig entlassen, was wohl Ihrer geschätzten Aufmerksamkeit entgangen ist.«

Kornitz ging auf den Ankömmling zu und unterzog ihn genauerer Besichtigung.

»Erlauben Sie mir eine Testfrage: Welchem Orden gehören Sie an?«

»Malteserritter und Ritter vom Heiligen Grab zu Jerusalem.«

»Was ist mit Ihren Besitztümern geschehen?«

»Voll restituiert, bis auf meinen Führerschein.«

»Gestatten Sie auch mir eine Testfrage«, mischte sich jetzt Baron Zoethen ein. »Die Attentäter des 20. Juli – Helden oder Hochverräter?«

Papen kam sich vor, als stünde er unversehens zum dritten Mal vor Richtern, denen er jede Legitimation absprach, über ihn zu urteilen.

»Was hängt von meiner Antwort auf Ihre Frage ab?«

»Für ›Hochverräter‹ gibt Ihnen Herr von Kornitz einen aus, für ›Helden‹ verrate ich Ihnen den Weg zur Hochzeit.«

»Lesen Sie mein Buch ›Der Wahrheit eine Gasse‹, das bald erscheinen wird. Darin finden Sie Antworten auf alle Fragen, die heutzutage keiner mehr zu stellen wagt. Und jetzt würde ich gerne dem Brautpaar meine Aufwartung machen.«

»Da sind Sie hier leider an der falschen Adresse«, frohlockte der Baron. »Roons feiern im *Schwaghof* in Bad Salzuflen.«

»Ich denke, das ist hier?«

»Hier sind Sie auf Schloss Königsbrück, Exzellenz«, machte sich Kornitz wieder bemerkbar, »willkommen in unserer bescheidenen Hütte.«

»Und wie komme ich zum *Schwaghof?*«

»Mit dem Taxi am besten.«

»Das dürfte längst weg sein.«

»Dann rufen Sie es doch zurück.«

»Wo finde ich ein Telefon?«

»Im Büro des Grafen K.«

»Wären Sie so freundlich, mich hinzuführen?«

»Graf K. ist eingeladen«, sagte Zoethen.

»Und wir nicht«, maulte Kornitz.

»Hat denn niemand einen Schlüssel?«

»Nein, aber Baron Zoethen besitzt bestimmt genug kriminelle Energie, um für Sie die Tür aufzubrechen, Exzellenz.«

Patsch-patsch! machte es – der Baron hatte blitzschnell das Einstecktuch aus seinem Sakko gezogen und es dem Widersacher links und rechts um die Ohren geschlagen.

Einen Augenblick schien es, als würde der Balte Kornitz sich nun auf den Thüringer Zoethen stürzen. Doch dann besann er sich anders, nahm Haltung an und wendete sich in untertänigstem Ton an Papen.

»Exzellenz, würden Sie mir eventuell morgen früh am Schlossgraben als Sekundant zur Verfügung stehen? Ich habe vor, Baron Zoethen auf Pistolen zu fordern.«

»In welchem Tollhaus bin ich denn hier gelandet?«, entfuhr es Papen.

»Meine Herren, so nehmen Sie doch bitte Vernunft an!«

Zoethen lachte auf und deutete auf Kornitz. »Als ehemaliger preußischer Beamter darf er nichts annehmen.«

Papen verdrehte die Augen.

»Ich möchte jetzt bitte so schnell wie möglich zur Hochzeit!«

»Dürfen Exzellenz innerdeutsche Grenzen überschreiten?«, fragte Kornitz.

»Ich darf alles, außer Bundeskanzler werden und Autos steuern.«

»Drüben gibt es eine Telefonzelle«, sagte Kornitz.

»Drüben?«

»In Westfalen, jenseits des Grenzflusses. Durch den Wald eine knappe halbe, auf der Landstraße eine gute Dreiviertelstunde zu Fuß.«

»Hat jemand vielleicht ein Auto und könnte mich dorthin bringen?«

»Es gibt kein Auto auf Königsbrück, Exzellenz«, sagte Kornitz.

Einige Sekunden lang schwiegen sich die Herren ratlos an.

»Aber ein Pferd gibt es«, durchbrach Zoethen die Stille.

»Ein Pferd?«

»Nun ja, einen alten Ackergaul, Rosi, die Kinder reiten manchmal auf ihr.«

»Mit Sattel und Zaumzeug …?«

Zoethen deutete über Papens Kopf hinweg zur Wand. Dort hing ein historischer Sattel. »Aus dem Dreißigjährigen Krieg, aber noch brauchbar.«

»Ich glaube, ich gehe doch lieber zu Fuß«, knurrte Papen.

»Ich würde Sie begleiten«, sagte Zoethen. »Ein kleiner Abendspaziergang wird mir guttun.«

»Nein, Exzellenz, nicht er«, schob sich Kornitz vor Zoethen, »ich führe Sie zur Telefonzelle. Der Baron sympathisiert mit dem Widerstand. Er könnte versucht sein, Sie im Wald auf der Flucht zu erschießen.«

»Geben Sie mir das Pferd«, stöhnte Papen. Lieber schlecht geritten, als gut gelaufen, dachte er sich in seiner Verzweiflung. Zur Not tat es auch ein dickbäuchiger Kaltblüter aus der Landwirtschaft. Mit Pferden hatte Franz von Papen sich immer schon besser verstanden als mit Menschen.

☾

»Wenn bei Capri die rote Sonne im Meer versinkt«, trällerten drei junge Männer unter dem Schwiessel-Prospekt im *Schwaghof,* fünfundzwanzig Paare drehten sich dazu auf der kleinen Tanzfläche. Benita hatte das *Medium Terzett* kürzlich bei seinem Debüt auf einem Feuerwehrfest in Melle gehört, wo das Laientrio aus Osnabrück – ein Kaufmann, ein Dreher und ein Tischler – zu den Klängen von Akkordeon, Gitarre und Jazzmandriola die Fernwehschlager der Saison zum Besten gab und im Nu die Herzen des Publikums eroberte. Für bescheidene Gage traten die kaum zwanzigjährigen Burschen heute als Hochzeitsmusikanten auf und stimmten die Braut ein auf ihre große Reise an den Bosporus.

Benita schmiegte sich eng an Feridun, der seinen Blick über ihre Schulter zum Eingang des Festsaals schweifen ließ. Dort sah er den Taxifahrer mit dem Oberkellner zusammenstehen und offenbar Wichtiges bereden. Feridun wartete das Ende der Caprifischer ab und übergab Benita an Armin Lippe, der schon länger auf einen Tanz mit ihr hoffte.

Draußen war es Nacht geworden. Lukoschitz folgte Feridun vor die Tür und erstattete Bericht.

»Ich habe den Herrn von Papen in Königsbrück abgeliefert.«

»Und weiter?« »Er hielt sich etwa halbe Stunde im Schloss auf und hat es dann zu Pferde verlassen.«

»Zu Pferde? Wohin?!«

»Nach Südosten.«

»Sie sind ihm natürlich gefolgt.«

»Ich bin doch kein Spitzel.«

»Aber von mir bezahlt.«

»Er ritt Richtung Bardüttingdorf.«

»Fahren Sie mich sofort dorthin!«

»Steig in mein Traumboot der Liebe«, sang das *Medium Terzett*. Fürstensohn Armin Lippe sah Benita mit übertrieben verliebtem Lächeln in die Augen und zuckte zusammen, als ihn seine Tanzpartnerin scherzhaft in die Taille zwickte.

»Man wird doch wohl noch ein bisschen träumen dürfen«, seufzte er.

»Aber nicht so, dass es gleich alle sehen«, ermahnte ihn Benita.

»Da der Polterabend ausgefallen ist, wäre es jetzt eigentlich an der Zeit für die Entführung der Braut. Was ist, Benita, bist du bereit?«

Benita mochte Armins selbstironische Art, wie er seinen Liebeskummer mit großer Geste auslebte und dabei keinen Millimeter verbotenes Terrain betrat.

»Wenn es in allen Ehren geschieht, warum nicht?«

»Dann folge mir unauffällig, liebste Freundin.«

Als das Traumboot der Liebe im Applaus der Tanzenden strandete, machten sich Benita und Armin unauffällig durch eine Seitentür davon.

»Unser Brautpaar ist verschwunden«, sagte Marie-Luise zu ihrem

Mann, als sie sich mit dem türkischen Geschäftsträger und Fürstin Anna Lippe am Tisch einfanden.

»Jetzt dürfen sie«, seufzte Papi Roon mit melancholischem Zwinkern.

Es war eine sternklare Sommernacht mit Grillengezirp, Käuzchenschrei und fernem Hundegebell. Tief durchatmend spazierte die entführte Braut am Arm des Fürsten Lippe-Detmold durch den Stadtwald, der sich noch nicht von den Nachkriegswintern erholt hatte, als Einheimische mit Axt und Säge anrückten und fürs Feuer in Herd und Ofen ihre Parks und Forsten plünderten. Das inzwischen schütter nachgewachsene Gehölz konnte nicht verbergen, was der Kahlschlag unter prächtigen Bäumen aus dem vorigen Jahrhundert angerichtet hatte.

Hier, zwischen gestern und morgen, Abendrot und Sonnenaufgang, nahmen Benita und Armin voneinander Abschied.

Sie fühlte sich wohl in seiner Nähe, seit alles zwischen ihnen geklärt war und der deutsche Fürst sich gegenüber dem türkischen Diplomaten als souveräner Verlierer gezeigt und seine Bemühungen um Benitas Hand eingestellt hatte. Ob verarmte ledige Gräfin oder Gattin eines wohlversorgten Paschasohnes – Armin behandelte Benita von Roon weiter ohne Dünkel und Herablassung. Und Benita genoss mit Armin eine Lebensfreundschaft, die in den letzten Monaten ihre größte Prüfung bestanden hatte und heute für alle Zeiten besiegelt wurde.

Und doch bekümmerte es sie, wie er mit gespielter Heiterkeit neben ihr herlief, sie immer aufs Neue beglückwünschend und sich selbst bedauernd, um sich ihre Beteuerungen anzuhören, ein feiner Kerl wie er werde gewiss auch bald die große Liebe finden, wenn er nur bitteschön die Suche nicht einstellte.

»Ich kann verstehen, was dir an mir nicht behagte«, seufzte er. »Dir durch Einheirat in die Erste Abteilung diesen ganzen alten Kram aufzuhalsen.«

Benita wusste, worauf er anspielte. Auf eine morganatische Ehe, also Zurücksetzung der Fürstin gegenüber ihren Kindern wie auch in der Erbfolge, all diese unzeitgemäßen Schikanen, die längst im Bürgerlichen Gesetzbuch keine Rolle mehr spielten, aber »in der ersten Abteilung« noch immer hochgehalten wurden.

»Ich selbst gebe gar nichts auf diesen Plunder, Benita, das magst du mir glauben. Und sollte ich nach dir tatsächlich noch einmal eine Frau in die engere Wahl ziehen, dann wird sie bestimmt keine Standesgenossin mehr sein.«

»Warum willst du ausschließen, dass sich eine aus dem Roten Gotha für dich findet?«, fragte Benita verwundert.

»Ich werde sie dort gar nicht erst suchen. Einen Verlust wie dich kann man nur radikal verschmerzen. Mammà wird einmal ihre ganze Liebe unter Beweis stellen müssen, wenn ich sie um ihren Segen für meine Eheschließung bitten und ihr horribile dictu eine Bürgerliche präsentieren werde.«

Benita blieb stehen und ergriff seine Hände.

»Armin, liebster Freund«, flüsterte sie, »ich bin es nicht wert, dir Maßstab für die Suche nach deinem Lebensglück zu sein. Vielmehr wirst du mir als Vorbild dienen, wenn ich jemals Gefahr laufe, mein Glück über das meines Mannes zu stellen.«

»Vernachlässige nicht dein eigenes Glück, Benita, versprich mir das.«

»Versprochen.«

Benita strich ihm mit beiden Händen über die Wangen und sah ihn gerührt an.

Vom Kirchturm schlug es halb zwölf.

Im Taxi von Spenge kommend, erreichte Feridun das schlafende Bardüttingdorf. Die winzige Siedlung lag im Dunkel, von Mond und Sternen schemenhaft gezeichnet. In der Ortsmitte ragte eine gelbe Telefonzelle in den Nachthimmel und leuchtete wie ein unbekanntes Flugobjekt aus dem Weltall. Daneben stand ein klobiges Pferd und zupfte Gras vom Straßenrand. Als sie näherkamen, sahen Feridun und Lukoschitz einen alten Mann im Frack vor dem gelben Gehäuse sitzen, zusammengesunken gegen die Glastür gelehnt. Wie ein betrunkener Schlotfeger hockte er da, die weißen Haare hingen ihm wirr über die Augen, die er nun mit den Händen schützte, da ihn die Scheinwerfer des Taxis erfassten.

»Halten Sie hier und warten Sie auf uns«, wies Feridun den Fahrer an. »Die letzten Meter gehe ich zu Fuß.«

»Immer wieder gerne«, antworte Lukoschitz, stellte den tickenden Taxameter auf »Warten« und ließ ihn aussteigen.

Die Autolampen warfen den langen Schatten des befrackten Bräutigams auf die Dorfstraße. Mit wenigen Schritten hatte Feridun die Telefonzelle erreicht.

»Franz, was ist passiert?«

Papen hob müde den Blick und starrte Feridun an. Dann öffnete er seine rechte Hand, die einen Hundertmarkschein hielt.

»Kein Kleingeld.«

»Sie sind von Königsbrück hierhergeritten, um zu telefonieren?«

»Auf dem langsamsten Gaul meines Reiterlebens.«

»Na, wie schön, dass Sie nun bei uns sind. Kommen Sie ins Taxi, wir fahren zur Hochzeitsfeier.«

»Nein, Feridun, ich will zurück ins Hotel.«

»Ins Hotel?«

»Ich hätte gar nicht erst kommen dürfen.«

»Aber Sie bereiten mir eine große Freude.«

»So wie Don Juan sich freut über den Steinernen Gast.«

»Wie meinen Sie das?«

»Wer möchte schon bei seiner Hochzeit erinnert werden an eine Vergangenheit, die in Trümmern hinter einem liegt?«

»Wir stehen alle vor einem Neuanfang.«

»Sie vielleicht, Feridun, ich nicht.«

Da Papen keine Anstalten machte, sich zu erheben, setzte Feridun sich neben ihn aufs Pflaster. Eine Weile schwiegen sie, geblendet vom Licht des Taxis. Zwei Männer im Frack um Mitternacht in diesem gottverlassenen Nest am Rande des Teutoburger Waldes.

Wie hatten sich die Zeiten geändert. Zwanzig Jahre zuvor war es Feridun gewesen, der als türkischer Diplomat keine Aufnahme gefunden hatte in Papens Berliner Herrenklub, wo Deutschsein mehr zählte als zwei Eiserne Kreuze im Kampf für den Kaiser. Nun saß der einstige Klub-Obmann neben ihm als Schreckgespenst des deutschen Adels, Komtur höchster christlicher Ritterorden, ein Mann fürs Geschichtsbuch nur deswegen, weil er aus Eitelkeit und borniert er Selbstüberschätzung die fürchterlichste Fehlentscheidung des zwanzigsten Jahrhunderts getroffen hatte: Adolf Hitler in Amt und Würden zu hieven.

»Feridun, Sie wollten gar nicht, dass ich auf Ihrer Hochzeit erscheine, stimmt's?«

»Aber dann hätte ich Sie doch nicht eingeladen, Franz.«

»Das tun viele nur, weil sie sicher sein können, dass ich absage. Ihnen habe ich aber nicht abgesagt.«

»Franz, wir kennen uns jetzt seit fast dreißig Jahren – und es waren doch auch viele gute dabei. Warum sollte ich ein solches Spiel mit Ihnen spielen?«

»Weil Sie dem richtigen Führer gedient haben, ich dem falschen.«

»Wie meinen Sie das, mein Freund?«

»Einen Atatürk hätte Deutschland gebraucht, keinen Hitler. Das wollte ich heute Abend Ihren Hochzeitsgästen sagen.«

»Noch ist es nicht zu spät.«

»Doch Feridun. Viel zu spät. Der Stab über mich ist gebrochen – und der über Deutschland auch. Die Türkei aber steht vor goldenen Zeiten.«

»Das sehen Sie leider falsch, mein Freund. Gerade ist in der Türkei die islamische Konterrevolution an die Macht gekommen und wütet unter uns Laizisten. Darum habe ich meinen Abschied aus dem diplomatischen Korps genommen.«

»Keiner wird es wagen, Atatürks Denkmal zu schleifen. Der Gazi ist das größte Geschenk, das die Türken je aus Gottes Hand erhielten. Er wird euch noch in hundert Jahren mit Stolz erfüllen. Denn sein Kampf hat euch in die Zukunft geführt, Hitler aber hat uns Deutsche in die Hölle geritten. Und dabei auch mich vernichtet.«

»Sie wollen wirklich zurück ins Hotel, Franz?«

»Ja, unbedingt, bringen Sie mich so schnell wie möglich weg von hier. Und wenn ich Sie um einen letzten Freundschaftsdienst bitten darf: Erzählen Sie niemandem, dass und wie Sie mich hier gesehen haben.«

»Ehrensache.«

Das Pferd hatte sich ihnen genähert, erst jetzt sah Feridun, dass es lahmte. Der Ackergaul schnaubte, dann knabberte er zärtlich an der Schulter seines Reiters. Papen strich der alten Kaltblutstute sanft über die Nüstern.

»Nein, Rosi«, seufzte er, »du findest ohne mich den Weg zurück in den Stall. Für mich ist es vorbei mit der Herrenreiterei.«

☾

»Wir sind die Eingeborenen von Trizonesien«, sang das *Medium Terzett,* als Feridun zum *Schwaghof* zurückkehrte. Armin tanzte ausgelassen mit Benita und übergab sie nun wieder in Feriduns Obhut. Das Brautpaar verabschiedete sich für die Nacht und ließ sich nach Bielefeld chauffieren, wo im *Bielefelder Hof* die Hochzeitssuite reserviert war. Benita schmiegte sich an Feridun und sortierte die vielen schönen Erlebnisse des Abends in ihrem Herzen ein, wo sie für immer aufbewahrt werden sollten. Feridun sah schläfrig aus dem Fenster. Über dem Teutoburger Wald kündigte ein heller Strich den Morgen an.

»Woran denkst du?«, fragte sie.

»An Franz von Papen«, gähnte er.

»Papen? Warum gerade an den?«

»Armer Kerl. Irgenwie tut er mir leid. Von der falschen Frau kann man sich scheiden lassen und immer noch die richtige heiraten. Aber eine Liaison mit dem falschen Führer wirst du dein Leben lang nicht mehr los. Du stinkst nach ihm, als hättest du dich in Jauche gewälzt und dir dann den Frack parfümiert.«

»Canim, was bedeutet dir bloß dieser olle Papen?«

Nach einer kleinen Weile des Schweigens antwortete er: »Er tauchte dreißig Jahre lang immer dann in meinem Leben auf, wenn sich für mich gerade wieder alles gründlich ändern sollte.«

»Ich finde ihn irgendwie unpassend.«

»Er wollte es immer nur allen recht machen, eine diplomatische Deformation, die ich nur zu gut verstehen kann.«

»Hier riecht es nach Badesalz«, murmelte Benita und schloss die Augen.

»Bielefelder Hof«, meldete sich Lukoschitz von vorne.

Feridun schob eine Fünfzig-Dollar-Note zwischen den Lehnen hindurch.

»Hier, das Trinkgeld für Ihre guten Dienste heute Abend. Holen Sie uns morgen bitte um elf Uhr ab.«

Lukoschitz nahm den Schein mit blasiertem Grinsen entgegen.

»Immer wieder gerne.«

Der Hotelportier begleitete das Paar zur Rezeption, nach einer Minute kehrte er zu Lukoschitz zurück.

»Ein Redakteur Markwart von der ›Westfälischen‹ war heute kurz hier und lässt Ihnen ausrichten, er wäre interessiert.«

»Sagen Sie ihm, ich rufe ihn morgen Nachmittag an.«

Dann machte er sich auf den Rückweg. Lukoschitz atmete tief durch. Er war mit sich und der Welt zufrieden. Mit dem deutschen Adel ließ sich zuweilen doch noch gutes Geld verdienen. Und man hatte angenehmerweise die Wahl zwischen Silber für Reden und Gold für Schweigen.

Dann dachte er an Elke, seine Verlobte hinter der Ladentheke der florierenden Drogerie Dr. Sommer in Bad Salzuflen, er dachte an seine eigenen Heiratspläne und an den zweiten Mercedes.

Was vermisste er?

Nichts! Oder?

Als er die Ortsgrenze von Bad Salzuflen erreichte, war ein Entschluss in ihm gereift. Lukoschitz wollte selbst Journalist werden. Jemand, der in jungen Jahren schon einen Zipfel vom Mantel der Geschichte in der Hand gehalten hatte, musste zu Höherem berufen sein. Er schuldete der Welt seinen Blick durch die Schlüssellöcher der Prominenz. Und zum Journalismus konnte man schließlich von jeder beliebigen Profession übertreten. Der Redakteur Seißler hatte ihm erzählt, dass in Hamburg eine neue Tageszeitung Mitarbeiter suchte. Ihr Erscheinen war für das nächste Jahr avisiert und sie würde mit sehr vielen Bildern und sehr wenig Text auskommen. Das schien ihm der richtige Weg für die Geschichten, die er erzählen wollte!

Am nächsten Tag sagte Lukoschitz seinem Mercedeshändler ab und kaufte sich von Feriduns Dollars eine professionelle Fotoausrüstung.

☾

Zwei Tage später verließ das Ehepaar Cobanli in Lindau auf einer Fähre über den Bodensee deutsches Hoheitsgebiet. Die Frage des Schweizer Grenzbeamten nach ihrer Staatsangehörigkeit beantwortete Benita ohne Zögern.

»Türkisch.«

Sie verbrachten einige Flittertage in der Schweiz und bestiegen dann in Genf eine silbern schimmernde DC-6 der Swissair nach Istanbul. Der Bräutigam hatte Tickets für die Erste Klasse gebucht.

Bei der Ankunft am Flughafen wurde das Brautpaar von einer Delegation aus Verwandten und Freunden Feriduns mit überbordender Freundlichkeit empfangen. Schwägerin Faika – vom Alter her hätte sie ihre Mutter sein können – hielt ihr die Hand zum Kuss hin, die junge Deutsche deutete einen Knicks an. Die türkischen Cousins und Onkeln und Tanten schnatterten auf Französisch und Englisch auf sie ein, machten herzliche Komplimente, reichten Blumensträuße – Nelken! Champagner floss, Trinksprüche wünschten »Willkommen in Istanbul und viele, viele Söhne«.

Benita nahm alles wahr wie durch einen Schleier. Die Sommerhitze, dazu ihre noch weichen Knie nach dem ersten Flug ihres Lebens, vor allem aber diese geballte Ladung türkischen Überschwanges gleich zur Begrüßung: Das war zu viel für das »deutsche Fräulein«.

Ohnmächtig sank sie in die Arme ihres Gatten.

Als sie wieder zu sich kam und die vielen besorgten Gesichter über sich sah, flüsterte sie Feridun zu: »Bring mich bitte nach Hause.« Feridun aber lachte, flößte seiner jungen Frau einen Schluck Champagner ein – und dann ging die Party erst richtig los. Man fuhr ins *Divan Hotel,* wo noch mehr Freunde und Verwandte warteten, um die blonde Braut zu beschauen.

Als sie Stunden später endlich im Cevat Paşa Konak ankamen, Benitas neuem Zuhause, war Feridun Bey betrunken. »Schau dich um«, rief er ihr zu, »lass alles auf dich einwirken, mach einen Spaziergang durch den Garten! Der Gärtner Hulusi wird dich führen! Dort ist dein Zimmer, dein Gepäck wird dir gleich gebracht, Fatma wird es dir auspacken, Kleider aus Paris hängen schon in deinem Ankleidezimmer, probier sie an, und wenn du Änderungen brauchst – um zehn kommt die Schneiderin Frau Hülya. Melek wird dir etwas kochen, und dann zeige ich dir deine neue Stadt, und wir gehen in den Bazar!«

Mit diesen Worten verschwand er in seine Gemächer.

Wie betäubt stand Benita im Entree und klammerte sich an einen einzigen Gedanken.

Nicht weinen.

1951 Fünf Monate später

Benita Cobanli
Istanbul, den 10. Dezember 1951
(handschriftlich)

Mein lieber Feridun,
es ist ein merkwürdiges Gefühl, dass ich Dir nun heute so schreiben muss, wie ich es jetzt tue. Ich glaube, ich habe Dir – und Du mir – in den vergangenen Jahren des Kennenlernens und des Getrenntseins sicher an die zweihundertfünfzig Briefe geschrieben, voller Liebe, voller Verliebtheit, Hoffnung, Vertrauen, voller Sehnsucht und Zuversicht.

Aber das, was ich Dir heute sagen möchte, wird nicht mehr so sein. Alles ist anders, seit ich hier bei Dir in dieser fremden Stadt bin, selbst Du bist mir fremd geblieben oder geworden. Wenn ich unsere Briefe lese, warst Du mir in der Distanz vertrauter und lieber als jetzt, da ich Deine Frau bin.

Nichts ist so, wie ich es mir erträumt hatte, als ich zwei Jahre lang um uns kämpfte und mich an Dich heranträumte – beflügelt vor allem von Deinen Worten. Und mein Herz ist schwer.

Feridun, ich bin unglücklich, und wenn ich das sage, weiß ich nicht mal, ob Du es verstehst. Unglücklich über den Zustand, der zwischen uns herrscht, und über das, was Du gestern zu mir gesagt hast, bevor Du Dich wieder zum Flughafen fahren ließest, so unglücklich, dass ich Dir schreiben muss, obwohl wir doch – zumindest wenn Du mal im Lande bist – im selben Haus zusammenleben, als Ehepaar. Denn ein Sprechen ist leider mühsam zwischen uns beiden. Wann hast Du Zeit gehabt?

Ich will versuchen, ganz ruhig Dir eine Art Summary zu geben dessen, wie ich es empfinde und was ich sehe.

Ich habe Dich aus Liebe geheiratet. Und aus Faszination (Du warst für mich ja eine Lichtgestalt), entgegen dem Flehen und Bitten meiner geliebten Eltern, entgegen auch dem Rat fast aller Menschen, die mich – und Dich – kennen (und schätzen), die ich zuletzt geradezu unwirsch zum Schweigen verdonnert hatte, immer wenn sie mich warnten vor diesem Abenteuer Feridun, Abenteuer Istanbul, Abenteuer Ehe.

Ich habe mir zwei Jahre lang in einem geradezu kindlichen Idealismus eingebildet, dass das mangelnde persönliche Kennen zwischen uns durch Liebe und Verständnis füreinander ausgeglichen werden könnte. Ich habe gesetzt auf Deine Reife, Deine Erfahrung mit Frauen, auch das, beflügelt und bestätigt auch von Deiner Großzügigkeit und nicht zuletzt durch Deine eigene Sehnsucht nach Geborgenheit, nach Verständnis, nach Nähe, nach Familie – nach mir, die Du in Deinen Briefen so oft und so glaubhaft schildertest.

Ich weiß, Du bist seit dem Weggang von Selma – und wahrscheinlich ja schon Dein ganzes erwachsenes Leben lang – daran gewöhnt, nur für Dich zu leben, frei zu entscheiden, Dich spontan zum Flugplatz fahren zu lassen und wegzufliegen, wohin es Dich zieht, zum Jagen, auf ein Fest, auf eine Hochzeit, eine Party zu Freunden, die Dich vergöttern, oder einfach nur so – weg von Deinem Haus und Garten, weg von den Spuren Deiner Vergangenheit, Deiner vorigen Ehe, Deines strengen Vaters, weg von der Türkei, die, wie Du immer wieder sagst, nicht mehr so ist, wie Du sie erhofft hattest und aufblühen sahst unter Vater und Atatürk. Ich weiß, Du ärgerst Dich über die Politik, Du bist hin- und hergerissen zwischen Bleiben und Gehen. Ich weiß, Du bist kein glücklicher Mann.

Und ich dachte, ich kann Dich glücklich machen – wie naiv von mir (aber hattest Du das nicht selber so oft geschrieben?).

Du bist gewöhnt, Dein eigener Herr zu sein. Wenn Du schlechter Laune warst, war es auch nicht weiter schlimm, denn Du warst ja für Dich, immer wenn Du wolltest, und dann waren nur Dienstboten um Dich herum, die Du befehligen konntest oder wegschicken oder Deine Launen an ihnen auslassen.

Ich beklage mich ja nicht, dass Du zu mir unfreundlich bist oder unwirsch. Ach, wärst Du doch mal richtig deutlich und gern auch mal schlechter Laune, aber Du bist freundlich, höflich, korrekt, wohlerzogen und zeigst mir doch, dass ich Dich nicht wirklich interessiere. Und das ist schlimmer, als mal angeschnauzt zu werden, schlimmer als ein Krach, auf den dann wieder die Versöhnung und Innigkeit folgen könnten, so wie ich das von meinen Eltern her kenne.

Du hast gewusst, als Du mich hierher holtest, dass ich diesem Leben, Deinem Leben, Deinen Dienstboten, Deinem Haus, Deinem Garten, Deiner Familie, Deinen Freunden usw. gegenüber völlig neu gegenüberstehen würde.

Dass ich Deine Hilfe und Deine Liebe, die Du mir so oft versprochen hast, auf Schritt und Tritt brauchen würde.

Du hast mir Kontovollmacht gegeben, Du bist das Gegenteil von geizig, Du legst mir einmal im Monat ein Schmuckstück von Deiner lieben verstorbenen Mammà auf den Frühstücksteller.

Aber DU BIST NICHT DA!

Ja, ich war in unserem Flüchtlingsdasein selbstständig, ich habe alles gemanagt, bin für die Meinen und für Andere da gewesen, und alle, die mit mir lebten oder arbeiteten, haben mich anerkannt und geschätzt und geliebt. Und verstanden! Vor allem das fehlt mir so sehr bei Dir. Dabei brauche ich das hier in der Fremde mehr denn je. Du glaubst nicht, wie schwer es für eine junge Frau ist, die ihren Mann sehr liebt, wenn sie um jede Liebkosung betteln muss, und jeden Tag, wenn er denn mal da ist, nur zu hören, wie lustig, fröhlich und schön es woanders war, früher war, da oder dort war, aber kein Wort der Liebe und Zuneigung und des Interesses mehr für sie selber, seine Frau.

Du hast Deinen hochinteressanten Job an den Nagel gehängt, Du lebst vom Vermögen und von den Mieten Deiner schönen Häuser, Du musst nicht viel tun und hast die vergangenen Jahre täglich sicher ein, zwei Stunden an der Schreibmaschine gesessen und mir all die wunderbaren Sachen geschrieben – wo ist das alles hin? Wo ist Deine Zeit für mich?

Wo bist Du?

Nur noch im Gestern und im Ausland?

Wenn meine Eltern nicht wären, denen ich diesen Schmerz nicht antun mag – und denen ich auch eine derartig schnelle Bestätigung aller ihrer Bedenken und negativen Vorhersagen unsere Ehe betreffend einfach nicht zumuten möchte –, wäre ich gestern davongegangen. Und nicht wiedergekommen. Denn ich bin maßlos enttäuscht.

Vielleicht wäre es besser gewesen, noch auf Mammy zu hören, die mir, als sie Deine charmant-unpersönliche Art mir gegenüber ein paar Tage lang immer wieder beobachtet hatte und darüber unglücklich, ja entsetzt war, riet, nicht mitzugehen. Ich bin mitgegangen, aus Verliebtheit in Dich, Feridun.

Aber Du lässt mich hier allein. Wie soll ich hier Wurzeln schlagen, zu Hause sein, wenn Du mich hier mir selbst überlässt?

Was soll ich auf den Cocktails mit den sicher sehr interessanten Menschen sprechen, wenn Du nicht an meiner Seite bist?

Was soll ich im Haushalt »neu organisieren«, wie Du immer sagst, wenn mich Deine (unsere?) noch so rührenden Dienstboten gar nicht verstehen?

Was soll ich alles schön machen, Deinen Junggesellenhaushalt mit Blumen und Leben schmücken, wenn Du nie da bist, es zu genießen?

Und über das Thema Kinder, Feridun, darf ich gar nicht erst anfangen. Ja, Du hattest es mir angedeutet in Deinem Brief. Aber ich dachte, ich könnte Dich umstimmen, als junge Frau, die sich nichts sehnlicher wünscht als ein Kind. Wie sollen wir eins bekommen, wenn Du Dich immer extra vorsiehst, dass es gar nicht dazu kommt? Feridun, ich bin sehr ernüchtert über alles. Wenn auch Du glaubst, dass das nichts werden kann, dass wir nicht zusammenpassen, dass unsere Wünsche und unser Lebensstil nicht vereinbar sind, wenn Du mich weiter ständig alleine lassen willst, dann lass uns in Ruhe und ohne Streit und Schärfe besprechen, wie wir dieser jungen Ehe, die so schön hätte sein können und die ich mir so schwer erkämpft habe, in die ich mit so viel Liebe und gutem Willen gegangen bin, ein schmerzloses Ende bereiten.

Dann gehe ich lieber nach Deutschland zurück – zu den Menschen, die mich brauchen, lieben und Sehnsucht nach mir haben.

In Liebe und sehr, sehr enttäuscht

Deine Benita

☾

Ein knappes Jahr darauf, am 29. Oktober 1952, brachte Benita Cobanli im *Alman Hastanesi,* Istanbuls Deutschem Krankenhaus, einen gesunden Jungen zur Welt. Vater Feridun weilte, als sein zweiter Sohn Hasan Cevat geboren wurde, zur Hirschjagd beim Grafen Meran in Österreich.

FÜNF

1960 Der freundliche Mr. Sziffer

In der Parkmauer von Cevat Paşa Konak gab es eine durch Verwitterung entstandene Lücke, die vom Gärtner mit einem improvisierten Eisentürchen gesichert war. Das Schlupfloch führte hinaus auf einen verwilderten Trampelpfad, über den man in die Nähe der Nilüfer Hatun Volksschule gelangte. Hasans allmorgendliche Abkürzung war immer ein kleines Abenteuer: Erst durch den Park, dann durch das Loch in der Mauer, ein Stück bergauf, rechts ab zum Pfad, weiter über verwahrloste fremde Grundstücke, schnell durch den unheimlichen Hinterhof, wo es nach Katze roch und immer diese Männer in Schlafanzughosen und Morgenmänteln herumlungerten und hinter Schülerinnen herpfiffen.

Die Mutter ahnte nicht, auf welchen Schleichwegen ihr Sohn die Schule erreichte.

Und Hasan ahnte nicht, dass es heute gefährlicher werden würde als sonst. Tayyip, Recep und Süllo, drei Gassenjungen, die sich »genç aslanlar – junge Löwen« – nannten und mit ihren aus Anatolien zugewanderten Familien in grob gezimmerten Hütten stadtauswärts am Bosporus hausten, lauerten an diesem Morgen hinter den Hecken.

Gleich würde der »ungläubige« Pascha-Enkel in Begleitung dieser Deutschen auftauchen. Ingrid von Suttdorff – der Vater arbeitete als Airline-Manager bei SAS am Flughafen Yeşilköy – wohnte mit ihren Eltern im »kleinen Haus« der Cobanlis zur Miete, wenige Schritte von der Pascha-Villa entfernt. Sie war neun Jahre alt, Hasan erst acht, dennoch fühlte er sich auf dem Schulweg als ihr Beschützer. Ingrid empfand es als etwas Besonderes, mit ihm die Straße entlangzulaufen, die den Namen seines Großvaters trug. Dafür nahm sie tapfer Hasans Seitenwege durch unheimliche Hinterhöfe in Kauf.

Die beiden blonden, blauäugigen Kinder gaben in ihren Schuluniformen ein entzückendes Paar ab, Hasan im schwarzen Kittelchen der Zweitklässler, Ingrid im Blau der dritten Stufe. Beide trugen auf der Brust ihrer Önlüks unter den weißen Krägelchen rot gestickte Buchstaben, »Kol«-Abzeichen, die Hasan in diesem Monat als »Sport-Ermunterungs-Wart« und Ingrid als »Brüderlichkeits-Wart« auswiesen, gewählt von ihren Mitschülern auf Vorschlag der jüdischen Lehrerin Frau Gilla Levy.

Fast nur Frauen unterrichteten an der Nilüfer Hatun Volksschule, vom Imam abgesehen, der seit dem Machtverlust der Kemalisten vor zehn Jahren wieder für das Fach Religion zuständig war. Adnan Menderes, der erste aus freien Wahlen hervorgegangene Ministerpräsident, hatte Atatürks Anordnung, den Gebetsruf statt auf Arabisch in türkischer Sprache an das Glaubensvolk zu richten, offiziell rückgängig gemacht, den Religionsunterricht an den Schulen wieder eingeführt und Koran-Rezitationen im Rundfunk zugelassen. »Der türkische Staat ist moslemisch und wird immer moslemisch bleiben«, lautete sein Credo, »wir haben unsere unterdrückte Religion befreit, ohne das Geschrei der besessenen Reformisten zu beachten. Alles, was der Islam fordert, wird von der Regierung eingehalten werden.« Doch Atatürk offen zu kritisieren, war verboten, darüber wachte das Militär.

Das Lehrpersonal der Nilüfer Hatun Volksschule behandelte den Enkel von Cevat Paşa und das deutsche Mädchen freundlicher als den Rest der Klasse. Wenn andere mit dem Lineal eins auf die Finger bekamen, gab es für Hasan und Ingrid nur freundliche Ermahnungen. Das war Hasan peinlich. Denn die Kameraden ließen ihn deutlich spüren, was sie von Mitschülern hielten, kemalistisch-ungläubigen und blonden zumal, die als Angehörige der alten Militär- und Diplomaten-Elite in der Schule häufiger gelobt und nie geschlagen wurden. Solche Ungleichbehandlung verlangte hin und wieder nach Ausgleich.

Heute war Hasan fällig. Die »jungen Löwen«, mit denen er hin und wieder friedlich Fußball spielte oder auf die Zedern im unteren Teil des Parks kletterte, wollten ihm eine Abreibung verpassen und ihn vor seiner blonden Freundin blamieren. Kaum waren Hasan und

Ingrid in den Trampelpfad eingebogen, sprangen Tayyip, Recep und Süllo aus dem Gebüsch und bauten sich vor den beiden Konak-Kindern auf.

»Hadi gel, Spor Kolu, size dayak var – komm her, wir haben Prügel für euch, Herr Sport-Ermunterungs-Wart«, legte Tayyip, der Anführer, los.

»Hazirim – allzeit bereit«, gab Hasan zurück und stellte sich schützend vor Ingrid.

»Spielt lieber Fußball auf dem Schulhof, statt euch zu raufen«, rief das Mädchen.

»Ah, Fräulein Brüderlichkeit sorgt sich um ihren Leibwächter«, höhnte Süllo, und dann stimmten die drei »jungen Löwen« ein populäres Spottlied der moslemischen Unterschicht an, das voller obszöner Worte für Amerikaner und Blonde und »gâur«, also »Ungläubige«, war und das ein Mädchen ohne Kopftuch – in diesem Fall verwendeten sie Ingrids Namen – als gottlose Schlampe schmähte.

»Hört auf damit, sonst setzt es was!«, drohte Hasan.

Die genç aslanlar lachten und wiederholten den schmutzigen Refrain »Amerikali, götü yamali …«

»Lass sie«, sagte Ingrid und versuchte Hasan zurück auf die Cevat-Paşa-Straße zu ziehen. Doch der machte sich los und versetzte Süllo eine kräftige Backpfeife, wie er sie sich bisweilen von seiner Mutter einfing.

Nun stürzten sich die beiden anderen Jungen auf den Angreifer und versuchten ihn festzuhalten, damit Süllo bequem zurückschlagen konnte. Tayyip, der Hasan am Hals gepackt hatte, riss ihm dabei das weiße Krägelchen ab. Hasan war größer und kräftiger als die drei Mitschüler. Er entwand sich ihrem Zugriff und schubste sie in die dornige Hecke. Doch die Löwen hatten noch nicht genug. Zu dritt warfen sie sich auf Hasan, drückten ihn zu Boden und hielten ihn fest. Einer nach dem anderen verpasste ihm nun Ohrfeigen und schleuderte ihm Erde ins Gesicht.

»Hört endlich auf und schließt Frieden!«, schrie Ingrid und zerrte an allen Schwarzkitteln, die sie zu fassen bekam.

Plötzlich packten zwei kräftige Männerhände Tayyip und Recep am

Schlafittchen und zogen die zappelnden Junglöwen von ihrem Opfer weg. Mit Süllo wurde Hasan schnell fertig.

»Immer schön friedlich, Boys«, dröhnte eine tiefe Männerstimme auf Englisch mit polnischem Akzent, um auf Türkisch fortzufahren: »Hadi, defolun! – verschwindet!« Die Löwen stieben davon. Der groß gewachsene Mann war ihnen unheimlich.

Die beiden Konak-Kinder aber kannten ihn. Es handelte sich um Mister Sziffer, den Mieter des Holzmeisterhauses. Er trug Sonnenbrille, einen hellen Straßenanzug mit einem gestreiften Hemd darunter, seine Hände waren dicht behaart, das Gesicht glatt rasiert. Sziffer, der einen amerikanischen Pass besaß und fünf Fremdsprachen beherrschte, schaukelte gewöhnlich in einem riesigen, giftgrünen Cadillac durch Istanbul. Eine mysteriöse Aura umgab den Ausländer mit dem grau melierten Haar und dem sorgfältig gebräunten Teint. Beim Einzug hatte er »belgischer Handelsdelegierter« als Beruf angegeben und die Miete für ein ganzes Jahr in Dollar vorausbezahlt. Hasan hörte seinen Vater einmal zur Mutter sagen, sie möge sich von Sziffer fernhalten, denn er halte ihn für den Spion einer fremden Macht.

»Kleiner Bey, bist du verletzt?«

»Nein, Mister Sziffer.«

Hasan klopfte sich den Staub von der Schuluniform und spuckte die Erde aus, ohne zu bemerken, dass ihm sein Krägelchen abhandengekommen war.

»Meidet vielleicht lieber mal diesen Weg und geht auf der Straße zur Schule«, empfahl Sziffer den beiden Kindern.

»Ja, Mr. Sziffer«, sagte Ingrid schnell, bevor Hasan aufbegehren konnte.

Sziffer lotste sie zu seinem Cadillac, der an diesem Morgen nicht wie sonst auf dem Grundstück des Konak, sondern eine Ecke weiter am Straßenrand parkte, und fuhr sie zur Schule.

Während sie, umringt von neugierigen Mitschülern, dem spektakulären Straßenkreuzer entstiegen, trafen auch die drei jungen Löwen vor der Nilüfer Hatun Volksschule ein und stapften im Rücken der anderen Kinder über den Vorplatz auf das große alte Gebäude

zu. Auf dem Treppenabsatz am Portal zog Tayyip Hasans Aufr,
samkeit auf sich, indem er ihm mit seinem abgerissenen Krägelchen
winkte. Dann tat er so, als würde er sich damit den Po abwischen.
Hasan machte eine obszöne Geste, für die er von seiner Mutter eine
schallende Ohrfeige bekommen hätte.
Ich bin einer von euch, sollte diese Geste sagen, und ich spreche eure
Sprache!

(

Wenn der Imam das Klassenzimmer betrat, erhoben sich die Schüler und begrüßten ihn im Chor mit nach oben geöffneten Händen.
»Bism-lilah-i-rahmani-rahim« und »La illaha illalah – Mohammedin
resüllalah«. Gott ist Gott und Mohammed ist sein Prophet.
Der externe Religionslehrer war ein harmloser, meist schlecht ge-
launter Mann Ende fünfzig, der zwischen seinem auf Türkisch gehaltenen Unterricht immer wieder Gebete in einer Hasan unbekannten
Sprache ausstieß. Nichts am Vortrag des Imam ging seinen jungen
Zuhörern zu Herzen oder klang tröstlich. Nur wenig blieb Hasan in
der Erinnerung haften, etwa, dass der Name Istanbul von »Islam bol«
herkomme, zu Deutsch »viele Moslems«; dass sich der Koran bestens für alle Wissensgebiete eigne, unter anderem für Mathematik,
Gerechtigkeitslehre, Sprachkunde, Logik und Geschichte; und dass
Amerika nicht etwa von einem Christen namens Kolumbus entdeckt
worden sei, sondern von moslemischen Seefahrern, »müslim kaptan-
lar«. Als Beweis für seine Behauptung führte der Imam einen Tage-
bucheintrag an, in dem Kolumbus an der Küste Kubas eine Moschee
gesehen haben wollte.
Die Schüler stellten keine Fragen, der Imam suchte nicht den Dialog
mit seiner Klasse, sondern ließ sie an einer Art Selbstgespräch teilnehmen und schimpfte vor allem über die allgemeine Gottlosigkeit.
»Allah tas ve ates atar«, schloss er seine Stunde, »Allah kann, wenn er
zornig ist, Steine und Feuer werfen«. Diesen Satz kannte Hasan vom
Dienstpersonal zu Hause. Er stammte aus dem Repertoire des Re-

gierungschefs Menderes. In Anwesenheit des Hausherrn zitierte man ihn besser nicht.

Benita erzog ihren Sohn zwar ganz in ihrem protestantischen Sinne, doch mit großer Toleranz für die Welt des Islam. »Manche Mohammedaner mögen uns Christen zwar nicht, sie beschimpfen uns als Ungläubige, aber eigentlich glauben sie ja doch an den gleichen lieben Gott – und wir Christen sollten ihnen zeigen, dass wir sie respektieren.«

Tayyip, Recep und Süllo ließen Hasan während der Unterrichtszeit meist in Ruhe und konzentrierten sich darauf, mit ihren mangelhafter Leistungen nicht aufzufallen. Hasan wiederum hielt sich aus genau dem gegenteiligen Grund zurück. Die staatlichen Lehrerinnen fragten ihn gerne etwas, denn er war stets gut vorbereitet. Doch jede korrekte Antwort ließ ihn bei seinen türkischen Mitschülern als Streber erscheinen. Also stellte er sich manchmal lieber dumm. So bewies er seine Art von christlicher Demut.

Nach der Schule wurden Hasan und Ingrid heute von einem schwarzen Mercedes 219 erwartet. Einen Augenblick lang durchzuckte ihn die Hoffnung, der Vater sei vielleicht – wie immer überraschend – aus dem Ausland zurückgekehrt und wollte seinen Jungen abholen. Doch am Steuer saß nur Hulusi, der Gärtner, im Auftrag von Hasans Mutter. Mr. Sziffer hatte Benita vom Überfall der Gassenjungen auf ihren Sohn berichtet. Er machte sich gerne bei der deutschen Strohwitwe interessant und suchte fast ein bisschen aufdringlich ihre Nähe. Benita hielt ihn freundlich auf Distanz. Mr. Sziffer war verheiratet mit Silvie, einer rothaarigen jungen Französin, die bei Einzug ins Holzmeisterhaus mit Zwillingen schwanger war. Wie Feridun Cobanli befand sich auch Silvies Mann bei der Geburt seiner Kinder auf Auslandsreise. Die werdende Mutter war ganz auf die Hilfe ihrer Vermieterin angewiesen. Benita hatte sie ins American Hospital begleitet, war bei der Geburt dabei, gab Rat und hielt Händchen. Vorher hatte sie in nächtelanger Arbeit an ihrer kleinen Singer-Handnähmaschine, an der sie für ihren Sohn Hosen und kleine Anzüge schneiderte, für die Sziffer-Babys Strampelhosen und Kinderbettwäsche angefertigt.

Von seiner Reise zurück, eilte der frischgebackene Zwillingsvater die Treppen zum zweiten Stock des Konaks hinauf. Er brachte Benita einen riesigen Blumenstrauß, außerdem eine Schachtel mit belgischem Konfekt, eine großen Flasche französischen Parfums und eine Geschenkbox mit einem Satz feiner, bunter Hermès-Tücher.

»Thank you so much, Benita, für Ihre hinreißende Sorge um meine Frau und die Babys!«

Benita benutzte weder das Parfum, noch trug sie jemals die Tücher, so »übertrieben, ja auch etwas anzüglich« fand die puritanische Preußin das zweifellos geschmackvolle Geschenk des Mieters. Die kostbaren Seidentücher fanden ein Jahr später ihren Weg zurück nach Westeuropa und landeten als Mitbringsel im Herrenhäuschen ihrer Eltern. Dort lagen sie viele Jahre höchst dekorativ auf Beistelltischchen.

Benita Cobanli misstraute dem äußerlich attraktiven belgisch-amerikanischen Polen, der sich ihr gegenüber auf eine immer etwas schmierige Weise galant zeigte. Sie hielt ihn für einen Spion. Dass ihr Mann sich selten zu Hause blicken ließ, gab dem zwielichtigen Typen nicht das Recht, ihr den Hof zu machen. Nie würde sie sich die Blöße geben, irgendjemandem außer Feridun einen Blick in ihr gekränktes Herz zu erlauben.

Hasan war fasziniert von dem Mann im giftgrünen Cadillac und erst recht von seiner hübschen französischen Frau, die, wenn sie manchmal bei Mami zum Tee vorbeischaute, sich gerne ans alte Pleyel-Klavier setzte und sehr amateurhaft Chopin-Etüden klimperte.

Mr. Sziffers geheimnisvolle Aura war noch gewachsen, seit Feridun bei einem seiner wenigen Aufenthalte zu Hause auf die allgemein gehaltene Frage des Sohnes, was denn ein Spion beruflich mache, ausführlich Antwort gegeben hatte.

»Es gibt gute Spione und böse. Die guten arbeiten für unsere Regierung, die bösen für fremde Mächte. Manche sogar für beide Seiten, die nennt man dann Doppelagenten, und man weiß nie, woran man bei ihnen ist. Ich war, als ich noch als Diplomat im Ausland lebte, immer auch eine Art Spion. Viele Menschen im Ausland mögen uns Türken nicht besonders, sie belügen und hintergehen uns. Darum muss ein türkischer Diplomat draußen in der Welt immer Augen und Ohren offen halten, um von unserem Land Schaden abzuwenden.«

Hasan hatte für sich beschlossen, dass der freundliche Mr. Sziffer einer von den guten Spionen war, egal in wessen Diensten er stand. In seinen Kinderträumen erlebte der Junge aufregende Abenteuer an Sziffers Seite. Meist ging es darum, seinen Vater in fernen, exotischen Ländern ausfindig zu machen und aus der Hand böser Generäle zu befreien, die den herzensguten Spion Feridun Cobanli davon abhalten wollten, zu seinem Sohn und seiner Frau nach Istanbul heimzukehren, um dort ein glückliches Familienleben zu führen.

Auch Ingrid war Teil dieser Knabenphantasien – als Hasans schöne Gehilfin, die immer wieder aus Lebensgefahr gerettet werden musste, unversehrt, damit man sie später noch heiraten konnte.

Das Happy End solcher Abenteuer bestand stets darin, dass Hasan und Mr. Sziffer mit dem befreiten Vater im Cadillac am Konak vorfuhren, aus dem schon die Mutter mit frisch gebackenem Kuchen eilte, um die heimkehrenden Helden mit ihrer Lieblingssüßspeise zu begrüßen. Doch jedes Mal, wenn Hasan dem Vater folgen wollte, um den Glückskuchen mit ihm zu teilen, hielt ihn Mr. Sziffers behaarte Hand fest.

»Komm, kleiner Bey, wir müssen weiter, die Pflicht ruft!«

Dann gab er Gas, und sie entschwanden mit quietschenden Reifen in ein neues Abenteuer, während ihnen im Rückspiegel die glücklich vereinten Eltern zuwinkten und einander Kuchenstücke in den Mund schoben.

Manchmal holte der gute Spion Sziffer auch im richtigen Leben den kleinen Hasan von der Schule ab und nahm ihn mit auf Autofahrten, meistens ging es nach Yeşilköy zum Tanken. Der Straßenkreuzer benötigte für seine Acht-Zylinder 6,5-Liter-Maschine »AvGas-100«-Flugzeugbenzin.

Auf dem Londra-Asfalt, der Straße zum Flughafen, durfte Hasan mit seinem linken Fuß das Gaspedal durchtreten.

»Komm, kleiner Bey«, sagte Mr. Sziffer manchmal, wenn sie mit vollen Tanks und noch einem Kanister extra wieder zu Hause angekommen waren, »wir trinken einen Campari zusammen und du darfst telefonieren.« Tatsächlich durfte Hasan an der riesigen, leeren, weißen Lederplatte von Sziffers Schreibtisch Platz nehmen, an einem Glas Campari-Soda nippen, zum Hörer des elfenbeinfarbenen Telefons greifen und die Nummer seiner Mutter im Haus nebenan wählen: 480864. Die Mutter fragte jedesmal besorgt, ob er Mr. Sziffer nicht störe, und Mr. Sziffer schmeichelte: »Sie haben den besterzogenen Sohn, den man sich vorstellen kann, ich wünschte, meine Zwillinge werden einmal solche Prachtkinder wie Ihr Hasan!«

☾

Tante Faika, Feriduns ältere Schwester, lebte in der Ufervilla am Bosporus, etwas mehr als einen Kilometer Luftlinie unterhalb von Cevat Paşa Konak. Je wärmer es draußen wurde, desto häufiger kamen Benita und Hasan zu Besuch in das hölzerne Yali, den ehemaligen Sommersitz des Großvaters, der in den zwanziger Jahren der Paschafamilie als Ausweichquartier gedient hatte.
Selbst im Hochsommer erwärmte sich das flaschengrüne Wasser des Bosporus nur wenig. Kindern war das unbeaufsichtigte Baden in den kalten Fluten generell verboten, die kräftige Strömung und viele Wirbel unter der Wasseroberfläche erwiesen sich oft genug sogar für Erwachsene als lebensgefährlich.
Doch der Balkon im ersten Stock von Tante Faikas Yali lud zum todesmutigen Sprung ins Wasser geradezu ein. Dabei musste man den schmalen Marmorkai zwischen Hauswand und Bosporus überwinden. Sobald man wieder an Land gekrabbelt war, setzte es Ohrfeigen. Am Ende des Gartens, wohin einen die Strömung mitriss, hingen drei Taue ins Wasser, an denen sich festhalten konnte, wer nicht fortgewirbelt werden wollte Richtung Beyoglu, womöglich auf Nimmerwiedersehen. Wer das erste Tau nicht zu fassen kriegte, versuchte es beim zweiten oder griff – letzte Chance – nach dem dritten.
Beim dritten Tau, bereits außerhalb von Tante Faikas Grundstück, lungerten heute die drei Aslanlar herum und schauten erwartungs-

voll zu Hasan hinauf, der in Badehose auf dem Balkon stand und ins Wasser starrte. Oft schon hatte er die lebensgefährliche Mutprobe gewagt und bestanden, wenn Kinder aus Deutschland zu Besuch kamen, Verwandte der Mutter, denen er imponieren wollte. Die Bewunderung der deutschen Cousinen war die Strafe allemal wert. Noch nie aber war er im Mai gesprungen, wenn das Wasser so beißend kalt war wie jetzt.

Doch genau das erwarteten Tayyip, Recep und Süllo von ihm. Einen Aufschneider hatten sie Hasan auf dem Schulhof genannt, ein verzärteltes Pascha-Enkelchen, das mit sportlichen Wagnissen prahlte, die kein Klassenkamerad bezeugen konnte. Wenn der blonde Türke je von der Gecekondu-Bande respektiert werden wollte, dann sollte er nicht länger hinter ausländischen Cadillac-Fahrern Schutz suchen, sondern hier und jetzt beweisen, dass er Mumm hatte.

Also nahm Hasan Anlauf und sprang.

Er entschied sich für eine Arschbombe, weil sie einen kurz und schmerzlos mit der Kälte konfrontierte und auf Zuschauer den stärksten Eindruck machte. Prustend tauchte er wieder auf und kraulte zur Kaimauer mit den Haltetauen. Doch Eiseskälte lähmte seine Schenkel und Arme, die Distanz zum Ufer wurde nicht kleiner, sondern größer. Schon hatte er das erste Tau verpasst und die Hand nach dem zweiten ausgestreckt. Da fühlte er sich von einer unsichtbaren Kraft erfasst, um die Längsachse gedreht und unter Wasser gezogen.

Ein Wirbel!

Auch das zweite Tau schoss an ihm vorbei.

Am Kai standen die Löwen und feixten. Als Hasan auf ihrer Höhe kurz an der Oberfläche erschien und blindlings nach dem dritten Tau griff, bückte sich Süllo blitzschnell und zog es weg. Die Strömung ließ Hasan nun nicht mehr los und trug ihn über und unter Wasser davon, immer weiter weg vom Ufer.

»Bist du wahnsinnig?«, schrie Tayyip Süllo an, riss sich die Kleider vom Leib und hechtete ins Wasser. Recep rannte los, stromabwärts, wo Ali Kaptans altes Holzkajik vertäut lag, an dessen Seite ein Rettungsring im Wind baumelte. Er riss ihn aus seiner Befestigung und warf ihn ein Stück weit vor Tayyip und Hasan in den Bosporus. Ein gnädiger Wirbel trieb den Ring in Tayyips Nähe, sodass der ihn mit einer Hand zu fassen bekam, während er weiter auf Hasan zuhielt. Hasan nahm seine letzten Kräfte zusammen und erwischte Tayyips freie Hand, die ihn nun nicht mehr losließ.

Hundert Meter stromabwärts retteten sich die beiden Jungen an Land, wo versteckt auf halber Höhe des Hügelkammes ein paar illegale Behausungen standen, errichtet von bettelarmen Familien aus Zentralanatolien, die an den Rand von Istanbul gezogen waren, um ihr Glück in der rasch wachsenden Metropole zu suchen.

Kaum hatten sich Hasan und Tayyip aufgerappelt, triefend, frierend, atemlos, brach ein wahres Ohrfeigengewitter über sie herein. Ein zahnloser alter Mann in abgerissener Bauernkleidung traktierte die beiden Jungen mit Schlägen, ohne zu fragen, was genau passiert war. »Ihr dummen Kerls! Allah hätte euch alle beide ersaufen lassen sollen, ihr lebensmüden Hunde«, schimpfte der Alte. »Hau ab zu deinen Leuten, Tayyip! Und du, Küçük Bey, Cobanli, wie kannst du das der Tante und deinen verehrten Eltern antun!«

Hasan spuckte Wasser und machte sich davon.

Als er Tante Faikas Yali erreichte, empfingen ihn dort seine entgeisterte Mutter – und sein Vater.

»Papi«, stammelte Hasan und stürzte sich weinend in Feriduns Arme, »Papi, du bist wieder da!«

»Mein Bubaz, oglum, bist du ins Wasser gefallen?«

Hasan nickte zähneklappernd.

»Auch noch lügen«, sagte kopfschüttelnd die Mutter.

Aber heute gab es keine Ohrfeigen mehr.

☾

Wenn Feridun alle paar Wochen mal wieder nach Hause kam, schlüpfte er in die Rolle des Vaters, nicht des Ehemannes. Seit er Benitas Kinderwunsch erfüllt und damit seine junge Frau im allerletzten Augenblick doch noch zum Bleiben bewegt hatte, sah er in ihr ein Wesen, das zwar weiterhin Vertrauen und Fürsorge verdiente, auch herzlichen Umgang, aber seine Liebe nicht mehr einfordern durfte. Bereits am Tag der Hochzeit waren Feridun die Beweggründe abhandengekommen, die ihn fast zwei Jahre lang in glühenden, womöglich sogar tief empfundenen Briefen um Benita hatten werben lassen, ohne die Umworbene zwischendurch auch nur einmal wiedersehen zu müssen. Wie ein Jäger seiner Lebenstrophäe hatte er dem deutschen Fräulein nachgestellt, Benitas Witterung in der Nase, ihr Umfeld einkreisend, immer enger, bis das edle Wild ihm Aug in Auge gegenüberstand und erlegt werden wollte. Der Schuss ins Herz war dann nur noch galante Routine gewesen. Feridun liebte die Pirsch, die Jagd nach edlem, unnahbarem Wild mehr als das finale Krümmen des Zeigefingers. Mit dem erfolgreichen Schuss pflegte im Jäger die Lust schlagartig zu erkalten und erst wieder zu erglühen, wenn neue Beute seinen Jagdinstinkt weckte.

Sein Söhnchen Hasan liebte er innig wie sich selbst. Feridun sah sich in seinem Jungen gespiegelt. Doch wie er sein eigenes Spiegelbild nicht lange ertrug und den Blick in die eigenen Augen zu vermeiden suchte, während ihn Dämonen und Passionen um die Welt trieben, so dosierte er das Zusammensein mit seinem kleinen Wiedergänger, dessen schiere Existenz ihn erstaunte und dessen Konkurrenz ihn kränkte, weil er sich zum einen doch selbst Kind genug war und zum anderen die ungeteilte Aufmerksamkeit aller Frauen beanspruchte, die er mit seiner Nähe beglückte.

Ein Familienmensch war Feridun nie gewesen und wollte nie einer sein. Den Diplomaten Feridun Cobanli hatten Staats- und Familienräson lange in die äußere Form bürgerlichen Zusammenlebens zwingen können. Doch seit Atatürk und der Pascha nicht mehr da waren und Feridun den Staatsdienst quittiert hatte, würde ihn nichts und niemand mehr nötigen können, anderen Göttern zu gehorchen als seinem eigenen narzisstischen Ego. Jetzt also war er wieder einmal nach Hause gekommen in heiterer Bereitschaft, um die Liebe seines Sohnes zu buhlen und damit auch seine Selbstliebe zu befriedigen.

Hasan erlebte die wenigen Wochen mit seinem Vater als Paradies auf Erden. Von der Mutter mit aufopfernder Liebe und noch größerer

Entschlossenheit erzogen, nicht zum türkischen Staatsbürger, sondern zum adligen Jungen preußisch-protestantischer Konfession, genoss er es, wie ihm der Vater die Zügel schießen ließ.

Feridun überschüttete den Sohn mit Zuneigung, wie er selbst sie von seinem Vater nie erfahren hatte. Auf das Bücherregal im Salon stellte er, wenn er von seinen langen Reisen zurückkam, verlässlich ein Geschenk. Einen Teddybären, eine lederne Tasche, einen Schweizer Tintenfüller – Kostbarkeiten, die Hasan hütete als Liebesbeweise, die ihn an seine mit dem Vater erlebten Glücksmomente erinnerten, an Feriduns Erscheinen aus dem Nichts, gefolgt von Tagen und Wochen der Wonne, jäh beendet durch den Schmerz des Abschieds.

Diesmal schenkte Papi ihm ein Paar Cowboystiefel aus schwarzem Leder mit silbernen Stickereien. Hasan zog sie sofort an und trug sie bis zur Abreise des Vaters und lange darüber hinaus.

Stolz stapfte er neben Feridun durch Garten und Park, die in voller Maienblüte standen. Sie lauschten den vom Bosporus herüberwehenden Geräuschen. Auf Hasans Bitten ließ der Vater ganze Flotten auffahren, indem er das Tuten der russischen Dampfer nachmachte, das kurze Aufheulen der englischen Kreuzer im Krieg, die Kommandorufe chinesischer Seeleute. Auf der alten geschwungenen Holzbank am Konak vor der großen Marmortreppe sollte Hasan sein Ohr an die Planken legen, dann klopfte Feridun neben ihm mit der flachen Hand behutsam aufs Holz, um das Dieseltuckern der Bosporus-Kajiks zu imitieren. Gemeinsam bauten sie aus durchsichtigem Packpapier und Stäben einen Drachen, einen Uçurtma, größer als Hasan, den sie an einer hundert Meter langen Schnur steigen ließen. Von Hulusi ließ der Vater zwischen zwei Zederstämmen eine Riesenschaukel anbringen und fotografierte den Schatten seines vor Lust und Angst quietschenden Jungen, der hoch und höher durch die Luft schwang.

Am Abend, als die Mutter mit Hasan das »Müde bin ich, geh zur Ruh'« betete, stand Feridun mit gefalteten Händen dabei und brummte das Lied mit. Keinem Gott anhängend, schien der Vater gleichwohl die von seiner tief religiösen Frau im Kinderzimmer verbreitete christliche Aura zu genießen und als tröstlich zu empfinden.

Kaum hatten Mutter und Sohn fertig gebetet, sang ihm Feridun noch ein türkisches Kinderlied –»Ak koyun meler gelir« – und heute außerdem noch»Wenn die Soldaten durch die Stadt marschieren …«»Morgen marschieren wir zwei durch die Stadt, mein Bubaz«, flüsterte der Vater, bevor er das Licht ausdrehte und aus dem Zimmer schlich.

Hasan aber konnte nicht einschlafen. Er stand auf, holte sich die Cowboystiefel ins Bett und legte sie neben sein Kopfkissen. Der betörende Duft des Leders direkt vor seiner Nase ließ ihn endlich in Traumwelten hinübergleiten. Mister Sziffer fuhr mit seinem Agentenauto vor.

Es herrschte Ausnahmezustand in Istanbul, verhängt vom Ministerpräsidenten Menderes, der Ismet Inönüs Kemalisten vor zehn Jahren demokratisch besiegt hatte, aber nun immer diktatorischer regierte, Opposition und Presse unterdrückte und eine»Anatolisierung« der westlich eingestellten Metropolen betrieb. Sogar die osmanische Schrift wollte er an den Schulen wieder zum Pflichtstoff machen. Nach anfänglicher wirtschaftlicher Blüte lag die Türkei längst wieder am Boden, war von Hilfsgeldern des Internationalen Währungsfonds abhängig, nachdem sie zwei Jahre zuvor Aufnahme in die Europäische Wirtschaftsgemeinschaft beantragt hatte. Von den westlichen Wertvorstellungen, die an dieses Bündnis geknüpft waren, würde Menderes sein Land schon fernzuhalten wissen.

Währenddessen wucherten und brodelten an den Rändern von Istanbul und Ankara Gececondu genannte Slums und drohten die bürgerlich-liberalen Zentren zu ersticken. Um die brotlosen Zuzügler für sich einzunehmen, fütterte Menderes sie mit immer mehr religiösen Zugeständnissen, die Atatürks laizistischen Reformen hohnsprachen. In den Augen der Kemalisten hatte ihr ehemaliges Parteimitglied sich längst»vom Verteidiger der Demokratie zu ihrem Brandstifter« gewandelt.

Menderes wiederum beschuldigte Atatürks Anhänger der Volksverhetzung und wollte die kemalistische Partei, die CHP, zu ihrer Disziplinierung für drei Monate von allen politischen Betätigungen ausschließen. Damit provozierte er seinen Amtsvorgänger Ismet Inönü zu einem folgenschweren Satz.

»Freunde, wenn die Bedingungen reif sind, ist eine Revolution rechtens.«

Für Feridun war Menderes schon lange eine Hassfigur.

Am nächsten Tag brachte er seinen Sohn im Mercedes zur Schule und holte ihn auch wieder ab. Ingrid war von diesen Zweisamkeiten natürlich ausgeschlossen, wofür sie Verständnis zeigte, schließlich musste sie nie so lange auf ihren Vater verzichten.

Sie fuhren in die Stadt, vorbei an versprengten Studentengruppen, Demonstranten, die von Polizeieinheiten gejagt wurden. Auf dem Parkplatz des Militärmuseums, der ehemaligen Kriegsakademie, die zeitweise von Cevat Paşa geleitet worden war, ließ Feridun den Mercedes in der Obhut eines uniformierten Aufpassers zurück, dem er dafür ein großzügiges Trinkgeld zusteckte. Dann unternahm er mit seinem Sohn einen Spaziergang durch die Geschichte Istanbuls, erzählte ihm von den großen Zeiten der revolutionären Kämpfe nach dem Ersten Weltkrieg, vom Gazi, vom Sultan und von der Vertreibung der Griechen. Auch das Denkmal für die ermordeten Armenier erwähnte er, das Anfang der zwanziger Jahre aufgestellt worden war, um nach kurzer Zeit zu verschwinden – spurlos für immer.

Istanbul war von einer politischen Aufbruchstimmung erfasst, wie Feridun sie lange nicht mehr erlebt hatte. Überall regte sich Widerstand gegen den Autokraten Menderes, junge Türken schienen sich wieder der historischen Lebensleistung der Gründerväter zu erinnern, die größtenteils durch eigenes Verschulden der Kemalisten in Misskredit geraten waren. Atatürk, Ismet Inönü, Cevat Paşa – es gab genug Gründe, stolz zu sein. Diesen Stolz versuchte der sechzigjährige Feridun Cobanli seinem Sohn zu vermitteln, als wollte er endlich seinen Frieden machen mit dem herrischen Pascha und dem launischen Gazi.

Hasan mochte die Beweggründe für die Euphorie des Vaters nicht begreifen, doch sie wirkte ansteckend. Mit geschwellter Brust lief er in seinen Cowboystiefeln neben ihm her, bis sie den Taksim-Platz erreichten, von dem die Polizei seit Wochen immer wieder linke Demonstranten vertrieb.

Dort stand Atatürk auf dem Sockel des Denkmals der Republik, gleich doppelt verewigt, in Frack und in Generalsuniform, mit der obligatorischen Zigarette zwischen den Fingern, den Blick melancholisch-visionär in die Ferne gerichtet.

»Woran ist der Gazi eigentlich gestorben«, fragte Hasan, denn das verrieten sie einem nicht in der Schule.

»Am guten Leben und an schlechten Ärzten«, antwortete der Vater. »Und dieses Nichts von einem Menderes würde alles dafür geben, wenn er Atatürks Ruf morden könnte. Aber das wird ihm nicht gelingen.«

Hasan zog den Vater in die Ecke zu den Vogelhändlern. Dort standen – wie vor Istanbuls Moscheen, Kirchen und Synagogen – ein paar Holzkäfige. Um diese Jahreszeit enthielten sie nicht Tausende leuchtend bunte Winzlinge, Finken, Zeisige, Grünlinge, wie sie im Herbst in der Ebene von Florya gefangen und dann feilgeboten wurden, sondern nur die magere Beute einiger Gecekondu-Bewohner. Menschen aller Glaubensrichtungen, Moslems, Juden, Christen, erwarben für ein paar Lira eines oder mehrere Vögelchen, um sie freizulassen fürs eigene Seelenheil. Mit dem Ruf »Uçtu uçtu, kuş uçtu – Fliege, Vogel, fliege vor, wart auf mich am Himmelstor!«, warf man die kleinen Fürbitter in die Luft. Ein Heidenspaß vor allem für Kinder und Greise.

Feridun, der kaum eine Gelegenheit ausließ, mit einem gut gezielten Schuss jagbares Flugwild vom Himmel zu holen, verabscheute den uralten Fürbitterbrauch. Denn unzählige Tiere verendeten qualvoll in den überfüllten Käfigen oder hinkten nach ihrer Freilassung flugunfähig davon. Statt am Himmelstor landeten sie in den Fängen lauernder Straßenkatzen, die sich wie im Schlaraffenland vorkamen. Plötzlich entdeckte Hasan Tayyip, Recep und Süllo, die wie andere Gassenkinder ihren Fang feilboten. Er führte den Vater zu ihnen und stellte ihm die Schulkameraden vor.

»Sind das Freunde von dir?«, fragte Feridun skeptisch.

»Wir spielen zusammen Fußball, wann immer ich will, denn ich bin in diesem Monat Sport-Ermunterungs-Wart.«

»Und ich bin Fürbitter-Freilassungs-Wart«, behauptete Tayyip frech und präsentierte seinen Käfig, auf dessen Boden verendete oder halb tote Tiere lagen, über denen vielleicht hundert Vögelchen um ihr Leben flatterten und fiepten.

Feridun hielt sich nicht lange mit Feilschen auf und kaufte für ein paar Hundert Lira den gesamten Fang der Aslanlar. Dann warf er, mit Hasan abwechselnd, Grünlinge und Zitronenzeisige in die Luft. »Fliege, Vogel, fliege vor, wart auf mich am Himmelstor!«, riefen Vater und Sohn.

»Das müsste uns eigentlich reichen fürs ewige Leben«, sagte Feridun, als sie danach mit ihren Taschentüchern die Hände vom Vogelkot reinigten.

Wieder zu Hause, holte Feridun die Flinte seiner Mutter aus dem Waffenschrank, setzte sich mit Hasan auf dem Balkon an ein eisernes Tischchen und zerlegte sie in ihre Einzelteile. Er fand es an der Zeit, dass sein Sohn einen waidgerechteren Umgang mit Vögeln kennenlernte als das Fangen und Freilassen von Fürbittern. Die Lektion, die er Hasan erteilte, war gründlich und begann mit dem sorgfältigen Säubern und Ölen des Erbstücks. Obwohl sie im Freien saßen, zog bald der Duft von Ballistol-Öl durch die Wohnung, sodass Benita nachschauen kam. Als sie Hasan beim Hantieren mit dem Gewehr sah, verdüsterte sich ihr Blick.

»Was macht ihr denn da?«

»Frühjahrsputz«, antwortete ihr Mann.

»Ist der Junge nicht ein bisschen zu jung für Pulver und Blei?«

»Ich war auch nicht älter, als der Pascha mir zeigte, was im Kadettenkorps mein Handwerkszeug sein würde.«

»Das war vor fünfundvierzig Jahren und zwei Weltkriegen.«

Feridun schob eine Schrotpatrone in den Lauf.

»Die Krähen im Park haben es überlebt, Canim. Sie werden uns alle überleben.«

Er legte an und schoss eine dicke Krähe direkt vom Himmel. Wie ein Stein fiel sie herab und verfehlte nur knapp das Bassin.

»Und jetzt du, mein Junge«.

Benita zog geräuschvoll den Atem ein. Doch ihre beiden Männer nahmen sie einfach nicht zur Kenntnis. Feridun reichte Hasan die Flinte. Der zielte in den Park.

»Mr. Sziffer möchte dich gerne sprechen, Feridun.«

»Das hat Zeit bis zum Abend, Canim, sag ihm, ich rufe ihn an.«

Benita ging zurück ins Zimmer, die Balkontür energisch hinter sich schließend. Feridun blinzelte seinem Sohn spitzbübisch zu. Der hatte die ganze Zeit über jeden Augenkontakt mit der Mutter vermieden. Der Vater stand auf, stellte sich hinter ihn und erläuterte ihm Kimme und Korn, Zielen und Vorhalt. Dann deutete er zu der Zeder am Bassin, auf die sich eine Krähe zurückgewagt hatte und nun von ihrem Ast herabäugte auf die tot am Beckenrand liegende Artgenossin.

»A vous«, flüsterte der Vater.

»Soll ich wirklich?«

»Es ist eine Krähe, mein Junge.«

»Willst nicht lieber du, Papi?«

»Möchtest du denn kein Jäger werden?«

»Doch, Papi.«

»Na, dann …«

Feridun schob eine Patrone nach und brachte Sohn und Flinte sanft in Position. Die Krähe saß immer noch da. Hasan kniff ein Auge, krümmte den Finger und hörte den Knall. Der Flintenschaft verpasste ihm eine Ohrfeige.

Die Krähe fiel vom Baum.

»Aferim, mein Junge!«

»Meine Backe«, jammerte Hasan.

»Das war ein Gruß von Großmutter. Sie sagt, sie ist stolz auf dich! Die Krähe war alt und krank, sie hätte nicht mehr lange überlebt.«

Hasan lächelte schief und rieb sich die schmerzende Wange. Unten räumte der Gärtner Hulusi die beiden toten Krähen weg. Oben traten Vater und Sohn an die Balkonbrüstung und schauten über den Park.

»Bubaz, jetzt versprechen wir uns was, ja?«

»Ja, Papi …«

»Wir werden nie wieder ein Fürbitter-Vögelchen anrühren. Was deine Freunde da machen, ist schlimme Tierquälerei.«

»Nie wieder, Papi, versprochen.«

☽

In dieser Nacht fielen zwei Pistolenschüsse unten im Park und etwas später, irgendwo abseits der Cevat-Paşa-Straße, noch ein einzelner Schuss.

Der Gärtner Hulusi irrlichterte wenig später mit seiner Taschenlampe zwischen den Bäumen herum, konnte aber nichts finden.

Das Holzmeisterhaus lag in völliger Dunkelheit.

»Vielleicht wieder diese Anatolier aus den Gecekondus«, rief Hulusi zu Feridun hinauf, der am Fenster seines Schlafzimmers stand. »Die kommen manchmal auf unser Gelände und knallen Kaninchen ab für den Kochtopf.«

»Mit Pistolen?«, murmelte Feridun, der ein feines Gehör hatte für jede Art von Schusswaffe. Er ging in die Bibliothek und überprüfte seinen Waffenschrank. Der erwies sich als ordnungsgemäß abgeschlossen, nichts fehlte. Auch seine alte Militärpistole lag an ihrem Platz.

»Leg dich wieder schlafen, mein Junge«, sagte Feridun zu Hasan, der ihm im Nachthemd gefolgt war, aus dem unten die Cowboystiefelchen hervorschauten.

Hasan verzog sich und schaute noch lange aus dem Fenster seines Zimmers in die sternklare Nacht. Einmal glaubte er Kinder weinen zu hören. Dann sprang der Motor des Cadillac an, gefolgt vom typischen Knirschen der Reifen über die Kieselsteine auf dem Weg zum Tor des Konak.

»Komm, küçük Bey – die Pflicht ruft!«, sagte Mr. Sziffer in Hasans Traum und lachte ...

Am nächsten Morgen, es war der 20. Mai 1960, erschien das Hausmädchen Fatma aufgeregt bei Benita. Die Familie Sziffer sei verschwunden.

Voller böser Ahnungen eilte Benita hinüber. Im Holzmeisterhaus, es war möbliert vermietet worden, fehlte nichts, Familie Sziffer hatte alles tip-top hinterlassen. Nur hier und da ließ eine halb offene Schublade oder ein nicht mehr geschlossener Kleiderschrank auf überstürzte Abreise der Mieter schließen.

Es roch nach Verbranntem.

Benita sah im Arbeitszimmer nach. Aus dem Messingpapierkorb stank es nach verkohltem Kunststoff. In einem Klumpen Asche steckte der perforierte Rest eines Kleinbildfilms, zu wenig, um Aufschluss darüber zu geben, was Mister Sziffer weder mitnehmen noch einfach nur auf den Müll werfen wollte.

Benita betrachtete den leeren Schreibtisch mit der weißen Lederauflage, wo Hasan so oft gesessen und seine Mutter im Konak angerufen hatte. Sie zog die oberste Schublade auf. Darin lag ein Umschlag, in Sziffers Handschrift an sie adressiert. Er enthielt zwei Schecks. Der eine in Höhe der Miete für ein halbes Jahr, der üblichen Kündigungsfrist. Der andere Scheck mit dem Verwendungszweck »für Auslagen wie Reinigung und Reparaturen«.

»Sieht so aus, als brauchten wir neue Mieter«, sagte Feridun, der hinter Benita ins Zimmer getreten war.

»Habt ihr euch gestern Abend noch gesprochen?«, fragte Benita.

»Ich habe ihn angerufen, aber keiner nahm ab. Darum wollte ich ihn heute Vormittag aufsuchen. Offenbar zu spät.«

»Dafür kann unser Sohn jetzt Krähen schießen.«

Als Feridun Hasan mit dem Auto bei der Schule ablieferte, herrschte dort große Aufregung. Schnatternde Schulkinder scharten sich neugierig um einen Krankenwagen und wurden von Männern in Zivil verscheucht.

»Steig nicht aus, Junge«, sagte Feridun, »erst mal sehen, was los ist.«

Die Schultür öffnete sich, und Hikmet Bulat, die schöne Direktorin mit dem streng nach hinten verknoteten Haar, trat heraus. Dicht hinter ihr folgten, von zwei Männern in die Mitte genommen, Tayyip, Recep und Süllo. In den Gesichtern der jungen Löwen stand eine Mischung aus Angst und Gassenkindertrotz. Ohne

Blickkontakt mit ihren Kameraden aufzunehmen, ließen sie sich in ein graues Auto verfrachten, das mit laufendem Motor hinter dem Krankenwagen gewartet hatte. Beide Fahrzeuge machten sich dauerhupend davon.

Feridun stieg mit Hasan aus und ging auf die Direktorin zu.

»Was ist passiert, Hikmet Hanim?«

Sie gab ihm ein Zeichen, dass sie nicht in Anwesenheit seines Sohnes antworten mochte. Er schickte Hasan zu seiner Klasse, dann wendete er sich wieder der Direktorin zu.

»Was haben die drei Buben angestellt?«

»Sie haben eine Leiche gefunden, einen Mann, da hinten auf dem Trampelpfad.«

»Welche Todesursache?«

»Erschossen.«

»Türke?«

»Nein, Ausländer.«

»Amerikaner?«

»Möglicherweise ein Russe.«

»Woher weiß man das?«

»In Tayyips Schuhen steckten ein paar Geldscheine, Rubel.«

»Sie haben also den Toten geplündert. Oder stehen etwa die Kinder unter Verdacht?«

»Ich glaube, man will nur, dass sie den Mund halten und nichts rumerzählen.«

»Haben Sie die Polizei gerufen?«

»Ja, gleich, nachdem Tayyip zu mir kam.«

»Das vorhin war keine Polizei, das waren Geheime.«

»Was hat das zu bedeuten?«

»Das weiß ich auch nicht.«

Die Direktorin ließ den Blick über den mittlerweile menschenleeren Vorplatz ihrer Schule schweifen. Mit erheblicher Verspätung hatte nun endlich der Unterricht begonnen.

»Feridun Bey, es liegt etwas in der Luft«, flüsterte die Direktorin.

»Ausnahmezustand, Hikmet Hanim. Oder was meinen Sie?«

»Der Imam, der bei uns seit Jahren den Religionsunterricht erteilt ...«

»Was ist mit ihm?«

»Er hat sich heute krankgemeldet, zum ersten Mal überhaupt. Und die Moschee schickt keinen Vertreter. Die Religionswächter … sonst immer so selbstherrlich am Telefon, waren jetzt so freundlich, fast scheu. Keiner sagt wirklich, was er denkt. Es ist, als ob alle nur darauf warten, dass etwas passiert.«

»So weit ist es gekommen unter diesem Ministerpräsidenten«, sagte Feridun.

»Feridun Bey, darf ich Sie bitten, unser Gespräch für sich zu behalten?«

»Sie sind eine sehr gute Direktorin – und eine sehr schöne Frau«, sagte Feridun. »Ihnen muss man jeden Wunsch erfüllen.«

Hikmet Bulat griff verlegen nach ihrem Haarknoten und verabschiedete sich.

☾

Am 27. Mai 1960 beendete das türkische Militär – Hüter des Kemalismus auch während der Oppositionszeit der Kemalisten – das zehn Jahre währende Duldungsverhältnis mit der regierenden Menderes-Partei.

Feridun, Benita und Hasan saßen zu Hause am Radio, als ein Sprecher der Streitkräfte verkündete, man hätte »unblutig die Verwaltung des Landes übernommen, um einen Bruderkrieg zu verhindern.«

Menderes, seine Minister und sämtliche Abgeordnete der Demokratischen Partei wurden verhaftet. Die Vorwürfe gegen sie lauteten: Mord, Machtmissbrauch, verfassungswidrige Handlungen gegen die Opposition, Wahlfälschung, Heranziehung der Religion zu parteipolitischen Zwecken sowie Versuche, die türkische Bevölkerung zu spalten.

Als die Bundesrepublik Deutschland am 30. Oktober 1961 mit dem Nato-Mitglied und EWG-Erwartungsland Türkei das erste Abkommen zur Anwerbung von Gastarbeitern unterzeichnete, hatte Adnan

Menderes noch genau achtzehn Tage zu leben. Dann wurde der erste frei gewählte türkische Ministerpräsident auf der Gefängnisinsel Imrali hingerichtet.

☾

Ein paar Tage lang nach dem Putsch ventilierte Feridun Cobanli die neue Lage, insgeheim darauf hoffend, die Übergangsregierung unter dem alten Atatürk-Kampfgenossen Ismet Inönü würde sich vielleicht auch der berühmten Generalsfamilie Cobanli erinnern und den Sohn des Verteidigers der Dardanellen ins diplomatische Korps zurückbitten. Aber nichts dergleichen geschah.

Sich selbst ins Spiel zu bringen, fand Feridun unter seiner Würde. Also machte er sich erst einmal auf die Suche nach neuen Mietern für das Holzmeisterhaus. Ein Bauunternehmer, mit dem er oft ans Schwarze Meer zum Jagen gefahren war, vermittelte ihm eine junge türkische Geschäftsfrau, Burcu Galan, die mit zwei Cousinen zusammenziehen wollte. Zur Zahlung der geforderten Kaution in Höhe von sechs Monatsmieten erklärte sich der Bauunternehmer bereit.

Ohne sich mit Benita abzusprechen, lud Feridun Frau Galan und ihre Cousinen, keine älter als Mitte dreißig und alle drei von ansprechendem Äußeren, zur Besichtigung und ließ, als die Damen sich von der repräsentativen Immobilie in bester Lage entzückt zeigten, umgehend seinen Anwalt Mahmut Bey den Vertrag für die möblierte Überlassung aufsetzen.

Schon eine Woche später feierten die neuen Mieterinnen Einstand mit den Cobanlis und mit Kunden aus dem Istanbuler Finanzdistrikt, für die sie laut Visitenkarte als Immobilienberaterinnen tätig waren und die ihnen zur trefflichen Wahl ihres Domizils gratulierten. Benita, des Türkischen nur mangelhaft mächtig, versuchte mit Frau Galan ins Gespräch zu kommen, doch man fand kein gemeinsames Thema. Umso mehr charmierte Feridun das Damentrio, vor allen die jüngste, Réka, die ihm am besten gefiel.

»Du solltest ein bisschen auf deinen Mann aufpassen«, warnte eine innere Stimme Benita, als sie Feridun und Réka in trautem Small Talk vertieft auf dem Diwan sitzen sah.

Es war Selmas Stimme.

Im großen Kreis von Feriduns Verwandten, die ständig im Konak ein- und ausgingen und die Strohwitwe Benita bei Laune zu halten versuchten, war eines Tages auch seine Exfrau aufgetaucht. Aus England nach Istanbul zurückgekehrt, arbeitete sie inzwischen erfolgreich als Designerin und hatte Feriduns alten Freund und Trauzeugen Şadi geheiratet. Sohn Basri war nach Kanada ausgewandert. Benita hatte Selmas Rat in Bezug auf Feridun geflissentlich überhört. Auch sollte es vorerst bei diesem einen Besuch ihrer Vorgängerin in der Paschavilla bleiben, die allen Ehefrauen so wenig Glück und so viel Einsamkeit gebracht hatte.

Hasan bekam die neuen politischen Realitäten in der Schule sofort zu spüren. Der Imam kehrte nicht mehr zurück. Hikmet Bulat übernahm seine Stunden. Bei ihr mussten die Kinder nicht mehr im Stehen beten und Koranverse herunterleiern, sie erzählte spannende Geschichten aus dem Leben Mohammeds, der Kalifen und Heiligen. Auch andere Religionen wurden angesprochen und erklärt – schließlich bestand fast die Hälfte der Klasse aus Kindern jüdischen Glaubens. Jesus kam vor als »großer Prophet« mit vielen Details aus den Evangelien.

Die kleine Glocke der evangelischen Kirche in Aynali Çeşme am Tünel läutete wieder, und Pastor Ziegel freute sich, denn er durfte überall im Land, wo es deutsche Protestanten gab, Gottesdienste in seiner und ihrer Muttersprache abhalten. Das Wort »gâur« – Ungläubiger – war verboten und wurde Hasan nur noch auf der Gasse hinterhergerufen.

Anstelle frommer Lieder mussten die Schulkinder nun allerdings Hymnen auf die Obristen der Armee singen. Im Kunstunterricht änderten sich die Motive – statt Sonnen, seilhüpfenden Kindern und blühenden Landschaften waren Jeeps, MPs und Soldaten zu malen. Und an manchen Sonntagen musste Hasan mit den Kameraden hinter militärischen Spielmannszügen hermarschieren und die Trommel schlagen. Am Taksim-Platz unter dem Heldendenkmal Atatürks war Schlussversammlung, im Gezi-Park nebenan gab es dann für die kleinen Yavrukurt, die Pfadfinder-Soldaten, Zuckerwatte.

Hasan beklagte sich beim Vater über diese neue Zucht und Ordnung. Der schien sich nicht dafür zu interessieren. »Das Militär ist dumm, aber noch dümmer sind die Religiösen«, sagte er nur. Damit war das Thema für ihn erledigt.

Tayyip und seine Kumpane waren wenige Tage nach dem Putsch wieder in die Volksschule zurückgekehrt. Über ihre Zeit im Gewahrsam des Geheimdienstes verloren sie keine Silbe. Nur Süllo rutschte Ingrid gegenüber einmal heraus, die drei Löwen seien belobigt worden, weil sie den Tod eines kommunistischen Spions gemeldet hätten. Die aus den Taschen des Toten entwendeten Rubel bekamen sie nicht zurück. Auch fingen sie fortan keine Vögel mehr. Vom Taksim-Platz, dem Heiligtum der Kemalisten, waren die Händler vertrieben worden – und anderswo befand sich das mühsame Fürbitter-Geschäft längst in Händen von Konkurrenten mit älteren Rechten.

Dafür entdeckten die drei Gassenjungen eine neue Einnahmequelle. Auf der Cevat-Paşa-Straße parkten abends nun immer häufiger luxuriöse Autos, deren Besitzer zu Partys im Holzmeisterhaus eingeladen waren. Tayyip, Recep und Süllo standen dann in ihren Schuluniformen bereit, um gegen kleines Entgelt auf die Limousinen aufzupassen und die Scheiben zu putzen. Zu diesem Zweck hatten sie sich auf der Brust mit rotem Filz die Buchstaben »KK« geheftet. Die Frage, welche Art von Wart damit gemeint sei, beantwortete Tayyip frech wie immer: »Kar Kolu«.

Jahre später hatte er seine Geschäftsidee zur florierenden Firma ausgebaut, die in Istanbuler Rotlichtbezirken das Valet Parking kontrollierte.

Ende Juni, vier Wochen nach dem Putsch, fand Feridun Cobanli sich damit ab, dass auch unter den an die Macht zurückgekehrten Kemalisten die glorreichen Zeiten Atatürks nicht wieder aufleben würden, in denen man den Sohn des Cevat Paşa als Botschafter oder wenigstens als kosmopolitischen Gastgeber von Soireen der alten Elite brauchen konnte. Also packte er seine Sachen, küsste Frau und Kind – und flog nach Frankreich zur Jagd.

»Wann kommst du wieder, Papi?«, hatte Hasan geweint, als Hulusi und der Vater ihn auf dem Weg zum Flughafen vor der Schule ablieferten. Feridun schenkte seinem Sohn jenen samtweichen Blick aus Bernsteinaugen, der sonst nur Favoritinnen vorbehalten war.

»Cowboys weinen nicht, mein Bubaz«, sagte er.

Ingrid wartete auf dem Vorplatz, als Hasan aus dem Auto stieg.

»Begleitest du mich heute nach Hause?«, fragte sie.

»Hulusi holt uns ab, wenn er vom Flughafen zurückkommt.«

»Ich möchte aber lieber zu Fuß gehen.«

»Gut.«

Nach der Schule trotteten Ingrid und Hasan den Trampelpfad entlang. An der Stelle, wo der tote Russe gelegen hatte, trafen sie auf Tayyip und die beiden anderen, die am Boden saßen und eine Zigarette kreisen ließen, ohne husten zu müssen.

Unbehelligt durfte das Paar passieren.

In ihrem Rücken begann Süllo das alte Lästerlied singen, mit neuem Text. Er handelte jetzt von der Schlampe Réka und ihrem Prinzen Feridun.

Hasan blieb wie angewurzelt stehen.

»Bitte nicht«, flehte Ingrid ihn an.

Hasan drehte sich um und schaute mit zusammengepressten Lippen in die Richtung der genç aslanlar.

»Halt's Maul!«, zischte Tayyip, Süllo verstummte.

Tayyip kramte aus seiner Schultasche etwas Weißes hervor. Es war das Krägelchen von Hasans Schuluniform. Seit einem Monat trug Hasan seinen Kittel unvollständig, ohne dass ihn jemand ermahnt hätte. Tayyip ließ das Krägelchen auf den Boden fallen, dann gab er Recep und Süllo ein Zeichen. Die jungen Löwen sprangen auf und machten sich davon.

Am späten Nachmittag lag Hasan in Badehose am Bassin und blinzelte übers Wasser hinweg zum Holzmeisterhaus. Auf dem Balkon, der sich die ganze Front entlangzog, standen drei Liegestühle, in denen sich die neuen Mieterinnen in der Abendsonne räkelten. Sie trugen große Sonnenbrillen und, was Hasan noch nie gesehen hatte, zweiteilige Badeanzüge – Bikinis.

Auch eine Krähe, die in der Zeder über Hasan saß, interessierte sich für den skandalösen Anblick der drei Grazien.

Plötzlich legte sich ein Schatten über Hasan.

Es war Ingrid im Badeeinteiler mit buntem Muster.

»Schon mit den Hausaufgaben fertig?«, fragte sie ihn.

»Hmm …«

»Und was machen wir jetzt?«

»Weiß nicht.«

»Was hältst du von Küssen üben?«

»Von was …?«

»Küssen üben.«

»Was gibt es da zu üben?«

»Soll ich's dir zeigen?«

Hasan traute sich nicht Nein zu sagen. Ingrid kniete sich neben ihn hin und presste ihre Lippen spitz auf seinen Mund, erst fest und trocken, dann immer weicher und feuchter.

Das schmeckte anders als Mamis Küsse. Und es dauerte viel länger. Hasan ließ es geschehen – und merkte plötzlich, dass etwas mit ihm passierte. Ingrid merkte es auch und hörte auf mit dem Küssenüben. Verlegen rollte Hasan sich herum, sprang auf und hechtete ins Wasser.

Als er wieder auftauchte, sah er Ingrid durch den Park tanzen, zurück ins »kleine Haus« zu ihren Eltern.

Vom Holzmeisterhaus her hörte Hasan ein Giggeln. Die drei Grazien lehnten über der Brüstung, schauten zu ihm herüber und klatschten Applaus.

Hasan verließ das Bassin und zog seine Cowboystiefel an.

Die Krähe war verschwunden.

1961 Das Herrenhäuschen

Hasan machte wieder einmal Schlossführung. Eingeladen waren die blonde Margret mit den Sommersprossen und Gert, der Bauernsohn, dessen Eltern den Ackergaul besaßen, auf dem Hasan seinen ersten sattellosen Reitversuch unternommen hatte. Dafür durfte Gert nun einen Rundgang im Haus des »Grafen« und der »Gräfin« machen, wie Opi Roon und Omilein Marie-Luise im Dorf hießen. Die kinderlandverschickte Margret wollte auch mitkommen, was Hasan nur recht war. Mädchen aus der Stadt zeigten sich noch stärker beeindruckt von seinen Führungen als die Jungs vom Dorf.

Die Sommermonate verbrachte Hasan nun schon zum zweiten Mal ohne die Mutter in Bardüttingdorf, der 300-Seelen-Gemeinde irgendwo zwischen Bielefeld, Herford und Melle, fußläufig entfernt vom Flüchtlingsschloss Königsbrück, wo die Großeltern mit ihrer Tochter Benita unterm Dach gewohnt hatten. Hasan war acht Jahre alt und mit den meisten Dorfkindern befreundet. Wenn er neue Bekanntschaften machte, wurde bald wieder eine Schlossführung fällig. Dazu musste er freilich warten, bis die Luft rein war. Nicht, weil der Großmutter oder dem Großvater Besuch unwillkommen gewesen wäre, nein, ihre Tür stand immer offen für Gäste. Aber Hasan genierte sich vor erwachsenen Zeugen.

An diesem Nachmittag ergab sich die Gelegenheit. Die beiden Roons waren mit dem Kraftpostbus nach Bielefeld gefahren, wo Marie-Luise in der Redaktion der »Glocke« erwartet wurde. Sie schrieb gelegentlich Gedichte und Kurzgeschichten für die Wochenendbeilage. Dafür gab es kleines Honorar, womit sie die Haushaltskasse in Bardüttingdorf aufbesserte. Manchmal hielt die ehemalige Gutsherrin auch besser bezahlte Vorträge über Fragen des christlichen Frauenbildes.

Enkel Hasan empfing die Freunde an der Gartentür und zeigte ihnen zunächst die Kaninchenställe. Eine weitere Geldquelle der deutschen Großmutter. Sie züchtete Angorakaninchen, schor sie eigenhändig und verkaufte die Wolle.

Die Kinder betraten das Haus, Hasans Schlossführung begann.

»Es gibt zwei Salons, den Hauptsalon und den Nebensalon. Im Hauptsalon wird gespeist, in den zweiten wechselt man danach, um zu rauchen und den Kaffee zu nehmen.«

Die Besucher staunten. Kaninchenställe gab es bei ihnen zu Hause auch, aber keine Salons. Im Hauptsalon befanden sich ein Esstisch, ein Sekretär, eine Barockkommode, ein Bett.

»Ein Krokodil!«, schrie Margret so laut, dass Gert erschrak.

»Ein Alligator«, verbesserte Hasan.

Tatsächlich, auf einem Fensterbrett stand ein ausgestopfter Alligator. Und im Fenster nebenan schaukelte ein zerfledderter Papagei aus Papier im Sommerwind, kaum noch als Vogel erkennbar, handkoloriert, er war den Bewohnern des Hauses heilig.

»Den hab ich vor fünf Jahren für Opi Roon ausgeschnitten und mit Buntstiften angemalt«, erklärte Hasan. »Drei Tage habe ich dafür gebraucht.«

Das Bett unter dem Alligator-Fenster diente Opi Roon als Schlafstatt und für die Nachmittagsruhe, während der er in der »Glocke«, seinem Leib- und Magenblättchen, Artikel anstrich, damit seine geliebte Frau sie auch lese. In Griffnähe lag außerdem ein Buch mit seltsamen Schriftzeichen in Gold.

»Was ist das für ein Buch?«, fragte Gert.

»Das ist die Bibel auf Hebräisch.«

»Ist der Graf denn ein Jude?«

»Nein, Opi Roon hat nur Theologie studiert. Die Juden mag er nicht besonders, weil sie den Palästinern im Heiligen Land Unrecht tun.«

Hasan ließ sich in die Kissen fallen, die anderen Kinder folgten seinem Beispiel. Seit seinem ersten Besuch in Bardüttingdorf tobte der Enkel gern auf diesem Bett, Opi ließ es stets mit Großmut geschehen und zeigte ihm, wie man es danach wieder in Ordnung bringt und den bunten türkischen Kelim – ein Mitbringsel seiner Tochter – darüber glatt zog. »Bett bauen« nannte der alte Herr das, und es fiel ihm schwer, weil er erst mit siebzig, also nach der Flucht, zum ersten Mal im Leben selber sein Bett hatte richten müssen, außerdem litt er an Arthrose.

Nun war es an der Zeit, den Nebensalon aufzusuchen.

Dort war ein zweiter Sekretär zu bewundern, eine Chaiselongue, zwei gemütliche Sessel, davor, ganz comme il faut, ein Coffeetable, dem eine silberne Tischdose und ein kleiner Strauß chinesischer Jadeblumen Eleganz und einen Hauch Exotik verliehen. Daneben standen vier Meißner Porzellantässchen, Zuckerdose und Milchkännchen, aus Silber wie die Kaffeekanne. Jedes Stück Service mit Bassewitz'schem Wappen und Krönchen.

Ehrfürchtig berührte Gert das Silber, während Margret an den Jadeblumen schnupperte.

»Hier habe ich meine erste Zigarette geraucht«, behauptete Hasan. In Wahrheit hatte er einmal an einer Selbstgedrehten des Großvaters ziehen dürfen. Rauchen im Nebensalon – das verlieh einem das Gefühl, dazuzugehören zur großen Welt der Erwachsenen. Die beiden silbernen Aschenbecherchen auf dem Coffeetable wurden geleert und poliert wieder zurückgestellt, sobald auf ihnen mehr als zwei Zigaretten ausgedrückt worden waren.

An den Wänden beider Salons hingen Bilder zweier alter Familien aus mehreren Generationen. Fotos von Menschen zu Pferde, die Herren zumeist jagdreiterlich oder in Uniform, die Damen mit Hut und im Damensitz. Die Ahnenporträts in Öl reichten vom Boden bis unter die Decke.

Margret und Gert kamen aus dem Staunen nicht heraus. So war also ein preußisches Herrenhaus eingerichtet!

Mit keinem Wort ging Hasan bei seiner Schlossführung auf die räumlichen Besonderheiten des Gebäudes ein. Sie waren offensichtlich. »Salon« und »Nebensalon« – die Großeltern nannten beide Zimmer wirklich »Salons«, Selbstironie war nach dem Krieg überlebenswichtig – maßen zusammen keine dreißig Quadratmeter.

Wolfram und Marie-Luise von Roon, Flüchtlinge aus Mecklenburg, hatten sich mit Feriduns Hilfe ein neues Zuhause gebaut. Nach Jahren auf unwirtlichen Bauernhöfen und in fremden Schlössern, geduldet von zunehmend genervten Standesgenossen, residierten sie seit 1951 wieder in den eigenen vier Wänden. Mit Würde und Eleganz – als Nouveaux Pauvres, ehemals wohlhabende, nun stilvoll verarmte

Granden. Im Gegensatz zu den Neureichen aus den Villenvororten der jungen Bundesrepublik war der Besitz der beiden alten Herrschaften um fast hundert Prozent geschrumpft, Lebensart und Lebensstil aus den Jahren als Gutsherren aber auf charmante Art unverändert geblieben.

Der runde Esstisch aus Sperrholz war der einzige Tisch im Haus, bedeckt mit einem weichen Tuch, einem Mitbringsel der Tochter aus Istanbul. Wenn Gäste kamen, wurde die weiße Damastdecke darübergebreitet – dreifach gefaltet, sie war viel zu groß. Hier wurde gegessen, gespielt, hier rasierte sich der Grandseigneur allmorgendlich akribisch im Sitzen vor einem kleinen Handspiegel und erzählte dem Enkel Hasan dabei die spannendsten Geschichten von früher.

Sein Sekretär, etwas wackelig und ebenfalls aus Sperrholz gezimmert mit hochklappbarer Schreibfläche, maß keine sechzig Zentimeter in Tiefe und Breite. Er hatte gerade Platz zwischen dem Durchgang zum zweiten »Salon« und einer Öffnung in der Wand, wo ein Ölofen stand, der im Winter beide Zimmer beheizte. Wenn man das Möbel aufklappte, duftete es nach dem darin stehenden dunkelgrünen Fläschchen Eau de Cologne. Tagsüber saß der Rittmeister Stunden an diesem winzigen Sekretär und schrieb an seine Töchter, Schwiegersöhne, Enkel, alte Freunde oder er verfasste flammende Leserbriefe an den »widerlich sozialistischen *Stern*« oder den »linken *Spiegel*«, wenn er sich wieder einmal wegen irgendeines antimonarchistischen oder antichristlichen oder antiaristokratischen Artikels furchtbar geärgert hatte.

Abends legte der Hausherr auf der Schreibfläche Ringe und Manschettenknöpfe ab. Seine Krawatte und das Hemd hängte er über einen der Esszimmerstühle, der über Nacht zum Stummen Diener umgewandelt wurde. Großvater Roon trug jeden Tag einen anderen Anzug. Er besaß zwei, neben einem Cut und einem Smoking, die hin und wieder noch zum Einsatz kamen und zuvor im Garten von »unserer lieben Frau Hüffemeier« gegen ein Trinkgeld ausgebürstet wurden. Für tagsüber einen Trachtenanzug, für abends einen dunklen, ob nun Gäste erwartet wurden oder nicht. Für den dresscode im Herrenhäuschen machte es keinen Unterschied, ob sich der Rittmeister und seine

Frau nur zu zweit hier aufhielten oder in Gesellschaft. Auch wenn Marie-Luise alleine ausging, etwa auf eine Versammlung der Dorffrauen, wäre es ihrem Mann niemals eingefallen, zu Hause etwa Pantoffeln anzuziehen oder die Krawatte auch nur zu lockern.

Die Schönheit seiner neuen kleinen Welt bestand nicht mehr aus teuren Antiquitäten und einem grandiosen Blick über Park und eigene Ländereien wie damals in Schwiessel oder Gorschendorf, sondern aus dem Gleichmut, mit dem hier Tradition weiter gelebt und mit der die Gäste bewirtet wurden.

Lediglich die kleine Barockkommode erinnerte noch an große Zeiten vor Flucht und Enteignung. Sie war den Roons eines Tages überbracht worden von treuen alten Freunden aus Mecklenburg, die das gute Stück in einer Auktion ersteigert hatten, um sie ihren ehemaligen Nachbarn zu schenken. In ihr wurden alle Briefe, Fotos, Alben, Dokumente, der spärliche Rest geretteten Tafelsilbers mit Monogramm und Krönchen sowie ein paar Schmuckstücke aufbewahrt: Siegelringe, Hirschhaken-Broschen, ein Panzerarmband mit Rubin, Saphir, Smaragd – Geschenk des türkischen Schwiegersohns zur Goldenen Hochzeit. Drei Schubladen waren damit vollgestopft. Auf der prachtvollen, wenn auch inzwischen stark restaurierungsbedürftigen Intarsienoberfläche standen Bilderrahmen mit Kinderfotos der Enkel aus Istanbul, Südwestafrika und Kolumbien, ein Foto vom Jagdhund Rex vor dem Portal von Schwiessel und Porträts von Herren in Krawatte und Trachtenjackett neben erlegten Hirschen.

Der »Nebensalon« war nachts Marie-Luises Zimmer. Ihr Sekretär, nur wenig größer als der ihres Mannes, war immer aufgeklappt, die Fächer voller vergilbter Fotos und kleiner Zeichnungen der Enkel aus drei Kontinenten. Auf der Arbeitsfläche stand ihre Reiseschreibmaschine, auf der sie abends ihre Manuskripte tippte, außerdem waren Tintenfass, Leimtopf und Löschpapierrolle zur Hand. Denn persönliche Briefe schrieb Marie-Luise stets mit dem Füllfederhalter.

Die abgeschabte alte Chaiselongue war ihre Schlafstatt während der Sommermonate. In dieser Zeit überließ sie dem Enkel das sogenannte »Stübchen«, einen winzigen Extraraum nebenan, in den gerade mal ein Bett passte. Auch andere Logiergäste durften darin übernachten – und die gab es häufig. Man lebte ja weiter wie gehabt, so gastfreundlich, so großzügig, so vornehm, wenngleich mit nüchterner, manchmal amüsierter Attitüde dem Status quo gegenüber. Jetzt eben auf dreißig Quadratmetern, in zwei »Salons«, mit einer Küche und einer Badewanne im Keller und dem Stübchen. Man fand sich mit den Gegebenheiten ab – unsentimental und dankbar dem lieben Gott, dass man gesund war.

Der Coffeetable vor der Chaiselongue bestand aus einem polierten türkischen Messingtablett mit eingraviertem Monogramm von Cevat Paşa, ein Geschenk des Schwiegersohns Feridun. Die vier Holzbeinchen hatte der Nachbar, ein Tischler und Philatelist, für die Gräfin gefertigt, im Tausch gegen ein paar Dutzend exotische Marken von den Briefen der Töchter aus der Ferne.

Die beiden meterhohen Ahnenporträts in Öl waren schräg an die Wand hinter Marie-Luises Schlafplatz gelehnt. Zu groß zum Aufhängen. Sie verliehen dem winzigen Raum eine Würde und Grandezza, in der sich alte Freunde und Verwandte, die ihren Besitz nicht verloren hatten, ebenso zu Hause fühlten wie andere Standesgenossen, die auch schon mal in größeren Häusern und auf größerem Fuß gelebt hatten. Fürstin Anna Lippe, die vergeblich mithilfe ihrer Freundin Marie-Luise von Roon versucht hatte, ihren Sohn Prinz Armin mit Benita zu verkuppeln, ließ sich regelmäßig vom Schloss in Detmold zum Tee im Häuschen chauffieren und holte sich Rat beim Rittmeister in Sachen Pferdezucht und Organisation von Reitturnieren. Der Herzog Georg von Mecklenburg und seine Frau, ehemalige Nachbarn aus Schwiesseler Zeiten und Nachfahren eines der ältesten regierenden Häuser Deutschlands – Georgie verdiente bis Mitte der fünfziger Jahre noch abwechselnd als Gutsverwalter und Dressman das Geld für die Erziehung seiner Kinder –, fuhren beim »Schloss Bardüttingdorf« in einer Isetta vor.

Das Schloss, aus dem die Kinder Hasan, Margret und Gert nun wieder ins Freie traten, war ein einfaches, weiß getünchtes Steinhäuschen mit grünen Fensterläden. Es maß zwölf Meter in der Länge und keine vier in der Breite. Vier Stufen führten zum Eingang, neben dem ein gusseisernes Bildnis des Vorfahren Feldmarschall Albrecht Graf von Roon angebracht war. Anfangs außen noch kahl, war das Herrenhäuschen mit den Jahren von Efeu, Klematis und Kletterrosen umrankt, Nachbarn und Gäste nannten es das »Rosenschlösschen«. Auf der Terrasse sammelten sich mit der Zeit Terrakottatöpfe mit Buchsbäumen, Rosen und Oleander und zauberten in den Sommermonaten zusammen mit den verwitterten Rattan-Gartenmöbeln etwas Bohème-Atmosphäre. Das winzige Ensemble nebst fünfzehnhundert Quadratmetern Garten mit Kaninchenställen, dunkelgrün bespannten Gartenmöbeln unter Obstbäumen auf der Wildblumenwiese und drum herum eine mannshohe Hagebuttenhecke erschien allen, die die Roons besuchten – und Besuch kam fast jeden Tag – ein Beleg dafür, dass man es sich auch in mühsamer Lage geschmackvoll gemütlich machen konnte.

Margret und Gert schwangen sich auf ihre Fahrräder und fuhren zurück ins Dorf, noch ganz benommen von Hasans Schlossführung. Den älteren Herrn im Trenchcoat, der ihnen zu Fuß entgegenkam und auf das Herrenhäuschen der Roons zuhielt, grüßten sie mit einem Kopfnicken, ohne ihn zu kennen.

Als der Fremde die Gartentür erreichte und Hasan ihm gerade durchs Fenster Bescheid geben wollte, dass Herr und Frau von Roon leider erst gegen Abend zurückerwartet würden, erkannte der Junge den unangemeldeten Gast.

Es war sein Vater!

Zögernd näherte sich Feridun Cobanli der Haustür.

»Merhaba, mein Großer, da staunst du, was?«

»Papi …!«

Feridun umarmte seinen Sohn, hob ihn hoch und drückte ihn ans Herz. Es strengte ihn an. Der Junge war wieder gewachsen. Hasan erwiderte die väterliche Begrüßung – doch nicht so ungestüm, wie Feridun es sonst von ihm gewohnt war.

Fast ein Jahr lang hatte Hasan den Vater nicht mehr gesehen. Bei den Großeltern waren sie einander noch nie begegnet. Was hatte es zu bedeuten, dass Papi ihn hier besuchte? Galt seine Anwesenheit überhaupt ihm – oder nur den Schwiegereltern?

Von einer merkwürdigen Unruhe ergriffen, nahm Hasan ihm den Mantel ab. Dann kochte er Tee für sie beide und fand auch die Schachtel mit den Keksen, die seine Großmutter stets für Gäste bereithielt.

Sie setzten sich auf die Chaiselongue in Omis »Nebensalon«. Das Herz schlug Hasan bis zum Hals. Da saß tatsächlich sein Vater neben ihm! Wie aus dem Nichts, wie ein Engel im Traum. Hier, im stillen Häuschen bei den Großeltern! Der immer ferne, ihm eigentlich fremde und doch vergötterte Papi. Die Sehnsuchtsgestalt seines jungen Lebens. Wie oft hatte er abends gebetet, Papi möge nach Hause kommen, ihn mitnehmen auf die Jagd oder nur zu einem Spaziergang durch den Garten, dass er ihm die Schiffe erklärte, die man bei günstigem Wind vom Bosporus herauf tuten hörte, dass er vom Kadettenkorps erzählte oder ihm nur ein Lied summte – »Ak koyun meler gelir …«

Hasan hatte sich daran gewöhnt, sich gewöhnen müssen, mehr oder weniger als Halbwaise aufzuwachsen. Aber die wenigen Tage und Stunden, die der Vater tatsächlich für ihn da war, hatte der Sohn umso mehr genossen, an jede Minute, an jedes kleine Gespräch konnte er sich erinnern, und all diese Gedanken schwirrten ihm in diesen Minuten durch den Kopf.

Der Vater spürte die Verlegenheit des Sohnes und gab ihm Zeit, sich zu fassen, er stand auf, sah sich um, nahm hier und da einen Bilderrahmen in die Hand und stellte ihn sorgfältig an seinen Platz zurück. Feridun kannte das Häuschen, er hatte sich ja 1950 an der Finanzierung beteiligt und war dann gelegentlich mit Geschenken zu Besuch erschienen, wenn ihn sein Vagabundenleben oder eine Einladung zur Jagd in der Nähe vorbeiführte. Er hatte sich immer wohlgefühlt zwischen den spärlichen Erinnerungsstücken an Schwiessel, sein frühes, längst verlorenes Paradies, und auch schon mal im »Stübchen« übernachtet, auf dem verwitterten Rattansessel im Garten Tee getrunken und den Amseln und Meisen gelauscht.

Was für ein Glück, dachte er, dass sein kleiner Hasan die Ferien bei denselben herzensguten Menschen verbringen konnte, denen Feridun als Kadett die heitersten Stunden seiner Kindheit verdankte. Hier schloss sich ein Kreis.

Doch seit dem letzten Abschied in Istanbul war eine Veränderung eingetreten beim Vater und beim Sohn.

Hasan war zu einem selbstbewussten Jungen gereift. Wenn im Herrenhäuschen das Gespräch auf den fast ständig abwesenden Papi kam, hielt er gegenüber der Großmutter – Feriduns uneinnehmbarer Bastion – zur Mutter.

Sein Vater schien in dieser Zeit sichtlich gealtert. Der Einundsechzigjährige kam dem Sohn plötzlich vor wie ein zweiter Großvater, nicht wie der alterslose Papi, der sich vor Monaten zu Hause von Frau und Sohn verabschiedet hatte. Auf dem Sekretär von Omi Marie-Luise, Feriduns »Mütterchen«, stand ein gerahmtes Foto, das Feridun als jungen, schönen Mann zeigte, mit prächtigen schwarzen Haaren, fröhlich, voller Leben.

Hier saß er nun, beinahe kahl, erschöpft von der Anstrengung, dem Sohn gegenüber entspannt und agil zu wirken.

Feridun rührte die Kekse auf dem Messingtisch nicht an, doch er trank in kleinen Schlucken Tee aus dem dunkelblauen gekitteten Porzellantässchen.

»Sag, wie geht es dir, mein Bubaz?«

»Gut. Und dir, Papi?«

»Ich will mich nicht beklagen.«

»Du siehst müde aus.«

»Bin ich auch. Weißt du, gestern habe ich hier ganz in der Nähe beim Onkel August einen Hirsch geschossen. Leider habe ich ihn nicht richtig getroffen, wir mussten nachsuchen bis nach Büchsenlicht. Du weißt ja, so eine Nachsuche ist immer sehr traurig und auch mühsam ...«

Hasan nickte abwesend. Er interessierte sich nicht für das Leid des armen Hirschen. Der Vater spürte es und wechselte das Thema.

»Wie geht es Opi Roon?«

»Er sagt oft, du solltest dich mehr um Mami kümmern, damit sie nicht mehr so traurig ist.«

Feridun nickte bedächtig und legte seinen Arm um den Sohn.

»Und was sagt Mütterchen dazu, die Omi?«

»Die schreibt lange Briefe an Mami – und manchmal weint sie.«

»Die Omi weint nicht, nie.«

»Doch ... wenn sie deine Briefe liest, nachts an ihrem Sekretär.«

»Aber woher willst du wissen, dass es meine Briefe sind?«

»Weil sie aufpasst, dass Opi Roon sie nicht findet.«

Feridun wendete verlegen den Blick von seinem Sohn und sah sich im Zimmer um. Die Terrassentür stand weit offen, draußen hörte man Vögel singen und den Wind in den Obstbäumen rascheln. Auf einem Zaunpfahl saß eine Krähe und äugte neugierig zu ihnen herüber.

Feridun hatte sich wieder gefangen.

»Mein Junge, ich bin gekommen, weil ich mit dir etwas besprechen möchte. Nur mit dir, nicht mit den Großeltern.«

»Die sind in Bielefeld.«

»Ich weiß.«

»Du bist nur meinetwegen hier?«

»Ja, mein Bubaz.«

Hasan sah seinen Vater prüfend an. Eine feierliche Stille erfüllte das Zimmer. Nur Feriduns Atem, von einem leisen Rasseln begleitet, war zu hören.

»Ich muss für lange Zeit verreisen, mein Junge. Ich weiß nicht, wann wir uns wiedersehen werden.«

»Länger als bis Weihnachten?«

»Ich fürchte, ja.«

»Wohin musst du?«

»In eine Klinik in der Schweiz.«

»Was hast du für eine Krankheit?«

»Das ... das müssen die Ärzte erst herausfinden.«

»Darf ich dich besuchen?«

»Mami wird dir berichten, wie es mir geht.«

»Ich darf dich nicht besuchen?«

»Nein, mein Junge. Erst, wenn ich ... wieder ganz gesund bin.«

»Wann bist du wieder gesund, Papi?«

»Das weiß nur der liebe Gott.« Feridun versuchte zu lächeln. In Hasans Augen standen Tränen. Schmerz gepaart mit Unverständnis schlug dem Vater entgegen. Feridun wollte den Blick des Sohnes aushalten und spürte, wie nun auch ihm das Wasser in die Augen stieg.

»Hasancim, erinnerst du dich noch an die erste Krähe, die du zu Hause vom Baum geholt hast?«

»Ja, Papi.«

»Sie war alt und räudig mit zerrupftem Gefieder. Vielleicht geht es mir so wie dieser Krähe. Ich schaue in den Spiegel und erkenne mich nicht wieder. Und denen, die mich von früher kennen, geht es genauso. Das tut weh, Hasancim. Ich kann gegen meine Krankheit nur ankämpfen, wenn mir niemand dabei zusieht. Du sollst mich in Erinnerung behalten, wie du deinen Papi kennst: gesund und munter wie immer, nicht als alte, schwache Krähe. Kannst du das verstehen, mein Junge?«

Hasan verstand es nicht, aber er nickte stumm.

»Dann lass bitte dieses Gespräch unser Geheimnis bleiben. Bana sözünü ver – versprichst du mir das?«

»Ja, Papi.«

Der Vater nahm behutsam den Kopf seines Sohnes in die Hände, drehte ihn leicht, sodass sein Ohr an der Rückenlehne des Sofas zu liegen kam.

»Weißt du noch …?«

Er klopfte mit der flachen Hand auf die Lehne, es klang in Hasans Ohr wie die Dampfmaschine des alten Kutters, mit dem sie manchmal, als er noch klein war, am Ufer des Bosporus entlanggeschippert waren, hinauf nach Kandilli zum Yali der Tante Faika.

Hasans Gesicht hellte sich auf.

»Taff taff taff, Ali Kaptans Boot!«

»Du musst ihn von mir grüßen, wenn ihr mal wieder sein Kajik mietet!«

»Mach ich, Babam. Du bleibst doch hier, bis die Großeltern zurück sind?«

»Yok Canim, nein, mein Großer. In Königsbrück wartet ein Taxi, das mich zum Flugplatz nach Hannover bringt. Ich fliege noch heute in die Schweiz. Willst du mich zum Schloss begleiten?«

Hasan nickte enttäuscht. Wie gern würde er jetzt seinen Vater festhalten, aber er spürte, da hätte kein Betteln und kein Weinen geholfen.

Nach diesem flüchtigen Moment der Nähe war Feridun für seinen Sohn wieder wie von einem anderen Stern.

Sie spazierten in der Abendsonne den alten Kutscherweg entlang durch Feld und Wald hinüber nach Königsbrück. Feridun wirkte um eine große Last erleichtert und plauderte so heiter, wie Hasan ihn in Istanbul immer erlebt hatte. Nur ab und zu blieb er kurz stehen, als wollte er noch einmal die stille Landschaft rund um Bardüttingdorf genießen. Dass er dabei tief Luft holen musste und das Gesicht kurz verzog, weil ihm die Lungen wehtaten, bemerkte Hasan nicht oder wollte es nicht wahrhaben.

Nachdem sie die Warmenau auf einem Holzsteg überquert hatten, tauchte zwischen Buchen und Kastanien das Schloss auf. Am Brückenportal vor den Gräften sah Hasan das wartende Taxi.

Noch einmal blieb Feridun stehen. Er nestelte sich die dünne, goldene Kette vom Hals, die er nur auf Reisen trug und an der ein kleiner Schlüssel hing. Er übergab Schlüssel und Kette dem Sohn.

»Ich habe meine Gewehre dem Şadi geschenkt. Der Waffenschrank ist leer bis auf Großmutter Hadijes 20er Flinte. Das schwache Ding hat mir einmal das Leben gerettet. Falls ihr jemals aus Istanbul wegzieht, vergrab sie bitte im Park.«

»Ja, Papi.«

»Und auch darüber zu niemandem ein Wort.«

Hasan nickte.

Sie gingen weiter zum Taxi. Feridun warf einen letzten Blick auf das Eingangstor, vor dem er mit Benita gestanden hatte, als sie ihn mit einem einzigen Kuss eroberte, keine zwölf Jahre war das her. Dann verabschiedete sich Feridun von seinem Sohn, wie Freunde einander Lebewohl sagen, die für die allernächste Zukunft fest verabredet sind.

Lange winkte ihm der Vater aus dem Autofenster, doch ohne sich noch einmal umzudrehen.

Es war das letzte Mal, dass Hasan seinen Vater sah.

Als die Großeltern aus Bielefeld heimkehrten, hatte der Enkel das

Teegeschirr abgewaschen und auch sonst alle Spuren vom Aufenthalt des Vaters im Herrenhäuschen entfernt. Margret und Gert erkundigten sich am nächsten Tag bei ihm nach dem fremden Herrn im Trenchcoat. Hasan biss die Zähne zusammen und zuckte mit den Schultern.

1961 BERN

Fünf Schweizer Kinder in Engelskostümen stapften mit ihren Laternen von Station zu Station durchs Berner Tiefenauspital und sangen den Patienten ihr Adventslied.

'S isch heilige Wiehnachtszyt,
'S isch heilige Wiehnachtszyt,
Und's glänzt e Stärn so hell und wyt.

Draußen war es schon fast dunkel, eine sternklare Nacht kündigte sich an, der Mond stand voll und hell über dem Plateau, das von Laub- und Nadelbäumen dicht umstanden und von der tief unten vorbeifließenden Aare wie eine weltentrückte Halbinsel umrundet wurde.

Die Anfahrt zum fünfzig Jahre alten Hauptgebäude führte an einer langen Barrackenzeile vorbei, in der das einfache Dienstpersonal untergebracht war und die im Sommer durch dichtes Grün den Blicken der Besucher verborgen blieb. In der kalten Jahreszeit jedoch fiel der flache, grob gezimmerte Riegel beschämend ins Auge. Das städtische Spital litt unter großer Raumnot. Die Bürger von Bern stritten sich ergebnislos darüber, ob sie den Ausbau ihres Krankenhauses finanzieren sollten, in dem zu zwei Dritteln auswärtige, also nicht in der Stadt ansässige Patienten behandelt und gepflegt wurden.

In der hölzernen Zimmerzeile brannte um diese Tageszeit kein Licht. Nur ein Fenster warf den matten Schein einer Lampe auf den Raureif über Gras und Schotter. Ein Fußweg, der hinter dem Patientengebäude und an der Isolierstation für Tuberkulosekranke vorbei zum

Waldrand führte, wurde rasch vom Dunkel verschluckt. Auf dem Parkplatz gegenüber standen ein paar Autos von Ärzten und Besuchern.

Der Bewohner des beleuchteten Zimmerchens war einer von den Auswärtigen. Auf eigenen Wunsch hatte sich der Generalkonsul a. D. Feridun Cobanli von der Station hierhin verlegen lassen, er wollte möglichst weit weg sein vom Betrieb des Spitals und auch keinen Kranken mehr begegnen, erst recht nicht solchen, die noch Grund zur Hoffnung hatten. Sein Schweizer Domizil bot ihm etwa so viel Raum wie der vordere »Salon« des Herrenhäuschens in Bardüttingdorf oder die halbe Dachkammer der Roons auf Schloss Königsbrück.

Der Verwaltungschef Ernst Weibel-Kaiser, seit einem Vierteljahrhundert jovialer Patriarch von Tiefenau, gönnte dem privat zahlenden türkischen Leukämiepatienten gerne den bescheidenen Luxus dieser Unterbringung. Das Arrangement erlaubte ihm und dem behandelnden Oberarzt Dr. Silvio Barandun auch private Besuche, wie sie auf der Station nicht opportun gewesen wären. Barandun, von den Tiefenauern »Bari« genannt, und Weibel-Kaiser waren Feriduns letzte Freunde geworden.

Wer wollte nicht Feriduns Freund sein?

Während er Transfusionen und Chemotherapie erhielt, für die der Tumorspezialist – wie Benita später glaubte – Feridun als Versuchskaninchen benutzte, hielten der Arzt und der Spitalchef den Patienten bei Laune, indem sie sich Geschichten aus seinem abenteuerlichen Leben erzählen ließen.

Feridun war stark abgemagert und inzwischen haarlos, Husten- und Brechreiz machten ihm immer stärker zu schaffen, sein Körper besaß kaum noch Kraft, sich gegen häufig wiederkehrende Lungenentzündungen zu wehren. Doch vermittelte er seiner Umgebung alles andere als den Eindruck, auf Mitleid oder Bedauern angewiesen zu sein. Mit orientalischer Fabulierlust unterhielt er seine Besucher, jeden Tag hatte er eine neue Anekdote parat. Selten konnte Dr. Barandun seine strapaziöse Behandlung, die in diesem fortgeschrittenen Krankheitsstadium nicht mehr Heilung, sondern nur noch Zeitgewinn zum Ziel hatte, in so freundschaftlicher, ja heiterer Atmosphäre durchführen.

Für den renommierten Mediziner, einen charismatischen Bündner Anfang vierzig mit besonderer Empathie für Kulturschaffende und ihre oft krummen Lebenswege, lag die besondere Tragik seines türkischen Patienten nicht in der Krankheit. Dr. Barandun glaubte in Feridun, diesem brillanten Raconteur der eigenen Biografie, einen verhinderten Künstler zu erkennen, der sich notgedrungen als Diplomat hatte durchs Leben schlagen müssen, nur weil ihm die passende Kunst nie über den Weg gelaufen war. Wenigstens die Freiheiten eines Künstlerlebens hatte er sich offenbar herausgenommen – und das nicht zu knapp. Und jetzt ließ der Lebenskünstler Feridun Cobanli seine Umgebung noch einmal teilhaben an den Höhepunkten seines beindruckenden biografischen Oevres.

Der Bewohner der Baracke wusste, dass er das Stübchen nicht lebend verlassen würde. Also lud er sich alte und neue Freunde an sein Bett, den türkischen und den deutschen Botschafter, ehemalige Jagdgefährten, zumeist Aristokraten. Er hatte in den letzten Monaten den Eindruck gewonnen, dass – von Ärzten abgesehen – Adlige in Anwesenheit eines Sterbenskranken mit dem Thema Tod unverkrampfter umgingen als Bürgerliche. Vielleicht weil sie es gewohnt waren, in Generationen zurück und nach vorne zu denken, blickten sie dem Tod ins Auge nicht wie einem Henkersknecht, sondern wie einem Kutscher aus dem Hauspersonal, der bei der Herrschaft an die Tür klopfte, um eine längere Reise anzumahnen.

Seine Mutter, die Tscherkessenprinzessin, hatte eine heitere Gelassenheit dem Leben und dem Tod gegenüber besessen. So wie sie in Kriegszeiten immer mit dem plötzlichen Ende des Generals rechnen musste, betrachtete sie auch ihr eigenes Erdendasein mit einem souveränen Fatalismus. Nur Halbheiten waren ihr zuwider. Neben einem entfremdeten Ehemann herzuleben, zerstörte ihre Vitalität. Also hatte sie sich auf ihr Lieblingspferd geschwungen und war nicht zurückgekehrt.

Der Vater hatte den Tod schlicht als Berufsrisiko betrachtet. Cevat war durch und durch General gewesen, ein Pascha, Sohn eines

Paschas, Enkel eines Paschas. Mann des Krieges und der Tat. Als seine Zeit der Taten vorbei war, trat der Held des 18. März umstandslos ab wie jemand, der freiwillig seinen Platz für den Nachfolger räumt. Doch kein Sohn war da, diesen Platz einzunehmen. Feridun hatte es vorgezogen, das Glas seines Lebens in vollen Zügen zu leeren, ohne sich um Ruhm und Ehre zu scheren. Er war jetzt 62 Jahre alt, was sollte noch kommen? Auf den Ablagen um sein Bett herum standen Fotorahmen mit Bildern der Vergangenheit. Der Kadett, der Gardejäger, der junge Legationsrat, der Salonlöwe, der Jäger, der Sammler schöner Frauen. Wenn Benita zu Besuch kam, brachte sie ihm neue Fotos mit. Die schönen Frauen versteckte er vor ihr in einer Schublade.

Benita kam oft. Trotz ihrer Flugangst stieg sie fast jede Woche in die DC-6 der Swiss Air von Istanbul nach Zürich und dort in den Zug nach Bern. Einen ganzen Tag dauerte die Reise. Dann betrat sie die Baracke, als käme sie gerade vom Einkaufen nach Hause zurück. Sie brachte Feridun türkisches Gebäck mit, half ihm, es zu essen, sie wusch und bettete ihn, setzte sich an seine Seite, griff eine der internationalen Zeitungen vom Stapel, meist *Le Monde,* und las ihm daraus vor. Oder sie nahm ihr Strickzeug und setzte ihre Arbeit an Wintersachen für den Sohn fort. Wenn Feridun aus kurzem Erschöpfungsschlaf erwachte, erklärte er ihr mit immer schwächerer Stimme, wie sie nach seinem Tode mit dem Erbe verfahren sollte. Manchmal kam ein Schweizer Anwalt oder ein Beamter der türkischen Botschaft dazu, die machten sich Notizen und legten Dokumente vor, die Feridun mit zittriger Hand unterschrieb.

Benita erwartete nicht, dass ihr Mann sich in irgendeiner Weise zu ihrer Ehe äußern, gar Bedauern über sein Verhalten seiner Frau gegenüber zum Ausdruck bringen würde. Manchmal jedoch, wenn sein Blick kurz den ihren streifte, glaubte sie zu erkennen, wie es in seinem Inneren jetzt aussehen mochte. Das reichte ihr. Sie dankte Gott dafür, ihren Mann wenigstens am Ende seines Lebens ganz für sich allein zu haben. Und mit erfülltem Familienleben auf kleinstem Raum besaß sie ja Erfahrung genug.

Heute, am 22. Dezember 1961, war der Raum mit Kerzen und Symbolen der christlichen Weihnacht geschmückt. Benita würde am nächsten Tag nach Istanbul abreisen, um das Fest mit ihrem Sohn zu feiern. Ein Geschenk aus der Schweiz hatte sie im Namen des Vaters für den Jungen gekauft.

Feriduns Verfassung war schwach, aber stabil. Er erzählte ihr vom Besuch des deutschen Botschafters Kurt von Graevenitz, der ihn über die Eskalation des Kalten Krieges nach dem Mauerbau in Berlin auf dem Laufenden hielt. Benita staunte, wie sehr er sich noch für die politische Entwicklung in Deutschland und in der Welt interessierte. Mitten im Satz brach Feridun plötzlich ab und sah zum Fenster hinaus.

Dort stand der Mond über den Bäumen, als hätte ihn jemand hingemalt.

»Heute ist Vollmond«, sagte Benita.

»Dann kann ich dir ja endlich die andere Hälfte schenken«, sagte Feridun und wurde von einem Hustenanfall geschüttelt.

Benita stand gerührt auf, beugte sich über ihren Mann und umarmte ihn.

»Was für ein wunderschönes Weihnachtsgeschenk«, flüsterte sie.

An der Tür waren Geräusche zu hören, jemand pochte mit einem Stock oder Stab gegen das Holz. Benita ging hin und öffnete. Es waren die Adventskinder in ihren Engelskostümen. Sie nahmen Aufstellung und sangen ihr Lied.

'S isch heilige Wiehnachtszyt,
'S isch heilige Wiehnachtszyt,
Und 's glänzt e Stärn so hell und wyt,
Es isch es Chindli uf d'Ärde cho,
Und tuusig Ängel singe froh,
Wil ds Jesuschindli im Chrippli lyt,
'S isch heilige Wiehnachtszyt.

Feridun hörte mit Tränen in den Augen zu, nicht der christlichen Botschaft wegen, sondern weil er an Basri dachte und an Hasan.

Benita gab eine großzügige Spende, dann war sie wieder mit ihrem Mann allein. Sie verbrachte die Nacht im Krankenzimmer.

Am nächsten Morgen verabschiedete sie sich von ihm. Dr. Barandun versprach ihr, sich rechtzeitig zu melden, wenn sich der Zustand des Patienten verschlechtern oder es gar aufs Ende zugehen sollte.

☾

Feridun kniff die Augen zu und öffnete sie wieder. Dunkelheit. Ein paar Sterne. Vom Mond war nur noch etwas mehr als die Hälfte zu sehen. Die bis ans Herz gehende Kälte der Baracke, vor der er sich ins Freie geflüchtet hatte, wich langsam einer wohligen Wärme. Er lag im Seidenpyjama auf einer Holzbank am Rand der Schlucht über der Aare, nur wenige Schritte von seinem Stübchen entfernt, und genoß das Gefühl, wie seine Lungenflügel sich von den heftigen Hustenanfällen erholten.

Tief unter ihm glitzerte das Wasser. Jemand spielte Klavier, ganz leise. Feridun erkannte eine Czerny-Etüde. Es überraschte ihn nicht. Auf der anderen Seite der Schlucht lag ja Schloss Schwiessel. Aber er, wo lag er? Immer noch auf dem Grund des Krassower Sees und wurde von Roons zum Diner erwartet? Oder mit Gehirnerschütterung im Kadettenzimmer des Gutshauses? Oder vom Liebesspiel erschöpft in Magdolnas Kammer? War die Dardanellenschlacht schon entschieden oder tobte sie noch? Das war wichtig, denn der Sohn eines Helden durfte nicht liegen bleiben, sondern musste aufstehen und in den Krieg ziehen. In Vaters Krieg.

Eine Wolke schob sich vor den Mond. Nein, keine Wolke, ein Gesicht. Mütterchen Marie-Luise. »Inschallah«, flüsterte sie ihm zu, »der liebe Gott hat dich aus dem Morgenland zu uns geschickt. Und ich bete dafür, dass er dich nicht so schnell zurückhaben möchte.« Sie strich ihm über den kahlen Kopf. Feridun schloss beruhigt die Augen.

Eine Wäscherin aus der Lingerie, die nach Dienstschluss auf dem Weg zu ihrem Zimmer war, fand ihn friedlich auf der Bank liegend.

Er lebte noch. Man brachte ihn sofort auf die Intensivstation. Dort starb Feridun Cobanli am 28. Dezember 1961 an einer Lungenentzündung. Überraschend, wie Dr. Barandun in seinem Telegramm an die Witwe betonte.

1961 MEIN LIEBER SOHN

Feridun Cobanli
Tiefenau-Spital Bern, den 17. Oktober 1961
(handschriftlich)

Mein lieber Sohn Basri, Sevgili büyük oğlum benim,
es ist nun über zehn Jahre her seit dem Tag Deiner Abreise nach Vancouver. Nie kam von Dir ein Lebenszeichen, kein Brief, ich weiß nicht mal Deine Adresse.

Was ich heute weiß, ist, wie Du Dich gefühlt haben musst all die Jahre, in denen ich Dir und Deiner Mutter immer nur Enttäuschungen bereitete. So wie ich auch meiner zweiten Frau Benita und ihrem Sohn, Deinem Halbbruder Hasan, kein besserer Ehemann und Vater war als Euch. Ich habe als Familienmensch wohl auf ganzer Linie versagt.

Deine Mutter, die siebzehn war, als unsere Väter und Atatürk die Ehe arrangierten, hat mich geliebt, wie eine Frau ihren Mann nur lieben kann. Ich aber konnte ihre Liebe nicht in gleichem Maße erwidern. Ich war mein Leben lang immer nur verliebt in die Liebe. Als ich Ehemann und Vater hätte sein müssen, war ich Jäger, Liebhaber und jedermans Freund.

Dafür gibt es keine Entschuldigung. Ich kann nur versuchen, nach den Gründen zu forschen, um sie mir selbst vorzuhalten. Vielleicht fing es schon damit an, dass ich zwischen meinem zehnten und meinem zwanzigsten Lebensjahr nicht im Schoß meiner Familie aufwachsen durfte, sondern in eine kalte Berliner Kaserne gesteckt wurde. Auch danach ging es nicht zurück nach Hause, sondern in einen erbarmungslosen Krieg. Zehn Jahre fern von Mutter und Vater. Zehn

Jahre, in denen ich um die Zuneigung aller Menschen buhlte, von denen ich mir etwas Wärme in der Fremde erhoffen durfte. Eine einzige Frau, dachte ich irgendwann, wird nie in der Lage sein, mir in einem Menschenleben zurückzugeben, um was mich diese zehn Jahre gebracht haben.

Dem Weltkrieg bin ich als junger Mann körperlich unversehrt entronnen, aber ich habe wohl irreparablen Schaden an meiner Seele genommen. Wer jeden Augenblick damit rechnen muss, von einer Kugel aus der Welt geschossen zu werden, der lernt jede Minute, jede Stunde, jeden Tag auszukosten, als gäbe es kein Morgen. Ich habe seit diesem verdammten Krieg immer nur im Hier und Heute gelebt. Und ich habe dabei meine Zukunft mit Euch vergeudet. Die Zukunft, die ein Sohn für seinen Vater bedeutet. Und so war ich für Dich irgendwann nur noch Vergangenheit, ein lebender Toter. Wie sehr wünsche ich mir heute, für Dich wenigstens im Angesicht des Todes wieder lebendig werden zu können. Ich glaube an keine Auferstehung, keinen Gott, kein Paradies voller Jungfrauen. Frauen muss man auf der Erde erobern, nicht im Himmel. Ja, auf diesem Gebiet war ich sehr erfolgreich. Aber dabei habe ich versäumt, das Herz meines Sohnes zu erobern.

Bei Deinem Halbbruder Hasan habe ich es wenigstens versucht, doch es erging ihm mit mir nicht viel besser als Dir. Du wolltest ihn nie sehen, dabei ist der kleine Hasan Dir nicht unähnlich, mein Basri, bestimmt hättest Du in ihm einen Freund gewonnen. Vielleicht trefft Ihr Euch doch eines Tages – und sei es, um zusammen auf mich zu schimpfen. Er ist jetzt neun und geht in dieselbe Schule wie Du damals. Mich hier in der Schweiz zu besuchen, musste ich ihm verwehren, damit er mich nicht so im Gedächtnis behält, wie ich jetzt aussehe.

Doch welche Rolle spielen solche Äußerlichkeiten, wenn ein Vater seinem Sohn als schlechter Mensch in Erinnerung bleibt, wie es bei Dir wohl der Fall sein muss? Ich habe Dich im Stich gelassen, das weiß ich heute, da der Tod an meine Tür klopft hier in meinem kleinen Krankenzimmer. Die Ärzte sind ehrlich zu mir und sie geben mir nur noch ein paar Wochen. Mein Blut ist kein Blut mehr, das

Herz wird immer schwächer, die Lungen und die Knochen tun mir weh, mein Basri, ich büße sehr für alle meine Sünden.

Ich werde nun keine Gelegenheit mehr haben, Dich und Deine Mutter von Angesicht zu Angesicht um Vergebung zu bitten für all das, was Ihr durch mich erlitten habt. Das ist jetzt, da die Krankheit ihr zerstörerisches Werk fast vollendet hat, für mich der schlimmste Schmerz, die härteste Strafe.

Du bist noch keine 30, mein Basri, und hoffentlich gesund, und Du weißt nicht, wie schwer es ist, wenn man im Winter in einem fremden Land stirbt. Noch schwerer ist es, dass ich mich nicht von meinem erstgeborenen Sohn verabschieden kann. So nimm denn diesen Brief, den ich noch heute an Deine Mutter nach Istanbul absenden werde mit der Bitte an sie, ihn an Dich weiterzuleiten.

Bitte schick mir ein Zeichen, dann kann ich in Frieden aus diesem Leben gehen! Lieber Basri, es eilt aber ein bisschen. Ich weiß nicht mal, ob ich meinen 62. noch erleben werde.

Ich lege Dir mein Herz zu Füßen.

Dein Baba

1997 DER LETZTE BRIEF

Hasan stand auf der Terrasse von Nesrin Ormans kleinem finnischen Holzhaus und weinte. In der Hand hielt er den Brief. Den verzweifelten Versuch seines Vaters, mit seinem Erstgeborenen Kontakt in Kanada aufzunehmen, um Abbitte zu leisten. Doch Feridun war ohne Antwort gestorben und Basri ihm inzwischen nachgefolgt – er hatte von dem Brief nie erfahren. Selma hatte ihn verschwinden lassen, ungeöffnet.

Erst jetzt, 35 Jahre später, als Nesrin mit diesem Hasan in ihrer Wohnung auftauchte,»Feriduns Kind mit der Deutschen«, war mit einem Male der Bann gebrochen. Selma hatte ihren Sekretär geöffnet, aus der untersten Schublade den von Feridun an Basri adressierten Umschlag hervorgeholt und ihn vor Hasan auf den Tisch gelegt.

»Nimm ihn an dich, als wärst du mein Sohn. Lies ihn, als hätte ihn dein Vater an dich geschrieben. Aber sag mir bitte nie, was drinsteht.«

Dann hatten Hasan und Nesrin sich von Selma und Şadi verabschiedet und waren nach Bebek gefahren.

Allein auf der Terrasse ließ er sich von seinen Gefühlen überschwemmen. Als Nesrin ihm eine Tasse Chay brachte, reichte er ihr den Brief. Nesrin las ihn und brach ebenfalls in Tränen aus.

»Warum hat Selma das bloß getan?«

»Ich glaube, die Antwort hat mein Vater uns gerade gegeben.«

»Ich finde es nicht in Ordnung, einem Sterbenden seinen letzten Wunsch abzuschlagen.«

»Sie kannte ihn zu gut. Warum sollte Sie ihm eine mutmaßliche Rechtfertigung durchgehen lassen, die alle vernarbten Wunden wieder aufreißen würde – bei Basri und bei ihr? Selma hatte Feridun so viele Chancen gegeben, als sie noch mit ihm verheiratet war. Diesen letzten Liebesdienst durfte sie ihm verweigern.«

Nesrin schien nicht überzeugt.

»Ihm vielleicht, aber nicht ihrem Sohn. Sag mir, Hasan, hätte deine Mutter dir an Selmas Stelle den Abschiedsbrief deines Vaters vorenthalten?«

»Ich glaube nicht, nein, dazu ist sie zu sehr Preußin … und Aristokratin.«

»Du findest, Adlige verhalten sich anständiger als wir Bürgerlichen?«

»Unsinn. Auch meine Mutter ist ein Opfer ihrer Erziehung, leider. Sie hält sich an viele ungeschriebene Regeln, die eine Frau im Leben nicht unbedingt glücklicher machen. Einen Brief meines Vaters würde sie mir unbedingt geben, auch wenn sie befürchten müsste, dass der Inhalt ihr das Herz bricht. Lieber eine bittere Wahrheit als zuckersüße Umschreibungen, das war ihre Maxime.«

»Und du? Hast du keine Angst, dass du später auch mal so einen Brief schreiben musst?«

Touché!

Hasan schaute schweigend an Nesrin vorbei hinunter zum Bosporus. In Deutschland war er gerade geschieden worden. Kinderlos, zum

Glück. Er dachte an die vielen Frauen, die sein Leben bevölkerten. Jede von ihnen war ihm in den Stunden und Tagen und Nächten ihres Zusammenseins die Liebste von allen. Aber am liebsten war ihm seine Freiheit.

War es eine Sucht? Dieses Spiel mit den Gefühlen, bei dem man unbedingt Sieger sein und von allen eroberten Frauen für immer geliebt bleiben will? Wie konnte es sein, dass Hasan Eigenschaften seines Vaters bei sich entdeckte, die dem Halbbruder Basri offenbar erspart geblieben waren? Hätte er mit Basri tauschen mögen?

»Unfaire Frage, verzeih mir«, sagte Nesrin und wischte ihre Tränen weg. »Ich finde es großartig von Selma, dir den Brief anzuvertrauen. Was meinst du, solltest du ihn nicht an Basris Witwe nach Kanada schicken? Auch bei ihr würde er einiges gutmachen ...«

»Ja, das sollten wir tun. Selma hat bestimmt nichts dagegen. Sie will es nur nicht mehr wissen.«

»Heute hat sie endlich ihren Frieden gemacht mit deinem Vater.«

Hatte auch Hasan seinen Frieden gemacht mit ihm?

Er durchstöberte Nesrins Plattenschrank und stieß auf eine CD mit Musik, die ihn an seine Kindheit erinnerte. »Das Lied der Dardanellen«, gesungen von einem türkischen Pazifisten, Ruhi Su, der wegen seiner Auftritte vom Menderes-Regime politisch verfolgt und inhaftiert worden war. Das Dardanellenlied war den toten, nicht den überlebenden Helden des 18. März 1915 gewidmet und im Lauf der Zeit zur berühmtesten Antikriegshymne der Türkei avanciert.

»Mein Vater liebte dieses Lied.«

»Feridun war doch kein Pazifist.«

Das stimmte. Hier sprach Nesrin, die vehemente Pazifistin, die keine Waffe anrührte und die Wutanfälle bekam beim Anblick der Safaritrophäen in Şadis Zimmer.

»Nein, das war er wirklich nicht. Ich glaube, er empfand das Dardanellenlied als eine Art persönlichen Protestsong gegen seinen Vater. Er sang es mit und hatte dabei Tränen in den Augen. Ich glaube, Papi war ein ziemlich unsicherer und auch deswegen ein sehr sentimentaler Mensch.«

Eine Saz-Mandoline erfüllte den Raum mit ihrem traurigen Klang. Dann wurden Hasan und Nesrin von der Stimme Ruhi Sus ergriffen. Wieder flossen Tränen.

Çanakkale içinde, aynali çarşi …
In Çanakkale ist heute Markt
Mutter, ich muss gegen den Feind,
Ach, meine Jugend, adieu.
In Çanakkale steht ein Zypressen-Baum,
Mancher von uns ist verlobt, einige haben Frau'n.
Ach, meine Jugend, adieu.
In Çanakkale liegt ein zerbrochener Krug,
Mütter und Väter geben die Hoffnung auf,
Ach, meine Jugend, adieu.
Kanonen stehen bereit in Çanakkale,
Kameraden sterben, getroffen,
Ach, meine Jugend, adieu.

Nesrin schmiegte sich an Hasan, er küsste sie. Dann zog sie ihn aufs Bett, wo sie sich liebten und lange in enger Umarmung liegen blieben.

Hasans Handy klingelte.

Es war der Makler von »Bosporus Dreams«.

»Cobanli Bey, ich habe ein ernsthaftes Mietinteresse für Cevat Paşa Konak vorliegen. Sind Sie auch noch interessiert?«

»Nein.«

»Schade.«

»Darf man erfahren, wer der neue Mieter sein wird?«

»Eine Modedesignerin.«

»Sehr schön. Danke für Ihre Bemühungen.«

Nesrin sah Hasan fragend an.

»Du wolltest dein Elternhaus mieten?«

»Eine halbe Million Dollar im Jahr. Vergiss es.«

»Würdest du gerne in Istanbul leben?«

»Schwere Frage.«

»Vielleicht mit mir? Ich bin eine verdammt gute Partie! Und mit dem
Enkel von Cevat Paşa als Mann – wir zwei könnten die Stadt ganz
schön aufmischen.«

Sie hatte bestimmt recht. Hasan stellte es sich vor.

»Weißt du, ich bin doch sehr viel mehr Deutscher als Türke«, sagte er
schließlich. »Mit meinem Kindertürkisch würde ich neben dir eine
lächerliche Figur machen. Und überhaupt ist mir vieles hier fremd
geworden in all den Jahren. Da hat meine Mutter ganze Arbeit geleistet.«

»Ich könnte ja versuchen, dich ein bisschen zu coachen.«

»Du meinst, wie die Pariahunde, die deine Tierschutzleute von der
Straße holen, aufpäppeln und dann in gute Hände geben?«

Nesrin lachte. Sie fühlte sich ertappt und missverstanden zugleich.

»Du bist aber kein Pariahund.«

»Doch, vermutlich bin ich das.«

»Ein wohlerzogener Paria, nur eben einer, der es in immer denselben
vier Wänden auf Dauer nicht aushält.«

»Hmm …«

»Willst du nicht wenigstens hierbleiben, bis du genug von mir hast?«

Hasan streichelte Nesrin, bis alle offenen Fragen weggestreichelt waren.

Für morgen hatte er den Rückflug nach München gebucht.

1963 BOSPORUS BOY

Ah, unser Adelsbonzen-Freund!«, rief jemand aus einer Gruppe
Gymnasiasten.

»Blödmänner!«, rief ihnen Alexa zu.

Hasan hatte artig mit ihr am Arm den Schulhof betreten und spötti-
sche Blicke auf sich und die Tochter des Fürsten gezogen.

Er machte sich nichts draus. Einmal Außenseiter, immer Außenseiter. War er in Istanbul der Deutsche gewesen, riefen ihn seine Mitschüler hier »Bosporus Boy«. Das Adelsbonzen-Etikett meinte nichts
Politisches, nicht hier unter Sextanern mitten in der süddeutschen

Provinz. Es war nur Neid verdrängter kleiner Platzhirsche. Ausgerechnet dem Neuankömmling aus der Türkei war Alexas Gunst zugeflogen, um die alle Buben der Klasse buhlten! Dabei besaß der Bosporus Boy nicht mal einen Adelstitel. Er hieß Cobanli. Hasan Cobanli. Alexa war eine Prinzessin, und der Stifter des Albrecht-Ernst-Gymnasiums war ihr Urahn. Gerade hatte das ehrwürdige Pennal sein vierhundertjähriges Bestehen gefeiert. Andere in der Schule und im Pensionat trugen Namen wie Rehfeld, Schönauer, Wimmer oder Nerbel. Ein türkischer Name fiel also auf. Das Exotische daran wollte so gar nicht zum blonden Erscheinungsbild dieses Hasan passen. Doch Hasan Cobanli klang auch irgendwie cool. Nach Karl May im Orient. Und die Tochter des örtlichen Fürsten musste bei der Wahl ihres Umgangs doch ein bisschen auf den Klang des Namens achten. So sahen es jedenfalls Hasans neue Klassenkameraden und zogen ihn damit auf, dass die niedliche, hellblonde Alexa sich – wie ihr von ihrer Mutter, einer Jugendfreundin Benita von Roons aufgetragen – um Hasan kümmerte, mit ihm auch freie Zeit verbrachte, gelegentlich ausritt und nebenbei von seinen Begabungen profitierte. Alles außer Rechtschreibung beherrschte Hasan besser als die meisten seines Jahrgangs. Bei Alexa konnte man andererseits mit Geist und Witz besser punkten als mit Sportabzeichen und Fußballkenntnissen. Adelsbonzen eben.

In den großen Städten lockerte sich seit einigen Jahren der Umgang zwischen den Geschlechtern. Eltern verloren rapide an Autorität. Aus Amerika drangen Berichte nach Deutschland von vogelwilden Wohngemeinschaften unter Studenten. In München und Berlin gab es das angeblich auch schon und nannte sich Kommune. Da steckte Kommunismus drin – und so was mitten im Kalten Krieg aufseiten der Waffenbrüder der Amis!

Doch in der bayerisch-schwäbischen Kleinstadt Öttingen rund um den altehrwürdigen Fürstensitz waren die fünfziger Jahre noch nicht vorbei, obwohl man bereits das Jahr 1963 schrieb und John Fitzgerald Kennedy sich gerade als Berliner zu erkennen gegeben hatte. Zehnjährig war Hasan hier gelandet, eigentlich vorgesehen für die

Einschulung in einem renommierten Internat am Bodensee. Doch die Mutter verschob seinen Übertritt in die strenge Elite-Zuchtanstalt um ein Jahr. Sie wollte ihrem Jungen den Wechsel ins ferne Land, ins fremde Bildungssystem, ins Alleinsein als halber Türke unter lauter Deutschen mit etwas Nestwärme bei einer befreundeten Aristokratenfamilie erträglicher gestalten.

Mami zweitausend Kilometer entfernt, Papi tot, der schützende Kokon von Cevat Paşa Konak nicht mehr da, die Freunde, mit denen er im großen Park auf Zedern kletterte, die Ausflüge zum Sommersitz der Tante am Bosporus: Adieu, perdu, Vergangenheit!

Unter der Woche saß Hasan nun bis Mittag in dem vierhundert Jahre alten Klassenzimmer, das auch so roch – nach feuchten Wänden und Bohnerwachs – und in dem über der Schultafel ein Kreuz hing. Die Lehrer waren altmodisch und streng. Mancher von den älteren kam während des Unterrichts vom Thema ab, erzählte von Fallschirmabsprüngen über Kreta und von Häuserkämpfen gegen italienische Partisanen, von heimlich geschlossenen Freundschaften mit französischen Frauen oder Verbrüderung mit russischen Bauern. Der Krieg war ja erst zwanzig Jahre her. Herr Hubel, Deutsch, Griechisch, Herr Kindermann, Erdkunde, Biologie, der kettenrauchende Mathelehrer Graefe, der joviale Sportlehrer Wudi und der Musiklehrer und Chorleiter Hennecke erkannten Hasans von der Mutter gepflegte Talente und förderten sie weiter. Er ging gern ins Albrecht-Ernst-Gymnasium – auch wegen Alexa, die rechts am Fenster in der Mädchenreihe saß, neben Marga, der Klassenbesten.

Manchmal schielte Alexa zu Hasan herüber, was ihm guttat. Kleinste Anzeichen von Zuneigung empfand er als Balsam auf der Seele. Jeder zehnjährige Internatszögling ist vor allem eine einsame Kreatur, die sich nach einem mitfühlenden Lächeln sehnt.

☾

Deutschland gab sich als maßvoll laizistischer Staat, in dem Politik und Religion zwei verschiedene Paar Stiefel waren. Die Religionsstunden in Öttingen ließen Hasan daran zweifeln. Von der türkischen Volksschule her kannte Hasan Allah und Mohammed. Zu Hause bei der Mutter war nicht der Koran das Buch der Bücher, es wurde aus Mamis kleiner Konfirmationsbibel gelesen, die Vertreibung und Flucht überstanden hatte. Nun aber saß Hasan im Klassenzimmer des Albrecht-Ernst-Gymnasiums und lauschte gespannt, was der deutsche Glaubenslehrer mit dem merkwürdigen Spitznamen »Basder Pedoch« an neuen Erkenntnissen über den Weg ins Paradies anzubieten hatte.

Zweimal die Woche wuchtete Studienrat Würmeling seinen massigen Leib in den einfachen Lehnstuhl, der dem Lehrkörper vorbehalten war. Dann zog er die Lutherbibel aus seiner speckigen Ledertasche und schob sie auf dem Lehrerpult weit von sich. Erneut griff er in die Tasche und förderte nun einen kleinen Stapel Heftromane zutage. »Der Landser« hieß die Reihe aus dem Erich-Pabel-Verlag. Die Schüler knufften sich in heimlicher Vorfreude. Heute ging es also wieder um Leben und Tod.

Und da kannte Basder Pedoch sich aus. Alexa hatte Hasan über das Geheimnis des Spitznamens aufgeklärt. Studienrat Würmeling war Franke und im Krieg Militärpfarrer gewesen. Seinen Erzählungen aus dem Schützengraben zufolge hätten ihm bei heftigem Feindkontakt Soldaten in Todesangst zugerufen »Pastor, bet doch!« Auf Fränkisch überliefert, hörte sich diese flehentliche Bitte gemütlicher an. Basder Pedoch las nicht gerne aus der Bibel vor. Er suchte und fand Anlässe, aus Schriften zu zitieren, die Gottes arme Kreatur im Nahkampf mit den Mächten der Vorsehung schilderten, wie er es selbst erlebt hatte.

Atatürk, der Agnostiker, hatte, wie Hasan vom Vater wusste, die Schlacht von Gallipoli auch mithilfe der Imame gewonnen. »Ich befehle euch nicht, zu kämpfen, ich befehle euch, zu sterben!«, rief er seinen Männern zu. Den Rest besorgten Priester mit passenden Suren aus dem Koran.

Für Basder Pedoch war Religion die Fortsetzung von Krieg mit anderen Mitteln. Er holte den Krieg ins Klassenzimmer. Landser-Heftromane schienen ihm von allen Evangelien die wirkmächtigsten. Also las er seinen Schülern daraus vor, wann immer es ihm irgendwie passend schien.

Heute nahm er sich den Neuen in der Klasse vor, diesen Cobanli.

»Was ist denn das für ein gomischer Name, Gobanli?«

»Türkisch, Herr Studienrat.«

»Du bist also Dürge, Gobanli?«

»Halber Türke, Herr Studienrat.«

»Soso, halber Dürge. ›Zur Rechten sah man wie zur Linken, einen halben Dürgen heruntersinken‹. Kommt dir das bekannt vor, Gobanli?«

»Ja, Herr Studienrat. ›Der wackere Schwabe‹ von Ludwig Uhland.

»Als Kaiser Rotbart Lobesam ins heilge Land gezogen kam, da musst er mit dem frommen Heer durch ein Gebirge wüst und leer …«

»Reicht scho, reicht scho, Gobanli. Die ruhmreiche deutsche Militärgeschichte ist dir also vertraut. Aber auch schon mal von Gallipoli gehört?«

»Nein, Herr Studienrat.«

Grinsen in der Klasse. Ausgerechnet Hasan und keine Ahnung von Gallipoli! Aber es gehörte zum Ritual der Religionsstunde, dass die Schüler dem Lehrer ihr Unwissen als willkommenen Anlass boten, sofortige Abhilfe zu schaffen. Basder Pedoch ging seine Landserhefte durch und wurde fündig.

»Vor dem Tod die Hölle« hieß ein Schundroman über die Dardanellenschlacht.

»Wer die Hölle vor dem Tod überlebt, der weiß, wo Gott wohnt, allmächt.«

Er schlug das Groschenheft auf, überblätterte ein paar Seiten und begann vorzulesen, wie ihm der fränkische Schnabel gewachsen war und wie Hasan es später immer wieder nachzuahmen versuchte, wenn er vom Basder Pedoch erzählte.

»Die Sonne prannde knatenlos herunder auf Gabidän Geehl und seine Madrosen. Middn in der Nacht schlichen sie sich mit ihrem in der Hansestadt Kiel auf Kiel gelechten Minenleecher Nusret die gleinasiadische Küste entlang, direkt an der feindlichen Flodde vorbei. Scheffinscheniör Reeder beweechde seine von der Salzluft ausgedörrdn Libbn zu einem Gebet. Lieber Godd, wenns soweid kommd, hol mich schnell zu dir und lass mich ned elendiglich unter lauder Heiden verreggn ...«

»Die Nusret war aber ein türkisches Schiff mit einem türkischen Kapitän.«

Vom Lehrerpult kam ein irritierter Blick und ein gedehntes »Soo ...??«

»Er hieß Hakki Tophane«, beharrte Hasan auf jahrelang auswendig Gelerntem.

Empörtes Murren in der Klasse. Streber Hasan wusste es mal wieder besser.

»Wollt ihr lieber was aus dem Alten Testament hören?«, fragte Basder Pedoch.

»Nein!«, stöhnten die Schüler auf.

»Oder möchtest du uns die Geschichte erzählen, Gobanli?«

»Nein«, sagte Hasan leise.

»Ich hab nix gegen Dürgn, Gobanli, damit des klar ist. Aber Wahrheid bleibt Wahrheid!«

»Ja, Herr Studienrat.«

»Und die Wahrheit steht hier geschrieben. Also ...«

Der Religionslehrer las weiter. Die Klasse verhielt sich mucksmäuschenstill. So lange ihm die Aufmerksamkeit seiner Schüler sicher war, würde er sie nicht mit schwierigerem Unterrichtsstoff behelligen.

Hasan fragte sich, ob vielleicht auch in Deutschland irgendwann ein Militärputsch die Basder Pedochs aus den Klassenzimmern vertreiben würde.

»Das Militär ist dumm, aber noch dümmer sind die Religiösen«, hatte der Vater dem Sohn mit auf den Lebensweg gegeben.

Aber was waren dann religiöse Militaristen? Der Gipfel der Dummheit?

Ab drei Uhr war Hausaufgabenzeit, silentium. Am Nachmittag und in den frühen Abendstunden war Hasan wie alle anderen Internatsschüler eingesperrt im Lehrsaal des Evangelischen Johannespensio-

nats. Hohe Fenster mit Blick auf Tennis- und Fußballplatz, Resopalpulte, zehn Reihen à fünf. Vorne drei Eichenholzstufen hinauf zum Katheder. Dort täglich einmal das Schauspiel des »Speckens«. Specker war der Spitzname des Heimleiters. Herr Doktor Rehfeld, 50, Dresdner und Ex-Wehrmachtsoffizier. »Specker« wegen seiner speckigen, brutalen Pranke, die aus erzieherischem Prinzip täglich einmal im Gesicht irgendeines der fünfzig Schüler landen musste.
Und da er kleinwüchsig war, blieb der Specker beim Ohrfeigen, Ohrenziehen oder – selten – bloßen öffentlichen Schelten und Lächerlichmachen sowie zur Abendandacht auf der zweiten Stufe des Podiums Stehen. Sein Pult hatte man für ihn ein Stück an die Stirnseite des Lehrsaals zurückgeschoben, von der Martin Luther und Philipp Melanchton in Öl auf die Geohrfeigten, Beschimpften und – wenn sie Glück hatten – nur milde Gedemütigten herabschauten.
Kein Zeuge in Öl hing an der Wand des Roten Schlafsaals, durch den der Specker oder seine Präfekten spätabends patrouillierten. Vor dem Eintreten horchte der Diensthabende so lange an der Tür, bis er wenigstens einen »Schwätzer« identifiziert hatte. Dann riss er die Tür auf, schaltete das grelle Licht ein und trat in die Mitte des Saals. Mucksmäuschenstill aus Angst und Spannung, wen es heute erwischen würde, warteten achtzehn Schüler im Alter von zehn bis zwölf Jahren auf das Urteil. Specker ließ sich Zeit. Er schaute in die Runde, sah jeden Einzelnen durchdringend an, bevor sein Blick weiterwanderte zum nächsten Bett. Dann zog er die Speckerhand aus der Tasche seiner Hausjacke und zeigte auf einen Schüler.
Du!
Die Hand drehte sich um, der Zeigefinger krümmte sich und befahl: Her zu mir!
Was nun folgte, war in der Ausführung dem Stil und dem Sadismus jedes einzelnen Diensthabenden überlassen. Manche schlugen gleich ins Gesicht des vorgetretenen Schülers. Specker aber ließ sich Zeit. Irgendwann machte er die nächste Handbewegung, die jeder Schüler kannte, auch wenn es ihn selber noch nicht erwischt haben mochte, denn man konnte es ja fast jeden Abend studieren.
Die Speckerhand drehte sich einmal um 180 Grad.

»Bücken«, hieß das. Der Delinquent hatte sich nun vor ihm so tief zu verneigen, dass er wie ein halb geöffnetes Klappmesser vor dem Exekutor stand. Dem Schüler wurde zunächst die Schlafanzugjacke zum Hals hochgezogen. Erneutes quälendes Warten. Schließlich patschte die Speckerhand mit voller Wucht auf den gebeugten Rücken des Schülers. Der schnappte nach Luft, richtete sich mit hochrotem Gesicht auf, drehte sich um und verzog sich Richtung Bett. Ohne weiteren Kommentar löschte der Specker das Licht und schloss die Tür hinter sich. Er konnte sicher sein, dass nach dieser Strafaktion keiner es wagen würde, auch nur einen Mucks zu machen.

Hasan wurde nie verprügelt im Schlafsaal. Der Specker und seine noch sadistischere Ehefrau verschonten ihn, aus welchem Grund auch immer. Vermutlich schützte ihn der kleine Bonus, ein »Adels-Bonzen-Freund« zu sein und sich notfalls beim Fürsten ausweinen zu können. Hasan war froh darum, denn Demütigungen solcher Art kannte er nicht einmal von der türkischen Volksschule. Für ihn kam es zudem schon einer Folter gleich, jeden Morgen um sieben eine Tasse Malzkaffee und das ranzig schmeckende Margarinebrötchen mit Aprikosenkonfitüre hinunterwürgen zu müssen. So musste es seinem Vater in der Kadettenschule Lichterfelde ergangen sein.

☾

Vielleicht gab es ja noch einen anderen Grund, warum der Specker und seine Präfekten Hasan nicht körperlich züchtigten.

Die Sache mit Kai Fischer.

Im ersten Winter seiner Internatszeit in Öttingen bekam Hasan Gelegenheit, sich, wenn auch völlig unfreiwillig, vor dem Specker und den Spöttern unter seinen Mitschülern Respekt zu verschaffen, zugleich aber seine Außenseiterposition endgültig zu zementieren.

Nach dem Mittagessen und vor den Hausaufgabenstunden, der sogenannten »Freizeit«, waren er und ein paar Mitschüler mit Schlittschuhen zum Ufer der Wörnitz hinuntergegangen, deren reißende Fluten über Nacht bis fast zur Mitte unter einer Eisschicht verschwunden waren. Einige Stellen schienen durchgehend zugefroren. Man sah einen Labradorhund übers Eis rennen und fand, dann müsse es auch einen Schüler tragen.

Doch wer machte den Test?

Man beratschlagte und kam zu dem Ergebnis, dass der Dickste von ihnen die Pflicht hatte, voranzugehen.

Kai Fischer war ein ängstlicher Junge, der sich in den ersten Schuljahren eine beachtliche Schutzschicht aus Fett angefuttert hatte. Dem Druck der kameradschaftlich getroffenen Entscheidung konnte er sich nicht entziehen.

»Fett schwimmt gut«, sagte einer. Alle lachten, und der arme Kai trottete aufs Gefrorene. Die anderen sahen ihm vom Ufer aus zu. Er kam nicht weit, die dünne Eisdecke brach unter seinem Gewicht. Kai tauchte sofort unter, blieb einen Moment lang verschwunden, tauchte wieder auf, schnappte nach Luft, versuchte sich an der Kante der nächsten Eisfläche festzuhalten, die aber immer wieder brach. An einen größeren Eisbrocken geklammert, trieb er schließlich Richtung Flussmitte.

Kein Hilferuf drang zu den am Ufer Stehenden herüber.

Kai konnte nicht schwimmen.

Wie gelähmt sahen sie den Mitschüler um sein Leben kämpfen. Hasan aber hatte seine warme Jacke und die Schuhe ausgezogen und rannte barfuß flussabwärts über verschneite Steine, um den Ertrinkenden zu überholen. Als er sich einen kleinen Vorsprung erlaufen hatte, bog er ab ins Wasser. Ein paar Schritte übers Eis, dann bis zur Brust im Wasser, dann wieder übers Eis laufend, bis es brach. Kraulend erreichte er den dicken Kai, packte ihn an der Jacke und hielt ihn über Wasser.

Irgendwie schaffte er es mit ihm ans Ufer, wo sich ihnen die Arme der Mitschüler entgegenstreckten. Auch ein paar Erwachsene waren herbeigeeilt und kümmerten sich um die beiden nassen, halb erfrorenen Zehnjährigen.

Schon am Tag drauf erinnerte Hasan sich an keine Einzelheiten mehr. Nicht bei der Polizei, nicht im Klassenzimmer, nicht abends beim Heimleiter. Er hatte alles wie in Trance gemacht, instinktiv, unbewusst und doch mit großer Sicherheit, wie die Zeugen aussagten. Vom bayerischen Ministerpräsidenten Goppel kam eine Urkunde. In Anwesenheit des Heimleiters händigte der Landrat sie Hasan im Lehrsaal unter dem Porträt von Martin Luther aus.

»*...hat unter Einsatz seines Lebens einen Mitschüler vom Tode durch Ertrinken gerettet. Für diese selbstlose und mutige Tat spreche ich meine Anerkennung aus* ...«

Das Lokalblättchen berichtete groß, tags darauf füllte sogar der »Münchner Merkur« die ganze Seite Drei mit der Tat des kleinen Lebensretters, dazu auch ein paar Sätze über seine deutsch-türkische Familie, über Cevat Paşa, über den Feldmarschall Roon. Groß das Foto eines Jungen, der etwas verloren am Ufer der mittlerweile fest zugefrorenen Wörnitz stand und auf die Stelle zeigte, von wo er laut Zeugenaussagen »beherzt ins Wasser gesprungen« war.

Am Morgen des Erscheinungstages empfingen die Kameraden und der Lehrer Hasan, der wie immer etwas zu spät kam, mit stehendem Applaus im Klassenzimmer. Er war stolz und vermochte sich noch immer nicht an die genauen Umstände erinnern. Standing ovations kannte er bis dahin nur von Geburtstagsfeiern. Alexa rief laut Bravo und wurde puterrot, als alle auf sie schauten. Hasan wurde auch rot. Und der kleine dicke Kai? Der blieb fortan von den Schlägen, Ohrfeigen und dem Spott der Präfekten und der älteren Mitschüler verschont, fast wie ein kleiner Heiliger. Ein Wunderkind, buchstäblich. Man hatte ihn beinahe sterben sehen – und dann war er wieder auferstanden. Das schützte ihn. Dafür war er Hasan fast noch dankbarer als für die Rettung aus dem Eis.

Fünfzig Jahre später connectete ein »Professor Dr. Kai Fischer« Hasan auf Facebook. »Weißt Du noch, Bosporus Boy?« Eingescannte vergilbte Zeitungsartikel öffneten sich vor ihm auf dem Computerbildschirm. Das »Öttinger Tagblatt« und der »Münchner Merkur«, wie sie auch die Mutter für ihn im Ordner »Hasan« aufgehoben hatte. In Hasans Augen beschrieb die Chronik der Heldentaten seiner Familie eine steile Kurve nach unten. Der Großvater hatte den Roten

Adlerorden des Kaisers für die Abwehr einer feindlichen Armada erhalten. Der Vater war für Tapferkeit in militärischen Standardsituationen immerhin mit zwei Eisernen Kreuzen dekoriert worden. Der Enkel besaß nun die Urkunde für eine zivile Lebensrettung, an die er sich noch nicht einmal erinnern konnte.

Sic transit gloria mundi.

1966 Zurück zu den Dardanellen

Die Morgensonne gab sich alle Mühe, Cevat Paşa Konak noch einmal in seinen schönsten Farben aufleuchten zu lassen. Es war kurz nach sieben Uhr. Benita saß allein in ihrem Salon, der völlig leer geräumt war bis auf den wuchtigen, schwarzen Boulle-Sekretär mit den feuervergoldeten Bronzeleisten und den roten Schildpattintarsien.

Wie oft hatte sie hier ihre Briefe getippt oder mit der Hand geschrieben und zwischendurch aus dem Fenster gesehen wie jetzt, während die Sonnenstrahlen sich langsam näher tasteten, bis sie ihr direkt ins Gesicht schienen, dass Benita blinzeln musste und sich eine heimliche Träne wegwischte. Wie viele Seufzer hatte der stumme Vertraute von ihr gehört, wie viele mehr mochten es gewesen sein, als er noch Selma diente und davor Hadije Soraya, aus deren tscherkessischer Mitgift er stammte. Sogar das große Feuer hatte er überlebt, weil Hadije Soraya ihn beim Umzug aus dem Palais in den Sommersitz ausquartieren durfte und ihn dann in den Neubau mitnahm. Kein anderer Bewohner des Hauses hütete so viele Frauengeheimnisse wie dieses alte Möbelstück.

Hier hatte Hasan zu ihren Füßen gesessen, die Arme tröstend um Benitas Beine geschlungen in jener Dezembernacht vor fünf Jahren, als aus Bern die Nachricht von Feriduns Tod eintraf, ein paar Zeilen nur auf dem billigen Papier des Telegrafenamtes, die die Witwe, kaum waren sie gelesen und beweint, stundenlang telefonisch weitergeben musste an alle, die Anspruch darauf hatten, umgehend informiert zu werden.

Benita verbrachte heute ihre letzte Stunde an diesem Platz, allein, um Abschied zu nehmen von ihrem einzigen Gegenüber der vergangenen fünfzehn Jahre, das immer für sie da gewesen war. Ein letztes Mal huschte ihr Füller über ein Blatt Papier, nur ein paar Worte waren noch zu schreiben, eine letzte Angelegenheit zu regeln. *Für Deinen Basri. Schließlich bist Du, liebe Selma, fast doppelt so lang mit Feridun verheiratet gewesen. Auch er soll etwas von seinem Vater haben. Mit herzlichen Grüßen, Benita.* Neben dem Brief lag eine notarielle Urkunde. Benita schob beide Papiere in einen gelben Umschlag. Der verschwand, zugeklebt und gefaltet, im Geheimfach des Sekretärs. Sie hatte Basri den Erlös aus dem Verkauf des Holzmeisterhauses überschrieben.

Es war nicht einfach gewesen für die Witwe eines türkischen Staatsbürgers, Besitz aus zehntausend Quadratmetern Garten und drei Häusern mitten in Istanbul zu veräußern und den Gegenwert in Dollars illegal ins Ausland zu transferieren. Benita musste sich ein paar Jahre Zeit lassen und sich obendrein abfinden mit geschätzten dreißig Prozent Verlust durch »Spesen« für Anwälte, Schmiergelder für Beamte und Banker sowie für sonstige »unavoidable deductions«. Ebenso schwierig, da streng verboten, war die Ausfuhr von Möbeln, Antiquitäten, Silber, Teppichen und Porzellan. Sie hatte auch dies organisiert, indem sie 95 Container – man nannte sie Collis – Stück für Stück an andere, legale Umzüge von Europäern anhängen ließ. Dabei war sie sich fast wie damals vorgekommen bei der Flucht mit den wenigen geretteten Habseligkeiten der Eltern aus Stettin.

Ein türkischer Fachmann attestierte ihr pro forma den geringen materiellen Wert des Teppichs mit dem dunklen Fleck. Hätten die Behörden von seiner Geschichte erfahren, wäre er beschlagnahmt, dem Kriegsmuseum übereignet und einmal im Jahr im Fernsehen gezeigt worden. Der 18. März war schon lange ein türkischer Gedenktag. Der Tag der Dardanellenschlacht. Der Tag des Cevat Paşa.

Auf Feriduns testamentarischen Wunsch war im Park unterhalb der Villa ein Hochhaus gebaut worden, dessen Verkauf zum Gesamterlös aus allen Gebäuden des stolzen Pascha-Anwesens nicht unerheblich beitrug. Seine Jagdwaffen hatte Feridun schon zu Lebzeiten dem alten Weggefährten und Trauzeugen Şadi geschenkt. Der hielt die Gewehre, darunter zwei kostbare *Holland & Holland*-Büchsen und ein Paar *Purdey*-Flinten, in Ehren und erlegte damit im Gedenken an den Verstorbenen auf seinen späteren Afrikasafaris so manches Wild. Das Fehlen der kleinen Flinte mit dem ins Silber gravierten tscherkessischen Wappen hatte Şadi nicht angesprochen. Selma fragte ihn später einmal danach. Da waren Şadi und sie schon mehr als zehn Jahre verheiratet.

»Vermutlich hat Benita das gute Stück mit nach Deutschland geschmuggelt.«

Ein Klopfen riss Benita aus ihren Abschiedsgedanken. Sie erwartete keinen Besuch hier oben. Hasan sollte Freunde und Verwandte auf der Terrasse empfangen und um etwas Geduld bitten, bis seine Mutter herauskäme.

»Ja?«

Die Tür öffnete sich und eine nicht sehr große, etwa fünfzigjährige Frau betrat den Raum. Sie trug einen hellen französischen Hosenanzug, das dunkle Haar im seitlichen Wellenpony, wie er in den 30er-und dann wieder in den 50er-Jahren Mode gewesen war. Ihr scharf konturiertes, nur wenig geschminktes Gesicht verriet Selbstbewusstsein und Lebenserfahrung, ihre grünen Augen erfassten blitzschnell den Raum, musterten die sitzende Person und, mit einem unmerklichen Stirnrunzeln, den Sekretär.

»Schön, dass du gekommen bist, Selma«, sagte Benita. »Hat Hasan dich hochgeschickt?«

»Ich war so frei, ums Haus zu gehen und den Dienstboteneingang zu nehmen, um mich allein von dir zu verabschieden, meine liebe Benita. Basri würde sonst davon erfahren, das möchte ich nicht.«

Benita hatte Selma eingeladen. Ihr Plan war gewesen, sie auf der Terrasse beiseitezunehmen. Nun hatte ihre Vorgängerin den Spieß umgedreht.

Benita erhob sich, Selma liebkoste den Sekretär mit den Augen.

»Ich finde, hier macht er sich viel besser als im Holzmeisterhaus«, sagte sie.

»Hier stand er ja auch, als Hadije Soraya noch lebte.«

»Nimmst du ihn denn nicht mit nach Deutschland?«

»Ich finde nicht, dass ich das Recht dazu habe.«

»Also bekommt ihn Faika?«

»Da würde sich unsere gemeinsame Schwiegermutter im Grabe umdrehen ...«

»Hmm – Faikas dummer Brief an den Vater.«

»Geschrieben an diesem Sekretär.«

Selma dachte kurz nach. Dann entfuhr es ihr.

»Du willst das schöne Stück doch nicht etwa dem Bischof von Byzanz in den Rachen schmeißen?«

Die katholische Kirche hatte das Anwesen von Benita gekauft. Ein Altersheim sollte aus der Villa des Paschas werden. Mit finanziellen Transaktionen, die hübsch im Verborgenen bleiben mussten, kannte die Vatikanbank sich aus. Benita wären kaum andere Möglichkeiten geblieben, wenn sie nicht genau so bettelarm nach Deutschland zurückkehren wollte, wie sie vor fünfzehn Jahren in Istanbul angekommen war.

»Nein, Selma, nach der Aufbewahrung des Korans und der Lutherbibel wäre die Vulgata ein unzumutbarer Abstieg für den treuesten Diener von Cevat Paşa Konak.«

Die beiden Frauen sahen eine Weile schweigend zum Fenster hinaus. Sie wussten, dass dies nicht der Zeitpunkt war für den Austausch religiöser Spitzfindigkeiten zweier gebildeter Europäerinnen.

Unten auf der Terrasse hatte sich inzwischen eine beträchtliche Menge versammelt. Verwandte, Bekannte, die letzten Dienstboten und viele von früher, Nachbarn und ihre Kinder, Hasans Freunde und einige Schulkameraden. Sie alle warteten darauf, dass sich die Tür öffnete und Benita heraustrat, um mit ihrem Sohn aufzubrechen hinunter zum Hafen.

Hasan lief zwischen den vielen Menschen auf der Terrasse und im Park hin und her und vertrat seine Mutter, so gut er konnte. Es waren seine großen Ferien, die der Vierzehnjährige in den vergangenen Wochen zum letzten Mal hier im Elternhaus verbracht hatte, um der Mutter beim Packen und Abschiednehmen zu helfen.

416

Erst heute wurde ihm bewusst, wie beliebt Benita Cobanli-von Roon bei all diesen Leuten war, welchen Respekt man ihr entgegenbrachte neben der stillschweigenden Bewunderung für die Contenance, mit der sie ihre schwierige Ehe zu Ende geführt hatte.

Alle wollten ihr Lebewohl sagen, viele sich bedanken. Feriduns Witwe hatte sich sehr großzügig gezeigt bei der Auflösung ihres Erbes. Vieles von dem, was sich nicht nach Deutschland verschiffen ließ, hatte sie nicht verkauft, sondern verschenkt.

»Würdest du ihn denn in Ehren halten?«, fragte Benita Selma unvermittelt.

»Ich habe die traurigsten Briefe meines Lebens daran geschrieben, aber auch die schönsten gelesen – die von meinem Basri aus England. Du könntest mir keine größere Freude machen.«

»Dann nimm ihn, er soll es gut bei dir haben.«

»Benita, wie soll ich dir bloß danken?«

»Sprich nicht so schlecht von Feridun. Er ist der Vater unserer Söhne.«

»Ich darf gegenüber Basri nicht einmal seinen Namen erwähnen.«

»Feridun hat Basri so geliebt. Er hat mir und Hasan immer von ihm erzählt.«

»Ich glaube, Feridun hat immer nur sich selbst geliebt.«

»Vom Pascha und der Prinzessin wurden ihm zwei konträre Seelen in die Brust gepflanzt, zu viel Pflicht und zu viel Gefühl, und diese beiden Seelen sind in ihrer Entwicklung nie über das Gemüt eines Zehnjährigen hinausgewachsen.«

»Du gibst seinen Eltern die Schuld. Andere dem Krieg. Andere Atatürk. Dabei sollten wir sie bei uns selbst suchen. Wir haben uns Feriduns Verhalten viel zu lange bieten lassen.«

»Aus Liebe.«

»Ich wurde ihm zur Frau bestimmt.«

»Dank Atatürk konntest du dich scheiden lassen und ein neues Leben anfangen.«

»Atatürk hat meine Ehe mit arrangiert.«

»Ich bin an meiner selbst schuld. Mein Vater war strikt dagegen.«

»Warum hast du ihn nicht verlassen?«

»Bis der Tod uns scheidet, habe ich vor meinem Gott geschworen.«

Selma sah Benita mitleidig an. Dann deutete sie hinunter auf die Terrasse.

»Was haben Atatürks Reformen uns Frauen gebracht, außer, dass wir kein Kopftuch mehr tragen müssen?«

»In Deutschland darf eine Ehefrau ohne Zustimmung ihres Mannes keinen Beruf ergreifen. Und ledige Lehrerinnen müssen in Bayern zölibatär leben.«

»Warum gehst du ausgerechnet dahin zurück?«

»Weil ich glaube, dass Westdeutschland, nach allem, was passiert ist, einmal das demokratischste Land der Welt sein wird. Dort soll mein Sohn leben, nicht in einem Land, in dem das Militär alles bestimmt.«

Selma ging auf Benita zu und umarmte sie.

»Ich wünsche dir viel Glück! Und dass dein Sohn nicht seinem Vater nachschlägt, sondern dir.«

Benita deutete auf den Sekretär.

»Ich sage unserem Notar Bescheid, dass du unseren alten Freund morgen abholen lässt.«

»Hast du auch alle Geheimfächer geleert?«

Benita nickte. Selma streichelte die Schreibfläche.

»Willkommen bei den Cenanis, alter Herr!«

Die beiden Frauen verließen gemeinsam das Zimmer und gingen die Treppe hinunter. Die Eingangshalle war leer geräumt. Fast wie ein Filmstudio, in dem gerade noch ein aufwendiges Historiendrama gedreht worden war und das nun wartete auf die nächste Dekoration, das nächste Team, die nächste Geschichte von Liebe und Tod. Benita und Selma sahen sich ein letztes Mal um, lauschten den Stimmen der Vergangenheit, den Gästen fröhlicher Feste, dem aufgeregten Geschnatter des Personals, lautem Kinderlachen und leisem Weinen der Mütter.

»Lass uns zusammen rausgehen«, schlug Benita vor.

Selma schüttelte den Kopf.

»Das ist dein Abschied, nicht meiner. Ich verschwinde lieber, wie ich gekommen bin. Sonst glauben die Leute am Ende noch, ich ziehe wieder ein.«

Sie küsste Benita auf beide Wangen und eilte durch den Kücheneingang davon.

Plötzlich und ganz ohne Aufhebens stand Benita auf der Terrasse mitten in der Abschiedsgesellschaft, als wäre sie geistergleich durch die geschlossene Tür ins Freie geweht.

Hasan ergriff ihre Hand und führte die Mutter herum. Tränen flossen – und Benita war es, die Trost spendete, aufmunterte, humorvolle Bemerkungen machte und baldiges Wiederkommen auf Besuch versprach.

Sie und diesmal nicht ihr Mann trat nun eine Auslandsreise an, ohne irgendjemandem Rechenschaft darüber zu schulden, wohin und für wie lange.

Ihre Heimreise.

Doch dieses Wort verwendete weder Benita noch sonst jemand auf der Terrasse des Cevat Paşa Konak im schönsten Morgensonnenschein.

Ihr Gepäck war bereits auf mehrere Autos verteilt worden. Nun setzte sich eine Prozession in Bewegung. Außenstehenden mag es wie eine Hochzeit oder eine andere große Familienfeier erschienen sein, die sich da hupend den Weg durch die Stadt bahnte. Aber es waren Benita Cobanli-von Roon und ihr Sohn Hasan auf dem Weg zum Kai des Europahafens am Goldenen Horn.

Dort gab es noch einmal große Umarmungen und viele, viele Tränen. Dann kletterten die beiden Auswanderer tapfer die Gangway der *San Giorgio* hoch und begaben sich zum Winken an die Reling.

»Sag deiner Kindheit Adieu, Hasan Cobanli!«

Hasan winkte und winkte und sagte nichts.

Benita setzte ihre Sonnenbrille auf, um die Tränen zu verbergen.

Mutter und Sohn sahen, wie die Hafenmauer sich entfernte und die Freunde, noch immer Hüte und Tücher schwenkend, kleiner und kleiner wurden. Mit einem kurzen und zwei langen Hornstößen verabschiedete sich nun auch die *San Giorgio* von Istanbul.

Von diesem Tag an zögerte Hasan immer, wenn ihn jemand fragte, wo er zu Hause sei.

So endete am 30. Juli 1966 Benitas drittes Leben. Das erste hatte sie auf Schloss Schwiessel und Gut Gorschendorf hinter sich gelassen am Tag, als sie mit den Eltern nach Westen aufbrach, auf der Flucht vor den russischen Panzern. Das zweite Leben war die Flüchtlingszeit in Westfalen gewesen, die Jahre der Entbehrungen und der Sorge um die Zukunft. Ihr drittes würde für sie immer mit Cevat Paşa Konak verbunden sein und darin zurückbleiben, auch wenn Feridun fern seiner Heimat in der Schweiz begraben lag. Nun fuhr sie hoffentlich ihrem vierten Leben entgegen. Vom Erlös aus dem Verkauf ihres türkischen Erbes, der beunruhigend zögerlich auf Benitas Konten in Deutschland und der Schweiz eintraf, würde sie leben und ihrem Sohn eine ordentliche Ausbildung bezahlen müssen. Ein kleines Haus hatte sie sich bauen lassen, nicht in Norddeutschland, sondern am südlichen Stadtrand der bayerischen Landeshauptstadt. So könnten, wie sie hoffte, alle Freunde und Verwandte, die künftig zwischen Istanbul und Deutschland unterwegs waren, bei ihr Zwischenstation machen und auf einen Tee oder ein Abendessen bleiben.

Im Abendrot durchpflügte die *San Giorgio* auf ihrer Passage nach Genua das Marmarameer. Nachts zogen im Licht des Vollmondes Çanakkale und die Hügel von Gallipoli vorüber, wo ein halbes Jahrhundert zuvor die große Abwehrschlacht getobt hatte, der Hasans Großvater seinen Ruhm verdankte. Aus dem Bordlautsprecher erklang leise das »Lied der Dardanellen«.

Çanakkale köprüsü dardır geçilmez …
Die schmale Brücke von Çanakkale ist unpassierbar,
Diese Wasser sind voll Blut, dass sie keiner trinken mag,
Ach, meine Jugend, adieu.
Auch mich hat es getroffen in Çanakkale,
Und sie begraben mich bei lebendigem Leib,
Ach, meine Jugend, adieu.

Einige türkische Passagiere sangen das Lied mit, während Hasan mit seiner Mutter aufs Deck hinaustrat und sich mit ihr an den Bug stellte.

Benita wollte den Fahrtwind spüren.

Sie war jetzt vierundvierzig Jahre alt.

SECHS

2013 GEZI

Hallo Hasan, reden wir gleich ein paar Minuten über die Demonstrationen im Gezi-Park?«, fragte der *Spiegel*-Redakteur aus Hamburg.

»Nicht schon wieder Atatürk«, stöhnte Hasan.

»Dann bist du diesmal halt einer aus der aktuellen Regierung.«

»Mal sehen, ich melde mich, wenn mir was einfällt.«

Hasan beendete die Skype-Verbindung und kehrte zu seinem Manuskript zurück. Rechtsrum weich, linksrum kratzig. Auf die Fersen gestützt, strichen seine nackten Füße über den Flor des Teppichs. Das Gefühl kribbelte von den Sohlen in den Kopf. Rechtsrum weich, linksrum kratzig – solange Hasans Füße sich auf dem Teppich hin- und herbewegten, stiegen Träume und Erinnerungen hoch, bitter und süß zugleich.

Es war Samstagmorgen. Luisa, seine Tochter, schlief noch. Sie musste nicht zur Schule. Hasan saß in seiner Küche in München. Hierhin hatte er seinen Arbeitsplatz verlegt, die Balkontür weit offen, er rauchte beim Schreiben.

Der Laptop vor ihm stand auf einem runden Mahagonitisch. In der Mitte ein dicker silberner Kerzenleuchter. Gestern Abend, bevor sie schlafen ging, hatte Luisa fünf neue Kerzen hineingesteckt. Sie waren schon wieder abgebrannt. Zwei lederne Ordner mit dicken Packen alter Briefe und vergilbter Dokumente lagen geöffnet neben dem Kandelaber, ein Stapel Bücher über die Dardanellenschlacht, Atatürk-Biografien, ein Stadtplan von Konstantinopel aus den Zwanzigerjahren, ein halbes Dutzend schwere Fotoalben und Unmengen von Zetteln mit Notizen – der Tisch war groß genug.

Hasan war Journalist, gewohnt, kleine Ausschnitte der Realität anschaulich und stimmig wiederzugeben. Doch vor ihm lag ein Jahrhundert. Das Leben seiner Familie über drei Generationen. Fünfzehn Jahre schon sammelte er Material über die Cobanlis und die Roons. Das Aufschreiben hatte er immer wieder hinausgeschoben. Zu viel eigenes Leben war ihm dazwischengekommen. Beruflich immer unterwegs, zwei Ehen, eine Tochter, viele Affären. Und je mehr er zwischendurch über seinen Vater erfuhr, desto schwerer fiel es dem Sohn, zu Feridun Cobanli die Distanz des Journalisten Hasan Cobanli aufzubauen. Seit Selma ihm damals Vaters Brief an Basri anvertraut hatte, fühlte er die gefährliche Nähe des Mannes, von dem seine Mutter ihm zu viel Positives und Selma zu viel Negatives erzählt hatte.

De mortuis nil nisi bene.

Das ging nicht, wenn man es als Journalist ernst meinte. Die Wahrheit wiederum hätte seine Mutter sicher nicht gedruckt lesen wollen. Und er, Hasan, vielleicht auch nicht. Aber im Jahr 2010 war Benita gestorben, zuvor zum zweiten Mal Witwe geworden, diesmal nach einer glücklichen Ehe mit einem Münchner Arzt. Seitdem gab es eigentlich keine Ausrede mehr. Außer –

Hasan konnte sich nicht vorstellen, ein Buch zu schreiben, in dem er selbst vorkam, vorkommen musste. Freunden immer wieder Geschichten erzählen, das lag ihm. Da konnte er sich erlauben, mit orientalischem Hang zum Ausschmücken und Verkleiden zur Scheherezade der eigenen Familiensaga zu werden. Istanbul war hip, die Türkei vom politischen zum Lifestyle-Thema geworden. Atatürks großer Traum, Anatolien auf ewig fest an Europa zu binden, schien zum Greifen nah.

Doch seit einiger Zeit passierte etwas am Bosporus, das Gift in Hasans pittoreske Erzählungen träufelte und seine Hoffnungen von einer baldigen Aufnahme der Türkei in die Europäische Union zerstörte. Das Rad der Geschichte drehte sich wieder einmal rückwärts, aber nicht nur zurück zu den reaktionären kemalistischen Generälen, sondern diesmal bis in die Zeit von Sultanat und Kalifat. Als häufiger Besucher seiner einstigen Heimat wurde Hasan Zeuge, wie die stolze Republik, an deren Wiege auch sein Großvater Pate gestanden hatte, von einem Volkstribun zur Zwischenstation auf dem Weg zu einem Osmanischen Reich 2.0 erklärt wurde, in dem Staat und Religion wiedervereint wären und ein neuer Sultan autoritär regierte, eine Art Atatürk von Allahs Gnaden.

Wer interessierte sich in solchen Umbruchzeiten noch für die Dardanellenschlacht und die Geschichte der Cobanlis?

»Gebt mir einen festen Punkt, und ich hebe euch die Welt aus den Angeln.«

Hasan befand sich noch immer auf der Suche nach dem archimedischen Punkt, um hundert Jahre aus den Angeln zu heben.

Aynur, die türkische Putzfrau, riss ihn aus seinen Träumen. Aynur kam ihm gerade recht. Sie stellte eine Tasse Tee vor ihn hin, wischte um die Bücher- und Aktenstapel herum Staub, deckte gegenüber für Luisa Frühstücksteller, Löffel und Müslischale, schüttelte den Kopf über »Hasan Bey« und seinen Teppich in der Küche und darüber, dass er ihr verboten hatte, ihn mit dem Staubsauger zu traktieren.

»Aynur, der Teppich ist antik! Sein Flor leidet, wenn man ihn saugt!«

»Ein antiker Teppich in der Küche, noch dazu einer mit so einer hässlichen dunklen Stelle! Warum legen Sie ihn nicht ins Arbeitszimmer?«

»Weil ich hier in der Küche arbeite und dabei muss ich den Teppich spüren.«

Hasans Handy summte.

»Jale möchte mit Dir auf Facebook befreundet sein«.

»Kennen wir uns, Jale?«

»Noch nicht!«

»Sollten wir?«

»Bist Du der Enkel von Cevat Paşa?«

»Ja – und Du?«

»Vielleicht seine Urenkelin.«

»Vielleicht??«

»Meine Mutter behauptet es zumindest.«

»Wie heißt Deine Mutter?«

»Milana Ay.«

»Kenne ich nicht. Wie heißt denn Milanas Vater?«

»Feridun Cobanli.«

Jetzt spürte Hasan wieder ein Kribbeln. Nur dass es diesmal nicht vom Teppich kam.

»Wann war denn Deine Großmutter mit Feridun zusammen?«

»Sie hatten eine Affäre, 1960.«

»Und wie hieß sie???«

»Réka.«

Das Kribbeln steigerte sich zum Stromschlag.

Réka!

Drei junge Damen in Bikinis auf dem Balkon ... Wilde Partys im Holzmeisterhaus, das der Vater vermietet hatte. Drei Gassenjungen singen ein Spottlied auf Feridun und Réka.

War das die Wahrheit?

»Jale, was macht Deine Mutter jetzt?«

»Hausfrau.«

»Und Du?«

»Ich gehe auf die deutsche Schule in Istanbul. Aber heute ist wieder Demo im Gezi-Park.«

»Schick mir mal ein Foto!«

»Akzeptiere meine Freundschaftsanfrage.«

»Willkommen in der Welt von Hasan Cobanli!«

Ein Foto baute sich auf. Darauf ein lachender Teenager mit einer kleinen weißen Atemmaske unterm Kinn. Jeans, dunkle Haare zu einem Pferdeschwanz gebunden, Bernsteinaugen – eine Schönheit grinste ihm da frech entgegen.

Jale.

Hasan starrte das Foto minutenlang an. Das Mädchen hockte vor einem Zelt im Gezi-Park. Hasan vergrößerte das Foto und konnte jetzt lesen, was mit rosa Sprühfarbe darauf geschrieben stand:

»*Geldiler, geçmediler, geçemeyecekler!*«

Jetzt hielt es ihn nicht mehr auf dem Stuhl. Er sprang auf und fuhr sich mit der Hand durchs Haar.

Auf Jales Zelt stand der einzige Satz von Weltruhm, der jemals von einem Mitglied der Familie Cobanli geprägt wurde. Vor beinahe hundert Jahren.

»Sie sind gekommen, sie sind nicht durchgekommen, sie werden nicht durchkommen!««

Doch jetzt sollte er den Regierungschef, den Führer der Partei für Gerechtigkeit und Entwicklung, davor warnen, das Erbe Atatürks zu schänden.

»Jale?«

»Hasan?«

»Dann wäre Deine Mutter also meine Halbschwester und ich Dein Onkel?«

»Sieht so aus. Hello, Hasan Amca!«

»Was wurde aus Deiner Großmutter?«

»Lebt nicht mehr.«

»Was weißt Du von unserer Familie?«

»Nur den Satz auf meinem Zelt. Hab ich schon in der Schule gelernt.«

»Das ist wenig.«

»Erzähl mir mehr, Amca!«

»Bisschen viel für Facebook.«

»Ich will alles wissen. Sonst kommen die Prügelpolizisten wieder, und ich sterbe dumm.«

»Ich arbeite gerade an einem Buch über meine Familie.«

»Schreib schneller, Onkel!«

»Ich schicke Dir jedes fertige Kapitel!«

»Ein Fortsetzungsroman – cool!«

Hasan konnte es noch immer nicht fassen. Da saß ein Teenager im Gezi-Park und war ein Enkelkind seines Vaters.

»Guten Morgen, Papi!«

Luisa stand in der Küchentür, gähnte und rieb sich den Schlaf aus den Augen.

»Guten Morgen, mein Schatz.«

»Ist dir was eingefallen?«

»Du bist gerade Cousine geworden.«

»In deinem Roman?«

»In Istanbul – hier, schau!«

Luisa entriss dem Vater das Handy und schaute sich das Foto von Jale an.

428

»Die ist ja älter als ich.«

»Das kommt vor.«

Sie wechselte auf Jales Facebookaccount und fand mehr Bilder. Partystimmung im Gezi-Park. Dann der erste Polizeieinsatz.

»Fliegen wir hin, sie besuchen?«

»Du kriegst bestimmt nicht schulfrei. Außerdem ist es dort gerade ziemlich gefährlich.«

»Aber wir müssen ihr doch beistehen.«

»Gegen Pfefferspray, Tränengas, Wasserwerfer, Schlagstöcke?«

»Cool!«

Luisa beneidete ihre neue Cousine. So wie Jale wollte sie sein, mutig, aufbegehrend, heldenhaft. Mit ihr die Bäume im Gezi-Park beschützen gegen die Prügelpolizisten.

Hasan überflog die Nachrichten aus Istanbul.

Jale meldete sich wieder.

»Die Polizei hat sich in der Nacht zurückgezogen. Vielleicht wird ja alles gut.«

Er ahnte, dass es nicht gut werden würde, der nächste Angriff kam bestimmt. Mehrmals schon waren die sogenannten Ordnungskräfte mit äußerster Härte gegen die friedlichen Demonstranten vorgegangen, Tausende wurden verletzt, Hunderte festgenommen.

Ein riesiges Atatürk-Transparent hing im Gezi-Park. Wie ein Popstar blickte der Staatsgründer und Freiheitskämpfer auf die Demonstranten herab und den Schlägertrupps des Ministerpräsidenten entgegen. Der Funke des Zorns und des Widerstandes war übergesprungen auf die liberale Bevölkerung Istanbuls und der anderen großen Städte in der Türkei. Von überallher strömten sie auf die großen Plätze, es ging längst nicht mehr nur um die Bäume im Gezi-Park, die verschwinden sollten für eine fixe Idee des Regierungschefs: eine als osmanische Kaserne kostümierte Shoppingmall.

Es ging nun darum, im ganzen Land Zeichen zu setzen gegen Brutalität und Borniertheit eines einzelnen Mannes, der die konservative Landbevölkerung aufhetzte gegen die Freisinnigen in den Städten. Seit die Regierung den Handy-Datenfunk blockierte, hatten Privatleute, Hotelmanager und Caféhauswirte spontan ihre Wlan-Netze geöffnet und ihre Sicherheitscodes freigegeben für die Botschaften der Demonstranten. Jale meldete sich über den Router des Divan-Hotels. Die Welt war live dabei.

Den Besetzern des Gezi-Parks flogen die Herzen zu.

Und in einer Münchner Küche lag der Teppich, auf dem Luisas – und Jales – Urgroßvater vor knapp hundert Jahren gestanden hatte, als er seine Siegesmeldung ins Feldtelefon sprach.

»Geldiler, geçmediler, geçemeyecekler!«

(

Als sein Handy nach dem Verlassen des Flugzeuges wieder Empfang anzeigte, wollte Hasan wissen, ob YouTube in der Türkei noch online war. Er aktivierte Datenroaming und gab den letzten Link ein, den er in Deutschland aufgerufen hatte. Wenige Sekunden später erschien ein Interview auf dem Monitor.

Journalist: Herr Minister, was dürfen wir uns unter »Tränengazprom« vorstellen?

Minister: Eine antiterroristische Kooperation mit unseren russischen Freunden.

Journalist: Würden Sie uns das bitte etwas näher erläutern?

Minister: Jeder Stadtteil – vor allem die dekadenten anti-islamischen, westlich orientierten in Istanbul rund um Taksim-Platz und Gezipark, wo die Vandalen ihre widerlichen Zelte aufgebaut hatten – wird bald an eine Tränengaspipeline angeschlossen sein, mit der wir kleinere und größere Tränengaskammern versorgen. Am Taksim errichten wir einen Tränengaspalast von der Größe einer Moschee. Und an allen Demonstrationsrouten stehen künftig Tränengasbusse für die effiziente Behandlung von je 60 Personen bereit.

Journalist: Wo nehmen Sie denn so viele Busse her?

Minister: Bibliotheksbusse aus kemalistischen Zeiten. Wir bauen sie um. Die Menschen der neuen Türkei brauchen keine Bücher mehr. Da stehen sowieso nur Lügen drin.

Journalist: Auch im Koran?

Minister: Das lassen wir gerade überprüfen, inwieweit der Koran den Weisheiten unseres Regierungschefs widerspricht. Bis dahin darf der Koran in der Türkei nur noch in osmanischer Schrift gedruckt und verkauft werden. Weil die niemand mehr lesen kann. Aber auch das wird sich bald ändern.

Hasan zog sich die Ohrhörer ab und stoppte das YouTubevideo auf seinem Handy. Das Standbild zeigte ihn in seltsamer Verkleidung. Gehäkeltes Moslemkäppi, schwarze Sonnenbrille, aufgeklebter Schnurrbart. In der Namenszeile unter Hasan stand »*Türkischer Minister für Tränengas*«. Gelegentlich trat Hasan in solchen Masken als Sidekick im Videoblog eines bekannten Hamburger Journalisten auf. Diesmal hatte die Chefredaktion die Satire für ihre Onlineausgabe nur in verstümmelter Form freigegeben. Feiglinge!

»FUCK-U-ALL« prollte das T-Shirt des jungen Türken, der vor Hasan in der Schlange stand. Hasan fühlte sich auf einmal alt, sehr alt. Und es war ihm peinlich, dass er sich vor einer halben Stunde, noch im Flugzeug, ein Hemd mit dem Gezi-Park-Motto übergestreift hatte: »Pfefferspray ist mein Parfum«.

Wenn sich der Beamte an der Passkontrolle des Atatürk-Airports von »Fuck you all« beleidigt fühlte, was Hasan in diesem Augenblick für sehr wahrscheinlich hielt, dann sollte nicht gleich der nächste Provokateur vor den Schalter mit der biometrischen Kamera treten.

Hasan schloss sein Sakko und knöpfte es bis zum Hals zu. Sah ziemlich dämlich aus. Aber sicher ist sicher.

Nur ein bisschen 68er-Feeling wollte er wiederbeleben, doch jetzt zog er schon am Atatürk-Flughafen den Schwanz ein. Er hatte im Netz gelesen, dass der türkische Geheimdienst Twitter- und Facebookuser, aber auch Blogger überprüfen ließ, Auslandskontakte von Demonstranten verfolgte und wahllos Menschen verhaftete, die sich in den sozialen Netzwerken über den aktuellen Stand am Taksim-Platz austauschten.

Auf einen T-Shirt-Provokateur wie ihn hatten sie hier bestimmt gewartet.

Jale!

Er musste das mutige Mädchen finden, das ihm vom Gezi-Park geschrieben hatte. Der Teenager mit der Atemschutzmaske, Jale unter Tränengas, seines Vaters Enkelin. Seit vorgestern war sie offline. Da hatten die »Ordnungskräfte« den Gezi-Park geräumt – mit roher Gewalt. Wurde auch Jale weggefegt von ihren Wasserwerfern? Verletzt? Verhaftet? Welche Chance hatte er überhaupt, sie in dieser riesigen Stadt zu finden, ihr zu helfen?

Oft wurden Demonstranten tagelang festgehalten, ohne dass man ihnen Kontakt nach außen erlaubte.

Der türkische Passbeamte winkte den FUCK-U-ALL-Anatolier durch. Hasan trat vor und schaute korrekt in die biometrische Linse. Der Beamte scannte seinen Pass, tippte auf seinem Keyboard herum, ohne aufzublicken.

Hasan bemühte sich um einen gleichgültigen Gesichtsausdruck, wie er ihn eben bei seinem Vordermann gesehen hatte.

Ein, zwei Minuten vergingen, ohne dass etwas passierte.

»Stimmt etwas nicht?«, fragte Hasan.

Keine Reaktion.

Hinter ihm wechselten einige Touristen hinüber in die andere Warteschlange.

Eine Seitentür öffnete sich, zwei Uniformierte kamen heraus.

Also doch.

Hasan zog sein Sakko noch etwas enger zu.

Sein Name stand in ihren Computern. Der Enkel des Cevat Paşa war in Istanbul kein Unbekannter. Wenn er zu Besuch kam, tauchte sein Foto in den Gesellschaftsspalten der Boulevardzeitungen auf. Hasan durfte sich als Teil der türkischen Folklore fühlen.

Sie würden es nicht wagen, ihm Schwierigkeiten zu machen.

Oder vielleicht gerade? Gerade jetzt?

Der Ministerpräsident hasste Atatürk und seine Getreuen.

Hasan war kein Kemalist. Aber auf Atatürk ließ er nichts kommen. So wie er auf Che Guevara nichts kommen ließ.

»Okay«, sagte der Mann im Glaskasten und gab ihm seinen deutschen Pass zurück.

Hasan fühlte sich erleichtert und enttäuscht zugleich.

Sie ließen ihn einfach durch.

Danke, Großvater!

Über der Stadt war ein urzeitliches Gewitter losgebrochen, der Taxifahrer fluchte, denn sein Scheibenwischer schob ihm einen dichten Schmierfilm über die Sicht. Nur langsam ging es voran vom Airport ins Zentrum. Kurz vor Mitternacht überquerten sie das Goldene Horn, um möglichst nahe an den Taksim-Platz zu kommen. Der Taksim und die umliegenden Boulevards, Straßen und Gassen waren für Autos und Fußgänger weiträumig gesperrt. In Cihangir, dem Stadtviertel unterhalb des Taksim, ging nichts mehr weiter. Kaum Menschen waren unterwegs. Hasan rief Barbra an, eine Freundin von Nesrin. Barbra beschwor ihn, sofort von der Straße zu verschwinden. Sie hielt sich nicht weit von seinem Standort, unterhalb des alten deutschen Botschaftsgebäudes in Ayaspaşa, bei einer Freundin versteckt.

Als Hasan dort mit seiner Reisetasche ankam, sah er ein gutes Dutzend Demonstranten in einem spärlich beleuchteten Wohnzimmer sitzen. Verstört tippten sie auf ihren Smartphones herum. Wenig später zog unten ein Trupp Polizisten durch die Straße. Barbra holte panisch die Leute vom Balkon und schaltete das Licht ganz aus. Jetzt durfte man nur noch flüstern.

Barbra erzählte Hasan, dass die Polizei eine halbe Stunde zuvor einen Großangriff quer durch die Stadtteile gestartet hatte. Mit Stöcken und Pfefferspray gegen Demonstranten.

»Sie rennen wie Hunde hinter Hasen her und lassen nicht ab ... Bis in die Häuser hinein verfolgen sie unsere Leute und verhaften Hausbewohner, die den Fliehenden ihre Türen öffnen. Du hattest Glück.«

Im abgedunkelten Zimmer erzählte einer, dass Polizisten von der Straße aus Gasgranaten und Wassersalven durch Wohnungsfenster schossen.

Die Demonstranten in Barbras Unterschlupf, darunter zwei Medi-

zinstudenten, eine junge Anwältin, eine Designerin, alles unpoliti-
sche, wohlerzogene Leute, völlig unerfahren in Straßenkampf und
Flucht, waren sich einig, dass sie nicht aufgeben wollten. Und doch
war durchs Dunkel Resignation zu spüren und echte Furcht.

»Wir haben das doch gemacht, damit etwas besser wird und nicht
schlechter«, sagte einer. »Und jetzt wird es immer schlimmer – und
sie werden nicht aufhören.«

Die Leute vertrieben sich die Zeit damit, Schreckensmeldungen auf
Twitter zu verfolgen oder Videos herumzuzeigen, in denen Polizisten
Demonstranten verprügelten. Hasan ging mit ihnen die Fotos vom
Gezi-Park durch, bis er auf Jales Zelt mit Großvater Cevats Satz vom
18. März 1915 stieß. Ein paar Klicks weiter gab es endlich ein – nicht
sehr scharfes – Bild von Jale. Ihr Facebookaccount war geschlossen.
Leider konnte sich keiner von Barbras Freunden an sie erinnern. Hasan ließ sich das Foto ausdrucken und wollte sich auf die Suche machen. Gegen Tränengas gab es ja Schutzmasken.

Eine junge Frau aus der Runde lachte müde und erzählte ihm, dass
sie durch Tränengas schon zweimal an den Rand des Erstickens gebracht worden sei.

Hasan ließ seine Tasche bei Barbra zurück, zog sich gegen das Tränengas einen grauen Kapuzenpulli über, den sie ihm gab, und verließ
die Wohnung.

Die steilen Gassen hinauf Richtung Taksim und Gezi-Park waren
vom Gewitter zu kleinen Bächen geworden. Hasan hatte seinen
Presseausweis eingesteckt, fest entschlossen, sich nicht erwischen zu
lassen von Polizisten oder Schlägertrupps.

Er kam ungehindert durch zum *Divan Hotel* direkt am Gezi-Park,
das der Familie von Rahmi Koç gehörte. Dorthin hatten sich in den
Tagen zuvor viele Demonstranten vor ihren Verfolgern geflüchtet.
Auf ausdrückliche Anweisung der Eigentümerfamilie hatte ihnen das
Hotelmanagement Unterschlupf in der Lobby und in den Kellerge-
schossen gewährt.

Der Starbucks-Coffeeshop nebenan dagegen hatte seine Türen sofort
geschlossen, als die weißen Wasserwerfer-Wagen anrückten und es
losging mit der Räumung.

Ein alter *Divan*-Page beschrieb Hasan, wie das Hotel mit Tränengas ausgeräuchert wurde. Die Menschen im Keller saßen in der Falle. Panisch versuchten sie, aus dem Hotel zu flüchten. »Wenig später drängten sich viele wieder zurück durch die Drehtüren, weil sie draußen schon von den Männern in ihren schwarzen Monturen und den weißen Helmen erwartet wurden, ich sah die Schlagstöcke auf die Leute niedersausen. Es war der Horror!«

Der Page hatte geschwollene rote Augen, alle hier hatten rote Augen. »Wer keine roten Augen hat, der kennt das wahre Leben in Istanbul nicht.«

An das Mädchen auf dem Foto konnte er sich nicht erinnern.

»Die Regierung hat den juristischen Druck auf ihre Gegner erhöht«, berichtete ein Kollege an der Rezeption. »Wer sich nach Samstagabend noch auf dem Taksim-Platz aufhält, wird als Terrorist eingestuft, das hat unser EU-Beitrittsminister Egemen Bağiş im Fernsehen verkündet. Jetzt verhaften sie schon Ärzte, weil sie die Demonstranten ›unterstützt‹ hätten. Der Beşiktaş-Fußballfanclub Çarşı soll ebenfalls zu einer terroristischen Vereinigung erklärt werden.«

Auch dem Empfangschef war Jale nicht aufgefallen.

»Haben Sie schon im Deutschen Krankenhaus nach Ihrer Nichte gesucht, Hasan Bey?«

Nein, hatte Hasan nicht. Gute Idee!

Es war jetzt gegen zwei Uhr morgens. Egal.

Hasan ging vorbei an den zertrümmerten, niedergebrannten Resten des Zeltlagers, das hier tags zuvor noch stand. Vom *Divan*-Hotel erreichte man das Deutsche Krankenhaus – ein alter Komplex, Baujahr 1852, einst von deutschen Ärzten geführt – unter normalen Umständen in fünfzehn Minuten, quer über den Taksim-Platz und dann nach links ein Stück bergab, vorbei am Glashaus, in dem das Istanbuler ARD-Studio auf vier Stockwerken untergebracht war.

Im Alman Hastanesi hatte Benita Cobanli 1952 ihren Hasan entbunden. Dort war er als Junge an Weihnachten zusammen mit Kindern der deutschen Schule über die Flure gezogen. Kerzen und Zweige in den Händen, sangen sie Weihnachtslieder für die Patienten.

Vom *Divan*-Manager wusste Hasan, dass auch das Alman Hastanesi, in dem viele Ärzte rund um die Uhr verletzte Demonstranten behandelten, vor dem Sturm auf den Taksim-Platz mit Tränengas angegriffen worden war und vermutlich noch unter Beobachtung stand. Er näherte sich von der Rückseite, schaffte es, über eine kleine Mauer von hinten in den Hof zu klettern, und gelangte durch einen Seiteneingang ins Gebäude.

Er suchte die Stationen ab, die Korridore waren noch dieselben, die er vor fünfzig Jahren entlanggelaufen war, »Oh Du Fröhliche« singend – andere Zeiten. Die Flure waren jetzt vollgestellt mit Betten, in denen junge Leute lagen – mit verbundenen Augen, Köpfen, Armen und Beinen. Hasan traf auf einen türkischen Arzt und zeigte ihm das Foto von Jale. Der Mann sah vollkommen übernächtigt aus, eilte von Station zu Station und wurde dauernd nach Patienten gefragt.

»Ja, ich glaube, sie war kurz bei uns. Sie hatte eine Augenverletzung.«

»Wo könnte ich sie finden?«

»Hier liegen alle durcheinander. Versuchen Sie Ihr Glück.«

Hasan klapperte die Krankenzimmer ab. Überall Tränen und Schmerzenslaute, verätzte Haut, zertretene Gliedmaßen, Gehirnerschütterungen, innere Blutungen. Manchen Demonstranten hatten Räumkommandos des Regierungschefs ihre Gummikugeln und Tränengaspatronen aus nächster Nähe ins Gesicht geschossen. Hasan kam sich vor wie im Lazarett eines arabischen Bürgerkriegsgebietes und nicht wie in einem Land, das in die Europäische Union aufgenommen werden wollte.

Nirgendwo eine Spur von Jale.

Deprimiert und erschöpft kehrte er ins Foyer zurück und sank auf einer Wartecouch nieder. Minuten später war er eingeschlafen.

Draußen war es bereits hell, als ihm ein junger Pfleger auf die Schulter tippte. Hasan fuhr hoch.

»Sie suchen ein Mädchen mit einer Augenverletzung?«

»Ja. Sie heißt Jale.«

»Haben Sie ein Foto?«

Hasan zeigte ihm den unscharfen Ausdruck.

»Ja, ich kann mich an sie erinnern. Sie wurde am linken Auge operiert. Aber dann ist sie verschwunden. Patienten im Raum haben erzählt, sie wollte zurück zum Taksim.«

»Danke!«

Hasan eilte nach draußen.

Minuten später erreichte er den abgesperrten Platz. Rund ums Denkmal der Republik herrschte am frühen Morgen gespenstische Leere. Doch mit einigem Sicherheitsabstand zur Polizeikette versuchten Schaulustige einen Blick auf das Schlachtfeld der letzten Tage zu erhaschen. Souvenirhändler hatten ihr Sortiment längst umgestellt auf Augensalben, Atemschutzmasken und »Pfefferspray ist mein Parfum«-Sticker.

Hasan fiel etwas Merkwürdiges auf.

Hier und da standen Türken, alte wie junge, einfach nur herum, schweigend den Blick auf das Denkmal der Republik gerichtet. Passanten wichen ihnen aus, als wären die Stehenden selbst Statuen, die künftig das Stadtbild prägen wollten.

Es dauerte eine Weile, bis Hasan ihre stille Botschaft begriff.

Der demokratische Widerstand gegen eine autoritäre Regierung hatte eine neue Form der Demonstration geboren. Lebende Statuen, Mahnmale aus Einzelmenschen, den Blick auf jenen Mann geheftet, der die Republik gegründet und ihr Europas Werte in die Verfassung geschrieben hatte.

Hasan musste daran denken, wie oft auch in Atatürks Namen Andersdenkende unterdrückt, verfolgt und umgebracht worden waren. Was also unterschied den Gazi von diesem Machthaber in Ankara, der jetzt den Spieß umkehrte und sich selbst – wie lange vor ihm Adnan Menderes – zum heiligen Krieg gegen Kemals Erbe ermächtigt hatte?

Atatürk mochte seine revolutionären Ziele als Krieger erkämpft und als Diktator durchgesetzt haben, doch er war getrieben vom unbedingten Willen, nicht nur die Eliten, sondern das ganze Volk an Bildung und Aufklärung teilhaben zu lassen. Jeder Türke sollte sich am Wissen der Welt schulen können und dadurch in die Lage versetzt werden, die Lehren von Priestern, Politikern und Militärs auf Sinn und Wahrheit zu überprüfen.

Nun aber fühlte sich ein von den einfachen Moslems Anatoliens gewählter Regierungschef dazu berufen, das Rad der Geschichte zurückzudrehen bis in die Sultanszeit. Und da die Macht des Wissens im Volk nur für Unruhe sorgt, kündigte er an, sie durch die Macht des Glaubens zu ersetzen. Den in diesen Wochen entstandenen Gezi-Mythos würde er bald durch ein neues Gazi-Pathos verdrängen. Im Jahr 2023, wenn die Türkei ihren hundertsten Geburtstag feierte, sollte die Welt die Wiedergeburt der osmanischen Kultur bestaunen und dem wahren, dem moslemischen Retter des Türkentums als wahrem Gazi huldigen.

In schwermütigen Gedanken umkreiste Hasan das Denkmal der Republik. Aus einer Seitengasse näherte sich ein Mädchen mit Augenklappe den Absperrungen. Wenige Meter vor den Polizisten blieb sie stehen und folgte dem Beispiel der lebenden Statuen auf dem Platz.

Jale!

Hasan ging auf sie zu und wollte sie in die Arme schließen. Doch etwas hielt ihn im letzten Augenblick davon ab. Die Aura des verletzten Mädchens. Er spürte, dass er Jale jetzt nicht stören durfte. Dies war nicht der Moment für Onkel und Nichte, nicht für Capuccino und Anekdoten.

Geldiler, geçmediler, geçemeyecekler! – das war vorgestern.

Hier entschied sich gerade die Zukunft – und Jale war ein Teil davon.

Eine von vielen Tausend Jales.

Die Generation Gezi-Park.

Ein Polizist deutete mit seinem Schlagstock auf Hasan.

»Yolunuzu devam edin! Gehen Sie weiter, sonst muss ich Sie verhaften!«

Jale musste es gehört haben. Sie riskierte einen Seitenblick und erkannte Hasan sofort. Aus dem unverletzten Auge rann ihr eine Träne über die Wange. Zugleich aber huschte ein Lächeln über ihr Gesicht.

»Ist dein Buch fertig?« flüsterte sie ihm zu.

»Noch nicht ganz!«

»Beeil dich, Onkel!«

»Anlamadinizmi? – Haben Sie nicht verstanden?«, bellte der Polizist, die Hand näherte sich der Pfefferspraydose am Koppel.

»Ben anladim«, antwortete Hasan, »ich hab verstanden.«

Dann drehte er sich um und verließ den Platz – Jale und Atatürk im Rücken.

☾

»Zur Modenschau« stand auf kleinen Pappschildern, mit der die Mauer entlang der Cevat Cobanli Paşa-Straße beklebt war. Hasan bat den Taxifahrer, vor der Einfahrt zum Konak zu halten und auf ihn zu warten.

Vorbei an Efeu und Glyzinien und begrüßt von zwei freundlichen Damen, denen er seine Einladungskarte vorzeigte, betrat er den Garten seiner Kindheit. Die Modeschöpferin Özlem Süer hatte das Hauptgebäude gemietet und darin ihre Ateliers und Showrooms eingerichtet. Wann immer Hasan in der Stadt war, schaute er vorbei, manchmal brachte er sogar Freunde oder kleine Delegationen aus Deutschland mit, um ihnen zu zeigen, wovon er sonst immer nur erzählte.

Vom Cevat Paşa Konak her wummerte eine westliche Musik-Collage wie bei allen Catwalk-Shows dieser Welt. Darüber hinweg bimmelte heller Glockenschlag und lud zur Abendandacht ins Holzmeisterhaus.

Das gesamte Anwesen gehörte noch immer der katholischen Kirche. Im Holzmeisterhaus feierten Istanbuls Christen ihre Gottesdienste, der Pfarrer wohnte ebenfalls im Gebäude. Ob er wusste, dass der türkische Diplomat Feridun Cobanli sein Domizil von einem späteren Papst hatte segnen und später von ein paar Lebedamen hat entweihen lassen, bevor seine Witwe schließlich den gesamten Besitz an den Vatikan verkaufte? Und dass jener Bischof Giuseppe Roncalli hier, unter dem Dach eines Ungläubigen, drei Juden als Christen deklariert hatte, um ihnen freies Geleit durch die Türkei nach Palästina zu sichern?

Hasan entschloss sich gegen einen Höflichkeitsbesuch bei Özlem Süer. Die Zeit wollte er lieber allein im Park verbringen. Als er am Holzmeisterhaus vorbei kam, sah er junge Leute mit weißen Atemschutzmasken unterm Kinn im Eingang stehen. Der Pfarrer war bei ihnen. Er hatte sie in seiner Kirche übernachten lassen.

Hasan ging ein paar Schritte weiter bis zum ausgetrockneten Bassin unter der alten Zeder, in dem er als Kind unter Anleitung der Mutter seine ersten Schwimmversuche unternommen hatte. Nach einem sichernden Blick über die Schulter kniete er am Beckenrand nieder und kratzte mit bloßen Händen die oberste Erdschicht zur Seite. Bald stieß er auf einen Hohlraum und ertastete einen rostigen Deckel. Ein Ruck – und vor ihm öffnete sich eine schmale Blechkiste. Er holte einen mit Ölpapier umwickelten Gegenstand heraus. Ein Futteral kam zum Vorschein, aus dem er ein nicht sehr großes Gewehr zutage förderte.

Hadije Sorayas *Beretta* Kaliber 20.

Hasan streichelte den Lauf und erkundete das silberne Relief mit dem tscherkessischen Wappen auf dem Schaft. Großmutters Flinte hatte die letzten fünfzig Jahre fast unbeschadet überstanden.

Italienische Wertarbeit.

Hasan legte die Waffe an die Wange und kniff ein Auge zu.

Eine Krähe kam ihm ins Schussfeld. Sie landete auf einem Ast direkt über ihm in der Zeder.

Er ließ die Flinte sinken, steckte sie ins Futteral und legte sie mit dem Ölpapier umwickelt in ihr Versteck zurück. Dann bedeckte er die Blechkiste mit rostrotem Erdreich des Gartens, klopfte es fest, kehrte etwas Laub darüber und blieb einen Moment am Rand des Bassins sitzen.

Aus dem Räumen der Modenschau im ehemaligen Haus seiner Familie drangen Applaus und Korkenknall zu ihm herüber. Hasan stand auf, wollte gehen. Eine andere Musik als vorhin wurde jetzt oben gespielt. Er kannte sie gut. Hasan lauschte der Melodie und dachte sich den deutschen Text dazu, den ihm die Mutter einst beigebracht hatte.

Nicht wend' dein Antlitz von uns,
O Halbmond, ewig sieggewohnt.
Scheine uns freundlich
Und schenke Frieden uns und Glück,
Dem Heldenvolk, das dir sein Blut geweiht.
Wahre die Freiheit uns, für die wir glühn,
Höchstes Gut dem Volk, das sich einst selbst befreit.

Die Krähe saß noch immer in der Zeder und äugte auf ihn herab. Hasan klatschte in die Hände, wie um einen Spuk zu beenden. Der schwarze Vogel flog auf, spottete seiner mit lautem Kra-Kra. Dann bog er ab und ließ sich von der Thermik hinuntertragen zum Bosporus, bis Hasan ihn aus den Augen verlor.

DANKSAGUNG

Herausforderung Nummer eins: Zwei Freunde schreiben zusammen einen Roman. Herausforderung Nummer zwei: Der Roman erzählt über 100 Jahre Familiengeschichte eines der beiden Autoren. Herausforderung Nummer drei: Die beiden Familien, von denen der Roman handelt, sind Türken und Deutsche im Umfeld historischer Protagonisten in der ersten Hälfte des 20. Jahrhunderts. Spätestens diese dritte Herausforderung wäre nicht mehr zu meistern gewesen ohne Experten, Rechercheure, Sekundärliteratur.

Aus dem Nachlass von Feridun Cobanli und Benita von Roon, Hasan Cobanlis Eltern, mussten quer durch Europa Lebenswege rekonstruiert und restauriert werden, die große Namen, viele Schauplätze, die es so nicht mehr gibt, aber auch manchen weißen Fleck enthielten. Mal fügten sich Originaldokumente – etwa Briefe von Feridun und Benita – wie kostbare Diamanten in die Romanhandlung. Mal waren von einer authentischen Begebenheit nur der historische Rahmen und ein paar Fragmente der Geschichte verbürgt, sodass der Rest »historisch korrekt erfunden« werden musste.

Und wenn auf diese Weise wieder ein größeres Puzzlestück fertig war, stand eine »Peergroup« kritischer Leserinnen und Leser bereit, das Ergebnis einfach nur als Kapitel eines entstehenden Romans zu konsumieren und kommentieren. Vom Anfang bis zum Ende ihrer Arbeit machten die Autoren von solchen Freundschaftsdiensten Gebrauch. Hiermit möchten sie sich bei allen Helfern herzlich bedanken.

Ohne Ahmet Yurttakal und Prof. Dr. Hasan Kavruk und deren Biografie »Cevat Cobanli Paşa, 18 Mart Kahramani« (»Cevat Cobanli Paşa, Held des 18. März«, Istanbul 2014) und ohne Prof. Ayan Aktar von der Istanbul Bilgi Universität und seine Forschungen zu Dardanellenschlacht und Gallipoli wäre ein Faktencheck nicht möglich gewesen. Andor Orand Carius half dabei, die Familiengeschichte der Cobanlis in den historischen Kontext des Osmanischen Reiches und der Türkischen Republik einzuordnen. Rainer Zimmer steuerte zu Politik und Zeitgeschichte wertvolle Hinweise bei.

Über Deutschlands Rolle bei der Vernichtung der Armenier orientierten wir uns an der aktuellen Darstellung von Jürgen Gottschlich (»Beihilfe zum Völkermord«, Berlin 2015). Zu Atatürks Leben wurden darüber hinaus Biografien von Prof. Klaus Kreiser, Dirk Tröndle, Dietrich Gronau und Bernd Rill zurate gezogen. Zu Franz von Papen, Zsa Zsa Gabor und Geraldine von Albanien die jeweiligen Lebenserinnerungen, zur Roon-Séance die Reportagensammlung »Berlin – Schicksal einer Weltstadt« von Walter Kiaulehn. Elisabeth Khuen-Belasi ist zu danken fürs Korrekturlesen.

Womit wir bei unseren Erstlesern angelangt wären. Carmen und Joachim Weith gaben wertvolle Ratschläge in der Konzeptionsphase, Traudi Messini, Christin Krischke, Dr. Hans-Martin Gutsch und Alexander Schaumburg-Lippe begleiteten die Autoren bis zum letzten Kapitel mit konstruktivem Feedback. Der Historiker und Kulturpublizist Dr. Johannes Willms, Münchens Ex-Oberbürgermeister und Türkei-Kenner Christian Ude sowie der deutsch-türkische Unternehmer und ehemalige Europaabgeordnete Vural Öger lasen das beinahe fertige Manuskript und hoben den Daumen. Und ohne Corinna Eichs inhaltliche und dramaturgische Beratung wäre »Der halbe Mond« ganz gewiss kein Roman aus einem Guss geworden.

Tür zu einer verborgenen Welt

Aprils Leben wird sich grundlegend ändern, als sie von ihrem Chef bei Sotheby's nach Paris geschickt wird, um antike Möbel in einem seit 70 Jahren verschlossenen Appartement zu begutachten. April taucht ein in die Welt der Marthe de Florian, einer Pariser Kurtisane zur Zeit der Belle Époque. Wer war sie, wie lebte sie, und warum verschwand sie am Vorabend des Zweiten Weltkrieges spurlos und kehrte nie zurück?

Nach einer wahren Geschichte: eine faszinierende Reise in die Vergangenheit

Michelle Gable
Ein Appartement in Paris
Print: 978-3-7844-3365-3 · E-Book: 978-3-7844-8209-5

Langen*Müller* www.langen-mueller-verlag.de

Wer bin ich? Wohin gehöre ich?

Ein altes Sprichwort besagt: Der Himmel ist ein Taschenspieler – das Schicksal täuscht uns immer wieder. Das muss auch Martin Mahboob Malik erfahren, als er sich nach zwanzig Jahren zurück nach Kabul begibt, von wo er als Kind fliehen musste. Dort trifft er seinen totgeglaubten Vater wieder und taucht in eine ihm fremde und doch vertraute Welt ein. Die Rückkehr wird für ihn zu einer großen Herausforderung …

Ein zutiefst berührender Familienroman in einem überraschenden Afghanistan

Tanja Langer · David Majed
Der Himmel ist ein Taschenspieler
Print: 978-3-7844-3342-4 · E-Book: 978-3-7844-8189-0

Langen*Müller* www.langen-mueller-verlag.de